風雨談

（六）

復刻本說明

＊本期刊依《風雨談》合訂本全套復刻，為使閱讀方便，復刻本每三期為一冊，惟原書十七期以後頁數變少，復刻本第六冊為原書第十六期至第二十一期；復刻本的尺寸亦由原書的15×21公分，擴大至19×26公分。

＊本期刊因尺寸放大，但每期封面無法符合放大尺寸，故每期封面皆對齊開口，使裝訂邊的留白較多。

＊本期刊第一集書前加入導讀。

＊本期刊為復刻本，內文頁面或有少數污損、模糊、畫線，為原書原始狀況，不另註；唯範圍較大者，則另加「原書原樣」【原書原樣】，以作說明。

風雨談

小說狂人號

一、自傳一三年

[illegible]民國[illegible]八九年[illegible]，我的故[illegible]

就是江上中學的[illegible]

[illegible]中西學校。[illegible]

了。一中西學校第二十年間將時加[illegible]

雙馬牌雨衣
BHB
式樣第一
質料第一
分 藍牌
紫牌 棕牌
各大公司
均有出售
祥生雨衣廠出品
榮譽貢獻

風雨談

第十六期　目次

風雨談 第十六期
中華民國卅三年十二·一月
編輯兼發行：上海福州路三四二號轉風雨談社

AOK
冬季西裝大衣
備貨最多
出品精良
標準現成西裝
大衣西裝 式樣齊備
貨色繁多 定價劃一
成都路靜安寺路口464號 電話62693番

苦口甘口自序

周作人

今年夏天特別酷熱，無事可做，取舊稿整理，曾是近一年中所寫，共有二十一篇，約八萬餘字，可以成一册書，遂編爲一集，卽名之曰苦口甘口。重閱一過之後，照例是不滿意，如數年前所說過的話，又是寫了些無用也無味的正經話。難道我的儒家氣眞是這樣的深重而難以湔除麼。我想起顧亭林致黃梨洲的書中有云：

「炎武自中年以前不過從諸文士之後，注蟲魚，吟風月而已，積以歲月，窮探古今，然後知後海先河，爲山覆簣，而於聖賢六經之旨，國家治亂之原，生民根本之計，漸有以窺。」案此書亭林文集未載，見於梨洲思舊錄中，時在清康熙丙辰，爲讀明夷待訪錄後之復書，亭林年已六十四，梨洲則六十七矣。黃顧二君的學識我們何敢妄攀，但是在大處態度有相同者，亦可無庸掩藏。鄙人本非文士，與文壇中人全屬隔教，平常所欲窺知者，乃在於國家治亂之原，生民根本之計，但所取材亦併不廢蟲魚風月，則或由於時代之異也。此種傾向之思想大抵可歸於唯理派，雖合理而難得勢，平時已然，何況如日本俗語所云，無理通行，則道理縮入，這一類的文章出來，結果是毫無用處，其實這還是最好的，如前年寫了一篇關於中國思想問題文章，曾被人評爲反動，則又大有禍從口之懼矣。我於文集自序中屢次表示過同樣的意見，對於在自己文章中所有道德的或是政治的義意很是不滿，可是說過了也仍不能改，這回還是如此。近時寫我的雜學，因爲覺得寫不好，草率了事，却已有二十節，寫了之後乃益了解，自己歷來所寫的文章裏面所有的就只是這一點東西，假如把這些思想抽了去，剩下的便只有空虛的文字與詞句，毫無價值了。我一直不相信自己能寫好文章，如或偶有可取，那麼所可取者也當在於思想而不是文章。總之我是不會做所謂純文學的，我寫文章總是有所爲，於是不免於積極，這個毛病大約有點近於吸大烟的癮，雖力想戒除而甚不容易，但想戒的心也常是存在的。去年九月以後我動手翻譯日本坂本文泉子的如夢記，每月譯一章，現在已經完畢，這是近來的一件快意的事。我還有希臘神話的注釋未曾寫了，這個工作也是極重大的，這五六年來時時想到，提做注釋，難道不比亂寫無用無味的文章更有價值麼？我很怕被人家稱爲文人，近來更甚，所以很想說明自己不是寫文章而是講道理的人，希望可以倖免，但是昔者嘗竊謂屈原曰，潛龍以不見成德，言非其時，皆取禍之道，則亦不甚妥當。天下多好思想好文章，何必盡由己出，鳩摩羅什不自著論，而一部大智度論，不特譯時想見躊躇滿志，卽在後世讀者亦已可充分了解什師之偉大矣。假如可以被免許文人歇業，有如吾鄉墮貧之得解放，雖執鞭吾亦爲之，只是目下尙無切實的著落處，故未能確說，若欣求脫離之心則極堅固，如是譯者可不以文人論，則固願立刻蓋下手印，卽日轉業者也。

民國甲申，七月廿日，知堂記於北京。

紙片

何若

一

嘗論「知其不可而爲之」，謂是晨門譏諷孔子語，否則亦當時不知孔子者之論，非聖人之眞也。難者曰，當爲與可爲異，如莊子云，知可否，智也，然則知不可，亦智也，而當爲則爲之，義也亦仁也。答曰，不然。請以事喻。爲長者折枝，當爲者也，設枝高不可及，試躍而攀條，再躍而折焉，晨門見之，必曰，是知其可爲而爲之者也。設三躍而終不及，晨門必又曰，是知其不可而爲之者歟。然使枝生高樹之巔，欲折者躍竟日焉，枝不可得，晨門之流羣聚而笑之宜也。宰我問「井有仁人，其從之也？」救人當爲，從井則不可。

二

或曰，「知其不可而爲之」，謂聖人無是可也，且晨門所言，實指從政，政不可强爲，是也，然世之知不可而猶爲之者，豈乏其例，救火治疾，可以作證。此言仍未足以服我，故不能已於辯。火勢旣大，非盤盂之水可滅，然人或潑水不止，冀稍殺其勢，以俟後援；水不足用，則空其四週，毀絕引火物，勿使蔓延；均是知其可也。疾不可爲，如或可萬一冀，醫者仍當施藥輸血；愚夫愚婦之用巫術，禱鬼神，在彼輩則自以爲可。推而言之，戰爭志在求勝，其或因斷後，或因困守，或因牽制，知必敗而猶死戰者，爲全軍最後勝利計，有何不可？革命者或五步濺血，或一旅舉事，或文字鼓吹，豈謂卽此遂成大計，徒以事功之成，成於積累，不爲則終於無成，是亦知其可而後爲之也。

三

往年倡我國文字拉丁化者，謂可與漢字並行，前者爲第二式，後者爲第一式云。一種文字，分作二式，甚無謂也。土耳其新字未及普遍推行，舊字未能驟廢，二式同在，乃過度期中現象耳；越南亦然，其舊字形狀與漢字同，今拼音字已漸普及，仍不能謂舊字悉已廢棄不用，然非謂二式將同時存在也。漢字改革論不起於近年，二式論者，折衷派耳。讀音統一運動始於清末，注音字母頒於民國七年，後以此非字母，改稱注音符號，以符其實，然注音符號出現之後，亦有試作字母用者，熟習甚易，信而有徵；以書寫不便，有作爲多種變形者，其易寫幾與拉丁字母同。推行不力，人性善忘，忽有倡拉丁化者出，遂羣目爲新穎矣。唐沙門守溫用「見溪羣疑」等漢字爲音符，名之曰字母，讀音統一會因之，此注音符號所以初名字母也。主廢漢字者，仍用注音符號爲字母可，借用拉丁字母亦無不可，至於漢字應否廢棄，乃別一問題，於此不論。

四

注音字母頒行之初，論者謂我國改革文字實効法日本，而後於日本一千年，蓋日本之假名亦假漢字而成，形象略同於注音字母，其作始則當我國唐代也。注音字母始兼音符字母之用，可以注漢字之音亦可獨立成字；民國十九年國民政府明令改稱注音符號，乃正名之要舉，此四十個符號至是始專爲統一讀音之用，其本身非文字，則與假名異矣。聞日本議盡廢漢字而未果，其假名尚兼用以注漢字之音，漢字勢力誠大，豈改革有待於漸進乎？漸進與緩進大異，我國主廢漢字用字母者不乏其人，徒成空論，卽統一讀音，普及國語，亦何嘗普遍實行。余容江南，將及三年，未聞各地小學校全用國語教學也；試入鄉村，小學生能操國語者幾人？歷廿七年，實情若此，是之謂緩進。

五

順德黎山人二樵，平生兼工詩書畫，而身後詩名幾爲畫掩，東莞熊潤桐爲撰譜略，「以詩爲主，而參以黃虛舟所爲行狀，排比成編，持此以讀山人集，庶幾不失其眞」云。二樵嘗謂「彼風氣者，方置吾於其樞，吾不能撓其柄也，昔所非而今是，今所是而後非，吾烏乎知其鵠之正也哉！」誠慨乎言之。熊云，「山人在日，所與唱和者，除同里張黃呂數子外，雖有李南澗翁覃溪數公交口稱之，終以交遊未廣，故其詩不大顯於世。」二樵一生足不出兩廣，惟所寫碧嶂紅棉圖，三年之間，度嶺者數十本矣。陳述叔隱居授徒十餘年，嘗與人言二樵事，正以自比；微朱彊邨，海綃詞不大顯於世，或與五百四峯堂詩同。

六

全祖望云，「吾鄉故國遺民之作，大率有內外二集，其內集，則祕不以示人者也。」全氏歎內集多不可得見，故又曰，

「志上之精魂，終古不朽，而莫爲寶之，使冥行於太虛而人莫得見，則後死者之恨也。」（均見董曉山墨陽集序）余讀書不多，未嘗見此等內集，亦以爲恨。憶章太炎記宋恕事，略云，「平陽宋恕，字平子，正言若反，數變更名字，其文辭多刺當世得失，常閉置竹籠中，而盡出其曲謹僞言，遇炳麟未嘗不盡，然不以良書示也，且約文辭不得敍已名。」（檢論，對二宋）是則祕其文辭者不盡遺民爲然，然既不以示人，刺當世得失又何爲者？文人不能自已，聊復自滿，殊可憐也。宋恕去今遠矣，何未聞有人發其竹籠耶？且宋恕何必故爲僞言，豈一作文人，不言則有所不可耶？

七

徐幹中論論用賢，而篇名「亡國」，謂爵賢而不用其道，則賢無異乎木主，不免於亡也。「王莽亦聘求名儒，徵命術士，政煩教虐，無以致之，於是脅之以峻刑，威之以重戮，賢者恐懼，莫敢不至，徒設虛名，以誇海內，莽亦卒以滅亡。且莽之爵人，其實因之也，使在朝之人，欲進則不得陳其謀，欲退則不得安其身，是則以綸組爲繩索，以印佩爲鉗鐵也，斯與籠鳥檻獸無以異也，則賢者之於我也，亦猶怨讐也，豈爲我用哉！」余讀史每有此感，而未能一吐爲快，不圖偉長先我言之，擊節諷誦，且以下酒，因節錄以徵同好。

八

前爲文藝世紀雜誌寫「讀紅樓夢」，始以爲是書昔曾瀏覽數過，下筆甚易，殊不料千字以後，即須擱筆，乃發憤借書，揮汗重讀，連讀二過，並作提要，復窮一夜之力而後草成。吾友熊君爲「石頭記闡微」七篇以哲理疏解，自謂往往一篇之成，思之累月，是誠甘苦自知，又難爲不知者道也。余讀紅樓夢，所見甚淺，熊君則以爲作者有得於佛老宋儒之間，識大識小，各從所好耳。熊君又云，「少好閱石頭記，歲恆數遍」，如紅學之名可立，讀數十遍，豈謂費時？昔章太炎講說許書，繙閱大徐本十數過，遂見語言文字本原。又聞桐城葉浦蓀先生好史記，讀三十餘遍矣。余於紅樓夢，未嘗多讀，不敢云治學也。

九

朋友書札中，自稱弟則於對方必稱兄，余於女友亦然，受之者無異言，蓋古云女兄，兄弟之名不限於男性也。如不稱兄，則不可以弟自居，然不自稱而用他名，反示特異，非普通交際之道。姉即女兄，其字不常用，故不取耳。今白話文中，你我無忌，惟舊式書札，未可盡廢，旣用舊式，代名詞不當羼入，況開端結尾終不能無稱謂耶。自社交不限性別，稱謂之議起，約定俗成，非一日事也。不婚之女，通稱小姐，粤俗則曰姑娘；夫人太太，尙有二名，酬應間每以投人所好爲難，婦人重小節，則愼用爲要。稱女士最便，已婚未婚皆可，曾聞某夫人特重身份，若不解其意，誤稱女士，是爲不恭，必遭白眼云。亦有男女概稱先生者。

十

近擬從明清小說探索五百年間中國社會實況，乃先取最晚出者讀之；顧一般譴責小說與黑幕小說常有描繪過度之病，抉摘不愼，轉失眞相矣。魯迅謂淸末之譴責小說，雖意在匡世，而辭氣浮露，筆無藏鋒，甚且過甚其辭，以合時人嗜好，余以爲浮露固佳，過甚則誠通病也。其評官場現形記，謂臆說頗多，且千篇一律，二十年目覩之怪現狀則描寫失之張皇，時或傷於溢惡，孽海花則形容時復過度，亦失自然，蓋尙增飾而賤白描，當日之作風固如此云。吳沃堯與余同縣，怪現狀中連篇話柄，多有余童時習聞者，其書出於宣統元年，正在余習聞之後，吳君彙錄傳說，謬稱目覩，魯迅譏以言違其實，足見精於鑒衡。余於紅樓夢，儒林外史二書，久已厭倦，誠能盡取水滸傳，金瓶梅以下凡善狀世情者遍讀之，終必有獲耳。

十一

晉初傅玄謂「嘗見漢末一筆之柙，雕以黃金，飾以和璧，綴以隨珠，發以翠羽。」因推論「此筆非文犀之植，必象齒之管，豐狐之柱，秋兔之翰。」復推論「用之者必被珠繡之衣，踐雕玉之履。」又謂，「由是推之，極靡不至矣。」筆管用竹，始於秦，至漢末，可四百年，有以犀象作管者，亦無足異。傅玄非眞見此筆，然則再作推想，如是奢靡之物，晉初或亦有之也。近世新史家喜以遺物考古，一鏃一七甚至碎陶斷骨之微，皆可藉以推知古人文野，傅玄生一千六百年前，解用此術以證桓靈之世之淫奢，區區一柙，往迹爛然，使後之治史者能廣其術，則信史具矣。

十二

時事有記則曰時史，今之新聞記者，其職卽史，欲爲良記者，當具史家之一德三長明矣。學卽知識，才卽能力，識卽眼光，德卽態度，古今語異，義固符同，知識欲富，能力欲備，眼光欲銳，態度欲正；蓋知識不富則見事不周，能力不備則編纂不善，眼光不銳則判斷易誤，態度不正則評論難公，記者不易爲，有如是者。或謂時事之刊布，事在卽行，無從容思審，精密研究之餘力，人非萬能，豈易免疏忽之咎？曰，誠如此言，惟其如此，故知非儲學於少日，修養於平時，練習以恆久者不可爲良記者也。雖然，能博覽而日增其常識者亦可以無大過，此外須略知史學。若夫潛心獨往，專治一業，名家自期，實無力爲之，是又記者之不幸也。

十三

介於前後二次世界大戰之間，歐美忽有多種戰事記實書出現，蓋隨「西線平靜無事」一書之後，讀者多則寫作者衆，遂成一時風氣矣。此等書西文總名之曰戰事書（War Books），出版者每謂得自老卒之筆記，或竟稱全書出自此輩之手，故文字不通之處亦未刪改以存其眞云，眞僞不易辨，亦不必辨也。世人嗜此，所謂尋刺戟，而戰事電影亦爲助成之一因，況二次大戰將否發生爲當時人人心中必有之問題，智者見微，知暴風雨之來，必不在遠。著作者或以非戰爲本旨，然古語云，操刀必割，以武裝求和平乃十九世紀事耳，風雲既變，豈一二非戰之戰事書所能轉移？且所述者乃上次大戰戰場情景，與未來之新兵器，新戰術無與，讀者亦多知之，其時各國備戰方急，焦思於制勝之道，重提舊事，殊不足以應需求，此等書逐漸遭棄置，不久而德法間砲聲作矣。

十四

葛洪設爲仕人與逸民論辯，仕人謂古之淸高，今之逋逃，昔狷華隱於海隅，呂尙恐其沮衆，卽誅之，沈遁者則爲不臣，禍將及身矣。逸民對以呂尙長於用兵，短於爲國，甘於刑殺，不修仁義，故其劫殺之禍，萌於始封，周公聞之，知其無國。若堯舜禹湯魏文晉平六君，皆能不侵隱士，誠以取之不足以增威，放之未憂於官曠，從其志則可以厲苟進之貪夫，感輕薄之冒昧也。又謂漢高帝雖細行多闕，然其善恕多容，珍賢貴隱，不逼四皓，度量有過人者，宜其以布衣而君四海；魏武帝亦刑罰嚴峻，果於殺戮，欲用孔明而不加屈脅，其草創皇基，亦不妄也。曩讀徐幹中論亡國篇，喜其極言，今讀抱朴子逸民篇，謂足補中論之闕，蓋得賢而籠鳥檻獸遇之，正恐其沮衆不臣，猶有尊賢之名，若隱遯則誅，，所以除異己，威天下，雖苛酷不顧矣。葛洪謂太公以軍法治平世，吾讀史不多，不知尙有此等人否。

十五

阮藉不臧否人物，前已申論，今讀抱朴子自敍，復得新意。葛洪云，「貴人時或問官吏民甲乙何如，其淸高閑能者，洪指說其快事，其貪暴闇塞者，對以偶不識悉，洪由此頗見譏責，以顧護太多，不能明辨臧否，使皂白區分。」是則隱惡亦有獲罪之時，然吾謂不能明辨，其罪猶小，設不幸竟蒙護短黨惡之名，則禍不可免矣。揚善亦危事，葛洪謂「比方倫匹，未必當允，」故如信口褒人，而見譽者以爲未如其分，必招怨恨，豈若結舌緘口，自安於無知乎。設或爲尊長所逼問，則對以人未易知可也。惟古人可論，要在不使褊心之人誤解爲諷刺當世耳，抱朴子亦有正郭，彈禰二篇。

人物風俗制度叢談序

瞿兌之

隨筆之書，人皆喜讀，余尤嗜之若性命。旣曠觀羣籍，竊慕纂述之業，知古人斐然有得，皆由此襞積而成，如獺祭魚，如蠶吐絲，旣得精英，遂棄糟粕。遠如顧亭林，近如俞理初，所就尤偉。又觀俊曲園陳東塾治學之方，亦復如此，舍此固無由矣。然學出雜家，不專一轍，昔賢之作，常苦凌雜瑣屑，讀者如入五都之市，目迷口哆，擷取爲艱。因發憤以爲最有益之學，莫如討人物事蹟之墜逸，溯風俗制度之變遷，而尤以屬於近代之事，易於傳訛者，若能萃爲一篇，大則可以考見時代升降文化遞嬗之迹，小亦足以匡謬正俗裨益見聞。人間何世，歲不我與。爰發篋先寫定人物風俗制度叢談甲集，所錄大抵以近代爲主。昔在丁丑，嘗爲中國社會史料叢鈔甲集，與此書雖有近似處，而實不相襲彼所已有，此卽從略。惟昔年又有杶廬所聞錄一書，卷帙無多，其中約四分之一，釆入此篇。寫定之後，續有所得，不復追加，當別爲乙集以行。凡隨筆之書。首貴資料豐富，而事物蕃變，包舉甚難。歲益月增，固容齋洪氏之例也。近序徐君一士類稿，詳闡掌故考證之艱。余於徐君，無能爲役。然取舍必愼，徵引必實，則祈嚮差同，覽者詳焉。焉逢涒歎孟冬，兌之自序。（編者按：本書凡十五萬言長編，太平書局印行中。）

高樂牌

高貴名煙　樂不離口

裕華煙草股份有限公司出品

不執室雜記

果庵

梁巨川論李越縵（續）

光緒九年十一月廿日記云：「作書致閻尙書，言署中接見唱名之非禮，約數千言，尙書性長厚，亦廉介善吏事，而闇於大體，頗喜操切，其於余亦知愛慕，而不能重其禮，作書忠告，以酬一日之知。」所請投書謾罵，或卽指此。書中實不見有若何謾罵處，然其後日記中對閻不滿之詞甚多，如光緒十二年七月八日一則云：「邸抄閻敬銘續假一月，朝邑前請開缺，賞假一月，今已滿而不求去，復請續假，進退自由，不顧廉恥，此古今所無者也。予初謂朝邑特纖嗇好利，執拗不學耳，去年吳峋貶官，已無解於淸議，嗣聞其疏請各省所進固本錢專解內務府，是以貨財爲迎合也，鄙夫不可與事君，聖人之言信哉！」此則眞近乎罵矣，大抵越縵憑一時得失意氣對人贊詆者甚多，不限於閻氏一人，文人結習，固宜如是，況又有熱中躁進思想，從中作祟，更易不能把持。若經濟用世之學，越縵似亦不會以此自傲耳。

豆芽菜賦

苜蓿生涯，昔人所悲，有志之士，去之如恐不及。劉廷璣在園雜志云：「關夫子殿額，多用志在春秋，鄺州劉廣文（峒）自嘲曰：此四字似可移書苜蓿齋中，專爲吾輩而設，吾無奢望，唯望二丁祭得肉食耳，是亦志在春秋也，聞者絕倒。又有謔廣文一聯：耀武揚威，帶褲打門斗五板：窮奢極欲，連籃買豆腐三斤。帶褲連籃，更覺形容過甚。陳其元庸閒齋筆記，梁章鉅楹聯叢話，有相類紀載，姑不具引，昔日教官，自視人視，不過如此，雖然，三年考績，尙可升遷，若令之爲師保者，豈復有門斗可笞，豆腐可吃乎？卽丁祀亦僅排班伺候耳，肉食云云，徒成夢寐，但恨無人以幽默筆墨，撰數聯供解嘲耳。棗林雜俎有御史試豆芽菜賦一則，正吾輩日所必食之品，旣名爲賦，其必舖張揚厲可知，亟錄之以供酸丁共賞，亦以見我輩享用，並不薄也。「蒙城陳嶷，薦賢良方正，考選試豆芽菜賦，嶷第一，拜浙江道御史，終按察副使。賦曰：南國之賓，客於上國，與北都主人曰：子居上都，俯視八隅，日覽天下之奇物，亦知天下之奇味乎？主人曰，唯唯，客何言歟？天下之味，形類萬殊：燧人作俑，庖人之初：曰胾曰臠，曰豢曰芻：八珍甲四海之美，五味極六合之腴：猩唇豹胎之鼎，熊掌駝峯之廚，趙普製熬之炙，何曾鶴掌之殊：黨家之羊羔美酒，五侯之燕髀鯖餘，斫吳中之膾，鈞松江之鱸，架釀施蔘，雪蛆侑俎。至若橙黃而螃蟹實，菽綠而河豚來，黃雀入幕之子，烏雞啄粟之雛，加之以椒桂，益之以油酥，當嘉賓之既集，命細君而當爐，亘觥淺酌，豔曲咿唔，調嚼滋味，既美且郁，容曰：予唯知葷臊之爲味，而不知清楚之佳蔬也。主人從而啓曰：北山采蕨，南山采薇，祛萱堂北，豬芹澗湄。烹綠葵之嫩葉，儀血薤之芳蘂。補羸杞，移繁薇，蘑菇縷分於淮術，菠稜寸斷於蹲鴟。酣糟子姜之掌，沫醞新筍之絲，至若錢塘之茭白，商山之紫芝，大宛之苜蓿，二蜀之鷄栖，揀擇加精，調苴得宜，香聞爽臆，味適開眉，當舉案之頃，會稱觴之時，飲此佳品，喜溢厥頤。客曰：子若徒知異之爲美，而不知近之爲奇，主人瞠焉語塞，拱手戲嘻曰：然則子所言美者，請備言而述之！客曰：有彼物兮，冰肌玉質，子不入於淤泥，根不資於扶植，金芽寸長，珠蘂雙結，匪綠匪青，不丹不赤。宛訝白龍之鬚，彷彿春蠶之蟄。雖狂風疾雨，不減其芳，重露嚴霜，不凋其實，物美而價輕，衆知而易識，不勞乎椒桂之調，不資乎芻豢之汁，數致而不窮，數餐而不斁。雖以赫乎杜史之嚴，每常置之於齒牙，驀突憲台之邃，亦嘗款之而深入。當其退食之委蛇，則伴其倉米之廩食，至於滌清腸，漱清臆，助清吟，益清職，視彼主人所陳者，奚相去倍蓰而翅億萬也歟？主人聞而嘆曰：得非市之所鬻，豆芽菜乎？客乃曰：子何見之晚也？夫天下之味，適口者爲佳：天下之士無欲者爲貴。彼之所云者，非不口欲，我之所御者，恐爲心累，脫若致之弗克，則爲口腹之累，傳不云乎？養其小者，則失其大者，大者既失，雖羅五鼎，亦唯取羞，雖享太牢，適增其醜，語竟，客即揖謝，于于而退。」夫吾輩雖未享太牢五鼎，然尙不致增醜遺羞，豆芽菜乎！誠爲功德无量也。春丁後二日。

筆

武酉山君文房四寶一文，對羊毫頗加倡導，余不善書，羊毫最所厭惡，日常作字，每用狼毫。狼毫非舊法，羊毫亦非古製，古筆蓋兼剛柔之毫而爲之，不用一種。齊民要術引魏誕筆方曰：作筆當以鐵梳梳兔毫及青羊毛，去其穢毛，使不髯茹，訖，各別之。皆用梳掌痛拍整齊，毫鋒端本各作扁極，令均調平好。以靑羊毛爲被，去兔毫頭二分許，然後合扁令極圓。（略取大意如此）又宋蘇易簡文房四譜載王羲之筆經，略云：先用人髮杪數十莖，雜靑羊毛並兔毳（原注云：凡兔毛長而勁者曰毫，短而弱者曰毳）惟令齊平，以麻紙裹柱根令洽。（原註：用以麻紙者，欲其體實，得水不漲。）次取上毫薄薄布柱上，令柱不見，然後安之。又崔豹古今注云：以柘木爲管，鹿毛爲柱，羊毛爲被。馬叔平先生記漢居延筆，釋上引各文云：據以上之所述，是筆頭之中心謂之柱，其外謂之被，柱用兔毫或用鹿毫，被則獨用羊毫。羊毫弱而兔毫鹿毫較强，以强補弱，而後適用。按：古筆之存於今日者，當以西北科學考査團在居延地方所發掘之漢筆爲最古，然其狀與今筆大不類，而幾同於畫西洋水彩畫之畫筆。管細長而殺其端，以木爲之，折而爲四，納筆頭於本，而纏之以枲（麻也），塗之以漆，以固其筆頭，其首較銳者，蓋以尖木冒之，以束成一圓也。筆管黃褐色，枲纏黃白色，漆黑色，筆毫爲墨所掩，作黑色，鋒則呈白色，長度略如今之鋼筆。考傅玄筆賦，蔡邕筆賦，皆言纏枲固鋒，是此筆製法，悉與古合，故古筆敝則去其頭，而另納新者，一如今之鋼筆，右軍後人智永禪師退筆成塚職此故也。日本正倉院藏唐筆十七枝，而最寶貴者爲天筆，乃奈良大佛開光所用之物。余見傅芸子君正倉院考古記所附圖板，其筆已如今製狀，而管粗毫短，大似我鄉豆腐店所用之「文章一品，」毫內近根處裹白麻紙，亦古法之遺，唯居延筆並無麻紙，斯爲異耳。傳記云：「其裝璜之華麗，尤足驚人，言其管，有梅羅竹者，斑竹者，豹文竹者，篠竹者，間施裝飾，有飾金者，飾銀者，飾牙者，樺纏者，（如今笛上所纏黑絲）管端大率以象牙爲之，尚有紫檀或銀鑲者，筆帽如閉傘形，以竹爲之，間有施銀牙裝飾者，亦有如今竹筆帽式者。」後代踵事增華，於此可見。往余見西陲木簡，漢晉書式，不類柔毫，抑且只見古拙，不見精好，居延筆毫，短而剛直，想見作書時詰屈之狀，絕無後世揮毫落紙，如雲烟之樂也。狼毫始於宋，見陳眉公妮古錄，紫毫盛於唐宋以後，淸代寫試卷尤非此不辦，亦兔毫之別名，吾友朱劍心，曾爲文房四友考，刊眞知學報二卷五期言之尤詳。

名人前因

名人建功立言，震世駭俗，遂多有迷信之說，對其前生，作種種附會。如曾文正相傳爲癩龍，薛庸盦陳其元皆言之，文正全身生癬，時時搔爬，又其家有紫藤，自文正生而益茂，且每視文正之升轉爲榮枯焉，故其子紀澤祭文中亦以此爲符應，不爲諱也，張南皮或言猿猴所化，傳說尤多，不必細舉。李合肥則有鶴相，張亨嘉或云蛇精，里巷委談，滋爲怪異，或者非此不足以饜俗人想望乎？吾宗曉嵐先生，亦傳說顚頤，如嘯亭雜錄云，「紀曉嵐宗伯……今年已八十，猶好色不衰，日食肉數十斤，終日不啖一穀粒，眞奇人也。」

雖未言其有所自來。蓋已目爲非常，妙香室叢話有一則云：「世傳名人前因，皆星精僧道，殆不盡虛。相傳紀文達公爲火精轉世，此精女身也，自後五代之時即有之，每出現，則火光中一赤身女子，羣逐之，一日復出，則見入紀家，家人爭逐，……正譁然間，內報小公子生矣。公生時，耳上有穿痕，至老猶宛然，如曾施鉗環者，足正白而尖，又若曾纏帛者，故公不能着皂靴，公常脫襪示人，不知諱也。又言公爲猴精，蓋以公在家，几案上必羅列榛栗梨棗之屬，隨手攫食，時不住口，又惟喜動，在家無事，不閒坐片時也。人傳公爲蟒精，以近宅地中有大蟒，自公生後，蟒即不見，說正不一。少時夜坐暗室，兩目如電光，不燭而見物（按此見公閱微草堂筆記）比知識漸開，光即斂矣。或謂火光女子即蛇精也。……惟公生平不穀食，麵或偶爾食之，米則未嘗入口也，飲食時豬肉一盤，熬茶一壺耳，晏客殺饌亦精潔，主人惟舉著而已。英烈禹先生，嘗見其僕奉火燒肉一器：約三斤許，公旋話旋啖，須臾而盡，則飯食畢矣。」觀此，是公之前因，更兼諸人而有之，取精用宏，非只學問爲然矣，書以一笑。我國筆記，或專以此種異聞爲足錄，不計其事之可能與否，識者哂之，然此又一事，當別論也。

萬年少

殷無染兄以所輯萬年少先生事蹟彙輯（刊眞知學報三卷三期）見詒，展讀一過，極佩其用力之勤。無染籍蕭縣，年少其鄉賢也，在昔濠泗間，人傑挺出，往往爲天下先，世食衰歇不過百餘年耳，然山川所鍾，將來必有繼起者，余每過徐州，見其沃野千里，雄偉曠大，輒爲感動，昔退之送董邵南遊河北序，有「爲我觀於其市，復有昔之屠狗者乎」之語，不免微涉諷嘲，然余於徐淮間，蓋眞有亂世英雄之意，年少以孝廉起兵謀恢復，兵敗頻死，不屈遇釋，隱於緇流，詩酒自放，殆亦可謂英雄者矣，明亡三百年，巽者順者，不妨入滿人之彀，其有心者固未嘗須臾死，江南草澤之士，屢仆屢起者，曷可僂指，而閻應元之於江陰，鄭成功之於台灣，其尤著者也。人心觖觖，必有雷霆之勢以震之，雖是時未能以螳臂當車，而三百年後，終賴其氣，復我華甸，則年少諸先生之功詎不偉哉。有明季世，士大夫以風流跌宕自喜，亭林先生嘆爲羣居終日，言不及義者，如年少等，亦被孋於秦淮諸妓，（見周亮工印人傳）與牧齋芝麓諸老將毋同，然其結局則大異，人之度量相越，固不遠歟？余於內景道人所知不多，前歲曾爲中大買徐州二遺民集，未暇觀覽，昨又從無染處借陽西草堂集，刊刻頗精，發卷快讀，其詩文，殆有奇氣，非僅餖飣鑽研者可幾。如偶成云：「白楊黃棣滿天涯，大陸晴風展玉沙，此闕關心馳萬里，南冠遺淚灑千家，銅駝舊闕花仍發，金盌諸陵日易斜，聞道雲中新牧馬，龍驤百隊向京華」詩中北闕京華意頗涉複，然正可見楚調反復致意不忘君國之思焉。又隰西草堂一首曰：「浦上老漁秋水明，小窗剪燭酌同傾，不知今世爲秦漢，莫向當塗辨濁清，豐草長林從此遠，白衣蒼狗太無情，高原回首聞南雁，帶到衡陽第幾聲」睠顧山河，凄然欲涕。而濁清一語，胡中藻堅磨生室詩鈔固曾以此興大獄者，道人身後，未羅奇刼，亦云幸矣。甲申三月十九日，懷宗殉國，去今恰滿五甲子，寒食節後，連日陰雨未霽，感念昔時，愁溢胸臆，道人甲申詩曰：「甲申三月十九日，地坼天崩日月昏，皇帝大行殉社稷，樞臣從逆啓城門，梓宮夜泣東華省，廟主朝遷西寢園，身是我君雙薦士，北臨蹕表精魂。御極於今十七年，勵精圖治邁前賢，臣工鈎黨爭持祿，中外營私競養奸，遂使弄兵皆赤子，幾番舉火達甘泉，長安一夜陰風慘，萬壽台前血未乾！」詩意率質，大有歌以當哭之致，紀載彙編馮夢龍記帝自懺云：朕非亡國之君，臣皆亡國之臣，此所云中外營私，臣工鈎黨，蓋實錄也。知堂翁甲申懷古記諸臣寫知單商闖城迎賊事，與此比勘，尤足致慨。甲申舊三月十四日夜挑燈記此，掩卷悵然。

胃病

連日病胃，消化不良。鬱火上蒸，唇舌爲焦，飲食言語，諸不便利，蓋人之病胃，往往唯在於胃，或以爲胃酸過多，則服蘇打，或則泄痢，服補藥或清導之劑，然余病則每在喉舌，中下焦之病，而現於上焦，豈余生平好言，天亦以此示警邪？余素患便祕，服泄劑非逾量則無效，如Castor oil一次非百瓦不可，言之駭人，然前年連服兩次，泄後忽腹痛如絞，在醫院調治三日，始告痊可，自是不敢輒服，孟子云，若藥不瞑眩厥疾不瘳，豈其然乎？平日不敢貪口腹，亂世家寒，生涯苜蓿，固亦無口腹可貪，而其不消化如是，吁可怪矣。因念今日文化現象，與此不殊，蓋目下文化毋寧亦稱之爲消化不良也。其一、刊物充斥而內容大率無聊，讀者徒欣其情節離奇，或筆墨穢褻，即且甘嘗，終非正味，譬之每日食糖，則必患糖尿病矣。又或終日詔人以八股，久而不覺其意義，譬之日食葱椒，久而痲痺矣。其二、薪俸微少，苦乏良師，學生在校，視而不見，聽而不聞，於是程度日益低下，甚至大學學生，不能作明順之函扎，此猶食而未化，徒怨滋養之不足，又如舌不辨味，雖有魚與熊掌不知厥美，不能茁壯成長，固宜也，其三、文人多窮，轉而他謀，或商，或賈，或謀苞苴之奉，日居月諸，恐文壇荒蕪，將有空白之嘆，是則因噎廢食，或更飲酖止渴，疾至於此，蓋已難救。噫，余之胃病，尚可得療，不知此文化界痼病，何時乃得折肱之醫耳。

西征隨筆

汪景祺西征隨筆，以言賈禍，亦雍正朝文字獄之一。此書已由故宮博物院印行，惜下册不全，余曩從書肆得一册，置而未讀，頃因檢比殘書，取而翻閱，蓋多才好言之士，又以書及及詩干年羹堯，其被殺於劊刻之雍正帝，固其宜矣。（其案先後似與查嗣廷同時）據雍正御批云，「悖謬狂亂，至於此極」，又云作詩譏訕聖祖大逆不道云云，今覽其書，多言陝甘官吏貪污，頗觸時忌，又有功臣不可爲一篇，尤非君王所樂覩，其言略曰：『夫猜忌之主，其才本庸，而其意復怯，當賊寇昌熾時，望烽火則魂驚，見軍書則股栗，忽有奇才異能之臣，起而戡定羣兇，寧謐四海，捷書一奏，喜出非常，遲遲既久，則轉念曰，敵人如此其橫肆，兵事如此其周章，而此臣竟剪滅之，萬一晉陽甲興，誰復能捍禦者？於是而疑心生焉矣，既而閱所上紀功册，某處斬首幾十萬，某處拓地幾千里，心胆震驚，魂魄蕩懾，於是而畏心生焉。……疑也畏也，以此待功臣，有不兇終而而隙末者乎？』此所論直似指實世宗而言之，夫豈能堪。至譏聖祖之詩，實在「紀詼諧之語」一條，其文云：先帝南巡，無錫杜詒字紫綸，方爲諸生，於道左獻詩，先帝頗許可之，賜御書綾字，杜捧歸啟視，則雲淡風輕近午天四句也。某作七言絕句：「皇帝揮毫不値錢，獻詩杜詔賜綾箋，千家詩句從頭寫：雲淡風輕近午天。」詩亦刻薄，景祺原名日祺，父霦，中鴻博，蓋懷才不遇，因而玩世牢騷，非有民族思想如呂留良者可比，以此喪命，亦可鑑戒，不徒供文字獄史料也，四月十九日燈下記。

京官歎

京官多苦，自昔已然，於今爲甚。某說部記清末京官，不備朝衣，肆中輒市高麗紙製之品，染以黑色，繪以斧扆，如朝會遇雨，斯狼狽矣，又云，朝靴不敢常着，敝則無力重置也，每日趨衙挾之而往，至署前覓僻處易焉，吁，宜其爲猾吏肥胥所侮而不敢誰何矣。今則衣住行三者，已屬分外之求，即食尚不能果腹，他何暇計！爲五斗折腰，昔爲憤憤之詞，今則求而難得。頃讀妙香室叢話京官歎一則云：雨郇詩話中，有翰林改部京官歎四首，今錄於此，恐非過來人不能道也，傳爲杭州韓太史所作，詞云：「幾曾見傘扇旗鑼紅黑帽，叫名官，從來不坐轎，祇一輛破車兒代腿跑，剩個跟班夾墊馱包，傍天明將驢套。再休題，遊翰苑三載清標，祇落得進衙門一聲短道。大人的聰明洞照，相公的度量容包，小司官應答周旋敢推撓，從今那復容高傲？少不得講稿時點頭播腦，登堂時垂手哈腰，待堂事了，拜客去西頭路須先到，借債去東頭路須親造，亟歸家柵閉滿開沿路繞，淡飯兒剛一飽，布衣兒剛一覺，怎當得有個人兒細把家常道，道則道，非絮叨，你淸俸無多用度饒，衙門裏租銀絕早，家人的工食嫌少，這一只破鍋兒待火來燒，那一只破籮兒等米淘，那管他小兒索食傍門號，怎當得啞吧牲口無草料，思量到明朝，幾家分子典當沒分毫，」按此所云，出有車也，家有僕也，尙有十足官架，若今之京官，曷足語此？唯妻子謫窮，小兒啼飢，差爲近耳。京師二月開溝，淘淤泥以暢水道，故有溝開之說。京官司員坐轎車，富者以騾馬，貧者以驢，故云云。若外任，則知縣典史之微，亦莫不有轎，故翰林朝考，有故意居三等以求外優者，然清華之選，究是讀書人所心慕，不似今日，趨州縣如蟻附羶也。

車夫

車夫月入數千元，大非我輩腐儒敢望其項背，誰謂勞工不神聖哉？余校幸有一車，亦行敝矣，一載以來，所易車夫，幾已逾十。始也，莫不巽順，稍久，則要求加工資矣，不從，以辭職爲要脅矣。計至今日止，一月所費膳費六百元，工資七百，每路稍遠，時偶晏，未嘗不額外犒之，俾久其位，而不日日煩擾也，然猶以爲未足，忽而輪胎無氣，則打氣之費，至少須四十，忽而膠皮破裂，一補之值，輒又數百，寖假而無日不失螺絲少零件，一若非此不足以厭其欲者。吁，貪夫之饕餮，一至此乎，余則忍而涵之，蓋街頭零雇，其不堪尤甚於此。一昨之午，余返稍遲，距午飯約半小時耳，車夫則以午飯無菜，須外出用膳爲詞，意態甚嬾散，殆若大不豫者，余將有事外出，勉慰之，許以償其菜金。下車後，畀以卅元，意其壑可盈矣，比返，則舉錢還我，曰：是恐遺於車上者，余既確憶爲付彼之數，仍遣人付之，不轉瞬則又以擲還，其意曰：此戔戔者，將焉用之？事至於此，雖忍亦無所用，不得已遣之，因念一車夫之所得，已抵余月入二之一，較之小學教師，且不可以道里計，余非多資，用此奚爲？決心不再傭此輩。友人聞之，呼而告曰，子徒知包車夫之可厭，猶未知汽車夫之更可畏也。其要挾誅求，什百於此，而用炭者盜炭，用油者盜油，展轉循環，仍以所竊，售之主人，所贏動數萬焉。若夫修車配件，酒資，犒賞之所得，又非包車可懸擬。更有權貴御者，則挾其利便，貿遷走私，奇計取盈，取歌女，住洋房，掛手槍，豎眉目，盛氣凌人，驕奢淫佚，豈唯酸丁，卑官亦必卻步，抑何子所見之不廣邪。余曰：唯唯，富貴而可求，雖執鞭之士，吾爲之矣，相與啞然，作車夫記。

清代奕乘

余不知弈，然觀人弈亦趣事也，易宗夔新世說，巧藝仇隙兩門皆有勝朝弈壇掌故，摘抄於次，想亦好弈者所樂聞乎？

清初弈手，以過百齡，盛大有，吳瑞

激，諸人爲最著，過曾著弈譜，變化明代舊譜之著法，詳加推闡，以盡其意，一時稱爲傑作。按過名文年，江南無錫人，生而慧穎，十一歲見人弈則知虛實先後進擊退守法，曰：是無難也，與人弈輒勝。於是里黨間無不奇百齡者。時福清葉台山弈名居第二，過錫山，求可與門者，鄉人以百齡應，至則尚童子也，葉已奇之，及與弈，葉輒負，自是名噪江以南，越數年，至京師，與國手林符卿弈，三戰三勝之，於是百齡碁品遂第一。歸隱錫山，出遊輒得數百千金，復盡之於博簺，或勸之，百齡曰：我向者家徒壁立，今得此資，俱以弈耳，得之弈，失之博，夫復何憾！且人生貴適志區區逐利者何爲？（聞吳清源亦嗜齡善弈，與此類）。周嫻予天資超卓，少好弈，家故貧，父母督使讀，又督使商，皆勿願也，輒竊出與人弈，禁之不可，與人博彩，屢獲勝，夜則纍纍負金錢歸，後遂以弈遨遊郡邑，時過百齡方負第一手之譽，嫻予不爲下，屢與對局，嫻予多勝焉，一日棄家去莫知所之，或傳其在海外，以技爲某國王師，既而歸，以弈終其身，按周名未詳，浙江嘉興人，徐星友有山堂弈譜，具道過與周之工拙。黃月天在弈家稱第一流，自出新意，窮極變化，且其弈時冲和淡泊，好整以暇，雖有他人之奇兵異陣應之怡然也。按：黃名龍士，乾隆時國弈也。徐星友初遇黃月天，黃授以四子，漸進乃授三子，星友殫思竭力，終勝之，當撰兼山堂弈譜，其論弈謂用虛不如用實，用巧不如用拙，制於有形，不若制於無形，臻於有用之用，不如臻於無用之用，斯言何其雋永歟。星友性好稗官家言，常乘人握子布算時，出以觀之，既下輒應，應已復觀，當危迫之際，其人或汗流浹背，星友則從容如故，局甫半，輒語人曰，若負幾路矣，及竟，如其言，按：徐名未詳，浙江錢塘人。星友與月天同時供奉內廷，月天誠樸不苟，星友則結納內監，大內之事輒預知之。一日語月天曰，君棋實勝於某，惟君勝某局亦不少矣，明日御前相較，能讓一子，以全一日之名否？月天笑應之曰，是亦何難。明日內廷忽召二人入，高宗指案上一硃漆盒曰，內有一物，弈勝者取之，遵旨對弈，弈畢，星友勝月天負，蓋預得內監之報告，知匣中爲知府文憑一紙也。徐之後弈名最噪者，爲梁魏今，程蘭如，施定庵，范西屏，世並稱之曰梁程施范。梁輩行最早，與星友對局尚多，蘭如後起，星友耄矣，嘗弈於某處，主者忌星友盛名，嗾眾國手陰助蘭如，星友屢敗，大怒，遂歸武林，不復出，按：梁程名未詳，范名世勛，施名紹闇，均浙江海寧人，同學弈於兪長侯，范十六成國弈，施十四成國弈。袁簡齋稱范爲海內弈家第一，惟施定庵差相亞，然施斂眉沈思，或日映未下一子，而范應畢，輒歌呼睡去，每見其對局時，西屏全局僵矣，隅坐者羣測之，靡以救也，俄而爭一刼，則七十二道體勢皆靈云云，論者以此言揚范柳施，未免過當，范施弈品，如雙峯並峙，各具高深，初難軒輊，弈家謂范如神龍變化，莫測首尾，施如老驥馳驟，不失尺寸，可謂知言。然范於弈實由天賦，李松石云，范之於弈，如將中之武穆公，不用古法，戰無不勝。臧念宣云，西屏授子，靈奇變化，莫測端倪，如武侯八陣圖，五花八門，入其中者，莫能自免，推許若此，可以知其弈品也。范所著桃花泉弈譜，及施所著弈理指歸，皆爲對手說法，久已風行海內矣，按：范又著四子譜，施著有二子譜，亦俱刊行。范施對壘，弈家稱爲出奇無窮，惜遺譜散佚，有鄧君弈潛者，刻四大家弈譜，於梁程施范極力搜羅，亦僅得十局耳，范施後有十八國手之目，然弈品皆不逮范施矣。

前所述爲弈壇佳話，更有因弈而生隙喪命者，如仇隙門云，乾嘉時，朝貴盛行弈藝，以此四方善弈士，咸集京師，而以范西屏爲巨擘，先范得名者黃月天久遊公卿間，稱國手，年亦倍長於范，及范入都，黃與角藝，卒死范手，於是慕范者未嘗不惜黃，而不知其中自有天焉。先是，富春韓生館某部郎家，韓本善弈，而人莫知，一日部郎邀黃弈，韓作壁上觀，局竟，謂部郎曰，黃某弈雖名盛一時，而自我觀之，其於攻守之法，猶未盡然，誰謂無可敵者？部郎乃復邀黃與韓對弈，黃見韓年少，意甚輕之，及布局覺有異，即極力防拒，而輒爲所窘。黃或乘間出奇，韓則信手以應，不費思索。竟三局，黃北焉，遂推枰起曰，余今適發隱疾，越日當與君決勝負耳，嗣是黃名稍遜，而韓技亦有知者。某王亦精此藝，聞韓名，召與弈，自訊至日中，連和三枰，末局韓負半子，蓋應召時，使者以王好勝爲囑，韓欲博王歡，而又不墮己名，故於進退間，分毫不失如此，然其心力之劬，恰過常局數倍矣。時黃恨韓成仇，偵知其故，韓出即要於途曰，今日願與君畢其所長，韓告辭不可，勉與弈，乃爭一角，韓反復凝思，卒不能應，黃以冷語迫之，韓神色頓異，連噴血數升而絕，越後二十餘年而黃爲范乘，若相報復焉。按黃范已見前，相傳范入都時黃猶在，諸鉅公設彩，邀二人一爭勝，局未分，亦以一角分上下，范見黃握子不落曰，先生殆不欲戰乎，黃忽色變曰，孽也，天奪我矣；又何爭爲！方推枰起，遽倒地而死。果按：徐一士先生隨筆亦曾引用前述，黃徐在帝前對弈故事，並引傅芸子東華謄語有云：「帝太息謂黃曰，汝棋向雖勝於彼，其如命之不如彼何！」又引宋人葉紹翁四朝聞見錄云：思陵（宋高宗）時，百工技藝，咸精其能，故挾技術者率多遇，而亦有命焉，吳郡王蓋……偶致棋客，關西人，精悍短小，王試命與國手敵，俱出其右，王因侍上弈，言之，翌日宣喚，國手夜以大白浮之，出處子，極妍婧，曰，此吾女也，我今用妻爾，來日於御前饒我第一局，第二局却饒爾，我與爾永爲翁壻，都在御前。不信我說，吾豈以女輕許人！國手實未嘗有女，女蓋教坊伎也，關西樸而性直，翌日，上召與國手弈，上與王視，第一局關西陽遜國手，上拂衣起，命且斟酒曰：終是外道人，如何敵國手！關西才出，知爲所賣，鬱悶不食而死。」以詭譎相傾，又甚於黃徐，懷才見妬，屈子自沉，古今一轍，更可慨也。

龔孝拱功罪

龔橙字孝拱，定盦子。世傳其功名不遂意，學夷語，爲英領威妥瑪幕客，英法聯軍之役，焚圓明園，龔實爲之導焉。爲人多怪，晚年號半倫，蓋謂五倫皆不足語，惟有妾尚可侍奉，不成一倫，斯爲半倫也。孽海花第三回，「半倫生演說西林春」，記之甚詳，世亦樂道其讀父文而捶笞木主事，資爲嘔噱，天才橫溢，不爲時重，抑鬱少歡，宜如是矣。然譚復堂（獻）「龔公襄傳略」頗爲辨正，其說曰：「公襄（橙後改字公襄）治諸生業，久不遇，間以策干大帥，不能用，遂好奇服，流寓上海，習歐羅巴人語言文字，咸豐十年，英吉利人入京師，或曰挾龔先生爲導，君才以言龔酋長，換約而退，而人間遂相訾謷，君久居夷場，洞悉情僞，蘇杭相繼陷賊，西人助守上海，軍書餉導，藉通南北，開說萬端，始得其力，江南人至今稱之。藏園羣書題記續編龔君手書小學三種跋引譚氏此文，并加論曰：「以是而言，君以習絕國方言，通知外情，爲英使威妥瑪治文書，正藉英人之力以抒禍變，保海疆，寧有快心事仇如張元施宜生所爲耶？特以懷抱奇略，無所發抒，又好爲新奇異誼可怪之倫，爲世駭愕，遂被以放誕奇僻之行，嗚呼，自古有非常之才者，恆負舉世之謗，豈不重可哀哉」。是沉叔先生，亦不以世俗傳說爲盡然。海禁初開，略有新知者，罔不被謗，如郭玉池之使英，士夫送行，比於流放，而張樵野，立山，李少荃，諸公或以此被千載惡名，或且嬰殺身之慘，由此推論，龔君之事，正未易言耳，抑吾人所慨者，史事眞象，往往隨文人之好惡而種種不同，英法戰役，去今不及百年，輒已如此，古史邈遠，又豈可執故書以爲不可違耶？

李日華味水軒日記

陰雨索寞，讀味水軒日記爲遣，乃有記秀水迎神賽會事，頗致不滿。因憶前月京中所見，不免類是，而彼是天下小康，此則兵戈塞野，爲不同耳。李文云：「萬曆三十八年四月二日，先是三月三日秀水濮院鎮醵金爲神會，結綴羅綺，攢簇珠翠，爲抬閣數十座，閣上率用民間娟秀幼稚，妝扮故事人物，備極巧麗。迎於市中，遠近士女走集，一國若狂。蓋無賴輩誘惑愚蕩，利其科斂乾沒所入不貲故耳。且迎會之日，民間親戚來聚其家，醬酒臑肉，費用甚侈，貧者典質以應之。又有抬閣至經行之處，羣惡少竟自拆毁牆屋，無可哭訴，甚則踰越之盜，乘人盡出，恣行探胠，不良之姬，飄蕩之子，潛相拐引。其他幼弱挨擠，蹋背折肢，酗狂鬥狠，喪生構訟，騷然不寧者，數日未已，鎮民甚苦之，云每三年必遭一劫，蓋三年一迎會也。特以鎮去郡遠，官法不能盡行，而無賴輩結黨橫肆，良民不敢觸之也。今歲郡中諸無賴輩，抵掌效尤，以城隍神爲由，自閏三月十四日起，至二十五六日，晝夜騎馬斷鑼，糾衆勒索，嘉興陸會君前後出示，嚴禁不止，反借他事編謠歌以汚衊之。又假借鄉紳名目，公行抗拒，日夜攢簇抬閣，城內外約七八十，擁塞街巷，司李沈公出，不避道，公怒令焚之，諸無賴輩虜人搶掠，各拆卸遁去。余以爲令行禁止，乃可爲國，令不行，禁不止，何亂不釀，何法可恃！此眞可寒心也。而無識者反怏怏於遊觀之不足，此何異燕雀處堂者邪」？蓋慨乎言之，然今日賽會且有執戟之士以爲之衞，古今人之賢不肖，固甚遠歟？

學海月刊

吾師李釋戡先生創刊學海月刊，其發刊辭曰：「伊川有言，不衣而足食，不工而足用，不躬堅銳守土而安居，晏然爲天地間一蠹，唯綴緝聖人遺書，庶幾有補爾。然卽如其說，亦豈俗儒所可企及哉！苟能宗顧亭林文不關六經之旨當世之務者不作，亦已難矣。第人成一書，詎易語皆精當？白首窮研，往往不竟其功。卽博洽有成矣，喪亂困乏湮滅不傳者，何可勝道！使各攄心得，彙刊流布，則事易集而無虞散佚，此學海月刊所由作也。夫海，望之不見其涯，測之莫得其深，烏能免望洋之嘆，不過冀讀者嘗一滴而知大海味耳。故凡經史，諸子，文字，音均，輿地，歷算，金石，書畫譜錄之學，有考訂闡明者，不偏門戶，不囿中外，片辭隻義，悉所收羅，幸博雅君子有以教焉。」按近日刊物雖多，而措意於學識者殊少。蓋一則困於專門人才之分散，再則羣趨利藪，終日汲汲，卽有寶筏，終戀迷津。曩者余在中央大學，創辦眞知學報，固內容之苦窳，亦讀者之無多，遂令陷於不死不生之局。厥後上海聯合出版公司有學術界之刊，而江蘇省立教育學院亦有研究季刊之輯，較之眞知，所逾已多，然比之戰前中央研究院史語所集刊，北大，燕京，清華各學報，及蘇州章氏國學會之制言，均有遜色矣。國於世界，必有以立，若長令典籍荆榛，文獻銷亡，來日情形，何堪設想，令人徒知詬詈清淡，而不知空以呼號爲口號亦絲毫無補於實際也。釋戡先生經文緯武，廣識海內學人長者，斯編一函，其必有光芒萬丈之觀乎？余輩後生，拭目俟之！

清明上河圖

張擇端淸明上河圖，太倉王忬以之遭

禍，世稱金瓶梅爲弇州山人，代父報仇之作以諷嚴東樓者，而東樓即以翻書毒死，見顧公燮消夏閒記，梁拱宸勸戒四錄，及寒花菴隨筆等書，而傳奇一捧雪即演此事，其代東樓鑒定此圖爲贋者，或曰湯裱褙，或曰唐荊川，然李越縵日記對荊川事辨證甚詳，殆是讏言，不足置信，余讀李日華味水軒日記，對此圖記述差詳，堪備掌故，因轉錄之，萬曆三十七年己酉，七月七日霽，乍涼，夜臥冷簟，小不快。客持宋張擇端文友清明上河圖見示，有徽宗御書清明上河圖五字，清勁骨立如褚法，印蓋小璽，絹素沉古，頗多斷裂。前段先作沙柳遠山，縹渺多致，一牧童騎牛弄笛，近村茅屋竹籬，漸入街市，水則舶艫帆檣，陸則車騎人物，刻肆競技，老少妍醜，百態畢出矣。卷末細書：臣張擇端畫織紋綾上。」御書一詩云：「我愛張文友，新圖妙入神，尺縑賅衆藝，采筆盡黎民。始事青春早，成年白首新，古今披閱此，如在上河春」，又書賜錢貴妃印，另一粉箋，貞元元年正月上有蘇舜舉賦一長歌，圖記，眉山蘇氏，又大德戊戌春三月，剡源戴表元一跋，又一古紙，李觀李巍賦二詩。最後天順六年二月，大梁岳璿文璣作一畫記，指陳畫中景物甚詳。又有「水村道人」及「陸氏五美堂圖書」二印章，知其曾入陸全卿笥中也。後又有長沙何貞立印，又吾姻友沈鳳翔超宗二印，記超宗化去五六年矣，其遺物散落殆盡，此卷適觸余悲緒耿耿也。此圖明木，余在京師，見有三本，景物布置，俱各不同，而俱有意態，當道君時奉旨令院中皆自出意作圖進御，而以擇端本爲最，俱內藏耳。又余昔聞分宜相柄國，需此圖甚急，而此卷在全卿家，全卿已捐館，夫人雅珍祕之，諸子不得擅窺。至縫置繡枕中，坐臥必偕，無能啟者。有甥王姓者，善繪性巧，又善事夫人，從容借閱，夫人不得已，爲一發藏，又不欲人有臨本，每一出必屏去筆硯，令王生坐小閣中靜默觀之，暮輒厭意而去。如此往來三月，凡十數番閱，而王生歸輒寫其腹記，即有成卷。都御史抒迎分宜旨，懸原價購此圖，王生以臨本售八百金，御史不知，遽以獻，分宜喜甚，發裝潢湯姓者，易其標識，湯驗其贋，索賄四千金於王，爲隱其故，王不允所請，因洗露匠者新僞，嚴大嗛王，因中之法，致有東市之慘。夫王固功名草草之士，宜不具鑑，分宜少頗淹雅，晚年富貴已極，搜閱甚多，宜一見了了，而王生之僞，必藉老匠以發，則臨本之工，亦非泛泛者。今臨本不知何在。而眞者獨出，豈亦有數存乎其間耶？……王生號振齋，亦因此構仇怨，瘐死獄中。或云，眞本爲衞元卿所得，元卿續獻之嚴，僞本乃敗。未知的據。」萬曆去嘉靖不遠，李氏所言，或有可信者。然王既不惜八百金，市此一圖，而吝此四千金，終召大禍，似亦不甚入理耳。

兩都集跋

拙作兩都集，頃由上海太平書店刊行，檢閱一過，愧汗良多，爲文譬如飲水，冷暖自知，因就所感，拉雜言之，亦足當鴻爪也。一，是集之輯，始於客冬，排校牽延，遂爾半載。然魯魚亥豕之訛，彌目皆是，雖云校書如掃落葉，究竟過於粗疏，不知何時，得細訂一過，以贖此愆。二，封面題字，原是自作總明，寫成製版。蓋余有一癖，已文絕不就正於人，且不願求人作序及題署等，匪敢自絕於標榜，實以知己文者，莫如自己，何必以此煩人？余恆言爲人須存恕道，爲文絕對不必，所謂我手寫我口，他人如何，何必計也？此又一事。唯余所題字，大小尚能適合。不意書店製版，竟大如杯口，以三十二開之書，署以如許大字，又散漫不整，其爲傖惡，何庸贅辭！然木已成舟，亦只有聽之矣。（編者按：兩都集付印，在太平書局改組接盤之前，不勝歉仄，並請著者讀者鑒諒。）

三，余爲文只得一「雜」字，駁雜不純，雜亂無章，頗足盡之。然每念常識二字，乃是今日國民所應具，否則有漢末有黃巾，靖康時有郭京，淸末有拳匪，皆是國民平時無知之表現，實國家民族莫大之危機。近頃乃又有以妖言惑衆聞者，豈二千年來，吾民竟無一毫進步耶？余雖無文，竊願於此三致意，舉凡博物之微，事理之細，凡有所得，輒願筆之於書，雖是庸腐，亦所不惜，但絕不敢附會誣妄，如八股先生所云云耳。

四，懷舊之感，依戀之情，每當亂世，人所愈增，師友凋零，親戚走散，一也，民生艱苦，彌念太平，二也，兵戈遍地，無所求生，窮則反本，舊亦本也，故每念之，三也。凡此諸情，若不得瀉，亦是苦惱，或則譏爲淸談無用，或則訴爲遁逃避世，不知今日之罪，不在淸言，而在溷濁，不在遁避，而在貪得也。平時向不辯爭，於此附著二語，以釋疑者。

五，爲文苦事也，亦樂事也。當其獺祭尋檢，苦不得愜心當意之辭，雖有感想，無足證發，又或本無所思，勉湊字數，言之無物，徒存皮毛，斯皆不足以言樂。若夫如文賦之所云，因枝振葉，沿波討源，本隱之顯，求易得難。則詞藻紛披，理深義恰，如吐喉鯁，如傾積愫，固金聖歎當入之豈不快哉者也。余文苦拙滯，又困於案牘人事，每一篇章，動歷多時，前後相塞，氣脈不屬，通人方雅，見而知之。欲求敏給，限於天賦，實無如何。又往往於一文既刊之後，頗得新義，無以補苴，此集付印倉促，更未訂正，斯皆有待於賢者指示而爲他山之助者，深蘄先進前輩，或同學同道不棄而見教耳。民國甲申六月十四日。

右筆記若干則，乃卅三年春夏間陸續寫記，其動機無非讀了書之後，覺得有意思的便抄錄一番。中國的雜書眞是看不勝看，而我自己讀書又向來沒有恆心毅力，雖然常常記起古人不可有始無終的教訓，終於覺得那樣太束縛，所以求學不能有系統，寫文也只是一知半解，不像一個完整的東西。這裏所抄，尤其細碎無意味，古人作筆記，或者有獨到見解，或者可以益人常識，像此種雜亂無條貫的物事，二者均談不到。且亦不會如先祖之閱微草堂，藉鬼狐說教訓，或聊齋志異之廣異聞寄感慨，甚至連雀入大水爲蛤女人變猪之類的可以令人蘧然一驚或供識者一哂的材料也沒有。抄而存之，想不出別的意義，只好說算是半年來讀書的一點業績罷，以後還有，如果許可的話，也許還要糟踏一些紙張。甲申七月念六日大熱兼旬矣，揮汗記於篁軒。

看茶餘話

武酉山

代序

一

近與友人劉恩祿君，每夜煑茗談天，四五壺後，實不能再飲，惟對茶默看而已。東坡志林所載啜墨看茶之事，庶幾近之。斯時偶將目耕口說之語，拉雜記存。民國廿九年庚辰二月初六日於白門李府巷五號寓廬。

二

庚辰歲首，予自泗州故鄉，重返江南，大雪連朝，斗室無賴，日與劉子恩祿，圍爐閒話，烹茶劇飲，茶空語默時，偶抽架上書閱之，遇得意處，箚記數行，名曰看茶餘話。歲暮返里省親，復來舊寓，又值春雪擁檻矣，茶沸香裊，爐火親人，鄴架琳瑯，良友無恙，回顧客歲陳迹，如在目前，韶光易逝，渺不可追，積習未除，率爾操觚，題曰烟茶廬小紀云爾，辛巳元宵後二日記。

正文

讀書習字，不惟求進，亦以養心；惟閒靜中，始有此樂；但能有恆，學藝自進矣。

甚愛必大費，多藏必厚亡，老氏深誡，金戈鐵馬之際，典籍散亡者多矣；或燬於兵燹，或失於穿窬，讀易安居士金石錄後序，可爲三嘆！余以爲此時蓄書，以己身能携帶者爲限。中華書局之仿宋版巾箱本，商務書館之四部叢刊縮本，書旣短薄，字仍肥大，五經四史，一篋可裝，攜以出行，何等方便乎。

巾箱本之名，始於南齊衡陽王鈞，南史記鈞「嘗手自細書，寫五經都爲一卷，置於巾箱中。賀玠問曰，殿下家自有墳索，復何須蠅頭細書，別藏巾箱中。答曰，巾箱中有五經，於檢閱旣易，且一經手寫，則永不忘。諸王聞而爭效，爲巾箱五經。」巾箱本之便利，誠如鈞所言，南朝干戈擾攘，或亦謀携帶便利乎？

汗牛充棟，書城書窟，似不宜於今之世。曾文正公謂，買書不可不多，而看書不可不知所擇。余以爲看書不可不多，而攜帶之書不可不知所擇。汲古閣所刻之四史，與今世界書局影印之四史相較，一則計百數十冊，一則僅三冊，學者於出行時，奚所擇携，吾知必棄彼取此矣。

不三不四之詩文集，及傅會男女愛情之說部，充盈坊肆，實覺刺目，安得復生一祖龍，拉雜摧燒之以爲快乎？吾常有今日讀書之人，所讀非書之感。老殘游記，載東昌府一書店所售之書云：「掌櫃指着書架子上白紙條兒數道：你老瞧，這裏崇辨堂墨選，目耕齋初二三集，再古的還有那八銘塾鈔呢。這都講正學問的，要是講雜學的，還有古唐詩合解，唐詩三百首；再要高古些，還有古文釋義，還有一部寶貝書呢，叫做性理精義，這書看得懂的，可就了不得了。老殘笑道，這些書我都不要。那掌櫃的道，還有還有，那邊是陽宅三要，鬼撮脚，淵海子平，諸子百家，我們小號都是全的。」此等書，有之嫌多，無之不爲少，僅堪糊壁覆瓿而已。

善本之書，一經世變，零落寡存；且價値太昂，非寒士所能蓄。前商務書館影印之四部叢刊，方便士林，功德無量，昔日價値百金之書，今以一元或幾角購得之，與原本無異。藏書家宜盡出所藏，影印公世，勿效海源閣之深鎖瑯嬛也。

吾有三恨：一恨無用之書籍太多，徒亂人意；二恨僞造之字畫古董充斥，眯人眼目；三恨佳山水，好風月，忙人無暇游賞。

余前曾恨無用之書，安得復生一祖龍，拉雜摧燒之。適閱板橋家書，知此翁亦有斯感，略云：「自漢以來，求書著書，汲汲每不可及，魏晉而下，迄於唐宋，著書者數千百家，其間風雲月露之辭，悖理傷道之作，不可勝數，常恨不得始皇而燒之。而抑又不然，此等書不必始皇燒，彼將自燒也。時歐陽永叔讀書祕閣中，見數千萬卷，皆黴爛不可收拾，又有書目數十卷，亦爛去，但有數卷而已；視其人名，皆不識，觀其書名，皆未見，夫歐公不爲不博，而書之能藏祕閣者，亦必非無名之子，錄目數卷中，竟無一人一書識者，此其自焚自滅爲何如，尚待他人舉火乎？」始皇之燒，至漢而經子有用之書復出，後世無用之書，不待燒而自然滅絕，亦天演公例也。

有用之書，亦分數等；有須熟讀成誦者，有須瀏覽者，有資檢查者。若不分別讀之，時間徒徒浪費。前輩幼年所讀四書五經詩文，至老每一提及，成段熟背，滔滔不絕，今人讀書，僅一涉獵，便束高閣，偶道及一兩句，尚記憶不清，學無專精，空負淵博虛名而已。

張敦復聰訓齋語云：「凡讀書，二十歲以前所讀之書，與二十歲以後所讀之書，迥異。幼年智識未開，天眞純固，所讀者雖久不溫習，偶爾提起，尚有數行成誦；若壯年所讀，經目則忘，必不能持久。故六經秦漢之文，詞語古奧，必須幼年讀，長壯後，雖倍蓰其功，終屬影響。自八歲自二十歲，中間歲月無多，安可荒廢，或讀不急之書。」今人除正課外，尠有不讀不急之書者。不三不四之詩文，傅會男女愛情之說部，甚至修言劍俠，杜撰偵探，驚世駭俗，層出不窮。怪力亂神，先聖所斥，作此類書者，究何為乎？

庚辰上元，予重游白門，訪淮水東邊詞人舊居於大石壩街五十號，高門大屋，僅餘瓦礫，昔日吟嘯之所，今則澤葵依井，荒葛塞塗矣。詞人喜藏書，水榭三間，庋置書箱數百隻；夏爇芸香，烹苦茗，開篋取一卷書，坐加丹鉛，風簾微動，芸香靜裊，隔岸河房，歌吹如沸，聽若無聞焉。詞人裝訂書籍，最為精緻，東培山民一瀲研齋筆記云：「每得書，必重裝訂，將分者合為一，多者併為少，每書必製夾板，每板必加題識，必自斧削，自裁訂，鍼線刀錐，寒暑不廢。」即指詞人也。

一切器物，有有必有無，有聚必有散，至書籍古董字畫，為世間尤物，遭劫亦更大。讀李清照金石錄後序，為之永嘆，佛家以貨財為五家公共之物：一曰國家，二曰官吏，三曰水火，四曰盜賊，五曰不肖子孫。故貨財之喪失，未有不被此五家攫去者。近每購一舊書，見鈐有圖記，輒作楚弓之想。凡蓄物以生前能享用者為目的，生年不滿百，常懷千歲憂，必欲傳之子孫，藏諸石室；及至身後，任人支配，前所計畫，徒夢想耳。

王東培一瀲研齋筆記，記孫淵如寓南京舊王府，其平津館冶城山館，收藏甚富。淵如死後，其子以藏書多為鼠囓所毀，命擔惜字紙者，將一切藏書，無論殘否，概捆載去，屬付丙丁，並別給酒資。不肖子孫，在五家之中，尤為强悍，惜哉！

余生平買書，有數事可紀者：一為以五元買得鄭大鶴手校彊邨叢書本夢窗詞；二本買白香亭詩，書內夾有陸心源名刺，上寫約友人觀劇數語；三為一日晚間，與友人在狀元境舊書舖中，閒翻亂書，無意中，發現姚燮苦海航一冊，石弢素先生謂，此書已不多見，當時印作善書送人者也：四為以代價一角，買劉復校序之渾如篇一冊，此書為北京北新書店所印，乃久絕板之書。

書有專精一兩部，便足名家者，若趙普之半部論語，可謂簡矣。李審言專精選學，康有為能背誦杜詩全集，段玉裁治說文四十餘年，蘇東坡謂借得一部漢書，如貧兒乍富。廖季平言：如能熟研白虎通，便足橫行天下。此皆學貴專精之驗也。今人讀書，東翻西閱，朝三暮四，年垂垂老，一無所成，非好博之過乎。

余近喜買袖珍小本書，以其携帶便利也。此類書本，多為清末科考時代，上海同文書局，蜚英館，點石齋，申報館，鴻寶齋，積山書局等書坊所石印。字雖細小，而點畫清晰，且無譌誤。前此龐編巨帙，一變而書不盈握焉。前此一篋僅可裝一種者，今則可裝至一二十種，且綽綽有餘焉。置案則翻檢易尋，出行則體量減輕，何等方便乎，計余篋中所存者：如點石齋之經籍纂詁，蜚英館之說文解字注，十萬卷樓考正字彙，此有關字學者也。積山書局之子史精華，及角山樓類腋，此有關典實者也。文林綺繡五種，詩句題解，唐詩金粉，四六類腋，臨文寶笈，每字頂格本詩韻大全，及榮寶齋之袖珍詩韻，此有關詞章者也。各國尙友錄統編，此有關人名簡史者也。惜尙友錄僅載賢士，不取惡人，自商務書館中國人名大辭典出版，尙友錄遂爲人所遺棄矣。

鬻字賣畫，聊以餬口，百工之一，情有可諒，無關名士風雅也。板橋云：「古人云，諸葛亮眞名士，名士二字，是諸葛亮才當受得起；近日寫字作畫，滿街都是名士，豈不令諸葛懷羞，高人齒冷。」緣字畫源涉美術，人之愛美，性情所同，卽蓬門小戶，蛛網塵凝，壁間猶掛一二張字畫，以伴寥寂。槽懸牛影，門貼鍾馗，用以娛目，遑擇美惡；於是寫字作畫之人，乃車載斗量，應時興起。古董店中，堆案盈壁，謀假造僞，費盡心機，細審作品，十九惡道，買至家中，識破贗跡，終朝悔恨，棄擲無方，予以爲心愛之字畫，有數軸已足欣賞，吾人不欲設書畫展覽會，購求無饜，奚所用乎？

有學問而儉於收藏，此不足爲病也，學問藏於腹中，豈不賢於書籍庋置架上乎？欣賞眼前之眞山水花鳥，豈不賢於繪在陳絹殘楮乎？至古董玩器，尤不可酷嗜，愛之過度，反不適用。收藏日久，主人老死，致不得把玩，惑莫甚焉！桐城張敦復云：「人往往於古人片紙隻字，珍如拱璧，其好之者，索價千金，觀其落筆神彩，洵可寶矣；然自予觀之，此特一時筆墨趣之所寄耳，若古人終身精神識見，盡在其文集中，乃其嘔心瀝肺而出之者，較之偶爾落筆，其可寶不且萬倍哉。」又云：「細思天下歌舞聲伎，古玩書畫，禽獸博弈之屬，皆多費而耗物力，惹氣而多後患，不可以訓子孫；惟山水花木，差可自娛，而非人之所爭。」此老深明老氏見素抱樸，少私寡欲之旨，故能居高位而不危也。

書畫乃雕蟲小技，工拙本無關於學問經濟；然能專精，亦足名家，古今學人，聊以娛意，若一意求工，終身事此，亦云苦矣，板橋寄弟書云：「寫字作畫，是雅事，亦是俗事，大丈夫不能立功天地，字養生民，而以區區筆墨，供人玩好，非俗事而何？東坡居士，刻刻以天地萬物爲心，以其餘閒，作爲枯木竹石，不害也；若王摩詰趙子昂輩，不過唐宋間兩畫師耳，門館才情，遊客伎倆，只合翦樹枝，造亭榭，辨古玩，鬥茗茶，爲掃除小吏作頭目而已，何足數哉。」板橋身精書畫，猶作此語，況無其天資才情，而欲以此壽世乎？

官高財大，尠有不納寵者，清季官場，此風尤盛，閱清人有名尙齋者，論子家書手稿云：「張廉訪之爲人，向頗欽佩，今年逾六十，家有姬妾，今又在揚，於花天酒地中，納此一寵，未免荒唐。父前接幼帥信，囑由局稟留，此時不得不稟，然似此名士風流，正不敢遽託以局務，私衷甚切躊躇。」名士能不風流，愈使人欽敬，其有本非名士而偏喜風流者，此種人更不足道矣。

楊升庵僞造雜事祕辛，袁隨園假託控鶴監記，實屬文人無行，葉德輝著于飛經，視二君猶五十之與百步也；至張競生之性史，等諸自鄶以下矣，名教中自有樂地，諸君何必乃爾！

紀事說理，駢不如散，寫景言情，散不及駢，駢文至六朝，可謂無以復加，徐庾任沈，冠冕當代。唐宋誥文箚册，無不用駢，浮詞濫調，閱之可厭；至清人作燕山外史說部，亦全用四六，未免走入魔道。近閱敦煌石室所出，唐白行簡天地陰陽交歡大樂賦，以駢文寫閨闈之事，如「或高樓月夜，或閒窗早春，讀素女之經，看隱側之鋪，立鄣圓施，椅枕橫布；美人乃脫羅裙，解繡袴，頰似花圓，腰如束素，情宛轉以潛舒，眼恆迷而下顧。」尤令人短氣。

葉氏雙梅景闇叢書，刊有素女經，素女方，玉房祕訣，洞玄子等書，率六朝以前舊籍，流傳於海外者，葉氏序素女經云：「此書爲房術之鼻祖，讀者因隋唐舊籍，以求古聖人制樂禁情之命文，延年種子之要道，俾華胥之族類，繁衍於神州，和平壽考之休徵，充溢於宙合，世有達人，熟讀而潛學焉，其於陰陽始終之義，思過半矣。」又序玉房祕訣云：「予自弱冠，篤好方書，習於參同家言，失偶鰥居，自調坎兌，其間閱人世之奇變，託男女以浮游，每見朋侶，惡疾攖身，嗣續艱貴，甚或朝爲東門之客，夕登北邙之山，木槿榮枯，蜉蝣視息，試與窮此書之究竟，言夫婦之能知，莫有奉爲玉言，以相節制；及至身死嗣絕，悔悟無由，豈不可哀！豈不可痛！嗚呼！予刊此書，將以振一世之沉迷，登斯民於袵席，非以侈陳祕道，矜示異常，後此覽者，可以諒矣。」可謂持之有故，言之成理者矣。

惡因緣纏繞中，偶讀寒山子詩，如服一帖清涼散，爰錄三首。「有酒相招飲，有肉相呼吃，黃泉前後人，少壯須努力，玉帶暫時華，金釵非久飾，張翁與鄭婆，一去無消息。」又云：「可嘆浮生人，悠悠何日了，朝朝無閒時，年年不覺老，總爲求衣食，令心生煩惱，擾擾百千年，去來三惡道。」又云：「儂家暫下山，入到城隍裏，逢見一羣女，端正容貌美。頭戴蜀樣花，胭脂塗粉膩，金釧鏤銀朶，羅衣緋紅紫；朱顏類神仙，香帶氤氳氣，時人皆顧盼，癡愛染心意。謂言世無雙，魂影隨他去。狗齩枯骨頭，虛自舐脣齒，不解返思量，與畜何曾異。今成白髮婆，老陋若精魅，無始由狗心，不超解脫地。」一言及時行樂，一言知止知足，一言色即是空，皆足令人發猛省也。

牡丹亭驚夢中皂羅袍云：「原來姹紫

嫣紅開徧，似這般都付與斷井頹垣，良辰美景奈何天，賞心樂事誰家院，朝飛暮卷，雲霞翠軒，雨絲風片，烟波畫船，錦屏人忒看的這韶光賤。」令人讀之，有舊袖低昂，頓足起舞之想。

江寧有十布衣，一瓻研齋筆記曾載之，即陳忠倚灌圃，施瑞年葆生，徐承恩沛齋，孫正祁雲伯，程均彬士，畢齡髯生，劉歷生，吳錫銓，唐鼇紹章，及趙業培書畬也。此十人詩詞書畫多可傳。

偶於舊書中，檢出汪辟疆手書，黃季剛師遺作七律一首，題爲己未十月二十七日，時師正寓居白門大石橋量守廬也。詩云：「別已無期夢轉疏，匡牀一念自縈紆，蒙鳩挂葦身難恃，蟋蟀鳴堂歲又除；蕭寺孤棺歸計滯，他生比翼誓言虛，惟將癡意憐兒女，縲緒盈懷不用書。」細味詩意，似悼亡之作，按師自序云：「余中年縲處，悶悶無聊。」又念楚哀詞云：「亡妻王氏，生子女七人，迨其死時，僅存三男一女，自亡妻之歿，余嘗撫諸子而泣曰，人生早歲偏孤，無母之苦，劇於無父；我肯十三，即傾嚴蔭，何嘗不酸楚零丁，而形骸無絲毫不適，則有母之爲也。」詩中所謂蕭寺孤棺，必指其德配王氏矣。

季剛師曾贈秦淮歌女高雲樓聯云：「雲作舞衣，月爲歌扇。樓臨道左，人住城南。」上扁爲「高高在上」四字。

季剛師云：「蘇州有三好；城內多小河橋梁，水陸並通，一好也；每戶庭院，植有花木，可以怡情，二好也；大門前常坐有靚妝妙齡女子，低首刺繡，三好也。」

師又云：「朱子四書集註，文字簡淨可喜，難以增損，可作青年人之最好修身讀物。」

師又云：「知蘇曼殊者，莫若黃季剛。」蓋指其早年從太炎先生居東時，與曼殊相處甚久，曼殊作詩，多求其點定也。

宋蘇籀記其父子由先生遺語，名欒城先生遺言，不載於欒城集中，時有名言，爰錄數則：「公爲籀講老子數篇，曰高於孟子二三等矣。」又「公言歐陽文忠公讀書。五行俱下，吾嘗見之，但近覷耳，若遠視，何可當。」又「公曰，子瞻之文奇，余文但穩耳。」又「元祐間，公及蘇子容劉貢父同在省中，二人皆曰，某等自少，記憶書籍，不免抄節，而後稍不忘。觀君家昆仲，未嘗抄節，而下筆引據精明，乃眞記得者也。」又「凡爲詩文，不必多，古人無許多也。」又「讀書須學爲文，餘事作詩人耳，」又「讀書百遍，經義自見。」又「公言班固諸序，可以爲作文法式。」又「公語韓子蒼云，學者觀儒書，至於佛書，亦可多讀，知其器能也。」東坡佛學最深，文中多用佛理，如赤壁賦超然臺記是也。子由勸人閱佛書，或受其阿兄之薰陶乎？

淮水東邊詞人爲余言：況蕙風曾於白門大石壩街寓所，掘得李香君小印，佩之不去身。則媚香樓故址，在今大石壩街也。又言清道人李瑞清，生性畏熱，冬季不服裘。一日，與其弟口角，被推倒地，遂得中風病，老年無子。又言，吳歷山水妙處，以其能畫風，且長於算法，寸馬豆人，不失累黍，晚年泛海，不知所之，恐隨月仙郎去矣。

玄武湖泛月，掃葉樓眺江，雞鳴寺聽鐘，莫愁湖賞荷，此白門富有詩意之四名勝地也。余旅居白門十餘載，寺觀坊陌，山水亭榭，無不遍歷，獨於此四處，游眺不倦也。

白門巷陌之多，莫過於城南，門東門西，曲巷小徑，迴繞不窮，夫子廟秦淮河畔，自明末迄今，未斷笙歌，憶孫傳芳督蘇時，清唱多設於畫舫內，廟前泮水，沿岸不下十餘船，鑼鼓喧闐，歌聲清脆，茶客與豪，彼姝如玉，目挑心招，色授魂與，亦一時之盛也。

夫子廟左右有二橋，東曰利涉，西曰文德，過橋為大小石壩街，再東則至烏衣巷，白鷺洲，乃明代舊苑遺址也，板橋雜記序云：「間亦過之，蒿藜滿眼，樓館劫灰，美人塵土，盛衰感慨，豈復有過此者乎。」今夫子廟繁盛猶昔，而白鷺洲荒涼益不如前，殊令人有余曼翁之感也。

小立文德利涉二橋上，可見中山陵，白石長階，鍾山蒼翠之氣，撲人眉宇，下視淮流一帶，水閣兩岸，饒有詩情畫意，余近有文德橋口號詩云：「利涉橋西文德橋，山容水態畫難描，誰家小榭清歌發？橋上行人魂欲銷！」蓋紀實也。

夫子廟左近茶館，昔以奇芳閣稱首，丁丑之劫，閣燬重建，規模遠不如前矣。今日茶寮，余得而評之曰：規模較大，有樓可登者，為雪園；胡餅乾絲最佳，特設有棋枰者，為永和；窗臨淮水，饒有古趣者，為奎光閣；水榭數楹，緊靠文德橋堍，不甚為茶客注意，而地點實幽靜不喧鬧者，為飲綠茶社。

金陵門東武定門至雨花門一帶，風物清幽，有類郊野，眞城市山林也。丁丑前，余常行吟其地，入寺尋僧，倚樹看水，幽闃邃夐，不可具狀；轉瞬四載，舊地重遊，荒寂殆倍於昔。白鷺薪木毀傷，亭館頹夷，誦連昌宮詞，「荊榛櫛比塞池塘，狐兔嬌癡緣樹木，」盛衰之跡，古今如一。步入正覺寺，伽藍莊嚴，佛像完好，殿前芍藥正放，青苔滿地，小坐蒲團，偷得浮生半日閒也。南為佛教居士林，在前盛時，梵唄鐘聲，消人俗慮，現已荒涼無人跡矣。居士林之西，為石觀音庵，相傳籤語至靈，余求得九十二籤，上上，文曰：「歲寒不改栢和松，爾自開懷換笑容，終日經營皆得手，行來徐步見前峯。」卦語頗好，自分措大生涯，書劍飄零，雖欲勉為開懷，强作笑容，不旋踵又復閒愁萬種矣。

一日晚間，與友人在舊書舖閱書，購得日記手稿一册，封面書玄德山人，下蓋藏謀」陽文朱印，日記題簽下，寫「壬戌年」三小字，按當爲民國十一年也。惜不知其何姓，攜歸枕上閱完，略悉作者係湖南人，在民國十年五月，由湘來南京，考入龍蟠里國學圖書館主辦之南京國學專修館，日記中所稱之姚師，當是姚明暉，其主講天文學之陸師，則不知是誰。

臧課壬戌五月十九日日記云：「上午晴，至圖書館閱書，下午天降大雨，開閱儀禮。余於去歲四月二十四日，由家起程，二十五日抵長沙，二十七日晚，乘火車赴漢，二十八日晨抵漢，五月初二日，由漢乘輪赴金陵，是日即至羊皮巷同善分社報名，初八日與考於龍蟠里國學館，幸蒙錄取，故有今日。然余於今日不能無所感，何則，自去歲至金陵，迄今已一年。余之在家也，品學皆劣，今既負笈數千里，自當改昔日之行，以求切實之學問，庶幾有顏以見家長，有辭以對鄉黨宗族，乃自入館以來，受教雖已一年，而品行依然，學問如故，長茲以往，至於畢業，又只是如此人物，吾將何以立天地之間乎？袁了凡有言曰，從前種種譬如昨日死，從後種種譬如今日生，其可以爲法矣。」可謂善於自白者矣。

又五月二十一日記云：「晨七句鐘起，臨毛公鼎一張，早飯後摹趙，臨黃庭經，並點儀禮弟一。午飯後，將儀禮士冠禮閱完，並點近思錄卷三。晚閱史記孝文皇帝本紀完，又圈禮記祭義。天陰，晚飯後，與友四五人，王君武堅，李君逢春，葉君杏林，濮君道興，曾君廣西，散步於清涼山九華寺，地藏王之像在焉。余等初入廟門，適天將昏，登高而望，一片朦朧之色，遠視無見，氣象甚覺荒涼；兼以廟利所在，神道所居，是時心中，頓覺有一種悽慘之象。因想夫人生在世。或利祿熏其心，或女色迷其性，每求而不得，反受種種之羈束，是故災禍頻仍，性命莫保，蓋有苦不堪言者矣。予生非時，天下滔滔，覩斯民之顛連無告，能不更增余之感慨乎？吾不知上帝何以使我父老昆弟諸姑姊妹遭此荼毒？嗚呼！此忠臣義士之所以長歎息也歟。不然，豈若世外高人之爲樂哉？孔子曰，隱居以求其志，行義以達其道，良有以也。」作者一腔悲天憫人之懷，救飢拯溺之心，在此淒涼古廟之中，盡情吐出，世無知己，誰識其悲乎？

臧課於日記後封面內，以硃筆寫詩詞數首，間有刪改，詞意悽惋，感觸萬端，眞古之傷心人也。爰錄二首，游古林寺云：「冉冉浮光去若流，白門忽忽六年留，安貧合屬書生事，古廟青山盡日遊。」過桃葉渡云：「六代繁華一掃空，橋邊徒倚向長風，古今多少佳人淚，盡灑秦淮秋水中。」偏閱全本日記，知作者實一好學深思之青年，每日從朝至暮，非寫字，即讀書，或聽講，刻苦力學，忍貧作客，日記中曾載吐血數次，知好學太過也。

人生江南，是極樂國，雲嬌嵐嫩，，草媚花明；加之秦淮河畔，酣歌醉舞，酒綠燈紅，羇客於此，亦有樂不思蜀之想矣。祇惜天未厭亂，飢寒迫人，餓莩在野，令人不能無戚戚耳。

夫子廟一帶之書肆，其書籍來源，多自莫愁路曉市，趕市之人，早四時前即往，不論中西新舊之籍，牽以斤重論價，往返數里，各攜購得之書以歸，間獲厚利，生涯亦大苦矣。予一年來，曾往曉市兩次，以不能早起，至時天已黎明，攤販多收，回時仍妙手空空，故購書不得不往夫子廟。

物聚於所好，而散於無可奈何之時，書籍字畫碑拓，及珠玉珍奇之物，皆爲人所寶愛，得之甚難，失之則易，諸物之中，以書籍碑拓，爲能淑身益人，其餘有之不爲多，無之不爲少。若貪求無厭，反爲身累。書籍有益於人，蘇東坡作李氏山房藏書記，論之詳矣，即以碑拓而言，好之亦有用，近坊間影印之拓本，多爲端方舊藏，端方任兩江總督時，寓居南京紅紙廊，即今之建鄴路也，幕中網羅文士極多，如李詳況周頤，其尤著者，爲之論列書畫，考訂金石，桐城張祖翼，則題端跋尾，後端方以鐵路大臣，督師入川，爲革命軍所殺，紅紙廊器物，旋亦散失。李詳詩云：「槐影扶疏紅紙廊，冶城東畔又滄桑，摩挲石墨人空老，憶到金陵便斷腸。」陳毅孔羨碑跋云：「庚申三月，萊庵姻丈，以所獲端忠敏公舊藏孔羨碑見示，距在寶華庵中展玩時，歷十三稔矣。鴻印猶存，前塵若夢，敬識數語，掩卷悽然！」原物雖已易主，而能化身千萬億，以便利後學，爲功不已溥乎。

文房四寶，硯壽最長，不惟石質堅潤，亦復形製堪愛，故陳眉公太平清話云：「文人之有硯，猶美人之有鏡，一生最相親傍。」吾鄉張啟後翰林，善書，藏一小端硯，無池，行止必以自隨，雖遇患難不棄。用後即滌去餘墨，包裹藏之，不輕示人，此眞可謂如美人之寶佳鏡矣。聞宿遷王氏，藏有一百方古硯，署其室爲百硯齋，錮之櫝中。夫物本以見用於人爲貴，如王氏者，硯雖多，亦奚以爲？或有謂東坡曰，吾往端溪，可爲公購硯。公曰，吾止兩手，其一解寫字，而有三硯，何以多爲？曰，以備損壞，公曰，吾手恐先硯壞。眞解脫人語，佛家戒貪，東坡深於禪理，故能道出此言。

陳眉公曰：「余欲藏萬卷異書，襲以異錦，薰以異香，茅屋蘆簾，紙窗土壁，而終身布衣，嘯詠其中。」陳氏身際太平，二十九解青衿，爲逍遙布衣，因此得讀未見之書，著作等身。若吾人身値四海沸騰之世，飢來驅人之秋，而欲效顏子之在陋巷，不改其樂，已非其時矣。沈攸之云：「早知窮達有命，恨不十年讀書。」余深味乎其言，常恨生不逢辰也。

王建行見月詩云：「月初生，居人行，見月一年十二月，强半馬上看盈缺。百年歡樂能幾何，在家見少行見多，不緣衣食相驅遣，此身誰願長奔波。篋中有帛倉有粟，豈向天涯走碌碌，家人見月望我歸，正是道上思家時。」自惟生平，與家人聚少離多，二十年來歲月，皆在客中消去，春風秋雨，時鳥候蟲，羈旅況味，備嘗之矣。至如茅店雞聲，長途輪轂，馬上看月，春底待風，行客心事，亦何可言！每吟王建此詩，輒作數日惡。

八大人覺經第一覺云：「世間無常，國土危脆，四大苦空，五陰無我，生滅變異，虛僞無主，心是惡源，形爲罪藪。」三界無安，猶如火宅，塵刹虛浮，喻同朝露，塵俗熙攘中，偶誦此數句，不覺驚惶汗下。

「以色事人者，色衰而愛弛。」妖姬當三復斯言。「千歲之狸，變爲好女。」登徒子當三復斯言。

聲色貨利，誰不好之，惟達人能自解免耳，若一生沉溺於此中，不克自拔，得時足樂，失時亦大覺苦惱。一切苦惱，皆人自召，患當時不醒悟耳。

飲食並稱，古人冬日則飲湯，夏日則飲水，蓋未有以茶爲飲料者。茶古謂之荼，即詩所云「誰謂荼苦」之荼也。雲谷雜記謂，漢王褒童約，有五陽買茶之語，當時雖知飲茶，未若後世之盛。又南窗紀談，謂吳志韋曜傳，孫皓時，每宴饗，或賜茶荈以當酒，則三國時已知飲茶矣。今人言嗜茶者，皆推唐陸羽，余謂羽自好茶，尚未以此强人，世說新語載，王濛好茶，人至輒飲之，士大夫甚以爲苦，每欲候濛，必云今日有水厄。可見當時嗜茶之人，尚不甚多，至以爲厄，則茶未可躋之於飲食之列也。按元賈銘飲食須知云：「茗性大寒，久飲令人瘦，去人脂，令人不睡。大渴及酒後飲茶，寒入腎經，令人腰脚，膀胱冷痛，兼患水腫攣痺諸疾，宜少勿多，不飲更妙。」似此傷人之物，世多忽略不察，南京人早晨好上茶館，謂之「皮包水」，亦可謂飲鴆止渴者矣。

余既言茶之害矣，玆復及煙，此所謂煙，不指鴉片，即人人所嗜吸之黃烟紙烟及雪茄是也。方氏物理小識云：「久服則肺焦，諸藥多不效，其症忽吐黃水而死。」又本草云：「多食煙損容。」皆非故作驚人語也。

勞心勞力，同是一勞，過則傷身，悟者保生遠害，審機制慾，庶享遐齡；昧者不察，流連目前，不惜戕害生命。抱朴子論養生曰：「善養生者，先除六害：一曰薄名利，二曰禁聲色，三曰廉貨財，四曰損滋味，五曰除佞妄，六曰去沮嫉。六者不除，修養之道徒設爾。所以保和全眞者，乃少思少念，少笑少言，少喜少怒，少樂少愁，少好少惡，少事少機。無久坐，無久行，無久視，無久聽。不饑勿强食，不渴勿强飲。體欲常勞，食欲常少，勞勿過極，少勿至饑。冬朝勿空心，夏夜勿飽食，早起不在雞鳴前，晚起不在日出後。」葛洪治神仙家言，於養生之事，論辨極精，世人妄言服食胎息，黃白玄素，若眞有其事者；不知丹砂鼎爐，皆在自身，舍返求遠，損本逐末，雖日服藥餌，難起游魂，如能深究養生論，其效當倍蓰於藥餌也。

事物之理，須看得澈底，始能自悟，若僅見其一面，何異隙中觀門，管裏窺天，一時執著，終身迷誤，不克自拔，最足債事。譬如好色何嘗不可好，迷誤者終淪苦海。四十二章經言，愛欲莫甚於色，色之爲欲，其大無外。又言愛欲之人，猶如執炬，逆風而行，必有燒手之患。人人皆知色之不可深好，猶復投泥自溺者，爲貪癡二字之所蒙障也。天神獻玉女於佛，欲壞佛意，佛言革囊衆穢，爾來何爲，去，吾不用。佛能透得此門，所以成道，愚者馳驅，故墮地獄也。

古書之中，有言及食色之事，不甚爲人注意者；如周易雜卦：「遘，遇也，柔遇剛也。漸，女歸待男行也。頤，養正也。既濟，定也。歸妹，女之終也。未濟，男之窮也。」史記滑稽列傳中，「握手無罰，目眙不禁，羅襦襟解，微聞香澤。」使人閱之，皆足搖蕩性靈。又如秦少游滿庭芳詞：「消魂，當此際，香囊暗解，羅帶輕分。」史達祖換巢鸞鳳詞：「暗握荑苗，乍嘗櫻顆。」妙在詞句之美，能掩詞意耳。至於西廂記之春到人間一段，及牡丹亭原來是姹紫嫣紅開徧之後一段，盡情寫去，不復隱諱，亦以其作品大佳，故不因一眚掩大德也。及讀釋典，善見律毗婆沙卷二有，「爾時阿育王登位，立弟爲太子，太子一日入林游戲，見羣鹿陰陽和合，太子作是念。此諸羣鹿，噉草飲水，尙復如此，豈況比丘在寺，房舍床蓐細輭，飲食適口，當無是事？王聞語已，即自念言，非狐疑處，而生狐疑。一日太子帝須觸忤王意，王忿而語太子帝須，我今以王位別汝七日，作王訖已，我當殺汝。七日已滿，王喚帝須，問何意羸瘦，飲食妓樂，不稱意耶？帝須答言，死法逼迫，心不甘樂。王聞語已，語帝須言，「汝已知命七日當死，猶而惶怖，況諸比丘出息入息，恆懼無常，心有何染着。」是知人能樂道，勘破色即是空，如能以禮自防，亦樂而不淫矣。

佛典浩瀚，畢生難窮，即如閱藏知津所載書名，已令人興望洋之嘆。古今高僧法師，拋棄家室，屛除俗好，終身鑽研，尙慮未識妙道，況世務羈絆之中材乎？故欲從事探研內典，不可不知門徑，楊仁山居士謂：「學佛者，隨人根器不同，利根上智之士，直下斷知解，澈見本源性地，體用全彰，不涉修證，生死涅槃，平等如一。其次從解路入，先讀大乘起信論，研究明了，再閱楞嚴，圓覺，楞伽，維摩等經；漸及金剛，法華，華嚴，涅槃諸部；以至瑜伽智度等論，然後依解起行，行起解絕，證入一眞法界，仍須回向淨土，面覲彌陀，方能永斷生死，成無上道，此乃由約而博，由博而約之法也。又其次者，用普度法門，專信彌陀佛接引神力，發願往生，隨己堪能，或讀淨土經論，或閱淺近書籍；否則單持佛陀名號，一心專念，亦得往生淨土，雖見佛證道，有遲速不同，其超脫生死，永免輪迴，一也。」楊氏學佛四十餘年，頻遊英法，求經東瀛，專志刻經，成立金陵刻經處。研經之暇，教授後學，成就辨才，如梅光羲桂伯華，皆出其門，蘇曼殊亦從其問業。而所言學佛門徑，乃如此淺近，學者亦可知所從矣。

楊仁山等不等觀雜錄，言鴉片之害，說極精闢。「所最奇者，吸烟之筒，名之曰鎗，靜言思之，恍悟然曰：鎗者，殺人之具也，舉鎗殺人，必以口對人，而火門對己，乃吸烟則反是，誠舉鎗以自殺也。嘗觀世人，終日營營，百計千力，莫非損人利己，惟吸鴉片一事，則專以害己，此所謂天壤間至公之道也。」舉鎗自殺一語；言人所未言，害人終害己，亦報應不爽也。

古人云，如夏日之可畏，如冬日之可愛，同一日也，寒夏爲人所愛憎如此，亦無怪世態炎涼矣。夏日火傘高張，流金鑠石，人行地上，何異熱鍋上螞蟻乎？今年流年不利，又值閏六月，（指三十年）益使人度日如年，恨熱咒暑，讀唐人小說柳毅傳，願隨龍女於水晶宮裏，以逃此流火之暑季。

昔避暑匡廬，山上最熱之氣候，不過七十度，常數日不洗澡，羨爲人間避暑勝地；如黃龍泉，文殊臺，萬松嶺，一至其地，惟聽松風泉響，來自天際，頓覺心地清涼，萬念俱消，覺熙攘之塵世，眞火山熱坑也。陳繼儒云；「造化之涼燠，大寒暑也，瘧疾之冷熱，小寒暑也，人情之炎涼，外寒暑也，胸中之冰炭，內寒暑也，四者潛移密運，如循環轆轤，使人垂老顚倒，而莫可解脫。」人第知天時之有寒暑，而不知人情世態亦有寒暑，天熱尚可逃，於熱中之人世，將逃至何處乎？

倪文節謂閒居勝於爲官，尤於暑月見之，暑月居官，非我見人，則人見我，衣冠襪履，未嘗敢去體，正熱坐轎，殆如蒸焙，客坐偪窄，臭氣薰襲。正使達官免於請謁，不能不受人之謁，正使恬退簡於造詣，亦不能不受謁與報謁；至於造朝蒞政，其事尤重，其禮尤謹，則其服尤厚。予以爲如是而言不熱，所謂强顏耳。

蘇東坡洞仙歌詞，首二句「冰肌玉骨，自清涼無汗，」云係聞諸老尼，尼自言嘗隨其師入蜀主孟昶宮中，一日大熱，蜀主與花蕊夫人，夜納涼摩訶池上，作一詞，後東坡僅記其首兩句，乃爲足之。後閱有「起來携素手，庭戶無聲，時見疎星度河漢，」此時此景，令二尼見之，眞有願作鴛鴦不羨仙之感矣。

憶七載前，暑中寓九江能仁寺藏經樓上閱經，每日清晨六時起身，寫字點書，至晡方休。午後睡二三小時。住持如相，時來樓上談禪，余著犢鼻褌，紗小衫，尙揮扇不已，彼則長袍大袖，從未言熱。問之，則云「心靜自然涼。」其方丈寮壁上，懸雪景四幀，常坐蒲團上注目久視，謂可消暑意。至今思之，所言亦有別解。惜世上熱中之人太多，卽逃至冰窖中，猶無濟也。余獨宿樓上，淸寂絕塵，常夜起憑欄觀月色，銀河在天，塔影橫地，後院叢林中，忽聞有貓頭鷹鳴聲，乃畏縮掩戶而臥。

寺中住一行脚僧，名性空，字子然，年二十餘，滇人；能書畫，精七絃琴，淸風明月之夜，偶弄一操，冷冷絃響，暑意頓消。余從之學歸去來辭，已能彈十餘句，後性空負琴雲游，余亦輟業矣。

金陵雖多佳山水，然皆遠在郊外，離城遼闊，游陟不便，較近之名勝，莫若二湖二樓。二湖者，玄武莫愁；二樓者，鷄鳴寺之豁蒙樓，淸涼山之掃葉樓是也。湖在城外，樓在城中，景色天然，自不待言。而紫金山實爲城外風景線之最優點，朝暉夕陰，氣象萬千，無論居城居郊，咸受其蒼茫之氣所噓吸。不必登岡振衣，卽排闥送靑之情，已足令人意遠矣。

城南居戶稠密，幾無景物可言，不得已而思其次，則門西之胡園，門東之白鷺洲，尙差强人意。兵燹後，二處皆荒蕪摧燬，無人過問，胡園殘敗尤甚，昔日亭臺池館之名園，今一變而爲千門萬戶之貧民窖，以視白鷺洲之重建，未免自嘆命運之舛矣。白鷺洲經秦墨哂君醵金倡修，已復舊觀，避暑游人，紛至沓來，鬢影衣香，時聞笑語，涼風倏至，暑意頓消，在酷暑籠罩中之都市，有此淸涼世界，何必定登匡廬乎。近與友人劉恩祿君，納涼池邊柳陰下，夜深始返，余口占白鷺洲懷古一律云：「東園故址傍城牆，五百餘年迹渺茫：舊院歌臺成腐草，板橋石礎臥斜陽，多情扇墜名猶艷，誤國袴襠事可傷；高柳晚蟬聲斷續，向人辛苦說興亡。」蓋寫實也。

明季舊院諸名妓，以馬湘蘭最著，能寫蘭竹，蘭仿趙子固，竹仿管夫人，俱能襲其遺韻，風雅所珍，名聞海外。暹羅國使者，亦知購其畫而藏之。其遺宅當在迴光寺左偏。按迴光寺，卽今之石觀音庵也。金陵人少有知者，以爲迴光寺，渺無遺跡可尋矣。汪中經舊苑弔馬守眞文云：「迴光寺，其左有廢圃焉，寒流淸泚，秋菘滿田，室廬皆盡，惟古柏半生。風烟掩抑，怪石數峯，支離草際，明南苑妓馬守眞故居也。」數語已活畫出美人黃土後之遭遇，使人讀之，不禁生色卽是空之感。秦淮聞見錄云：「相傳江甯南城外瑞相院後叢竹中，爲馬湘蘭墓。」今由白鷺洲往南逕行，出雨花門，徑達南門外。按瑞相院，卽今之碧峯寺。在天界寺北，本晉時尼寺，宋元嘉時爲鐵索羅寺，齊梁後或爲羣靈寺，或爲妙果寺，宋曰瑞相院，明洪武初改名碧峯寺。然則湘蘭舊宅，與其埋骨處，相距無十里之遙也。魂兮歸來，反故居些，美人魂如有知，亦必常徜徉於白鷺洲左右矣。

魯雁門題馬湘蘭墓云：「絕世英雄奇女妝，荊家曾說十三娘，年來文士動相擠，始識伊人不可忘。零露似熏濃豆蔻，百萬想見繡衣裳，平生除拜要離塚，到此才焚一瓣香。」湘蘭雖一妓者，其色藝風情，身後猶爲人崇拜如此，而況能建立三不朽之偉人乎？歷史本無止期，現在吾人一切活動，皆歷史上之過程也，而情感則在生時始有，今日巾幗中，亦不乏如湘蘭其人者，患人昧於目前，不自覺耳。

除馬守眞外，舊院妓之可數者；如趙麗華，字燕如，小字寶英，自稱昭陽殿中人，能綴小詞，被入絃索，能書畫，楷法絕佳。又姜舜玉，號竹雪居士，隆慶間舊院妓，工詩，兼楷書。又崔重文，字媚兒，一字嫣然。又鄭如英，字無美，小名妥，與趙今燕朱泰玉馬湘蘭，稱萬曆中秦淮四美人，惟鄭國變後猶存，作桃花扇者，遂有老妥之誚。妥手不去書，朝夕焚香持課，居然有出世之想。又陳淑女，王賡孺，皆能吟詠。又楊研，字步仙，能詩善書，尤工蘭竹；兵火後，寓武定橋南大功坊廢園內。又寇白門，爲朱保國公娶去，明亡，朱盡室入燕都，次第賣歌姬自給，寇求朱放之南歸，復流落燕籍中，吳梅村作詩贈之，有江州白傅之嘆。又姜如眞，能畫蘭。馬晁采，名二娘。已上所紀，共十人，其色藝風情。視今日秦淮河畔之歌女舞女侍當何如？使過數百年後，此輩芳名，尚能爲人所稱道乎？後之視今，亦猶今之視昔，汪容甫云：「夫託身樂籍，少長風塵，人生實難，豈可責之以死，婉孌倚門之笑，綢繆鼓瑟之娛，諒非得已。」可謂仁者之言。人能有懷古之情，亦必生留名之念，余非好爲舊院諸美人作列傳也，意欲常游白門門東之白鷺洲者，想及今日所踏過之廢圃荒墟，皆前朝舊院中美人曾歌哭於斯者也

附記

以上隨筆若干則，乃摘自余於廿九及三十兩年，所作之「看茶餘話」及「烟茶廬小紀」中，餘話曾載於南京日報副刊，小紀則載於戲報；今二報已輾轉易名，而報紙念亦久隨時日毀棄矣。此二記，余曾按日黏貼於各書襯頁上，當時亦敝帚自珍之意。重閱所記，殊無經邦緯國之言，匡時救國之計，所言者，不過關於飲食男女，與讀書游賞之事耳，瑣瑣家常，老生常談，讀者如用以遮眼引睡，亦不爲無益云爾。民國三十三年甲申五月廿三日酉山記於金陵。

自來水筆
金星
高貴絕倫
書寫流利
得心應手
國貨名筆
本外埠各大公司書局文具商店均有出售
上海金星
自來水筆製造廠

杜斯妥以夫斯基回憶錄

著者：A・G・杜斯妥以夫斯基夫人
譯者：白　櫻

第一章　認識經過

一八六六年十月三日黃昏六時左右，我像平常一樣，到第六中學校去聽P・M・喔爾興先生的述記術講義。因爲等候遲到的人，還沒有開始授課。我在自己常坐的位子上坐下之後，卽拿出摘記簿準備。其時，喔爾興先生忽然走到我的旁邊坐下。他說：

「安娜・葛莉高莉愛娜，有一椿速記的工作，你高興担任嗎？因爲有人託我找一個人，我就想着你很適合。」

我就回答說：

「我非常高興呵。我早就想找件工作做做。不過因爲能力不夠，對於是否能夠盡責，很覺担心哩……」

喔爾興先生就安慰我說，那件工作，並不須要我那樣的迅速。

我就問說：

「那麼……不知道是誰家的府上？」

「是文人杜斯妥以夫斯基家中。他現在寫一部新的小說，想用速記記錄。大概是七張大型報紙的稿件（註一），酬勞是五十羅布。」

我立卽承允了。杜斯妥以夫斯基是我父親所愛護的一位小說家，是我孩子時代卽親近的名字。我自己也佩服他的作品，讀「死之家的紀錄」時，我還流了很多的眼淚。現在能和這一位大文豪相認識，並幫他做工作，我的歡喜眞是無以復加了。

喔爾興先生隨卽交給我一張折成四層的小紙，上面寫着：

「斯太林耶奴・裴雷洛路・梅契斯卡耶小路轉角，亞龍金家，十三號，杜斯妥以夫斯基。」

並說明說：

「明天準十一時半去，早也不好，遲也不好，這是對方自己知照的。」

先生又關照了對這位作家應該注意諸點，——這且留在後面再說——然後看看鐘，還到講壇上去了。

那天的講解，完全未入我耳。因爲歡喜的焦急，使我的精神混亂了。我的祕密希望已經實現。到底我也找到了工作，那位嚴格，認眞的喔爾興先生，居然記好我的速記術，承認我能寫得很快，那麽足見是不錯的。我自己也承認的。呵，自己業已開闢了一條新的路。用自己的雙手賺錢，終於能夠獨立了！獨立！這一思想對於當時的姑娘們，眞是何等可貴！而特別覺得愉快重要的，是我能夠在杜斯妥以夫斯基家中工作，與他認識。

回到家裏之後，我就詳細告訴母親。母親也歡喜異常，竟至不能安眠。我在心中想像杜斯妥以夫斯基直至深夜。我想他旣是和我父親同時代的人物，年齡一定相當大了，或許是一個禿頭肥胖的老人，或則是一個高大瘦瘠，如喔爾興先生所說的，是極端嚴肅，時常面帶愁容的人物。最使我担心的，是不得不和他交談的談話方法。杜斯妥以夫斯基一定是一個有教養而聰敏的人，那麽我的一言一語，在出口之前，難免要膽戰心寒了。另外還有一個念頭，也使我很不放心。卽我對於他小說中主人公的名字，記不淸楚，而談話中恐怕一定要講起的。因爲我的交際範圍，從沒有和有名文人相識的機會，所以我想像這輩人說起話來定有特別的方法，我認爲他們是一種特別的人物。我雖然已經二十歲了，但什麽都還是一個孩子。

十月四日，是我和我未來的丈夫相認識的紀念日。我醒來時，心裏充滿了喜悅之感，我自己對自己說，今天我最熱望的希望要實現了。從一個女學生，就要成爲一個獨立活動的人了。而且還是由我自由選擇的職業……

我因欲在途中到卡斯契奴•杜爾去買四五枝鉛筆及紙夾，所以一早就出了家門。我認爲這種紙夾對於我的年靑，能加勢一點排場。爲想在約定的時間到達杜斯妥以夫斯基的家，所以不時看看時計，向斯太林耶奴小街走去。十一點廿五分，我尋到了亞龍金家，我就向看門人詢問第十三號房子，他指引我從右首圓天花板下面的扶梯上去。那是一座商人職工們所居住的許多小房子合成的大廈，這使我想像起了「罪與罰」中主角拉斯哥利尼古夫所住的房屋。

十三號的房間是在二層樓上一個老女傭人前來開門，我一看到她肩上披的那條綠色的棋盤格的與巾，我就不禁回想到最近方讀畢的「罪與罰」。

「那條與巾，不就是在麥爾梅拉特夫家中，扮演重要任務的女人們的與巾典型嗎？」我自己暗暗說。

我向女傭說她家的主人預先約好我的，她就領我到一間布置着沉重的傢俱的食堂中。沿牆壁安放着二隻大橱，上面掛着小小的絨氈，在靠窗一面，放着一口衣櫃，上面舖有一張編織的白色檯布，靠另一面牆壁，在掛鐘下面，放着一張舊沙發。我很滿意的眺望着鐘針正指在十一點半。

甫耶特爾・米哈洛維支・杜斯妥以夫斯基馬上請我到他的書房中去，他自己和我擦身經過出去了，後來我才知道是他吩咐倒茶去的。這書房是一間有二面扇的大房間，那天恰好太陽光照射得很亮，要不然，這房間就暗而且靜，給人一種苦重的感覺。

我走進裏面，就一眼瞥見室中放着一隻布的，略舊的彈簧沙發，在舖有紅色洋紗檯布的一隻圓桌上面，堆放着二三册照相簿，以及四五隻毛墊的椅子，二隻靠背椅。在沙發上首，在胡桃木的鏡架中，懸着一幅穿着黑色服裝的一個瘦削的婦人照片。我對於這個作家的家庭一無所知，所以心想這或許就是杜斯妥以夫斯基的夫人。在很廣闊的壁窗與壁窗之間，掛着一面黑邊的鏡子，因爲方便考慮上懸掛得太靠右側，使人看起來不大順眼。窗口上面，裝飾着二隻形式很美麗的中國花瓶。此外應該一提的，是一隻綠色皮面的大沙發，小桌上的水壺，以及那隻橫列室中的寫字檯——就是後來杜斯妥以夫斯基口述時向我對坐的所在。總之，這書房中的家具，都是非常沉悶的，看上去這家庭的情況，並不甚好。

我坐下之後，卽留神靜聽。忽聽得孩子的喊叫聲，和小銅鼓的聲音。不久，在那瘦弱女人的照片那邊，門開了。甫耶特爾・米哈洛維支嘴裏抱嫌着來遲了，走了進來。

「你學速記學了好久了嗎？」

他問說。

「不過六個月哩。」

「你先生那裏的學生很多吧？」

「最初報名的有一百五十個人光景，但現在祇剩廿五個人了。」

「爲什麽那樣少了？」

「這是因爲許多人最初都以爲速記是很容易的。可是一過四五天，看見自己的成績一些也沒有進步，就不來上講義了。」

「我們這邊的情形也是一樣。開始大家都非常熱心，但是等到熱一過，知道非努力不可時，就都拋棄了。現在有誰肯努力？一個人也沒有。」

甫耶特爾・米哈洛維支這樣說。

乍見之下，杜斯妥以夫斯基確很年老了，但在說話之間，他就顯得很年青，我想他大概是三十五歲或三十七歲左右。他中等身材，直挺挺的身體，一頭淡栗色略帶紅色的頭髮，塗着很濃的油，閃閃發着光彩。但他臉上最使我驚異的人是他的眼睛，一隻是褐色的，另一隻却是看不見光彩的大眸子。

（原註：有一次癲癇病發作之際，杜斯妥以夫斯基跌倒一件尖的東西上面，因此右眼受有重傷。担任爲他治療的楊格教授，命他滴一種藥水，致使瞳孔擴大。）

因爲他的眼睛不平衡，使他的容貌也變成非常曖昧了。這病態的可憐相貌，我覺得好像是我所熟知的也許我過去曾看見過他的照相。杜斯妥以夫斯基穿着一件十分敝舊的上裝，但領口和袖口，却很潔白。

五分鐘之後，女僕送上來二杯非常濃的，近乎黑色的茶來，另外還有兩盆點心。房間中很悶熱，我不想喝茶，但因爲禮貌關係，我拿了一杯開始喝起來。我在靠牆壁的小桌傍坐下。杜斯妥以夫斯基一壁抽着香煙，一壁在房間中兜圈子，幾次想把香烟熄掉的樣子，立停在桌子邊。他勸我吸烟，我謝絕了。

「請不用客氣。」

他說。

我說我不但自己不吸烟，就是看見女人吸烟也嫌惡的，但說了又覺得很窘。

杜斯妥以夫斯基就把話題移到別方面。他的樣子似乎很疲倦，像一個病人似的，他一開始就告訴我他是患有癲癇病的，剛才還很厲害的發作過。他的直率，使我非常驚異，但他對於工作的事，似乎很有些躊躇不決。

「我們怎樣做才好呢，請想一想看。我想總之試一試吧。試了就能知道能不能幹的。」

我心想我們的共同工作，大概是不會得長久的，因爲杜斯妥以夫斯基本人，對於這種工作的可能性與便利，已經發生了疑念，恐怕他會回絕我的。一回，他好像下了決心般的說：

「那麼就試了看吧。不過要是共同工作對於你有什麼不方便處，請你老實說好了。縱使不適合，我也決不會怪你的。」

說畢，他令我謄寫「俄羅斯通報」上的一章，命我將此速記之後，再謄寫成普通的文字。他就很快的開始唸起來，但我馬上制止他，請他用普通說話的速度口述。我就迅筆速記，將速記的原文再翻成普通文字，可是他急急立起來，對於我的寫法很遲表示喫驚。

「那麼讓我重新好好的寫過吧。不過不在這裏，帶回我家裏去。因爲我謄寫起來需要相當時間，我不想打攪你的。」

他拿起我的稿紙細看，發見有一處地方忘了標點，他又用直率的語調，叫我注意有一處重音的符號寫得欠明瞭。他的樣子很興奮，不容易集中思想。有時他問我的姓名，一回兒却又忘掉了，有時問我的住址，隔一會又忘掉了，他這樣好久好久的在房間中來回踱着。我因爲恐怕打斷他的默想，所以呆坐着不動。

末了，他才說現在他絕對不能口述了，如果我可能，最好今晚八點鐘再去一趟，那時他才可以開始口述小說。要我第二次去，本來對我不大方便，但因爲我不願回絕工作，所以只得答應了。

「喔爾興先生不介紹一位男的給我，而介紹一位小姐，這確乎甚好。你知道是甚麼緣故？」

「是甚麼緣故？」

「不是嗎，男的一定都要喝酒的。但現在你，你大概不喝酒的吧？」

我眞認不住要笑出來了，祇得咬齒忍住，認眞的回答他說：

「我是不喝酒的，請你放心。」

我告別杜斯妥以夫斯基的時候，心裏覺得很傷心，因爲他雖然很中意於我，同時却似又抱有厭惡感。我想我在他那裏做事是不會成功的，自己的獨立計劃，完全撲了一空。加以昨天晚上母親聽說我有了工作的時候，非常高興，所以現在我感到格外痛苦了。

從杜斯妥以夫斯基那裏出來的時候，已經二點鐘左右了。怎麼辦呢？回到家裏去嗎？太遠了。因爲當時我的母家，母親安娜‧尼古拉愛娜‧絲尼特凱娜的家，是在斯莫爾奴相近。因此我決計劃住在發那爾奴的親戚家裏去，在那邊喫了晚飯，晚上再去見杜斯妥以夫斯基。

親戚們對於我的新相識很感興趣，他們尋根問底的打聽這位作家身上的事。談話之間，不覺時間過去，已經到了八點鐘，我就再到亞龍金家。

我問開門的女僕詢問她主人的姓名。因爲我雖從他的作品中知道他叫甫耶特爾，可是不知道他的父名。女僕——她叫甫特希耶——招待我至餐室等了一會，然後領我到書房。我向甫耶特爾‧米哈洛維支問了晚安，就在早晨坐的小桌傍坐下，但他認爲不適合，他說爲便利工作起見，勸我坐到他寫字檯的前邊去。讓我承認，他這勸請，非常滿足了我的自尊心。在那隻最近寫過「罪與罰」的桌子上，現在自己竟得和他對坐起來！

我在杜斯妥以夫斯基坐到我剛才坐的小桌傍時，就坐到了他的桌上去。他又二三次詢問我的姓名，他問我是不是最近故世的優秀作者絲尼特金的親戚，我回答他說祇是同姓吧了。接着他又問我家族有幾個人，在什麼地方讀書，爲爲什麼要學速記等等。

像後來甫耶特爾‧米哈洛維支所坦白告訴我的，我當時對於他的全部質問，用一種簡單，頂眞，殆乎惡意的態度一一答覆他。因爲我在好久以前，就決定如果在個人家庭中工作的時候，對於不十分相熟的人，決不要表現太親熱，從交際第一步起，就明白限於工作關係。

我和甫耶特爾‧米哈洛維支談話之時，簡直一次也沒有笑過，我這種認眞的態度，似乎他馬上注意到了。後來他告訴我，他當時每接觸到虛無主義社會中的一般放蕩女性，每感憤怒，所以對於我當時所持的態度，很表驚異。

他看出我抱的思想，和支配着當時一般女性的思想完全相反對，又使他十分歡喜。

其時，在餐室中預備茶的甫特希耶，拿了二杯茶，二盆果點進來。甫耶特爾•米哈洛維支又請我吸香烟和吃梨。

在喝茶之間，我們談話進行的情況，很快樂，親密，正當我突然感到杜斯妥以夫斯基好像是我向來認識的人一樣，很覺愉快。

我已記不得不知爲了甚麼，我們講起了彼得拉希哀夫斯基（俄國社會主義者——譯者）及死的恐怖，甫耶特爾•米哈洛維支就完全浸沉在這方面的回憶中去了。

「這是在現在，我還宛如在眼前一般，能看到自己和受死刑宣告的同志們，一起立在賽米約諾夫廣場上的景像。當時一切都準備好了，我知道我不過最後五分鐘的生存了。但在那五分鐘間，在我感覺到好像是數年數十年那般的遙長。我們接受了死刑犯穿的喪服，共分成三批人。我排在第三排第八名。第一排的三個人，已經給綁在柱子上了。再隔二三分鐘，其次二個人就要給鎗斃掉。再次就是輪着我了。呵，我是怎樣的希望活下去！生命是何等可尊貴！何等神妙呵！有了生命，怎麼樣的偉大事情都可以做得！自己的全部過去，一刹那間悉湧上心頭。自己的過去决沒有什麼偉大。因此更希望有一新的開始。這樣長久，長久間，突然聽得有人喊叫停止開鎗。我的勇氣立刻回復了。縛在柱上的三個人，都被解了綁，被帶回到原來的地方，重受新的判决。結果我受到四年徒刑的宣告。那天我的喜歡眞是難言。我盡我所有的聲音唱歌，在要塞的地下隴中來回踱步。就是看守人也允許我這樣做，我對生命的喜悅是那樣的熱烈。」

甫耶特爾•米哈洛維支的話，使人感到痛苦，寒顫。但最使驚異的，是他說話的直率態度。而且又是對一個今日方初見面的少女的我。這位艱苦，英氣的男子，將他過去的生活，用那樣詳細，認眞，使我無意中喫驚那樣的親密態度，講給我聽。後來我知道了他的生活狀態之後，才明白他那晚上對我信賴與直率的理由，這是因爲他當時絕對孤獨，處於四面楚歌之中，對於懷有警戒而僅表面表示親切的人們，他就完全無意去吐露他的肺腑。獨獨對於我，在初識的那天，就表示那樣的坦白，這使我感到不勝喜悅與恍惚。

我們的談話，從這樣談到那樣，工作却還沒有開始。我心裏不免有些担憂。時間已很晚了，到家裏還有很遠的路。而且我和母親約好就回去的，也許她要担心，可是怎樣能使甫耶特爾•米哈洛維支想起我來的所以，却又很困難。結果還是等他記起，直至他說開始工作，我才安心。

我謄寫了一嚮，他命我讀給他聽，但第一句話我就給他阻止了。

「怎麼？『從路蘭登勃爾克回來』？我說過路蘭登勃爾克嗎？」

「是的，你說過的，甫耶特爾•米哈洛維支先生。」

「沒有這個道理吧？」

「請你原諒，你的小說中，不是有這條街名嗎？」

「確是有的，事情就是由我題命的那條路蘭登勃爾克街上發生的。」

「那你明白了？那的確是你說的。要不是，我怎樣會寫上去呢。」

「當然，是我弄錯了。」

甫耶特爾．米哈洛維支承認說。

我因誤解已釋明，很高興。這也許是杜斯妥以夫斯基聚精會神過甚，白天的工作疲勞了，所以會這樣錯誤的。他也感到如此，並說他不再能繼續下去了，約我明天正午再去。我答允了他。

預備出來的時候，已經十一點鐘了。他聽說我住在貝加斯區，他還以為我住得並不遠，不知貝加斯是在什麼地方。因此說叫女僕送我去，我自然謝絕了。於是他自己送我到門口，吩咐甫特希耶持燈一直送我下樓梯。

回到家裏之後，我就熱心的告訴母親杜斯妥以夫斯基怎樣接待我，並講起他的親切與坦白。但為不使她痛苦起見，我並沒有將那種苦惱的印象——迄今為止我從來沒有經驗過的，而現在還留於腦際的，當天白天所獲的印象告訴她。總之，我第一次在這個世界上，看到了一個聰敏，善良，但卻為一切所拋棄的不幸人物。在我的胸中，湧起了深刻的同情之念和憐憫之情。

因為非常疲倦了，我急於上床就睡。同時希望能早些醒來，將速記部份謄清完畢。

翌晨我很早就開始工作。謄寫雖不需要很長的時間，不過因想完全寫過，故多少要相當的時間。我在路上雖趕快的走，可是已經遲了半小時了，杜斯妥以夫斯基很感不安，他一邊招呼我一邊說：

「我正猜想你大概因工作過份辛苦，所以不來了。但我又沒有留下你的住址，因此很担心昨夜的筆記不要失掉了。」

「眞對不起，我來得遲了。不過祗此一點請你相信我。如果我想回絕工作，速記的部份我一定送來的，這點請你放心……
……」

「我很担心。因為這篇小說一定得在十一月一號之前完成。可是我卻連小說的計劃還沒有確定。我祗知道我非為斯坦洛斯卡出版所至少要寫七張報紙的原稿不可。」

我要求他說明原因，甫耶特爾．米哈洛維支就將他陷入不幸圈套的經過告訴我。

自他長兄米哈爾死後，他即將長兄發行「時代」雜誌的借款債務担任了下來。而全部都是期票，所以頗受債權人的催促，且屢受扣押和入獄的威脅。就中受催促最緊的，是一筆三千羅布的借款，杜斯妥以夫斯基雖向各方設法告貸，但終無法償回。正在他絕望極端之際，出版商人○・T・斯坦洛斯基忽來訪問，提議願以三千羅布的代價，買下他全部創作，分三卷出版的權利。另外還有一個條件，即另需補寫一篇新的小說。而杜斯妥以夫斯基爲圖解脫債主的威脅起見，竟至不得不答允這苛刻的條件。

簽訂契約完成後，斯坦洛斯基聲稱由彼本人將此款交付公證人，翌日直接交與債主，杜斯妥以夫斯基竟一個錢也沒有到手。而最使他痛心的是，不久他即發見這筆錢完全入於斯坦洛斯基的袋中，後來人家都知道這傢伙先期用低價將杜斯妥以夫斯基出面的全部期票收買到手，然後飭兩個夥計調查杜斯妥以夫斯基的景況。這個斯坦洛斯基，實在是一個狡猾的騙子，我國的文士們，如皮賽姆斯基，克萬夫特斯基，以及作曲家葛利卡等，都曾受他欺騙過。他平常專事探聽別人的景況，而使之落人自己網中。以三千羅布的代價，獲得這位作家的全集出版權，這較之得杜取斯妥以夫斯基全部小說的企圖，代作實在是微乎其微。然而最最苛刻的條件，是責令杜斯妥以夫斯基於一八六六年十一月一日之前，一定要繳出一部新的小說，過期非償付相當的罰金不可。

如果原稿於十一月一日前尚不交付，杜斯妥以夫斯基就得喪失其作品的一切權利，而歸斯坦洛斯基所有。這位貪慾的惡棍，是老老實實期待着這樣的結果的。

在一八六六年，甫耶特爾・米哈洛維支適着手「罪與罰」的寫作，想努力加以好好完成。因此這樣能叫這位病人，另覓新的材料，重寫一部作品呢？

註一：所謂七張大型報紙的稿件，係俄國稿件的計算法，卽七張白報紙的量，此處卽指「賭徒」一作。

梅花夢原著與改編

華 [illegible]

一個題材可以寫成許多形式截然不類的作品，由爲作者的寫作方法，及個人，剪裁觀點不同，可以寫成小說，劇本，散文等各種方式，卽使是同樣體裁的劇本，因爲作者的個人取捨方法不同，也可能產生出二個內容完全不同的劇本。

「梅花夢」的原著與改編，由於作者個人的世界觀的不同，產生出兩種內容形式迥異的作品。

「梅花夢」的原著譚正璧先生是拿漢滿間的民族思想來作主題的，拿兒女私情來渲潤調和整個作品間連繫的。它的作品之間是充滿革命氣息的，作者的企圖是寫出清朝末年太平天國革命民心所歸的情境，與當時一般爲虎作倀的漢人可惡，清朝日趨衰落的象徵，及鴉片戰爭賠款的昏瞶。

費穆先生的改編本是拿兒女私情來作骨幹的，拿革命思想作它的副主題的。

寫歷史劇雖然要拿來作根據，然而並不需要完全依據正史來寫的，因爲假使作者沒有改動歷史的胆量，他的作品祇形成歷史的另一方式，這樣情境產生下的作品，一定不會有生氣的，因爲他沒有作者的靈魂，他祇是歷史拷貝，因此我們寫歷史劇固然不能完全歪曲事實，然而在必要的時候，爲了更富於戲劇性起見，往往將不同年代的史蹟歸納，或修改歷史的一部份史蹟，以完成藝術創造性的完整。

「梅花夢」正如上文所說，作者是有胆量揑造他的藝術勇氣，像彭玉麟這一人物，顯然是作者杜撰他的地方很多，以他這種人物顯然是不可能革命的，我們祇要一看他的環境及他的出身，我們就可看到他是不可能革命的，不可能有這樣偉大的民族思想，然而我們不能因爲這點而否認他的藝術價值，反之我們應該爲作者的大胆慶賀，因爲作者能脫去歷史的桎梏，來完成他的中心思想是可喜的。此外梅仙這一人物顯然是作者心中的典型人物，他拿她來代表整個漢族民衆的革命氣息的濃厚，這是相當聰明的。「梅花夢」的原著因爲它是一個革命的歷史劇，因此中間的人物未免有些英雄主義的傾向，不過我們爲了典型人物的揑造，往往是集許多人的特性來集中於一人的，正如「包公案」的包公，「阿Q正傳」的阿Q都並非一人都能有的特性。

「梅花夢」的原著第四幕是寫彭玉麟的革命，與劉永福合作反淸的故事，作者是拿這一人物來加以典型化，代表邊疆人民反動的民心，然而因爲太富於理想，因此把彭玉麟這一人物過份誇張，使他僥幸地做了革命的英雄。

如果我們把原著的「梅花夢」比喻是濃厚的花雕，那末改編的「梅花夢」正如一盞淸洌無比的竹葉青，它粗看似乎很平淡，然而實際上它却藏着極大的力量。「梅花夢」的改編本有許多處是超過原著的，但有許多處是不如原著的，前者是由於改編者舞台經驗的豐富，後者是改編者拘於小節而失却了偉大的力量。現在我把兩者之間的優劣及相同點加以詳細寫出。

第一幕　吟香館

原著開幕時是梅母對梅仙談梅叔要將她嫁給姓王的人做續弦，梅仙不願並說明梅叔拿她當賣買工具，且寫出梅仙所以肯做彭玉麟之妾是爲報父仇。而改編本是玉麟同梅仙對話開始的，沒有梅母這一角色，並無說明梅仙這一人物的性格，也缺乏描寫梅仙所以反淸的緣故，使梅仙這一人物，有這樣的民族思想有些突然，顯然第一幕的原著是超過改編本的，我且將原著譚氏寫梅仙之所以反淸，且肯做玉麟之妾的動機對話摘出。

梅仙：媽！剛才我不是說，當初你贊成我和玉麟結合，是爲了希望他替我父親復仇。（漸現不快之色）爲了這，媽，你允許你女兒任何一切都可犧牲，只要達到目的。——

梅母：（興奮地）正是啊！一想到你父親的死，我恨不得立刻跑到北京去和滿淸皇帝拚命。他替國家出了許多力，幫助了林公把鴉片焚毀了，把英國鬼子打退了，結果爲了獻媚外人，反定了個違令的罪，林公充軍，你父親啊！殺頭，（大聲）這種血海深仇，誰替我報了，我就是立刻丟了老命也願意，不要說你女兒的身子了！

梅仙：因爲這樣，我不怕人家的見笑，不顧人家的奚落，在安慶時和他片刻不離，天天鼓勵他讀書練武。他總算沒有使我們失望，回到本鄉來就考中了秀才，又得高太守的提拔，現在已因年功得到候補知縣的資格了。我並不希望要做他的官太太，只希望一朝機會到來，不但替我父親一人報仇，也要替我漢族四萬萬同胞恢復自由，到那時候我的父親的仇也報了！我們的目的也達到了。

這二段臺詞不但表明了梅仙所以肯爲玉麟妾，並且說明了梅仙所以要彭反淸幫助太平天國的動機，中間詞句慷慨激昂，相當感動人心，以下梅仙說出彭玉麟已助淸，我們再看下面的詞兒。

梅母：呀！（驚訝）這樣，他竟幫滿淸皇帝打起漢人來了。

梅仙：怎的不是？我見了這信，當夜就婉

言勸他，他說這些不過是給太平軍利用的投機份子，要他們去打滿清皇帝，滿清皇帝沒有打倒，百姓倒先受他們的害，所以除去了也好。如果正式的革命軍隊起來時，他一定自己也去參加？可是我細察情形也很不對！

梅母：（詫異地）難道他騙你不成？

梅仙：（苦笑）說騙我也可以。我昨晚才知道，太平軍已由江西打到南京，他正奉了曾國藩的命令，在這裏訓練水兵，預備到時機純熟，率領了由長江東下，直搗南京，一鼓把太平軍殲滅。（失望地）

這幾段詞兒都很關重要，是原著最精彩的地方，也是比改編本勝過的場面，也許是改編者太注重於男女間的愛情，因此把梅仙這一人物性格未免有些模糊，不如原著這樣的凸出。

接着玉麟回來梅仙與彭談話，送信人進來，呈上太平天國密函。這點大致相同，然改編本送信人並不進來，這是他的聰明地方，適合高人鑑的那句太平天國到處發無頭信，收買人心的話，中間詞兒多半相似。我且將原著的詞兒再摘幾句來看。

玉麟：（接信輕輕念信面）「密函轉呈彭玉麟大人親拆，名內詳」奇怪！怎的無緣無故有這信來（抬頭問送信人）貴東是誰？

（送信人微笑不語，指指信封，做拆信狀。）

玉麟：哈，倒很奇怪，到底是誰？（一邊說一邊把信拆出，展開了一行一行看下去，漸漸皺眉，露出不安的神情）呀！原來——

梅仙：誰呀？

玉麟：（不即答）阿春（彭僮應聲上）你領來人到外面去，叫管家的好好款待他吃頓飯，待吾郎刻寫了回信，好託他帶回去。

（彭僮領送信人出去。室中頓時寂靜下來，梅仙耐不住先開口。）

梅仙：玉麟，到底是誰的信？有些兒鬼鬼祟祟的？

玉麟：梅仙我們本是一體，什麼事我都不瞞你，你且看了這封信再說。（將信給梅仙。）

梅仙：（接信，也逐行看下去，作默念狀，漸漸現出笑容）好！好！（看完了）好！好！（向玉麟）玉麟，機會來了，你再有什麼躊躇？

這下面除臺詞略異外大致相同，都說等他想想看，異點是原著把信交給梅仙，梅仙拿進內室去。改編本梅仙看完信乃交給玉麟。原著梅仙要他應該愛梅仙，因爲她應不打太平天國不打漢人。改編本梅仙見信祇請他來參加太平天國，彭答應考慮而去過高人鑑，二人同進來，以下談話二本均同，都是說爲了二件要緊事，第一件是敵方用送信人來聯絡反滿同志，第二件是託訓練水軍打太平軍。下面玉麟推託口能練軍，不去打仗，高問是否受太平軍所賄？彭驚恐，又問是否為梅仙？彭默然，高答應為彭照應梅仙，並勸玉麟勿坐失機會，這段故事臺詞二本相同。以下原著是高彭談完出去，彭送出，梅仙與梅母同說「完了」即閉幕。改編本是玉麟回來尚跟梅仙分別，梅仙完全不知他與高所談之事，結果聞他出師，內心悲痛莫可言狀。結尾各具所長。

改編本尚添做夢一場，作為第一幕第二場，意思是梅仙知道玉麟將回來，命梅婢去接，忽見玉麟身穿清朝官服而來，梅仙見之竟昏倒，這一場添得很聰明，不過唯一缺點是觀衆不瞭解這是在做夢。

第二幕　梅仙家裏臥室

原著開幕時梅仙與梅婢談彭玉麟打仗，梅婢說高大人希望小姐好好兒養病，他覺得假使玉麟回來，見梅仙已病，與去時迥然不同，很有愧色，並答應將信立刻寄至彭玉麟。然而梅仙覺得他並不瞭解自己，我們且看作者如何描寫梅仙的心理。

梅仙：（仰頭嘆息）高大爺那裏知道我的心事？他在前線一天一天地勝利，便是我在後方一天一天地失望！他高興一天，我懊喪一天，我自恨我當初為什麼鑄成大錯，沒有把他那顆動搖不定的心緊握住。可是這次的信寄到時，看他用什麼話來復吾！

這一段詞句把梅仙的心理描寫得相當成功，改編相同，不過詞句略為修改。接着是彭母鄒氏及彭婢進場，改本沒有彭婢這一角色，接着問病勸回彭家都同。不過改編中間有一段禮節，梅仙見彭母跪下，見鄒氏祇一躬，以示身份，而鄒氏大不滿意，以為她是小星，應該向自己跪兒，改編增加這些禮節相當聰明，能借這些臭規矩來暴落封建社會妻妾的不平等待遇，及自由戀愛的受人輕視。以下兩本又同，彭母見梅仙病，不便將來意說明，而鄒氏因善妒叫彭母快說，結果梅仙叫彭母說，她祇得說出高人鑑問梅仙因何止住玉彭出師，使玉麟幾次三番行至中途不前，並說她與玉麟同居這許多年應該確立名義才對，然而梅仙對整個玉麟已失望，再也不會去理會什麼名義，和計較鄒氏的冷嘲異諷；祇覺內心刺激很大，吐出很多的鮮血。我且把原著最感動的再摘出幾段。

梅仙：（沒有情感地只是微笑）老太太，我懂得了！我都懂得了！可是玉麟也沒有懂得梅仙，我怎能怪老太太不懂得梅仙的心意？——總之，我早已沒有一點怨恨別人的心理，就是她（指指鄒氏）罵我，我也不怪她，只怪我自己沒有眼光，沒有定見，鑄下了不可挽回的大錯。什麼名義不名義我倒完全不在乎。——

彭母：（大喜）那就好了，一切都沒什麼問題了！

梅仙：不過玉麟太對不起我，我死了也不甘心！（咬咬牙齒）

彭母：（慌忙地）玉麟有什麼對不起你的事嗎？……（下略）

梅仙：（依舊微笑搖搖頭兒）老太太，就是上帝臨凡，也挽回不轉他所做的對不起我的錯事！

這些對話改編本都把它保存，最大不同的地方是梅叔嬸這二個人物，原著是把這二個角色寫的非常壞的人物，他們把梅仙當作賣買似的，見有利可圖，想把她賣給王姓作續弦，因此進來謀彭家不應霸佔梅仙，還是想要她嫁出去。改編本祇把這二個人物寫成自私的丑角。他們的出場，原著是彭母鄒氏彭婢出去後他們才進來。改編本是彭母進內看梅仙，鄒氏一人在外坐着時進來，且中間插入梅嬸命梅叔出出進進的風趣場面。中間有一段是相同的，就是梅叔聞彭做大官，想依親戚關係做一小官，梅嬸說他做夢，人將死了，我們少不得倒霉替她料理。這中間作者很冷酷地批評親戚間的無情，人情的淡薄，其他彭母與鄒氏的下場也不同。原著梅仙暈過去再醒來，她們即離場，改編本有叔嬸送她們出去。原著梅仙昏過去，梅叔梅嬸才進來，梅仙對他們說明她的決心。

梅仙：……（上略）就是玉麟回來，我永遠不願再和他見面了！（聲音發顫）談了一會梅婢把剛才送來的信拿給她，

（改本編是彭僕送信來，這時梅叔梅嬸已去，中間話都對梅婢說。）

梅仙：正是（仍繼續看信，自言自語）功勞的確不小，他已達到他的目的了！哼！（漸漸興奮）他的詩興倒始終不斷，每次都有得寄來。（慘笑）

梅叔　梅嬸　梅婢（都靜着聽她說）

梅仙：唉！他如果單做做詩，不去帶什麼兵，那我和他也不至有此結果。唉！玉麟！誰叫你利祿熏心，覷顏事仇！人家或可原諒你，我死了也決不輕恕你，（忽大聲唸詩）書生笑率戰船來，江上旌旗耀日開，　十萬健兒都奏凱，彭郎奪得小姑回！（很興奮地）詩的確做得好，功勞也的確高，正有曾曹孟德赤壁鏖兵，橫槊賦詩之概。可是曹孟德雖稱爲奸雄，名義上總是爲了漢室，也沒有去做人家的奴隸。（漸氣喘）玉麟！玉麟！你是爲了什麼？你做的是誰家的官？「彭郎奪得小姑回」。眞是天造地設的佳句，可是這句詩如果你換到那一方面去了再做出來，豈非天大的好事！可是，唉！唉！玉麟！玉麟！我替你可惜！你暫時奪得小姑，却永遠失去了你的梅仙！（氣漸喘漸急突然又吐出血來……）

梅仙：（嘔吐不歇，作狂笑狀）哈！…哈！…好！（中略）

梅仙：（上略）我是永遠的失望了！失望了！（聲音漸漸低下）失望了！永遠的…失…望…了！—哈！—哈！（頭漸漸軟垂，身體漸向後倒。）

梅仙：（強作高聲）玉麟！玉麟！你好！你好！（氣絕）

（梅婢與梅嬸大哭，忽然門開，梅叔帶了張醫生，看見室中情形，大家面面相覷，站着不動。）──幕下──

改編本是沒有醫生這個角色的，梅仙也並未死在台上，她唸完了詩句，說明不再爲玉麟回信，祇畫一枝斷了的梅花寄給他，意示斷絕關係，接着閉幕。

這中間那段優劣不再評判，由讀者去評吧，因我已將不同點詳細摘出。

第　三　幕

原著跟改編本不同的地方很多，尤其是岳二官這一人物，性格差不多完全兩樣，原著岳二官已是一少婦，且與玉麟已成莫逆，這時已與玉麟共議借機反清。而改編本的岳二官是一天眞爛漫的小姑娘，這時尙不認識，一直到後來玉麟看她也像梅仙才要她做女兒。總之，原著因爲是寫革命的，因此人物都是革命型的，岳二官這一人物當然也是一個革命中的巾幗英雄。

原著景是城外西湖上的退省庵，改編本則作退省庵外，一個是內景，一個是外景，地點與佈景完全兩樣的。

譚著幕起時是周師爺在吸水菸，與彭僕談話，彭僕告訴周師爺，梅仙與玉麟的故事，並說後來梅婢告訴玉麟梅仙身死，玉麟連夜辭職趕回去祭梅仙。改編本則作郊外彭僕在煎藥，周師爺自外上，說的話也是梅仙的故事。

彭玉麟想「打紅毛子去」這句詞兒，原著是對俞樾講，他是想借此出兵漸謀革命。改編本「打紅毛子」是玉麟遇見岳二官對她說的話，並無革命的話。

原著岳女與彭早已認識，且借俞樾嘴說出相像及彭玉麟愛她。並有俞樾請彭出山掃平外夷，玉麟答應出兵，然而並不說明爲什麼願意，心裏却早有成竹，預備出山到邊疆圖革命，並與岳女同去，並囑俞樾代爲守看孤山，這時他與岳女的關係似乎已是夫婦，中間玉麟說就是稱她（岳二官）太太也不怕人干涉我。

改編本這些情節都不同，周師爺飲酒時，却來了俞樾，談起了玉麟近事，這時岳二官正在採近旁梅花，他們都不讓她採，可是她說我採一些梅花該犯罪，那末你們把爐子放在梅花旁，把梅花都烘死了該殺頭了，俞樾忽然想起她像梅仙，周師爺急命彭僕叫她回來，爲她畫像送給玉麟。中間講了一大段話，作者並借岳二官諷刺專講「黃金印」的人物可厭，並借她諷刺打漢人的清朝官可恥。這些情節改編者是有他的獨特風格的，因此整個劇本非常活潑風趣。以後玉麟回來聞得她像梅仙，急叫人追她回來，並願意認她做女兒，說明自已是彭玉麟，岳女因聞父言彭是好官，也就答應，情節大致如此。

原著岳二官的出場，即與玉麟說她家已答應她跟他去，玉麟問家裏如何會答應的，岳二官說我把岳家世代忠良及這次我們去是集合志士謀復漢朝是爲了替漢人爭氣，家裏無話可說，他並說若不放我出去我就自殺，家裏就答應了。接着是玉麟很後悔從前的事。

玉麟：咳！咳！我眞懊喪到極點！悔當初不曾聽了梅仙的話，免得現在多此一舉，而且她也可以不死！我也不至於對不起她！

岳女：（上略）你雖然沒有替梅仙姑娘的父親復仇，但能繼續吾家岳王爺未完之志，那不是一樣的嗎？…（下略）

玉麟：（破涕爲笑）

岳女：（續說）可是我的確一聽見清朝兩字，我的血立刻就沸起來，恨不得立刻把他們……（下略）

以後都是談待機而動，舉行革命，恢復漢室的事。岳女深恐朝廷看出他們的計謀不加允許，彭說一定成功，正在這時欽賜船向退省庵駛來。

玉麟：（喜於形色）好了！好了！事情成功了！

岳女：（也大喜）那麼我且避開，你準備接旨吧！（下）幕下。

這一幕中角色方面原著比改編多俞僕，舟子兩個角色，中間的情節改動得很多。譚著在這幕中間因爲是發動革命的前奏，因此中間關於革命的詞句很多，且談怎樣去革命的技術，可說是全劇的小高潮，是操縱下幕革命生命的，因此寫得非常生動。改編本因爲作者是抒情的，因此他沒有喊革命的口號，他祇多在岳二官身上看到一些諷刺的意味，然而他的可貴是平淡而能不冷靜，雖然把岳二官這一人物描寫得脫離歷史太遠，然而作者已給她另一新的生命，天眞爛漫，活潑風趣俏皮的性格。

這二個劇本因爲是作者的寫作觀點不同，因此他的表現方式都是懸殊的，但也各有各的特點。不過改編本有一缺點，岳女與彭一見就成莫逆，這有些不合情理，且未經她的家長同意竟要她做女兒也有些突然，似乎應該有一個明白的說明場面，使觀衆不致發生疑惑。

第　四　幕

「梅花夢」的原著是登載正言文藝上的，全文並未刊完，祇刊至第三幕該刊即停刊，因此第四幕原著就無從得見，可是譚氏另撰梅花夢本事於小說月報發表，我却看到的，因此明白譚著第四幕大略情形，他的地點是寫廣東虎門大角山下營幕中，劇情是寫彭玉麟出兵鎮虎門，與劉永福合議革命事蹟。

起幕時玉麟生病，岳女告訴已連絡各地，且有興中會組織，似乎恢復漢朝有望，非常欣喜，可是玉麟告訴她自己肺部已經爆烈將死，並說明自己中砲彈受重傷，聽見他們的革命可望成功，非常快樂地說「我的志願可望成功，我死也瞑目。」中間並強調岳二官與玉麟的愛情，玉麟對岳二官說「但願來生再相見，二官未嫁我年青」。以下是講法國與清朝作戰情形，及賠款的可恥。再下面是劉永福進來看彭玉麟，並說明決定起事攻清朝，接着有人進來報告，部下不服清朝命令反動，劉永福急忽忽走出。這時玉麟將死，命梅婢再講梅仙生前事蹟，以提起他的回憶，忽然外面「恢復漢土」之聲不絕於耳，玉麟說我很對得起你們，我可以安心去了，說完即死，岳女慘叫一聲昏絕過去，幕下劇終。

改編本這幕與原著完全不同的，它是寫彭玉麟得瘋癱病，被送回吟香館，夢見梅仙，未幾而死事蹟。

開幕是梅婢與彭僕的對話，說明岳二官與玉麟同來，後來玉麟由兩個差人扶進來，已不能言語，這時距第三幕已七年，岳二官已年廿五，玉麟欲掙扎畫梅花，結果力不支不畫，玉麟忽睡於椅中做夢，夢見梅仙回來，忻喜萬分，醒來尚大聲叫梅仙不止，岳二官彭僕與梅婢都以爲玉麟病已癒，然送至內室忽又瘋癱，梅婢出來告訴岳二官，彭又能言語睡去，岳，女說「讓他好好兒睡去吧！」閉幕。這一幕做夢改編本是點題而作，把「梅花夢」的名字更切實際，然而這一幕缺點很多，像岳二官這一人物已廿五歲會尚未出嫁，伴這麼一個老翁，未免奇怪，彭玉麟瘋癱後會說話，忽又不會說話，未免太離奇，使人不能相信。不過特點也未嘗沒有，梅婢與彭僕「老糊塗，福氣大」對話的俏皮，做夢一場也增加得很適合劇名。

最後因爲兩本的立場不同，我們當然不能拿一般的方法來衡量，因此我祇是把他的缺點及特點指出，至於那一本比較好，讀者看了此文自然明白，中間的臺詞多應用譚本原著，因爲正言文藝我手頭有，因此中間詞兒凡我認爲好的地方，都加以摘下，原意多摘幾段，然而篇幅有限，不允許我再浪費筆墨。改編本因爲尚未出版，因此祇能憑演出的戲來對照，故中間詞兒優點無法指出，這是遺憾的地方，留他日出版時再撰一「梅花夢研究」來詳細討論吧。

作家不一定是天生的

周越然

文學界常常說道，『作家是天生的，不是人工的。』這句話有例外—不可全信。愛爾蘭作家莫魯（Moore，名卓治George生於公曆一八五三年，卒於一九三三年）氏，所寫的小說有極精者，並且愛讀牠們的人，世上也不少。但仔細研究他前前後後各種作品，我們知道他所以成名的緣故，不是因爲天才，完全由於人力。他幼時就喜好亂塗亂駄，然而塗駄並非作家造成的主要條件。莫魯有志學人，善於慕仿—這倒是他成功的原因。

他最初學做韻文，曾經印過兩册詩集。一册叫做『激情之華』，另一册叫做『無宗教者之詩』。這兩箇書名，眞是驚人！但是他們的內容既極平常，而其文字亦不美雅。莫氏自以爲他所寫的詩全屬施溫朋（Swinburne）派—勇敢，膽大。然而施氏眞誠，莫魯虛僞；施氏合調，莫魯不調。兩氏的詩，無法比較，不可同日而語。

莫魯是有餘之家的子弟。他常常旅行，到名都，到大邑，到倫敦，到巴黎。當代的小說家，藝術家—法國的，俄國的，英國的—他認識者很多。他非獨認識他們的面孔，還要研究他們的作品；非獨研究他們的作品，還要他們的文章。他看見別人寫了一本懺悔錄，自己就依樣葫蘆，也來一本懺悔錄。他看見寫實小說盛行於世，自己就馬上動手寫那種小說。

他於拋棄施溫朋之後，最初效慕的作家，是法人密瑟（Alfred de Musset）（生於公曆一八一〇年，卒於一八五九年，）密瑟氏是小說家兼戲劇家。他的『懺悔錄』，眞能感人！莫魯看上了這本書，馬上就寫成他冷淡無情的『一青年之懺悔錄』。現在這本書，西洋印刷家還年年重版，因爲文學界還喜歡看牠。爲什麼我們還喜歡看牠呢？因爲那個青年，不像一個人，活像一隻驢。他的言語，他的行爲，都不近情。我們喜歡看那個青年所鬧的笑話，不是要看莫氏所作的文章。

後來法國的大作家左拉（Zola）（生於公曆一八四〇年，卒於一九〇二年）氏的寫實小說，風行全世。莫魯立即仿效，寫成十多册類似左氏的小說。崇拜莫氏者，以爲那一本『麥葛傅雷哲傳』（Mike Fletcher）是傑作，是眞的寫實——遠勝左氏的作品。我雖沒有細細的讀過，但我知道牠的內容。我覺得他的寫實方法和材料，與別人的完全相同。他的寫實功夫，並無勝人之處。這就是說：他學徒的年限，還沒有滿。

他今天效慕，明天仿造——後來果然自創新法，自成一派。在這個時期，他所寫的小說，共有三種——統統完美，統統受人敬服。第一種叫做『迎與送』，第二種叫做『已過之年的記錄』，第三種叫做『自狀』。

先言第一種：『迎與送』（Hail And Farewell）的背景，是愛爾蘭　學復興。書中所述的人物及軼事，都與那個運動有關係的，並且都是莫爾的經驗。在這書中，莫氏的　字甚爲明晰；他的方法，也極自然。他採取直陳體（物語體），夾以會話。他所描寫的人物個個是活的，件件是眞的。並且書中饒于美句，饒于幽默；我們閱讀這本書的時候，覺得『手不忍釋。』

他用以寫這本小說的方法，後來被愛爾蘭　學復興的領袖葉芝（Yeats）知道了。葉氏就採用那個方法，寫自己的回憶錄（名稱是『面市之震抖』）。你看莫氏榮耀麼？『迎與送』眞的是　學名著！

再言第二種：『已過之年的記錄』Memoirs Of My Dead Life）是一本很愉快的小說——是一本自古以來沒有寫得這樣巧妙的『淫』書。淫書大概不成文學，但是這本小說確爲文學。這本小說的主旨不在導淫而在消遣。牠不觸犯人，也不教訓人。沒有毛病的人讀了牠，決不會出毛病。著者所取的材料，雖然多是『肉慾』的，但同時也是『愼重』的。像這種小說，我們中國沒有。可惜我的本子已經遺失了；否則我想把牠繙譯出來。

末言第三種：『自狀』（Avowals）最初出版的時候，著者不願意公然發售。他採用預約法，並且本數有限。本數有限的預約法，是西洋書肆用以推銷名著或淫書的。莫氏的新著，爲什麼要這樣發行呢？當時大家以爲『自狀』繼『已過之年的記錄』之後，一定是一本『不上大雅之堂』的淫書。所以大家勇勇往往地去購預約劵。等到書出版了，大家東繙西閱，找不到半句色情　字。許許多多失望的買客，將原書退還經售處，並且說道，『著者所講的是　學，我們所要的是色情。普通小說，何必預約？我們不要這本書。我們退貨；你還錢。』

其實這是一本英語中數一數二的書籍。著者與艾德門（Edmund）的會話——理想會話——所講及的果然全是　學，但那一句，那一字不能使人發生興味呢？英語中以會話爲主體的小說有好多種，但那一種及得牠來呢？

莫爾全無著作的天才；因爲勤於效尤，善於慕仿，竟成一道鼎鼎大名的小說家。可知我們『事在人爲』的那一句古話，確實可靠，確實可信。目下我國在高中或大學的青年，大多數攻求科學，攻求工程……。那是最好的事——與己與國都有直接關係。但是還有許多學生，依然崇拜文學，希望將來成爲著作名家。這也很好，不過你們要自問有無天才。倘然有的，那末不久你們就可以寫成長的劇本，長的小說，新式的或者舊式的韻文。倘然沒有，那末你們非像莫爾氏那樣地潛心學習，奮力效慕不可。

你們的效慕，可從繙譯入手。你們找到了中意的劇本或者小說，可以把牠們仔仔細細地化爲漢文。化得滿意，可以售稿；化得不好，作爲練習。今天化，明天再化，今年化，明年再化——化了幾年之後，你們當然知道劇本或者小說的結構和牠們的作法了。然後採取某人或某書的『計劃』（Plot）從事創作，一定不會白費工夫，多少總有些成功。西洋的韻文，也似乎可以化爲白話。

最末，我當略述莫魯氏的形相，以爲結束：

莫氏身體不高，臉成蛋狀，髮硬而色黃，鼻大而孔粗，睛青而多光，唇突而且厚。肩聳而步履異常；大宅的客廳中類乎他的人很少。他在愛爾蘭首都步行的時候，無不裝腔作勢，效學時髦；但是不贊成他的人，稱他是『一個酒醉的大孩兒』。他一生的事蹟——他沒有事蹟；他祇知旅行，祇知效慕。他連自己的生日，也不知道——他從來不以自己的生年生日，告知他人。

皮膚病特效藥
光化藥膏
主治
脚濕氣，凍瘡，熱癤，面疱，痔瘡，急慢性濕疹，水火燙傷，及一切因葡萄狀球菌，及淋性雙球菌等所侵入而引起之皮膚病。
光化藥膏
SYNTEKO'S OINTMENT
AN IDEAL OINTMENT FOR SKIN DISEASES
光化製藥廠出品
虎邱路（博物院路）一二八號
電話一八二三二

論蘇青及張愛玲

譚正璧

在個人主義風靡一時的現社會裏，卽使是被壓抑者反抗的呼聲，也不免是屬於個人主義的。讀了目前最紅的兩位女作家——張愛玲和蘇青——的作品，往往要引起我這樣的感想。革命之後三十多年來，中國社會固有的宗法和舊禮教勢力對於女性的壓抑，非但沒有消除，反而變本加厲，資本主義在外國是封建勢力的仇敵，然而到了我們中國，却會化敵爲友，互相狼狽，造成更多重的壓力，依舊盤踞在各個黑暗的角落裏。然而人總是有着「人性」的生物，當那些被壓抑者一朝覺醒而傾向於自由的要求的時候，她們不但會喊出反抗的呼聲，甚至也會見之於行動。不過在同樣的傾向裏，我們讀了以前馮沅君、謝冰瑩、黃白薇諸家的作品再來讀這兩位的，便生出了後來何以不能居上的疑問。因爲前者都向着全面的壓抑作反抗，後者僅僅爲了爭取屬於人性的一部分——情欲——的自由；前者是社會大衆的呼聲。後者只喊出了就在個人也僅是偏方面的苦悶。

兩人中，張愛玲是專寫小說的，因此她的思想不及蘇青明朗；同時作品裏的氣氛也和蘇青截然不同，前者陰沉而後者明爽，所以前者始終是女性的，而後者含有男性的豪放。蘇青是個散文作家，寫作小說在她似乎不過是偶然的興會。但是在重視意識過於技巧的批評家的筆下，蘇青却高過於張愛玲。我們如果把兩者同樣重視，那麼張愛玲在技巧方面始終下着極深的工夫，而蘇青却單憑着她天生的聰明來吐出她別的女性所不敢吐露的驚人豪語，對於技巧似乎從來不去十分注意。就文藝來論文藝，兩個人的高下應該從這地方來判分和決定的。

在張愛玲的小說裏，題材儘有不同，氣氛總是相似。牠的主要人物的一切思想和行動，處處都爲情欲所主宰，所以她或他的行動沒有不是出之於瘋狂的變態心理，似乎他們的生存是專爲着情欲的。她的成名作「傾城之戀」和「金鎖記」是這樣，她的其他作品如「花凋」「年青的時候」「封鎖」「茉莉花片」等也都是這樣。「封鎖」的題目確是挺現實了，可是內容所寫一對在電車上邂逅的男女霎時的羅曼司，如果沒有讀過性心理學一類書本，或自己也曾有過同樣變態心理的人，一定會疑惑這是作者自己在瘋狂中所發的囈語。「茉莉花片」寫一個少年在無法遂他情欲後對於他的戀人施以瘋狂的虐待，幾乎致之於死，而她爲了愛他，事後並不有絲毫報復的意念，尤非普通人所能了解。「花凋」寫來似和世情略略接近，然而因爲牠是個絕對的悲劇的緣故。「年青的時候」比較地鬆弛，寫一個青年迷戀他的異國人的女教師，情調非常優美。總之，作者是個珍惜人性過於世情的人，所以她始終是個世情的叛逆者，然而在另一方面又跳不出是情欲的奴隸。

意識是作品不可少的生命，技巧是作品外表面必須有的修飾。美麗的生命如果加上美麗的修飾做外表，那麼至少比了沒有美麗的外表更容易獲致多量的讀者。所以一個哲學家積貯他一生辛苦研究所得而寫成的皇皇巨著，往往不如一個文藝家在一霎時間引起的思緒所寫成的幾行詩或一篇短文會立刻傳誦於全世界。有人批評張愛玲的小說的缺點，是好用美妙的技巧來掩蓋了她平凡的意識，所以同樣是她的成名的作品，「傾城之戀」不如「金鎖記」，這是一種極苛刻的批判。「傾城之戀」果然有著高人一等的技巧，牠的富於傳奇性的故事確比「金鎖記」安排和翦裁得妥當，而「金鎖記」全像是一個長篇小說的節本，時時流露着支離脫節，捉襟見肘的窘狀。然而在意識方面，兩者實在無從分別牠的的軒輊，因爲故事的發生既有年代的相差，社會又不是凍結不變的化石，所以同樣是苦悶，自然有着深淺高低的分別。這相差的程度並不是作者的意識高下的程度，即使不是批評家也極容易明白這個平凡的道理，爲了「傾城之戀」有着比較美麗的外表，就成爲我所以選入「傾城之戀」而放棄「金鎖記」的重大理由。

作者好用象徵的手法，把整個故事的性質，在作品的開端那段時空間裏預先暗示出來，使人讀完全篇，感着有一種通體諧和的情調。在她的「金鎖記」這樣，「傾城之戀」裏也是這樣。你看：

「上海爲了『節省天光』，將所有的時鐘都撥快了一小時，然而白公館裏說：『我們用的是老鐘。』他們的十點鐘是人家的十一點。他們唱歌唱走了板，跟不上生命的胡琴。」

在這段短短的引子裏，使我們知道全篇的故事人物都是比一般都落後一點鐘的老鐘，也都是在生命胡琴上已走了板的歌唱。這樣一開場就罩住了全篇的故事人物，直接是融和了作品通體的情調，間接是增加了讀者感應的效果，這是作者所特有的風格。但是她還擅長於心理的描寫。她寫兩個因爲彼此都十分矜持而不肯相下的，然而都已有了很深的世故經驗的一對男女，在彼此追逐了好久時候，而一朝表示「他愛她」，他吻她的嘴時：

「這是他第一次吻她，然而他們兩人都疑惑不是第一次，因爲在幻想中已經發生過無數次了。從前他們有過許多機會——適當的環境，適當的情調；他也想到過，她也顧慮到那可能性。然而兩方面都是精刮的人，算盤打得太仔細了，始終不肯冒失。現在這忽然成了眞的，兩人都糊塗了。流蘇覺得她溜溜的轉了個圈子，倒在鏡子上，背心緊緊抵着冰冷的鏡子。他的嘴始終沒有離開過她的嘴。他還把她往鏡子上推，他們似乎是跌到鏡子裏面，另一個昏昏的世界裏去了，涼的涼，燙的燙，野火花直燒上身。」

只是接吻的一刹那，她寫得這樣的精細，這樣的深刻！在別人的筆下，至多能夠寫出一些肉麻的詞和句來，而她是那麼纏綿，那麼沉醉！

作者本是位有着多方面修養的藝術家，善繪畫，又好音樂，在文藝上又善於運用舊文學遺產。她熟讀「紅樓夢」，也熟讀「金瓶梅」，這兩部最長於描寫女性和情欲的過時的偉大作品，却給了她以無限的語彙，不盡的技巧。所以新舊文學的揉和，新舊意境的交錯，也成爲作者特殊的風格。然而揉和只是揉和，交錯只是交錯，無限量的運用便要成爲濫調與俗套，本是賴以成功的因素，往往會就是招致失敗的絆脚石。她的尙未發表完全的長篇小說「連環套」因此引起了一位批評家的反感，然而正也是一班有識的讀者所對她抱着的「杞憂」。

一提到蘇青，彷彿聽到了一個什麼社會聞人的名字似的。她是目前一位挺有名的散文作家，同時也寫着小說。因爲她有着海闊天空的胸襟，大胆直爽的性格，她所感到的想到的都毫無嫌避，毫不掩飾地在她的筆下抒寫出來。這種別的女作家所不敢有的作風，我在前面說張愛玲的思想不及她的明朗，就是指這種地方，却使她站上了目前文壇的很高地位。但是在讀者方面，除了少數眞正能夠了解她而同情於她的智識羣外，大多數人對於她的作品，（恕我在下面說出這樣一句非常冒犯作者和讀者，然而在我是很忠實的話，）不過是抱着和一般人歡喜讀「金瓶梅」「×史」相同的態度。這種態度並不是讀者程度的幼稚，或是心理的墮落，而全以作者全部文章的內容爲因子。正如她的朋友實齋在「記蘇青」一文裏所說：

「除掉蘇青的爽直以外，其文字的另一特點是坦白。那是赤裸裸的直言談相，絕無忌諱。在讀者看來，祇覺她的文筆的斌媚可愛與天眞，決不是粗魯與俚俗的感覺。在她最近的一篇文章中，有一句警句說：『飲食男，女人之大欲存焉。』經她巧妙地標點一下，而將女人的心眼兒透露無遺了。……」

果如這篇文章的作者所說，我們隨時可以在她的作品裏讀到她的「赤裸裸」的直言談相」，像「性欲」「月經」「生理需要」……一類在一般文藝作品中不大用到的名詞成語，在她的筆下簡直是「家常便飯」。我並不以爲一個女性不應該寫這些，但是好像陶淵明的愛「酒」一杯，如果在他詩裏首首中都有「酒」字，好像沒有了「酒」就寫不成詩，那一定會引起讀者單調寡味的感覺的。我對於蘇青的大胆直爽，沒有女性的扭揑是欽佩的，但是她的過多的「直言談相」，有時很使我感到肉麻。她的「直言談相」仿彿是和味用的「辣火」，偶然用些是很夠刺激的，但是如果像「四川菜」那樣每菜必用，那就要辣得我們口舌麻木。不知一般的讀者們以爲我這個譬喻用得怎樣？

蘇青以多寫散文的緣故，所以創作小說並不多，但是比了張愛玲似乎又並不少。讀者所最歡喜的是她的長篇小說「結婚十年」。這是一本自傳體小說，因爲書中的主角是女性，又是用第一人稱來寫，思想和行動也和作者相似，所以曾有不少讀者誤以爲是她的自敘傳。我以爲所敘當至不會就是作者自己的事實，但不能說全和作者的思想經驗絕對沒有關係，因爲一般用第一人稱的文藝作品都是這樣的。但這是個不必在這裏討論的問題。作者在小說裏所擅長的也是心理描寫，她所描寫的又全都是女性的性欲心理，這正和她在散文裏所主張的完全一致，於此可以看出她純粹是個爲了爭取性欲滿足而鬥爭的鬥士。她的短篇小說也好用第一人稱來寫，而且也大都滲入自己的生活體驗，如兩條魚」「胸前的祕密」「蛾」都是。在「蛾」這篇被我選入的小說裏，作者刻劃一個女性的性欲的苦悶深刻到極點，於此可以看出作者自己過的是何等樣的苦悶的人生。她竟這樣不顧一切地再三大喊着：

「我要……！

「我要……！

我要……呀」

她在文章裏是這樣的寫出來了，也就是喊出來了，但而她的文章裏的主人公却是：

「她想喊，猛烈地喊，但却寒噤住不能發聲。房間是死寂的，庭院也死寂了，整個的宇宙都死寂得不聞人聲。她想：怎麼好呢？開了窗，一線光明也許會帶來一線溫暖？……但是她的眼睛直瞪着，脚是僵冷的，手指也僵冷。」

如果自己是沒有這種經驗的人，一個性的飢渴者的感受和形像，能夠會又得這樣的「逼眞」「如活」嗎？所以這篇文章是最能代表作者的個性、思想和作風的。但是主人公在滿足她的慾望的時候，她所感到的是「她此刻在他的心中，祇不過是一件叫做『女』的東西，而沒有其他什些『人』的成分存在。」這種銳敏的感覺，便是她的苦悶的源泉。因此她斷定「男女間根本沒有愛，慾望像火，人便是撲火的蛾！」爲了追求熱烈，假如葬身在火燄中，……是死得悲壯痛快的。」這就是作者否認了「愛」然而還希望有異性來塡滿她的空虛的主要原因。可是在最後，她也竟發現了人類所以有這種本能的眞實原因，就是爲了孩子，而孩子就成了她的溫暖，她的光明。於是在老醫生替她打去了胎，美意地忠告她「好好嫁個人吧，不要再胡鬧」以後，她竟也直爽爽地告訴他：

「老醫生，請你不要笑我，我是還想做撲火的飛蛾，祇要有目的，便不算胡鬧。」

這篇小說的主題，便是在寫這個「撲火的飛蛾」怎樣發現她「祇要有目的，便不算胡鬧」的愛慾哲學的經過的歷程。

日本與謝野晶子夫人這樣說過：「實在說：婦人描寫婦人自己的心理，最能夠使人有感動的地方，因爲這是婦人自己描寫自身的心理緣故。所以婦人若能在男的短處方面努力，比較容易收到效果。」這一段話就是這兩位最紅的作家成功的聖經！

（編者按，譚先生編當代女作家小說選即由太平書局發行，本文係該書叙言之一部分。）

世外桃源

希爾頓著
實齋譯評

尾聲

我到了這里才又遇見羅塞福。那時我們都是總督委員席上的客人，只是彼此坐得很遠，而且因爲禮貌關係，是以不便交談，直到宴畢，頭上纏着布的僕人遞給了我們的帽子後，才有交談的機會。他說道：『和我一同到旅館去喝點酒吧。』

於是我們二人便僱了一輛馬車自安靜如靜物畫的所在到熱鬧如緊張的電影的舊德里（Old Delhi）去。我從報上看到關於他的消息，說他新自喀什噶爾（新疆地名）旅行回來。他是個很有些聲譽的人，他的任何行動，會引起人們的注意；在人們怒目中他的旅行會變成探險，這位所謂探險家雖然沒有作什麼壯舉，可是人們總以爲是壯舉；他能坐享盛譽便是這個緣故。他這次旅行就以報上的記載來說吧，在我看來也沒有什麼驚人之處；新疆和闐地方埋着地層中的城市早已有人去探究過的了，我們不是還記得斯坦因（Stein）和斯文・赫定（Sven Hedin）二人已經到過那里嗎？我和羅塞福相知有年，交誼相當的厚，所以就以這事取笑他，他笑道：『不錯，若是把這次旅行的眞相宣布了恐怕會比較的有趣呢。』

我們二人便到了他的旅館里，喝着韋士琪。我乘機問道：『原來你眞的曾去找尋康惠嗎？』

他答道：『找尋二字用得太重了，中國地大達歐洲的一半，在那麼遼闊的地方去找尋一個人怎麼可能呢。只能說我曾到過幾處可能遇見他或探得他的消息的地方。你還記得嗎？他最後的消息是說他已由盤谷動身往西北去了。我便到盤谷去，自那裏北行，一路探聽他的消息。那里的人們說確會有過那麼一個人，可是離谷漸遠，人們便都回說不知了。據我個人看來，他大概是到中國邊疆上的苗族區域去了。我看他是不會到緬甸去的，因爲那里他也許會遇見英國的官吏。總之到了暹羅的北部我便探問不出他的蹤跡了，可是我的探問有此成績已是出於意料了。』

『你以爲藍月谷比較易於找尋嗎？』

『當時我確實以爲那總比較容易，因爲藍月谷是個固定的所在呀。我猜你大概已經翻閱過我的那部文稿了嗎？」

「不只是翻閱而已。我本想早些寄還給你的，可是你沒有留地址給我。」

羅塞福點了點頭說道：「那末你對於那部文稿有什麼意見呢？」

「我以爲那簡直是件奇事——如果文稿所記的事眞是出於康惠之口的話。」

「我敢以人格向你保證我並沒有揑造事實——而且其中多數的話都是依照康惠當時所說的記錄下來的呢。須知我的記憶力很強，而康惠又是善於說話的人。你別忘了我們曾繼續談話了二十四小時之久呢。」

「那麼眞可說是一件奇事了。」

他把身子往後一仰說道：「你旣是這麼說，那末我得爲自己辯護一下了。你也許以爲我是個輕易相信人們的話的人吧。實則不然。人們常因過易輕信人言以致受累無窮，可是如果他們太沒有信心的話，他們便會覺得人生太無聊。我對於康惠的話當然很感興趣——不只是覺得故事的本身有趣而已呢——是以我多方探聽他的行蹤，而且當時還以爲也許會與他相遇呢。」

他燃上了一支雪茄後又說道：「因爲要探得他的蹤跡，所以我到過許多偏僻的地方；只是我喜歡幹這樣的事，而且偶而寫本關於旅行的書，我的出版人也是不會反對的。總算起來，我旅行了數千英里路程——培斯克爾，盤谷，中江，喀什喀爾——我都去過，這個啞謎總不會越出那個區域的範圍。可是那方區域實在太廣了，我調查所及的地方不及整個區域的萬分之一——也可以說不及整個神祕之可的萬分之一。如果你想知道確切的事實，那末我只能說：他於五月廿號離開培斯克爾，於十月五日抵達中江。最後關於他的消息是：於二月三日他又自盤谷他往了。其餘便只是些猜測之辭了。」

「那末你在西藏一無所得嗎？」

「我可根本沒有到西藏去呀。政府當局絕對不允許我到那里去，充其量他們肯許我到永息山去探險；我說我想獨自到崑崙山去，他們只是呆呆地望着我，好像以爲我是瘋了。實則他們的話是不錯的。到西藏去旅行實在不是一個人所能做得到的，必須結隊而行，且須攜帶種種探險所必需的器具，更須有懂得點藏語的人爲領導。康惠向我講述他的經歷的時候，我總是不懂何以他們那麼重視夫役——他們爲什麼不逕自悄悄離去呢？可是不久之後我就發現其中的緣故了。那般官吏的話是不錯的——縱令我備了世界各國的護照去也是沒法越過崑崙山的。事實上我於天氣非常淸朗的一天竟在遠處望見過崑崙山——也許離我那個地方有五十英里吧。甚至能做到這個的歐洲人也不多呢。」

「看去眞是很高峻嗎？」

「看去只像是遠處地平線上的一條白色帶子而已。我在葉爾羌（新疆地名）和喀什噶爾的時候，我見人便問及崑崙山，可是他們都不能告訴我什麼事實。該山大概是世界上人跡最罕到的高山吧。只是我曾遇見過一個美國旅行者，他曾想越過該山，可是終於找不到任何谷道。他說谷道是有的，只是高得驚人。我問他那里是否可能有康惠所說的那種山谷的存在，他答稱不能說絕對不可能，只是以地理言似乎不十分可能而已。我又問他曾否聽人說起過那里有一座高度幾與喜馬拉雅山最高峯相等的錐形的山峯，他的回答殊饒興趣。他說相傳有這麼樣的一座山，只是他個人以為那是毫無根據的話。他又說事實上甚且有人以為那里有比永息峯還要峻高的山峯，可是他本人並不置信。他說：「我以為崑崙山脈最高的山峯充其量也不過二萬五千尺而已。」不過他也承認那里的山無人加以正式的測量過。

「我又問他是否知道西藏喇嘛寺里的內幕——須知他曾數度到過西藏——他的回答也只和關於西藏的書籍中所說的一樣。他確切地對我說那類寺院並不是什麼好處所，寺里的和尚多半是不守清規的。我問他道：「那些和尚很長壽嗎？」他說是的，他們的壽命往往很長，如果不犯不潔的病而死亡的話。接着我便直截問他曾否聽人說起過喇嘛和尚可以活到數百歲的傳說。他答道：「那類傳說多得很呢，你各處可以聽到這類陳腐的故事，可是你沒法加以證實。人們會對你說某個形容污髒的人曾坐關百年之久，看他樣子委實也像，只是你不能叫他提出出生證呀。」我說有人以為喇嘛和尚有一種延年益壽的祕方，據他看來是否事實，他說確有人這麼說，只是正和印度的神奇繩技一樣——老是人家所親見而自己不會看見過的事。只是他以為喇嘛和尚確有一種克己自制的本領。他說道：「我曾親眼看見過喇嘛和尚們在冰點以下的天氣一絲不掛地坐在冰湖的岸上，狂風在他的四週怒號着，而僕役又把在冰水里浸過的氈子圍在他們的身上。他們竟會以體熱把氈子烘乾呢。大概是以意志力保持體溫吧，話是這麼說，究竟是怎麼一回事我可不知道。」」

羅塞福又喝了些酒，然後說道：「可是那個顯然與長生不老術無關，那位美國旅者行也承認。那只表示喇嘛和尚對於克己自制精神的訓練令人覺得可怕而已……我所知道的就只這麼一些，這些證據實在薄弱得很，不足以確定任何一點，對於這個你大概會和我表示同意吧。」

我亦謂然，只是又問他道：『那個美國人聽了「卡拉克爾峯」和「聖格里．勒寺」等名字有何表示嗎？』

『毫無表示——我曾向他問及這二名字的。我再三的盤問他，他終於說道：「不瞞你說，我對於寺院實在不感興趣——而且還曾對一個在西藏所遇見的人說過：我看寺院就頭痛，情願繞道而行。」說的人無心，聽的人可有意了，我便問他什麼時候在西藏遇見那人的。他答道：「嗄，那是好久以前的事了，還是在戰前——好像是在一九一七年吧。」我又迫着問他，他便盡他的記憶所及，和盤告訴了我。原來那時他與幾位同事帶領着夫役爲一個地輿學社在探險。在崑崙山附近也遇見那人，是個中國人，坐着一乘轎子。那人能操流利的英語，竭力勸他們到離那里不遠的一所喇嘛寺去——他甚至還表示願意做他們的嚮導呢。（旁敲側擊，趣極。那人敢情是提倡中庸之道的張老者了。）那個美國人答稱沒有時間，而且根本不想去參觀寺院，於是那事便那麼的結束了。』過了一忽羅塞福又說道：『我的意思並不是說那件事有什麼深意。那是二十年前的事了，而且只是件偶然遭遇的小事，又難保那人的記憶沒有錯誤，我們那里可以信以爲眞呢。不過可以聊供參考而已。』

『不錯。只是那一隊配備完全的探險者縱令聽從了那中國人的話到寺里去，他們也不見得會被寺方扣留呀。』

『正是。那寺也許根本不是聖格里．勒亦未可知。』

我們思索了一會，只是證據實在太微，無從爭辯；不過我又問他在培斯克爾有沒有什麼發現。

『在培斯克爾一點希望都沒有，配蕭韋更糟。那里的人都後稱不知，只說確曾有一架飛機被偷走。甚且他們對於那事也不很願意承認——他們認爲那是丢臉的事呢。』

『那架飛機後來便沒有下落了嗎？』

『那架飛機以及其中四名乘客以後便影蹤全無了。只是據我調查所知，那架飛機確能飛越高山峻嶺。我也曾去調查那名字叫伯納的人，調查之下發現此人的生平神祕莫測，他也許正是却爾默斯．勃朗脫亦未可知。他事敗之後，社會人士一片囂然，他便於混亂狀態之中突然失蹤了，這畢竟是件不可解的事。』

『曾去調查那個綁架乘客的人嗎？』

『我曾去調查過的，可是又是一無所得。那位被擊昏的空軍駕駛員已經死了，所以線索更少了一條了。我甚且還曾寫信給一位在美國辦航空學校的友人，問他的學生之中新近是否有過西藏人，他的覆信很快，可是令我大失所望。他說他認不眞何者是西藏人，何者是中國人，校中曾有五十多個學生——都是準備受了訓練去打仗的。你看，那一方面也無從探聽得什麼。可是我確曾發現一件奇怪的事實——說來好笑，那個事實我即使蟄居在倫敦也是可以發現的。原來上世紀的中葉德國琪那大學（Jeva）有一位教授於一八八七年離校週遊世界到西藏去。其後便一去不回了，當時有人傳說他在渡過某條河的時候淹死了。他的名字是弗雷特里却・梅斯透。』

『唉，這個名字康惠曾提及過的呀！』

『正是——不過那也許只是名字的偶同而已。『又是旁敲側擊，恍惚迷離。』不是怎樣有力的證據，須知那個名叫琪那的人是生於一八四五年的呢。還有什麼可怪的。』

我說道：『都是令人覺得蹊蹺。』

『是呀，蹊蹺得極呢。』

『關於其餘數人你曾探問清楚嗎？』

『不曾。我查過一切有關的文籍記載，可是不見說起蕭邦有一位名叫勃拉愛克的門人，當然也不足以證明蕭邦並不曾有過那麼的一位學生。你知道康惠提及的名字很少——據他說寺中約有五十多個喇嘛和尚，可是他只提及二三個名字。我曾去研究配拉爾特與漢斯契爾的生平，可是也是一無所得。』

我問道：『那末馬立森呢？你曾去探究他的下落嗎？還有那個女孩子——那個中國女子？』

『當然曾去探究的囉。令人覺得困難的是：康惠的話說到他們與夫役一同離去山谷時爲止，其後的事他或許是說不出，或許是不願說——只是當時如果有充份的時間的話，他也許會再講下去的。我猜半途大概發生什麼不幸的事故了。那種的旅程是那麼的困難，而且路上也許會遇到土匪，甚且夫役也未必都是好人呢。究竟如何我們大概是沒法知道的了，只是馬立森不曾抵達中國本部是實。須知我多方的調查過。我先到上海北平等地去調查該寺不時所收到的大量書籍以及其他貨物的來源，可是沒有結果。那當然是不足爲奇的，寺方當然是想設法把他們運取貨物的方法嚴守祕密的。後來我又到大清府去。那里是個古怪的地方，是個偏僻的小鎮，交通很是不便，中國的苦力常常把茶葉從雲南運到那里交給西藏人。我的新著中講及這點，出版後你不妨一讀。歐洲的旅行者到過那里的不多。那里的人們很有禮貌，可是都說不知有康惠等一行人到達該地這回事。』

『那末康惠究是怎麼到達中江敢情我們還是不能解釋？』

『他只是偶然抵達那里而已，這是唯一可能的結論。幸而到了中江以後的事便可不必憑空猜想了。中江教會醫院里的女教士畢竟不是虛無飄渺的人；康惠在船上彈奏所謂蕭邦的樂曲的時候，西愛維根大爲詫異也是事實。』羅塞福停了一會，接着又沉思着說道：『這究竟是怎麼一回事委實難說得很，是眞是假不易臆測。我們不妨老實說吧：如果你不相信康惠的話，那便是說：你懷疑康惠說謊，或是你疑他神經錯亂，不是前者便是後者，二者必居其一。』

接着我們又談了一回戰爭及其對於各種人們的影響，最後他又說道：『不過我還得告訴你一件事——也許是最蹊蹺的一件事。那事是我到教會里去查問的時候發現的。那里的人竭誠答覆我的詢問，只是他們已是記不得許多了，而且那時他們正在忙着應付時疫病人。我先問他們康惠究是怎樣抵達醫院的——他來時只是一人呢，抑是有人陪同着他來的。他們記不眞切了——畢竟已是好久以前的事了——只是我正想作罷的時候，有一位女教士不經意地說道：「我記得醫生說過他是由一位女子陪着他來的。」她能告訴我的只是這麼一些，而那醫生又是已經不在那里工作了，所以也沒法證實她的話。

『只是既然得到了這個線索，我當然不願立即罷休。據教會里的人說，那位醫生已經到上海一個規模較大的醫院里去工作了，所以我問明了地址去訪他。我第一次赴中江的時候曾遇見過那位醫生，他見了我很客氣，只是因爲工作過度，所以顯得疲憊得很——眞是疲憊得很。他立即答道：嗄，不錯，他還記得那位失去記憶力的英國人。我說據說他是由一個女子送他到醫院去的，這話是否屬實。嗄，不錯，確是由一個女子送他來的，是一個中國女子。他還記得那個女子的形容嗎？他說記不得了，只記得她來時也患着熱病，到院後不久便立即死了我便問了他最後的一句話，大概你一定知道我問的是什麼吧。我說道：「且說那位中國女子，她還年青嗎？」』

羅塞福以指彈着雪茄烟灰，神情顯得很是緊張。接着他又說道：『那位矮小的中國醫生嚴肅地望了我一忽，接着便以發音過份清晰的英語答道：嗄，不是，她很老了——老得不能再老了。」』

我們只是坐着，彼此不作聲了好一會，接着又談到我們記憶中的康惠——稚氣，聰穎，可愛的康惠——談到使他成爲判若二人的戰爭，談到時間年齡等等不可解的神祕之謎，談到那『老得不能再老的中國姑娘，終於又談到那神奇的藍月谷之夢。我問道：『你以爲他能夠再尋到藍月谷嗎？』

一九四三年四月二日譯竣

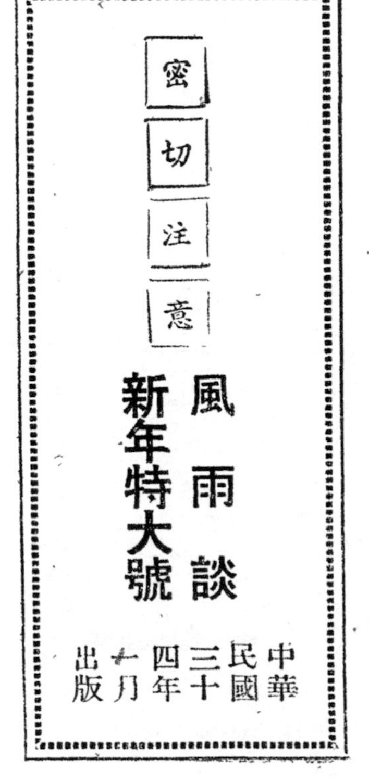

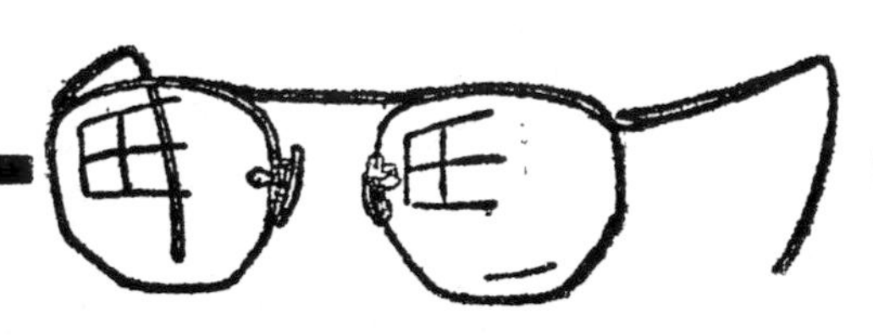

做大事業要有目光！

一方面要有目光，
一方面也要有目力；
保護目力亦為做
大事業條件之一也。

茲値電力限制時期，敝
公司有鑒於此，特設柴
油引擎，以備各界需要

各種鐘表
計時準確
式樣新穎
應有盡有

有三十年
以上歷史
，備貨之
多與齊，
事所當然
，必然！

特備 日光護目鏡

非常流行
每副國幣四百元至千元

大明鐘表眼鏡總公司

（天津路一七三號　電話九二八四七）

不家食吉

予且

趙先生最贊成易經上的一句話：

「不家食吉。」

他遇着人事上的困難。結果請人家到館子去吃一餐，那些困難而且複雜的人事，無形中就在飲酒吃菜的當中輕輕巧巧的解決了。

這不是應了易經上「不家食吉」的一句話嗎？

他冥想着，同時發出輕快的笑容，嘴裏還哼着曲調，那捏在手中的煙斗，青色的煙雲浮到太空，似乎提醒着趙先生：

「老趙！你眞是懂了中國的哲學了！」

中國人是講究吃的，你不看朋友相見總是問「你吃過飯沒有嗎？」這句話問的有意思，倘使對方老實向你說：

「我還沒有吃過。」

那麽，你利用他的機會馬上就來了。

趙先生仍繼續的想。他想中國兩千年來的教育，就是領袖的教育，四書五經不都教人做領袖的嗎？人家說，半部論語可以治天下，還論一部論語！還論論語之外還有孟子，還有大學中庸！還有詩書易禮春秋呢？

利用人的入門方法，就是不家食，不家食爲可輕視！

趙先生是一位常請朋友吃飯的人，什麽「隨便用一點」「請隨意」「喝一杯」等等的話，在他嘴裏看是滾瓜爛熟，在他說的時候，是沒有一毫誠意的。雖然臉上掛着笑，笑却原是他的慣技。雖然是他用客氣的語調說出來，但這和開留聲機片一樣，那怕你開上一百次，這一百次都是一般的客氣，一樣的好聽。

可是社會的變遷，却不能容許趙先生時常請客了。以前他用四塊錢可以請八個人，後來他用八拾塊還請不了四個人，他的太太可就向他說話了。

「柴米這樣貴，你還要請客，這個家都被你請窮了。」

「請客是有用的！」

「有什麽用？你既未升官，更未發財，手頭上的事，雖然加了一點薪水，可是物價漲的比你薪水不知要快多少倍了。」

趙先生沒有話說。四書裏是找不出答案的，那生財有大道，下面兩句：「生之者衆，食之者寡」，就和趙先生生活情形恰好相反。他有三個孩子，一個老婆，大家都很苦，他們從來沒有大嚼過魚肉雞鴨。但是他們雖沒有大嚼過，趙先生却已經成爲習慣了。在以前，他是不常在家裏吃的。在外面菜館中吃，雖說是和人交朋友，實際也是滿足了自己口腹的欲望。如今沒有資格交朋友，自己的口腹的欲望當然也就不能滿足了。

太太一方面在自己耳邊絮聒着。他每次進餐時，眼對着那兩三碟青菜豆腐黃豆芽，心裏會不知那兒來的那些怨氣。

他的心靈指着他道：

「不家食吉，你爲什麽不上菜館呢！」

「眞的，自己爲什麽不上菜館呢？袋內的錢，請客雖然不夠，獨酌還是有餘。」於是他隨意的吃了一點，便推着出去找朋友，獨自去上菜館了。

這是趙先生第一次生活上的變遷。當那滿臉笑容的茶房送上那四兩壺裝的酒，替他滿滿的斟上一杯的時節，他就想道：

「這眞是，不家食，吉！」

至少面前看見的是笑臉，耳中又不聽見內子的絮聒。如果這不算吉，更沒有什麽再叫「吉」了。菜雖然是名爲經濟，可口還是可口的。這裏沒有黃豆芽。青菜裏也許有蟹粉，再說豆腐，那製法就比家裏高明百倍了。

他端起那個酒杯，悠然地自飲着：

「不家食，不家食！……」

他立下了堅決的意志，準備用經濟菜和飯，做他的日常所用的糧食了。

但是，物價的騰飛眞比乘風直上的紙鳶還要快。而趙先生的薪水增加比烏龜走的還要慢，他不會投機，不會取巧，不會揩油，不會作弊，他所會的只是放一副笑臉，說人家總是對的總是好的，自己應該成人之美，也希望別人成人之美。爲了大家都美，就是自己拿出錢來和大家杯酒聯歡。

聯歡的光輝已經消逝了。只留下一點爝光，讓趙先生獨樂。獨樂的機會也要消逝了。只留下一片悲哀，在趙先生的枕邊，被底，樽前，飯後。

他每晚苦思着，他更沒有方法使他的薪水乘風直上九萬里。他的苦況，只能引起人家的同情。同情是深深表現着，辦法却是一毫也沒有。吃過他飯的人，大家都愁眉深嘆着：

「黃金時代過去了！

黃金時代委實是過去了！」

其實，黃金時代何嘗過去，只消你問問人，黃金該値多少錢一兩，你就得驚心動魄。這樣尊重而且「吃香」的黃金，正是黃金最出風頭的時代。怎能說是過去？過去的是人們心田中的愉悅，不是黃金，更不是物價。

人們的生活，委實是高貴的。滿面油垢，拾荒孩子手中的柿子，也能值上五十元。這一柿之微，已足夠趙先生以前酒綠燈紅，笙歌沸耳，高朋滿坐的樂上一宵了。

「不家食，吉！」

這幾個好字眼在趙先生腦中旋轉着。他想就是「家食」，現在已經成了問題了。米價這樣的貴，還有煤球，還有油，還有菜。他眞不敢往「家食」上面想去。他想還是把她們搬到鄉間，自己找個有宿有食的事混下去罷！

趙先生雖沒有錢，朋友還是有的。朋友爲報答他以前的情分兼示現在對他深厚的同情，替他謀了有食宿的事，當他事成的那一晚，他便向他的太太說出讓她們回鄉的意見。

太太一聽，就楞了大半天。說道：

「那兒來的這筆路費呀！」

趙先生笑道：

「這個你放心，我老早準備好了的。現在我們這所房子頂出去，也好值三十多萬了。我費了幾天的力量，託了朋友，替我介紹一個姓水的，肯出三十萬，頂我這所房子。三十萬就是三十萬罷！這筆錢拿來，全部給你和孩子，路費要不了這麼些，剩下來的也許可以在鄉間混上一年半載。」

太太半天都沒有說話。她的眼淚只是在眼眶中轉着，結果終於迸出了一句：

「你想你以前，今天請人吃飯，明天請人吃飯，吃來吃去，交上了一班朋友，幫助你離開了你的妻和子，毀滅了你現在的一個家！」

她伏案大哭起來。

趙先生眞是無話可說了。

平心而論，這事實在可以從兩方面看的。一方面是「破家，一方卻成了趙先生的「不家食吉。」

他等他太太哭了一刻，就安慰她道：

「這地方又有什麼好呢？天天青菜豆腐黃豆芽還不吃夠了嗎？到鄉下去，你就住在你的娘家，孩子也有個遊樂的場所，不比天天在這小小屋中受罪好得多麼？」

太太不作聲。趙先生又道：

「這次回去，並不是瓜葛你娘家的，不過是圖一個生活上的便利，你有幾十萬錢在袋中，他們不會說什麼！就打算你是一向省儉，在鄉下也是吃青菜豆腐黃豆芽豆罷：城裏的那裏好和鄉下比？鄉下的多麼新鮮，凡是新鮮的都富於維他命。不但菜裏有維他命，土裏也有維他命。不但土裏有維他命，空氣裏也有維他命。」

說着他還悠幽地背上兩句古文：

「臨溪而漁，溪深而魚肥。釀酒惟泉，泉香而酒洌。」

太太眞是有些氣。她說：

「你呢？你呢？」

「我就在公司裏吃喝睡覺，一個小事混着。」

「混着！你從此就不吃家裏的飯了，你就稱心如意了。」

趙先生一聽，輕輕地嘆了一口氣，他趕緊掉過去。像是悲哀，實際他臉上露出微笑的容顏。他想到了：

「不家食吉。這樣能以不在家裏吃飯，一切都順利了。」

水先生頂了這所房子，覺得三十萬並不貴，爲了答謝趙先生，便請趙先生和他幾個朋友吃飯，這餐飯的價值，不用說自然是很高貴的，雖沒有笙歌沸耳，却說得上酒綠燈紅。趙先生很痛快，除去幾樣必需的東西之外，屋內的一切，悉數讓給水先生，在水先生未進屋之前。他當着他的朋友，把自己多年用的一口鐵鍋打碎。笑着向他們說：

「你就是破釜，屋子頂給姓水的，算是沉舟。這是我的破釜沉舟。」

朋友一齊笑着恭賀他說：

「破釜沉舟，以後就永遠大吉大利了。」

他們都同聲祝賀他「大吉大利了。」那一天在他送太太和孩子上了車之後，大家又公請他吃一餐。

但是，物價飛騰仍像乘風而上的紙鳶。公司中取消飯食的消息傳出來了。他們把飯食，改爲「飯費」。同事們有家的，都拿了飯費回家吃飯去。趙先生却變成一個無家可歸的人了。對於他的「不家食」原則，倒很相合，究竟是不是吉？這個答案，趙先生對之却有點模糊了。他由蓋交飯，而至於蓋交麵，由蓋交麵而陽春麵而麵包而油條大餅山薯。直吃到他見麵即厭，見餅即懼的時候，他只好向公司一鞠躬，捲起行李回鄉了。

到了鄉下，他聽從他岳父的勸告，開個私塾教鄉村兒童讀論語。學生以米布爲贄。他也就溫飽無虞了。他在他座右，用紅紙寫了一個條子貼在牆下。條子上的字是：

「不家食吉！不家食吉？不，家食吉。」

他現在是一位從事於領袖教育的人了，但是，他的哲學是：

「還是坐在家裏吃飯來得好！」

臺上臺下

丁諦

一

一位穿着凡立丁西裝的紳士正在台上演講着。

這是銀行人員訓練班的第一次講座。紳士的面貌是團團的，白而發光的皮膚，認明他有豐富的滋養和優裕的環境。他的態度也極其大方，說話的時候常昂着頭，傲視這世界的一切，他常用手舉起來作勢，一左一右的來回走着，安閒而暇逸的。

他是一位紳士！他是一個有權威的可以操縱這社會的人物，他受人崇拜！他受人尊敬！他也被一班胆小而無知的人盲目的迷信着！第三排椅子中的一個說起，另外又引起幾個人的議論。

「他是我們銀行界的老前輩啦！以前大民銀行籌備的時候就有他。華民銀行也有他做過董事長。」

「聽說他還有著作，他寫過一部『銀行學實務』，這部書我以前還讀過。有許多大學採做教本。」

「今天他有幾個會要開呢。是特地抽空來的」。

這些議論一直繼續了五分鐘。還是台上望了他們一下，低低的談話才戛然停止了。

吳崇義的聲音又高起來。他要想得更莊嚴一點。他要吸到全場的注意，使他們不再閒談一句話。他今天請的「統制經濟的原理與施策」講到統制經濟的作用時，他的手臂又高舉起來，放大了他那近於低啞的沉悶的聲音：

「第一點牠的作用是生產與消費的平衡。在現時世界經濟恐慌，除開戰時以外，總不外生產過剩是一個主要的原因，這種生產與消費的不平衡，我們可以利用統制經濟的辦法來解除。……統制經濟！是一個最好的方法，牠可以根據人民的消費力限制種種生產的數量，樣式，標準………」

停了一停，眼睛停在聽衆的頭上；他閉了眼睛，考慮的樣子，等到忽然張開來的時候，他疾速地又把眼光收回來，顯得茫然而失措，像高空投林的飛鳥才要歇脚忽然發現了危險物又舉翅高飛。

他的眼光停在第四排位置一個椅子上面……一個長方臉，瘦下額，有點短鬍髭的人上面。

當他的眼光接觸到這一個人的時候，兩個人互相望了望，但是一刹那又各自掉開了。

閃爍的神秘的一瞬啊！……飛快的，遊離的眼光！……才接觸了又分散了！

像是一電流。像是風。像是閃光。………

然而，這是大家都熟悉的。

你望望我，我也望望你。好像是說：「我們都曉得各人的心。」

第四排位置上這一個人眼睛時常看到台上，台上的眼睛自然也時常看到台下。不過這兩種眼睛是不同的，台下的眼睛吐露着鄙棄和輕視，台上的眼睛完全是慚愧，惶慌，連帶的他話也常常說錯了，他的態度沒有以前的安閒，說話的聲音帶着顫抖，臉常常紅起來，尤其他不能忘記台下。

他才說兩句話，又望望第四排椅子。

他再不像先前的閒逸了。不再來回的踱方步或是閉着眼凝思了。他總是呆立在一處，低着頭盡量的思索。

他怕說的話說錯，他怕聽的人責難他，他怕……他怕……他怕一切！

站在台上的閒逸的紳士完全改變了。……徹底的變了一個人……他變成最沒有勇氣的，懦怯的人。

然而，他表面總還是極力的鎮靜着，他不讓他的心理的缺點，揭露在衆人前面。

看了幾次錶，意思是想早結束這一個演講。最後，講到統制經濟的作用第八點，他匆匆結束了這個演講，他說：

「說到統制經濟的對外貿易也是很有用的，牠可以用Collective Regaining同別的國家做買賣，比個人零碎買賣也有利得多。」

停了一停，又說：

「統制經濟的八點作用都已經講完了。本來我還要講一講各國的統制經濟政策，可是因爲時間不夠和有點事牽絆，祇好等到下次再講了。這是很抱歉的事。」

鞠了一躬，吳崇義從演講台走到坐位上。坐在他旁邊的趙主任站了起來走到台前，照例的贊揚一番，表示代全班學員表示答謝。他又說，學員如果有疑問的話，可以趁這個時候提出來請吳先生指教。

「吳先生是最肯指點我們的，他的博學，是銀行界中的一個權威者，我相信他一定有很好的指示。諸位有問題的話不妨……」

想不到話沒有說完，吳先生早已忙忙的站起來，他接連望着趙主任拱手說「對不起，對不起，我要先走一步了。等下一次有機會來，我一定和諸位細細的討論。」

「時間還早，吳先生不妨再坐一會。」趙主任看了看錶：「還只有四點半……

吳先生不是五點鐘才有事麼？」

「不，不，還有坐車要一點時間……不，不能就擱了。我下一次準來細談。」吳崇義又向聽衆拱拱手，表示歉意，走下台來。趙主任送他出了門。

門外面的汽車喇叭響了起來。

演講的人一走，聽衆都散了。

今天，紛紛的議論仍然是關於演講的人吳崇義的。

「一開頭講得倒不錯，可是後來就不行了。好像他的心緒很亂。不知道有什麼心事？」第一個人說。

「這還奇怪？他們這些大亨患得患失，整天就是爲財忙。」第二個人說。

「不，我看不單是什麼忙不忙。他的臉上很有一種慌張的表情。」第三個人說。

「你們說的都不對，你們單是做的相士的工作，我却注意到他的言論。我發覺他後半段有許多的話講錯了的。」第四個人說。

「究竟對不對，我們請問周正中一下，他的學問靠得住的。」

經過這一個人的提議，他們果然找周正中。

正喊着，周正中出來了。

第四排椅子上的長方臉！瘦下額！有一點短鬍髭的人！

他們問他的話，他不說什麼，他只是笑笑。神祕的沉靜的光，像是黃昏林中的月亮反映在池塘上。暗中有一種否定或譏諷，不同於凡俗的頑抗與倔強，而又是籠罩着和悅與雍容的外貌；他只是微微的點頭。

不說是，也不說不是。

「喂，老周，他說的統制經濟的意義究竟對不對？他說統制經濟和計劃經濟兩件事是一個東西是不是？」

「這話根據也是有根據的。可是綜合起來說，二件事實在還是一回事。計劃經濟就是指的本身的性質，統制經濟是指的計劃執行時的狀態。一定要把牠們分成兩回事實在是錯誤的。」周正中說話的時候始終是沉靜的樣子，說話的時候在沉思。

「你說的完全不對。不對。」自鳴學者的王叔和搖搖頭，說：「你說的話完全不對。吳崇義說得很透澈。他明明說計劃是計劃，統制是統制，你這一說倒變成一回事了。」

「人家是學者！說的話還會錯！」一致的附和都是責備周正中的，說他是誇大狂，實在是吳崇義一點也沒說錯。

他們又說，後半段的演講他祇是匆忙些，他們懷疑他說錯實在還是自己的淺見。

先前的一部分懷疑者又消除了。他們還是被「迷信」的思想籠罩着，崇拜吳崇義。

當周正中發表這一套議論時，他們對

他祇是冷笑。越是他批評得利害，冷笑得越兇。連帶的他們對周中正的一點信仰也消失了。他們一致的說他狂妄。

「你們完全是迷信！迷信。自己一點信仰也沒有。」周中正憤憤的說。

「我們根本就是信仰吳崇義。」

「自然決不會信仰你。」一個刻薄的人附加了一句。

「既然你自己大得了不得，爲什麼你不到台上演講却還在台下受訓呢？」

這句話一問引起十幾個人的大笑來。

哈哈哈！……哈哈哈！

對！老周！你爲什麼不上台演講呢？」

「實在的話，」冷冷的語氣，帶着嘲諷：「老周的年紀說也不算小了。怕有四五十歲了吧？何苦還要來參加這個講習會呢？要是我……我……（作了一個手勢）是再也不來的！」

「你們不了解我。」周中正啼笑皆非，緘默地搖搖頭，好半天，才：「我也不同你們多說。」

周正中走到寓所，坐下還不到一小時，有一個人來敲門，送進來一封信，說是訪了幾個地方才訪到這兒來，請他看過了信立刻就覆他，他站在這裏等候。

信上祇有這麼簡單的幾句：

正中兄！

久別念深。偶晤爲快。千乞今晚七時來舍一敘，勿却是幸。

弟崇義

沉吟了一下，他吩咐僕役說，他立刻就去，先回去報告主人好了。

依了約定的時間，他僱了一部人力車到了吳崇義的公館。

在一座美麗的洋房，美麗的會客室中他會見了這位多年不見的好友。

「我們今天……」吳崇義才說了幾個字變得吞吞吐吐起來；白胖的光臉加上一層淡薄的紅暈。

「是的，」周中正的話鋒也很枯澀：……「今天我也看見你，眞是巧得很。……只是多年不見了，我怕認錯人。後來問清了名字（因爲我是在趙主任介紹以後才到的）才決定了是你……」

「我起初也不會注意，是因爲聽了幾個人談話隨便的望過去才看見你的。你！……」

說到這裏，陡然站起來，眼睛吐出熱情的光焰，他握緊周正中的手！

「你？怎麼到這裏來？你這二十年來是在那裏？混得怎麼樣？」

「二十年來我一直在北方，不知道幹些什麼。我相信是沒有做過對不住良心的事的，不是要問我混得得法不得法呢：你想想看！我不是弄得沒有路走還會到這裏來受訓嗎？」

吳崇義點點頭，歎了一口氣，悠悠地！

「你的學問和能力都是我知道的。…

……可是，古話有的是：古來才大難爲用。」

「你近年來總很好罷！」周中正望望這個房間的佈置，頭仰倒沙發上，作一個痛快的舒展。

「不能說怎麽成功，總還可以混得過去。」吳崇義微笑地，望望周正中，親熱中帶一點驕傲：「我是不曉得你在上海，不然我早給你設法了，你也用不着到那個地方受訓練。老實說，訓練這一回事是騙騙小孩兒玩玩的。眞正有辦法的人是用不到訓練。訓練的人不一定比被訓練的人高明的。」

臉忽然又微微的紅起來。他的情緒又激動了。他移坐到周中正旁邊的一個沙發上，故意的拍了周中正肩膀一下，好像這樣可以解除他們間的一絲窘態，用他們的坦白的友誼和磊落的態度。

「實在你聽我演講是一個笑話。我相信我說錯的一定很多。」

「不，他們還對你很崇拜。」話語中帶點輕微的譏諷。

但是，吳崇義沒有完全覺到！還是興緻勃勃的說下去：

「這完全是他們中了虛名的毒。」

表面上自謙，骨子裏却也是得意。

「他們是看了我很多的著作。有著作的人總是有學問的，他們都有這種見解。」停了一停，他又補充地說。

「你有很多的著作。」周中正無意識的說了一句，點點頭又接下去：「不錯，我也聽許多學員們談起過。你不是事體很忙麽？還有執筆的功夫？眞正難得了。」

「哪哩？哪哩？」吳崇義謙虛地，表示精神上有很大的不安，可是不知道被一股什麽力推動，他把頭接近周正中的臉！

「不是我寫的。……你我不是外人。……可以告訴你。……我哪哩能寫？……而且，也沒有功夫寫。……以後你可以幫我多做做這方面的事了。………」

突然，興奮地站了起來，來回走了一趟，又回到周正中的沙發旁，頭彎過來，無限歡喜地：

「這次碰見了你眞叫我萬分高興●……因爲這種事情，也要自己才能拜託的。你我都不是泛泛……上次爲了這件事……代我代筆的那位跟我鬧了一次蹩扭。他要敲作我，我不答應，他就要張揚開去。這不是混賬極頂麽？」

周正中還是點點頭，不多說什麽。

一會兒晚飯開了。一席精美豐盛的酒菜。席上吳崇義談了很多的話。

他又恢復二十年前的樣子。活潑親切。在酒喝得相當醉意的時候他甚至說出這樣的話。他不要做偉人。他也不要做紳士。做偉人和紳士是都得虛僞地裝扮自己的。不說的話要說，討厭的面孔要擺……一切的一切，都換了個人。完全失去自由！這些裝腔作勢都不是一個有靈魂的人所能忍耐的。

他又說：

「地位越高一個人的靈魂便越要失去。……實在不是自己要失，你不失又有什麼法子呢？社會逼迫你要失。你不得不裝扮起自己。一個虛偽而龐大的人物。不這樣裝作就會失去信仰。世界上的人個個都歡喜偉人有他的裝扮的。我寫出許多書籍是裝扮自己。甚至我站在演講台上做出一副神氣和表情來，也無非是裝扮自己。……自然這種話是不足爲外人道的。」

「對，台上的人自然和台下不同。」

聽着了這話周正中感覺了興味。他望望這個坐在對面的人，多年的老友，白而有光的臉變紅了，純粹是事業打算的理智的板臉也蕩漾起情感的漚流。他說話不是像在台上的那樣矜持，專事煽惑；不考慮，也不儼然自居；一切一切都是極順利，自然的，依循着情感的流露，向微茫的過往的甜蜜境界追逐，顯然這目的是爲興趣而不是爲打算，是跳宕不是寧靜，是生動而不是呆木，是天然而不是機智。

吃完晚飯，坐到沙發上，喝着熱燙的咖啡，醺醺的酒氣從吳崇義的臉上噴出；他一手捻着一枝雪茄，沉入深刻的幻夢裏，感覺得痛快和緬想的滿足。

「今天總算是痛快極了！二十年來還沒有今天痛快的一次。總算我得到精神的解放。老周，你說是不是？」改換了一個稱呼，聽到周正中心裏，他也有異樣的喜悅。他喜歡的不是遭受一個人的垂青，而是看到一個僵木的靈魂又復活了。他看見吳崇義臉上臙射出少年的光燄。

他好像比未喝酒前減輕了二十歲。

「你可以不必訓練了。」吳崇義說。

「怎麼？還有五天才期滿。」周正中不懂。

「你就可以到行營來服務了。……我想請你做我的祕書。……怎麼？還不懂麼？……訓練不過是騙人的事。」

「不過，雖說是這樣，我想還是等到期滿吧。」

「也好」吳崇義想了一想：「不錯，你這樣可以不讓他們一班人知道。」

他站了起來附着周正中的耳低低說道：

「以後我們在……在有些時候，譬如說台上的時候，我們總還得裝扮一下。……世上的事就是這末一回事。……你千萬不能把我們的事對……對人說………尤其是我在學校時的情形……我………還有我的編書……不可以對人說起。……儘管我們在沒有人時候，大家………彼此都無所謂。可是，在……在有時候，譬如說，我在台上的時候……唉，不得不裝樣一下，世界上就是這末一回事。還有辦法。……總要請你原諒！我可不是歡喜搭架子的人。……你總曉得。」

「我懂得，我懂得。」周正中連連點

頭。他明曉得這等於是一齣人生的戲劇。

周正中得到吳崇義的通知，各處都知道謹愼。當衆人面不向他講一句話。自然更不對人說起他們倆的關係：他們同過學，他幫着吳崇義打過槍，吳崇義留過班，大學的畢業論文還是他捉刀的……他現在做了學員；他現在做了訓練班的主持人。

雖然晚上他總是常到吳崇義的公館去，喝酒，談天，吃咖啡，他們完全恢復了幾十年前的友誼，然而遇到吳崇義在台上演講的時候，周正中坐在台下正襟的聽講，他們好像還完全是兩個世界。

一天，二天……到了第五天了。

訓練班卒業的日子。……

又該要輪着吳崇義演講了。

近來，學員有一種印象：對這位銀行權威家的演講漸漸厭倦起來，他確沒有以前精彩了。他演講的時候爲什麼總是常常紅起耳根呢？

一個接一個的走進房間。儀式還沒有開始，三三兩兩的談論起來。

「不知道他怎麼的，一個老資格的銀行經理，經濟學家怎麼會變成害起臊來？」

「他的眼光時常的看到第四排上，一看到第四排，好像他的心就亂了。」

「那是因爲第四排上有一個漂亮的蜜絲的關係。」有一個人自作聰明的說。

別人聽了他的話也都贊成。他們不再議論了，祗是等候今天的演講，等候着這位銀行權威家演講的神情。

儀式開始了。幾個穿黑馬褂和西裝的紳士魚貫走進來。被簇擁在當中的是訓練班班長吳崇義先生，後面跟着的是銀行的文書主任兼訓練班主任趙先生。

一個個走上台。下台……照例掉換一個個節目。……

輪到吳崇義先生了。幾十雙眼睛一齊射到吳崇義身上。

他們要注意這一個謎。這一齣戲劇。」

可是出人意料的，今天第四排坐位上幷沒有那位蜜絲。趙主任果已報告過了。今天學員缺席的是汪小姐。她告了病假了。

「銀行從業員第一應充實自己的知識有知識才能發揮辦事的效能。我自己從小就是好學的。我以前讀書的經過可以跟諸位談一談……」

吳崇義講到這裏，神態變得不自然起。無意中望了望台下的第四排。不知不覺間，音調變得抖起來，語法有點模糊。

「我在學校裏整天的時間除了上課，總是上圖書館，我在學校時一個學期總要做好多篇的論文。……一個人的成功總不會僥倖的。……往往許多人由同一個出發點出發，譬如說，你們一班有多少人。不是，我要肯定說，將來的成就高高低低是決不會同了。……成就的高低，全靠各人的努力……」

他說過這兩句話，頭又溜到第四排上去。

他的臉紅起來，一直紅到耳根。

「怎麼？他又望到我們第四排上來了。汪小姐又不在，是望的什麼？」

第四排上的幾位，你望望我，我望望你。

有一個眼靈些的推推周正中說：

「他是望你。」

「望我做什麼！沒有這回事。」周正中否認。

大家全不了解這個謎。第四排的謎。

「吳崇義望什麼呢？」

二十一個學員回去，總帶着這一個疑問。

同天晚上。周正中又在吳崇義家發現了。

他們還是飲茶，談天，喝酒，喝咖啡。

吳崇義全不像在台上的侷促。他愉快地對周正中說：

「這一個痛苦的戲總算混完了。」

停了一停他又說：「今天我那一篇訓詞編得好麼？對一個老朋友，總可以原諒吧？」

「我們的友誼，談不到這些。」周正中微笑地。

「這叫做到了台上，不得不如此。在台下就可以隨便了。」

獅子牙粉
潔齒
殺菌
SANITARY DENTIFRICE
LION
QUALITY
獅子牙粉公司
上海江西路二五九號

鳳夫人

柳雨生

朱復生是一個在高中讀書的青年。他在課暇的時候，最喜歡的東西，就是小說。特別是今天星期六日的下午，學校是放假的，宿舍裏旁的同學，有的回家，有的出外，孤零零的只剩了復生一個人。

他想，今天自己不出外，在房間裏一定可以好好的讀些小說了。他讀多了小說，意思活動了，早就有了寫一兩篇小說出來看看的念頭。只是永遠沒有暇空。有餘裕的時候，無論是在學校，還是在家裏，旁的閒人很多，他再也沒有動筆的機會和勇氣。

他再想，今天自己不但能夠讀，並且也可以試着寫寫看了。他平日頂佩服的一位教師，就是教他世界史的周先生。周先生是能夠寫小說的人。周先生的近作長篇『鳳夫人』，是按天的在報紙副刊上面揭載的。復生每天看了報，就把『鳳夫人』仔細的裁剪下來，一節一節的貼在舊的練習本子上。這個時候，他想着寫小說，就聯帶的想起了周先生的話了。周先生時常喜歡說的是：

『只怕你們膽子小，不敢拿筆。寫小說是非勤動筆不可的。會寫小說的人，無非是常寫小說，熟能生巧而已。故事情節，都是寫稿子的時候，順着句子編下來的。』

復生想着這話，覺得實在是對。周先生不是寫小說寫得很出名麼？出名的人，說的話都是有分寸的，何況說話的又是自己一向頂佩服的人。

『寫！寫！』他一面言自語着，就找起稿紙來了。

稿紙找到了一大堆。有綠格子的，有紅夾線的，有橫寫方格的，都是平常買好用過幾張就剩下來的。鋼筆蘸飽了墨水，直望着那張潔白的綠格子出神。他寫不出什麼字來。

屋子裏眞是寂寞得很。他的小書桌外臨着窗，窗外是一片青綠的陌色。風吹着半尺高的稻子，一閃一閃的，鬆軟得正像綠海裏掀動起來的波浪。可是他不能夠寫這些個景色。一個蒼老的農人正在遠處掮着身子不知道幹什麼，一半的身軀在稻叢裏把視線蔽住了，但是這也不是他的人物。

照例，窗外常有一羣野孩子們會喊着，鬧着：

「先生！可憐可憐我呀，丟下點錢來給我們罷。」

學生們往常隔着四層樓的距離，從高處把錢票，不吃的餅乾，水果胡亂的丟着，下面搶奪的人們，就會吱吱喳喳的，鬧上好一會子。

復生想了想，要這樣的動筆寫了。他想着，「一個美貌年青的女孩子，正打窗子外面經過，那一羣會鬧的野孩子把她包圍住了……」，但是，這又怎樣續下去呢？續不下去，還是不能寫，直僵僵的儘是對着白紙呆看。

他忽然像是得到什麼新鮮的材料了。站起身來，趕着朝窗口下面一望，一個孩子的影踪也沒有，只是剩留着一條黑灰灰的煤屑路。

復生自己覺得眞是失望了。

他望着書桌前面，一排排列得很整齊的小說書，還是很新的擺在那裏。那部硬紙面的是「罪與罰」，它的隔壁是「倪煥之」，這裏是曾樸所敘的「孽海花」，過來是老舍的「趙子曰」…一共也有個十餘冊。他的心裏不由得又活動了。

他隨便抽起一冊短篇集，是莫泊桑的「鷓鴣」。他滿懷的高興起來了。記得周先生說過，莫泊桑的小說，情節是最曲折，故事是最合中國人情的。這部書復生看過七八遍了，暗想，我創作不出來，爲什麼不設法抄襲他一兩段看看呢。

周先生平日的話，又活躍在腦裏了。

「會寫小說的人，無非是常寫小說，熟能生巧而已。」

「只怕你們膽子小。」

「故事情節，都是寫稿子的時候，編着來的。」

他翻着「鷓鴣集」，心思又不由的移轉了。莫泊桑的故事，儘多的是什麼獵戶，公爵，貴婦，連殺過五六個嬰孩的母親……，復生的腦裏，却一點兒這些人物的影子都沒有。這又怎樣套得上去呢。這一本書是不行的了。順手又抽起另外一冊薄薄的書，原來書名寫的是小說作法講話。好極了！找到目錄一看，第三頁就有的「小說的開端」。復生抱着滿腹熱情，把第三頁上面的例句翻出一看，那上面寫着：

那伯爵夫人驚呼道：「你這惡徒！你竟敢吻我！」

這本書的作者，很得意的指出，這樣緊湊的開端，是最能夠動人心弦的一種了。可是復生却再也看不下去，也學它不像。他這才眞正的失望了。把鋼筆重重的一扔，墨水濺落在稿箋和書面上，他也不顧，就關起房門出去了。他這樣出門，是自己耐不住岑寂，自己跟自生氣的。沿着水泥的樓梯走到三樓，想起忘記戴帽子，天氣不涼，也就不必戴了。到了二樓轉灣，才想着自己不知道到那裏去好。這時已經三點多鐘，慢慢的他踱到了宿舍的大門，迎面忽然一陣雪茄煙的氣息。復生的心連跳了幾下，正是他最佩服的周先生，從外面銜着煙進來了。

周先生不知道什麼事，滿臉的笑容，看見復生，就點點頭停住步說：

「你今天沒有回家麼？」

復生鞠了一躬，紅着臉，應了一聲「是」。

周先生忽的像明白起來了。他說：

「復生！徐容英告訴我，你頂愛看小說，也愛看「鳳夫人」。你把它每天剪起了貼在簿子上，是眞的麼？」

徐容英是復生在課堂裏前面一個座位的女學生，長得很漂亮的。他聽着說話，臉就越發紅了。周先生瞧着他沒有回答，連自抽着煙，就走進宿舍裏去。復生不知怎樣，朝外走了幾步，還沒有離開宿舍牆外的短籬笆，又忙着奔回來。

他喘着氣，上了四樓，急急把房門打開了。他走到自己的牀前，牀底的衣箱上面，原堆兩大疊的書報。他很順手的一摸，就把那原本剪貼的『鳳夫人』找到了。今天早晨剛才貼過的還不過是第一〇三天。這個一〇三，就是嵌在鳳夫人的圖案畫下邊的括弧裏的。他紅着臉，不假思索的，把這册厚簿子用手撕了開來，連撕了幾下，變成一堆一堆的紙片子了。他這才定了心，把紙片堆在牀上襯着雪白印花的被單，像是一堆矮矮的土丘。復生想着還是不妥，又把它捧了起來，走到窗口，一疊一疊的飛散下去。底下恰巧有兩個孩子經過，紙片飄在他們的頭上，他們抬起頭來，一點兒也沒有吃驚，只是習慣的說道：

「先生，先生，可憐我們，丟下一點錢來給我們罷。」

他們不等看明白復生究竟有沒有滿償了他們的要求，說着笑着，就這麼自己離開遠去。

下鄉

吳籟伯

暑假割要過完的前四天，炎熱依然未減。

下鄉去的大道上，經過了一場大雨之後，便是一踩半脚深的泥濘。在不息的車輪和行人的踐踏下，火灼的太陽又把泥濘晒乾了，乾得簡直像在磁窰裏烘燒過的。留在地上的只有高低不平的崗窪，給予後來的行人享受一點顚簸的痛苦。我坐在一輛撐有藍布棚子的下鄉去的轎車上，爲了要保持住自己身體的平衡，便把全身的力點抵住那橫在車中的一捲行李上。但那輕快的馬蹄拖着車輪依然隨着堅硬的疤瘤之大道一急一緩地顚簸前進着。開端就要嘗一點這樣旅途的苦味，是我不曾預料得到的。

『眞的又回到鄉間去了！不是夢麽？』我的身體隨了車的顚簸而不住的搖盪着。爲了要飽看一下『鄉間的秀色』，便用一隻手把牢住車棚的邊沿，伸長出頸子，像一隻蠢笨的鵝要從這曠野的海中喙食一點什麽似的，我的眼睛向四外探望着。

哦！那是森林，那是崗坡；那是田地，長着黃綠的穀實；那是一條壕坑，吐出了白色的蘆花的葦塘；那是一條小徑，一個看守瓜田的窩棚；再那邊，隨着地面低向遠處去的，目力所不能及的地方，那一定是一條河流罷。

『那是一條河麽？』我用另一隻空閑下來的手指着那低下去的遠處，突然跟車夫說。

『哦，哦，那！哪裏？是一片楊樹那邊麽？是，那是一條河的。』車夫像是突然的被驚醒了，有一點慌惑地看一看車上的乘客，半啞聲音地在回答着。他的喉嚨大約是因爲吸了多量的旱烟而給銹蝕住了。他所幹的這個職業，一定有其並不算太短的日子了。至於在他大概也只有土地纔是他最終的歸宿。因爲沒有土地的人，在農事稍閑的當兒，他便帶着煩燥不安的夢想，計劃着從別種易於賺錢的職業中撈取到足以置買幾畝土地的資金。這樣，懷着最初的夢想在事業的碼頭上出發的人，大都是興奮而有自信的。那時，他從來應用着超出必要以上的和氣於顧客手裏接了行李過來，唯恐路上丟掉，便又用繩索把行李牢牢的在車上綑住。但怕妨了顧客的舒適，雖然車轅上滿可以坐坐的，他却還要跟着車子道邊上急走着。然而一經時間證明了他的夢想實在難以實現，那麽，一切就都跟着改變了。爲着爭一個顧客，同行間常是演出流血的毆打。但是一經顧客到了自己手裏，他便又回到那爲沉長的生活壓鈍了的平面之上了。他坐在車轅上，一袋旱烟之後，便打起磕睡來哩。

『夥計！還有多少路啊？』

『快，快到了，從前頭那個莊邊過去……』車夫是用鼻音回答的，接着他就咳嗽起來。

本來，我是想要對車夫暢說，我是怎樣十分愛着鄉村的。但是，我却覺得這個半睡的車夫也許沒有聽我的說話，因此，我那種企圖在這車夫身上發現鄉人可愛可敬之點的想頭，便已淡漠下去了。

自然，我並不情願馬上就證明給自己眼前所看到的鄉村實非如像自已幻想中的那般優美，那般平靜，那般富有撫慰心病患者之創傷的詩境的。我深怕着給自己的這份失望，便又沉入幻想中了。

——一間陰暗的古老的房間裏。那是永遠是一間陰暗的古老的房間，被都市的夜色和騷音屛棄的，却又遠隔着市梢的汚穢和困苦的人羣，在此二者之間，留給自己的只有孤獨，以及苦悶的窒息……對於生活，我是早已厭倦了。於是，我便決定到一個鄉村裏去教書，並想藉此來對自己所受的創傷姑且休養一下。這是懷着隱士般的蒼老心情而下鄉去的……我的癖氣常喜幻想，因爲有所幻想，然後纔能有所愛好。當我覺得眼前的生活不能夠忍耐的時候，就會引起幻想來的。因而便幻想出可以引起自己的愛好和生趣的天地來，俾去親近它，以興奮自己的精神。此次，我是爲了想把心靈從都市的壓迫之下解放出來，就幻想出鄉村，而來親近着鄉村了……

那個小學校位置在村莊的邊梢，毗連着原野，這使我很滿意。我喜歡這種廣闊的安靜，並且，現在我也可以深深地呼吸一下了，土壤發散着健康的香郁之氣味。

離着校門不遠的地方，在幾株衰松老柏之間，有一個高聳的鐘樓。有些孩子們正在那裏玩耍，以磚片擊在鐘上，發出一陣低低的悠長的響聲！

轎車在校門前的近旁站住了。我從車上跳下來，車夫便從車上替我拿下了行李和一個裝得膨膨的小網籃，就都放在校門前的石階上，車夫只在等着我付錢了。可是，我很奇怪，爲什麽會並沒有一個人來接待我呢？我想，他們是不能不知道我已定於這一二天之內就來到的，因爲我在動身之前是早就寫了信來的。我走上了最高一層的台階，推一下漆皮剝落的大門，原來是鎖着的！這究竟怎麽一回事呢？我用力的在門上打了幾下，依然沒有回答。於是，我竟呆呆的站在那裏，是像塑住了一位門神。

『先生，天……天！天快要黑了，我還有二十多里路要趕……』車夫像是明白了我的心情，便又加上了一句：『盡等着，他們是也不會來的。』

現在，只剩有我一個人站在這裏了。心裏泛起了一種忿怒的煩燥，黯然地希望這時最好是有一個村人在此地路過。

已經是村人要吃晚飯的時候了，附近的松柏樹之陰影已然消失在傍晚的晦暗中，我已覺得有些餓了，並且又是疲倦已極，剛方打算要姑且坐在行李捲上休息一下罷，便有一個人是向我走來了！

這個人是校役。身材短小，傴僂着背和腰，走路的時候，兩脚總像踢着什麼東西似的。

『人們都上田裏去了，剛回來，我還沒有吃飯。』校役好像對一個熟人似的那麼喃喃的說着，邁步跨過石階上的行李，把校門打開來。

他領我到了院子裏去。這原來是一座古廟的舊址，神像被拉倒了，改成教室。從前看廟人住的那間汚黑的屋子，便給教員作了宿舍。這時，屋子裏已經給黑暗的夜晚籠罩上了。校役告訴我等一等罷，他便伸手拿起一個長頸子的土磁的豆油碗燈，大概是到莊里小雜貨舖里去買豆油的。

留下我一個人在這空虛的古刹里，眞是有點膽怯起來。然而總算有了歸宿的着落了，便獨個兒在院子裏來回踱着。

好大的功夫，校役端着燈回來了。他又應用起中古時代的取火法，以鋼片敲打着火石，冒出火星來，引着紙煤，然後將紙煤用嘴吹着，方纔點起燈來。我看見屋裏燈光亮了，便想起要仔細察看一下自己的宿舍，懷着不安的想像走進屋裏去。於是，所映到眼睛裏來的一切景像，立刻使我迷惑了！這並不是出乎我意料之外的簡陋，我戟我是不怕的，因爲我曾已經早已儲蓄好了十足的勇氣，預備來接受一段簡陋的生活的。然而却完全是一團糟呀！屋頂是並沒有裱糊着的，一場大雨之後，照的是漏了，那從屋頂的裂縫中直瀉下來的雨水，把泥土和蘆葦例的碎屑都沖到坑蓆上了，幾乎是把整個的坑蓆都給埋沒了起來的。靠着窗下，橫躺着一個又粗又大的木櫃，把蓋上堆着些前任教員吃飯用的傢具：一個鉄鍋扣放着，是被銹蝕塗成了赭色的；一把水壺，一個瓦盆，糖磁藍花的飯碗；還有不知作什麼用的兩塊半磚。這一切是都罩在灰塵的網裏，而且有着一股潮溼的腐蝕的霉味打着我的鼻孔。

『這，這算什麼？這應當預先早就打掃乾淨的！』當時，我的心情惡劣得眞要哭出來了。於是，我便像質問一般地向着那個短小的校役說：『我不是已經來信告訴過我於幾天之內就要來的麼？』

我的最後那一句話，算是使得校役聽的特別淸楚而明白了。他在一面收拾着木櫃上的瓦盆和磚塊，一面則坦然地說：『不錯，是有一封信的，那信是你來的麼？在我家裏呢！』他略略沉默了一下，然後接繼下去說：『喏，大概是放在神龕的高處了，怕孩子們摸着給撕掉了。這裏校董不識字，我說，還是等着學堂的先生來了再拆開看罷。』

對於校役的這一套話，我眞想不出怎樣纔可以回答他來。半天，我只有呆呆地看着那個短小的身軀在屋里地上的那般轉來轉去。心裏却是想着我那封信所遭的奇特之命運，而有一種鉛似的倒霉之感同那悶死在心裏的無聲的笑浪混合在一起了。

校役顯然是要忙着早些回家吃飯的，於是，很快地他就把木櫃上的一切掃除清楚了。然後，用着他那種永遠沒有改變的單調聲音喃喃着說：

『就在這上面睡罷，前頭的先生們夏天時候都是在這木櫃上睡的。坑上臭蟲太多。只要可別下雨就好了。』

我心裏在想着：能不吃飯就睡覺麼！自從坐在火車上的時候起，已經一個整天不吃一點什麼東西了。於是，我便像是要把那個短小的校役一口吞下去似的，罵責的大聲說：『校董幹麼去了？』

『校董進城打官司，有三天沒有回來了。說是有人告校董吞使學款。』說完以後，校役便擺出急於要走的樣子。

『我還沒有吃飯，你知道麼？』

『還沒吃飯？我也還沒吃嘛！』校役想了一想：『唉，沒人管事，都打官司去了。等我去找一個人商量一下罷。』

於是，校役去了。

當我躺在大木櫃上的時候，我是極其悲哀的想着：還是想法子，快些離開這裏罷。

細雨輕雷之夜于故鄉。

查票員

魯大英

朋友，我現在又失業了！我又過起那種我所習以爲常的流浪生活了！這僅僅祇是四天以前的事。

我依然還很清晰地記得，年餘之前，正是我們各人都懷抱着一種無畏的勇氣，內心中也洶呈現着一幅美麗的憧憬。朋友，你也總該還能記得吧？那天，我們是在市場附近的一家小酒舖里痛快地喝着白干酒，你是祝賀着我的前程，祝賀們我未來的命運；同時，我們又是相互地勉勵着的。我甚至知道你是從沒喝過三杯以上的烈性之酒的，那時，我們是興奮極了！你是不住的喝、喝，我則儘在把酒灌你，你的臉好紅呀！可是失了理智的你，卻不停地又舉起了一杯搖搖曳曳地把酒潑了一桌終究又送下喉嚨去了。朋友，回憶過去確是件痛苦的事呢！雖說是茂盛的青草，而細嚼那草叢終然是苦味的。

朋友，僅僅祇是年餘的事情，而我現在又是過着我所習以爲常的流浪生活了。美夢終究還是夢境，絲毫也無留下一點痕跡地就消失了！在那眞理的前面蒙遮上了一層網膜，那就是虛僞、詐欺、譏笑……的網膜。不，朋友，我應該說，在我們底眼前是張設了幾十層幾百層的迷網，它是在我千萬回謹愼中的一回疏忽化來縛繫住我的。朋友，我剛纔不久再作了一次傻子，又成爲一個失業者了。終日又在掌櫃和夥計的怒目相視之下忍耐地過着朝不保夕的生活了。

我須先得告訴你的，在我到了這兒，實習過一個月以後，竟得幸運地被鐵路局裏派爲查票員的職務了。由練習生一躍而爲實職的查票員，確是很榮譽的事件，同事們都來慶祝我，尤其一幫一夥的茶房們。他們接連着幾天成幫論夥的請我上高級飯店，請我去頭等娼家，請我聽戲，請我一切人間之最高貴的娛樂享受。他們爲什麼需要這樣招待着我？眞使我不得索解。雖然，我已聽見他們不住的說着：『請你以後多多照應，照應。』

查票員的威風，想必你也一定理會得

知道的。的確，穿了那種帶有嶄新錚亮鋼製紐扣的制服，而且，手裏是拿着一把白亮的洋夾子，當我走進一間車房的時候，眞可以說是不可一世的威權者了。朋友，尤其是在三四等車廂裏那眞是有着皇帝出巡般地威嚴的，前面有着如開道似的護車兵士在大聲地叱呼着：『查票了！查票了！』於是，那一些正在酣睡着的老百姓們便絲毫也不敢含糊地張大了二隻眼睛驚慌地忘了適纔那張乘車票放在那兒，而儘在袋裏亂摸起來。但在老遠老遠的坐客們呢，這時已經就在擾亂着了。誰不是在袋裏摸？誰不是在皮夾子裏找？誰又不是緊緊地在握着那隻乘車票，唯恐倘被一陣微風再給吹掉在窗外去了呢？當然，他們自都是老出門的了，他們也曾經親眼看見過有些不會打票的老百姓們從來沒有得到過查票員的恩惠或寬恕而無情的就在任何一站推了下去的那種悲慘之情景的。

朋友，說起沒錢打票的老百姓們因而推下車的事實在也夠我傷心的了。這是挺平常的事了！我已不知道遇到過多少次哩。含着淚水的老百姓們是苦苦的哀求着，有的簡直就哭訴着對我說：今天已經一整天了，還沒撈到一口乾餑吃哩！他們是在城市裏失業了好幾個月，現在不得不返回家鄉裏去耕種那像鐵一般硬的田地了。有的，則却是典光賣精他們所有的產業還去了欠債，而全家向城市裏去找工廠的。朋友，你說罷，這要叫我怎麼辦呢？我能叫兵士將他們抓下車去嗎？果如這樣，我還算是一個人類麼？我竟能這般殘忍麼？但是，我却又不能不來叫他們補票的。倘然縱容過去，則不但鐵路局裏會罰扣我的薪金，而且我的職業也就有隨時被撤的可能了。但是，朋友，我現不妨老實地告訴你罷，好在我已經是個不再吃這行飯的流浪漢了。是的，我們年青人絕不會是個呆瓜，而我們的感覺力也不會比誰差一點兒的。當護車的兵士叱呼着『查票』的時候，在那一盡頭的人們——那一些沒有乘車票的人們，已經早就恐慌起來了。這是正如學校裏的先生比較學生作弊門檻還更知道得多些一樣，於是，我已經曉得那邊擾動着的人們是在整齊計劃着怎樣逃避開我了。在三四等車廂的中間是只有一排座位的，於是，他們便小心翼翼的從那邊兒繞了過來而轉到我的後面去了，並且，也還有幾個是偷跑進廁所裏去的。不過，他們這樣作法，也正是我唯一的願望。因爲如此，不正是可以減去了我的責任麼？假若當着許多客人衆目睽睽之下查着一個沒有乘車票的人而可以馬虎過去的話，那麼，難道我還願意殘忍而無情地演出那一幕悲劇的麼？不，我絕不願那樣作的。朋友，我自任職以來，對於那些沒有打票的老百姓們也只有採取着放任主義來解決自己的一切困難了。

朋友，我所更要告訴你的正事還沒提到呢！

是的，查票員的責任，並不僅只限於查驗客人的乘車票而已的。如像在火車裏的任何一個角落裏你也須得注意一下，查看查看是否有着一二隻無主的木板箱子，或者私貨什麼的。尤其是車上的茶房們的行動則更須得格外留神的。上級的命令是要嚴厲搜查車上不許有攜帶不會上稅的私貨的，但是，在車上的茶房們却是能於一種嚴密的組織下大批大批地偷運一切違禁品和私貨的。在他們若是僅僅地照靠了每月所得的幾十塊錢的工資以及客人們賞給的一些小費自然不足以養活一家之老小的。因此，他們絕不會坐所待斃，而他們也並不是傻子的。所以，他們就有大規模的祕密組織，他們能把大宗的鴉片、海洛英、以及一切違禁的毒品從低賤的通都大埠偷運到高價的偏僻城鎮，於是，幾十甚至幾百萬元的利益那是常事。他們更是很機靈的早就知道了某地的日用品或是什麼貨物奇缺，那麼他們便將是種物品並不經過關稅而大批大批的運到來了。如此，只是僅僅幾小時的光景，便有數千萬的利益垂手而得了。至於他們的組織碻很嚴密，而他們的規模實也很大，每個茶房都是多量資金的股東。

然而我呢？却正是鐵路局裏派來檢查他們這種舞弊的人員之一，也就正是他們幾十個茶房的仇敵了。爲了這種搜查之事，我曾接到過好多次的威迫和警告我的恐嚇之信了。但是，同時我也一再受到了上司的責備，上司說我沒有才幹，說我辦事不力，甚而至於還問我是不是有幫同他們統通作弊的嫌疑？

有一次，也就是我失了這種職業而又重新過起流浪生活的那一次了。有一個和我還算熟記的茶房忽然找我來了，他很坦白而且直爽地請求着要我成全他們的事！這就是說，他們預備要幹一下較爲更大宗的買賣，可是，因爲那次列車正輪到我的檢查，在他們只是感覺到這次買賣的太大，恐怕有其種種的不能方便，所以特別來對我賄賂一下，他們是想毫無顧及地來幹這次買賣的。但是，朋友，你說我就可以收納他們那二萬塊錢的運動費麼？我能就只爲了這二萬塊錢便把我的名譽和人格都葬送了麼？自然，我也更不能因此而把自已的飯碗安置在楊柳條的一根細絲上去懸着的。所以，我在當時只是以嚴肅的態度來拒絕了他的賄賂。可是，他却也沒有說一句什麼別的話 ，就那麼訕訕的走出去了。

朋友，我這時的愁苦和焦急你準能想像得着的。可是，我已經不知道該是怎樣的來處置我自己了！猙獰與威迫着的面孔在瞪視着我，而且，失業的痛苦以及無可伸訴的誹謗和無可挽回的名譽也在監視着我，這些紊亂得無端無緒的亂絲在交織地佔有了我，它們是在交戰着，並且，是像已把我的腦髓都漲了出來似的毫不停息的交戰着。朋友，那天我是痛苦的思索了一夜，整整的一夜我是想着應該怎樣的去對付那僅是二天以後便要發生的不幸的事件的。可是，次日的淸晨，我的全身已經起了很高的熱度，頭是暈暈地不能起床。原來我是爲了昨夜的那樣苦思而病倒了。正好，我就生病罷！我很可以因病而逃避開這次的正面衝突了。我很知道這件事體絕不是可以輕易疏忽的。而且我更知道這件事體便是他們全部財產的關鍵，那麽，在他們是不惜任何犧牲而來殺害了我個人的生命是極可能的罷。

這樣，我就決定因病而請幾天假了。我也只有以這步策略來防禦我之未來的命運了。因爲如此，若是那天他們的事倘被查覺了呢！在鐵路局方面自然不合對這生了幾天病的我有所懷疑，而同時在他們那一方面也可以免去正面衝突和一些不幸的結局的。眞的！朋友，說句實話，我那時眞是希望着他們能一路順利的成功呢！果然如此，則一切的問題便都可以烟消火滅了。

於是，我便甜蜜的幻想着這件重大事體能使我毫不爲難的應付過去了，我在慶幸着自已的命運和此計策的完善。這種慶幸的喜悅，已是可以將我因焦急苦思而得的病不醫而愈了。但是，幻想總究是幻想啊！朋友，我不是說過了麽，在我們生活的前面是張設了無數迷惑人心的絲網的，它是等待着在你千萬回謹愼中的一回疏忽而來縛繫住你的。朋友，現在我改作了這種千萬回謹愼中的一回疏忽的犧牲者了！這事情簡單得很，他們那次偷運的買賣被另一個查票員檢查着了，然而我却極不幸地反被他們誣賴了，說是我和他們合夥同謀的。自然，我是有口難辯了。於是，結局怎樣？你也可以想得到了。保證金以及本月份的薪金已全部被扣去了。朋友，我便在這種虛僞欺詐的環境裏宣告我又失業了。

僅有六塊錢的我，捲了鋪蓋，搬進一家小小棧房裏，又在開始流浪了！告訴你，這僅僅祇是四天以前的事啊。

于北地——故鄉

熱帶的瘋狂

介紹

作者S-慈伐意格（StefanZwe'g）是現代德國文學家中僅次于托馬斯·曼的大作家之一，一八八一年生于維也納，家境甚富裕，因此能熟習華貴的生活，遊歷各地，後來全入于他的小說中，以描寫歐洲上層社會的生活狀態和心理而著名。

其作品多爲短篇小說，他的傳記文學及評論亦甚著名，以文字和思想的派別而論，他是屬于德國新派浪漫主義的。

本篇原題「Amok」是一種馬來島上特有的狂病，無法直譯，今改用現在這題目。這中篇小說是他最著名的作品之一，一九三四年，法國百代公司曾取之攝爲電影，其好處假如未因譯筆之拙劣而完全失去，讀者當可自己看出。據論者所言，主要是在于他寫出德國人性格中的一種深刻的感傷性，以及變態的戀愛心理（性心理）。其文筆之典雅優美，結構之嚴謹縝密，則猶其餘事。

至于德國文學的介紹，實是一件難事，因它是不易親近的。卽使歐美諸國，也覺德國文學難于消化，在生活、習慣、傳說等等更其不同的中國，這是更其爲難的了。本篇，我覺得是在不易親近中比較容易親近的一篇，因此頗感興奮地譯了出來。德國文學之特殊意味，我希望讀者會從這一篇漸漸知覺到。從之，不但托馬斯·曼以及伐基曼這一流現代作家可以多多介紹到中國讀者界來，最玄妙特出的德國派浪漫主義——諾伐里斯，克拉意斯特等人——也可以讓中國人體味一下。

一九四四、九、十六。

德國S。慈伐意格
沈鳳威譯

一九二二年三月，一隻大郵船在那不勒斯卸貨的時候，發生了一件事情，報紙上對這件事情是刊載了極端不正確的報告。我自己也未目擊其事，因爲我與其他乘客一樣，爲了要躲避裝煤的吵擾和不安，我到岸上去消磨那一晚間了。然而，我却湊巧地知道事情的眞相，并且還可以說明其原因。事情之被談論，現在已過來了那末許多年數，那末我再沒有理由不應該打破我支持至今的沈默了。

我那時在馬來聯邦旅行。爲了緊急的私事被電報召喚回國，我在新加坡搭上「伏頓」號郵船，乃不得不留宿於很簡陋的宿處中。我的艙位是緊壓在靠近機器房這一角的一個洞窟，又小，又熱，又暗。臭而悶的空氣發着油味。我不得不把電扇開着，結果則一種惡臭的氣味搔拂在我的胗上，使我聯想到一隻瘋狂的蝙蝠的飛撲。從下面而來的是堅執的機器的噪聲和呻吟，像是一個扛煤夫爬登無止境的鐵梯的步踏和喘息。從上面而來的則是散步甲板上的幷不見得不堅執一些的足步。我把行裝安置好以後，立刻便從這地方逃開，而到上面甲板上去，在上面我愉快地深深地呼吸了幾口芳香的南風。

然而，在這擁擠的船上，散步甲板也是充滿了奔騷和不安的。甲板上羣集着乘客，在他們的加强的懶散和不可避免的接近中頗易於激惱，當他們前後徘徊的時候是不停息地在閑談着。靠在甲板躺椅上的婦女們的輕鬆的笑聲，在擁擠的甲板上作着衛生體操的人們的扭身和轉動，全部的喧騷，都是令人不快的。在馬來羣島，再以前是在緬甸和暹邏，我曾訪歷過一個不熟習的世界。我的思想中充滿着新的印象，生動的形像，在迅速的連續中一個一個追逐着。我想在閑空時細察它們，歸類和排列起來，加以整理和比較；但在這吵鬧的遊道上，一種十分不同的生活在嚶嚶作聲，是沒有機會找到必需的休息的。假如我試着看書，那麽當旁邊走過的人的影子閃現在白色的書頁之上的時候，印刷物上的字行便在我的疲倦的眼前併合在一起了。處在這叢集着人的狹道上，我永不能夠單獨只與我自己和我的思想相處的。

[illegible]有三天之久，我盡我之力把我的靈魂支配於忍耐之中，對我的同船旅客屈從，只是注視着海。海總是同樣的，藍色而空曠，只除了在傍晚時有一忽兒，它以各種顏色的展示而變得燦爛了。至於那些人，不到三天我便對他們的臉感到厭煩了。我知道了他們全部的每一個節。我對他們厭煩了，對婦女們的吃吃的笑和請假回國的幾個荷蘭軍官的多言的論辯也相等地厭煩。我到「沙龍」里去躲避；卽使這一避難港我也馬上被驅逐出來，因爲有一批從上海出發的英國姑娘，除了吃飯時候，便在鋼琴上彈奏華爾滋曲以消磨她們的時光。除了我的艙位以外是沒有地方可以躲避了。午飯以後我進了房，給我自己配服了兩瓶啤酒，決定避掉晚餐和接着的舞會，希望睡它以十二小時以上，那末可以在無人打擾之中度過一天的較好部份。

我醒來時是漆黑的，在這小棺材里是比向來更悶熱。我旣已停止了風扇，因此全身都滴着汗水。我覺得安睡之後有些沈重，經過幾分鐘以後才完全知覺到我身何無處。這一定已過了午夜，因爲沒有音樂聲聽見，頭頂上的足步聲也停止了。唯一的聲音是機器，這艘巨船的跳動的心臟，這巨船一面載着他的活的貨物在黑暗中前行，一面在喘息和呻吟。

我摸索而到甲板上去，甲板上一個人也不見。我先望望吐烟的烟突和鬼影似的各種圓船桿，然後把我的眼睛轉向天空，看見天空是淸楚的；暗色的天鵝絨，散綴着星星。這像是一幅帷幕，張開着阻擋一道巨大的光源，星星則像是帷幕上的細小的裂孔，透過這些裂孔，那種不可描述的光線射了過來。我從沒有見過這樣一片天空。

夜是令人清醒地涼快，即使在赤道上，這時候乘在一艘駛行的船上常常是如此的。我呼吸着芳芬的空氣，浸沒在從遠方的各島而來的幽香之中。上船以來這還是第一次，我被一種對夢幻的渴望所捉住，與另一種更美感的欲念相接合。要女性似地把我的身體委與夜的溫柔的擁抱。我要找一個地方躺下來，注視星空中的白色的不可解的天書。但長靠椅已全堆了起來而無處得了。在空的甲板上竟無處有一塊地方以容納的一個夢想者休息。

我走向船的前部去，蹣跚而越過許多繩索，經過鐵的起錨轉盤而到船頭，憑在欄干上看着船頭的起伏，有韻律地，在閃着青光的水中破分出它的航路來。我站在那裏已有一小時了呢，或僅只幾分鐘呢？誰說得出呢？在這巨型的搖籃中搖蕩着，我全不留心到時間的過去。我所自覺的一切，便只是一種倦怠，那是幾乎有些放蕩的。我要想睡，想做夢；但我仍不願離開這魔樣的世界，回到我的夾在甲板之間的棺材裏去。走動了一二步，我用一隻腳觸摸到一捲繩子。我坐了下來，閉起我的眼睛，把我自己放縱於夜的昏睡的沈醉之中，自覺的前鋒立刻變得曖昧不明了；我不能斷定我所聽見的聲音是我自己的呼吸，抑或是船的機械的心臟的聲音；我更其完全地，更其被動地把我自己委棄與這午夜的世界的周圍的魔力。

（待續）

大地的沉鬱

長風

隔壁下岸屋裏的公雞又在喔喔地啼了，這似乎是一隻窮人底時鐘，它會報告出時光的遲早。躺在擱板上的羅阿根每逢聽見第三次雞啼的時候，老是骨碌地從破舊得像糖坊角落邊堆積着的被褥中躍起，披了一件短棉襖，趿着鞋子，自棉襖的袋子裏掏出了火刀與火石，從竹管中倒出紙吹（用紙捲就的引火物）來，他把紙吹和火石按好在左手裏，然後右手拿着火刀，擦擦地打着，打着，火星在黝暗的夜色裏跳動着，於是因爲他手法的熟練，火星跳在紙吹頭的灰燼上，疾的火發着光。

羅阿根用力地吹着紙吹，紙吹燃着了，他輕手輕脚地把豆油燈點着了，昏黃的火光，在夜色裏烱動着，他感到有些微發顫，但他却强自抖擻着精神與夜寒作抗拒。

羅阿根底老婆總是非常驚醒，雞啼，摸索時的細聲，打火聲撞出的音響，她什麼都知道。她等待丈夫把火點着後，也跟着輕聲地走下牀來。她更習慣地迴視着身旁的二個孩子底被褥是否被掀開？她不待發覺有沒掀開，就伸手把被褥輕輕地爲孩子蓋好。

「今天天氣怪冷呢！」她呵着右手，扣好鈕扣不自覺地說着。

羅阿根默默地不作一聲，他正忙着整理鹽担，把扁担和繩索預備好，又把鹽包安置在一邊。心裏在想：吃過了一些熱的泡飯，就是天再冷一些，以自己底身體，也足夠抗禦了。

他把紙吹遞給了羅大娘（他底妻子），羅大娘接過來後，就在灶前把火引着了，火在灶肚中發着熱與光。小屋裏的空氣似乎顯得溫暖了，牆角落裏堆積着的破舊的日用家器似乎也不再像先前的冰冷陰沉，頻近窗門口一座滿是塵埃佈散着的布機，靜靜地橫在那兒，羅阿根就在布機旁一張繩凳上坐着，手裏握了根旱煙管，閒散地吸着。

看他樣子，身體也堪稱强健，但生活的煎迫，心的負重，使他底臉頰，也不似過去那樣的結實，他眞的有些兒憔悴了。可是他並不因爲憔悴而怨恨自己底命運，在他底前面浮漾着一個美麗的憧憬：孩子快長大了，孩子是他苦痛折磨時的安慰，他要爲孩子着想，他寧可犧牲了自己底幸福，去度那非人底生活。

淸早，晨光尙未明亮的時候，他老是吃了早飯，挑着空鹽担，跋涉了長長的路途，忍了風寒，冒了苦熱，走着，走着，走向鹽場裏去買鹽。

從家裏到鹽場，路途並不遙遠，購了鹽，挑回家來賣，是賺不到幾個錢的。所以挑鹽的人，總是匯合了許多單幫，由鹽場搬到另外一個極迢遙的地區去。

一趟辛苦的路，除去了食用開銷外，尙可有好幾倍原本的錢可賺。遍嚐了這許多苦難，結果痛苦有了補償，挑鹽的人是萬分甘心情願的。可是事情却不是如此，因爲挑鹽客踰山谷，走遠路可賺大錢，對挑鹽客眼紅的人也漸漸多起來，他們，集了幾個持有勢力的人，在荒漠的松嶺裏，攔住了去路要捐。販鹽的人因怯於他們底威力下，少數的路捐，也總是不計較的。

但是這種情勢慢慢地瀰漫開來，攔住去路要捐的地方太多了。挑了一担鹽，扣除了路途上的捐錢，在外的食用外，所得到苦痛的報酬也是極微細了。

因爲這個原委，許多販鹽客都漸漸地改了別種職業。但唯獨羅阿根和羅阿根同命運而沒有田畝可耕種的人，還是在這條路上奔走着，苦難地忍挨着。

凡是遇有苛捐的地方，他們可能設法不走這條路，寧願遠兜遠轉。碰到除了飛沒有別的方法可走的時候，他們一伙人齊同地要求着攔捐的人減少一些捐款。

他們在這種境況下生活着，還不是爲了要求生存，要求活命！

今天，天氣酷寒，羅阿根吃好了早飯糾好滿身却感到尙有些顫抖，他沒辦法祗在强打起精神，按好了鹽担，放上那膀肩，右手把門啓了，調過頭對妻子叮囑了幾句話。

照理，妻子總是頷首應承着，她還走到門口，悵惘地望着丈夫走遠了，他才把門輕聲地掩上了。

等羅阿根消隱在朦朧的霧色裏時，天色一刻亮一刻，羅大娘把木窗懸起了，就在靠窗口的布機橫座上坐下，手不停脚不歇地在咿呀咿呀織起布來。

織了一些時候，孩子被那織布聲吵醒了，大孩子昂起了頭向着媽望，另一個孩子張着嘴喊：「媽，我要起來！」

聽見孩子底叫聲，羅大娘停止了織布，她對窗外望了望，窗外的霧色更濃厚了。「孩子，還早呢，天又冷，你們多睡一會兒罷！」

孩子倔强得很，睡不着非要起來不可，大一些的孩子於是披了棉袍，疾地裏坐了起來。羅大娘看見孩子不聽話，也不十分惱恨，她反而恐怕孩子會着涼，跨出布機，來替孩子們穿着衣服。

羅大娘在替孩子穿着衣服的時候，她底心微微地在激動着，她在扣孩子底鈕扣時，她覺到孩子漸漸地長大了，他底內心充滿了的是喜，是愁，喜的孩子轉眼間養得這般大，愁的是衣服太小將來用什麼錢來添製？

孩子底衣服着好了，她唯恐孩子還不夠溫暖，又把父親底一件破棉襖套在外面。

穿了這麼多的衣服，孩子眞變得有些像打足了氣的大皮球，走下了牀，在地上蹣跚地走着。

羅大娘知道尚有熱烘烘的泡飯在鍋裏，她走到灶旁把泡飯盛在小碗裏。還沒等泡飯放到桌上，孩子跳了起來喊着：「媽，吃早飯。」

在一起吃早飯的時候，孩子忽然想起了爸爸，於是大孩子開口問：

「爸怎麼不來吃早飯？」

「爸爸出門賺大錢回來買果餅給你們吃。」

羅大娘雖然在哄着孩子，但她底腦袋裏却幻想着的是些丈夫如何在外邊含辛茹苦地爲生活拼命的景象？

風尖銳地刮着，風暴擊着瓦片，牆壁，枯枝。大地上，霧彌漫得更緊了，羅大娘底心也籠上了一層迷惘的霧。

× × ×

羅阿根從鹽場裏挑了鹽担出來，他走在一行挑鹽人行列的中間，他不敢落人之後，追縱着前人底足跡。

一担担的鹽，排列在田疇邊，熱鬧得有些像民間迎神賽會時的情景。但他們底心緒却顯了不同，他們現在所感覺到並不是賽會時歡樂的意境，而是一種凄切難挨的況味。

「阿根，前面山路上有許多擱捐的人，我們繞一個圈子走罷！」在田岸上，一個四十歲模樣皮色有些兒帶棕色的人，邊走邊與羅阿根計議着。

羅阿根走在前面，他辯得出問話的人是自己村上的杜愛生，他很以爲然似的答：「愛生，我上次曾繞過了他們，但却走了不少冤枉路。」

「這有什麼辦法呢，就是走破了脚底我們也得繞過這般豬仔。」杜愛生很忿怒的樣子。

「拼了命，流了眼淚，我們賺到了一些血汗的錢，但是這些錢又被蛆蟲們把我們底血汗吸去了一半。」羅阿根緊緊地咬住牙根，脚走在田岸上也有些兒踉蹌。「有機會我們終得打死他們一個，略略解去些氣忿！」

「是啊！這種生活我們可受不了，我們情願以後一輩子勿再在這一條路上走，但是用牙齒來咬我們底人，我們總得也用牙齒來回咬他們一口。」走在羅阿根前面的一個也在發着他底狠勁。

「他們人又多，又有槍，迫在他們底威力下，我們祇好忍氣吞聲。要出氣除非在夢裏！」再在前面的一個無可奈何地說着話，他似乎不願意不走這一條路。

的確，攔捐的人有威勢，挑鹽的人決不是他們底敵手。這些事尚未實行而先減了自己威風的話，迴蕩在這行列中每個人底心痕上，大家默默地無語，讓不整齊的脚步聲飄散在左右。

路愈走愈變高了，在前面已望得見高高的山嶺。山嶺上，松柏叢雜地排列着，羅阿根這一羣挑鹽客都不約而同的拐了灣在山路的右首繞過了。

高低的，偪狹的，像羊腸孔道的曲徑，一羣人底肩背上，荷上七八十斤左右的鹽，力的疲乏，使他們底汗涔涔地在流滴，下瀉，流到他們底浹背，臀部，濕透了單衫褲，短棉襖。從嘴裏因被重力的抑壓迸塞出阿嗨嗯嗨的喊聲。

細碎的石子絆住了他們底足踝，偶爾一不留神，石子擦碎了皮膚，弄得奇痛難熬。他們中有誰一個被擦痛了，大家都歇下鹽担休息着問候着。

坐在松柏底下的時候，尖銳的風呼呼地刮着，剛歇下担坐定，一陣陣的風吹來，把棉襖內的單衫，弄得硬且冷。冷風又在棉襖內鑽，每個人都有些感到瑟縮，每個人都不約而同地被迫着去趕路。

又是一個崎嶇的谷路在前面，他們走喲走的，陌生的區域迷住了他們底路，路在前面正多，但却找不出何處該是去路？就在這時候，一個臉孔陌生的人，突然從山谷裏走了出來，手裏提了一枝三號匣子槍，高喊地問着話：「喂你們到那裏去？是奸細嗎？」

羅阿根被這問話氣得眞想跳起來，但心裏雖這般狠狠的，可是終有些敢怒而不敢言。

「我們是販鹽的客人，這裏挑的鹽担都是從江邊挑來而想到這山南一百餘里的地方去賣的。」一行挑鹽客中，怕事的這樣出來說。

「那末，你們底路捐呢？」

大家歇下了鹽担，相對地無語，他們底心中都懷疑着這一個攔捐的人必定是野雞捐（註：非正式之卡子）無疑，然而又沒有一個人想得出應付的辦法。到這地步，大家都不約而同的用手向內衫的袋子裏掏。

羅阿根底心中却激起了忿怒，他挺恨這些野雞捐的人，他自己也曾嘗到他們底利害，他也曾爲了與他們爭論被擊着二個耳光。前次所受到的恥辱，所得到的教訓，現在一起泛上心頭來，他眞有些兒忍不住了，他等待着機會要發作。

走在最前的一個，掏出了二張鈔票，但是還嫌不夠，販鹽客懇求地說：「先生，我們都是用血汗掙來的錢，請你原諒些我們。」

「這路是軍事防區，誰都不能走的，

現在讓你們走了，還不是原諒你們嗎？」攔捐的人做作地把槍子入了鏜，神色雖然裝着自在，但內心却在忐忑地亂跳。「捐錢每個人三十元，少一個錢，這裏沒有路可走。」

終於，敵不過他底恐嚇，一行的人都在照數把錢數了出來。唯獨羅阿根沒有把錢掏出來，他把扁担從鹽担上取了出來，兩手緊緊地握着扁担的一端，他正等着攔捐的人走近。

攔捐的人漸漸走近羅阿根，他底心花怒放了，他有些得意忘形，心裏在想：一行十幾人每人三十元，至少也得有三百來元錢意外收入，這些錢可以化它幾天。

羅阿根呢？他底身軀在抖動了，矛盾的心不斷地在搏戰着，他明知道打死了一個人他難逃死罪，但是被他們煎壓出來的苦痛而憤怒的情緒，却抑不住理智的思慮。他等待攔捐的人不在意的時候，猛的提起了扁担，力用得狠狠的向着攔捐的人頭上重擊着。

攔捐的人被擊得昏倒於地，羅阿根暗地裏在忖度：今天不是你死，定是我死，一不做二不休，把你結果了吧！

沒等待什麼時候，羅阿根又舉起扁担向要害裏猛打了二下。同行的人有幾個看得呆了，有幾個暗地裏在稱快，杜愛生唯恐他還沒有死，又在腦殼上猛打一扁担，打得腦漿迸裂了開來。

「哈哈！橫行了半生，却死於窮人底扁担下。」羅阿根快活得不自禁的說出這話來。

「這種人多死掉幾個，社會上就少去幾條吸血蟲。」

人，被壓迫了過甚，在無法可想中，會曳出一種正義莫敵的怒火，也就是反抗的熱情，對仇讎決不再有憐惜，生惻隱的心。所以一行的人都在歌頌攔捐的人死得好。

但也有人在担心這忿子既然已經出了，就得馬上一走了事。於是他們一伙販鹽客，整理着鹽担，從死者的袋子裏又掏出了一些錢，匆促地回轉了身向着回家的路上趕着。

路是崎嶇的，偏狹的，心是驚悸的，愉快的，拼命的在路上趕，路更顯了沒有窮人們走的康壯大道在。

山嶺裏發散出的松濤聲，無情而無理的亂吼着，陰冷，寒顫，壓得他們透不過氣來。

夜了，

離家雖也近了，但前面尚是一片黝黑。

× × ×

擺在眼前的路正多，但路却給人家攔阻了。窮人們要想走的路更形偏狹了。

羅阿根一伙人自在半途幹了一件殺人底事情後，這一條從江邊把鹽販到深山裏去的路，再也沒有一個人敢去走一趟了。

但是窮人們生就了一種奔的苦命，東找不

到事就到西，西尋不食就到南，人終是要想下去，活下去，就是最苦的工作，報酬最低的事也得去幹。

羅阿根拋去販鹽生活後，租田又沒有幾畝，一家四口，全仰仗他每天的收入來維持溫飽。雇長工在冬藏的時候沒有人要，沒法中的一個法子，就是割了草每斤賣給他人，應徵區裏的馬草捐。

「馬草捐」三字過去也從沒有聽過，但是居然在這時代在這場所出現了。馬草捐是按戶徵收的，每家三斤，每甲得三十斤。羅阿根就是替人家割草，把割草割來的錢彌補着不足的生活費用。

窮的人家都自已耗去了一些工夫在割，有錢的人家却雇了人來割。

羅阿根從朝到晚，在火熱的陽光下，在荒漠的田野裏，彎着腰，右手不斷地用鐮刀割着割着。手雖然在割，心裏却起伏着一種詛咒和憂鬱。但爲了生活，他還得去幹這種沒出息的工作。

他恨這般强盜在挖空了腦子想什麼稅？要什麼捐？馬草捐尙是小事，祇要費些兒工作就可了事。但是每月按戶分派的稻柴，遲繳一些時候，警察先生們就會大發其雷霆。然而每月從鄉民處捐來的柴火，警察先生那裏會燒得光，剩下來的柴火却裝上了船到城裏去賣。

他更恨自已種了三畝的租田，特別地又加上了田畝捐。更有經常地分配到鎭集上的招待捐。苛捐雜稅的繳納苦夠人，羅阿根到了這地步，也祇有哼幾聲嘆幾口氣而已。

馬草捐終算順利地由鄉鎭長送到了區署，這一件事情似乎是平穩地過去了，所有繳過馬草捐的平民都在猜想，猜想在最近的半月裏，可以高枕着而臥了。

事實並沒有像理想那麼容易，馬草繳去了沒有幾許時候，區署裏又有命令鎭公所每保需抽壯丁一名前往報到訓練。

這消息傳出後愚蠢的農民，都在紛紛議論這事情是好是歹？多數人以爲壯丁訓練了後會上前線作戰，會在戰場上荷重物，會當衝鋒陷城的兵士。這時候他們底腦袋裏，一切的苛捐，一切的雜稅都可以負担，唯獨這一件抽壯丁的事是不能予以答應。

於是這抽壯丁的事情，無形中就躭擱了下來。然而他們那些驚恐的心却永遠地被懸着。

× × ×

三天後的一個傍晚。

天空裏白茫茫的，浮雲低垂了下來，漸漸地，變了漫天匝地，村舍中的煙囱裏，炊煙在裊裊地飄起。

天快晚了，農場上正忙。一羣孩子在趕羊、鴨、鷄、鵝進下岸屋去。這時候，遙遠的却來了一羣荷槍的人，看模樣像是從鎭集上趕來。

羅阿根和杜愛生正在場上收拾一切什物，無意間瞧見了這許多人，他們底心，有些兒驚悸着。待他們漸漸走近，羅阿根才瞥見那一隊人是黃色制服打扮，荷着長槍在走向這村舍裏來。

前面有二個便衣的人，一個是鎮長，另一個是這村裏的保長，他們一走進村莊，就呼着羅阿根杜愛生快搬長凳。羅阿根和杜愛生自知這一批傢伙來又一定要費去一些什麽？但矛盾的又不能怎樣得罪他們。

等長凳放好，下鄉的丘八坐齊了後，保長就去通知了甲長，由甲長再去關照了每一個人家。頓時全村弄得惶懼萬分，議論不一。

「這一次抽丁謠傳了剛才幾天，區裏就派了丘八下鄉要人，恐怕抽了壯丁要打仗罷！」

「不會，丘八和黑老烏（鄉人對當地警察底另一稱呼）養着正多，抽壯丁去訓練防衛鄉土的。要打仗的話，先要去掉了一大批丘八和黑老烏後才會輪到我們頭上。」這又是一種議論。

一羣羣，一簇簇的人都在嘁嘁地計議，羅阿根聽得有些不耐煩了，他也說出他底意見：「壯丁總是要抽的，但是區署裏要幾個人儘可由鄉鎮長送去，何必一定要用武力來威迫？」

「哈哈！這是借公濟私，沒有這機會，丘八們吃不到酒飯，拿不到鈔票！」杜愛生揷着嘴說。

「廢話我們不要再談了，現在丘八正等着要人，我們怎樣來應付？」保長聽了有些兒耐不住的模樣。

「用抽籤的辦法來決定。」有人願意用命運來作賭博，決定誰去誰留？

「這也好！」

「不，誰願意挺身出去的最好！」這是保長底意思。

「誰高興呢！」

許多鄉人都望着保長出神，意思是想要保長解去疑竇。

保長就直截地說：

「鎮上的三保，是有人自願去的，但是每保須平均拿出安家費二萬五千元津貼壯丁，有人願意去的話，可以自動出來。否則，我們開始抽籤了。」

大家都在考慮了，二萬五千元錢的數目在鄉民們看來是一筆龐大的款項，每個人底心裏都想挺身出來說一聲我願意去。然而想到了妻子兒女，想到了壯丁訓練完成後的恐怖幻像，心又轉變了，遲疑着不肯去。

羅阿根和杜愛生這時候也被矛盾的心理苦痛着，他們都想去，去了到可以得二萬五千元的安家費，這二萬五千元錢做人家些也得可以過它一年，於是應徵的心願堅決。可是一想到自己去了，田將荒蕪了的時候，應徵的心又動搖了；更又想到遠離了妻兒，一切終有些難捨難分。

「訓練大約要幾個月？」羅阿根向保長問。

三個月罷！」

「那末訓練後呢？」

「是回到家鄉訓練民衆！」

羅阿根和杜愛生聽了訓練祗三個月，而且訓練後又在家鄉做事，心寬了不少，一切憂慮都霧消雲散。種田的事可以出錢請人代種，家庭生活費有了着落，就是與妻兒稍稍分離一個時候，比起販鹽的生活，終要强得多多了。

沒有什麽再可考慮了，他們二人不約而同地向保長說：「保長，我願意去！」

保長可發生疑難了，每保祗須一人，現在有二人應徵，勢必又要抽籤了。

事情巧得很，鎭長這次下鄉却並不是全爲着向保長要人，他底來意是想以二萬五千元錢找一個農人去贖役。他開口了：「你們二人任何一個人可代表鎭上第二保，錢由我在這裏當場付給你們一部，其他的款子，由我負責在這幾天裏送與你們家中。」

保長看見事情已沒有了，就趕着按壯丁人數去收錢，錢是收到了一些，就送與羅阿根作路上的零用。

羅阿根和杜愛生出去應徵的話被妻子們聽到了，她們都趕了來。羅大娘拉着兩個孩子走到羅阿根底面前，她不待羅阿根說話，眼眶裏的淚水就在盈出了。

羅阿根看到這般樣子，自己也有些兒傷心，心在着：此去不知是禍是福？但事已至此，也祗可橫一橫心對妻子說：「你別用愁，我去應徵了，生活到可變了平穩，田裏的生活不妨請人代種，你好好地回家看顧着孩子！」

羅大娘也沒有理會他底話，孩子到這時候弄了莫名其妙，拉住了爸爸底手問：「爸爸！你上那兒去？」

沒有等羅阿根回答，丘八們疾的又催促起程了。時候已是遲暮，夜色漸兜了上來。

一行人由保長在前開路，手裏提了一盞半明半滅的玻璃燈；在他後面走的是鎭長，再後面是羅阿根和杜愛生，丘八們在最後押隊。

大地鬱沉沉地，村莊裏的婦孺們都追到大路的附近對這一列已去的人悵望着。羅大娘這時候也心亂如麻，拖着兩個孩子踉蹌趕在前面。然而漸漸地，相去漸遠，心更鬱結得緊了。

夜寒威迫過來，風撲刺着臉頰，心似乎也有些冷了，羅大娘底腦袋裏正盤旋着一個譏刺的思縷。

野草在瑟縮着，廣漠的田野彷彿在對她們苦笑諷嘲地啓示着：你們生長在大地，你們亦得爲大地而努力，使它繁榮起來。但是你們爲了迫於錢的驅使，你們却拋棄了耕鋤的生活，這是受了錢的引誘——是罪惡。

狗在遠遠的吠叫，一聲聲的低微，一聲聲的淒厲，羅大娘被狗吠聲驚醒了，揉了揉眼睛向前瞧，前面是漆一般的黑，田岸上走着一羣人不知在什麽時候消隱了。

她怕黑暗的襲來，她怕夜寒的刺骨，趕緊地拉着孩子奔向家裏。

大地還是那麽鬱沉沉地。

一

包裹

胡三葆

浦立普先生雖不是什麼了不起的人物，却非常容易動怒，而且他動起怒來，老是暴跳如雷。這時候，他雙手捧着一個碩大無朋的絨包，性急慌忙地走來。那是個一點沒有樣子的包裹，就像是由一位不善包東西的太太把念四大塊乾海綿，亂七八糟的堆在一張紙上而又鬆鬆地包起來的那樣一大包。

包裹外面的包皮紙，是用了三張不同樣的紙頭合拼起來的，捆紮用的細索至少包括着十二種顏色、想必是紮包裹的人一時找不到愜意的繩子，就東拼西湊的把些雜色的麻線接長起來使用着了。

浦立普先生捧着那隻光怪陸離的包裹，剛到L鎮上一家叫做「飛鷹特快運送公司」的門口，却眼看着開往城裏去八點鐘那班火車駛出車站，不由他不火氣直冒了。他本就打定注意非得趕上這班八點鐘的車子不可，如今却脫了班；都是他的太太硬要他把這個累贅的包裹送到特快運送公司去寄的不好。他惱恨得簡直快要發瘋了。

「喂！」他衝着坐在公司門口的方曼克嚷。「你是運送公司的主任嗎？」

方曼克是飛鷹特快運送公司設在L鎮上辦事處的主任，這時正坐在門口吸着他的早煙。他在跟一位管行李的霍光生談天、滿臉露出不高興的樣子，因爲這一星期來他懷着滿腹的牢騷，想在老霍面前一吐爲快。

「裏面！那位小姊會給你辦的。」方先生向門內指指。

「我不要女人辦！」浦立普先生厭惡的聲氣說。「如果你是這裏的主任，我還是要你。我來寄這一包東西，我要把它妥當地寄出。你可是主任？」

「多煩什麼！」方主任搶白似地答道。「我也可說是也可說不是。我不想跟你多嚕囌。假使你要寄包裹，請進去好了。那位小姊會招呼你的。關於運送上的事情，她在一分鐘內所學到的比我在一年內所經驗到的還要多。至少，她自命是這樣的。咳！霍先生我剛纔說到……」

浦立普先生受到對方這般的不理不睬，直氣得滿臉通紅。他向方曼克怒視了一眼，只得自顧自走進飛鷹公司的辦公室。

櫃台後面站着郭爾遜小姐，她等着給每一個顧客以簡潔而敏捷的手續，而且從不會有一些錯誤。

二

郭爾遜小姐被方曼克看做眼中之釘已經有一個多禮拜了。原來飛鷹特快運送公司的總事務所曾經派了一位監察人來查閱方曼克的帳目，認爲記得雜亂無章，簡直糟透了。

「這兒辦事處的業務近來蒸蒸日上，原有人手怕忙不過來吧，老方？」監察人道。「我想關照總公司派一名助手來給你。你需要一個得力的人來給你管帳，帶着幫你照料些瑣碎的事情。我們已給你找着一個適當的人了。她定能把你扶直起來。」

「我不要女的！」曼克一口加以拒絕。

「啊！你準會歡喜她的，曼克！」那位監察人不禁大笑起來。「我們已給你找到一個正適合這兒工作的人。我們在總公司裏找出一位小姐……」

「是小姐嗎？」老方嚷道。

「咳！也不過是這麼說，」監察人道。「事實上她已有四十多歲了。別發急，曼克！你定能和她相處得很好的。她跟男子一般無二。她爲人敦厚可親，而且對於運送的業務，她很是來得，用不着另外學起來的。她更不會賣弄風情。你看她能勝任嗎？我敢說她定能勝任愉快的！」

「我猜，不要是總事務所有意借此回掉她的生意吧？」老方懷着幸災樂禍的心理，試探對方的口氣。

「絕對沒那回事！」監察人答道。「她明天就來。很能幹的，曼克！日後你自會知道。」

郭爾遜小姐來了之後，她並不顯得怎樣使人可愛。她不但一點也不使人感到敦厚可親，倒令人望而生畏，處處得顧忌看她。人確是很能幹，正如那位監察人所說的。她天生有着凡事不肯含糊的習慣。她生着一對生意人的眼睛，她的嘴可以緊閉成一條直線，處處顯得非常精明果斷。

方曼克擔任飛鷹特快運送公司L鎮辦事處的主任，已有好多年了，而且一向是獨斷一面，如今總公司表面上說是給他派一名助手來，事實上無異派人來監視他。所以當郭爾遜小姐翩然蒞臨的那天，老方一開口就予以難堪。

「小姐，早安！」他道。「我希望你對於這兒狹小的「閨閣」會感到舒適。不幸得很，那把搖椅還沒打總公司裏運來，而且咖啡壺和糖鉗子也遲遲未到。眼前只得請你將就坐在靠窗那把椅子裏，去做你的絨線生活吧！」

「眞的嗎？」郭小姐道。「我們且看

吧！」

在以後幾天裏，方曼克感到非常惱怒。郭爾遜小姐沒有依着他的話去坐在椅子裏做她的絨線活兒。她却在查看他的帳册，不時還問出點使人討厭的問題，就像：

「方先生！這件寄到N城去的包裹，你怎麼只索得四角八分的寄費？最低的運費率不是要六毛錢嗎？」

這樣的查問當然免不了會使一個男子惱怒的。方曼克向來有一種習慣，就是在月底結帳的時候，如果發現帳目內有什麼短少，他自會另行補記的，所少的錢，他甯可自掏腰包來彌補。一個男子如要做男子，總得有點兒錯誤啊！否則他豈非成了一架機器——一架計算機了！

不！郭爾遜小姐從不肯安分地坐着結她的絨線。只要看到一個客人絜着包裹進來，她就擠到方先生身邊，瞧着他把包裹過磅，再在運費表裏查對他所索的運費是否無誤。她老是說出點惹厭的話來，就像——

「你忘記加上消費特稅了，方先生！」

「二十六加三十二是五十八，不是六十八，是不是？」

方曼克心裏是恨透她了，但表面上還得裝出並不厭惡的神精來，他管理這個辦事處已經好多年，他愛怎麼辦就怎麼辦；但是如果總公司現在想着來干涉了——好吧！他一想到這點，就顯出一面孔高傲的神氣來，意思說：「看你們怎樣來奈何我！」

最可恨的是郭爾遜小姐在做無論什麼事情上，從沒有一點差兒。女子最使男子犯忌的莫壞於她從不犯錯的了。要是郭小姐深於世故的話，她就該不時做錯點兒事情，或是說什麼不懂啦，什麼做不來，而時常去向方先生請教或求助；但她却從來沒有這樣的事情。她是天生不會錯的！

三

「那樣的女人，」方曼克正在對霍先生訴說的當兒，浦立晉先生恰巧捧着他的大紙包上門來，「眞是我有生以來也從沒遇見過！她自以爲什麼都懂，其實她什麼都不懂！要是教她讀章程，她就能條條給你背出來。要是她學到一點辦事的法則，她就死守不變；不過你得知道，老霍，一旦遇到意外棘手的事情，這種女人就會沒點兒常識，昏頭昏腦的，不知怎樣去應付才好了！」

「着啊！」霍先生附和道。「女人們不會眞正有常識的。喏！譬如現在有個女子跑來，她說，「喂！我的箱子在這裏嗎？」我說，「不在！」她就會說，如果不在這兒，那末爲什麼呢？」我就對她說，「太太，它之所在不在這兒的理由就是它定是在旁的地方了！」女人們就有這般的糊塗——她們是不明一點兒事理的！」

「所以我纔冷眼瞧着她！」方曼克狡猾地說。「我特意讓郭爾遜那個女人獨個子留在辦公室裏。她自命不凡，但是，老霍，你瞧着吧，總有那麼一天的！遲早些，老霍，她就會遇到難題而又缺之常識去應付，她就會跑來說，「方先生，請你來一來好嗎？」」

剛說到這裏，郭爾遜小姐走到門口來了。

「方先生！請你來一來好嗎？這人要寄一包裹，我可不知怎麼辦纔好。」

方先生裂開嘴對老霍笑笑。

「眞的嗎，郭小姐？」他用了最尖刻的語氣說道。「不過我倒要請問，你爲什麼不用一用老天所賦與你的智慧呢？還要跑來麻煩我！你不知道我正有着很重要的事情在辦嗎？」

「是嗎？」郭小姐也不禁報以惡聲。「好吧！那末就請你來試用一下老天所賦與你的聰明頭腦吧！」

方曼克站起身來，走進辦公室。霍先生對於這個女子的坍台，意欲一睹爲快，所以也跟了進來。浦立普先生站櫃台外面，依然雙手捧着那個寬鬆龐大的紙包。

「你看！」他對着方先生咆哮起來。「你們要我在這兒站到什麼時候，這究竟是什麼一種「特快」運送公司？一個人來寄包裹，難道要他化整天的時間來等你們這班人舉行會議後纔寄得成嗎？……」

「先生，對不起！我代表飛鷹特快運送公司向你道歉。」方先生非常謙恭地說。「我以爲這位小姐，憑着她出名的能幹，早已在給你辦妥了。我總想這位小姐在這種刻板的工作上不會遇到困難的。這個包裹寄到什麼地方？你貴姓……」

「我姓浦！」浦立普先生怒氣冲冲地道。「叫做浦立普。我立等把手續辦妥！我要把這包裹寄給我的女兒。寄到C州W城，羅斯女子中學浦愛梅那裏。還要我說得更清楚點嗎？姓名地址都在包裹上面寫明了的。价值是五十元。你聽懂了嗎？五十元——C州W城，羅斯女子中學，浦愛梅！我等着付寄費。你還要我說些什麼？」

「沒有什麼了！」方先生答道。

他走進櫃台。他對郭爾遜小姊斜睨了一眼，那股子冷氣直可使任何一個男子凍結成冰。它却凍結不了郭爾遜小姐！

「請把包裹遞過來！」方曼克對浦立普先生道。

浦立普先生把包裹交到方先生手裏。或許是爲了包裹上塗滿了警告的語句——「注意！」「請勿擠壓！」和「搬運小心」等等——所以方先生格外小心翼翼地把包裹接了過來。可是包裹在他手掌上僅僅逗留了一分鐘，隨卽漸漸上升，一直升到碰着天花板爲止，却還在微微的搖晃。

「你看。！我早知道的！蠢貨！」浦先生竟然謾罵了。

方曼克雙眼盯住貼在天花板上的包裹

，一面把含在嘴裏的煙斗拿下來，輕輕的放在櫃台上。

「老霍！」他喊道，「把保險箱背後那架兩脚梯搬出來！」

郭爾遜小姐不由吃吃地笑了，方先生對她狠狠的斜視了一眼然後回頭對浦立普先生白着眼。

「那包裹裏究竟藏了點什麼？」他質問道。

「這又不關你的事！」浦先生道。「拿包裹來託你們特快運送。我告訴你包裹的價值是五十元。我說明是寄到C州W城，羅斯女子中學浦愛梅那裏。我說過等着付你寄費。包裹裏藏些什麼，就用不到你管！」

「是嗎，浦立普先生？」老方低聲地說道。「浦先生，我給你看公司的章程。啫！第四條：「本公司職員對於客人託寄包裹之內容，如有所懷疑，或認有足以危及人之生命，肢體或財產等情事者，得拒絕收受。」如今我就有所懷疑，浦立普先生！要是一隻包裹放到櫃台上，屹然不動，我就沒什麼懷疑了。浦先生。要是一隻包裹放在櫃上面而滾到地板上我也就沒什麼懷疑了，浦先生；但是，要是一隻包裹放到櫃台上，而會飄到天花板上去，我就不能無疑哩，浦先生！所以我就得依據章程第四條所載的權利，向你查問一下包裹的內容！」

「好！」浦立普先生怫然答道。「裏面是件衣裳！一件跳舞衣——一件化裝跳舞衣——是我妻子特製的。我妻子的名字是浦愛娜。她娘家姓龔，所以本來叫做龔愛娜。我們是在B城結婚的。我們生了一個女兒，叫做愛梅——浦愛梅。她今年十六歲，生得還算漂亮。還有什麼別的要我告訴你嗎？」

老霍怨聲載道地在搬取兩脚梯。因爲保險箱後面堆滿了亂七八糟的東西，好容易才把梯子拖了出來。那隻包裹高高的貼着天花板，搖搖晃晃，徐徐的移動着。

「我又不是查問你們府上十七廿八代的家譜！」方曼克冷冷地說道。「令祖母是嫁給張四還是嫁給李四，與我們飛鷹特快運送公司有什麼相干！不過，浦先生！我倒要請教，令嫒的跳舞衣怎會像隻汽球那麼浮上去的？」

「因爲上面有好幾隻汽球！你——你這無禮的蠢貨！」浦立普先生大聲嚷道。「汽球——你懂得嗎？這是一件化裝跳舞衣——你懂不懂？它是用薄紗製成的——腰部上釘着一條條的綢帶——有藍的，有紅的，有白的，有——有葱綠色的，我也說不上許多。帶子的一頭是飄着的，每根上就繫着一隻汽球！」

老方伸出舌頭嗦嗦嘴唇。他把右手漸漸的揑緊來，揑成一個大拳頭，眼睛裏露出尋釁的凶光。郭爾遜小姐看出方曼克誤會浦先生全是說的鬼話，認爲是在有意侮辱他，她不得不插進身去。

「浦先生說的不錯！」她道。「我有一次在化裝跳舞競賽會裏也曾看到過一件。汽球把綢帶拉了起來，它們就隨着她跳舞的動作在四周飄盪。怪好看的！」

「聰明啊！」浦立普先生不禁歡呼道。「聰明啊！特快運送公司裏倒還有這般有頭腦的人！眞了不起！」

「我可不是個呆子，浦立普先生！」老方不服氣地道。「你左說也好，右說也好，但是照你這樣說來，她們的跳舞衣本來已經短得快要齊腰了，如今再裝上幾隻汽球，把它們拉得更往上聳，那簡直用不着穿衣裳了！究竟不知誰在說謊！」

四

浦立普先生的臉由紅而紫了，他氣到連話也說不出來。他恨不得蹤身到天花板上去，把那個包裹拿下來，取出那件跳舞衣給方曼克看個明白。

霍先生已經把梯子對準包裹下面撐了開來，纔把浦先生那股無名之火平了下去。老方慢慢地爬上梯子。他伸手去撩那個包裹，不料包裹却徐徐地飄了開去。它剛巧停在那座高大的保險箱上頭。

方先生把梯子移了一個位置，爬到保險箱頂上。他一把抓住包裹上的繩子纔把包裹拿了下來。郭爾遜小姐看得大笑起來。

「好了！夠了！」老方嚷道。「再笑一笑，郭小姐，我可要把你報告總公司了！」

「爲了什麼？爲了笑你把客人的包裹飛到天花板上去嗎？」她問道。「好！你就報告吧！我倒要看你寫得出那封信！」

老方無辭可答。而且，對那位正在信口謾罵的浦立普先生，他也只有置若罔聞的份兒。

「老霍！」他道。「給我把那邊一塊磚頭拿來——就是我平常用來塞牢門的那塊。夠了就是夠了；我再也犯不上你們這班糊塗蟲嚕囌些什麼！」

方先生把包裹放在磅秤盤上，再把那塊磚頭壓在包裹上面。這樣一來，那隻包裹就安然不動了。

「虧你想得到，曼克！」老霍眉飛色舞地喊道。「現在你就可以磅了。這是很簡單的。你先連磚頭一起磅，然後拿開包裹，再磅一磅磚頭。兩者的差額就是包裹的分量了！這是一點兒常識……」

「我可不打算這樣的磅法，老霍。」老方好像另有高見似的。「章程裏並沒說，飛鷹特快運送公司的職員可以把塊磚頭加在跳舞衣上一同磅，然後再減去那塊磚頭，老霍！」

「不過你看看！」老霍善意地說道。「我這就把包裹跟磚頭一同磅。磅針指出兩樣東西一共是三磅。我再把包裹拿開，磚頭是四磅。所以我從三磅裏減去四磅——我從三磅減去四——減去————」

「老霍！」方先生訓斥似地道。「你

眞成了欵子了！」

老霍學起手搔搔頭。那隻包裹却又徐徐地向天花板浮上去了。

「我等着啦！」浦立普先生覺得罵也無益，就改用冷嘲熱諷起來。你們就像沒把我放在眼裏！我好像是個閒漢。要我站在旁邊含笑看着你們鬧把戲！我是無足輕重的！」

「快把包裹抓住！快抓住它！」老方發令似地嚷道。「夠了！別說了！再說下去，我可也要光火了！」

當霍先生一面在搬動梯子擷取包裹的時候，老方用手指在他的章程裏找尋些什麼。他查着了C州W城一行，就把章程翻開着合覆在櫃台上，浦立普先生重重的嘆了一口大氣，表示他今天觸足了楣頭，到這個時候纔有希望把包裹寄成。

方先生把包裹從老霍手裏接了過來，然後把它輕輕的挾在他的大肚皮和櫃台之間，一面拿了一根白紗繩跟包裹垂着的一段繩子結牢。

「你們可好都給我走開！」他一本正經地說。「只有一個方法來磅這隻包裹，」接着像是對老霍說，又像對旁的人說：「那就用得着常識了。郭小姐，把那封口用的火漆熱一熱！」

郭爾遜小姐一面湊在煤氣上燒着那條砵紅色火漆的一端，老方一面把包裹放在磅盤上。他一隻手揿住包裹，一隻手拿着火漆滴了幾滴下來。就把那根白紗繩在磅盤上黏牢了。他於是把手一鬆。包裹就向上飄起數吋，隨卽拉直了繩子不動了。

「這是淺而又淺的常識囉！」老方得意地說道。「磅者磅也，這不就磅成了！」

磅盤下面裝有圓形的刻度表，東西放在磅盤裏，刻度表上的磅針就指出分量的數字來。可是，如今那枚指針却不向右轉。它反而移向左面，當包裹拖着繩子往上穿的時候。它先從零度移到四十九，再移到四十八，終究停在四十七磅上。（譯者按此磅最高額爲五十磅。）

「四十七！」方先生喊道。「輕四十七磅！」

「是三磅，方先生。」郭爾遜小姐道。」你不見磅針雖指在四十七磅，但事實上只不過向左移動了三磅嗎？」

「四十七！」老方堅決地說。「從乙鎭到W城，四十七磅的寄費是六角二分，郭小姐。遇到運送業務上最困難的問題，我們只要憑情理去解決就得了！要是這隻包裹重四十七磅，浦先生就該付六角二分的寄費，是不是？如今這隻包裹旣是輕四十七磅，那末飛鷹特快運送公司就該給浦先生六角二分錢囉！把錢付給他！」

浦立普先生雙手交叉在胸前，呆呆的站着。他顯出極大的耐心，瞧着老方那種自以爲是的胡鬧舉動。

「沒錯嗎？」郭小姐笑得怪可愛地說「不過還有那消費特稅呢，方先生？」

老方的臉不禁紅了起來。他老是把稅忘了。

「你把稅錢也給了他，郭小姐！」他莊嚴地說「包裹的人付寄費，就得付稅款。那末，當運送公司須付錢給寄包人的時候，運送公司當然也得把稅錢付給他。不是很合乎情理的嗎？」

「不錯！但細想想看究竟應該不應該呢？」郭小姐忍着笑問道。「因爲稅錢事實上並不是付給公司的，是不是？當寄包人付稅錢於運送公司，公司方面不過是替政府代收；眞正收到稅錢的還是政府。現在，要是浦先生該收領這筆稅錢的話，那也用不着我們來付——應該由政府支付。所以政府應該把這稅錢付給浦立普先生了！」

「這話是對的，曼克。」霍先生的通達情理似乎較老方略勝一籌。「這個姓浦的來寄一個比無還輕的包裹，你要付錢給他，這是對的。但你不能把稅錢也付給他。那是政府的責任——要是政府高興付給他的話。」

「那末你們就該去請求政府許可的了。」郭爾遜小姐笑得更動人了。

「哪一個混蛋想得出要我跑老遠的路去請求政府的許可？」方先生憤憤地道。「我自有主張，多謝你的好意，郭小姐！我自掏腰包付給浦先生就是了。浦先生！這裏把錢拿去！萬分抱歉，祗因爲飛鷹特快運送公司某位職員的缺乏常識和不明事理，以致使你浪費了許多寶貴的光陰！」

浦立普先生木然立着不動。方先生向他推過來的錢，他一碰也不碰。他以冷眼旁觀的態度向方先生注視着。

「我要收條！」他道。

「你沒有收條的，」老方道。「我纔該拿收條。如果是你付錢給運送公司，當然由我出收條給你，浦先生；如今運送公司付錢給你，那末你就該給我收條。」

「胡說！渾話！」浦立普先生大聲喊了起來。「我把那隻包裹交給你，寄給我的女兒。价值是五十元。我要一張收條。這裏！」

他伸手到袋裏摸出一張一元的鈔票擲在櫃台。

「這兒是給你的錢！」浦立普先生嚷道。「我拒絕收受你的錢；我拒絕爲寄包裹反而收進錢。我把包裹託你們運送，我當然得付錢！」

「可是，我方曼克，飛鷹特快運送公司的主任，也拒絕接受你的錢，浦先生！」老方是一面孔嚴肅的神氣。「情理的原則告訴我，當一隻包裹比沒有東西還要輕的時候，我當然得付錢給寄包裹的人。」

「胡說！那兒來的這些鬼話！我告訴你我定要付錢，我定要拿收條！」浦立普先生光火透了。「我鄭重向你警告！你害我把火車脫了班；要我聽你的鬼話，還受了你種種的侮辱……」

「眞的嗎？」方先生按納住一肚皮的

氣，裝得很平靜地說道。「可是，我方曼克決計不受你的錢，浦先生！方曼克既然懂得事情該是怎麼辦了，他就怎麼辦！」

「眞的嗎？」浦立普先生反唇相譏道。「不過，我要的是收條。我說過要付寄費。我說過要收條。你都拒絕了。很好！你愛怎麼辦就怎麼辦吧！不過我再鄭重警告你，要是我的包裹因此出了岔兒，看我不向你起訴，不向你們公司起訴！這就結了！」

他一轉身就想奪門而出。

「咳！先生，等會兒！」老方連忙把他喊住。

浦立普先生倒也停了步。老方拿起一支靑蓮鉛筆，很留心地寫了一張委託運送跳舞衣包裹的收條。他寫上浦立普先生的女兒的姓名地址。他把浦先生的姓名塡在寄包人的一行裏。他寫了「价値，五十元」他塡上「寄費，六角二分」。他並沒忘記加入「消費特稅，七分」。

然後他把收條推到浦先生面前，讓他簽上字。浦先生簽了字，老方也代表公司簽了字。

「很好，多謝你，先生，」老方很有禮貌的說了一聲。

五

浦立普先生走了之後，更可恨的是郭爾遜小姐却還要用了冷嘲熱諷的口吻來挖苦方先生。

「六角二分，你當然認爲是對的了，方先生？」她道。「我倒還要說，那個包裹既然比沒有東西還要輕，你却以四十七磅作爲計算運費的標準，未免索价過昂了！我更要說，那隻包裹既然比無還輕，那末你該堅持着非把錢付給那人不可才對啊！其實，我倒認爲最適當的辦法應該是：那包裹既然輕於章程上所以規定的最低寄費率，你就照最低寄費率收費好了。不過，方先生，你是主任，我當然不便加以干涉。只是……」

方先生一聲不響。

「只是，」郭爾遜小姐續道，「希望總公司不要得知了這個笑話而引起誤會才好！」

方先生仍是一言不發。他把那個惱人的包裹從磅盤上解下來，捧到門外，放在老虎車上。然後他把另一件包裹——一株小蘋果樹，根上套着麻袋——攔住那隻汽球舞衣的包裹。

九點鐘一班火車拖着一部行李車徐徐的駛進站來。老方把老虎車推到鐵路旁邊。他看見火車上管行李的小王正站在車門口。

「小王！快給我把老虎車上的行李搬上車去！」老方喊道，只見小王像猴子般從車上跳下地，搶着去搬動那株蘋果樹。老方還沒把「當心下面那隻包裹，小王！」這句話喊出口，却已看見浦立普先生的包裹在漸漸的上升了，他於是連忙加上一句道：『因爲它比空氣還要輕咧！』

當老方從行李房領了別處寄到乙鎭來的幾件包裹出來，只見小王，老霍跟二十幾個乘客在仰起頭瞧着天空。他們瞧着那隻寬鬆龐大的包裹越升越高，向西南方飄去，飄到大西洋那面去了！正當火車上的車掌喊着「都已上車了！」的時節，那隻包裹已經升到只看得見一點小黑點，接着就完全消失了。

（Ellis Porker Butler著）

貴客

牧今

一

三間古老的茅草屋，像一個久病的人，歪歪斜斜倚着一道黃泥短牆。

屋後守望着一株高大的銀杏樹，枝葉繁茂像柄綠油傘，在柴門旁散佈上斑斑點點的濃蔭。有幾隻覓食鷄，搖擺着頭上的紅肉冠子，在門近處咕咕的叫着。

門前的一片泥場上，滿種着密密的幾排玉蜀黍，那大綠葉底下，一隻白毛黑花的瘦貓用脚爪抹着臉默默地望着低頭坐在條板櫈上的秀珍咪咪唔唔地叫。一會兒伸出泥爪抓了一下拿在秀珍手中的那根藍絲線，又悄悄的向秀珍的褪色洋襪擠了一下。

小板櫈上的秀珍，臉孔尖瘦，皮色帶點枯黃，形狀和顏色都像秋天一片楊樹葉，她瞧見那隻小貓和她糾纏，趕快把兩腿往後縮了縮，把手裏的活計往懷裏一塞，用一條胳臂攬住盡是泥的瘦膝蓋，又用手摸了摸襪子，指着那貓兒說：「好阿花，別纏啦，我便只有這一雙囫圇襪子！」小貓瞪着一雙黃眼珠，伸出淺紅色的小舌頭舐了舐長長的白鬍鬚。「瞧，給你弄破了！」秀珍瞪着烏黑的大眼睛，惡狠狠的瞅了小猫一下，把兩脚往前一揚：「去你的吧！我眞忙着要做生活呢！」小貓往後退了二步，眨了眨眼，又舐起鬍鬚來了。

秀珍重新低下頭去，把活計在腿上鋪好了，找着剛才正做着那個鈕扣兒。

「才做二個，還有三個沒做呢！」她皺了皺眉頭，悽然地嘆了一口氣，瘦削而白晰的手指把針使勁地朝這面一扎，又連忙到那面去迎接。

突然，她右手的三姆指覺得有點發疼，就像那回被馬蟻螫了一下似的，一點紅得像鷄冠花的血浮在白得發青的指頭上。她把針歪歪的往衣襟上一插，偏着腦袋，瞇着眼睛朝着那紅點子瞅了半天。忽然像思索什麼似的，手指用力的夾住出血指的頭，咬着牙說：「叫你流！」那芝蔴粒似的紅點子變成了一顆黃豆那麼大。她有點駭怕了，帶着些惱怒的臉色瞅了身邊的小貓一眼，嘴裏嚷着：「都是你隻瘟畜生，還不替我滾開！」小貓瞧見她震怒的神色，咪咪叫着走開了。

停了一會，她把剛才縫好的一身藍布短衫褲細心地摺叠着，然後一手向針孔裏穿進了一根灰色絲線，預備繼續縫那放在桌上的一件裁好的長袍，可是她感覺腰背非常痠痛，同時兩隻眼睛疲倦得幾乎閉了攏來，不得不歇息了一會。

這些日子，她除掉趕些必要的洗衣煑飯等事外，一天到晚埋頭在「新貨」裏忙着，（注新貨係衣店中將布料發給女工的名稱）她估計今明二天裏如果趕成那件長袍，和前個把月一起縫成的四套藍布短衫褲二身白斜紋衫褲，總共算起來，整整有七十塊錢到手。這是一個不小的數目，而且完全是她自己的外快，阿婆和丈夫不會干涉她怎樣用法的。花花綠綠的鈔票在秀珍的眼前閃爍，使她在一針一針刺着的時候，添了不少興奮與安慰，還作過不少的打算。最先她想給自己縫一件棉袄，她的舊棉袄已破爛快要不堪收拾了；再一想，丈夫還不為自己，連破了的棉衣也改了小孩子的衣服了，還是替丈夫做一套過冬的衣服吧！不過這不是目前迫要的用途，阿福病到那樣個子，大家都說他是童子癆，自己生了四胎，只留下那麽個七歲大的阿福，還是用這筆錢去給他醫了病罷；但是七十塊錢呢，幸苦了一陣子，得來眞不容易，不能就攢出去換口苦水吞呀！用錢的去處實在多，要派也實在派不過來，還是咬咬緊牙關，一個不動，藏在枕頭底下防一個萬一的用途吧。這樣決定了後，秀珍覺得很高興，大家鬧窮鬧餓，自己還不能在枕頭底下藏下七十塊錢，不能不說比上不足比下有餘的人家了。

鈔票的顏色在鼓勵着她，從早到晚那麽不憚煩地一針一針的刺着，一點多不躲懶。她甚至這種沉悶的工作，看做一種愉快的遊戲。

天還不會黑，她已經縫好了一件長袍的袖子。站起來，挺挺腰背，把手在肩膀上捶了幾下，滿心歡喜的把未完工的長袍包好在袱包裏收進屋子去。好了，七十塊錢快有巴望了。

她正俯下身去把丢在地上的粉線袋，尺子拾了起來，遠遠却有個人很興奮地在喊着她：

「秀珍！秀……珍！」

掉轉頭去看，喊她的是小烟店裏的老闆娘。

「三好婆，是你喊我嗎？」

「快些來，你有一封信在這裏呢。」

一封信，使她驚喜，在這個交通閉塞的村上一年也難得有幾封航船上帶來的信。秀珍立刻放下粉線袋和尺子，旋過身子去問：

「什麽信？快點給我看！」

「你快些到烟店裏去，大家在搶着看哩」。

報告完了個消息，老闆娘自己又匆匆地跑回去了，因爲她也歡喜曉得那封信上究竟寫了些什麼新聞。在鄉村裏，沒有人會想到不可以拆人家信這回事的；就在接信的人也滿不在乎，倒相反地覺得有人在搶着看，認爲很光采。所以秀珍聽到人家正在看她的信，也覺得意。便急忙三脚拼二步地趕到烟店裏去看信。

拿着信在讀給大家聽的，是秀珍家的鄰舍九如伯伯。一隻脚擱在長櫈上，右手裏夾着半根香煙，很氣慨地讀着攤在桌上的信。秀珍氣喘喘的跑進了店堂，圍住在桌子邊的三四個人就告訴她：

『快點來，你的信，你的信！』

九如伯伯又加上一句：

『是你娘家哥哥寄來的信。』

『是嗎？那麼費心你唸給我聽聽吧。』

』

『沒有幾句話。信上就是說：城裏近來時疫很厲害，他想帶了你的嫂子到鄉下來避避的，問你這裏住得住不得，接到信趕快回他一個信，好了，沒有什麼別的話了。』

二

秀珍雖然是個鄉下種田人家的媳婦，娘家却是城裏的鄉紳。一直到她父親的手裏還有千把畝收租田，十幾處市房。不過在她父親未死之前，家境已敗了下來；到她哥哥手裏，更加只剩一個空場面了。而秀珍所以會配給這荒僻的鄉下人家，却是爲了她在做小姐的時候，有了些失檢的行爲，她暗中和家裏的門房桂生姘上了，而且二人當時打得火一般熱，直到肚子大到難以掩飾的時候，做父親的才在煩惱與考慮之下，把秀珍小時的奶媽從鄉間叫了出來，告訴了她關于秀珍的事。他說在我的意思你先伴她到醫院裏住些時，等孩子生下來，送到育嬰堂裏去，我再送你五百塊錢嫁裝費，你願不願意帶這小姐到家裏去做媳婦。那個老婦人歡喜到無法措詞，只眯緊了兩只眼睛講了些支離破碎感恩的話，隔了一個多月，就是小姐生產後的第二個星期的早上，老婦人帶了小姐和她的兩隻皮箱，一付綢被褥，還有五百塊錢，滿心歡喜的回家。到了家裏，做兒子的根本蒙在鼓裏，全不知道有這個不可告人的祕密，自然也喜出望外，因爲秀珍不僅人品端正，臉孔生得漂亮，身段又苗條，而且是城裏鄉紳人家的小姐。五百塊已經到手，還又攀上了一門高親，以後的托庇光榮和利益是不難想像的了。

秀珍到了奶媽家裏，馬上便成親。做阿婆的人不敢把她看做平常的媳婦，仍舊是當她主人小姐那麼伺候着；丈夫是更不消說了，他把自己的前途完全寄託到這位小姐身上，更不肯怠慢一點兒了。可是秀珍娘家，却並不肯讓他們當做個親戚來往，而且很嚴厲的警告秀珍不許她回到娘家來往。在她父親沒有故世時，不時還稍爲周濟女兒一點，父親死後做哥哥的人便把這一絲關係也斬斷了。那個抱有奢望的阿婆與丈夫自然極其失望，便也不再把秀珍當做公主娘那麼待，茶飯也和大家吃得一樣了，生活也得跟大家一樣做了。幸而秀珍人還爭氣，再則既經弄到了這個地步，也就無可奈何，便丟開做小姐的架子，做起勤謹的鄉下媳婦來，既孝順阿婆，又敬愛丈夫，還又肯做肯吃苦，所以大家也就相處得很好。幾年一過，幾個孩子一生，不但別人忘記了秀珍是個富貴人家出身，連秀珍自己也想不起昔日的身分來了。

因爲是這種情形，所以這突然的來信使秀珍詫異起來了。她想不出她的哥哥何以會想到她這裏來，她也不懂他怎麼會想到窮苦的地方來。想想有個體面的娘家人來做客，的確是一種光耀的事，但是這樣寒酸的家，自己這副村婦的模樣，叫哥嫂看了眞丟醜！在回家的路上，她一向平靜簡單的心，像一泓靜止的死水裏，給人投下了一塊石片的激起了無數的波瀾，她的情緒紛亂起來了，于是又勾引起她那青春時代的一段緋色的往事，她想到這裏，臉上不覺感到熱辣辣地發燒起來，她又咀咒自己倒霉的遭遇，她恨眼前這些粗蠢的鄉下人，她恨這種骯髒的艱苦的生活。她不知道是叫他們來的好，還是不來的好，心想回去和家裏的人商量了再說吧。

她的阿婆一聽到這個消息，立刻說：

「自然寫信去叫他們來呀！不管怎麼說，親戚總是親戚，而且，他們難道會白吃我們的嗎？」

秀珍把眼睛瞟過去看丈夫。丈夫沒有什麼意見，只懶懶的說：

「你看怎麼樣好便怎麼樣吧。這許多年也沒一個音信。怎麼又忽然會想到上這兒來了，來也好，不來也好，隨便他們吧。」

「我說叫他們來，你偏要來這一套！珍小姐（她一向不會改這個稱呼。）你別睬土金的話，明天早上請九如伯伯寫個回信去，叫他們只管來就是了。」

秀珍沉吟着還沒作聲，土金的弟弟小金却搶着嚷了出來：

「媽！你就算了吧，他們一向瞧不起我們，不和我們來往，我們何必要他們來。」

「這是珍小姐父親的意思，不關她哥哥的事，況且他們今番來不是別的，爲了要避疫氣，他們也不會來白吃我們的飯，你管它怎的！」

「你別把念頭想轉彎了。城裏人現在多精明，你還待沾着他點兒油水哩！算了吧，信也不用回，我們也不要那麼個財主親眷上門。」小金還是堅決地阻擋。

秀珍聽到阿叔講得爲此不留自己的面子，她也有幾分惱怒了。瞅了小金一眼，再用比較狠狠一點的眼光去看丈夫。土金是個忠厚人，又一向怕老婆，叫他這一看，馬上慌了，便勸他弟弟說：

「你這樣說也太不成話，旣是媽媽一定說讓他們來的好，就寫個信去請他們來吧。有個場面上的人來走走，也免得人家把我們看做個低三下四的人，也換點兒臉色來說話。好吧，一準明天早上去請九如伯伯寫信。」

秀珍的氣平了，望着丈夫點頭。小金却披嘴不作聲，過了一響才冷笑道：「好啦！攀着了個財主親戚啦！怪不得你房裏的馬桶夜壺都是金的啦，回頭也不用再下田，叫舅子給你找個差事兒幹吧。」土金不睬小金，大家鎖在靜穆的空氣中了。

（待續）

「起解」「探窰」「落園」之比較

—凌霄漢閣—

十二年前在福祿居與王瑤翁日日相見，談及女起解，探寒窰，落花園之盛衰，今更分析說明之。

（一）「起解」瑤青現身說法，側重旦角一面唱腔詞句之改進。予就整個的戲齣衡量之，頭場雖與六月雪之上場相似，而先有崇公道與禁子之小哏，後有點名之獄官之大哏，而崇公道對於蘇三又一路的哏到底，其哏料又可隨時啄磬，推陳出新，使觀眾發生電感。則此劇之紅，小花臉之功勞，決不在旦角之下。旦角辭獄之唱工是站着唱，其後場行路又是走着唱，而丑角亦且說且行，自然湊趣。故場子與身步均透生動，不板不悶。

（二）「探窰」是老旦與青衣死唱而對唷的戲，費力而不討好，場子則老旦扯四門唱畢，到了窰門磨煩一氣，而後進窰歸座，大唱特唱，老旦出窰之後，隔着「椅子」一內一外，一跪一立，又哭哭啼啼磨煩一氣。聽的人亦感覺費力。但場子雖瘟，單論唱工組織，三番四覆，確能去出母女異境而同情之悲感。哭頭叫頭雖多，皆與戲情深淺相應，且秩然有序，固未可厚非也。

（三）「落園」與探窰都是一折頭戲。但探窰能表現一段有意義的節目，落園則否，元之落難收留，只是過渡的情節，不夠一齣戲，場上瘟而鬆，亦不及探窰之瘟而整。瑤青云此戲絕無辦法，誠然。（除非裏在整本連台的「二度梅」裏）。台下人難有興趣。惟初登場之科徒或票女為練習登台起見，則老段不多，又面向台裏而唱，可不致「怯台」，亦自有其特效。（老戲多少有些說法）

馬珍妮的故事

許季木

馬珍妮從青島避暑回來的時候，大家說她生得比以前更漂亮。被太陽曬成淡咖啡色的皮膚，配着烏黑的眼珠，愈覺動人了。她的身材也比以前更健美。在她穿了短褲打網球時，兩條渾圓的腿，全露了出來，線條是那麼豐滿，而且皮膚是那麼細膩，沒有絲毫瘢點。

她一回到家中，發現她的父親新近患了腎臟病，在醫院中住了三個月。左腰上動過手術。醫院中的花費很大，連診費，病房費，雜費等在內，一共欠了兩萬多元，她的父親現在已經信奉耶穌教。整天談着怎樣事奉上帝。又是怎樣須有清潔的思想。令人高興的是：她最近認識的男朋友江之蕃是一個非常有錢的人。

江之蕃預備在大來公寓租一間寬大的屋子，要馬珍妮和他同居。馬珍妮始終不答應，說他心目中，把她看成何等樣的女人，可是一個做生意的麼，她讓他在股票上替她代做一些交易，接受他送給她的衣服和首飾。逢到星期例假，陪着他上吳淞海濱或者別的地方去游玩。他在英國學過航空工程。在實業公司中投資很多。他喝起酒來，終是超過他的酒量。他是一個愛胡鬧的人，看上去外貌比他的實際年齡更老着。他的談風很健。逢他喝醉時，很不容易對付他。然而他興高采烈的時候，他很爽直，而且很愛說笑話。馬珍妮更愛聽他怎樣在市場中做交易，怎樣在設計一種新式飛機。如果政府能採用的話，他可以進航空部任職，規劃一個大規模的飛機廠了。

一個黃昏接着一個黃昏地，她陪着他在咖啡館中小坐，喝着威士忌酒，聽他訴說他個人的遭遇。江之蕃也有他的懊惱。他已經跟他的太太離了婚，害他花了許多的錢，有一天晚上，在皇家夜總會內，他拿他的兩個孩子的照片給她看，他突然伏在桌子上，呻呻咽咽的哭了起來。法庭適才判決，他的子女歸他的妻子撫養。

那一年秋季馬珍妮在南京路開的鴻元時裝公司內，找到了一個位置。工作很辛苦，不過晚上便有空閑了。店主張鴻元是一個中年的圓臉漢子，曾經到法國去過一年，觀察那裏婦女的服飾，他笑起來像只鴨子，以爲店中雇的女孩子們全在思慕他。他對馬珍妮很看重，也許更因爲他發現她的男朋友是一個富豪。他屢次重複的說：「假使我能籌劃一些資本的話，我能夠將上海改造成東方時裝的中心。」

鴻光時裝公司的設計是很新穎的，店堂內鑲滿了鏡子。張鴻光又劃出店堂一角，作爲時裝表演的所在。馬珍妮很愛穿了簇新的別緻的衣服，緩步在桃紅色的地毯上走着，這比她以前在歌舞班中揮舞扇子要好得多了，她又無須在晚上很遲的時刻，趕到戲館去。

那幾間表演時裝的房間，收拾得纖塵不染。屋子中留着一股新衣料，樟腦丸和染料的混合的氣息。參加表演的女雇員，在後面另有一間小室，逢到沒有主顧上門的時候可以坐在那裏看看書，談談新近上演的戲。慣常上鴻光來的，此外只有兩個女孩子，光臨的顧客也不多。女孩子們說：張鴻光快要倒閉了。

說張鴻光要倒閉，的確不錯。收賬的人，擠滿了他的那間狹小的辦公室。大家的薪水全都欠了兩個月。張鴻光，月亮似的圓臉，寬弛得起了皺紋。馬珍妮決定還是另找一件事的好，尤其江之蕃喝酒以後，愈來愈不易對付了。每天早上，她細讀報上的股票行市表，她不再相信江之蕃告訴她的消息。有一天她買進了國光投資，因爲頭寸有限，不得不當天了結，蝕去了二千元。

某一個星期六，鴻光時裝公司內，起了絕大的騷動。張鴻光在他的辦公室內進進出出。揮動着一雙肥短的手臂，一會很和氣，一會很嚴厲，一會又笑了起來，將店中的女職員和表演員趕來趕去，活像雞籠中的一羣小雞。有人要來替時事週報內的「新裝介紹欄」拍照了。到了最後，攝影師來了。他是一個臉蛋瘦削的廣東人，眼眶下有黑圈。他帶了一只我們所慣見的大型照相機，還有許多的電燈泡。

這是二月中暖和的一天。開着水汀的時裝表演間，又悶又熱。趕來拍照的年輕人從黑布下鑽進來時，渾身是汗。張鴻光不肯讓他休息一分鐘。他不得不拍攝寫字間中的張鴻光，打樣時的張鴻光，站在時裝之間的張鴻光。女孩子們以爲決定輪不到她們了。攝影師不停的說：「張鴻光先生，你不要打擾我，……我要拍一些藝術化的作品。」旁邊看着的女職員們全笑了起來。最後張鴻光走進了他的辦公室，將門鎖了起來。從門上的玻璃方框內，可以望見他坐在桌旁，雙手捧着腦袋在休息。之後，一切都安靜下來。馬珍妮和攝影師談得很投機。臨走的時候，攝影師把他的名片交給她，問她在隨便在那一個星期日，肯不肯上他的照相館拍照。在他看來，這件事很重要，同時不要她花一文錢。他說他一定能攝成一些非常藝術化的照片。她收下他的名片，說在明天下午去看他。名片上印的是：藝術攝影師：鄭泰來。

那一個星期日江之蕃約她上華懋飯店吃中飯。飯後她設法叫他駕着汽車，陪她上鄭泰來的照相館去。她猜想這個年輕的廣東人景況未必好。江之蕃也許可以給他一些錢，作爲照相費。江之蕃很不高興去，因爲他今天乘的是大汽車，想帶她上外灘去兜圈子。無論如何，他去了。鄭泰來的照相館很滑稽，每件東西上面，都舖着黑絲絨，還有許多尺寸不同的黑色，白色，黃色，和銀色的布幕。上面是一個玻璃棚，陽光可以筆直的照下來。年輕人的舉動也很滑稽，好像料不到他們會來的。他說：「這裏本來是我的兄弟開的。他上漢口去了，……我的興趣所在，是未來的眞藝術。」江之蕃想找一處地方坐下，一面咬去一根雪茄烟的尾梢說：「你說的是什麼？」「我說的是電影。你知道的，我叫鄭泰來。假使你以前沒有聽人說起過，將來會知道我的大名的。」

江之蕃不耐煩的坐在一只灰塵很多的黑絲絨的木箱上。「嗯！快一些我們還要坐車子出去呢。」

鄭泰來似乎很懊惱，因爲馬珍妮只穿了家常的服裝來拍照。他向着馬珍妮審視了片刻。說：「也許我無能爲力。假使催促我急急忙忙的拍照，我是拍不出好成績的。我看你穿了黑色的西式女服，模樣很莊嚴。」馬珍妮笑着說：「我不是那一種莊嚴的女人。」

鄭泰來指示她怎樣安排她的姿勢時，江之蕃拿了雪茄，神經質地走來走去。外面一定烏雲密佈。因爲頭上的玻璃棚上照進來的陽光，愈來愈暗了。

照片攝妥後，他們從照相館的木板的樓梯走下來。江之蕃說：「我不歡喜這一個傢伙……他像一個騙錢的滑頭。」

馬珍妮說：「哦，不見得吧。那只是因爲他是非常藝術化的。他說這些照片要多少錢？」

江之蕃說：「數目不少呢。」

他們回到馬珍妮所住的屋子，走進沒有開電燈的大廳，不知什麼地方在燒菜，傳來一股白菜的氣味他拉她過來，吻了她一下。她從玻璃的前門中，能夠望見街上積着一片雪，在乳黃的街燈下，馬路上闃無一人。

江之蕃說：「你是一個惹人憐愛的小女人。你可知道嗎？我歡喜這間屋子。它使我想起了從前的日子。」

馬珍妮搖着頭說：「眞不湊巧，我們想坐車子出游去，天却下雪了。」江之蕃說：「不要再提坐車子了。至少在今天晚上，你我兩人要做一對恩愛的伴侶。第一，我們先上禮查飯店去喝一些酒。……天呀，我爲什麼不能在更早的日子，就認識你呢？」

她讓她的頭在他的胸前靠了片刻。在他耳畔輕輕說：「之蕃，你是有第一等好本領的人。」

自從那一個星期日以後，鄭泰來差不

多每天去找馬珍妮，不是上鴻光時裝公司，便上她的家裏去，並且把她的照片送給她，全都配好了鏡框。但是她始終拒絕接見他。

接着一個星期一的早晨，她上鴻光時裝公司去的時候，已經遲到了。發現公司的大門鎖着。門外聚集了一羣女職員。可憐的張鴻光，吞了一瓶來沙爾，死在浴缸中了。沒有人會償付她們積欠的薪水。

張鴻光的死，使馬珍妮很懊喪，她不敢回到家中去。她上永安公司買了一些零星的東西。在近午時分，她打電話到江之蕃的寫字間去，想告訴他關於張鴻光的一切。問他肯不肯和她吃中飯。可憐的張鴻光一死，她喪失了職業以後，她沒有別的辦法，只有向江之蕃弄來一筆整數的錢。只要他能給她五萬元便成了。她可以設法把以前當掉的一枚獨粒鑽戒贖出來。她搖通電話時，他們說江之蕃先生要到下午三時才上寫子間。她上一家廣東館子，吃了一客蛋炒飯。

她在這天晚上，本來已經約好江之蕃在一家咖啡館中會面。他們慣常在那裏晚餐的。她上理髮店洗髮電燙完畢，時間還嫌太早。她想不出做別的事，在這空洞的公寓中，什麼都很冷靜與寂寞，她的父親已經回鄉了。她花費了很多的時間修指甲，接着把她的衣服翻了出來，一件一件的試着穿。她的床上全堆滿了摺皺的衣服。每件衣服上似乎全有一二點污跡。她幾乎要哭出聲來了。最後她披了一件皮大衣，裏面穿着一件鴻光時裝公司製的淺黃色的旗袍，走進寒傖相的電梯，一直開到氣味很濃的公寓大廳。司電梯的男童，替她雇了一輛出租汽車。

她所去的這家餐館，是由一家有錢人家的公館改造的。大廳中裝着白色的圓柱。她一踏上厚地毯時，開始有一種舒適的感覺。侍者頭目屈着身體領她到一張桌子旁坐下。她坐在那這喝着一種很淡的酒。發覺餐館中的男子在向她看，同時想起鴻光時裝公司的那些女職員，對於一個先期去等男朋友的女人，不知要在背後說些什麽話，不禁笑了起來。她希望他儘速前來，這樣一來，她可以把一切的經過告訴他，不致再去想到張鴻光身上，直僵僵的躺在浴缸內，是喝了來沙爾而死的。這番話全都在她的舌尖上，一吐爲快。

江之蕃沒有來，來的是一個神清氣爽的年輕人，倚在她的桌子上。她在椅子上坐着直給了他一個白眼。然而聽他一開口，便向着他微笑起來。他用一種親熱的上海口音說：「馬小姐……非常對不起：……我是江之蕃先生的祕書……他臨時發生要事，不得不乘飛機上北平去。他知道你竭想去看蘭心大戲院上演的新戲，因此他吩咐我去買戲票。我爲了搶買票子，差不多和一個人打起架來。」他說話的時候，一口氣說得很快，好像恐怕她中途打擾他。他深深的吸了一口氣，微笑起來。

馬珍妮拿起兩張綠色的戲票，放在桌子上。一面說：「時間很遲了。臨時要找一個朋友，和我一同去，却很不容易呢。」

「嗯，這太掃興了。不知道我可以代表江先生嗎？」

馬珍妮笑了起來說：「還有什麼關係呢？」

兩人在看戲的時候，他一面把他所認識的上戲院來的聞人指點給她看，包括他自己在內，他告訴她的名字叫韋榮廷，大家全叫他小韋，今年二十三歲，他的牌打得很高明。

她說：「嗯！小韋，你是一個有希望的孩子。」

「有希望成功嗎？」

「這是不容懷疑的。」

「國華商學院的畢業生……只要有機會的話。」

散戲時，韋榮廷說他很餓了，因爲他沒有吃晚飯，爲的是趕去買戲票還有些別的私事。她帶他上杜佛菜館吃飯，他的胃口絕佳。馬珍妮見他捱開了一盆牛排，放下刀叉不吃，使她鬆了一口氣。他們再喝了一些酒。他們看着餐館中的表演，笑得透不過氣來。他們坐了出租汽車回去，在車中韋榮廷的手足有些不守本分。她摑了他一個耳光，可是並不重。小韋差不多什麼話都說得出。

他們到達她的門口時，他說他能不能跟上去。在她來不及阻止他以前，說如果他循規蹈矩，他可以上來的。他說和她這樣美麗的女人在一起，守規矩却很不容易。他們說時，笑了起來，互相推撞，她把鑰匙掉在地上。他們同時屈身拾起來。他乘覷吻了她一下。

馬珍妮快活地說：「小韋，再會吧，謝謝你送一個可憐的女孩子回家。」

韋榮廷輕輕地吹着口哨，踱了回去。

這一個月底，江之蕃從北平回來，在一家咖啡館內和她會面吃晚飯。他的臉色很憔悴。她把她所遭遇的不幸的故事告訴他。他不能仔細的聽她的訴說。他說他的錢很緊，他的妻子要他付出一大筆的贍養費。他在股票上又蝕去不少的錢。「我不懂得爲什麼人人都以爲我是百萬富翁。我所需要的，就是讓我脫出這一個做生意的圈子，留下一筆款子，可以安心工作，讓我在航空工程上專心研究。我決定在今年冬天，放手不幹了。」

馬珍妮直望着他的眼珠說：「你想脫身，我想鑽進去呢。」說時兩人全都大笑說來。

下一天她打電話給江之蕃，發現他已上北平去了。不過他已關照他的祕書，替她購好車票，可以上蘇州旅行一次。

她到達車站時，韋榮廷已在站上守候，臉上露出聰明的微笑。帽子推向腦後。馬珍妮把韋榮廷帶來的百合花，插入她的皮大衣的衣襟上。一面說：「嗯，他待我眞不錯。」

韋榮廷說：「你說誰待你不錯，江先生，還是我！」

火車的起居室內，還插着玫瑰花。韋榮廷替她買了不少消閑的書報和小說。馬珍妮說：「嗯，你眞想得周到呢。」

他霎了一霎眼睛說：「江先生吩咐我，用最道地的方式替你送行。」他從大衣袋中摸出一只磁瓶，「這是一瓶三花牌的冷霜……嗯，再會。」他微微鞠身，轉身踅入火車中的走廊。

馬珍妮在起居室中安心休憩。她有一些希望韋榮廷不會走得那樣快。嗯，那個孩子年紀很輕呢。火車剛才開動，他又回來了。兩手插在褲袋中臉色很緊張。口中很快的在嚼橡皮糖。她皺着眉峯說：「嗯，現在你來幹什麼？」

「我買了一張車票上南京去……我出外旅行的時間很少。……無須爲寫子間中的公務担心了。」

「江先生會歇你生意的。」「沒有關係。今天是星期六。我在星期一早晨便可趕回來。」

「可是他會發現你上別處去的。」

韋榮廷脫下大衣，仔細摺好，放在衣箱上，然後坐在她的對面，一面拉上起居室的門，口中說：「除非你去告訴他，否則他不會知道的。」

她開始站起來。他用同樣平穩的聲調說：「老實說，你會歡喜我的。……人家全都歡喜我呢。」他半屈身體來握她的手。他的手冰也似的冷。

「嗯，馬小姐，今天晚上，與別的晚上有什麼兩樣呢？沒有人會知道的。發生什麼事一切由我負責便了。」

她走過去坐在他身旁。在火車的顫動中，她能發覺他也在抖動。她說：「嗯，你這個可笑的孩子，老是嚇得要死呢。」

死

屠格涅夫著
楊絢霄譯

我有一位鄰居，他是一個年青的地主，一個機警而並不怎樣老練的獵人。在七月間底某個晴朗的早上，我騎着馬到他那裏，邀他前去獵取松鷄。他急切地同意於這一要求，但却有個條件。「我們最先應該朝着，」他對我說，「汨溪的方向去，這樣我才能看看乍柏理古納地方的森林，現在他們正在那裏砍樹哩。」這點我也表示贊同。他卽時配好了他的馬鞍，穿上一件鑴着一個獵頭的金屬鈕扣底綠色外衣，帶了一只刺繡富麗的獵袋，一只銀質的彈藥盒，肩上掮着一枝法國製的鳥鎗，嶄新而燦爛。一切就緒之後，他便在鏡前仔細地把自己打量了一番，隨卽喚着他底獵狗奄士伯倫斯，這條獵狗是他底一個表姊——一個老處女，天賦着多量的情感，但多少有些卑鄙——剛才送給他的禮物。不久，我們就動身到汨溪去，同行的是甲長（註一）奄基柏，一位方臉而凸顴的高大農夫。還有一個管事，巴爾諦克省的一個土民，是新近才進來服務的，也和我們在一起。他是一個二十五歲的美髮青年，非常瘦弱而單薄，近視眼，斜肩膀，不過却有一條漫長的頸項來抵銷牠。他的名字叫做哥脫理柏·望·達·科喀。我又得聲明，這便是：我底朋友之享有他的財產，還是不久的事；他是經他底一個姑母那裏襲有這份家私的，在她底一生中，是以她那鮮見的肥胖而出名，她長得那樣的肥胖，因而在她生命的後半期，她幾乎是寸步難移了。

汨溪的小樹林離此並不很遠，我們在極短的時間內就到達了那個地方。

「在這裏等着我，」阿台蘭·密克羅維基對我們同行的人說道。這位德國人行過了禮，跳下了馬，便在近於叢林蔭處的地方坐下來，從衣袋裏掏出了一本書；我相信，這是一本約尼勺奔霍爾（註二）所著的小說。至於甲長奄基柏，他却把馬停在太陽的强光下，並不下馬；一點鐘之後我們還看見他佇在那裏。

我們小心翼翼地搜索着，並不驚動一頭獵禽。這種初步工作並不十分有趣；因而阿台蘭·密克羅維基就聲明他預備放棄行獵。我也這樣，而且決定和他一塊兒到他所要巡視的森林裏去。於是我們又回到那塊剛才和同伴分手的田野。那位德國人在記好了頁數之後，就把他的書本藏在他的衣袋裏，費勁地跳上了馬；他騎的那匹倔强的馬，祇要我們略微地冒犯牠的時候，牠總要迸出一陣尖銳的嘶聲，輕輕地蹴踢一下。這位魁梧的甲長鼓着力，勒緊了韁，開始擺動他的兩腿，終於把他那匹可憐的馬趕跑了。我們四個人也就朝着剛才所說的森林進發。

在我底孩提時代，我就熟識這塊地方，而且時常和我的法國家庭教師迪薩理．甫魯萊到過那裏。他是一位名士，我也祇能找出他底一個缺點，這就是：他勸我進服理羅伸的藥而幾乎凝了我的胃口。乍柏理古納的森林並不十分廣闊，祇有二三百株檞樹和橡樹，不過牠們却都長得十分碩大。離地面沒有多高，牠們底黑色的椏枝屹立在榛樹，篠木和山梨的叢林底後面，牠們那鮮明的葉子閃爍地發着光；再上一些，牠們給輝藍的天空襯映出驕傲的輪廓，而在牠們的梢頭，却又籠罩着綠色的來天幕，那些鷲鷹、鷂鷹、茶隼在牠們上部翩翔着，迸出牠們尖銳的鳴聲。在這簇葉的中央，回響着山鳥的高歌；時時還送來了一陣羽毛陸離的啄木鳥剝擊這些碩枝底反複不斷的聲息；再低一些，在樹叢裏，有歌鳥和金雀的囀鳴；磧鷄沿路愉快地疾馳着；野兎在山楡間不時偷偷地奔跑着；紅色的松鼠在從甲樹跳到乙樹之後便將牠的尾巴盤繞在牠的背際，兀坐不動。在野草的中間，離那大蟻垤沒有幾步路，在刈修齊整的鳳尾草葉的陰蔭下，山谷的紫羅蘭和百合花怒放着，牠們的四周長着各種不同的芝栭。在墾地的邊際，密藪近處，又有結着紅色果實的楊梅樹。呀！那是一塊多末美好的休息場所！就是在最最酷熱的時刻，在日中，人們也會把牠當做是夜晚的——那裏有那樣深刻的恬靜，有那樣馥郁的空氣，有那樣徹骨的涼爽。我曾在那個地方流連過幾個鐘頭，那是我永遠忘不了的，而且我還得承認：那就是當我凝視着這擺在我面前的情景時而不能沒有一種悲痛的緣故。一八四〇年（註三）底凜冽的冬天，並不曾放鬆我底老友——檞樹和橡樹，牠們半枯地矗立在牠們下部四周發出來的嫩枝底中央。其中有幾條老枝却還生着幾片綠葉，在牠上面，那些乾枯的樹枝帶着一種責難的神氣伸聳着；其他樹棵底葉子雖要比較緊密些，眞的，不過牠們總沒有往昔那樣地濃茂；其餘的都象巨屍般地橫臥在地上，而且早已腐朽了。末了——一件希奇的事，連我做夢也想不到的；這就是：在乍柏理古納森林裏，幾乎沒有一塊濃蔭。「呵，是的，」我想，當我瞧見那些在我幼年時曾經時常遮蔽過我的樹林底時候，「你們眞可憐，我明白了；你們是因了你們的命運而覺得羞慚。可不是？」我不由得想起了科爾索甫（註四）的詩：

「你不是消失了，

王者的光榮？
而你，赫赫的威權，
何處埋葬着你那笨重的皇冠？」（註五）

「爲什麽」我向阿台蘭・密克羅維基問道，「他們不把這些樹砍了而情願讓牠們給大風顚覆呢？現在，牠們是值不到原價十分之一的！」

「你該拿這個問題去問我的姑母」，他回答，聳着他的肩膀，「可是，商人總是跑來，手裏拿着現款，要想買牠，而且熱切地希望馬上辦妥。

「Mein Gott! Mein Gott」（註六）望・達・科喀走一步，嚷一聲，「Iuel Tommage! Guel Tommage!」（註七）

「什麽事情這樣地觸怒了你！」我的朋友笑嘻嘻地問道。

這位年輕的德國人用種幾乎不能理解的切口解釋給他聽，說是因爲瞧見了這些橫倒在地上的粗大樹棵而使他發出這些感的。可是不論怎樣悽慘，這種景象總不歎能絲毫感動甲長奄基柏：他淡不關心地凝視着牠，而且看來他對於那些倒在路上的樹棵還感到非常滿意似的，不信，你還能看到他竟會竭力强迫他那匹可憐的馬把牠們帶走，而當他跨過牠們的時候，他又要用他的鞭子輕擊着牠們。當我們走到砍樹的場所，我們就聽到了一種尖銳的爆裂聲；接着又是一陣叫嚷和嘈雜的低語。我們朝着那個方向走去，就有一個面貌醜陋衣衫不整的年輕農夫從離我們沒有幾步路的樹林裏跑出來。

「發生了什麽事？」阿台蘭・密克羅維基向他嚷道，「你像這樣地跑到那兒去？」

「呀？阿台蘭・密克羅維基老爺，」農夫說，當他聽到了他主人的聲音，就立刻停住脚步，「這是多麽地不幸呀！」

「什麽事？」

「馬喀沁剛才給樹壓壞了。」

「什麽？可是那個包工？」當我們正用斧頭砍着一棵橡樹的時候，他却望着我們做。他那樣地站了好久，於是就走向井邊，他彷彿口喝似的。那棵橡樹竟突然地裂了開來，倒向馬喀沁。「快走啦！快走啦！」我們向他喊着。但他却不跑到一傍而竟筆直朝前奔去。他無疑地是駭昏了。當那樹倒在地面時，就把他壓壞了。不過這棵樹怎末會倒得這樣快，那祇有上帝知道！這棵樹一定是空心的！」

「他可是給樹壓死了？」

「不，老爺；他還活着。但他却和壓死一般；他的手臂和小腿全給壓斷了。我是跑去尋找那位薩理曲里基醫生的！」

阿台蘭・密克羅維基吩咐甲長趕快到村裏把薩理曲里基請來。他自己就朝着那砍樹的地方飛馳。我們跟着他。我們看見可憐的馬喀沁直躺在地上；十來個農夫圍住他。我們跳下了馬。這個受傷的人並不叫苦，他不時地睜開了他底眼臉，用種吃驚的神色望着他的周遭，他那發青的嘴唇時時浮起一種輕微的痙攣。從他那胸脯的反常底起伏上，你便可以看出他呼吸的困難。他的頭髮披在他的額上，他的下頷顫抖着：他快死了。一棵嫩菩提樹輕鬆地掩住他的臉龐。我們俯身在他身上；他認得出是阿台蘭密•克羅維基。

「老爺」，他用力地對他說道，「快請——牧師去。上帝——譴責了我！我的手臂和小腿全斷了——我已經碎成了片片。今天是星期——而我却仍——我却仍叫我的工人照常工作。」他沉默下來；他幾乎不能呼吸。「把」，他繼續說道，「把——應該付給我的款子——送給我的妻子——等你付了之後——彌西姆，那邊，他會告訴你——我欠誰的錢。」

「我們已經派人去請醫生了，我可憐的馬喀沁」，我的鄰居對他說道，「或許你是不會死的。」

在說這些話的時候，這受傷的人兒，他本來是閉着眼睛的，便用勁地睜開了他底眼臉，一面溫柔地望着阿台蘭•密克羅維基，一面回答道：「不——我快死了。那邊是——他走近來了——那邊，那邊。原宥我，孩子們——要是我有——。」

「上帝會饒恕你的，馬喀沁•米開羅維基」，那些農夫齊口同聲地答道，脫下了他們的帽子。「我們請求你饒恕。」

這垂死的人兒擅搦地幌着他底腦袋，挺起他的胸脯，好象要想用力挺起來似的，但又躺了下去。

「他不該死在這兒」，阿台蘭•密克羅維基說道；「把那條放在四輪車上的席子拿來，把他放在席子上，送他到醫院裏去」。隨即便有幾個砍樹的人朝着車子跑去。「昨天，」這瀕死的人喋嚅着，「我——在薩巧甫的——約菲彌——買了一匹馬。我還付了定錢。所以那匹馬就是——我的。你該把——那匹馬——帶給我的妻子。」

他們把他放在席子上；他像一隻受傷的鳥兒似地混身震顫着；漸漸地僵了。「死了」，農夫們低聲地說道。我們就默默無言地再度跨上了馬，馳回田野。

剛才目覩的慘狀，就使我連想到那些在俄國死去的人們底情形。在這最嚴重的一霎那，你可不能冷淡地苛責他們；不，他們以爲凝視着死者的臉容乃是一種應盡的責任，而這也正是他們遇見死人時出以一種鎮定而安靜的心情底緣故。幾年以前，鄰近底一個農夫曾因他工作着的一座榖類乾燥室底失火而遇害。要是沒有一個布爾喬亞走近那裏而跑去救這農夫，他或許當場會給燒死——當布爾喬亞用肩膀把門撞穿之後，他就傾入了一滿桶的水，隨即就奔到乾燥室裏。我走去看這農夫。他躺着的地方是漆黑的，瀰漫着悶人的熱氣和煙氛。「被害的人在那兒？」當我進去的時候，我探問道。

「他在這裏，老爺，在暖炕上面，」坐在角落裏底一個農夫淒涼地回答道，用雙手扶住他的腦袋來表示他的憂悒。

（待續）

約會

盛琴僊

時鐘剛敲過一响，女生宿舍裏便頓時熱鬧起來。

「嫻貞，快來幫幫我梳頭髮。」愛琳已經把頭髮梳了半小時，可是每一次梳成的式樣，不是嫌太累贅，就是不夠Smart，七捲八拆之後，便不得不再借重嫻貞了。

「不，嫻貞先來幫我。」另一隅傳來了美娥的呼聲。

嫻貞是宿舍裏有名的道學家兼好好先生。儘管例假中，每一個人的「甜心」一起起的到宿舍裏來「接駕」「出巡」，她却從來不會動過凡心。同伴們並不是自私的，她們覺得同室之下，每個人都應該有利益均沾的機會，何況多的是過剩的餘貨，更不妨公開割髮，實行其「有福同享」的互惠主義。却不料嫻貞每一次聽到這種類似的提議時，在兩朵紅雲之後，必繼之以一臉嚴正的神色，凜然地說：「我到學校裏來是求學問，不是交際，我不需要男朋友。」在先，同伴們還以為她只是自尊的掩飾，後來經不得她一次兩次加强的語調和著那冷若冰霜的態度，她們眞的再也不敢提起了。

假使因此而說嫻貞是孤僻冷淡而不通人情，那就未免是一種錯誤。同房的人，不論誰有了困難，她總是盡力予以可能的幫助，尤其是對於愛琳，更是有求必應，所謂「鞠躬盡瘁」，只差個「死而後已」而已。她是一個「專為求學」而來的女學士，不過有時候她也會丟棄了第二天總考的主修課本而替愛琳趕織一件與男朋友約會時穿着的新外套，她自己並不十分修飾——當然也有相當的修飾，否則就會失去了女性的尊嚴，這女性的尊嚴，她認為是一個高等女性所必備的條件——却做得一手生動靈活的好頭髮，所以每逢例假，就儼然成為宿舍中的特約理髮技師，周旋於衆香叢中，一個個打發她們出去。自己絕對厭惡男朋友而又處處在無形中幫助別人去交男朋友，似乎是很有一些矛盾，但那些日夕相處的友伴們却完全不覺得有什麽特別，這或者正是她們能夠水乳交融的一個原因吧？

「嫻貞快來呀！」愛琳顯然是很焦躁了，便緊接着催了一聲。

「對不起，愛琳，我今天不能幫你。」

這簡直是一個奇蹟！「對不起」和「不能幫你」幾個字，連在一起從嫻貞嘴裏吐出來，是一奇！吐出來而對象竟是愛琳，更是奇而又奇，有些不可思議，於是全室的視線，都向那位「奇」人身上射來。

嫻貞正對着面前的鏡子捲髮，從她忽捲忽散的手法上看來，顯然對於工作的成績不很滿意。這時她似乎明確地意識到那些緊盯在自己腦後的視線，便隨口加了一個解釋，說，「有人請我看電影。」

聲音有些顫抖，却掩不住快樂的情緒。一種莫名的喜悅潛藏在心頭，使她覺得有些癢癢地。她急切地盼望着他們的「是誰」等類的問處，但直到她盼得不耐煩而自動地回過頭來時，才發現她們正在刻意求精地加倍工作，對於她的答案根本不會發生興趣。她暗暗地惱恨自己太笨，爲什麼只說了那樣一句措辭太不聰明的話呢？她應該說：「有一個新認識的朋友要請我看電影。」然後回過頭去，神祕地一笑，於是那追問的箭便會一枝枝地射來了。可是現在呢？說話的時機已失，追悔已經太晚了。

「嫻貞，你看我今天應該穿那一件衣服？」雪伊嬌憨地喊着。

無可奈何地飄過一眼，只見雪伊床上正花花綠綠地堆了一大攤。

「我知道你一定要說這件藍的好，」不等嫻貞開口，雪伊就接着說了下去。「但我總嫌藍的太素，不如紅的鮮艷。」

「那你就穿紅的，何必問我？」

雪伊唔了一聲，就决定了取捨。她沒有體驗到嫻貞語調裏所含的厭惡的成分，她更不了解嫻貞因此而引起的煩惱。她的問話驚破了嫻貞一部分的甜夢。自己是去赴會的，是她此生第一次與男人的約會，却沒有一件比較體面的衣服。父親是一個嚴厲的讀書人，他供給了她一切求學的費用，却不會給她任何華麗衣着的消耗。三年以來，當她眼看着同室的人，一個個都是卿卿我我的挽臂偕行，心裏未嘗不羨慕，但另一方面她又相信在這炎涼異態的社會裏，只有金錢和美色才是一般人取人的條件，而金錢和美色又往往是藉着衣服裝飾來表現，否則就難免到處碰壁，自取羞辱，這對於倔强自傲的她，又是絕不能忍受的，就在這無可奈何的逼迫下，她不得不戴上了假面具，拒絕了同伴們的「朋友介紹，」其青春的熱情，正毫不放鬆地囓着她的心，現在陳上驥居然當面投簡請自己看電影，又怎能不好好地修飾一下呢？雖然說眞愛情不在乎物質，但在世俗的眼光之下，她不願顯得太寒蠢而使她的士驥難堪。她的士驥？對，爲什麼不是她的？她想起了那天士驥塞過字條來的時候的誠摰的臉，那懇切的目光至今還深深地照在她的心上。她一定是看透了那班朝秦暮楚濫施愛情的摩登小姐，所以從庸俗中識拔了自己。想到這裏她的心境就豁然開朗起來，既然他是爲着我與衆不同才「愛」我，我又何必去學她們？沒有漂亮的衣服，就穿一件藍布罩袍，這是儉樸，是學者的本色。

穿好罩袍，在長鏡子面前仔細地端詳了一回，多清麗，多大方啊！鏡面上反映出同伴們濃艷的服飾，她感到一種超脫的自滿。

突然她的注意力集中到了自己的臉。不知是因爲營養不足還是因爲用功過度，一層灰澀的黃色，老是罩在她的臉上，顯出了憔悴衰老。在平時她是以不着脂粉的天然美自傲的，但今天却連這一點自信也消失了。

蹩回小桌子，開出抽屜，在書本紙筆堆中找出了一只小小的布袋。袋是金色的，但那燦爛的金色，經過幾個月的磨折，早已黯然失去了光彩。那是她因爲好玩而向美琳討來的「密絲佛陀」的樣品。

翻開袋口，一腔幽馨的香味輕輕地向她鼻孔送來，她覺得脂粉眞不是一件可厭的東西，自己以前爲什麼不能發覺它的可愛呢？

擦上粉，淡淡地抹了一些胭脂，又淺淺地加了一點唇膏，再向面前的鏡子裏一照，連自己也不認識這個原來的她了。

仔細地把粉撲放進了布袋，這一次她再也不忍把它擱回冷宮裏去了。打開她那唯一的手提包，輕輕地放了進去——以後要好好地看顧它呢，她這樣想。

視線被勾住了，那是一張小小的紙片，那帶來了無邊的幸福的小紙片！她眞想把它放在嘴邊吻一吻，貼在心上溫一溫，可是她怕那些睽睽衆目，於是只得把手在它身上摸了一下，然後輕輕地關上了手提包。

她離開宿舍的時候，別人還只化了三分之一的裝。

「看電影還早呢！」

「這末早就去？」

大夥兒不經意地問一句。

嫻貞並不理會。「誰像你們約了兩點要兩點半才到。」她心裏嘰咕着。「愛情必須以忠實始，才能以忠實終，看你們將來會有好結果！」

不幸的是，那些蒙在鼓裏的糊塗人，竟聽不見她的無聲誡言。

×　×　×

車過成都路，速率似乎陡增了一倍。長蛇似的車身不住地向兩邊傾側顚盪，嫻貞的心便也跟隨着那傾勢急劇地跳動。這是她第一次與男同學的約會，多麼窘迫啊！見面第一句應該說什麼呢？稱呼是密司脫陳，這倒是現成的，不消疑慮，可是說話的時候應該取一種什麼樣的態度呢？她開始從思索中去追尋足式的「女儀」。笑臉，似乎是最受歡迎的，美娥不是有許多追隨左右的侍從嗎？她的嘴角常帶着笑靨，說話的時候總是夾雜着一串淸脆的笑聲，怪刺耳的。但那一天嫻貞明明聽見綺玲在說：「哼，未說先笑，不是好兆。」不錯，笑得太多，似乎近於輕薄，有失女性的尊嚴，決不是一條正道。假使依着她自己一貫的作風呢，那就是言笑不苟，莊嚴如古剎的女神，可是她又時常聽到雪伊的埋怨，說：「嫺貞，你爲什麼老是板着臉？假使我做了男人，見了你那副凜然不可侵犯的神韻，老實說，也不得不退避三舍了。」雪伊有許多男朋友，她的見解當然是經驗之談，不容忽視。那末究竟應該怎麼好呢？她焦躁地在兩者之間審核取捨，而售票員的麒派嗓子已經大聲地報出了「大光明」的站名，使她不得不作了一個最後的決定。那就是所謂「君子之道」的中庸。

「士驥或者正在車站上等我吧。」神經過敏的嫺貞又不自主地想着。雖然是約在大光明，但這一個設想也不是完全不合理。車站到戲院，只隔着幾十步的距離，士驥是知道她來的路線的，假使他因爲等得心焦而迎到車站上來，是十分可能的結論。於是她伸出手來撂了一下不很亂的頭髮，整了整身並不太皺的旗袍，把第一句要說的話放在咽喉口，然後帶着三分女性的尊嚴，裝着七分嬌羞的笑靨，步出了車廂。

車站上果然踞着許多青年的男子，用搜求的目光向着下車的乘客探視，然而這裏面並沒有她—嫺貞—的目標。她心裏感到一陣恐慌，但立刻又驚覺地笑了。陳士驥是一個忠實的青年—至少他能賞識她，就不失爲一個忠實的人—，說了在戲院等當然不會到車站上來的，這是她自己過分的「奢望」。

大光明的門外及廊間，已經站滿了不少觀衆，然而却沒有一個單身的男子趕前來向嫺貞招呼。「是人太擠，沒有看清楚吧？」她不得不盡力從失望中找出解答來。她把左首的入口處作爲起點，把兩脚權作了活動的儀計，沿着牆壁畫了一個正方形，接着又向內走了幾步，畫了個圓形。整個的面積都包括在內了，圈內的每一點都不曾被遺漏，可恨的是她依舊沒有找到她所要求的「點」。

「難道發生了什麼變故嗎？」一塊大石壓到了她的心上，她忽然想到了一張電影，那電影裏的女主角因了急於去赴男主角的約會，在穿過馬路的時候被輾斷了一條腿，想到這裏一幅腥紅的圖畫便呈現在眼前。在汽車的血輪下，躺着斷腿的士驥，神志已經昏迷了，嘴裏還含糊地低喚着她的名字，那凄婉慘厲的呼聲在嫺貞的耳鼓裏嗡嗡作響，使她不自主地戰慄起來，本能地閉了眼，掩住了雙耳。……

但立刻她便向自己重重地倒啐了一口。多麼不祥的臆測啊。她奇怪這種荒謬的思想如何會侵蝕到她的腦海裏來。電影只是電影，那裏眞會有這種巧事？何況現在上海的汽車又是限制得那樣少，那裏便會就遇到？她雖然不會研究過麻衣相術，可是像陳士驥這樣眉淸目秀五官端正的英俊青年，當然是大有作爲前途未可限量，怎會無端罹此橫禍？這樣想着的時候，她覺得剛才那一個想像，不但可笑，而且竟是「大逆不道。」她覺得自己犯了罪，忙着偷偷地向四周一看，幸好各人都在聚精會神地等待他或她們的伴侶，不會注意到她的動作，當然更不能透視她腦膜上的幻影。

「他究竟爲什麼還不來呢？」嫻貞止不住焦慮地想。她在裏面寂寞地轉了幾個圈，再跑到門外去，抬起頭却猛然見到了跑馬廳上矗立着的大鐘。她忽然發現了一個奇跡。

兩點還缺十分！她想着也覺得可笑。原來自己太興奮，太性急，怪不得出門的時候，她們都那樣從容不迫地對我說：「太早。」她心上一塊石頭落了地，便安詳地瀏覽着壁上的照片。

第二次回過頭來，長針可巧走到了正中無意間向西一望陳爲說像逼因話不眼，大暑天吃了冰淇淋一般的清快涼爽。穿着整齊挺直的西裝，登着光可鑒人的革履，踏着幽閑輕快的步伐向這邊走來的，不正是晝夜間時刻縈繞在她腦際的人兒嗎？經過了刻意的修飾的波浪形的鬈髮，在先她認爲是男子的可恥，如今却覺得非此不足以顯出他的瀟洒的美態來，她慶幸自己的豔福，竟贏得了這樣一位「如意郎君」的青睞。

陳士驥似乎也已經看見她了，遠遠的向着她微笑。由耳根飛起兩朵紅雲，她臉上漸漸地感到有些炙熱。但是內心的喜悅還是不能抑止，原有的三分笑臉，雖然經過了意識的掩護，還是透成了五分。

「密司張，」陳士驥先在招呼她了。

「密司脫陳！」嫻貞忸怩地回呼着，可是那聲音是低微得連自己也很不容易聽清楚。

「時間還早。」嫻貞繼續着說。形勢睛，得頓時她就不能得覺，士驥見了她並不立定。竟反加快了速度向裏面走去。他當然是怕晚了。

「哦…密司張也是看大光明嗎？」

「我 」嫻貞不由得怔住了。她不懂得這是什麼意思。「你塞過來的字條上不是約我兩點鐘在大光明看電影嗎？」可是話在口邊，却沒有勇氣說出來。她只是抬起頭，向他微微地一睨，這裏面有驚有怒，有愛有恨。

陳士驥是一個很熟悉處世之道的青年人，所以他的腳步雖然是急促地移動，他的目光却停留在被詢者的臉上，靜候她的答覆，當他見到對方的一瞥怨恨的目光冊，便立刻意識到自己的問句有些突兀，忙不住地解釋道：「請密司張不要誤會，我是因爲聽見別人說密司張是一位十分用功的好學生，不大愛看電影，才冒昧動問的。」

嫻貞默默地垂下了頭。

「這張片子的確不錯，很有一看的價

值，怪不得密司張也破例了。」這句話顯然是勉強找出來作爲道歉的。

嫻貞仍舊不說話。她的心裏很亂，不知應該說些什麽。她的情感很複雜，更不知是怨是恨，她只是默默地搬動着脚步。

「密司張，對不起，我要去找一個人，再見。」

陳士驥不等她回答，便鑽進了人叢，留下嫻貞獨自迷惘地站在長廊中。

漸漸地，走廊裏的人進去了大半，剩下的幾個稀疏地散佈着，透露出很不耐煩的神情，悵立了許久的嫻貞，一回頭，只見陳士驥正在門口焦急地看着腕上的手錶。她覺得鼻子一酸，一滴淚珠便滾了出來，她偷偷地拭乾了。

「這簡直是一種侮辱，」她忍不住這樣想。「是我有生以來最大的恥辱。」

在大學裏三年，她像是處在隱村僻壤裏的一口古井，沒有騷擾，也沒有波瀾，煎熬得使自己安於那幽恬的境界了，可是士驥却像是一顆沙石，藉着狂風的吹送，破空而來，侵入了井欄以內。雖然，體積是小的，重量是輕微的，然而他終究產生了一絲微波，不斷地向前後左右推進，糾擾了整個的和平。她已經從寂寞的孤眠中驚醒了準備來接受新的刺激，新的生活，可是一切現在都成了泡影，無法追尋。長久的寂靜，會使人忘却自身以外的世界，但凡心一日發動時，那潛藏着的熱情，便都要在一瞬之間取得宣洩的機會，很難給予理智的遏抑，從極度的熱望中瞬間被丟棄在絕望的悲哀裏，那變態所產生的影響是相當強大的，羞愧，憤怒，使嫻貞平添了一股勇氣，她不甘緘默。

「密司脫陳。」她勇敢地跑上前去叫他，聲音有一些顫抖。

「哦，密司張還沒有進去？」陳士驥回過頭來，聲調裏明顯地含着驚奇的成份。

「那天哲學課你給我的那張字條……」她的聲音更顫抖得利害，咽喉間堆着的千言萬語，都想爭先奪喉而出，可是擠軋的結果，反而阻塞了路，誰也不能通過。

密司脫陳却已經謙順地笑起來了。那樣一件小事也要這末認眞，眞不愧是道學先生了，怎禁得他不笑。「密司張意思是說那張紙條你忘了交給密司王？那沒關係，我已經與她通過電話。」

這無異是一道迴避牌，把嫻貞咽喉口的話，都給擋駕回「腑」了。

「密司張也等人？」陳士驥接着又問了一句。

嫻貞含糊地唔了一聲，便不自主地向側邊退去，身體像在夢中，心是在雲霧裏……

一個男子等得不耐煩，到票櫃去退票，嫻貞毫不思慮地買了一張，閃進了絲絨的厚帷。

手電筒的微弱的光，把她帶到了一只空位上。周圍一片黑暗，她疲乏地閉了眼、腦幕上開始雜亂地映着電影……

那天哲學課上所發生的事，她記得很清楚，決不會忘記，並且是永遠不會忘記的。她記起了在聽講聽得不耐煩而在打呵欠的時候從隔座傳過來的男性的喚聲，她記起了自己因了第一次與男性的目光相接而含羞，而臉紅；她又記起了鈴聲响時他偷偷地遞過來的那張不及摺疊的紙片，接着，他隨同伴們走了，自己却沉醉在他所寫的甜密的語句裏，直到美琳來找她，才忙不迭地塞進了手提包……

她又記起了那天的夜晚，這一夜，她興奮得不能安眠。漆黑的宿舍中飄盪着同學們起伏不勻的鼾聲，她却在蔚藍的天幕上閃爍的星叢裏見到了陳士驥的清秀的笑臉，她睜着眼守候東天第一線的曙光，她咀咒今天的日輪爲什麼走得這樣慢…

這一切現在都成了一個夢，她受了騙，蒙上了一層不可洗刷的恥辱…

闃的一聲把她從沉思中驚醒，睜開眼，滿院的燈光雪亮，銀幕上正映着「劇終」兩字，原來電影已在不知不覺中映畢了。她的座位就傍着太平門。立起身，就迷惘地被後面的人推出門去。

「嫻貞！」大門口有人在叫。

她機械地回過頭去，愛琳正遠遠地招手。她正想走過去，却看見了偎倚着愛琳的青年的笑臉——陳士驥的。

是妒是恨，嫻貞幾乎氣得失去了知覺。她勉强揮了揮無力的手，帶着苦笑，混進了人叢。

擠上電車，緊貼住玻璃門，憤怒的心情迫使她從手提包裏取出那張紙片來看。

「我很冒昧，可是我實在不能再忍了，星期日下午二時，我在大光明等你，請你務必來。」

還是那末簡單的幾句。雖然沒有機會能夠多看幾遍，但那幾句話早已深深地鐫在心版上了，決不會錯。她不由得更加憤怒。這明明是惡意的取笑，她需要報復，而這紙條就是一個有力的證據，不能毀棄。

她仔細地把紙條摺疊起來，意外地，在另一面發覺了一些鉛筆印。

幾番的搓揉，已經使字跡很難辨認，但略爲用力，便一字一字地映進了她的眼簾。上面寫的是：「煩交王愛琳小姐收。」

這就是謎底！使她矇蔽了一晝夜的謎，到這時才解開了。

她把那紙條毫不費力地撕成了碎屑，從窗洞裏丟出去，在風寒中化作了翩舞的蝴蝶，

「根本我進大學是讀書，不是交際！」她自解着。

「男人究竟不是東西！」

×　×　×

凌霄花

張葉舟

一

夏天，是凌霄花盛開的季節。鈴形的黃花，藤狀的綠葉，蔓延在古老的高牆上，格外顯得嫵媚可愛。

這枝凌霄花，已有了十年的歷史。可是沒有衰老，長得一年繁茂一年了。

衰老的是栽植這花的主人，青春氣象完全消失啦。

默對凌霄，惘然若失，欲加問訊，幾番還休。我的心凌霄知否？

每逢凌霄開，往事重追憶：——

是十年前一個初夏的傍晚。

在綠格子的玻璃窗前，我和雲君停留着看窗內陳列着的百花，其中有一束凌霄，嫩綠的葉叢間，已透出了含苞欲放的花蕾。我倆的內心都充滿着莫可遏止的笑。

我輕輕囑咐雲君：「乘這一分鐘裏，我們笑牠一個暢快，等一會兒再噗嗤的笑出聲來，那就糟了……」

玲玲已轉過大街來。

我們斜刺裏望見秀慧的玲玲，似乎已看見她家門前的我倆，故意放緩了脚步，希冀我們能夠離去。

門口有一個年輕的傭婦，帶領着一個三四歲的孩子在玩耍，瞥見了姊姊回來，舞着兩隻小手喊叫起來……姊……姊姊……」

這是千載難逢的機會，雲君指着窗內，搭訕着問：「買凌霄花，能進去挑選嗎？……」傭婦說：「當然可以的，請隨我進來……」她抱着孩子，引導我們進去。並向左邊一間呼喊：「買花的人來了！」

我倆暫時無言地隨意向四週張望，這屋子就只缺少了一個庭院；前面臨靠街道的緣故，屋主人怕引起注目，將外面裝飾得非常破舊，誰知道裏面却有這樣精美的陳設：地上是舖着地氈，器具都是紅木，壁上懸着大小不一的油畫，右邊屋子裏放着一架鋼琴，上面有一冊掀開的琴譜，琴蓋未掩。和內進隔離的，是深垂着一個很大的墨綠的絲絨門簾。雲君悄悄的說：「外傳這家花店前年冬天掘得了藏金，瞧這樣子倒有幾分可靠了！」

左室的門扭旋動，走出來的是一個中年婦人，大概是孩子的母親吧？她向我們微笑着點頭招呼，伸手向窗前捧過那束凌霄花說：「只可惜僅剩這束了，不能再有選擇了！」

我們何嘗是眞心要買什麼凌霄花，當然無所謂選擇與否；本來是可以爽爽快快成交了的。但是，我們猜想玲玲一定滯留在門外等我們出去，因爲論脚步的時分，早應該進來了。

決意要遷延時間，我多餘地問明了價格，其實早在窗外看明了標着的字條：「凌霄花每束兩角。」

這時，門外閃進一個青衫玄裙的倩影，又很疾速地轉入左邊屋子裏去，「砰」的一聲緊關上了門，玲玲終於弄得不耐煩進來了。

我們雖像做了詐僞的事那樣的心虛，但面上都呈現着恭敬的態度。因爲那束凌霄沒有紙包，傭婦便又向左室推門進去，取來一張買衣料所用的包紙；我們乘這機會，瞥見了玲玲坐在沙發裏，手支着頤，頭偏向那面。

我們自己動手包紮好了凌霄，從傭婦手中找還了幾張角票，很客氣地，我們走出門時，還受到她們同聲說的「再會」。

歸途中，我問雲君：「你是向門外立着的，可曾看見玲玲進來時的態度怎樣？」雲君嘆息說：「啊！今天我們不應該使她那樣受窘，她進來時面上的表情，完全是怒極了的神氣，她沒有向家人望一望，就一直走向左屋中去，我猜想她說不定在坐定後，會哭了起來。」

我默然無悟，不錯，過分的苦澀的施與，在承受者方面假使是個心靈脆弱的人，往往會哭出來的。

我於是想象到在我們走後，玲玲一定要責怪她的母親和傭婦，不該讓這兩個人進來囉嗦不清？或者會像小孩子在外面被人欺負了歸來後，對慈愛的母親哭泣着，無言的悲泣着。

我開始自責：「去窘迫得一個少女到這樣，你這卑鄙的人！……」慚愧，懊惱，纏繞着我的一切，頃刻的歡欣，已不知逃遁到那裏去了。

我叮囑着雲君：「當心啊，我們以後再遇見玲玲的時候……」

就在這天晚上，古老的高牆邊，增添了一支凌霄花，牠存留直到今日。

二

我們認識玲玲，是在購買凌霄花的一年前。那是一個暮春時節，駘蕩而溫柔的春風過處，到處點綴着新綠。一天下午，和雲君踱到海濱公園去，我們穿過安瀾路，憇坐在中山亭畔一株大楊樹之下，週圍是熙和靜寂，連海水也似乎睡着了。

忽然，從我們背後傳來一陣曼妙的歌聲，低沈而嫻雅。移時，又聽得同聲在唱着「落花流水」的首段：

「好時候，像水一般，不斷的流；春來不久，要歸去也，誰也不能留！別恨離愁，付與落花流水，共悠悠……」

那動聽的聲調，眞是無可形容，在學

梭裏，或者在某種集會上，我們有時也可以聽到她們的歌唱，但那聲調似乎太雜，太不和諧了。何以四五個人偶然因了大自然所賦與眼前美好的景色，甜蒨的周圍，贊美牠，慨嘆牠，由各個心靈上發出來的交響之曲，會這樣的動聽呢？那歌聲足使人們聽後，竟會感到這世界並不完全失望，人事尚有可爲。

我們背後的歌聲繼續在發出來：

「……花啊，你跟着流水，這樣流呀流呀，到我的家；水啊，你帶着落花，到我家門前停下，將花交給我那年邁的老母，讓她的白髮，加上幾片殘花，笑一個呵，青春的笑吧！花啊，水啊，勞你們的駕！……」

我們轉身從背後濃密的短樹望過去，在兒童運動場那一方空地上，席地坐着五個穿着海甯縣中制服的學生，這時她們都預備離開了。她們相互摘去衣裙上沾着的沙屑破葉，又掠過額前的短髮，從那邊汽車路上繞城而去了。

五人中一個是有細裊的身段，明媚的瞳子；一個是比較高些胖些，紅紅的面頰；其餘三個像是不願受到男性的注視似的，呈着一種類乎「驕」的神態，別轉了頭急急地去了。

雖然僅只是刹那的瞥見，在我們腦海中已印着兩個可愛的影子。我們假定了兩個名字：那姣小玲瓏的喚她「玲玲」，那高大豔麗的喚她「豔豔」。我讚美玲玲，雲君頌揚豔豔。

倦遊歸去，四輛人力車從我們背後飛馳而過，雲君悄對我說：「五個中只短少了一個，大概先一步回去了。」我不答話，因爲我正瞧見玲玲在車上回頭和豔豔說話，她倆都顯着很自在的笑容。

三

從認識玲玲那天起，我們把晨起散步變更了路線，我們從五土廟前繞着電燈廠，故意經過縣中的門前，再打那城脚邊回去；這樣，每天可以遇見玲玲和豔豔，以及其他很多的縣中的女生。玲玲總是伴着一個瘦矮的姑娘同來去，據說這是她的鄰居，那還是認識了玲玲的家以後，方纔知道的。

於是，我倆差不多每天像做日常功課似的，晨夕要兩次出去遇見她們。

她們的不經意的笑，在我們竟會感到是一種極大的慰安；有時沒有遇見她們呢，則也帶着一種萬分的懊喪心情歸來。這在現在想來，往往會自笑起來；但那時候有一種不可名狀的潛力，牠可以司宰我們的身心，使我們不着不這樣的做。

不知不覺的已是春去夏盡，到了蟹肥菊黃的秋天了；然而，我們仍繼續着這可笑而又愚笨的功課。在聖德浩蕩的古城，對兩性間是建築着高可接天的藩籬，誰有勇氣和膽量去那樣的冒險：「某小姐，請原諒我，允許我做小姐的朋友？」假使有人眞的如此說了，對方的她一定非凡驚駭，飛紅了臉。或者會想是遇到了瘋子，兇罵着說：「呸……滾開……你這流氓！……」

於是，幻覺破了，希望飛了，什麽也都完了。

雙十節之夜，舉行提燈會。白天的雨滴剛止，呼呼的北風，刮得很厲害；明月在飛雲中時隱時現。海神廟前閃爍着數千百盞紅綠燈，瘋狂一般歡呼後，軍樂隊前導着，大隊出發游行，從都土地廟經南門直街折入北大街，至城隍廟而散。

在前面領導的軍樂聲，在很落後的縣中女生隊伍中，也可以明晰地聽到。整個行列的精神，猶似一隊調赴前線的戰士，那樣嚴肅，又那樣肅殺。縣中教師陳先生，看見女生隊中吹滅的燈火太多了，連忙喊叫說：「燃起你們的燈來，給國家以光明啊！」俏皮的李先生加添一句說：「也是預祝着你們燦爛的將來呢！」立刻，在點燈的女生中有人回說：「討厭的李先生……」

當校役將燭火送來時，玲玲把已滅了的紙燈藏在身後，加以拒絕說：「我不要……」

可是，在玲玲十多個人後面的艷艷，她正十分有興趣的在幫助同學們燃燭，在紅的綠的燈光輝映下，可以看見艷艷的兩頰格外的嫵媚可愛了。

我和雲君雜在人羣中間看燈，很奇怪，我好像只是看見了玲玲，雲君也只是看見了艷艷！

這樣，發癡了幾乎一整年，又是「春去不可留」。直到初夏那個傍晚，借端購買凌霄花到達了玲玲的家中，嘗試宣告失敗，由於雲君發見玲玲滿臉的忿怒神情，使我在那天夜裏再做看見玲玲發怒的夢幻。那不安的心情，直到第二天早晨看到玲玲和平日一樣的笑容後，方始消滅。

以後呢，每天的閒暇，完全是消磨在培養凌霄花上了。——因爲，在細長的綠葉中間，藏着玲玲細裊的身影；在朶朶的黃花擺搖時，閃動着玲玲明媚的瞳子啊！

四

當凌霄花第二度含苞欲放的時候，我結了婚。在蜜月之中，我遙指着窗外繁茂的凌霄花，告訴新婚的嬌妻，怎樣培養凌霄花的事情。

妻聽完以後，笑了，懷疑地說：「爲什麽男性那樣容易爲一個不相識的女子顚倒呢？」

於是，在三妹的跟前，妻常常會這樣的開玩笑：「三妹，關於凌霄花的故事，你知道嗎？」

「……？」

「每束凌霄花，只售兩角……」妻說時帶着輕快的笑，妻的嘴往往說到這句時被我掩住了。

看見了妻的第一次流淚後，我遠離家

鄉到了南京，也就是遠別了我手植的凌霄花。但是，我還有什麼感喟呢？我不是已變了有妻的人嗎？

半年後，回到家鄉，爲了敵不過比從前更濃厚的煩悶襲擊，我又偷偷出去看過玲玲了。依舊是姣小嫵媚的玲玲，淡綠的手套，輕紅的圍巾，青布衫玄綢裙，微笑也依舊是佔有她的面部。我衝着迎面來的風，一直送玲玲彎過了大街。她似乎露出驚異的神情，偷偷的瞥我一眼，好像是說：「那個流氓，回來了嗎？……」

歸程中，心中很後悔內疚，耳邊分明縈繞着愛妻諄諄的囑咐：「今後要注意身體的康健，……像天沒亮起來在大風中趕去看凌霄花，大概可以免了吧……」又怎會忘卻妻說時那含着淚的嫵媚的笑！

現在是有了妻子的人了，在我面前，還有那麼遙遠的長途要去跋涉，那麼繁多的工作要去努力，我怎能半途滯留着去瞧看玲玲呢？——我慚愧，懊惱，纏繞遙我的一切，拖動着沉重的腳步，回到了家中。

在妻的面前，我不敢述說又去看過玲玲的事；我怕妻再講那凌霄的故事。

窗外，凌霄藤高高的蔓延到了古老的牆上，這時節凌霄花雖已凋謝，枝葉還是十分繁茂；我決定爲未來的事業舉步以前，我最後一次暗中祝福凌霄花，也暗中祝福和凌霄花間接有關係的玲玲。

五

歷年來流浪天涯，走遍南北，備嘗苦辛，人事如此，世態如彼，經驗隨額前縐紋增多，青春隨鬢髮灰白老去，家園蕭條，家宅傾圮，重歸久別的鄉里，恰又逢凌霄花盛開季節。在荒園頹基上憑弔良久，什麼皆無足戀，只有那枝手植的凌霄，鈴形的黃花，藤狀的綠葉，蔓延在破毀古老的牆上，格外顯得嫵媚可愛。

這枝凌霄花，算來已有十歲年齡了，可是沒有衰老，反而長得一年繁茂一年了。

默對凌霄，惘然若失，欲加問訊，玲玲何往？幾番欲語還休，此心凌霄知否？

本刊下期預告

懶人讀書……錢公俠
讀鮚埼亭集……何若
愛讀之書……周毓英
新春談日記……楊之華
一年來的愛讀書……張資平
退出了文壇……陶晶孫
十本愛讀的書……路易士
歲首自討……周越然
一年來的愛讀書……班公
石頭記辨林……紆易

（佳作繁多，不及備載。）

哥哥妹妹

馬博良

我不要求你來給我解釋命運之神祕，生命之無常。我不要求你來告訴我黑暗之國底消息，我不要求你來含淚講述着你自己底故事。但是你呵，我願你安息。

——麗尼：黃昏之獻

買了件新衣服在鏡前照着的時候，玫不禁抿着小小的紅唇笑起來，她想明天到學校裏的路上一定會惹起許多同學的艷羨的，因爲這衣服的式樣這樣摩登，那些斑爛的花紋，那些如寶石塊般的綴光，那些美麗的料子都是全班首屈一指的呵！

「張媽，你看……」玫又捏着裙子向正在做針線的張媽轉了個身。

「好啦，三小姐，我跟你說過你的人本來就漂亮，加上新衣服當然更美了，怎麽你老問過不斷呢？我眞怕你買新衣裳，鏡子要給你照穿了。」

玫紅着臉嬌嗔了一聲，忽然聽得樓下有說話的聲響，她知道是姑媽來了，便帶着幾分賣弄的心情登登的跑下樓去，在樓梯上轉彎，書房裏猛地闖出兩個靑面獠牙的鬼怪來把玫駭得發昏，定眼看時，原來是那兩個淘氣的兄弟回來了，戴着新從市場裏買回來的假面具嚇人。

玫縐着柳葉細眉按着顚跳不止的心低聲責怪道：「你們兩夥兒怎麽不通知我一聲，幾乎嚇死我了，這眞不作興，下次再來我告訴爸去。」說着不停用絲巾拭額上的冷汗。

兩個淘氣的男孩子却哈哈大笑起來，手舞足蹈顯出很得意的樣子，玫知道跟他倆纏下去沒甚麽好事，就立即返身欲下樓去，大哥的手伸出來攔住去路，然後以裝成的粗喉嚨吆喝道：「想走嗎？哼哼，不成呢，此山是我開，此樹是我栽，要經此山道，丟下路錢來，」削的一聲，另外一隻手拔出一把木刀來了。

做弟弟的也不甘示弱急忙由懷裏掏出短手槍學哥哥的腔調說：「姊姊，我乃，我乃……」乃不下去了，轉過頭，黑碌碌的眼睛望住哥哥的西裝。

「我乃混世魔王是也，何處奸商，敢經大王的路？」哥哥格住玫的去路。

「留下錢來，饒你一條狗命。」弟弟記起大花臉的話趕忙接下去。

「我不跟你們吵，我要下樓去，媽喚我有事。」玫慌了，用力扳哥哥的手，但哥哥的臂力很大，扳了半天，秋毫不動。

「不管，留下錢來放你過去。」

「我沒有錢，就是有，你拿去，要是爸爸查起來，你不怕挨罵嗎？」

「這樣吧，你跟我們叩兩個頭。」

「這不成，我同你是平輩。」

最後拉拉扯扯，推推扭扭竟動起武來，哥哥一掌把玫推到牆角，呆在一邊的幼小的弟弟記起俠士救女人的一幕劇正打算跳過去拖住哥哥的拳頭，一眼看到哥哥正盯緊他，不禁畏縮起來。

「嘍囉來，把她綁了送上山寨聽候發落，知道嗎？」哥哥神氣活現的命令：

「弟弟，你幫我，不然晚上我不陪你睡。」玫哀求中立地位的弟弟。

聽見姐姐那清脆淒意的語聲，做弟弟的立刻記起夜間姐姐照顧自己的慈心，於是咬咬牙關發個狠衝到姐姐面前把身子擋住她說：「哥哥，我是那白臉的俠士，我要打強盜。」

話未講完，一拳打下來了，弟弟忍着痛拚命同高自己一半的哥哥對敵，玫也幫着弟弟預備一齊逃下樓去，哥哥手腳快，一手執住妹妹的裙尾，玫一掙扎，沙！撕破了，玫一看自己心愛的衣裳弄壞了，遂即放聲哭起來，做哥哥的被這異外驚得手腳失措，也忘了去慰藉妹妹，三十六着走爲上着，遂即一溜煙奔進書房裏，覺得書房不安全，又竄出來，三腳兩步跨到四樓的晒台上去躲起來。

「朗，朗，朗……」哥哥聽得媽媽在喊自己，無奈只好下樓，他是個相當聽話的孩子，但就是改不了頑皮好鬥的脾氣，尤其對玫，七歲的妹妹，差不多有水火不相容的狀態，女孩子嬌怯好哭，男孩子則頑皮強硬，做哥哥的朗凡看到做妹妹的玫在打扮必定歡喜摸摸自己新近被迫剃光的頭然後說幾句嘲諷的話，他忘記自己在未剃和尚頭以前也愛梳花旗裝的髮，揀綠色的領帶及德國紋皮的鞋履，他看不過她愛嬌的情態，結果又是相罵，甚至有一次打架，朗還把口中一口香橡皮糖渣塗在玫剛叫傭婦梳好的辮子上，雖然媽媽罰朗哥兒關黑房半天少看一場電影，朗眼淚一乾居然又拋之九霄雲外，而玫頭髮上的橡皮糖呢，害媽媽用熱水燙洗了十幾盆才取下來，滾水幾乎把玫的小腦袋也燒焦，所以至少玫是有點恨着太強悍的哥哥。

有一次玫隨同學一齊返家，途中她們盛讚着玫的兄弟的英俊。

「我看見你的哥哥，是四年級的級長吧，穿西裝的，人頂和氣用功，是嗎？」

「你的弟弟眞好玩，胖胖的，像洋囡囡呢，很玲瓏活潑呵！」

玫很不高興地搖搖頭，氣憤地告訴她們朗的兇橫，回到家裏，恰巧那天朗待她極有禮，晚上在宴會裏還爲她打敗了一個野蠻的男孩，吃飯時又替她斟了一碗魚翅，玫非常感激他，對於自己向同學宣佈的話覺得無限懊悔，因以第二天當某同學指着朗講他虐待妹妹的時候，玫忽然竭力代哥哥辯護起來，她否認她的話，同時尙拿朗與他人的哥哥做了個比較引證他的優點，那天晚上哥哥朗因爲代表級隊比賽球遲回家來不及趕功課，玫囑咐閒着的岑弟弟合作代他做好手工，畫好圖，計好算術習題，以免遭爸爸罵。

但如今她又不得不重承認他是個小惡霸了，她惋惜地撫摸這件已撕破的昂貴的華服，她記起店伙聲明這是新由外國運來，全南京僅有一件的話，假使爸爸答應再買回一件也不可能了，她恨朗，朗扯破了她最美麗的衣服，這件衣服是能博得許多人的讚美的。

——不要是妒忌吧！

忿忿之下，她也不顧哥哥平日的爲人而妄加諸一切誣謗了，她覺得不該替他撒謊，說他膝上的創傷是玫瑰花刺傷的，她不該瞞爸說哥哥沒有打販報童子，她覺得哥哥値得讓哥哥的老師罵一頓。

「姐姐，哥哥挨打了呢！在飯廳裏哭呵！」弟弟不知何時走入書房來了。

「呵！眞的麼？誰打的呢？」玫問。

「爸爸呵，用板子打手心，很重的打，而且說罰不准看電影兩次呢！」

說着，哭得兩眼紅腫的哥哥上樓了，弟弟驚得縮在門邊，經過書房門口，他忽然停住哭裝做沒事地行過去，頭也不回，但他的手一擺，玫就看見了紅腫的掌，頗爲抱歉地她立起走到門口，輕聲叫道「哥哥」。

對方不理睬，轉彎登樓。

「哥哥，哥哥！」玫喊了兩聲，那個停住脚回轉頭來。

「你，你挨了爸爸幾下手心！……」

做哥哥的誤會了，氣虎虎地又想登樓，玫追過去在他背後誠懇的說道：「哥哥，你聽我說，你剛才打得痛吧，你的眼都哭紅……」

哥哥依然誤會着妹妹的意思倒以爲是來譏諷的，一手將妹妹摔跌下來就跑入寢室裏哭起來，玫跌得很痛踉蹌入書房伏在前窗的檯上哭了，哭了一會，疲倦地睡熟了，窗門沒有關閉，風掃進屋裏來，哥哥下樓經過書房門口，看見風吹起妹妹的書，可是因為在生着氣，他便理也不理逕自下樓去，儘讓風在房裏狂吹。

早上朗一天亮爬起來就坐包車上學去，中午傭人送飯去吃才知道妹妹不會來上課，但傭人也沒告訴他甚麼，他心中猶餘有幾分餘怒也就不問，晚上到家，弟弟告訴他妹妹病了。

「生甚麼病？」哥哥隨口問。

「好像是出痧子，」弟弟一知半解，胡亂回答。

功課很多，哥哥做完之後同陸先生看白馬湖去，哥哥本來不願看這幕京戲，可是弟弟提醒他爸爸罰他少看兩場電影，他只得跟陸先生看京戲，看完回家，爸媽弟弟全睡了，他鑽進被窩裏矇矓入睡，第二日又是一早起床吃過早點上學去，晚上回家在枕邊拾到一張妹妹的字條，是昨天叫弟弟送來叫哥哥去她房裏的，朗看了想去，張媽說妹妹已經睡着了，只得作罷！哥哥打算明天去找妹妹，可是他打球打得太晏，回家剛趕着吃飯，在飯桌上不好談話，一吃完飯，朗在抹嘴，弟弟就跟媽趁包車上電影院去了，燈下忙着做功課又忘了昨天的打算，一直到星期六下午朗才去找妹妹。

「妹妹出痧子，不許進去，怕傳染呢！」張媽打妹妹的房門口探頭出來。

書房裏遇到在看兒童畫報的弟弟，哥哥問道：「妹妹不是出過痧子了嗎？」

「不知怎麼又出痧子了，你去看過玫姐姐嗎？」

「我剛去找他，張媽不准，說媽關照的，我想不要是開玩笑。」

「不，是眞的，昨天我還跟姐姐共一個房，爸爸起先叫我們的床不要靠攏，今天又把我的床搬到你的房裏了，你不曉得嗎？」弟弟放下了書報。

「唔，是今天嗎？」哥哥立在門口望望梯頂廊端緊閉着的妹妹臥室的門。

「新的兒童雜誌和小朋友都寄來了，你不看嗎？哥哥！」

哥哥搖搖頭感到有點空虛，可是他說不出是甚麼。

「爸剛才說你今天可以看電影了，新都大戲院映的獸國女王，你去嗎？」

「我不想看。我問你，弟弟，妹妹看了醫生沒有？」

「看的，看過好多哩！鄧醫官也來呢！」

「怎麼說？」哥哥擔着一份心事，那心事是由爸媽的臉上啓發的。

「沒說甚麼，鄧醫官跟爸爸說了好些話，兩個人全沒笑，我也沒留神聽，鄧醫官臨走時摸摸我說高得多了，而且問你來的，爸說你沒放學。」

「怎麼這下半天我就看不見爸爸。」

「都到妹妹房裏去了。」弟弟打了個呵欠要去找張媽照拂他睡午覺了，剩下朗哥兒獨自在書房裏，他拈來幾本作文簿子看了幾行，知道是妹妹的，遂扔回原處，自己一個子坐着，記起那天妹妹睡在這兒的情景，很是納悶。想着，當差上來報告朗的乾爹有電話叫朗去喫白鴿，朗想拒絕，乾爹的汽車已到了門口，他便下樓上車到乾爹的家裏去。

「有些甚麼心事嗎？朗哥兒。」在同小朋友們在庭園裏打捧球的時候，乾爹也瞧出了朗的不安，因爲他老是無精打采的。

「妹妹……，妹妹……」

朗哥兒未曾說完，乾爹已笑着插嘴了：「你又跟妹妹打架了嗎？」

「不是，妹妹病了，病了之後我沒有看過她。」

「妹妹患病，你可以少些麻煩，至少沒有人跟你吵架了，這不是很好嗎？」

朗哥兒搖搖頭。靜坐了一會要回家，乾爹明白他有心事便叫車夫快些開車，回到家裏，屋中靜悄悄的，當差說爸媽都去請醫生不在家。朗一個人又走入書房裏，因爲寂寞，他便任意把妹妹的作文簿子又拈來看，這一看不禁冷了半截心，原來一連幾篇都是罵自己的，愈看愈氣，朗把簿子扔回原處狠狠上樓回房，在自己的床上躺着，忽然有一個微弱的聲音叩門。

「哥哥，哥哥，開開門，哥哥！」聲調有神沒氣的。

朗本來要去開門見惦念中的妹妹，作文簿中的詞句驀地浮現眼前推回他的腳步，他又躺下床去。

「哥哥，哥哥，你生我的氣嗎？哥哥，開開門呀！」

朗把枕頭蒙住耳朵，後來終於忍不住爬起床，但——

「三小姐，你眞不聽話，怎麼一候我出去就起床走出來了，你的身體要緊呀！受涼是兒戲嗎？去去去，快回房去，媽知道可不成啦！」張媽來了。

等朗開門，隔壁妹妹的門恰巧閉上。砰！彷彿一彈透入朗的心臟，遲了！

而天下事更有出人意外的，星期日由小朋友家裏回來，朗敲門足足費去半點鐘都不見回響，他不知家裏出了甚麼事，兜到前面花園裏朝鐵欄裏瞧進去，包車也給爸爸坐出去了，客廳的門窗緊閉，簡直使他無隙可乘，一直等到六點多鐘方才看到一家大小浩浩蕩蕩歸來，朗埋怨了半天，沒個人睬他，人到屋裏坐定好一會，爸才叫朗過來說話。

「朗，玫進醫院了，以後爸爸媽媽都很少在家，你是哥哥，該乖乖的才是呢！」爸爸慈祥地拍着朗哥兒的身軀，第二句話對朗無異投下了一隻霹靂，爸爸說完這番話之後就走開去打電話，朗却依舊還呆呆地立在那裏。

「昨天妹妹不是沒有甚麽嗎？怎麽這樣快今天進起醫院來了？」好一刻朗才恢復常態向皺眉危坐的媽媽發問。

「今早上陳先生來給了點藥讓玫喫，吞下五分鐘妹妹面色就變了，身子抖個不住，十點鐘時候妹妹忽然虛弱得暈去，好容易救醒，爸爸主張送醫院，一家人都跟着去的。」媽媽很乏地。

「怎麽不通知我一聲呢？」

「那會兒忙得緊，我尋你半天尋不着，誰知你那兒去啦！」弟弟滾着黑眼珠，「哥哥，你才看不見那醫院哩，大大的，都是白色的牆，張媽偷空告訴我這是頂惹人厭的地方，我倒覺得它很好玩，哥哥……」

哥哥悶悶的也沒有心聽，大聲應道「是了，我都懂啦！」這一下把弟弟的話收了場，弟弟不高興縮在一邊盯住牆上燈影，嘴巴張着。

一瞬眼，三天飛去，病在院裏的玫情勢日益轉壞，爸媽每天都有一些壞訊息和沉下的臉帶回家來，倒底是小孩子的心，爲着忙學校遊藝會的籌備及演出，朗趁着爸媽整日外出的機會，老在學校中混，混呀混的甚至連妹妹生病的事也忘記得一乾二淨沒半片影子，等學校開完會，將近放春假，朗始重閒下來，於是又記起臥在醫院裏的可憐的妹妹，偏偏又苦於沒有人告訴他，張媽天天陪妹妹要深夜才回來，爸媽也是如此，弟弟呢，糊塗得只明白睡覺吃糖喫魚了事。

——妹妹怎樣了呢？妹妹病重了，現在怎樣呢？

有一天假期，出其不意地妹妹突然推開客廳的門輕盈地走進來，後面跟着張媽和爸媽，病後虛弱的玫一隻手須張媽攙着才行得穩，雖然蒼瘦勝前，可是她的出現立刻驚動了坐着在聽無線電的兄弟倆，他們歡呼雀躍地奔過去展開了熱烈的一幕。

這天妹妹成了全家的中心人物，兩位兄弟忙得走馬燈似的一天纏到晚大獻殷勤，哥哥左問，弟弟右問，哥哥拿來一盒糖，弟弟捧來自己的乳粉，哥哥代挾了一塊肉，弟弟奉出自己無餐不備的魚粥，哥哥說從前死命競爭的墨水筆如今放棄了，弟弟說願意放棄多半寸床位的權利，哥哥叫妹妹明天就上課，弟弟說他要打死常常欺侮姊姊的小張，哥哥答應畫一張妹妹的像，弟弟打算呈貢魔術電影箱，這兩兄弟佔去了妹妹談話的大部份時間，妹妹還不會答得先個題目，第二個新問題又來了，而且玫只有一張小小的嘴，問的却有兩張又闊又大的嘴巴，爸媽坐在一旁看着笑，連續來看妹妹的客人也陪着笑，傭人們也笑，在笑的氛圍裏一直講到九點鐘，妹妹打呵欠了。

「好啦！該放開妹妹了，以後天天有得談，少吵架就成，今晚妹妹剛回來，身體還不很好，你們不要老纏着她，你們也該早睡早起呢！」爸媽笑嘻嘻的說。

兩弟兄戀戀不捨地讓張媽拉妹妹上樓去睡，弟弟新時興，想跟姐姐一隻床再談心，坐了一會也說要睡上樓去，朗呢，在夢裏還呼着妹妹的名字。

病了一場，妹妹瘦了，沉默了，人家同她說話，她總是笑笑，可是妹妹的身價在那時無形中增高許多，爸爸似乎特別愛着妹妹，同媽媽計劃等冬天準備送妹妹入藝專從幼學音樂，學舞蹈，學繪畫，爸爸工餘一定遣汽車接妹妹上局裏玩，或者帶玫逛馬路，或者帶玫買新衫，帶玫看戲吃點心。玫一個人佔有了其他兩弟兄的一份，她做錯了事情也不至挨罵，來客也寵她。

那天媽媽帶玫到朗的乾爹家裏去，因爲玫的秀麗嫻雅很博得他們的歡心，朗的乾爹開始把愛朗的心分開些加到他妹妹的身上，尤其是爸爸局裏的幾位小姐一來了，必定找玫來談話，跟她研究流行的髮式，跟她討論新裝的花樣，隨後又領玫出街，除了媽媽，大家都彷彿忘記另外有玫的兩個兄弟存在了，現在朗和岑閒時老伏在屋裏，一個月難得上戲院幾次，爸爸的臉也難得瞧見幾回，對於妹妹初回來的熱心早就消失光了，所以縱然玫不會持寵而驕，一層隔膜已漸漸建築於他們兄妹中間。

「蘇媽，你給我到太平街去……」朗急需着一件東西要蘇媽去拿。

「大少爺，不成啦！今兒下午我得陪三小姐上陵園去野宴呢！」

「你先給我去拿了，我等着呢！」

「太太叫我不許出去呢！少爺！」

朗不語了，很不高興地去喚老高拉包車來自己上太平街。

「太太吩咐說三小姐身子弱要坐車，馬上要來了，少爺，那個趁呀？」

「不管，先拉我到太平街去，」朗跳上了車子喊道。

做母親的鑽頭出來了。「朗，你別使性子，妹妹身體不好，路又遠，你跑跑路吧，要不，過一會我給你打電話給爸招呼汽車回來接你。」

哥哥又不語，氣冲冲跳下車子走入書房裏，正巧看見弟弟在哭。

「怎麼啦？誰欺負你來？」

「爸今晚回來要駡我，我昨天跟陳大灰孫子在後街打架來的。」

「爸怎麼知道你打架？你自己說出來嗎？」

「沒有。」岑揩着淚水嗚咽着，「誰都沒瞧見我打架，我是幫玫姐姐打的。」

「那還用說，準是玫姐姐告發你了，你幫她拚命，她拿你當仇人，眞不壞！」

這句話挑起了這幼小的孩子的憤怒，他恨起他好心的姐姐來了，於是兄弟倆打成一條戰線向可憐的蒙在鼓裏的妹妹。

妹妹却像一朵玫瑰花似的，愈長愈美愈嫵媚，更惹人的歡喜了，病過之後，臉稍爲尖點，而這瘦削加增了秀麗，襯起小小的眼，小小的嘴唇，遠看直如畫裏的人兒，修長的身子，婀娜的體態，沒有人敢否認不是臨風招展的香葩，每天一早起來，穿着艷色的西裝婷婷地下樓，晚間奏罷鋼琴，儀態萬方地向廳中每個人道過晚安然後登樓去睡。

「玫眞可愛呀！」

「玫小姐近來最長得漂亮了。」

彷彿交際花一般，玫漸漸成爲大庭廣衆間的寵兒了，小姐太太們歡喜牽她過來摸摸她的頭髮，摸摸她的臂肩，囑咐媽媽把玫領到她家裏去玩玩，男人們，更不必說了，爭着要攫爲自己的乾女兒，玫笑嘻嘻地周旋在大家的中間，永遠像天上初降下來的安琪兒，撒着嬌，有時也跳跳，此後客人來常常會將一包包精緻的包裹塞給玫，那些包裹裏有糖，有玩具，有衣裝，有裝飾品；有哥哥歡喜的，也有弟弟貪圖好久的。但，統統交到妹妹的手裏了，這些從前都是兩兄弟均分的權利，如今也跟着客人的目光轉到妹妹身上去了，這些情形看在哥哥眼裏自然爆得出火，記在弟弟心裏呢，也足以哭得好些時，到那種地步，任是妹妹如何向兄弟倆表示親善也不中用了。晚上，爸爸出去應酬，媽媽同妹妹有人請吃飯，剩下的兩兄弟在餐桌上開始會發些脾氣，哥哥氣鼓鼓的，弟弟愁悶得又要哭。

「我想，小岑，我們應該將妹妹痛打一頓！」哥哥的拳頭落在台上，弟弟嚇了一跳，搖搖頭，表示不贊成。

「你不贊成打小玫，有甚麼辦法？」

「打了玫姐姐，她要哭，爸爸要打的。」弟弟茫無頭緒，牛頭不對馬尾地回答。

飯後，坐着，弟弟連打呵欠，不停喊悶，眉頭皺成八字。

八點鐘，門鈴響，一陣笑聲和僕役歡迎聲，媽媽領着穿了新衣服的玫進來，玫手上捧着幾盒禮物，她拿了一盒最大的神氣十足地立在客廳中央喊道：「哥哥，弟弟，我送你們一人一樣東西！」

弟弟很歡喜，打算奔過去，一看那邊哥哥冷冷的態度，自己的苦處也給記起來了，立刻變得很氣似的，重新爬上沙發去倚着看書，一聲不響。

「哥哥，這是鐵橋，可以拆來拆去的，你叫爸買過三次，爸沒答應的，我送你吧！好嗎？」

心一動，立刻定下來。「誰要你送東西，小岑，我們走！」讓妹妹愕在客廳中間，兩兄弟，一前一後上樓去，登樓梯的時候，小岑學哥哥，把腳步蹬得震天價響，然後示威地恨恨的盯姐姐一眼。

望望頭上懸着的大掛燈，再看看壁上掛着的字畫，不懂兄弟心理的玫，受不住這奚落忍不住嗚咽地哭泣起來，恰巧媽換過衣服下樓看見。

「玫，又哭了，跟哥哥鬥氣嗎？」

遲疑了一下，玫立起來佯笑道：「沒有，是沙塵擦了眼睛。」

非常明白事理的媽，爲玫這感人的舉動反而激動了氣。第二天，朗和岑在上學告別時被媽在床上祕密申斥了幾句。

從此兩兄弟聯盟，決定不睬玫。

「我要同她眞心好，我是烏豬王八旦！」岑掉過頭對哥哥說：「但是爸媽在面前，她要同我說幾句話，你可不能算我同她好的呀！哥哥！」

學校放春假，爸爸局裏和其他局裏的人舉行划船比賽，地點是玄武湖。

到期前一兩天，哥妹陪媽媽出去吃飯，喫得多些，在街上吹些風受了涼，有點不大舒服，雖然沒有熱度，但吃不下，吃下去又不消化，身體倦得很。

那天是星期日，兄弟倆一早起來，躍躍欲試，打算招兩個局裏的職員當差也趁一條船跟着賽船看，爸媽也贊成，提議中午不如索性在五洲公園吃飯，哥妹本來不想去，見得整天留在家裏太寂寞，加之局裏的小姐慫恿吃飯去看龍舟，妹妹便也含笑盈盈地跟着上馬車到春光明媚的玄武湖去。

鬧了半天，朗和岑弄得一頭大汗，爸媽硬逼這兩位猴子到泊岸的船裏去休息，妹妹身體不好，也在船裏同她的閨友談笑，朗和岑一身活力正沒處消洩，一見爸媽走開，連跑帶跳在船上大鬧特鬧，後來索性解了纜撐向湖心。

「我們是小小的哥崙布，努力航海去發現新大陸——喂，小岑，我教你划，我們把船划到那邊去，說不定比爸媽他們還先到，準嚇他們一大跳！」

兩個男孩子扳手扳脚把船居然划了幾丈遠，便樂得大笑大跳，欣喜不可言狀，幾個女孩子談得入神，這會兒船被兩個男孩子跳得動搖不止，才知道離開了岸，一看船夫也不在船上，撑船的只是這兩個小兄弟，不禁嚇得齊聲發喊，岑年紀小，喫了一驚，將槳和篙都落到水中，對着水波發怔，恰巧船撞了礁石，旁邊一條船冲過激起一排浪向他們這條小船捲來，朗一個人一支篙完全失却控制的力量，心慌意亂，眼看船在水心亂轉，使盡了力只把船傾搖得更厲害，船艙內的女孩子們又不肯保守鎭定，聚作一堆，船便失了重心向一邊側過去，船舷也接着了水面，洶湧的浪花濺到船內，更令得女孩子們大驚小怪，頓足呼救，朗嚇得面色都變了，手足失措，不知怎麼好，喝又喝不住，自己也幾乎急得陪大家同聲一哭。

「哥哥，駛回去，快些駛回去，你快些撑回去，船要沉了。」

「哎喲！救命啦，船要沉了！」女孩子慌作一團，玫給擠得半身浸入水中，好容易經過朗的奮鬥終於把船駛回岸邊，可是朗已經大大的出了一場醜。

給管舟的埋怨了幾句，朗氣悶悶的上預定爲休息處的水閣裏去睡覺，妹妹和岑也去，在靠窗的大竹榻上睡下來，妹妹睡中間，哥兒倆把她夾在當中，睡在外邊。

睡了半嚮，玫覺得水閣裏風大，便爬起來跨過朗的身體去問局裏的人討被單蓋一蓋，不當心跘醒了朗，朗乘勢發了一場脾氣，等會兒玫拿着被單回來，上床的時候因爲人矮，又跘痛了朗，朗佯裝踢痛，跳起來暴跳如雷地又罵了一通，睡下去的時候，朗也覺得有點冷，自己懶得起身拿，便又咕嚕咕嚕地怪玫不拿多一張，過會兒，玫見朗已睡着又悄聲爬起來喝茶，運氣不好，上床的時候又踢醒了朗，朗攔面就一巴掌，玫不敢響，忍氣呑聲的睡下，朗一肚怨氣不曾消洩，加之玫的運氣不佳，心火燥，要喝茶，喝了茶又要小便了，在地板上行動又鬧醒了哥兒倆，朗和岑齊聲罵起來。

「死鬼！不許你睡！」玫被朗拒絕登床，兜到那邊，岑也拒絕，不言不語哭出來了，朗覺得可憐，一把拖她上床，三人重行睡覺。

睡了半點鐘左右，玫覺得身上發熱，舌乾心燥，知道有些不妙，水閣裏的窗沒有關，風括來括去毫無顧忌，想起床關窗以免吹風受涼，又怕擾醒發着脾氣的兄弟，後來看見朗醒了，便哀求他讓自己起來閉窗，朗不肯，岑知道了，也不肯，兄弟倆故意緊緊的夾着玫不讓她起來，雖然冷得瑟瑟抖玫也只好躺着不顛動，以免激怒兄弟倆。

第二天重行上課，朗改了住讀。

本來媽答應過兩天便去探他，到期他在宿舍窗口等足一天，直至日落西山，乃知媽不來了，心裏一肚悶氣，對同學說：

「又不是給我那個寶貝妹妹纏住了，害我等個半天。」

「喂，你弟弟也不來上課呢！」

「眞的，我不知道呀！那天起的？」

「今天呵，他今天沒來，徐老師剛才叫我問你來着。」

「我才不知麼是弄甚麼把戲呢！管它。」

家裏沒有人來看他，朗便也以爲不管家事乃是份內事了，兼且學校裏伴兒多，一天到晚有吃有玩，不是過隔壁房聽留聲機器就是練唱詩，有幾晚，大會堂裏還放映教育滑稽卡通片，朗把家忘了，尤其是那尖尖臉蛋彎彎眉毛嬌嬌滴滴的妹妹。

他是愉快的，整個的心是興奮的。

星期五一清早，舍監遣人來了條子，叫朗回家。

提着小皮箱走在回家的路上，朗的肚裏又充滿了悶氣，爲的是包車沒有來接自己，他一面走，一面回頭向站在校門口的伙伴們搖手告別，嘴嘰里呱啦的乾嚷着，商量星期日旅行的路途，一直下了坡，伙伴的聲音消失了，他才依依不捨地把視線打校舍鐘樓頂上挪回來，加緊兩步行走，脚尖還不時踢着路旁的小石子。後面，叮叮噹噹地，學校的鐘敲起來了。

身旁有兩個梳着小辮子的娘們走過。

有一絲意念猛的掠過朗的心膛，他忽然想起了妹妹，不知是甚麼力量鼓動着他，莫明其妙地，耳裏如灌滿了悽愴交響樂的音調，在顛簸的山道上，他奔跑了，喘着氣，捏緊了皮箱，以全速率向家裏衝撞式的跑去。

到家，也沒有捺電鈴，他用死勁一下扭開了門，三脚兩步跳進去。

客廳裏黑壓壓的坐滿了人：爸爸局子裏的小姐們，職員們，還有聽差，此外是姑媽，叔公，表弟，叔婆，爸爸也在那兒，他連招呼也沒有喊一聲，風馳電掣般的打人堆裏穿了過去，由飯廳的邊門一溜煙上了樓梯。

二樓，妹妹的房裏，剛從上海來的外婆，蘇媽和媽媽坐着。

朗立在門框上，瞪着眼乾喘氣。

「叫我回來幹甚麼呢？」他用低得幾乎只有他聽得見的聲音問道。

半嚮，靜寂如死的啞場中，外婆輕輕的說道：

「妹妹，妹妹昨晚……」

他心驚膽戰起來，緊跟着外婆的說話，媽哭了。

「妹妹，妹妹怎樣？妹妹很厲害了？」

「昨晚一點鐘光景，妹妹在中央醫院死了！」

「死了！」他的心一冷，用不信的口吻幽靈似的說。

「腦膜炎，肺炎，傷寒，也不知是那一種，醫生害死你妹妹了。妹妹臨死她還喊你來着，後來不能說話了，手緊緊的握着你爸爸，一雙眼骨碌骨碌的轉來轉去，對床旁邊的人左看右看，爸爸問她是不是掛心，她艱苦地點點頭，後來暈迷了一陣子，醒來忽然撐着爬了起身，兩隻手向空中亂抓，眼拼命地盯住前面，好一會才躺下來，喘了一刻就斷氣了，斷氣的時候妹妹的手總拖着爸爸不肯放，眼瞪得胡桃樣圓，是不肯走呢，也難怪，才這點子歲數的人，到後來爸爸把她的手放到胸口，叫她乖乖睡，她才吐了口氣，閉攏眼，眼角湧出了一顆淚珠，妹妹就這樣歸天了……」

媽媽的哭聲在他的聽覺中小下去，他甚麼東西都看見不了，只看見妹妹那萎黃然而仍然不失美麗的小臉，滿佈了星星般的汗珠，在喘氣，在唸着自己，他彷彿看見妹妹的黑色的棺木給抬到單牌樓去，那裏，一坯黃土，漫天荒草，遮掩了墓碑，風吹過來，旁邊的白楊木沙沙的響，一隻黑翼鳥怪聲叫了一下飛去，而在墓的泥土上，一隻隻黑蟻爬着，沙塵吹過來，落下了，多麼淒涼的境界呵，而玫，妹妹，那樣美好的女孩子要給沒頭沒臉埋在地下永遠那樣熟睡了，腐朽了，給人忘懷了，外婆的話若是眞的，妹妹是從此永無聲息了，再不會有那輕柔的聲音呼喚哥哥，也再不會有那抿着小紅唇的尖臉兒晃在鋼琴前的小燈下了，從今沒有妹妹了，妹妹的漂亮的衣衫都要燒掉，妹妹的影子也再也看不見了，爲甚麼這樣快呢，只一星期，便失去了，永遠失去了妹妹，爲甚麼妹妹要死呢，妹妹爲甚麼得死呢，如今，妹妹到那裏去了呢！……

媽媽抽咽的聲音又絡續聽見了，媽媽的哭臉，蘇媽的哭臉，他想走開，覺得一陣痛，才發現手指甲早深深的嵌入門沿上的木裏。

他一隻手不自住把小皮箱扔了，因爲直到今他才知道手裏還拿了這麼一個累贅。轉過身來，一個東西撲上來，是小岑，伏在哥哥身上哭了，他不耐煩地推開他，一個人走到房裏，在後面他聽見一個冷冷的聲音。

「爲甚麼還纏着哥哥哭呢？」

「姐姐死了。」

「玫姐姐死了，哥哥是不管的，你纏他哭幹啥子？」

他沒有說甚麼，走到窗前，外面，樹葉子沙沙的叫，陽光把烟囱的影子投射過來，影子搖動着，在班剝的牆上變成一美麗的圖案，四周靜極了，萬籟俱寂，如入了夜晚。

他就那樣站着一直到了天黑。

在開抽屜的時候，他看見他的抽屜裏塞滿了許多花花綠綠紙包裹着的禮物，頂上面一隻，他一眼就認出來，是那個大鐵橋的玩意兒，爲了這，第二天上學時曾挨了祕密的斥責的，他當面就拒絕接受這禮贈，爲了賭氣，可是這却是他最歡喜的東西，自從那晚妹妹受了奚落以後，朗曾時時希望她搬出來玩玩，看着便也過癮，這希望不會達到，這懊惱自不消說，不料如今却給妹妹偷放在這裏了，從這些包裹中他檢得了一張紙，上面有妹妹歪歪倒倒的字，可見是匆忙寫上的，上面說『哥哥：自從那天水閣子裏回來我又病了，今天爸媽要送我上中央醫院去，病自然很凶了，不過我想我總會像那次突然的回來的，現在趁沒有人，我把這些東西留給你，你肯接受它嗎？我有許多話要同你說，哥哥，爲甚麼不早點回來呢！我要走了，不多寫，再見，又，哥哥，請你原諒我的過往吧，小岑把事情告訴我聽太遲了，請原諒我吧，哥哥。』

字條從他的顫抖的手上跌下地去。

他立起身，只一個動作，便關好抽屜，飛步出房，下樓，出客廳，穿過人堆，向戶外黑茫茫的街跑去，像來時一樣，他蹣跚地在顚簸的山路上跑着，喘着氣，急劇地奔跑，如被一巨大的魔影在後苦追而逃避。

在住屋後的一個坡上他停住了。

蟲在野地裏嗚咽似地鳴叫，遠處還有一頭小羊咩咩地呼喚，風吹過山上的松林，激起一陣急泉般的松濤，洪洪然地海潮般的呻吟着。天上，大月亮慢慢升起了，星星眨着小眼睛，無邊的黑，那邊清涼寺上的廟宇發出淒厲的晚鐘。

朗想起一切，他扳住一株孤寂的小松樹，抬起頭用力的喊道：

「妹妹，你原諒我吧！」對方谷裏響起一個空洞的回音：

「妹妹，你原諒我吧！」

他再也不能忍耐了，扶住松樹幹便高聲哭了，這時，風掃過他的髮絲，他的頭髮飛起來，飄揚在銀色的月光下……

（前半段寫成已久，年來久不執筆，總未完篇，今夏去京爲亡妹掃墓，歸來匆匆草成，以爲紀念。一九四四年七月廿二日黃昏）

逃兵

D.H.勞倫斯著　黃連

（一）

捲過一陣風，白楊葉翻飛得一片白色，像罩着一團火焰。天際很開朗，蔚藍色鑲嵌在飄騰的白雲裏，一縷縷日光，照耀到平上的曠野上把蔭影倒映在稞麥與葡萄場上。遠遠裏，禮拜堂的塔尖高聳着青天、麥衣鎮的屋子錯綜地聚集在下面，像一座小山。

曠野的中間，菩提樹旁邊，荒蕪乾燥的地上有座兵營，這是許多圓頂小鐵屋，屋頂上燦爛地緣着兵丁們種的旱金蓮。旁邊有塊大菜圃，他們種着一行行黃蒿苣，後面是一塊大操場，用鐵絲網圍住。

下午的時候，小屋子寂然沒個人，牀舖全推上，兵士們息在菩提樹下等操。白却門坐在樹蔭下凳子上，飄來一陣陣聞着要嘔的花味。淡綠殘碎的菩提花散佈在地上。他正在寫每星期給他母親的郵片。他是個正直，頎長，柔和，漂亮的少年，很安逸地坐着寫郵片。當他俯身寫字的時候，藍制服斜垂下來，掩住年輕的身體。晒黑的手平放着等思想湧上來。「親愛的母親，」他祇寫了這幾個字。後來無心亂寫幾句：「謝謝你寄給我的信，我一切全很好，我們現在要到砲台去練操——」寫到這裏，突然停止，記着一件心事，把其他忘記了。他穿着郵片寫不下去，在他的心結裏再也擠不出一個字。只好在信尾簽上名字，抬頭望望，彷彿找尋，可有人注意他的祕密似的。

藍眸子裏露出自疚的光彩，蒼白嘴唇上閃爍着少年的美髭，文雅中有些女孩氣，不過有軍人的信念，對於自己的職業很滿意，彷彿祇信任自己。又有些年青人自大的樣子，嘴頭手脚全很毒辣，不過現在隱藏好不露出來。

他把郵片放在外衣袋裏，向休息在蔭影下的一羣全伴走去，他們正在粗野地談笑。今天他是例外，祇立近他們算聯絡。他的意念裏橫梗着別的事。

他們立刻被召去排隊。軍曹出來下命令，他是個身體結實，不太重的四十歲漢子。頭向前突出，略向腔子裏縮，頑強的下巴挑戰似的凸伸在外邊，眼睛窩在眶子裏，臉孔鬆弛地垂下，濕潤而含有酒意。吼叫似的下着命令，這一小行人向前移動，出鐵絲網向大路走去，合節拍地前進，揚起一團塵埃。白却門，四人一行中裏面的一個，在空氣少的隊伍裏走着，一半被熱氣與灰塵包裹住。要經過同伴的身體才看得出蒙塵的藤蔓，豌豆叢裏的罌粟花，顫抖拂搖成片片，遙遠的天邊與曠野全充滿了自由的空氣和陽光。但是他被蘊藏的蔭影壓塞着。

他仍舊安逸地，强健而適合地前進。身體雖然行走，精神却遠遠裏飛去。兵士們漸漸走近市鎭。這個年青人的感覺變得格外鬱結與分散，身體動作得像一輛機械，不過是十分鎭靜。

他們在高路上分散，拼成單行，循小路穿入樹林，一切全是沉靜，青翠，與神祕，樹影映在綠色穩靜的草地上。他們走到陽光下有水的壕溝邊。那恬靜的壕蜿蜒在長而多花的草地裏，到砲台脚下，一端在壇的前面，頂上有柔軟的長草。雛菊，鬼督郵花，在嫩草叢裏閃着金銀的光輝，顯出砲台的安靜。週圍有濃密的樹木。偶然有陣神祕的風，使點綴在堡壘上的花和長草，顫抖，彎曲得像是收到了近前警報記號。

一羣兵穿着淡藍與深紅的制服，站在壕的底末，很是悅目。軍曹正在下訓令，發出尖銳的吼叫，擊碎這地方的靜寂。他們聽着覺得很難聽懂。

總算完了，這些人散開來準備。壕的那面，城壘在日光裏平滑而清楚地聳着，微向後斜。頂上長着青草。高的雛菊像玩魔術似的突出外面，接到後面的樹頂。市鎭裏的喧鬧，車輪的轔轔：都能夠很清楚的聽到，可是彷彿不能穿透這裏的沉靜。

壕裏的水並不流動。操練在靜寂中開始。有個兵掮了一只量梯，沿堡壘脚下的狹崖走去，底下就是有水的壕，想在斜的牆面上靠穩。他站在牆邊按放梯子，眞是又小又孤獨。後來放好了，拙笨的身子，穿着襤褸的藍制服，開始向上瞎摸爬去。其餘的兵站着瞧。偶然那軍曹喊出一聲命令，拙笨的藍身子遲鈍地爬到牆上。白却門懷着滿腔熱心，不由的揑着汗，那爬着的兵攀緣到壇邊，藍制服在綠油油的草地上明顯地蠕蠕動着。官長在底下喊叫下那兵沿牆走去，把梯放到另一個地方，才一級級謹愼地下來。白却門瞧那兵的脚在空間瞎找梯級，覺得自己脚下踏的地方有些倒懸似的。那兵的身形畏縮縮爬到牆頭，進退都難的，瞎爬下來，有如不穩定的昆蟲，一些兒，一些兒往下工作，每個動作全叫人瞧着害怕。後來，緊張的臉上淌着汗珠，這身體才平安地到地面，歸隊去了。不過仍舊有些僵硬和空虛，機械地，不像人形。

白却門憂鬱地站着，但等輪到他受罪。有些人爬上去很容易，不驚惶。這顯出做起來很輕便，却使白却門的情形更痛苦。他想只要他也能像這樣輕便做才好。

輪到他了。直覺地他知道沒有人了解

他的情形。長官看他不過是機械似的東西。他也想像一輛機械似的做。但是內心緊緊地掩着，尙是管轄着，搬了梯子沿牆走去。他把梯子放得很快，有了曠野的，戰慄的希望佔据住他。因此他盲然爬去。但是梯子沒有放得穩定，每一個震顫，都使他紛擾，消弭勇氣。他很快的爬上去。彷彿祇要他自己能夠抓得牢，就可以完事。他很苦惱地知道這些。却不明白這就是瞎冒起來的白熱怕，當梯子歪斜的時候，就生出極大的壓力，差不多溶化了他的腸胃和關節，使他一些力量也沒有。設或一次溶化了整個關節和腸胃，也就完了。他抱定自己沒希望。知道這恐怖，知道逢着的時候是怎樣子，知道只有緊緊地抓住。他知道一切。但是梯子一歪斜，脚就踏空，心頭一陣怦怦跳躍，人就逐漸懦弱下去，恐懼，缺少自制，軟得要倒下來。

雖然他一些兒，一些兒摸索上去，失望的臉常向上凝視，一方面又常牽掛着下面的空間。但是他的一切，軀壳與靈魂，全焦熱到溶解點。爲了安全的緣故，他一定得爬。忽然他的心房一陣跳躍，使他萎靡不振，重陷入恐怖的境地。躺在牆上像死般沒生氣，沒生氣，却還平安，雖明知還沒完事，他仍舊高高裏爬在牆上，暫時可以放下憂慮。不過希望的主力已經喪失了。

有個微細的，外來的感覺，侵入他的意識。略爲醒覺一些。是什麼感覺！這感覺慢慢蠶蝕着。急汗流到腿上。他慚愧地躺在那裏，爬着，一半是軍曹在下面雷鳴的吼聲的反應。他等待可以補救自己的羞恥。覺得非常羞愧。這時他可以再走，因爲克服了自己的恐怖。羞恥要公開傳揚出去。他決定前進。

他開始遲鈍地向梯級瞎爬上去，同時有陣戰慄搖撼着他。他的手被上面抓住，拉上去，拉到平安的地方。像一隻口袋，他被大手拉到堡壘邊上，雙膝抵地，匍匐在草地上使自己恢復元氣，可以站起來。慚愧，曚昧，污辱，毀壞他的靈魂，使他轉輾不安。他畏縮着不走，想消滅自己。

於是拉他起來的長官來了，對他發威，上司的呼吸傳到他靜脈上像鞭打。他因着羞愧向後縮退。

「抬頭——向前看，」震怒的軍曹咆哮着，這兵機械地服從命令，迫着他對準軍曹的目光。長官殘忍弛鬆的臉孔淩虐着青年。他拼命瞪着，暴烈的咆哮不斷地使他痛苦。

他突然强硬地背過臉去，心跳得炸開來。那張臉突又迫過來。皆着牙，噴着怒火的眼睛釘着他，叫罵的氣息壓到他嘴鼻邊。他激動地向旁邊讓一步。吼叫一聲，那臉孔又撲過來。他舉起臂膀，無心的，由於自衛的，可怕的激動。狠狠地打了官長一個嘴吧。那人站立不穩，驚叫聲，轉身倒在城壘上，手向空伸抓。沉寂一秒鐘，砰礴一聲水響。

白却門，掘強地，內心鎮靜地望着出事地方；兵士們在奔跑。

「你最好走吧，」一個年輕熱心的聲音對他說。他決定立刻動身離開這裏。走出樹徑，到有鎮上來往車輛的大路。他心裏祇有一條逃遁的關念。離開一切，軍事區域，羞辱。他從那裏走開。

官長騎在馬背上逍遙地過街，兵士沿着街道走。白却門穿過橋，到前面的市鎮；精緻的臨水法國式房子，雜立的屋頂和凹缺的街道，還有那可愛的灰褐色禮拜堂，許多塔尖聳到天際。

從極度緊張下緩和過來，他覺得這一瞬時很平安。轉過來，沿河向公園走去。紫丁香樹玉立在綠油油的草地裏，奇異的馬栗樹屏壁，燦爛得像每邊有白色的祭台。

官長們全風雅而整潔地走過，女人和姑娘們逍遙在錯綜的陰影下，眞是美麗，他邊走邊看，自由了。

（二）

但是到那裏去？他從自由愉快的恍惚中開始醒過來。深感到肌肉中有羞辱焚灼，不能再想下去。然而在他的注意裏仍有燔炙的羞恥。

他應當聰明一些。他雖然不敢想做過的事。他祇知道需要逃，逃出他們的勢力範圍。

但是怎麼樣？一陣可怖的痛苦穿刺着他。他不能把自己受辱的肉再放在握權的手中。雖然這雙手已經剝削過他，殘酷地傷害他的率直，暴露他的恥辱，使他傷害自制力。

恐懼變成憤怒。差不多盲目地他向兵營方向轉去。他自己不能夠負責，必定得叫別人爲他負責。於是他的心——強烈的希望——想起他的愛人，祇有叫她負責。

他畏縮地鼓起勇氣。乘上一輛小快車出鎮——向兵營的方向而去。他不聲不響很鎮靜的坐着。

到了末站，他才出來。沿路走去。風，仍舊捲拂着。裸麥絲絲地低語，狂風吹過，才有強烈的颼颼聲。四週絕無人跡。他覺得脫離人境。沿着葡萄樹中間的田埂走去。嫩芽茁起許多小蔓，全伸出柔軟粉紅的芽，搖抖着捲鬚。他瞧得很清楚，流露出一些驚訝。那面遙遠的田裏，男人和女人在搬運乾草，牛車停在路旁，男人全穿藍衣服，女人頭上蓋了白巾，捧乾草上車。刈割後的田地上，一切全是輝煌的。他覺得自己從黑暗裏看出世界的美麗。

男爵府，愛蜜柳是那裏的女用人，建設在樹林，花園，和曠野中間的沃地上，一座老式的法國式莊園，兵營就在附近。白却門被一個單純的目標所引曳，向天井走去。他走到這闊大，蒼鬱，有陽光掃射的地方。有隻狗兒來了一個兵，祇跳起來吠一聲算歡迎。幫浦肅靜地立在菩提樹蔭影的一隅。

廚房門敞開着，他略一遲疑，便走進去，羞怯的說話，勉强的笑着。那兩個女人嚇了一跳，不過很快樂。愛蜜柳正在揩盤，預備午茶。她站在桌子後面，露出些驚喜的樣子。她有雙野獸的——那些驕傲的獸類——傲慢胆怯的大眼睛。黑髮緊緊地紮着，靈犬似的眸子沉着地看住人。穿件農人的藍布衣，綴着淡紅色小玫瑰花。鈕扣緊緊地扣在豐滿的胸前。

桌邊坐一個少年女子，保姆，從大堆裏揀櫻桃，放在碗裏。她是個年輕美麗有雀斑的人。

「好天氣！」她愉快地說，「想不到呀。」

愛蜜柳不說話，褐色面額上溺起兩朵紅雲。仍舊站着瞧，界乎畏懼與躲避之間，一方面因他的來臨而欣喜。

「是的，」他含羞而堅忍地說，同時兩個婦人的眼睛望住他，「現在我自己弄僵了。」

「甚麼？」那保姆說，她的手從圍裙上垂下來。愛蜜柳筆直的站着。

白却門頭也不敢抬起，望着旁邊閃光的櫻桃。他不能恢復正常的境界。

「在砲壘上我把赫伯軍曹打倒在壕裏，」他說，「這是偶然的——不過——！」

他握了把櫻桃就吃，糊裏糊塗祇聽見愛蜜柳輕輕的嘆息。

「在壘上你打他！」弗羅倫海司驚奇的回應，「怎樣子？」

他把櫻桃核吐在手裏，機械地，凝神地，告訴他們。

「啊！」愛蜜柳銳聲喊。

「你怎麼會到這裏來？」弗羅倫海司問。

「逃來的，」他說。

一陣死般的靜寂。他立着，把自己交付在婦人的仁慈裏。火爐上一陣子嘶嘶，噴出濃烈的咖啡香。愛蜜柳輕捷地轉過去。當她低俯在灶前時，他祇看見她平滑挺直的背形，壯健的腰肢。

「你將要做甚麼呢？」弗羅倫海司駭愕地說。

「不知道。」他說，又抓了許多櫻桃。他已經說完了。

「最好還是回到兵營去，」她說，「我們請男爵大人顧問這件事。」

愛蜜柳輕盈迅速地預備好盤子，端起發光的磁盞和銀器，專等他的回復。白却門臉色蒼白，頑强地垂着頭，他决不回去。

「我想到法國去，」他說。

「是呀，不過他們會捉住你底，」弗羅倫海司說。

愛蜜柳含着堅忍謹慎警犬似的眸子望着他。

「倘使可是躲到今夜，我可以試試看。」他說。

兩個婦人都明白他的希望，他們全知道這不妥當。愛蜜柳端起盤子走出去。白却門垂頭站着，他覺得羞辱與無力佔據住他。

「你永遠逃不出的。」保姆說。

「可以試試看。」他說。

今天他不能落在車事權力裏。倘使今天逃開了，明天隨他們喜歡怎樣辦。

他們都靜默。他吃櫻桃。年輕保姆的面額上平添起一層紅暈。

愛蜜柳回轉來再願備一盤。

「他可以藏在你房裏。」保姆對她說。

那姑娘反身走出去。她不能忍受那種擾亂。

「我祗能想出這計劃，對於孩子們最平安。」弗羅倫海司說。

愛蜜柳不回答。白却門站着等那兩個婦人。愛蜜柳不願和他接觸得太近。

「你可以和我一起睡。」弗羅倫海司向她說。

愛蜜柳舉目望着這年輕人，顯然的，寶守自己的身份。

「你要這樣麼？」她問，他的貞節顯出是反對他。

「好——好——」他不確定的說，被羞恥所毀壞。

她把頭回過去。

「好啊，」她自己喃喃說。

她很快的把盤子盛滿，出去。

「可是一夜天你走不到邊境呀。」弗羅倫海司說。

「我會騎脚踏車，」他說。

愛蜜柳回進來，有種拘謹的，無可不可的態度。

「我看也許不錯。」保姆說。

不久，白却門隨着愛柳蜜穿過方形的廳堂，廳裏壁上懸着大地圖。他看見掛架上一件釘有銅鈕子的藍色孩子衣，使他回憶當初坐在菩提樹下，看見愛蜜柳攜着那小孩的手，走過的印像。這事已經過去許久。他喪失了這種自由，換變成新的，直覺的焦慮。

他們迅速驚悸地走上扶梯，穿出一條長的走廊，愛蜜柳推開她的房門，他含愧走進她的房間。

「我要下去了，」她囁嚅的說，走出去，把門輕輕關上。

這是一間樸素而清楚的小房間，有一碟聖水，一張聖像，一個十字架和一隻祈禱台。一隻小牀上蓋着白毯子，整潔非凡。藍磁的洗手碗擺在空桌中央。一面小鏡子，和一個小衣廚，全室的傢俱就是這一些。

在這種地方躲避，他覺得很安全，走到窗邊，隔天井遙望下午微光的鄉村。他就要離開這地方，終身的離開。他已經到陌生的地方。

他回進房裏，這間簡單而莊嚴的羅馬天主教教式小臥室是別人的，但是搭救了他。他望着那十字架，這是個細長的十字架；一個黑林裏的農人基督徒所彫刻，白却門生平第一次看見這東西。他當牠是有人性的。這表示一個人無助地吊着受刑。他仔細凝視着，像一種新知識。

懷着一身燔炙的肉與不斷冒煙的恥辱，他不能振作起來。靈魂上長着缺口，內心的羞辱彷彿已經移換體力和人性。

他坐在椅子上，羞恥，曝露的激動感覺，在他腦筋裏活動，使得他沉重，說不出的沉重。

完全沒有理智，機械地，脫下靴，皮帶，外衣，放在一邊，笨重地倒下去，昏昏熟睡。

隔了不久，愛蜜柳走進來，瞧他睡得正酣，那無力躺着的樣子，依然懷着恐懼，她有些害怕。他頸項裏的衣服沒扣上，露出潔白的皮膚，非常清潔漂亮。他一動不動的睡着，腿上穿了藍制服袴子，一雙粗線襪，很不合適的躺在她牀上。她就走出去。

（三）

她覺得很不自在。渾身骨節全騷擾。她天性愛清潔，不願有人碰她。誰的手碰她一下，就會使她驚叫退縮。

她是個棄兒，大概是吉布賽種，在一個羅馬天主教救濟院長大。一個天然異教徒，僱用在男爵家裏。從十四歲起，在男爵府裏已經服役了七年。

她向來不和人接觸，除非與保姆伊達——即弗羅倫海司——。伊達是一個有思想，溫和，不十分誠實，好賣弄風情的婦女，一個鄉下窮醫生的女兒。她與愛蜜柳漸漸連絡起來，比同盟更親熱，他們兩人不分等級。在一起做事，一起唱歌，一起散步，一起到伊達的愛人法朗芝白蘭德的屋子裏去。三個人在那裏談笑，或則婦人們聽法朗芝提琴，他是個森林學家。

在這聯盟中，那兩個婦女的個性完全不諧和，愛蜜柳天生幽靜，緘默，伊達利同她——像一種重量——衡平自己的輕浮舉動。但是這敏捷多謀的保姆——常常和羨慕她的人有交涉，竭力改變愛蜜柳向男性交結的剛烈天性。

這樸素而又情感敏銳的褐色女郎，是個十分貞節的人。她走過的時候，倘使背後有個兵，故意做一種結吻的響聲，就會勃然大怒。她恨這些近乎揶揄的舉動。男爵夫人很盡力保護她。

她輕視普通人眞是難於形容。但是她愛男爵夫人，崇敬男爵，她很逸樂爲一個紳士服務。服侍一個眞實的主人或主婦，她的本性很平靜。她以爲，一個紳士必定有神祕的特性，使她可以自由自尊的做祈禱。普通兵全是些惡人，完全沒有什麼。她的希望是信仰宗教。

她自視很高，有個星期日下午，那時她隨意從哈克絲好的窗子裏望出去，看見兵士和平常的姑娘跳舞，一種冷然的反感和震怒佔据住她。她看不慣；兵士們不束皮帶，外衣敞開而鬆垂，露出襯衫，笨拙的動作，貪婪淌汗的面容，粗糙的手握着女人的粗糙手放在膈肢窩下，把女人拉到胸前，胸膛緊偎胸膛，男人的腿粗蠢地跳舞。

到晚上，那時她在花園裏，聽見籬笆那面，有些女人被兵士們摟着，叫出猥褻模糊的聲音，她實在按納不下怒火，冷然大聲喊：「你們在籬笆那面做甚麽呀？」

她恨不得鞭撻他們。

但是白却門完全不是一個平常軍人。弗羅倫海司已經覺出來，把愛蜜柳和他拉在一起。因爲他是個年輕漂亮，碧眼金髮，精神抖擻，走路帶有傲氣，不怕危險而又清潔的人。況且又是個有錢的農人，他家幾代都是富族。父親已經死了，母親管理財務。白却門無論怎麽時候要一百金鎊，全可以付給。職業方面，他——和他一個兄弟——是一個造車匠。他家在村裏有農場，鍛冶場，和造車場。大家都工作，因爲他們懂得這是人生的儀式。假使他們會選擇，可以靠祖產自立。

因此，雖然他的理智還未啓發，但是他是個紳士。他可以自由供給一切需要。況且天生好態度。愛蜜柳對他不能再矜持。所以他就做了她的情人，她很熱戀他。不過她是個處女，害羞，需要征服，因爲她尚未經世故，不會領略過社交生活，或文明的宗旨。

（四）

六點鐘的時候，幾個兵來問可會見過白却門。弗羅倫海司用玩笑口吻回答他們。

「沒有，從星期日到現在沒有見過，他見過麽，愛蜜柳？」

「不，我沒有見過他。」愛蜜柳說，他的囁嚅被害羞遮掩過去。伊達海司興奮地問着問題，做作得很像。

「但是有沒有傷，赫伯軍曹？」她驚惶地喊。

「沒有，他跌在水裏，昏過去，一條腿在壕邊上壓碎了，現在在醫院裏，對於白却門的前途很不好。」

愛蜜柳，心有所牽，神情恍惚地呆瞪着。她有些不大自由，她不明白爲甚麽做事有些不湊手，這些事平時以爲神聖的。使她徬徨失所。白却門藏在她房內，在宗教裏，她不是一個誠實的教徒。

她的職務使她很麻煩。整個黃昏這重負壓迫着，她不能夠過下去。孩子們得喂食，使他們睡覺。男爵和男爵夫人出去了，得爲他們預備精緻的點心。男用人隨車子回來要吃晚飯。這時候，她有種出乎常態，不能忍受的感覺，自己的責任，疑惑。因了這一切她生活的自制力必須恢復，有了自制力才可以活動。可是現在不是這樣，不能自制，紛擾。比這更甚的，這男人，情人，白却門，怎樣的人，他怎麽樣；衆人中惟獨他有不能猜測的性質而佔有她。這特性使她吃驚，破壞她的宗教。啊，她要他作一個疎遠的情人，不要像這樣太接近，把她從她的世界裏拋出去。

當男爵和男爵夫人出去以後，年輕男用人也自顧自去尋樂，她走到樓上白却門那裏。他已經醒了。黝黑地坐在房裏。聽見外面的兵——他的同伴——在唱日暮的情歌，手風琴溜溜地伴奏着。

「倘使我回到童年……
在母親的眼睛裏看出來……」

而他現在離開了。祗有兵士唱出少年憤懣的呼籲刺激他的血液，細微的激動着。他垂下頭，變得漸漸振作起來：他等聚集中心，等另一個環境。

她走進房的片刻，他正獨個人劇烈地等着，那刺激震動了她，嚇得幾乎死去，昏迷以後，冒出一團情火，忘記了她。他穿着短袴襯衫坐在牀沿上。望着她進來，她看了他的臉色，嚇得縮回去。她受不住。但是仍舊走近他。

「你可要吃什麼？」她說。

「好的，」他回答，她站在室內微光裏，他聽見自己的心轟轟地跳，他的圍裙正齊着他的臉。距離稍遠，靜靜的站着，像是永遠在那裏，他忍受着。

彷彿受了禁符般他等着，一些不動的立在那裏，他縮坐在牀邊沿。他的第二件希望是有力控制。她慢慢的走到身邊，像失去知覺似的。他的心一陣顫蕩。活動就開始。

她走到差不多相近，他舉起臂膀攔腰摟住，滿腔慾望拉住她。臉孔埋在她圍裙裏；她的柔軟肚子裏。一團慾火向着她。忘記了一切，羞辱與記憶被慾火趕跑。

她是束手無策。舉起雙手，巍顫顫的，放在他頭上，緊緊地捺在肚子上。他的兩條臂膀緊摟在腰部，火炎似的灼熱她的愛。這於她是苦惱的幸福。她就失了理智。她清醒的時候，平安滿意地躺着。

她沒有什麼表示，不知道是這樣。竭力感激他。他和她在一起。充滿着崇敬和感激，緊緊地摟着擁抱她的人。

他也被弄醒了，緊貼着她。這一瞬那的痙攣——謝意的——擁抱表示她滿意，而振起他的不可征服的驕傲。他倆互相親愛，二人一體。她愛他，他已經得了她，她也給了他。不錯，他把自己交給她，他們是一體。

熱情奔放在心坎裏，面額上。他們再起來，羞怯的，可是樂意的神氣。

「我去弄些東西來你吃，」她說，帶些愉快和安心服侍的樣子，她離開他，有一種不忍卽別的意思。他坐在牀沿上，交織着逃亡，震動，驚奇，和愉快。

（五）

不久，她捧盤子進來，弗羅倫海司隨在後邊。兩個婦人看他吃，看那軒昂，驚異的神氣，他仍舊是蕭洒樸質。愛蜜柳覺得很豪富完美。伊達比她低微。

「你將要怎辦？」弗羅倫海司問，含有妬意地。

「我要逃走，」他說。

這些話對於他全沒意思，爲甚麼？他有內心滿足和自由。

「可是你得有一輛脚踏車。」伊達海司說。

「不錯，」他說。

愛蜜柳安閑地坐着，身體雖與他分開，精神依然在一起，他們的情愫膠結着。她聽他們談脚踏車與逃遁。

大家討論計劃，他倆的意見完全一致，白却門必須陪愛蜜柳。伊達海司是局外人。

商量好。伊達的情人無論如何要借出他的脚踏車，車子剩在常時看見的小屋裏，白却門可以騎到法蘭西。三人的心全懸懸不定焦慮，追得用心思。他們焦急激動地坐着。

白却門要逃到美國去，愛蜜柳隨後跟來。他們要到個好地方。談話重又興起來。

愛蜜柳和伊達要到法朗芝的宿舍。他們倉卒離去。白却門坐在黑暗裏，聽見吹歸營的晚號，突然想起寄母親的郵片。他趕上愛蜜柳，把郵片交給她去寄。這舉動未免大意。他退回躲藏的地方。

他坐在牀邊自想，想到這天下午的事情，記得自己的憤怒，因爲他知道自己一嚇就會昏，不會爬那堵牆。回憶中依舊帶有羞愧，他向自己說：「這是怎麼道理？我弄不了，我不會那末是了。如果爬到高的地方，我會胆小，自己做不了主。」回憶重又蓋上他，一陣慚愧火炎。他坐着按納下去。竟然按納下了，承認，而且偏袒的。「我不是一個懦夫，對於這一切，」他繼續想，「我不怕危險。假使要我爬得那麼高，我會發軟，流汗。」搜求實情於他是一件苦事。「如果一定要這樣做，也只有聽天由命，這就是了，全不關我事。」想到愛蜜柳很滿意。「我是個怎樣的人，我是；讓牠去吧。」他想。

寬恕了自己的弱點，他坐着暗忖，等愛蜜柳回來告訴她。過了一會她來了，說法朗芝今晚不能借脚踏車。事情糟了。白却門還得過一天。

他們倆全快活。愛蜜柳很不放心伊達，因爲伊達是個輕佻好淫的人，她又走到這年少那裏。她是掘强，尊嚴，帶些不慣的苦惱。但是他把她摟在懷裏，裸露了她，瘋狂地欣賞她的柔弱處女身體，深感到快樂。痛苦羞慚的珠淚還含在眼睛裏，却緊緊地摟抱着他，勝利與滿意充滿在他倆中間。他們睡在一起，在睡夢中他還是滿意，平安，她平靜地躺在旁邊。

（六）

早晨，營裏傳出號角聲，他們走起來

，從窗裏望出去。她愛他的身體高傲，健美，足供驅使。他愛她的身子柔軟，永久。他們望着夏季淡白的晨霧從田裏綠色中騰起。四面沒有市鎭，祇看見夏晨的濃霧。他們靠在一起休息，思想都很平靜。號角聲略爲使他們擾亂。她要回到職務上去。現實權能世界，她不懂得，但是需要服務。這種義務從她消失。她有一切。

她到樓下去工作，奇怪地改變了。她是在自己的新世界裏——從不曾夢想到，這就是一切希望之地。她在這地方活動，生存。發展到她的職務上。她極其快樂地被吸引着。她並不就誤工作。凡事不必呼喚或命令。這是絕美的表示，像月光，她施出動力，改正工作。

白却門坐着只是想。他必須把計劃全預備好。寫封信給他的母親，叫她寄錢到巴黎。他到了巴黎，立即到美國。這事做好，還要預備別的。危險的部份就是到法國。他感覺到一些預兆。這時候需要一張巴黎的火車時間表——還需要想。他很快使用自己的智慧。彷彿是一種冒險。

就是這一天，他要逃出去得到自由。爲着自由，多麼痛苦的需要着。戰勝了自己的生存，還有愛蜜柳的。從羞辱中拔出汚名，重新做人。這時他瘋狂地需要永久的自由，一個家，工作，完全自由的行動生活，和他在一起，這是他的情感慾望。他想到很興奮，度過一句鐘強烈痛苦的時候。

突然，他聽見許多聲音，一陣脚步聲。他的心劇烈地跳着，隨着一陣沉寂。他被找到了。他已經明白一切。寂靜充滿在身體與靈魂裏。死般的沉寂，生命與聲氣的懸懸不決。他一絲不動的躺在臥室裏。非常不安。

愛蜜柳在廚房裏忙着預備孩子們的早餐，她聽見一陣足聲和男爵的聲音。男爵從花園裏走進來，穿一件老綠麻布衣，中等身材，敏捷，淸秀，有怪癖魔力的人。右手在普法之戰受傷。現在，當他激動的時候，常將臂膀垂在一邊像受傷似的。他對年輕堅忍的奧勃軍曹很快地說話。兩個護兵粗魯的立在門邊。

愛蜜柳不由突然一跳，臉色灰白，挺直的站着，猛向後退一步。

「好，假使你想是這樣，我們可以調査，」男爵很快而有怒意地說。

「愛蜜柳，」他向那女孩子說，「昨天晚上你可曾在信箱裏郵寄白却門給他母親的郵片？」

愛蜜柳筆直立着不答。

「是麼？」男爵尖銳地說。

「是的，男爵大人，」愛蜜柳自然的回答。

男爵受傷的手因劇怒而震動。軍曹的身體立得更直。他是對的。

「你可知道這人的底細麼？」男爵問，他那憤怒，靈犬似的眸子瞪住他。這女孩回頭望着他，啞口無言，不過她的靈魂率直地顯在他面前。他默然瞧着她有兩分鐘。在靜默中他只是震怒和羞愧，於是就走開。

「上去！」他向年輕的官長沉毅而憤怒地下命令。

軍曹對那兩個兵發出冷靜的軍人命令。他們全整步走出廳堂。愛蜜柳嚴肅地站着，她的心靈懸懸不定。

男爵迅速地走到樓上走廊裏，軍曹與兩個兵隨在後面。男爵推開愛蜜柳的房門。看見白却門穿了襯衫短袴立在牀邊，面向着房門。他很鎮靜，目光碰着男爵凶猛射火的視線。男爵聳動着受傷的手，寂然在房裏走。望到這兵的眼神裏，有一樣率直的靈魂，似乎眞的看到他的人格。這男人是無法可想，因了他的單純率直格外沒辦法。

「嘿！」他耐不住向走來的軍曹喊。

軍曹走到門邊，就看見這赤脚少年。他記得這人就是他的目的，命令他穿衣服。

白却門回身去取衣服，非常鎮定。他是在一個茫然寂靜的境界。沒有覺到這兩個紳士和兩個兵站着望他。他們不了解他。

不久預備好，屹然立正。不過祇有軀殼是立正。一種稀有的靜穆，空虛，彷彿甚麼東西永遠佔有他。他對自己很信實。

軍曹下命令開步走。這一小隊人帶着謹愼鄭重的脚步走下扶梯，經過廳堂到廚房。愛蜜柳昂頭站在那裏，不動，也沒表情。白却門不看她。他們互相了解。他們是互有的。這一小行人走到天井裏。

男爵立在門邊，看那四條穿制服的身子穿過錯綜的菩提樹影子。白却門木然走着，彷彿走的不是他。軍曹迂緩走去，兩個兵腰背挺直的在旁邊，全向兵營走去。身形在早晨的陽光裏逐漸縮小。

男爵走進廚房，愛蜜柳正在切麵包。

「那末他在這裏住一夜了？」他說。

女郎望着他不大了解，她只是出神。男爵在她出神的眼光裏看出她內心的灰暗率直的靈魂。

「他預備怎麼樣？」他問。

「他要到美國去。」她用一種平靜的聲氣回答。

「呸！你已經把他直接送回去了。」男爵冒火地說。

愛蜜柳站着聽他說，一動也不動。

「這時候他已經完了。」他說。

他受不住她的灰暗，深沉，率直的眼光。在這樣打擊下還沒改變。

「沒用的呆子，」他反覆的說，激動地走開，他預備儘力去做。

宣傳部登記證滬字第一三二號，上海特別市警察局登記證C字第一一三四號，上海雜誌聯合會會員

★小說，散文，隨筆，評論★

風雨談

第十七期

每册定價250元

中華民國三十四年四月

出版者：風雨談社

地址：上海福州路　號　太平書局轉

★★★★本刊歡迎投稿，批評，介紹。

貧賤交與富貴交

本期要目

自從後漢宋宏對光武說過：「糟糠之妻不下堂，貧賤之交不可忘」以後，這兩句話造成為世上的名言，或者這兩句話不是宋宏所創造，而是當時的一般傳說，但自經宋宏說過，載之史乘，於是人人的心中都有了深刻的印象。我今天祗是論友，不是論妻，祗談貧賤之交，並且順便帶論富貴之友。

貧賤之交不可忘，是表示一個人的道德，縱官身顯富貴，不忘故交，那是何等高德邁俗，深情如海，但不忘朋友是一件事，在不忘之下面和朋友疏遠起來又是一件事。我是被認為富於感情的一個人，而朋友呢我是不會忘記，可是在一個時期似乎總有一個時期的朋友。我祗會不忘記，有時自然而然的會和朋友疏遠。我祗會不忘記，有時朋友也會自然而然的對我疏遠。我覺得非常難過，也覺得非常惋惜，而且我更感覺貧賤之交固然會疏遠，富貴之交更容易會疏遠。這是什麼緣故呢？那不能不檢討了，那不能不自省了。誰知一檢討，自省，倒找出許多平日不經意和不便說的材料來。我想這也是社會問題之一種，我何妨做一個大學教授把研究所得，作成論文，公開商討。

朋友是中國五倫之一，但朋友兩個字並為籠統，按古時解釋：「同門曰朋，同志曰友」，這樣，繼從的有些朋友是由於感情結合的，有些朋友是由於理智結合的。感情是比較單純，而理智卻包羅萬象，主張的變化可以影響友誼，事業的變化可以影響友誼，地位的變化可以影響友誼，更有在感情理智以外的，興趣的變化可以影響友誼，物質的變化可以影響友誼，尤其家庭的變化更可以影響友誼。到了一種變化，祗能維繫住感情，而朋友則不期然而然的疏遠了。我想這樣分析，或者似乎過於科學，不過我要表示心得，每一分類，都想舉一個小例，否則析說不詳，反使人讀之不解。

人的主張變化是可以影響友誼的。我所謂主張，并不是專指政治主張那麼大的題目，可是政治主張確可以特別影響友誼。美國從前有兩夫婦，當大總統選舉時，丈夫是贊成共和黨的人，而太太倒贊成民主黨的人，兩夫婦日夜吵鬧，卒至離了婚才算了事；夫婦如此，朋友可知。我時常看見兩個不同的黨人固然絕不相容，就是一個黨內的小組織也是懷有不共戴天之仇，互相攻擊，甚至互相殘殺。因此我感覺兩個朋友中，一個有了主張

變化，縱不成仇，也會疏遠。

事業的變化也可以影響友誼。我想古賢所謂「不同道，不相為謀」，所謂道固然是一種主張，而事業也可算一種道術。凡一個人事業的變化，他的注意力也隨之變化，做官的人改了行經商，對於高談政治，除非是熱心苦志，未免覺得無聊，而做買賣的人，一行作吏，免不了大談非滿腹經綸，對於一般行市，自然減少興味。這樣，兩個事業不同的朋友就是杯酒言歡，深宵夜話，除了談家常，數往事，彼此都感覺話不投機，索然寡歡。

地位的變化也可以影響友誼。同一朋友而地位變化，也可以妨礙交誼，貧賤之交，總角之好，因於地位的變化，常常可以疏遠。大者不必說，即小節也發生極大的影響。平時朋友登堂入室，有些也可闖門，入門不必招呼，但是地位變了，從一朋友來說是此一朋友的熟人，入門縱使不必招呼，而有些卻不能闖入了。心服和平的朋友，以為你人一插身，便眼高於頂，這種貧賤之友，何必再交。而你則以為這位仁兄，不通人情，不識世故，縱然冷淡，也無關係，於是兩人之交便慢慢疏，更由慢慢疏而慢慢絕了。還有自命骨格崚峭的人，以「天子不得而臣，諸侯不得而友」自況，你的地位稍高，他的形跡自遠，你還不忘貧賤之交，他先謝絕富貴之友，這也是世間不少的例子哦！

興趣的變化也可以影響友誼。興趣之為物，有時隨着年齡變遷，有時隨着腦力變遷，更有時隨着環境變遷，所由之道不同，而其變遷則一。我以為朋友相交能最密切者，莫過於與趣相同。政治問題，大者最多討論數日，便可以決定方針，小者則三言兩語便可以獲得結果。談時正襟危坐，別時越快踴行，若要兩個人不斷流連，互相評服，恐怕除非興趣時好相同，不會有這樣持久罷。但人的興趣是會變化的，年齡日長，世事看穿了，腦力減退，心有餘而力不足了，環境變易，非不為也，是不能也。以此而與不甘與高彩烈的朋友聚在一起，人家視為多餘的人，而自己也感到為無聊的事。足跡既罕到堂奧，而友誼也從此疏遠了。

體質的變化也可以影響友誼。說到體質的變化，或者因年齡衰老而變化，或者因疾病從身而變化，有些是自己感覺到的，而有些自己未必感覺到的。體質變化，自己便難於控制感情，若稍經受了刺激，更失卻尋常的理智，朋友縱然一部分由理智交來，但維持友誼卻以感情為本。身體衰弱，肝氣容易發了，世間朋友有幾個願意做人的洩氣袋，就好敬而遠之。神經刺激，行為突然變了，朋友們就是對你放縱，然而不能無所畏，也祇好愛之於心，而疏之於跡了。

家庭的變化也可以影響友誼，這一個例，我想最是普通而人人可以深味的。人未嘗沒有堅持獨身主義的，但在中國是少數中之少數。人既是有太太，則人在太太與朋友之間，有時實有說不出許多的困難。我為什麼要交上一個朋友呢？因為我的兩隻眼睛看見那位朋友是值得交朋友，我一個腦袋感覺那位朋友是值得交朋友。但有了太太則不然，插身一變，兩隻眼睛變為四隻眼睛，一個腦袋變為兩個腦袋了。你以為那位朋友值得交朋友，你的太太不一定以為那位朋友值得交朋友。談到政治主張的不同，個人見解之異，那是太大了。姑且談瑣碎無足重輕的事情罷，太太以為那位朋友太粗放了，或者以為那位朋友太隨便了，更非小之又小者，太太以為那位朋友吐痰，以為那位朋友不喜歡洗澡，更以為那位朋友不大愛換樣子，在我都可以使她向你提出抗議，甚至拒絕朋友的光臨。太太不喜歡的朋友，而你偏歡迎他到家裏來，權操大權的太太可以等朋友走了，在無人時向你埋怨，稍爲率直的太太便忍無可忍，甚沉着的還可以敢怒而歌，使之陰之，若衝動的便直捷指而罵，鬧得彼此不歡而散。自然你會對太太不滿意，但經過若干次的苦處，何苦爲了一個朋友整日和太太吵鬧呢？總不成爲了交一個朋友和太太離婚嗎？又總不成爲着太太的不滿而和朋友絕交嗎？最好背後打躬作揖，向朋友道歉，請朋友原諒，不過祇管道歉，祇管求諒，而其中有不能不互相了解者，就是以後少來往，以維繫情而省麻煩。

我以上所說的還不過專指一方，倘若朋友也有太太，那麼兩隻眼睛便變了八隻眼睛，一個腦袋便變了四個腦袋，世界上對於一個人的鑑別，要八隻眼睛都同一樣的觀察，四個腦袋都同一樣的感覺，那就甚乎難萬難了。爲着家庭的問題而疏遠朋友，我想有時倒不是斷絕了友誼，反而維繫了友誼，這又是朋友疏遠中別開生面的看法。若因太太不喜歡一位朋友，而你也不喜歡那位朋友，甚至有時情急，初則說閒，繼則搶奪，世間也有不少這種好戲，但我總以爲不可長的，而理應不在不論之列。

談至此地，我似乎可以談論富貴之交了。談我經驗，貧賤之交似不易忘，而富貴之交倒似易忘，何氣易忘，并且易於交惡，我有長期的經驗，讓我簡單道來。

凡是從事於革命的朋友們，在革命失敗時候，大家聚在一個逃亡地方，朝夕見面，甚至時刻相對，彼此無話不說，無事不知，就是有些意見，彼此說過也算了，甚至面紅耳熱說過也算了。可是大家上了台就大不相同，各有各的權範圍，各有各的安排政策，尤其難的各有各的部下。彼此不滿意，很難坦白進言，尤其不能像失敗時早上破臉，晚上握手，因爲大之可以影響政局，小之也不成體統。因此祇好閉在口裏，悶在心頭。這種悶，明知是不要緊的，是要悶出事的，然而不悶又有何法可想？於是彼此門戶便分了，意見也有了，朋友也就疏遠了。

還有，似乎是一種定律，官愈大的，他的脾氣也跟着擴大，對於這一個莫名其妙的『似定律』，我常常自諒，一個繁忙的人在一天辦公時候，要見許多不願見的人，要聽許多不願聽的話，已使你難於忍受，假若身體不適，天氣變遷，肝火更易上升。不過對部下發發脾氣也許不成問題，對朋友稍發脾氣，那就是發生意見。因爲那位朋友也是脾氣跟着官階擴大的，他的忍受也和你了無異致的。他的脾氣已無地可發，憋着你的脾氣又迎面而來，就等於兩隻爆炸機相碰，非爆不可。政治的原則是相忍爲國，原則一動，根本成爲問題，好像政治的朋友們，一紅了面，便難恢復原狀，還不僅是交疏，簡直易於交惡了。

而且在革命時期，除同志以外是無兄弟親戚和知交的，那時真是六親斷絕，朋友分離，但上台以後，親戚和知交都來擁護了，他們不止要來，并且還要擠大擠，作機要，這麼一來，所謂同志便物議沸騰，怨聲載道。如果那個人真喜歡親戚和私人的還不算數，倘若那個人本來不喜歡用親戚和私人，受了同志們的怨怼和惡評，脾氣好的還知道忍耐和自省，若脾氣壞的索性把心一橫，而和勸他的朋友作對也非所常有。

其次，一個人既上了台，少不免有許多部下，人事複雜，是非自多，有些自己部下做了壞事，朋友們會懷疑到與自己有關，有些人家的部下做了壞事，故意來上他的上司頭上。那時做朋友的，問也不是，不問也不好。要朋友好的自然表示不滿意，不滿意便是有意見，不要朋友好的不免背後批評，評批起來意見更是强化了。并且世界上不少一班興風作浪推波天下無事的朋友們，有時是要你與某人不和，他才可以表功，才可以取利，就不表功不取利罷，他可以圖一時之快，洩一己之私。於是無事化爲小事，小事化爲大事，朋友因疏遠，而天下也從此多故矣。

貧賤之交如此，富貴之交又如彼，朋友，朋友，亦難乎其爲朋友哉乎！

民國三十二年未刊稿

十堂筆談

東郭生

一　小引

陶淵明所作雜詩之六有句云，昔聞長者言，掩耳每不喜，奈何五十年，忽已親此事。這種經驗大抵各人都會有過，只是沒有人寫出來，而且說的這麼親切。其實這也本來是當然的，年歲有距離，意見也自然不能沒有若干的間隔。王筠教童子法中有一則云：

「桐城人傳其先輩語曰，學生二十歲不狂，沒出息，三十歲猶狂，沒出息。」這兩句話我很喜歡，古人說，狂者進取，少年時代不可無此精神，若如世間所稱的一味的少年老成，有似奉行故事，倒反不是正當的事。照同樣的道理說來，壯年老年也各有他當然的責務，須得分頭去做，不要說陶公詩中的五十，就是六七十也罷，反正都還有事該做，沒有可以休息的日子，莊子曰，息我以死，所以唯有死這才有休息。但是，說老當益壯，已經到了相當的年紀，卻從新納妾成家，固然是不成話，就是跟着青年跑，說時髦話，也可以不必。譬如走路，青年正在出發，壯年爬山過水已走了若干里，青年走的更多了，這條路是無窮盡的，雖然是終於不能走到，但還得走下去。他走了這一輩子，結果恐怕也還是一無所得，他所得的只有關於道路的知識，說沒有用也就沒有用，不過對於這條路上的行人未必全然無用，多少可以做參考，不要聽也別無妨礙。老年人根據自己的經驗，略略轉給別人聽，固不能把前途說得怎麼好，有什麼黃金屋或顏如玉，也不至於像火焰山那麼的多磨難，只是說可以供旅行者的參考的地方，想得到時告知一點，這也可說是他們的義務。我們自己有過少年時代，記起來有不少可笑的事，在學堂的六年中總有一兩回幾乎除了名，那時正是二十前後，照例不免有點狂，不過回想起當時犯過都爲了公，不是私人的名利問題，也還可以說得過去。當時也聽了不少的長者的教訓，也照例如陶公所云掩耳不喜，這其實是無怪的，因爲那些教訓大抵就只是叫人諧俗，不問他是對的，在此到退居之年想起四十年前長老的話，覺得不大有什麼值得記憶，更不必說共鳴了。這樣看來，五十之年也是今昔很有不同，並不是一定到了什麼年紀便總是那麼的想的，一個人自以爲是，本來是難免的，總之不能說是對，現在據我們希望，我們的意見或者可以比上一代的老輩稍好一點，並不是特別有什麼地方更是聰明了，只是有一種反省，自己從前也有過青年時期，未曾完全忘記，其次是現今因年歲問題的關係，有些意見很有改變了，這頗有可與後人參考的地方，但並沒有一種約束力，叫人非聽此不可。因爲根據這個意思說話，說的人雖然覺得他有說的義務，聽的人亦還有聽的權利，不聽也是隨意，可以免去掩耳之煩，這雖有投筆躍躍而起，強迫少年人坐而恭聽，那時才有扶杖之必要也。昔湖定遠著家戒二篇，卷首題詞中有云：

「少年性大，老年靜靜之旨，非所樂聞，不至頭觸屏風而睡，亦已足矣，無如之何，筆之於書，或冀有時一覽，未必無益也。」湖君寫家戒，說的這麼明達，我們對青年朋友說話，自然還該客氣，仔細想來，其實與年輕朋友說話也無什麼不同，大抵只是話題有點選擇而已，至於說要誠實自本是一樣，說的繁簡或須分別，但是那也祗是當理當如是，却亦不能一定做到也。民國三十三年十二月十日小寒自記。

二　漢字

這個題目本來應該寫作國文國語，但是我的意思很偏重在表現這國文國語的漢字上面，所以這樣的寫了，因而裏面所說的話也就多少有點變動，不能與泛論中國國文國語相同。中國自己原來只有這一種文字，上邊不必再加漢這一字的形容，大概自從三百年前滿洲文拿來之後，這才二者對立起來，有如滿漢辭彙或滿漢資料之類，漢文這名稱乃一般通行，至於漢字則是新名詞，却也很適用，所以現在就借用這名稱以表示中國特有的形聲文字。這種文字在藝術文學上有什麼美點，在教育上有什麼缺點，這些問題暫且不談，因為說來話長，而且容易我田引水，談不出結論來。現今想說的只是為中國前途著想，這漢字倒很是有用，我們有應當加以重視之必要。這如說是政治的看法，也非始不可，但在今日中國有好些事情，我覺得第一先應用政治的看法去看，他於中國本身於中國民族的政治上有何利益，決定其價值，從其他標準看出來的評價，即使更為客觀更為科學的，也必得放在其次。即如漢字，在外國人特別是在文化系統不同的異民族，總覺得難學，又或在學習語體寫作上，也均比較的不容易，這些或者都是事實也難說，但我們只問這漢字假如對於中國本身是合用的，在政治意味上於中國極有利益，那麼這就行了，上邊所說的種種缺點都可暫且擱下不論，而且也可以暫不作缺點論。漢字在中國的益處是什麼呢，我從前寫過一篇文章論漢文學的前途，在附記裏說過這一節話：

「中國民族被稱為一盤散沙，自他均無異辭，但民族間自有維繫存在，反不似歐洲人之易於分裂，此在平日視之或無甚足取，唯亂後思之，正大可珍重，我們翻史書，永樂定都北京，安之若故鄉，數百年燕雲習俗了不為梗，又看報章雜誌之記事照相，東至寧古塔，西至烏魯木齊，市街住宅種種色相，不但基本如一，即瑣末事項有出於迷信敗俗者，亦多具有，常令覽者不禁苦笑。反復一想，此是何物在時間空間中有如是維繫之力，思想文字言語禮俗，如此而已。漢字漢語，其來已遠，近時更有語體文，以漢字寫國語，義務教育未普及，只等待到物自然流通的結果，現今青年以漢字寫文章者，無論地理距離間隔如何，其感情思想却均相通，這一件小事實有很重大的意義。舊派的人，嘆息語體文流行，古文衰微了，新派又豈非還不夠白話化方言化，也幾乎不滿意，但據我看來，這在文章上正可適用，更重要的乃是政治上的成功，助成國民思想感情的連絡與一致，我們固不必要褒揚新文學運動之發起人，唯其成績在民國政治上實在比較在文學上為尤大，不可不加以承認。」我在這裏再補充幾句，我們最大的希望與要求是中國的統一，這須從文化上建立基礎，文字言語的統一又爲其必要條件，中國雖有好些方言系統，而綜合的有國語以總其成，以有稽古的傳統的漢字紀錄之，上貫古今，旁及四方，思想感情無不通達，文化的統一賴以維持，此爲最要事也。假如沒有這漢字，却用任何拼音文字去寫，中國的普通國語文便無法可以疏通，勢必須拼寫各縣方音，此在昔爲方面或有益處，通行地域亦自有限定，其結果則是文字言語之分裂，一方言區域將成爲一小國，中國亦即無形的分裂了。現今的國語與文誠然未爲完善，漢字的使用亦有艱難之點，唯因其有維繫文化的統一之功用，政治上有極大意義，凡現在關心中國前途的人都注意這事以重視。這個責任首先落在知識階級尤其是青年的身上，大家應當認識的尊重漢字，重要之點約有二端。其一是學術的研究。在大學不必說了，就是在中學也當注意文字學，明瞭漢字形體的大概，不但可爲將來專攻的基本，對於文字構造感到趣味，亦有利於學習文章。其二是適合的寫法。古今雅俗，字體不一，各有所宜，用不得當，即可成爲別字。須先學得一般通用寫法，以應實用，其俗字簡筆，約定俗成者，亦應知悉，再加以文字學上的若干古字，隨宜用入，以有典雅氣爲度，便不致誤。其三是正確的使用。一個個的漢字，都精細的考慮，照着要說的意思排列下去，有如工女穿珠，要粒粒都有着落，纔成整用的東西。世俗故排字眼，希望文昌垂佑，蓋出於科舉時代之迷信，殊爲可笑，今時對於祖國文字致其珍重之意，則固是合理的事也。

三　國　文

現代的知識青年關於國文至少要養成這兩種能力。一、能讀懂普通的古書。二、能寫得出普通的國語文。說到古書，中國的情形與西洋各國頗有不同。西洋的文字是拼音的，三四百年前的書便寫得很不一樣，而且歷史都不遠，除希臘拉丁文外，簡單的說一句：到了十四五世紀有價值的書才出現。現在早已有了翻譯注釋本，所以一般讀者已無讀古書之要，祇要專門學者這才直接去從古文書中探取他的資源。中國則從周朝算起亦已有三千年，雖然字體漸有改變，却是一直用漢字紀錄。如今說起書來，差不多就都是古書，我們要想知道一點本國的歷史，思想和文字，須得向這裏邊去尋求。這一大堆的資料，二三千年來多少人的心力所積聚，說雜亂的難利用，好處都有，也是實在的事。但總之有這一大堆活的資料可用是極難得的，在世間未有其比，除了特殊的若干古典之外，只須少少查考，大抵現代人都能讀懂，至少也可通其大意。假如將來文化發達，整理國故的事業努力下去，那些特殊的古典有如尚書之盤庚等篇，都有精善的翻譯對照本可看，其他古書都經過校訂考證注釋，一般入門及工具書也大略完備，讀者隨處得着幫助，利益自然更大，此到現在可惜還未能如此，所以青年自己的努力最爲重要，上邊說普通的古書，其範圍也就祇是一部份史書，儒家道家的幾種主要著作，文學書類，擇要閱讀而已。只要對於漢字知道愛重，文字方面有一點基本知識，再加上有想知道本國事情及其傳統的熱心，用心讀書，雖無明師亦易自通，並不是怎麼困難的事。至於寫文章，目的在於傳達自己的意思，自然不能使用古文，應當寫國語文，那是不成問題的，這個理由並不在於二者之是非而在於能否。我曾說過我們寫文章是想將自己的意思和感情表達出來的，能够將思想和感情多寫出一分，文章的力量即加著一分，寫出得愈多便愈好。文字乃是一種工具看那種適用便是好的，本來古文或語體都可以用，這裏的問題是要看我們是否能用，那一種用的合適罷了。我們在背誦選本讀過十年以上經書的人，勉強寫古文也還來得，可是要想像上邊所說那樣寫出傳達意思的文章，覺得力有未逮，梁任公的論說與林琴南的小說翻譯，總要算是最好的了。我們是寫不成，但同時也不能感覺滿意，至少在現今有別的寫法可用的時候，那麼用白話文要，這也未必盡然，說寫白話文，便當以白話為標準，而現在白話的標準卻不一定，可以解做國語，也可以解作方言，不如說是國語，比較有個界限，大抵可解釋為可用漢字表示的通用白話，他比起方言來或者有些弱點，但他有統一性，可以通行於全中國。正如漢字一樣，我們並非看輕方言與拼音字，實在只是較看重國語與漢字，因為後者對於中國統一工作更為有用。倘若中國政治統一文化發達，人人能讀能寫用漢字的國語文，此外更能使用拼音字的方言，那也是很好的事情，鄙人雖老且懶，自己未能再去練習，想寫什麼越語文字，但對於此現象也很高興，那是無可疑的。以上兩節說的都有點籠統亦未可知，但是，所以說的方式的原因如蒙讀者所諒解，則話雖不時新而意不無可取，至少也總是誠實耳。

桃源

人物風俗制度叢譚一

瞿兌之

地僻山深有自爲部落不與外間接觸者，桃花源固非盡寓言也。殷樹森記有一則云：

廣東韶州府乳源縣有地曰梅花，溪水峻險不與外通，居人數百千家，有張鄧二姓爲之主，皆聽其指揮。二姓明季諸生，明亡後不薙髮，據險自守，官不得入，而租賦輸納不缺，值呼者山下遙呼之，輸租而下，如數不少欠。平西之變，胡國柱過乳源，二姓以野服見，事定後二姓已死矣。然以其地歸朝廷，朝廷以其地撥置花縣，屬廣州府。今人所謂梅花洞者，即其地矣，並見題。

湘綺樓日記亦記湘鄉九洞中人不入城市，同治三年有赴卜局者，彼中人猶稱道光四十四年，乃不知縣城曾失守。

劉敬叔異苑云，元嘉初武溪蠻人射鹿逐入石穴，纔容人，蠻人入穴，見其旁有梯，因上梯，豁然開朗，桑果蔚然，行人翱翔，亦不以爲怪。此蠻於路斫樹爲記，其後茫然無復彷彿。此即桃源傳說之所由本歟。

河北有滿城涿縣間相傳有所謂老人村者，頗與相類。余曾於民國二十一二年間語滿城縣令蔣君答圖，蔣君歸而詳爲調查，於河北月刊第三卷第十二期發表會勘三坡紀略一文，實關係民風國政之大文字也。茲摘其詞，略加申引，錄之於左，以饗好異聞者。

先是民國十八年，有涿縣人郭相者，具呈北平軍事當局，自貫有祖遺明崇禎時所賜三川三坡之地，此項荒山跨涿縣易縣淶水縣爲六縣，面積四百餘里，即以房山一帶而論，有地三千餘頃，樹數十萬株，明代即准佃分種，當時四至立碑，迄李自成兵敗，其部下佔據川坡，而郭氏尚存明末賜地原照及明清兩朝糧串，請將全地由國家收回，按照原價官價價，林木亦估價招買云云。旋由河北省政府查明郭相遷涿僅四世，其呈文係偽造，然其年十月，又有人具呈官治軍入山圖地貢功，會將該地一段賜給遼寧親王，約十分之一，其後即將賜地轉賣與王舉辦之祖嗣之，乾隆間郭裔有名發山者，因進銅六十萬斤，高宗將川坡之地發還，并准給御押封典，歷年以來，生齒繁衍，六縣官廳向置不問，民間遂選舉領袖，分爲五段，並頭其事，號爲老人，儼如海外桃源，並不繳納課稅。按以上之敘述，乃知老人村爲確有之事實，特傳說展轉，附會不免齊東之談，然固猶有脈絡可尋也。嘗閱吏所記近畿墾莊不一而足，如李敏傳言：

貫城縣除地及民田收買四千頃，故執不可，——會京師大水，敏乃極陳其弊，言今畿輔皇莊爲地萬二千八百餘頃，勳戚中官莊三百三十有二，爲地三萬三千一百餘頃。……

入清以後，此類並莊在財則上謂之更名地，僻遠之區，仍其舊貫，班玻有之，至於擴撫實功亦非無據，據此案中與聘解，抄呈乾隆二十六年九月部照云：

為發給執照事，據吏部主事存稿呈稱有康熙五年上賞存稿之先戶部尚書移知給山川泥地一項，坐落在宣涞涞水縣屬山後佛洞塔山等處，——呈請援乾隆十年上諭——上賞撤放准北山部諮發執照，——合行發給執照以憑管業。

所謂賜地種稞殆由此附會而出也。

數年以來，常以此事屢蒙政府派員調查，及其究竟，則不外托名影射，希圖伐賣林樹，藉以牟利，因是置而不問，遂屬諸而擱置也。

至本年春間，河北省政府因府到撤花地，乃指派宛房涞涿四縣長親往勘查，所謂三坡者，地雖屬涞，而位於房山之西，涞水之北，宛平之西南，近接長城，僻處山內，其中心曰桑園澗，距涿縣一百八十里，距宛平二百二十里，距涞水二百二十里，距房山至近亦一百四十里。考三坡之名所自始，則深入舊涞縣所屬，有上坡中坡下坡三村，三村人民以三坡地方深遠，無人法而開墾，留居其地，遂沿用故鄉村名。是說也，出自土人，必有其據。然余則稱彼三坡為山坡之說，山坡者山民以梯田為生，故以山坡為地之通名耳。

雖將於所述三坡風俗之特異者，一為婦女行纏及弓鞋之式，將腿寬六七寸，兩端結障，而以紅帶束之，其鞋則淺幫平底，近尖處其鞋尤淺，內不着兩鞋，亦無幅襪，只以布圍裹之，鞋尖有鉤向上，鞋前幫容易脫落，故鞋面須用帶勒束。余按不襪而纏此正古制。鞋尖向上即史記所謂利屣，其在宮殿則上衛明珠作鳳翅，古圖畫中所見亦如是，大抵山居之民易存古俗，其為舊日中原遺民證一。

又婦人頭髻多係前面挺起，如日本婦女裝梳，後梳抓髻，其約長五六寸，下端為半圓形，如蛋形，用粗紅繩紮成，間有橫簪於頂，如古時之宮裝，亦有於髻後梳二圓髻者，此亦近於古風，其為舊日中原遺民證二。

又其人語音甚濁，不能讀而字，呼兒子為揳子，余按古音而字屬支部，應讀如夷，今粵語正然。兒子讀為揳子，遂當為息子。唐以前俗呼兒為息故也。若余之推斷不誤，則其人獨能保存古語音，必為金元之際胡風所未漸被之地，此至罕而可珍之史料也。其為舊日中原遺民證三。

蔣君又在鎮廠村之九龍廟中發見石香爐有元朝年號，以為三坡人民必在元朝以前遷入，此其為舊日中原遺民證四矣。大抵石晉割讓山前山後諸州時，此地適當涿易二州之間，距中原最近，忠者遺民痛心疾首於版圖之移易，相率入山以逃虜政，如桃源隱者故事乎。自五季以來，此地以北不見兵革，惟李自成之亂，或亦有於此聚族避兵者。（蔣君亦謂傳說中有云李自成部之遺留者）然按之以上所述，則其人入山似不止於三百年，終以吾所推測者為近也。說者或據北宋以前無證是者，故其人必來自北宋以後，此說近似，然山居之人亦僅能保持其舊俗至最大限度，而不能全然拒絕時代習俗之流入。非然者，何以亦有辮髮之男子，且有剪髮之男子耶。

蔣君又云，從年三坡內推舉完糧之人赴涿縣城內完納糧銀，被舉者稍帶老人，老人雖極偉大，然除任完糧外，所有一切糾紛均歸其開拔，（續見26頁）

一士譚薈序

徐一士

東塗西抹，遂已多年，各稿散見歷屆刊物，為數頗夥。知交輒勸出單行本，謂易保存，蓋舊稿之遺失者已不少矣。民國二十四五年間，曾有排印單行本之議，乃因人事牽率，卒卒少暇，迄迴行持，竟爾中止，亦以自揆學識拘墟，文辭舛陋，且多成於匆促，未能博涉深思，雖可藏以傳世，故非敢流於此也。

近歲以來，日趨老憊，友好尤時以此事不宜過延為言。於是承古今出版社之約，出「一士類稿」一部。印行之後，未為讀者所唾棄，良用愧幸。茲復承太平書局願為印行，因檢理叢殘，更為「一士譚薈」之出版。

此編略循前出「一士類稿」之例，所收凡三十篇，以敘述人物者為多。如敘靖港之役，述曾國藩治軍初期一大挫，著其情狀，俾資研討國藩為人之一助。左宗棠等，亦附及焉。他如駱秉章楊岳斌彭玉麟王鑫朱洪章等，均咸同間立功將帥。張寶非長於武略，而與秉章同官雅故，並列於篇。咸豐朝事史料一篇，述洪楊起事後一直隸段之當時見聞，採自張吉甫所錄。吉甫則道咸間名御史，其人其詩，可供搜擷。至若倭仁榮祿張之洞許景澄陳寶琛瞿鴻禨張百熙袁世凱岑春煊林開謩陸徵祥吳佩孚等，或著於同光，或名顯於民國，事蹟有異，各有可傳，均略事敘述，以備覽觀。寶琛謝藩，卒於民國，而其人清末遺老也，因並收入清初之明末遺老[illegible]一篇。李汝謙諸獻謝，述其事藉助興趣。對外趣談，則述清代關乎外交有趣味之故事。

光緒初年，有所謂清流黨，之洞寶琛，均與其列。庚辰午門一案，可見譽詞之風。民國庚辰述此，作六十年之回憶也。後年又有神機營事，並附述之。

後於此案三十年之宣統庚戌炸彈案，為清民國遞嬗時期之重要史蹟，關係之鉅，尤覺恒泛。抽稿述其概略，治史者或亦有取焉。

督撫同城，首縣，牧令與官，各為一篇，關乎當時政制及官途之情偽，同資游談。

李詳與吳文蓉，抽稿錄其論文之精及遺文，均昔之有物。又錄鄧長衡等書札，藉見清初書派之風致。

柳間生先生圍蒐收關於梨園掌故之作。余於戲劇為門外漢，然亦嘗漫談及之，特不敢涉及腔調之類耳。人物方面，收入同光名伶梅巧玲一篇。戲班與演劇，頗可相通。明末清初之鄉戲等，以戲班得名，且與巧玲均以意供見稱，因亦收入。又西人之中劇觀，亦有關掌故。並收入戲劇諧話二十餘則，或屬考證之性質，或供助談之資料。

此編選輯之餘，特誌其概。當代通人，幸予匡益！

民國三十四年二月，一士識。

愛情的故事

周幼海

愛情的故事

秋天的夜晚，郊外的草場上，一堆人影圍繞着一堆野火。寂靜的，偶爾有着一陣柴火的劈拍聲。火光中隱約看得見，四週有着兩三幢破樓。

一個中年男子，靠近火坐着，一面不斷的在加着柴，一面又烘着乾栗子，一個個順序得給週圍的孩子們。

週圍是些孩子們，十幾個小學校的學生隨着先生來露營，過了一天野外生活，夜降後，燒起了野火，預備烘着日裏撿來的栗子吃。

一個人影從帳幕裏走出來。

『來，你們得都圍好毯子，受了涼，回去後，要挨罵的！』

『王先生，你快來，來聽陳先生說故事。』很多聲音同時說着。

陳先生就是那男先生，王先生是從帳幕裏出來的女先生。她替孩子們一一圍好毯子後，就在一個女孩子旁邊坐下來。她理了理衣裳，攏着在旁邊的女孩子，靜着眼睛向火的另一邊慫恿說着。

『你們又要聽怎樣的故事呢？』

『我不要聽神話！』

『你們請陳先生說一個笑話吧！』王先生說。

『不，不要笑話，笑了後，什麼都沒有了。』坐在王先生旁邊那女孩子低着頭說。

一個身材高大的男孩子神氣的說：

『陳先生，你給我們說一個偵探的。』

『不——』幾乎全都叫起來。

一個細小的聲音從黑暗的一角送出來。

『那麼，陳先生，能不能請你說一個愛情的呢？』

『什麼——？』王先生嚇了一跳。

『對哩，愛情的，我們要聽愛情的故事！』

『愛情——』陳先生輕輕的感慨的說着：

『你們懂得什麼是愛情嗎？』

『懂——那就是——一個男的愛一個女的，那個女的也愛那個男的。他們美麗的相戀——後來，又美麗的——結婚。』那身材最高的男孩子說。

『好吧，那我說說一個愛情的故事吧！』他向火的另一邊望望，嘆了口氣。

王先生在閉着眼睛。

沉默些時。

『有一次，一個男的遇見一個女的了——』陳先生開始說下去：

『他們遇見後，他們很美麗的遇見後——她幫了他很多忙——。』

『什麼忙？』䵷在問。

『比如，他本來很——消極，很懶得做事。可是，認識她後，她使他又積極起來。他們在一起做了很多事，讀書啦！寫字啦！研究什麼什麼啦！……』

『他們不——不愛嗎？』那細小的聲音在插着嘴說。

『愛——哦！愛的，那女的愛他——』

『是她告訴他的嗎？』

『不，不是的，是那男的看出來的。因爲每次，她待他都那麼好，像一個母親，又像一個妹妹！每次，她望着他時，從她的眼睛裏，他很明白的知道一切了！——』

『那麼他呢？』

『他——他嗎？——』

『難道他不愛她？』

『他？——不，他也愛她的。——』

王先生低了頭。

『像她愛他一樣的愛她？』

『——可是，每次，他都在躲開一個能使他自己去愛她，或是使她來愛自己的機會。——』

『爲什麼？』

『哦！孩子們，不爲什麼——』

『我想——那一定有原因的。』王先生輕輕的很快的說着。

『——』陳先生暫時沒有回答，向她那邊望着，說下去：

『是的，是有原因的。——因爲——因爲他覺得他不配愛她，也不配被她愛。——』

『那又爲什麼呢？』

『也許——也許因爲他年紀比她大些。』

『愛情是不分年齡的！』那身材頂高的男孩子說。

『哦！還有——也許他覺得以他這樣曾受過很大刺激的人，不應該拿一顆破碎了的心，去換像她有着的那樣一顆美麗的心的！』陳先生一口氣說完。

『那麼，難道他以爲她不能，或是沒有資格使他那顆心又變成美麗的嗎？』

『——』陳先生沉默著。

『是不是她知道他是那樣的對待她？』又一個孩子問。

『也許——』

『當然也知道他愛她囉？』

『——』

『她不難過嗎？』

『他們兩人都在難過的！』陳先生嘆口氣說。

王先生又低了頭，她流淚了！

『那麼，後來呢？』

『後來嗎？——後來就這樣的下去了！』

『就這樣的……——』那細小的聲音說：

『他也愛她，她也愛他，不過，只是——就這樣的下去了嗎？』

『我說那個男的不應該！』王先生擁抱着的那個女孩子說。

『是的——』陳先生低低的應了一聲！

『是的，他也知道他不應該。可是，最初，是出於無辦法。這以後，也許，也許他會，——會不再追趕不應該了！』

他以太息結束了他的故事。

王先生偷偷的揩了揩眼睛，站起來說：

『好，孩子們，陳先生的故事已經說完了，去睡吧！』

孩子們陸續站起來，向陳先生道了晚安，陸續的又鑽進帳篷裏去。

王先生從帳篷裏探着又出來，輕輕的說着：

『你不去睡嗎？』

『不，我替你們守夜。』

『不冷？』

『不！』

『謝謝你！』

『謝什麼？』

『將來的故事——』

『哦！——』他深深的望着將熄的火，沒有說什麼。

他站在火旁，似乎有什麼話要說，但又強壓着不敢說出來。結果，他像是不自然的笑了笑，輕輕的向帳篷走去，在帳幕邊，他又回頭來望望他。他只是坐在火旁，向火望着。

一會，他站起來，在快要熄的火上又加了點柴，撥了撥向黑暗中走去。

們還沒睡了，偶爾有着一陣柴火的劈拍聲。

謎

我們在談及其消遣，一個晚上，大家坐在客廳裏。

忽然我記見一個，我初認識的中年紳士說：

『我曾遇見過一張十足有其消遣的小說味道的事！——』

說了這句話，我們大家都望着他，希望他說給大家聽，他微笑的說下去，我們靜靜的聽着。

× × × ×

十年前，我住在一個小城裏。很少人知道那是一個美麗的地方，我也是無意中發現，而就在那裏住下的。

有一個星期六的下午，很好的天氣。我出城去拜訪一個在鄉村做着醫生的朋友，我也是偶然認識他的，認識了以後，我們居然也很投機！

我在一條小道上走着，兩旁都是田野，再遠處就是一些起伏的小山坡。遠處的山頂上，暫歇着一朵浮雲，沒有風，太陽和暖的照着。這是一條從城中到鄉村的惟一的小道，除了這條小道外，再沒有其他的路。

在一片樹林入口處，我坐下來，想休息休息。

一會，我看見一個漂亮的姑娘，從我來的路上走來，她好像有着什麼事情，急急的走着。當她經過我身旁時，我還留意到她驚怕的眼光。我預備招呼她，問她有否需要我幫忙的地方。不是，等我想好了以後，她已經進了樹林去了。而我也不再記起這一節！

大約三分鐘以後，又有一個青年男子急急的走來。他看見我，就停下來問我，是否看見一個姑娘經過這裏。我問他是怎樣的裝扮，他的形容使我知道就是將才的那一個。於是我告訴他，在三分鐘以前，是有那樣一位姑娘從這裏經過的。而且我還告訴他，走出樹林，就有一間茶店，在這裏還可以問一聲。那個青年人向我道謝後，他忽忽的進了樹林——我抽了一支烟後，也站起來走進那樹林。當我出了樹林以後，看見我的朋友正坐在那茶店裏。於是，我也在那裏坐下。

我不在意的問着他：

『你看見一個青年男人追着一個漂亮的姑娘，從這裏過去的嗎？——大概又是什麼戀愛問題了！』

『一個青年男子追着一個漂亮的姑娘？』他問着我。

『是的！』

『但是我沒有看見他們！』

『唉！你應該看見他們的！——也許你沒有留意！』

『不，一點鐘以來，我一直坐在這裏，如果有誰從林子裏出來，或是走進林子裏去，我是一定會看見的。——但是，除了你以外，沒有人出來，更沒有人進去過！』

『那才怪呢？——』我驚奇的接着說：

『十分鐘以前，我坐在樹林的那邊，看見那姑娘走過來，又走進林子裏去，七分鐘以前，那青年男子又走了來，而且我還和他說了話，我也親眼看見他進了林子裏。四分鐘以前，我抽完了一支烟。我在林子裏走了約四分鐘。——那個姑娘應該在六分鐘，那個青年男子應該在三分鐘以前經過這裏，怎麼你會沒有看見？』

但是，他真的沒有看見，任何在那時間在茶店裏，有能到看見的可能的人，都沒有看見我說的一個漂亮的姑娘，和一個青年男子從樹林裏走出來。

那麼，這兩個人到了那裏去了呢？我和我的朋友討論着。結果，我們認為在林子裏，一定發生了什麼事情，他趕緊喊了很多人，到林子去搜查。不是，我們在林子裏什麼都沒有發現。任何地方都找過了，林中沒有那兩個人，或是什麼別的痕跡。

接着，我的朋友又派人去附近的林子和城中去調查，沒有一個人看見或是知道這兩個人的行蹤。

這兩個人究竟到那裏去了呢？我明明親眼看見他們，而且和他們之中的一個說了話。難道我遇見了什麼古怪的事情嗎？

有些人在說我神經病，有些人說我故意興風作浪。到是我相信我自己，我的朋友也相信我。然而，不可思議的，我所遇見的兩個人，在十分鐘之內，樹林中，究竟跑到那裏去了呢？

經過三次的搜查，幾乎附近的任何地方都搜查過，仍是沒有結果。兩星期後我離開了那小城，我的朋友的每次信中，都告訴我，他繼續在暗中調查，然後似乎永不會有一個結果。

一直到現在我不知道究竟那兩個人，到了那裏去了！我相信永遠沒有人會知道。這不可思議的事，永遠也在我心上，以至我有時竟以為自己，當初遇見那兩個人時，是一種幻覺了。

× × × × ×

他微笑的開始說，微笑的說完。大家紛紛討論起來。

論閑臥之利害

查司特頓
曾家殊譯

本篇摘自查司特頓 G.K. Chesterton 所著 Tremendous Trifles 一文。作者以描寫人而想入非非之筆聞名於世。然而在他那玩世不恭的態度中，却仍有一種嚴正的思想存在。本篇自閑臥小事，發為宏論，頗多卓見。

設我人閑臥床中而手頭有一枝長長的色筆可以在天花板上面繪圖作畫，那末閑臥亦未嘗非一有趣味，有意義的事。然為此種畫藝恒非畫家所習慣。我自忖，這事無妨以數桶水彩和一柄掃帚為之。不過缺點是在這兒：即在當我人活潑得在作畫，非濫塗敷設色之際，那濃艷而混和的水彩却拼得人一頭一臉，令人宛如置身於奇彩仙雨之中，那滋味頗不好受。因此，像這樣的藝術作品，恐怕還是以黑白畫為相宜。若然，則潔白的天花板真可派大用場了；事實上據我看來，一方潔白的天花板若真要派用場的話，這倒是唯一可派的用場呢。

但若是我閑臥底目的乃是為了他舒適的感受，那末我也許永遠不會發現這個用場的。好幾年來，我總是在新式房子裏找尋幾方可以作畫底空白。普通的紙張，對於繪真為宜的圖案，無論如何是不敷應用的。正如西拉諾德勃茄拉克 Cyrano de Bergerac 所說"Il me faut des géants"可是當我企求在我人所居的新式房間裏找尋此種潔淨無瑕的空白，時，却沒有一次不歸失望。我發現在我和我的企求之間，有一種由瑣細的東西所構成的無窮盡的雜亂圖型，像一幅鏈子底帷幔般組隔着。我細察那些牆壁，却發現牠們早已為壁紙所覆蓋；再看那些壁紙，則又早被一些彼此相似的可厭的無聊的畫像所佔據了。我真不解何以那些好好的牆壁要被一種與明非妙的象徵——一種顯然缺乏宗教上或哲學上意義的象徵——像牛宿般地沾污呢。照經上所謂「不要像異教徒那樣作無謂的重複」這話，我想一定是指壁紙而說的。據我看來，土耳其地氈真是一種意無窮的彩色底拼合，其情形猶如土耳其帝國，或名叫土耳其糖物底那種糖果。我不大知道所謂土耳其糖物者究何所指；但我想來大概是馬其頓大屠殺吧。凡為我攜着色筆或畫刷所到過的地方，我總發現旁人早已用了他們幼稚而未開化的圖案把所有的牆壁，蓆帷，和傢具都給糟蹋了。

沒有一處地方會為我發現過一方確是潔淨得可以繪畫底空白，直到這一次我睡眠臉過了床。於是那白色天花板底光輝突然映過了我底眼簾，那潔白的一大片，簡直與「樂園」無異，因為牠代表了純潔，也代表了自由。然而可惜之至！到此刻我才發覺牠是和旁的那些天花板一般高不可樂的；牠從上走竟比窗外底蒼蠅還要來得靈巧，來得準確。原來我那主見，即用條帶剩的一端在牠上面縛起，已經受了挫折——別管是受了誰底挫折；反正是受了一位沒有發改者（指其妻）底挫折——；並且不說，便是我那副見，即將條帶底另一端放到爐火裏去燒作裝飾，也沒有獲得允准。可是我相信：凡一切發單引起人們在宮闕和城堡底天花板上描繪那些墮落的天使或翱翔的救主底動靈想像之靈感，便是產生於那些處於我這種地位（指閑臥在床中）的人的。我且深信精明偉大的 Michael Angelo 之所以會想到梵蒂岡禮拜堂 Sistine Chapel 底屋頂，可以用某種方法使之與天堂戲劇相媲美者，就是因為他從事於古代某種高貴的閑臥職業故也。

目今一般對於閑臥之論調都不甚確實而健全的。在所有一切表示着墮落現象底頹廢時代特徵裏頭，最有害最惡劣的一種，莫如對於揮其頭用的末節沾沾自喜這一種了；然而說其代價，則是種其極大的品德，是具有永久性的人類公德呢。若是說還有比今日的大批之日形式微更壞的事的話，那便是今日對於末節之日趨重視這回事了。因此，我以為研究人們底不良嗜好實在比研究人們底不良行為品更為緊要。目今，消遣之重要性絕不稍遜於思考，遊戲者被當作本質，而後者被目為罪過。劇作家祇要不違背社會底立場，儘不妨對於細節大施抨擊。我親自遇到過幾位現下生派之樂觀論者，彼等以咖啡消遣為左道，而以飲食作為正規。此種情形，在衛生學方面，例如於閑臥一事，尤其為甚。一般人都不把閑臥看作一種正當的個人之自由和調節，卻必欲把早起列為基本德行之一種。大概說來，早起當作實用智慧之一部分，然早起未必有何利益，反之，早起亦未必有何害處也。

守財奴黎明即起；偷兒徹夜候便已起床。我們底社會之大危機即在其機械作用之日趨固定不易，而其精神則日趨搖擺不定。個人之不崩末節貴在自由，變幻，富有創造性；而其原則和理想則以固定為是。然而我人事實上適得其反；我人底觀念常變，而午餐則始終不易。今日我所希望於人者，底為其觀念之應堅定深固，至於午餐的地點，儘不妨隨心所欲，房中可，床上亦可；屋上可，樹頂亦不反對。只要大家對於底出發點是同一個原則，那末就讓大家或在床上，或在船中，或在氣球裏吃飯吧。此種好習慣之養成，其重要遠勝於太過重視那些做做風俗習慣所可以濫用底道德，而過於忽視那些決非風俗習慣所能非難底哲學，那些神來之靈悃或神來之正值底產生的美德。若那種突然的呼喚係向我人而發，那末我們怕是簡不來的。一個人可以習慣於清晨五時起身，但不大能習慣於為了他的觀念而備受痛苦；於一次的實驗亦即是成敗所繫的一次。讓我人對於某些奧妙的不可預測的可能發生事件，稍更注意一些。也許我離開床舖之後，會做件把大逆不道的事也說不定呀。

還有一句很重要的話，我要請那些研究閑臥藝術的人注意。縱使對於那些可以在床中做他們底工作的人（例如新聞記者），我寧亦祇能與一為之；對於那些不能在床中工作底人（例如補鞋為業的人），自更不容細說了。但這還不是我所指的注意之點。我所指的乃是：若你果真閑臥在床中，那末你決不要有任何閑臥底理由。這樣自然又當別論。但若是健康的人閑臥在床中，那我勸他便毫無任何地臥著吧；那末他起床之後還是健康的人。但若他自以為有某種政府的衛生部上的理由，或竟有某種科學理論為根據，那末他起床後也許會變成了一個重要病患者。

與友人談紅樓夢

紓易

一　兩封信

瀛兄來信

（上略）拜讀紅樓夢，近又買到一部商務的增評補像本，不過我已擱下一個多星期了。紅樓夢中最容易懂得的是賈寶玉，林黛玉則我至今還是不懂。我覺到，賈寶玉是詩人，也像李後主，歌德之為詩人一樣，縱然有許多地方與流俗不無爭逆，但始終是超脫的，而又是天真的。惟其賈寶玉是超脫的，是天真的，所以在許多方面他的思想不拘泥，敢澈底：決不運用了一半邏輯就退却了。所以寶玉在思想方面有合理主義的傾向，敢於冒大不韙而說出別人所不敢說的不敢想的。他在思想方面之能如此，並不一定說他是大膽，實際上是因為他是超脫的，故無所掛礙。但亦正因為他超脫，所以他雖然對許多東西不滿，但只有不屑，而並無憎恨，這正是他詩人氣質的地方，他好像在一片白雲上，俯首看下面的「一切 follies 但對這一切 follies 祗感憫而非憎恨。

寶玉像維特一樣，他和這世界上唯一幻子是愛，尤其是對女性的愛；但兩者有一點不同：維特是本來自以為有許多幻子，但一個一個失望了，一個一個幻滅了，最後只剩了愛。寶玉則不同，於寶玉，除了愛之外，其他一切幻子根本沒有存在過。寶玉對女性之推揚，其原因恐亦在此；假如去了女性，寶玉就根本無附着之所。

但有一點我始終是懷疑，如果說寶玉就是曹雪芹，這後來的悔恨倒底是一種什麼心理，悔恨些什麼？（按，瀛兄此函中所說之悔恨指紅樓夢開卷第一回作者懺悔之詞。）我想法作了種種解釋，都很不合適。還有一點，我覺得續書決不自八十一回起，七十幾回似已有續書的痕跡，不過我還說不出證據來。（下略）

瀛　寄自昆明（廿九年十二月初）

紓易答書

（上略）你說曹雪芹為超脫的人，這話當然不錯。但我則謂你只說了一半，所以你覺得尚有不可解。曹雪芹的性情思想，實是名教與自然的合一。因人為自然之子，名教本無悖於自然。特在末世，無論時為安定或大亂，極端擁護作樂的盜賢竊無人，社會上只有可厭的道學，虛偽的風流，與種種腐臭的麻痹，則文明已經停滯，名教已死，人性亦滅。此時往往有獨具資賦的人率性而行，雖無深邃的精義，亦足傳留多少靈秀之氣，各因環境才性時勢的不同，成為各等人物，皆點染文明的歷史。惟此等人無論其為偏激溫和，因俗世的性靈已死，故此等人往往有奇特怪辟之目。此也就是雪芹所謂由正邪兩賦而來的那種種人。諸雪芹者，生當盛朝之後，發於富貴豪華之家，試觀其背，顯然正是個文明的末世。但如他所說，惟有若干女子，因所受塵俗的熏染尚少，沒有男子的呆蠢昏亂之濁氣，遂令雪芹成「閨閣之良友」而為「世道中之怪人」了。至於後來，雖然是一技無成，半生潦倒，於國於家，果然皆有何益，是以不能無愧無恨。但雖悔雖恨，雖感所受天地國家父母師傳之德惟無以報，而他一片心思所寄仍在當時所見所親的幾個女子。因以世俗名教目光看之，則林薛等也不過幾個女子，並無奇才，且俱係溺薄之輩，然在雪芹視之，只要是靈秀所鍾，自然之性情不泯，名教之大則無礙，雖不過或情或謎，或小才微善，而他已覺實在在認為勝我強屑了。故無論情侶姊妹，即一不正要的婢妾，當他屬筆之時亦必無限神融也。

雪芹思想的過人處，即在他所留的含蓄主義。他之能有這樣的思想，他之有這樣名教自然的合一無間，且定而不移不惑，則基於他的至純的心性——也就是他的仁愛源說等等。（下略）

寄自川南深孝非（三十年一月十三日）

（附記）偶檢朋友舊函一件及覆函的存稿，稿者之下，始見兩者思想的吻合。這真是快樂的源泉。現年所見稍更進一步，今照抄舊文，以保留本來思想的痕迹，亦以誌可貴的友誼。時事日非，回念西南，追思往事，誠不勝感慨。三十三年國父誕辰紀念日前夜，舒易記。

二　石頭記前八十回中的他人續書

上錄區兄的信中說，前八十回中已有續貂的痕迹。以前另一個朋友也談到這件事情，我們認為可疑的就是第六十四，六十七兩回。前年才細看胡適先生跋乾隆庚辰脂硯齋重評本石頭記，才注意到果然這兩回是原抄本所缺的。那個庚辰脂硯齋重評本乃是較早的一種抄本，有與原作者關係極密的人的評，評的話包含許多重要的材料，不但是考證家有用的，更是批評家有用的。至於我們先認為六十四六十七兩回是偽續的痕迹，有如下的理由。

六十四回　幽淑女悲題五美吟　浪蕩子情遺九龍珮

六十七回　見土儀顰卿思故里　聞秘事鳳姐訊家童

這兩回都有一段寶黛相見。在八十回中的後部寶黛單獨相見是很難得的。因為細探作者之意，前面寫的是寶玉等年紀很小，兄妹不避嫌疑的時候，後來則是年紀漸長禮法漸嚴的時候。而不論是長是短，寶黛二人的事當然是極重要的節目，可不待煩言。現在亦不必細批這六十四，六十七回的兩段如何不好，只舉我可認為偽作的證據：

（一）六十四回，進了瀟湘館，寶玉道「妹妹這兩天可大好些了？……」又道「若妹妹臉上現有淚痕……」。六十七回，進了瀟湘館，黛玉讓坐，寶玉見黛玉淚痕滿面，便問「妹妹又是誰氣著你了？」又道「不是妹妹要開雜貨鋪啊。」又道「妹妹你放心。」這兩回都是寶見了黛先稱妹妹，又都帶有「妹妹」，這樣的稱呼是別處所沒有的。有偶一用妹妹的地方如第三十二回訴肺腑心迷活寶玉一段，寶玉從怡紅院出來，忽見林黛玉在前慢慢的走，似有拭淚之狀，便忙趕上來笑道，「妹妹往那裏去？……」此是路上無意遇見，後面趕上所以用「妹妹」。如第四十五回寶玉到了瀟湘館，黛玉笑道「那裏來的這麼個漁翁？」寶玉忙問：「今兒好些？吃藥沒有？今兒一日吃了多少飯？」說着沒有稱呼。這用不用「妹妹」，大有區別，現在亦不細論。八十回書中另外也有好些用「妹妹」的地方，皆有個別的用法，與六十四六十七回那樣的用法，絕沒有相同。（二）六十四回寫黛玉秋七月祭父母，六十七回寫黛玉見土儀思故里，這兩個題目是極相類的，而別處沒有這一類虛泛的東西。朋友許君稱之爲 Cheap Sentiment 真是恰當不過。（三）第六十四回，黛玉道：「好好的我多早晚又傷心了？」寶玉笑道「妹妹臉上現有淚痕，如何還哄我呢？」此明是模倣第三十二回的對話：林黛玉勉強笑道，「好好的我何曾哭了？」寶玉笑道，「你瞧瞧眼睛上的淚珠兒沒乾還撒謊呢。」（四）六十四回黛玉的五美吟也是毫不見個性的東西，而雪芹的每一詩往一語語皆非隨便製作，是讀石頭記的人皆知的。此回中說黛玉說寶玉把她的詩寫給外面人看去，寶玉道「我豈不知閨閣中詩詞字跡是輕易往外傳誦不得的，自從你說了，我總未拿出園子去。」這種舊事重提的文字正是續作四十回中的慣技。（五）六十四回說紫鵑奉命將小琴桌上的陳設搬下來。然林黛玉並不是位音樂家，瀟湘館中並沒有小琴桌一物，此處的小琴桌乃是給續作八十七回撫琴悲往事一段雅事預備的。雪芹必不如此的混。人與人的趣味的差別果然是很分得出的。

介紹程小青畫件

程小青先生著述之餘，兼擅六法，凡花卉果蔬翎毛蟲魚，無不俏逸絕塵，別具風致。其作品向以自娛，不輕示人，茲擬廣結墨緣，順應公衆同好之請者。上海福州路世界書局備有潤例，函索即寄。

文壇·文化消息

諸家

△雅兒之譯『人物風俗制度叢談』，甲集凡數十萬言，已由太平書局排竣，月內即將出版。

△太平書局新書，同時在印行中者，尚有徐一士之『一士談薈』，何若之『雜文』甲集。

△周作人氏本年最新散文集『立春之前』，將由上海太平書局出版。周越然著『六十回憶』，譚正璧編『當代女作家小說選』已付梓，在排版中。

△據雜誌社消息：該社新書柳雨生小說集『撻妻記』，譚正璧著『長恨歌』，已銷售一空，現將再版。譚惟翰之『燈前小語』，亦將印行。

△陶亢德主編『文風』，楊之華主編『文帖』，俱將出版，係散文性質，內容甚佳。

△班公接編『殷綠』月刊，並繼續主編『小天地』，異常忙碌。

△『中報月刊』由楊光政接編。

△譚惟翰編劇之電影現代夫妻，頗獲好評。新作品笑聲淚痕，亦係由其本人編作改編。風雨談連載之長篇夜闌人靜，下期仍繼續刊載。

△『文史』自創刊號出版，久未見續出。主編文載道熱心奔走接洽，聞不久仍將問世。

△以求幸福齋主筆名，多撰青樓及倡門寫實體小說之何海鳴在北京病逝。

△傳說已久之上海文化界公演秋海棠話劇，籌募文化貸金消息，聞月內或將舉行。

△北京大學師友及周作人氏友好爲慶祝周氏六旬誕辰，特印行紀念論文集『沙灘小集』，傅芸子編輯。

△文藝春秋叢刊第三輯『春雷』出版。

凌霄漢閣劇話

凌霄漢閣

「忠於戲」乃夠批評

伶人除於本行之外有「跨行」，只要在「為戲而戲」的主題以下，則可以認為好的現象。反之，在本行本等的範圍內，卻又有些「藐視不位」的，或者勉強登台而自己明白是「凑合事」的。如此，亦是忠實於戲劇。不在乎「文武崑亂不擋」「大王贊儀」的前見的門面語，自然不失為良好的伶工。

如劉趕三乃當年著名之小花臉，能扮老生，老旦，老生學余三勝有傘手（當然是致力最專的劉三勝），而本行的滑稽解詼，則每次上場，後台同行皆有美譽。趕三說屬此行，不能不應，而自己心裏亦知道不行，實是說不出的苦悶。主要的原因就是費心窮所致：「這大的節人，一到上臺，爾竟就沒有了」。（以上兩角職自比老生趕上動嘴，且知現在之某某伶雖上面不說，仍未必是唱甚好）。

如譚鑫培，生行能事之多，比較實占優越地位，（不在乎大王貝勒），然生行，綜一宗之「王帽」只有數出，此所共知。此外所常演者如深沙球，乎在台下興致蓋然，後與譚鑫培及則後與老譚配演多次，亦無法指其佳處何在，此劇原是「人保戲」的戲，老譚「人保」之戲甚多，獨保不了此戲，因個人作風相去太遠。（具外中之老生如陳德霖，鄭伯猶等皆有其超處，獨韓廷鳳不行）然深沙球總是生行的「大路活」必不可少，故譚亦自知不對工而不能不唱，於其一方面之所不及，見其多方面之優越，正所謂「見道知仁」。由此等處作深刻的觀察，則知「說本位」，時代是演進的全說，並可以知伶在「忠於戲」之前提以下，始能産生名伶好角，而前後台之評論，始能符合融會共趨於正軌。

「知」譚鑫培乃可學譚鑫培

凡是表演一個角色或學某個前輩名伶，第一須要「知道」是怎麼回事，其次方是技術（唱做念打之類），余叔岩學譚鑫培之所以較有成績，只是對於譚技有整個之了解，並於所扮演之角色之身分，與公共之原則，有相當之研究，這些地方，叔岩比任何譚派伶人都有內心，有認識。

當舖是取諸超見，即叔岩所唱的「捉放曹」片子論之，若論唱工並無特別巧妙處，「動梓堂」與探母之「坐宮」，法門寺之「郿鄔縣」

」，皆是一般的慢板西皮轉大段二六，其中最能感動者是「都只爲門楣越拔」一句，然此段即「我好比南來雁」之段，亦即「勸世人休爲官」之段也。故技術毫無特別，設若一般顧曲家以「陞拔字例」即無唱工之能事，則已有「楊延輝坐宮院」可聽，此「勸梓童休得要」豈正多此一舉，然而叔岩於其他之「三眼轉二六」之外，此段更爲得意之作，其原因，戲中人是另一種身分，而唱工即另一種氣格，總而言之，百變不離一宗，「戲」爲主，唱工如是，其他各工亦然。

這段雖只是一般大江陽，劇中人是「王子」，劇中的情境是安坐而對妃作閒談語，故氣度從容，而調出之，便與探母，法門寺完全另一味道。「王子」的唱法，無非平正通達，字正腔圓。故許蘇（王頭老生之中路）其唱此段，除「都只爲」一句之腔略短外並無所異，因爲雖唱亦難不開公共的原則，但只於自然上有些分別，陳某唱得很好，叔岩唱得很活，如此而已。叔岩於「王子」的唱法有所知，於塗寫之唱法有所知，於是乎成功。

俗眾中一部分人對叔岩與劉鴻聲有如何神秘。予則正告之曰：如予所說之外，並無神秘。另一部分人對叔岩有些「氣不憤」，予亦正告之曰：叔岩之學譚，非枝枝節節，非遺神取貌，唱戲時，心中有戲，便非一般所及。

「昭關」之劇情，音調，場子。

「昭關」的主角伍子胥，「一夜間換了兩副髯口」，由「黑三」而「參三」（蒼白色也）正字爲「蒼」（讀如「慘」）又換「白三」，因之「愁白了鬍子」的典實，成爲流俗的口頭語，這完全是由「戲」與「鬚」之密切而生出的奇文，與「伍員觀劍」「杜十娘」（杜拾遺也）以及柴毀之「舜」，黃忠黃蓋之「黃」都是一類的「望文生義」，只要所生的成品，能完成一種故說或傳說一部分社會或某一類人物的背景，則此種「民間文學」，卻亦未可厚非。

再如此劇之子胥，因爲「一夜之愁，能愁白了鬍子」—可知此劇中人的情緒是何等的緊張？已過的怨情，（父母之仇）未來的希望（借兵復仇）眼前的急難（昭關難過，且遭通緝）來悲憤，焦慮，焦急，恐怖，狀態激昂之心情於此一堆，於是有了獨特的戲劇性，更由名伶程長庚汪大頭之逐漸加工演而有悲激沉烈之音調，得創世界，所謂「音由心生，情與境合」，總而言之，還是「以戲爲主」。忠於戲中人，用心用力於戲中情境，乃有好的技術。

此戲通例是演一（以質取勝）但若從樊城，長亭，接下亦可（以「量」取勝）但昭關上場兩句交代卻因之而變遷。接照純的演法，子胥上場唱「伍員馬上怒氣沖，逃出龍潭虎穴中」報名，自白至「不知那條道路，可通吳國」作擺駝神情拉馬過場過東皋公嗽，子胥白「那廂有一老丈，下馬問來」做下馬身段，若自前兩齣演下，乃可用雙簧的調即「伍員馬上抖威風」（東皋公嗽）子胥再唱「那旁坐定一老翁」不報名即自白，兩句可省略一半，亦不須半路迎個子，一直演下「那廂有一老丈，下馬問來」以下皆同，該戲場上一切是「根據劇情」，兩句因爲場子，場子關係戲劇！

三國劇與三國人

劇中人之風格與演劇人應如何扮演，始為合度，在劇本中只有大致的暗示，而無明白的先事說明。伶人各就所揣摩以相融合。大抵以小說為傳奇，評話為底本，尤其三國時代之曹操，關羽，張飛，諸葛亮，趙雲，周瑜等雖是歷史人物，但戲台上所演惟曹操頗為近似，餘如諸葛亮之陰陽八卦踏罡布斗，周瑜大將而十分孩氣，張飛有許多地方滑稽得倒像梁山李逵，皆去史實甚遠。然此乃寫劇者之責任，而非伶人之責任。蓋演劇人所演者乃劇本中之歷史人物而非歷史上之歷史人物。伶人但按劇本，照劇中人風格演出，其職責已盡，劇本既以傳奇小說為標準，傳奇小說先已不顧史實，故號稱歷史名劇之「三國志」，亦只是人云亦云而已。

在歷史在小說在戲場，純然一致者惟諸葛（指風格而言，至於情節畢有出入，則無關係），曹操則陳壽三國志寫得太正經，三國演義能寫出奸雄，不及戲場上「捉放曹」表出十足個性。

呂伯奢與東皋公

「捉放」之呂伯奢與「昭關」之東皋公，都是衰子老生的「活」（工作也）。上場都是念引子，坐場白起唱出四門，開坐，都是翹頭來句「來者敢是」「來人？」論唱念的多少，亦無甚懸殊。但戲情不同，場上自然同中有異，演者內心要體會能見長，觀者注意領會，亦可有所收穫，老戲各工沒有對不起人的，人自忽略耳。

東皋公於子胥只是引路，但老於世故則先以「待老夫與三公參詳」是「扯東拉西說走」的表情，其下且唱且走小圓場疑問，而家童接問按，「皋」「伍」只須按門頭坐，而呂與曹陳則須分左右立定，問姓名寒暄後讓坐，以下伯奢一兩，曹操以「一言難盡」叫板起唱，則與昭關之「皋」「伍」相彷，曹操於當子背面多一陳宮，於是呂又有對陳宮之對唱，自此以下全然各別了。伯奢對後面安排，待將念到子下，「在家」「出外」兩句，（詞極好，須念出滋味），與面上之表情相照，（欣幸啟動）以下陳宮勸維曹操，聽老丈之言（即曹父之老難消息），忽然下淚，念乃「忠孝雙全」，近乎「大賢話」，曹操一答，「父子之情，豈有不痛之理」，直無異當面證實其為「廢話」。而此一段廢話，原非戲中正文，及「休流淚免悲傷」之四句自叫，必要有之作用，即為支過時間，以待伯奢之再出，是「場子的技術」，伯奢再上（唱上），與曹陳對白幾句，由下場門（唱下）。至第三場再唱上則為殺家那之一節，其領曹陳之圓場雖與第一場相同，然彼乃小圓場，此則大圓場，彼則四句快唱相擁，此則搖板至第三句「那頭上」拉腔，跑步，引上曹陳，分左右轉，兩邊頭，再唱一句「又見二公走慌忙」收住，或多唱兩句於「這般時候奔何方」收住亦可。以下與曹陳對白，曹陳下場後，又有搖板四句或六句（如唱四句，則從「說了閒話」拉腔想計，如唱六句則從「真和假」拉腔想計），左手酒瓶，右手扇子，走老步，有身段，有表情，直到被殺，無處不見戲，而唱工念工做工比陳宮有過之無不及。世頗謂捉放之陳宮於「聽他言」始賣力，以前皆平淡，不如按戲情自呂伯奢念引子坐場起至被殺，原是伯奢的戲多，就全劇而言，雖陳宮為主角，就前兩場而言，則謂伯奢為主角，亦不為過。故決伯奢之老生，決不可存一「跨刀」「幫人」之心理而以「撐子派頭」敷衍了事。且即認真唱做，亦於「陳宮」一角之面子無礙，因為後場以至宿店都是陳宮的重頭，決無被「砸」之可慮也。東皋公則與伍子胥一場隨一場，直到子胥混出關去，他還有事（帶「過關」數皋田的）所以場子比呂伯奢多，而唱做則比較的輕，然都扶在線，瀟灑自如之風格亦不可忽略。

一篇極短的小說

海敏威原著
許季木譯

巴特瓦城（Padua，地名，在義大利北部）某一天炎熱的黃昏，他們把他搬上屋頂，他能夠俯瞰市鎮的頂層。空中有燕子的飛翔。一會兒，天黑了。探照燈出現了。別人隨身帶着酒瓶，走下樓去。他和露絲能夠聽見他們就在樓下陽台上。她在炎熱的夜間，很清快而涼爽。

露絲做夜班護士了三個月。他們很高興讓她這麼做。他們替他開刀的時候，她照料他上手術台；他們說了一些是友是敵的笑話。他上了麻醉之後，竭力想住他自己，不致在這難堪與胡言亂語的時刻，說出些什麼話來。他用了拐杖以後，慣常查體溫，所以露絲不必從床上起身。那兒祇有幾個病人，他們全都知道這會事。他們全很歡喜露絲。他沿着大穿堂走回來的時候，他想起露絲在他床上的情景。

他重上前線之前，他們到「杜莫」（Duomo，義大利寺名）去做禱告。教堂很黑暗而清靜；也有別的人在禱告。他們要結婚，但是沒有通知人家的公開，他們兩人都沒有出生證明書。他們覺得彷彿結了婚，但是他們要每個人知道這會事，他們不能平白放棄它。（指婚事——譯者）

露絲寫了許多信給他。一直到停戰（指第一次世界大戰——譯者）之前，他總未收到一封。十五封信，紮成了一束，按著前後。他依日期排列，一口氣把它們看完。它們全都提起醫院，她是多麼的愛他，沒有了他，是怎樣的不能活下去。晚上想着他的時候，是怎樣的難受。

停戰以後，他們同意他回家找一件事，這樣一來，他們也許可以成婚。露絲不願跟他去，非要他謀得好差使能夠上紐約來接她不可。大家知道他並不喝酒。他卻不想去看看國中（指美國——譯者）的朋友或任何人。祇要找得職業再結婚。他們在巴特瓦與往米蘭（Milan，亦在義大利北部，）的火車中，爲了她不願立即回家，鬧起嘴來。他們到了米蘭車站不得不分手的時候，他們相吻而別，可是吵嘴還沒有結束。他覺得那種樣子的分手，心上很懊惱。

他從熱那亞（Genoa，義大利港埠名）搭船返美。露絲回到樸同能（Pordonone，義國地名。）開設一家醫院。那兒寂寞而多雨。有一隊義大利兵駐在鎮上。冬天便在這泥濘，多雨的鎮上度過去。軍隊中的大隊長向露絲求愛，她以前絕不認識義大利人，最後寫信到美國去說，他們的關係，祇是男孩子與女孩子玩的把戲。她很抱歉，她知道他將或不能了解的，但是也許有一天會對她恕罪，向她感謝的。絕對出乎意料之外，她預定在春天結婚。她仍舊很愛他，但是她現在發覺那只是男女孩子間的戀愛。她希望他幹一番偉大的事業，同時絕對相信他。她知道這樣做最好。

大隊長並在春天或任何其他時間，並沒有和她結婚。露絲寄了一封信到芝加哥去，提起這件事，卻從未接到回信。不久之後，他雇了出差汽車，穿過林肯公園的時候，他從一家環球百貨公司的女售貨員身上，染了白濁病。（註：此句謂兩人在車中發生關係，致染此病。）

李五爺（創作）

迅鳩

天已經蹣跚從院子裏灑滿了一地的好太陽，而那包圍在花牆中間，這西一半頹敗了的大廳，所能給與我的，卻是陰暗，潮濕，和那永遠不透空氣，而時發着的一陣霉臭。

：太陽是永遠被那堵高聳的花牆隔斷了，早晨我被二太太們來慣常的念佛聲吵醒，這個活瘋婦，使我有點恨，但也可憐他雖是李太公生前的二姨，不是五爺的親娘，但眼睜睜看着祖上傳下來的家業，另寶變賣的的花掉，誰不心痛，去年趁他出去時，特地把從前供放李太公靈位的桂花廳，打掃乾淨，移了進去，於是終日吃齋念佛修行起來，從此連門都不再跨出一步。

我很恨念佛聲，再早我總是讓它吵醒，可是哪，昨晚公安局長，偵緝隊長，還有那仁記土膏店老板，又來了，他們這時來，我不好說：「你們來的時候過了，三年前五爺有的是錢，你們在這裏打牌喝酒，成天的玩，但是現在不行了，去年年底，大小債戶擠滿了這個大廳，就把五爺腳下唯一的這座大廳，也一起賣掉了。」

不過昨天他們終於來了，那時我們正燒煙，用着平日一樣的莊慎恭敬的態度，而他們連臉都不轉的卻一徑向着後樓跑去，這是一種野蠻不合法的行動，我們的主人也許早已被他們玩弄慣了，但是我的心上，卻比較難過：我說人總是一種卑劣的東西，為着要維持一點自身的利益，誰都可以這樣幹了。

這時我們的主人，正好在廂房裏抽煙，骨瘦峻峻的身體，側轉了，一條枕在這只煙榻上，背心隆起，兩腳彎曲，宛如席上的一只大龍蝦，一個灰白的臉孔，在那盞青幽幽的明亮燈下，使陷落在與顴骨間下面兩眼，格外顯得更可怕起來，不過在這一個正在吞雲吐霧的人，對於他失去了人性的外形，加以顧慮，也是一件多餘的事，他這時拚命把那根竹管形的白銅煙嘴咬住，兩手反覆地把持着斗上的煙泡，讓這一支小小的火焰，去不斷地燃燒，於是那一種含有韻味的「嗞嗞——」的聲音，跟着冒在煙斗的一顆白煙一起沖了出來。

我被這煙味打着噁心，那個公安局長，偵緝隊長，和仁記土膏店老板，雖然沿着這廂房間的門邊一排雕花椅桌坐着，可是他卻還是像獨個兒一樣的，非常鎮靜的抽着他的大煙。

抽過三筒，這小窰裏已到處充滿了從五爺口中吐出來的白霧，失了光芒的眼睛，在鬆弛的眼皮裏，祇是打着幾轉，那鬼火一般的瞳孔；便放出了發亮的光彩，他便倏地把茶碗在手中「咕嘟」的喝了幾口，於是永遠在鼻音中說話的聲音，便喃喃地開始對着床間三位客人講起話來。

這聲音彼輕低緩得像一絲飄蕩在空中的青煙，祇是在耳邊經過，那公安局長響亮的笑聲，卻把它完全蓋沒了。

「以我，以後就是偵緝隊長的說話了吧，不，也許會有一篇精采的演講，就是什麼上面公事緊急呀，以及辦理烟案手續的困難呀——等等的話語。」站在門邊，我像老鼠一般的這樣猜度着，可是這一會，卻什麼都沒有猜到。

雖說「那個」不是違禁的東西，五爺抽這支烟，算來也有十年的歷史，起初他祇是為着跟女人玩，為着打牌，為着沒落在那十里洋場中過着糊塗的生活，可是這時抽烟，雖曾犯了他，他有的是錢，他根本還沒有明白這種嗜好，所謂就是一種違禁的東西，到後來，公安局出了佈告，把幾個土販子押進了局子裏，於是五爺的吃烟，便也成了家庭中一種秘密的消遣品。

可是現在呢？

我想起了曾經流浪的李五爺這個吃烟的史蹟，不覺為目前的五爺，每天在風聲鶴唳中的景況，嘆息起來，五爺是個有資格的吃烟人，在縣府初試新禁的時候，他是中等有烟照民，也是仁記土膏店的老主顧，非我又翻過了公安局檢舉，拘捕，傳訊，勸戒——等等的難關，五爺不惜化了幾百塊錢，在一家有名的醫院裏住了幾天，狠心把一張每月宣付幾十塊錢的烟照繳消，預備在局長和偵緝隊長面前出口氣，可是這早經被烟毒腐蝕着的身體，終於不能成他的大志，纏綿在病榻上，幾乎把他的生命都一起斷送了過去。

往後的日子，五爺是開始在窮困和孤獨的境況下，面對着這盞剛與的明亮燈，去緬懷着他的快樂歲月，他的田莊，他的市房，由於不生產的巨額消費，由於迎逐那些地方官的需索和欺侮，再也無法把握得住。

去年年底，五爺在偌大小債戶中，用着從來沒有的激烈氣憤，將腳下的大田賣掉，分別把他們攤付出去，送出門口，他便用手使勁的打着大腿，高聲的叫道：「完了，我現在完了，但是我什麼都沒有推卸人家，我不欠人家半個錢。」

那時候，我站在廳角邊，看他反翻地揹這樣說着，看他在客廳中來回踱着，看他喘近嘆氣，可是到後終於全身軟癱地橫倒在那只坑床上，閉着眼睛發起神來。

我對於這一種卑劣者心匠上扮演出來的話劇，越發對於我們的主人，感到一點憐憫的同情，我不能直截爽快的對他說：「主人呀，你老上他們的當了。」我祇有用我命定的身份，特地去煮了一杯滾燙的紅茶，讓主人息息這顆悶氣，因為這時候，所有可以與聯主人的朋友已經散了，祇有我這個未成年的孩子，不，傢伙，卻還能像一頭馴服的畜牲，服從着忠孝節義中的第四個義字。

主人喝着我送上的紅茶，半閉了一只眼睛，他做了一會非常親暱的喚起我的名字來了，也許經過了那半生的磨難，主人已經懂得了人世間不少的知識，他會用着微弱無力的聲音，告訴我說：『現在已經不是我的主人了；』他明白自己走錯的路，他擔憂自己對於社會的無用，就我他偷近用着完全沒有墊氣的聲音，宛如已經看到了活在世上的這個有限的時日。

聽着他這種說話，跟那種這因空洞而陰暗的客廳，我好像真的已經不在人間，不過當主人，用着抖動的臉頰，開始把握着自己的天良，這樣和我談起話來，他那永遠乾涸着的眼眶裏，便也流出了兩大顆晶瑩的淚水。

我被這個特有的恍惚氣氛，幾乎悶得透不過氣來，我第一會看到主人這樣難看的臉色，不過在這個潔白而壓積的神思下面，我們的主人，也許依稀還能想到，在當年紅燈綠酒下所過的生活。

，這些事，像一個夢，不過那時候的公安局長，伯排隊長，在人前譜夠他的威風，但是在這匪大皮裏，卻祇有他扮演小丑的份兒，羊太公拆後，我們的五爺，剛脫去了管束着他那個身體的這根鐵鍊，從泥潭中反身躍進了大海，在目迷五色的洋場中，也很夠瞧那些裝模作樣的姨太太們所爭逐。

那時我們的主人，包裹在時下流行的高領子，窄腰身的衣袍裏面，撫動着全身的肌肉，即使在骨本上沒有多少收穫，而以致紛的臉袋，出現有貫兒臨酒的調調兒，卻是他的拿手傑作。

這一串一串想不完的，够風流的玩意兒，也許可以填塞了主人的整個腦袋，可是祇一剎眼，這些日子已經變消烟散的幻影構成了一個夢境；如今主人的眼睛前，互相默然相對的，還是那個公安局長，伯排隊長，和仁記上賓店的酒缸。

我從最腿的設離裏，偷眼看着這種情景，許久以不出他們身邊所玩的把戲，到後，公安局長從身邊衣袋裏，摸出了一份蓋着朱色紅印的公事，送到五爺手中，我心上被這些冷酷的舉動，發生了一種不良預兆下的寒戰，可是我們的主人，卻用了十二分的鎮靜工夫，滿臉笑容地，似乎探詢着出門的時間，以後，公安局長是在與伯排隊長密談，我又分付着去溫那爐火上的茶水——。

可是沒有排跟我延長一個鐘頭的時間，我們的五爺，卻由於他們三人的領導，便在這更深夜靜的黑暗中一起走出門去了。

今天早晨，這不是昨天夜裏，可是我卻分別不出這個界線來，我永遠不會忘記昨晚的這會事，我知道窗前的一格玻璃窗上，從幽暗中，已印有一抹微弱的陽光，可是透個陽光，那垂着的褪了花的紅絨窗簾旁邊，卻已經失去了我們的主人。

（上接○頁）任期三年，期滿公選，前此赴縣納糧，縣府且備之披紅插花，以示優異。直至十八年春始改爲涿縣第六區，近復取消區長，設公安分局長，以理行政。全境共納糧銀九百餘元，公安經費一千元有奇，凡爲大小村莊十有三云。

又東北錫紫生活狀況云，豐年則運銷糧米於所屬之張坊鎮，飢歲則由口外之拒山桃花堡等處轉糧接濟，商業極不發達，僅藥鋪有潤小的一所，所賣不過油鹽烟酒米麵茶而已，間有境外挑販小商賣糖果絨麻布匹等，至近年本地人亦漸有運核桃杏仁糧材往天津出售者，該地房屋建築亦用磚瓦木石頗爲宏麗，地鄰幽辟，社會之形貌甚爲雅潔云云。

絕對貞操（連載）

柳雨生

他很痛苦的，擱下了筆。擱下了筆並不是就是擱下了一切，一切的事情，因此反而來得更沉重，更窘困了。這就是他這個時候的心境。那枝短短的鋼筆，擱的一聲落在桌面上，在紙角濺起了一大塊藍墨迹時，用着極低微的聲音，他歎了一口氣，大約是『呀』的樣子罷。桌子是小小的，堆滿着室內應用的雜物和書籍。這間屋子本來很小，而且很陰暗，是租的假三層樓。懷民的住和吃睡，都在這間小屋裏。天晚了，瞭望着這處空間的雲霞正是一片赭色，熱烈而淡寞。雖然那塊雲也正在很慢很慢的攏收起來，但是這樣悅目的顏色在冬天裏本來不很多見。陽光也有一些從窗口斜射到屋裏，這時却沒有帶來什麽溫暖的氣息。只見日色暗暗的淡下去了，落着屋內漸漸多了灰黯的角落。懷民只望了一望，覺着冷，頭又重低了下去。雖然上身是靠在不停歇的努力着，然而他的手仍舊是有着冷冷的感覺，而且是陰冷的感覺。雖是心裏容易燃得火一般熱的人，他的手或者就是會這樣冰涼的罷！懷民這樣的想法已經不止是三五次了。瞧了瞧自己的手。手心的紋線多得像是百餘條交錯環迴的小河道，細細長長的，中間偶然的搭成一個小方格子，不整齊的多形。纖弱，柔細，微小，而且也不容易有血色，正是它的寫照。指甲殼上的半月圈兒稀淡得差不出什麽顏色，同時怕也看不見油脂和光潤。

懷民自言自語的說道：「唉！不能夠不寫呀！」他撐睜着眼睛，鼻子朝上擦了一擦，上脣短硬的鬍髭觸着鼻孔下端正有一種刺刺的滋味。面前堆好了七八張稿格的稿紙，上面都已經填滿了粗細的字迹。

在懷民的眼鏡裏向外透出疲累的眼神，是暗淡的，乏力的，一種無可奈何的神氣，他也並不怎麽想用力去把它睜大。把自己寫的稿子再讀過一遍，稍微改換幾個字，塗抹去一兩行，他開始覺得滿意了。稿子好好的折疊好，起身拍了拍長衫上面本來看不見的灰塵，他開始站直了身體。

這個時候正是下午五點。當街一家的時鐘從五點鐘移挪到七點鐘的時候，懷民已經不在自己的家裏了，他逗留在一家專門賣咖啡和生啤酒的小館子裏，對面坐着是一位黑色衣服的女人。

幾次的推拒，宕延，他不想到這裏來赴他自己和她的約會了。這不是他的義務，或者也不是他的權利。每次當他在自己住所，那間假三層樓上面深沉的思索着他的動人故事的時候，只要聽見二樓有人喊着：「電話！三樓有人電話！」他的心就不由的砰砰一陣的亂跳。很少樂於和外面交往的懷民，他知道這樣的電話是從那裡打來的。今天，又在這樣的情境之下，他不能夠不勉強的去應接了。自然，那邊有的一陣嬌嗔的聲音是熟悉的：

「喂！你今天來看我哦？」

這樣的問句是懷民感覺得很難回答的。這一次，他囁嚅了一會，忽然很決斷的說道：

「不來了！我今天還有許多——」，

「那麼，今天晚上就沒有空了麼？」

這個聲音的誘惑是太大的，他猶豫似的裝咳了起來。那邊又說：

「這樣罷。我在定定咖啡館等你，準七點鐘，你一定要來的呀。」

為想著的是定定咖啡館的幻影剛才在懷民的腦裏打上一個轉旋的時候，那邊的電話早已突然的停止了。靜默代替了所有的一切。

他蹣跚的自己退回了三樓，沉重的腳步，跳動著的心臟，帶回了他過去和她開始認識時候的回憶。這個回憶，他並不怎樣太喜歡把它來告訴給他所有的朋友的，更不喜歡把它記在自己的文字裏。但是，——

是一個漫長的冬季早晨，離開現在大約不過是一年前。他為了一個親戚的事情，必須離開這孤島似的城市，渡過一條渾黃的黃浦江，再轉乘車子到一百多里外的小縣裏去。

多少年他沒有到過這個叫做十四號的碼頭了。這是一個水面上的浮碼頭。雖然並沒有什麼汽船和舢板。擁擠的乘客們，把它點綴得減輕了寂寞和荒涼的氣氛。只要是人多的地方，照例是會充滿著嘈雜和紛擾，檢查還沒有開來，無數的警察已經在開始用著短棍去彈壓雜亂的隊來了。人們在冷冷的氣候裏擁擠著排著像是一條長串的小龍。可是懷民，因為沒有什麼行李，僥倖的卻從另外一個小木棚跨了過去，輕鬆的站在鐵皮板的碼頭上了。根本也沒有什麼人注意著他的動靜。

等了十幾分鐘，沒有船來，他看了看自己的錶，還只有八點左右。掏出了懷間的香煙，點起了一枝吸著，地面上本來有一小灘污穢的水迹，懷民丟下來的火柴梗，嗤嗤的一聲熄滅在一個人的腳旁。

那是一個穿綠色衣服的，矮胖的武裝同志

「先生！對不起，借根洋火抽抽煙哪？」

也不知道是由於無名的厭惡，也不知道是怕麻煩，懷民終於敬了他一枝紙煙，並且，假便的也跟這個武裝同志交談起來了。從他們簡短的談話裏，懷民知道還有十分鐘才有一班輪渡來，卻不是到對岸，是往北頭的陸家寺的。到對岸的渡輪，還要等候二十多分鐘。

好在，懷民對於這條路實在是初次旅行。在這樣兵荒馬亂的年頭，出門能夠遇見同道，特別是這著像這一位時常渡江來往的武裝同志，總算是可以免掉寂寞，並且也多上一位義務的指導者了。他們就成了短時期的點頭朋友，雖然大家都沒有問起彼此的大名尊姓。

上了船了。懷民僥倖的跟著這位提攜著大包小包行李的武裝同志，在人叢裏走的捷另一條捷徑，寬上了這艘小渡輪。

船悠悠的開了。船艙的兩側是做好了的兩排馬蹄形的木椅，這時已擠滿了客人。懷民和這位武裝同志，也夾雜在裏面，背靠著艙窗，可以望見碼頭旁邊一帶的情景。船的前面是開給人坐的機器間，卻也有幾個穿著皮大衣的男女旅客坐在裏面。這些人，懷民在剛才來登船時早已經看見了，是靠攏在浮碼頭的鐵欄干邊，和那些被攔在欄外的普通排隊的客人，是劃在兩個不同的世界內的，這個特殊優待的小圈圈，也一直被保留到轎轎上面。彼民望了望前面，幾個掠影浮光的女人，臉裏存留不着什麼印象。一件皮大衣的顏色是棕黑色的，背面只瞧得見有個沒穿大衣的頸部圍着一條紫花色的絨線圍巾。

向近處瞧時，身邊的武裝同志另是一番景象。深草綠的制服，是棉的，裏面襯着厚原的棉花，外邊的布面子卻已經洗滌過不少遍了；那草綠變成極淡的黃色，像是當北京政府時代掛着的五色國旗裏的淡黃一樣。臉龐是圓圓的，上頭鑲着一位極挺拔的，橘皮似的軍人的橙黃臉。人倒是極健康的，談吐快銳而爽朗，他再向彼民拿了一枝煙，隨的問彼民說道：

『您先生上C鎮去嗎？』

彼民搖着頭，說：『不，我是到N縣去探望一個親戚的。聽說過了江，有搭客的小汽車可乘，也得先到C鎮，再換乘公共汽車才能到N縣城。是嗎？』

這條路在彼民是很不熟悉的。只是這一位爽朗的同志，在人聲嘈雜不怕大聲嚷嚷說話：

『行！行！我們的大隊都就在N縣城裏，我一個月要跑個三五趟呢。要到了C鎮，吃過午飯，不用等公共汽車，汽車價錢貴，人擠，道上亂哄哄的，也不好走。那改造的卡車風大，還不速小汽油船呢。下午兩點開船，一班船也不過坐個三四十人，順着小河走，五點多鐘也就能到了。您瞧怎麼樣？』

彼民聽着，樣子就彷彿是老從遊藝裏的老錢似的，不住的點頭，那個低級軍官又說道：

『真不巧！大前天剛才改的價錢。加啦！原先上N縣去，船錢是一百五，現時改了三百七了。一加就加了個一半！瞧瞧，這物價』

他說話的時候，船朋的那一角落，有一個用花藍布包着頭顱的女茶販子，也在發了話。她擠在人叢中，尖着的喉嚨倒是很響，彼民隱約的聽着幾句刺耳的聲響：

『格蠶伊拉話，公務人員也是窮苦的呀！——公務人員，一個月賺也賺不了一兩千，還要——』

在渡輪裏，雖然誰也認不得誰，也沒有破案，男女，老幼，貧富的分別，卻交織起一幅粗糙而質樸的『後流民圖』，似乎永遠的做了這些你的給給的裝飾。

攘——攘——的雜聲着，渡輪搖着身體慢慢的靠岸了。

彼民隨着衆人，帶擠帶拉的走到碼頭上邊。黑衣的警察在道邊的手裏執着粗笨的棒子，喇叭大聲呼喊着，企圖打破這早晨沉冷的周圍。

通岸上的是一兩塊臨時搭成的小浮橋，搖板中間露着粗笨子的空隙，瞧得見底下渾厚的黃污泥。人們戰戰兢兢的從橋上踏過，迎面正是一個必經之路的崗位，在水泥砌着上刷着白灰水，黑的寫着『經過此路須出示市民證』，旁邊有兩個未帶槍的警察和一個便衣的女警，做着搜索的工作。彼民跟着那位一同到C鎮去的武裝同志，很快的走出崗位，來到滾長的鋪卵石的道上。他們向前走過幾步，轉到左首的一條橫街，遠遠已經望見一塊招牌：『東方汽車公司』，破舊的樓框，在晨風裏搖曳。

汽車票的代價是二百元。本來只有九十元的，後來因為木炭的價錢增加了幾倍，車行就也跟着時時漲起來。但是二百塊錢乘一小時半的路程，在一年以前，是被人們認為太昂貴了的，終於彼民和這位軍官買就了票，瞧瞧着街頭橫放着四五輛前頭點滿的着木炭車，但是乘客還沒有來齊，連一輛車子也不能夠升火。

他們約又就耽擱了半點多鐘。日光慢慢的混暗起來了。懷民披開了軍官，獨自在車旁的廣場徘徊。那場上鋪着一地的煤球，到成一方一方的格子在乾曬着。牆角堆好了很高的煤灰堆。看來，這個地方倒有許多種利用着它的事業。牆上貼着不少七零八碎的廣告紙，地面上一灘一灘的污水，留在低窪的淺坑裏。

懷民慢慢走近一輛車廂。兩手在皮手套裏還是有些兒冷峭的感覺。他看見了這輛車裏正就斜坐着一位女子，面影是模糊的，車窗的玻璃也沒有能夠看清。

「原來只添了一個客人！」

時間已經九點半了，他和那位武裝同志也擠進了車裏，自己坐在女人的旁邊。那女的兀自望着車廂外面，頭也不擡。大約她瞧見了這位武裝的軍官，習慣的有一點兒不安。可是，三個人並排坐着實在擠得很，前面還得坐着，那裏安置好了一隻特別矮低的長條凳子。這輛車是預備乘坐七個人的：後面五位，前面開車的之外還得並上兩個趕路的客人。

客人漸漸的來了，來齊了。一位穿中裝大褂的商人坐在那步歸的面前，他旁邊擠上另外一位女客。前邊的座位也有人了，車沿旁邊這掛上了兩個黃綠制服的大兵，他們都擠得很直的挺爺，是不花錢的搭客，但是無疑的也能夠增添這輛木炭車的重擔。

車子搖搖擺擺的開身了。穿過市石的馬路，兩旁熱鬧的市肆，一會工夫都拋後了。接着是灰綠的空曠的野地。

一片一片的樹林和稻田都從眼角中飄過去。斷垣殘壁，也有許多還留在道旁。一隻羅馬式的圓柱子，斷圮了，卻還遺存在一家破壞了的工廠的大門前，大門以內的東西，房屋，設備，機器，什麼都沒有留存了。遠遠的還看見一條牛，恬靜的，好像不動的樣子，垂着它的肥長的尾巴。

在顛簸的旅程中，那位軍官扶着頭，沉沉的睡熟了。懷民開始覺得有些無聊，車子轉彎前進的時候，不知道怎麼一來，他的右臂微碰了旁邊的女人一下，有了歉意，不由的不把她仔細的瞧上一瞧。這是個穿着黑色衣服的女人。大衣是新式的剪裁，深黑色的厚呢製的，袖口很寬，顯得穿時並不侷促的樣子，也就很整齊。一隻大大的手筒，當然也是黑呢的，斜斜的垂在她的膝前。也就是看到這隻手筒，忽的引起了懷民強烈的眼觸上的興趣。用這樣的手筒的女人，是怎樣的一張臉呢？該是不十分的輕薄相的人罷。

一看之下懷民覺得這個女人所有的那副面孔果然並不顯着太過於輕薄。懷民是一個寫小說的人，雖然無名，他也還是在寫，有着幾個雜誌並不經常的刊載着他的創作。然而就是如此已足使他感覺得他的生命力的活躍。他的作品偏重於現代社會的病態，尤其偏重於男女兩性生活的心理的刻劃。他不是一個研究心理學的學者，卻是一個願意從實際人生裏去分析和考究這些問題的人。所以一個並不認識的女子是否可以算是輕薄相，至少在懷民的心裏，並不是怎樣不值得注意的。

她的頭髮是燙的蓬勃着，鬆得很，看上去一絲一絲的細長的髮根都細得像遊絲一樣，真可以說是不好看。這顯得不大濃烈的頭髮下邊，露出她的圓圓的頭頸，還有她那鵝蛋形的臉。這臉的形像倒很美，挺筒式的鼻子，微卷一張相當闊厚的嘴，如果照論理這種樣子的嘴，一般人的說法已經是離開美觀很遠的了，實際的對絕不能够她爽快呀。不過，這種一般的說法無疑的是偏袒着男性的，純粹男性的看法那一張嘴自然是越小越緊凑越有意思。懷民的觀察却比較的還要來得實際。他看出這張嘴的兩旁並不怎樣粗厚，不大像是貼着什麼厚厚的橡皮樹似的，可謂一符。而且，嘴唇雖然闊了一點，然而很大，這也就把它的缺步互相扯直了，保持了不太輕薄的線條的正確性。比較可以認為是遺憾的，是她的臉上雖然並沒有敷着很濃厚的脂粉，詳細一點的說，也許她的臉上竟絕對的沒有搽着什麼粉脂，然而已經有一層很濃很濃的灰一樣的塵屑，籠罩着她的整個臉龐。這塵屑也許是汗毛，也許是什麼別的，須說這樣的輕塵是不怎麼好的，懷民並不是不知道，他一見之下早就引起興趣了。他懷疑男子和女人間的認識，為什麼先要選擇對方的臉，而且採中他們的喜悅於那一般所稱謂目為的幼稚的人物。

她的眉也可以說得是够清的了，清得只剩下稀稀的幾根，却又不曾剃掉。這種稀眉恐怕也是不雅的，懷民實在知道。並且，她的頭髮上也還並不曾跟着自己的徽章。那是一朵白絨紮成的小花，像是朵菊花却也像是別的，結在她的左鬢上面。她的右鬢是靠着車窗的，有沒有什麼白花，只有車外邊的路人或者可以知道。只可惜的是，車子在鐵道上顛三晃四的一直駛去，路上的旅人並不怎麼對它注意，偶然的望得見車外的曠野間，三三兩兩的架成跟房屋一樣的小土墳，有的是用磚砌的，磚與磚的空隙搭成一口像窗的樣兒，空隙砌成下字或才字的形式。有時也看見墳出土外的棺材本色的野棺，有的棺上已經滿生了枯青或綠苔。這些都是不會開口不會說話的生物。居然有一些雜，不知怎樣的在一個高高的土丘的堆頂上面獨立着不動。沒有人可以瞭解它的。

尤其可以讓懷民注意的是，這個女人本身或者是一位新嫁的少奶奶，或者是家裏面有幾事的人，可是這個時候她的眼睛卻正在不時的裂開着，含着一副像是時常在跟人家打架一樣的笑意。她的右手放在膝上，那兒正捏着一隻小小的皮箱。左臂是擱在大衣袋裏取暖的，有的時候偶爾伸了出來，手指上面還戴着一隻烏金的戒指。

不推懷民在端詳着這個女子，坐在她對面的那位商人模樣的男人，也張着嘴，露出一顆很閃亮的金牙，指了外邊的田畝向她說：

「前面快要到三官堂了！——喏，從前那邊是裕大工廠，現在只剩下半扇門了！原來是毀——毀——毀啥人辦的呀。」

他這番話，是想打破了車內的寂靜的意思，可是懷民還沒有接嘴，那位含有笑的表情的少婦，果然就說話了：「是啊！你看車子不是正拐了灣沿着鐵路走了麼？」

聲音是低低的，雖然聽來的音色很寬，也不免有着一點兒啞啞的味道。狂稱詭譎，民是從來沒有聽過有人在車裏面談話時用的。正像久不落雨的泥土，對於天外的輕微所發出的回應。也許還有點兒沙，正像在盤子裏搖着些沙粒時所聽到的聲音。懷民疑心這兩個客人本來是認識的。

「不會這是一對夫婦麼？」

「不會這是特地約好了出門的伴侶麼？」

自然這不是正確的。心裏這樣疑着的時候，車子拐向左首，沿着一條細窄的鐵路前進。鐵路是後築的，鋼軌已經有生銹的剝蝕了，枕木已經有腐爛的了，軌旁的草有向兩邊傾斜着，僱並不時會流落一點，流落」點的樣子。這條鐵路就是通常稱為市外的兩條輕便鐵路其中的一條，現在仍在一天兩班三班的駛着，終點也還是C鎮。

路軌的當中和兩旁，很巧妙的長着不少的只能高的野草，一堆一堆的蔓延，彷彿沒有人想到去把它芟除。因為中間的鐵軌，枕木和碎石的阻隔，這些黃綠色的野草被它們分割成兩旁不規則的樹林，無限制的生長在這個狹長而廣遠的公園裏。

火車並沒有來。然而沿着這樣的路走，已經可以想像到它的陳舊和簡陋了，也可以想像到目前人們依賴它的熱烈感情了。這並不是一句反常的話。因為，後來慎民慢慢的打聽，知道每天每次至少有兩千多個客人，擠在那兩節舊式的車廂裏來往，車廂中除了客人之外，還有不少擔的米糧，鹹肉，花生，蔬菜，還有其他便利做『單幫』生意的貨物。另外有一節貨車，是敞蓬的，堆的更是大批的雜貨，也有許多客人和警察兵士們，不顧一切的擁擠在貨堆旁邊，擁擠在車廂門外，和兩輛車中間露天的窄狹的踏鈎上面。這不過是事後慎民的追憶。

這時，車裏望見的只是鐵路是在左旁，一堆一堆夾軌的草叢，擁也在冷風裏，帶着枯黃的色澤，趕着向車子後退出去了，剩餘的是前面的軌道和碎磚。

慎民望着步路的鐵軌，這時恰恰不巧閃住了，輕皮有些兒發熱，沒有停留，乾乾的，是紫紅的肉色。身上的大衣，穿得臃腫得很，沒到兩手，也就看見皮箱上面放着的，暗淡的五色斑爛的貼紙。

一句話在慎民的嘴裏塞住了，沒有開口。終於，他淡淡的向她說了另一句，眼睛望着她發邊亂散的一層細髮稍。

『也是到C鎮去的麼？』

這話說來是多餘的。她也只露着略白的牙齒，點點頭。慎民瞧着她耳輪，包捲成一個貝圓的形狀，連細紅的血絲都顯得很清楚。這樣冷，可是他知道她的耳朵沒有凍瘡，也沒有凍裂的顏色。

『沒有辦法啊。這個地方就沒有多大意思』

她覺得好像有點對不起人，本能的又補充了一句。

慎民的話說大了膽子。『你——不喜歡C鎮麼？』

『討厭哩—哦，並不是說你，是C鎮呀，我是一點也不要來的。』她說完這話，嫣然的笑了起來，那鬢間的白花，也隨了閃爍着。

『到過香港嗎？』

慎民背試着，用他寫小說的筆法說話了。對方很難說。

『怎麼—我們以前曾在那兒見過麼？』

『是呀—』慎民直直的回答。那車廂裏的車官，打聽得發起斯肇來了，商人正在擠着外面的野景，沒有參加說話。慎民看得見這女人一雙睫毛緊瞇的眼睛，正在朝着自己打量，心想何必多跟別人開玩笑呢？用手撥撥的向她的箱子一指，不防觸動了一下她的左手，自己趕緊縮了回來，雖然沒有什麼感覺，可是說話的聲音不由的大了些，他道：『這不就知道了麼？』

箱子上面最大的貼紙，是印着被輪迴圍的鳴大旗就註出些字跡的，那是一張黃紅色五相輝映的紙塊，橢圓形的。

她的神情承認了，沒有說什麼話。她是在回憶着並不算很久遠以前的事情。沒有錯，她是到過那裏，住過那裏的。然而她現在又的確是在一輛車子上，所在的地方並不是翠綠的，透亮的島嶼，而是土黃色的，空曠的陸地。有這麼一天的變幻把人們隔離開了兩個無法貼合無法毀滅的世界。她凝望着，搜索着，也無從抓回住這個世界的遺蹤。（一）

宣傳部登記證滬字第一三二一號：上海特別市警察局登記證O字第一○三四號，上海雜誌聯合會會員

★小說·散文·隨筆·評論★

風雨談

第十八期

每冊定價250元

中華民國三十四年五月
出版者：風雨談社
地址：上海福州路384號太平書局轉
★★★★
本刊歡迎投稿，批評，介紹。

談辦學

呆庵

因為我自己正負着一個學校的責任，於是朋友們都說我是教育家，一般人對於我的評價也是：「他會辦學校」，總論似乎很不錯，實際我卻很吃虧，因為教育者，說辦法的職業之種代詞也，尤其在今日。常常遇到些有錢的商人，託人情要求他的子弟進學校，這大約是我們吃教育飯的人唯一向的人表示做好的機會下，於是他總得給你一陣之後，使你感嘆息這生活的「辛苦」，好像是很同情你，其實翻轉頭的來，你與我們是對光説沒什麼分別。商人本來容易疑心，何況在這樣萬般皆下品唯有讀書高的年頭？所以特別說，想要脫下這領藍衫，不當猢猻王，（我亦俗語：家有二斗糧，不當猢猻王，非誠懇深交）。然後乎思前想後想不出什麼道路，顧之如前所云，朋友只認定你，會教書辦學，不肯務別的事，雖加呼救無門，好在道兒到底每月也領六斗俗米，又還不至於如影隨之折腰，有安志焉乃是而今唯一自存之道，也就苦撐下來了。

現在已經不是這辦教育可以出風頭討好的年頭，甚如從前張伯苓先生之於南開，張壽鏞之於光華，後生小子仰之如泰山北斗，而且在社會上造成一派力量。就是一個官立學校的當局，亦復名利兼收，絕非不可為。至於那些辦學店式學校的老板們，更不用提，我所認識的同事，大有以辦學起家者在，請問現在誰還對於一個校長的位置動輒仿佛？就是大學，也轉算是苦差使，相符的不學資格，學資格的人則棄之如敝屣，此無他，非利之所在，也避之而已。夫臨時務者為俊傑，今日的時務，就是趕快弄上幾文，買金買鈔，買房買田，結被如島鳥一樣，須子一搭，因事管他娘，斯為俊傑。何必辦什多圖氣，許願發力不怕苦的傻子呢？有很多人都嘆息目下教育之趨弱，學生本質之低落，一點也不錯，其是老實話，如果局面還要這樣子下去，不讓他壞過？不讓他低落，有何辦法！能教書的人，不肯教書，肯讀書多數都來請辛先數，能許多東也不要西也不收的人來當校長，取法乎下，斯為所得，何怪乎學生之一眼看低？

在這非常一的時期，教育當然退居於末。現在要想拾起之聲與救國之聲齊鳴，是辦不到的。故辦教育者此時要安分守拙，何必喧嚷？但

本期要目

出別的機關遇到困難的時候，固可以想法子抽彼注此，而且能因設施，但是可大可小，亦即開的不妨節約。一面開源，一面節流，而戰時之非常局面，得以維持。至於那些樂捐反而發財的衙門更不必說。唯有教育既無可開之源，更少可節之流。粉筆不能不用，紙筆墨不能不買，電燈自來水亦難於取消。可是如今市價與經費之比例，差不多是一與百。即如我所辦的學校，學生六百名，每月辦公費只有三萬元不足。如折合成紙，約不及（一）令，交了水電費就不能定報紙，定了報紙便不能買筆墨。我不肯像別的學校那樣，什麼錢都向學生身上打主意，予取予求，學生變成了活財神，其結果呢，報紙不見一張，雜誌不見一本，熱水不見一滴。學生是將來國家的細胞，此時營養不足，則將來國家之五勞七傷可比今日尤甚，我們也將無一天的太平日子可享。不管怎樣困難，總不能把學校辦成商店，學生交了費就算沒事，到時候試以與學業經營。到了萬不得已，也只好努力作到取之於學生，仍然用之於學生的地步，大約亦可以告無罪於家長矣。譬如我的學校今年所收的雜費，平均每人一千元，實際收入僅達六七十萬。但據報紙每噸七萬五千，一年則要用六噸，已經去掉四十五萬，學生每天可以有熱水洗面，有開水解渴，水電費每月約三萬，報紙雜誌每月需貼補兩萬，共須三十萬之譜，尚感不足。然在自己心中，時時以此為慮，為什麼國家辦的學校，連報紙列為都要學生出錢—社會上真知道學校預算中的報紙圖書費能有三四千元者實在太少，難免不發生誤會。不過我們學校裏，到底做到有報可看，有書可閱，（大小報紙共十餘種雜誌近五十種）消我私心，聊以點綴子，沒有像別人那麼，明明說是勞獎費，實際卻是校長買了肥皂火柴，也就像失錢滅，天理森然。我捉摸韓非子之文，未嘗不贊嘆其面面銳利，觀察周密，任法不任情，乃治亂世之要道，雖然，到底不能澈底統治人的良心。頭腦稍微靈敏一點的人，就可玩花頭，舞文而弄法，所以儘管有人被殺戮，有人被監禁，而貪污自若，亂刮如常。若能講究良心，未嘗無補於用處，作政治固然要有良心，有左右天下操縱理字之力的大人物，一個政策，一個會議，尤其要求諸良心，不求專門利己，而後大同之治，可得而致，不然，第一次大戰之後有二次，二次之後，誰能斷定就無三次？這話離就離遠了，實在也是因為現代的教育者，此處太缺乏良心，才引起我的來話——假若在將學費挪用法國代的當兒，稍微想想那饑餓難熬的教師淒苦的面，也許就可以少造一次孽。例如最近某教育長官因圖積被檢舉而撤職潛逃的醜劇，何嘗不是失去讀書人本色的表現，我們生在這時候，固當撐住幾根硬骨，不必為了人家成千累萬的發財而眼紅，一個國家之所以立足，到底需要一點正氣的呀。

從前蔡孑民先生在北京大學時說過一句名言，「辦教育就是辦人」，其實，豈只辦教育如此，中國哪個機關，不是在對付人事問題？只要把人的關係弄清，因人而施，因勢而治，纔可成千累萬的鈔票送到腰包，也不會發生問題，否則到頭恐怕後來不住一朝天子一朝臣的局面！—學校不分大中小，除去鄉村教員方面的情形人情之外，還得應付學生的情形。最近北平市一個中學校長出缺，可以有百封以上的推薦，請把辦得轟轟烈烈的學校，打算錄取一百人，起碼要有一千以上人投考，要人情託之作，更如雪片飛來，若當局將不勝其煩，不管誰也許就出毛病。學校當局恰似油煎心肺，最擔心為難。我作教員的時候，只覺得某事不應的意見，總促社會進步，當作校長的有圖不論眞才，到如今自己辦學校，才知道有位置給人家也不是一件容易事，何況更許連位置都沒有？中國的要人們都是叱吒則風雲變色之流，絕對不會計較到對方的規則平庸。讀我的地位，推薦一個教員還不行？介紹一個學生還不行？眞不懂面子，尊敬給面孔把他看！面孔可以不要，個人小恩總算沒錯綜。所以雖以我這樣不識面又寡陋的人，到了考試新生的時候，也必須把介紹的學生登記一個表，實際上取中的還是要分數及格，可是如果是托了人情，這個學生會相當不是他的能力取中的，一定是人情的面子，我們也就樂得順水推舟。從前有一位共事同事，每遇有人託他介紹學生，他總是一口應允，如果取上呢，說向人家說：「介個嘛，你老分數不够，咱給說說湊和上了，哈哈！」對方因之感激不盡；如果名落孫山呢：「介個，分數本來不够，差的多，我給你老說了幾次，分數還是差的多，沒法子，哈哈」！別人也不會過分想恨他，那個時候我們都笑他滑頭，如今卻不能不「我田引水」。有一種情形讓人很難受，原來中國施行着剛正好見小鬼難搪的風習，大人先生受人之託，也還說說原無不可，科長科員，只要是有機會可以要挾你的人，却是嚕囌不休，應付他雖不會有什麼好處，拒絕了却一定會有麻煩。我想各學校因爲這種關係而收進的學生和教員都免不了，我的辦法是你來儘管可以通融，可是不及格照舊要開除，這可以美其名曰寓人情於嚴格之中，也不知算對不算對。未曾入學以前是如此，入了學以後，事情更多，甲是某長官之令郎，乙是某委員長之小姐，譬如火車乘車一樣，大家都要「一列寫行」，唯有特種階級可以昂然直入，如果穿邊半個不字，必要自討沒趣。雖則有的人，礙到這種學生實在無可奈何，既不能相辭，難免拍拍小馬屁，而學生又是頂尖銳的，立刻有人在廁所牆頭寫了標語來罵你，因之想到有些國家專性另設貴族學校，未嘗不是好辦法，聞南京亦會有過革命遺族學校，不知道些學生脾氣如何，但總之把身份一樣的人集合在一起，總可以調和些罷？我所知道的有些學校校長下台，都是受此影響，辦學如作官，辨轉人殊屬不耐煩之至！若學教育機構無須放在政治中心，或者不無理由也。

我們的苦惱，更不止此。大家都知道現在青年是活躍，你搞我鬧，好比打牌的籌碼一般，多了就可以取勝。青年人也不見得就願意爲人作良弓走狗，只是有了經濟的附帶條件，那就很難說，世事無非互相利用，這淺於今何用說！但是這樣一來就苦了學校當局，到底是應付那一方面好呢？推選學生運動是扭不了的惡名，養成圍攻學風又爲社會所指摘。凡是應付不好這些難題的，十九必要下台，而眞正辦教育者，又十九不會應付這些多角關係；同時，如果應付了這種複雜局面，學校也就十九辦得一塌糊塗！記得我在大學的時期，半年之內，換了三四位校長，其中殆無一人能够到校任事，學生布告板上時得花花綠綠，不出擁甲倒乙的洋洋大文，後來那位幹得長久一點的校長，還是買好一群同鄉打手，以武力爲後盾才得安然登台。在運用學生力量的題目下，那種辦法現在已經是落伍的了，如今是講究什麼外圍組織，實際目的，小組，聯絡，一切都是特工化的，花錢也很有個名義，叫做獎學金。我覺得中國人之科學頭腦雖不進步，這種政治技術確是有所發展，而且青出於藍的。因之想到古代的社黨運動，有很多人表示反對，正人君子以爲不該有此議論，實則國家有了這些事，縱設是不幸，姑無論其目的是君子的抑小人的，反正表示不安定則一也。我們「耳目時報」，不如體古人所說的「結論不變」的正常教育該當在什麼時候復現，也許，是吾人之一世，不會再有那種風氣，因為時代的關係，政治的關係。

我乃老實人，只能辦老實教育。我是北方大陸氣質無幻想無謂論只知按步就班的人，只能辦腳踏實地的教育。以前中國人自己幻想不足，便抄來這個領制，文納特卡制，設計教學法制，慢慢的知道不行，也就曇花一現的吹台大吉，自白糟蹋不少經費。北京有一處試驗這種學制最史最長的學校，名曰藝文中學，創辦人是為了革命黨「張大元帥」搶斃了的高仁山博士，往北京參觀教育的，無不慕名前往，但在看過之後，卻又無不失望而回。原來所謂這種學制者，只有國文史地數科，以自己閱讀代替教師講授而已，理科方面，根本不能實施。即此文科數種，說得很好，測驗也繁，弄得人頭疼，而學生並未見比別處有何優良成績。到現在索性連文科也取消實驗，而變為極平常之普通私立中學。我想此種所謂實驗與理想，頗足代表一般。在既貧且弱而又自私自利的中國，我們所需要的無非要青年人能夠有了這個時代的常識，強健的身體與愛家民族意識。去年曾有人著論大唱反對紀律論，好比仙人掌上開出一朵鮮艷的花，青年人大為感動，而且正可作他們本身荒唐頹廢的注解，我想如此文字，總以少登為是。自從五四運動以來，我們在思想上文化上誠然受了不少益處，但亦何嘗沒有走入歧路不見其利反見其弊的地方，我以為此正不必為賢者諱，而應當矯正者也。譬如延安重慶，據云，的要青年守舊的紀律，實為無歷史根據云云，想起來，這恐怕正是歷史告訴了人們太自由則無自由之故，才有這樣的主張和辦法吧！「詩底地」Poetic 與「羅曼底地」Romantic 在今日還要唱嗎？似乎青年的情緒是太有餘，而理智與常識太不足了。泛濫的江流，必須使之能夠準確成為發電才好。

因此，我也就希望能夠使我的學生老老實實在圖書館裏，在課桌上多多讀書，剃了光頭，在操場上，在晨光熹微中多多的跑步。在可能之下，多多減少外面的誘惑，我常以此種生活之苦樂如何調查學生的感想，他們雖不極樂，確是並不苦悶，在晚間的豆油燈下溫習他們的解析幾何大代數，看他們的新客雜誌，老老實實的說話，是比在電影院裏和愛人接吻有點意義，對於國家和民族！

老生常談，許多落伍！該打該打！

（三月三十日）

（上接32頁）榮輝生氣地掉過頭去，他一呆，把幾將吐出口的一聲怨言又趕緊吞了下去。榮輝對那漢子，有點規避但又似不大願意地喊了聲：

「舅舅——」

那漢子對榮輝橫了一眼：

「這種地方叫你不來，你還是要來！你還不走？」

榮輝敢怒而不敢言地放開了竹貞的手離開了舞場。竹貞被扔在身邊，莫明其妙的不做聲。對於面前的這個漢子她正在加以揣測的時候，想不到周克拖着她的手，說：

「白小姐，我替你介紹：這就是大名鼎鼎的王韜先生！」

小考在清末

周越然

小考在清末，小考在光緒二十年甲午（公曆一八九四年）以後，已經遭受輕視了；因爲上上下下都知道國力日弱，欲整頓內治，欲避免外患，決非學問淺薄的，不知時務的，連『豆腐都換不到』吃的秀才，所能爲力。所以當時有提倡興辦學校者，有提倡出洋留學者，有提倡改試策論者，亦有提倡廢除科舉者。這許多事，後來雖然經過戊戌年的一度改而不改，變而不變，後來雖然經過不少波折——這許多事，後來無不逐漸一一舉行。但到了今天，國家依舊不强，外患依舊未除，做過舊八股的人，又做起新八股來了。

做過舊八股的人，又做新八股——我倒是一個實例。我於二十歲（光緒三十年甲辰，公曆一九〇四年）入泮（進秀才）。那年科舉雖尚未廢，然已改試經義策論。不過我十四，五歲時，已有人教我讀『時文』（八股），做『時文』；我的秀才不由八股換來，但我深知他的作法。到此刻六十歲，我仍能明白念讀的精義：破題，承題，起講，起股，中股，後股等等。所以我敢稱自己爲『做過舊八股的人』。但甚麼叫做我是個『做新八股』的人呢？八股在今日——不，八股在清末——已視爲無用之物，無益於國，無益於身的文字。現在我常常在刊物上所發表的隨筆與燕語，有益個人嗎？能夠有益於國家嗎？可以有益於身心嗎？我的文字，既不合科學原理，又毫無藝術趣味，豈不是等於廢話，等於八股麼？

本篇當清末的小考；我離題了。讓我『言歸正傳』罷。

小考就是考秀才。但考舉人，考進士，不稱大考。考舉人叫做鄉試，考進士叫做會試。我沒有赴過鄉試，沒有中過舉人，當然不能會試，當然不能中進士，點狀元。鄉試會試的情形，我一點都不知道。我所知道的，祗有小考，并且是清末光緒二十年以後湖州府屬的小考。

小考分三試，（一）縣試，（二）府試，（三）院試。縣試在各縣舉行，府試院試則在府城舉行。院試，亦稱道考。

我們湖（州）府，共有七縣：烏程，歸安，長興，德清，安吉，孝豐，武康。我家世居城內，屬於首縣烏程。烏程附縣名額不多，而『士子』（文童）較多，不易獲取。外縣『士子』不多，而名額較多，容易獲取。但當時定例：屬於甲縣者，不得投考乙縣；否則犯『冒』考之罪。所以當小考進行之時，往往發生一件極不公平之事。首縣之失敗者，反較外縣之成功者爲佳，此選別決在師生（老師與學生）之上。某學臺巡某府（不是湖州府）的時候，看到外縣三個士子的三本卷子，一本都不通，一本都沒有完篇。他自忖道，『第一縣的文化太差了。然而朝廷的定額是十六人。現在祇有三人來考，非全取不可。這三本卷子，一本都不通，一本都不完篇。——好，好，把他們都取了罷！讓我來批』。

他在最好的一本上，批了『放狗屁』三字；在中中的一本上，批了『狗放屁』三字；在最劣的一本上，批了『放屁狗』三字。

他的『幕賓』在旁微笑而問道，『請教這三個批語有何不同』？學台答道，『不同，不同，很不同。放狗屁者，尚有人性；他偶然放放狗屁。狗放屁者，固然是狗，但他不以放屁為主要之事。放屁狗最劣；他非獨是狗，並且以放屁為正業』。

閒話少說，續說小考——縣試，府試，院試：

（一）縣試。——縣試，亦稱縣考，分三場：頭場，覆試，終覆，地點大概總在縣署內。縣試的考官，是知縣（縣長）。唱名，封門，——等等儀式，無不一一舉行，但士子在場號裏，無人查察，無人監視；任你移坐，任你抄襲，全不過問干涉。其原因是：縣考無非形式；被黜者，仍得過府考。

（二）府試。——府試，亦稱府考，亦分三場。考官是知府。地點，在我們湖州因為府署太小，借用石文館。石文館（俗名『紅門館』）是專為學台而設的正式試場。

府試亦不嚴格——可以帶書，可以抄襲。府試被黜者，亦得過院試。但是縣考府考在前十名前者，學台無不錄取；一則因為這十個人的程度，總比較好些，二則因為府縣官的面子，也不得不兌。我在二十歲第二次出考那一年，府縣考都在三名前；第一次出考（十七歲那年），名次也不低，在前五十名的所謂『頂圈』內。但是因為提覆（辨見後）時，

祇辨了題目（孟獻子（即仲孫蔑，魯大夫）請城虎牢以偪鄭），未曾獲取。

（三）院試。——院試，亦稱道考，分正場，提覆，總覆三場。正場最嚴，要收檢，受監視——不准夾帶，不准『槍』替。（此二字作『捉刀』解），頭場被黜者，全無秀才的希望，祇剩文童的空名。、提覆更嚴。場中人數既少，監視之力愈增。非獨不准夾帶，不能攜書，並且按時按刻要完篇（三百字以上），要交卷。不完篇者不取；遲交卷者淘汰。我們考在十名前的，更加苦悶。我們『呂』在大堂上，時時刻刻受道臺的檢視。並且學台自己也坐在堂上，東張西望地查察我們；有時他還要跑到我們桌子邊來看我們起稿，看我們謄清。

我提覆的題目是『有心哉擊磬乎』。那一年的『大宗師』（學台）姓陳名兆棻，性情似乎比較前任張亨嘉和平些；監視的道臺，也沒有像張氏那樣多。我的座號，因為年輕，被『呂』為幼童，也在大堂，坐在我前一排。他趁監視者遠離之際，輕輕地道，『月可（我在二十歲前，以『月詰』為字，『越然』是我後來改的。我的考名是『之彥』兩字。）救命！題目解說不出。救救命！寫一，二十個字給我』。

他一而再，再而三的哀求。我弄得心軟了，寫了五，六十個字，搓做一團，丟於桌邊，輕輕的說道，『寫好了，在桌邊。小紙團，自己拿。當心，當心——要當心道臺』。他快得很！一舉手紙團失蹤。那年他果然入泮，不過他是『紅鞋子』（末一名）。

讀者問道，『然則在那種嚴厲的監視情形之下，槍替亦非絕對不能？』

是呀，是呀！就是在我入泮那一年的正場中，也發生一件破紀錄的荒謬事件。據說有一位姓沈者，年已三旬，屢試不售。那一年的題目（正場）：「是故一道也」，他又不知出典，無法動手。旁座剛巧有個能於文者，并且是沈姓的『熟』人。沈對他說道，『你替我做一篇，可不可以？替我做一篇，隨你什麼條欵（條件）』。那人道，『可以，可以，每字一元（一個銀圓）』。沈道『算數（決定），算數』。不進（入泮）怎樣？不進半數，好麼？』那人道，『算數』。

後來發榜，沈姓被黜。沈付半數，那人不受，說道，『我的文章，不會不進學的。我恐怕你錄錯了，寫了『白』（別）字了。待學台未發，原卷拿出來看，再定輸贏』。

卷子拿出來的時候，果然發現許許多多別字。那人因爲每字一元的關係，多添『之』字（總寫得半頁半張），沈姓性急慌忙，誤認了，以爲都是『三』字，都誤寫了。沈姓未曾入泮，請人評理，又辯不過，只好忍氣吞聲地，依照每字一元的『潤』格，白費三百二十餘元。

插入的故事，未免太長。我當立時停止，繼續院試的最末一場——終覆。

終覆也有叫做大複試者。那一場完完全全是形式。學台固然也要點名，也要封門，也要出題，但不收檢，并且你所做的文章（包括八股，經義，策論，五言詩），不論怎樣不通，你不會被黜的。就是你抄篇剿文，也不礙大事；你總是一個秀才。我是個膽小人，在大覆試時當然不敢抄剿文。我靜坐默思，對於題目看了又看，看了又看，一句話都沒有，一個字都寫不下去。我已經是秀才了，我緊極了——全身發抖。後來我不知道自己寫些什麼，怎樣完卷。但是我們同鄉中，也有膽大的人，就是後來大革命家沈虬齋（事實見拙著『六十回憶』中的『辛亥革命』篇）。他在終覆場中不做文章，謄錄全部『三字經』——三次停科：不准赴試。

最末，我還有幾句話：

取得秀才之後，倘然沒有經過『歲考』，不能進鄉場，考舉人。這種新秀才，倘然要進鄉場，應當先考『遺才』。歲考是下一年或者下一科，與考秀才同時舉行的。遺才當年可考，實在是形式的預試：不觀卷者，可託門斗（教官的司事，教官亦稱學老師）請人代替。

歲試分別一，二，三，四等。一等前幾名，或可補廩。列入四等者，不准鄉試，但可考遺才。我考過歲試，竟的列入四等。我所以列入四等的緣故，因爲我有兩件錯誤。（一）我好好的做成一篇理財論！開首四句，擬句四字——自以爲老到得很！我自言自語道，『這幾句話，不像我做的——太好，太妙。此刻新學已經盛行了。讓我在他們上面加幾個字罷，加——斯密亞丹曰——五個字罷。』不料後來將原卷取出來的時候，看見閱卷者（想非學台本人）在那五字之旁，打了一個大藍槓！後面的文章，恐怕他一句也不看。（二）我做英文翻譯時，不用『子曰』（The Master said），而用『孔子曰』（Confucius said）。不知那一位閱卷『大臣』，以爲錯了，以爲不合『讀英四書』的體例，也在『孔子曰』之下，用硃筆劃一粗劃。同時我代我的朋兄全錄『讀英四書』，完成一本翻譯卷，倒考取一等五名。這位閱卷者，豈不是奪了『讀英四書』硬對的麼？

我沒有考過遺才。我無志『上進』，沒有取得舉人的志願。我當時最大的志願，是想學西文，想做個科學家，或者外交家。

確然，確然，上面的『最末』，有三四百字，太長了，不像『最末』。讓我換一個形式相像的『最末』罷：

最末，科舉爲國家舊時求取人才唯一之途。我在上面所講，並非科舉或者小考的全體。我講我所知道的，親歷的。欲研究科舉制度的全體者，可閱『學政全書』。

十堂筆談

東郭生

四　外國語

我覺得現代青年對於外國語的興趣遠不及老前輩的那麼熱烈深厚，這是很可惜的事。所謂老前輩，當然不是鄙人這一輩的人，說的是前清同治光緒時代的人物，以年紀論，到了現在總該有八十上下了吧，他們雖然有大半世生在前朝，但其學術上的功績在民國的卻很不少，如今且舉二人為例，若如蔡元培與羅振玉。他們的事業也不必細說，大家大抵都已知道，我只想說說他們與外國語的關係。據羅君集蓼編所說，光緒戊戌在上海設東文學社，以東文教授科學，時中國學校無授東文者，入學者衆，王國維氏即在其中，羅君時年已三十三矣。據蔡君傳略中云，戊戌與友人合設一東文學社，學讀和文書，是時年亦三十三歲，及丁未赴柏林，始學習德語，則年四十二。這幾位老先生，有了相當的年紀，卻是辛辛苦苦的要學外國語，是什麼緣故呢？在那時候，知識階級中間有一種憂慮，怕中國要被外人瓜分，會得亡國滅種，想要找出一條救國的路來，這就是所謂新學，而要理解新學又非懂得外國語不可。這亡國的憂慮與救國的方法，在現今的人看來以為何如，那是別一問題，當時卻是誠實的相信的，維新人說的自然也並不是沒有，但有些人總是切實的做去，在學習困難的時代努力去追求，這種精神是很可佩的。時光荏苒的過去，離開戊戌已有四十六年之久了，外國語的需要加添，學習的機會亦很多，如在中學須習外國語二種，大學又至少加一種，成為必修的功課，可是學習的興致卻反而減退了。這彷彿有如看報，在五十年前，關心國事的人都覺得非讀時務不可，而其唯一方法在於看申報，在東南水鄉的人定得申報屢轉送到，大概已在半個月二十天之後，親友好些者相借看，往往一兩月前的報紙還是看得津津有味，到了這時，對於報紙的信仰也漸減退，固然還是人手一張，可是看報的意思已經與以前不同了。這是時勢變遷的關係，或者也是無可如何的事，但總之是可惜的，至少是關於外國語的問題，希望青年再加考慮，多分出一點力氣來從事學習。專為從外國語去求得新學以救國，這個想法或者是太簡單太舊一點了，也未可知，但是為求知識起見必須多學外國語，這總是無疑的，大家即使未能十分積極的去做，在學校裏必修的這一部分既然有學習的機會，總須得盡力的學，一面完了學校的功課，一面也於自己大有利益。我曾經說過「我的雜學原來不足爲法，有些朋友曾批評說這是橫通，但是我想勸現代青年朋友，有機會多學點外國文，我相信這當是有益無損的。俗語說，開一頭門，多一路風，這本是勸人謹慎的話，如今借了來說，學一種外國語有如多開一面門窗，可以放進風日，也可以眺望景色，別的不說，總也是很有意思的事吧。」上邊的意思是說借了外國語的幫助多讀些書，知識見解益以增進，一般利益很是不小，若是研究專門學問，外國語自更是重要，這裏無須多說了。

五　國史

國民常識中重要的一部分是國史的知識。據學校裏的先生們說，現今學生的本國史的知識抑是很缺乏，正是很不幸的事。本來在小學和初中高中，讀史教過三轉，講義統讀一個大概了，但是結果似乎並不好，這是什麼緣故呢。或者因爲學校太重考試之故吧，講解的只爲應考起見，勉強記憶，等到將過得了分數，便又統統的還給先生了，這也說不定。從前我們在書房裏只念四書五經，讀得爛熟，卻是不能理解，史鑑當作閒書，並不能強迫，讀了多少部書，雖然那時所用的只有綱鑑易知錄，通鑑輯覽一類的俗書，卻也能夠使我們知道國史的概要。臉譜是動搖不了的，所以到了中年以後，方來讀找臉譜正說，臉譜後來讀書，從新理會他的意義。由此看來，這原因是很簡單的，當作功課做的時候難得發生興趣，課外又沒有資料與機會誘導人去接近史書，說是在學校讀書若干年，而史的知識非常缺乏，那是不足怪的。我們並不說史書是怎麼了不得的寶貝，所以非讀不可，實在只因國民對於本國的歷史須得知道一個概要，深覺得現在這種情形雖然是無怪的，卻也是可慮的事，稍有改正之必要。有人擬成一種適用的簡要的通史，可以當參考書也可以做課外讀物，自然是很好的辦法，不過這件事急切難以希望實現，那麼目的還是在於青年自己努力，找書材料來姑且應用。沒有多大時間讀書，或是專心理工方面的人去找一部比較詳明的，例如呂思勉先生編的本國史，用心看過一遍，大抵也就夠了吧，若是文科系統的不必說了，就是別的人，只要有點時間或與趣讀書的，那麼當在這方面多用力，獲得國史的知識愈多愈好。這件事似乎也不很難，史學固然是個專門，但如爲求常識而讀史書，卻是別一條路，從看小說也可以走得通的。我曾說過，由西遊記水滸傳等，漸至三國演義，轉到聊齋誌異，這是從白話轉入文言的徑路。聊齋之後，轉過了夜談隨錄一派，一變而轉入閱微草堂筆記，這樣，讀派文言小說的兩派都已經入門，便自然而然的能讀唐代叢書說選去了。小說本來就是稗史，假如看到世說新語，宋瑣語，那已是正史的碎片，讀史的能力與興味亦已養成矣。本來讀古文也一樣的可以養成讀史的能力，不過，我不贊成這樣做，因爲一染了史論的習氣，便入了邪道，對於古人往事隨意亂道，不但不能從文章得到什麼益處，反而心地漸浮誕非淺。假如先有了讀野史的興趣，再看正史，他謹守着讀書的正當態度，不想去妄加判斷，只向書中去求得知識，其結果總是無弊的。這種知識，除通史之外還應注意於近代的一部分，據我的意思，宋元至清最爲重要，這一千年中不但內憂外患最多，深刻的顯露出中國的盛衰情形，就是文化盛衰，不論是好是壞，也是從兩宋起發生轉變，造成現在這狀態的，所以治史學的人或者覺得上古史有給爲宋明變的地方，值得研究，若在我們則情形不同，所應注意的倒反在於近代。古人以史爲鑑，就是說當作鏡子用，孔子說：殷鑑不遠，在夏后之世，鏡子同樣的可以照美醜，但史鑑的意思重在於儆戒，這與巴枯寧的話相似，看歷史是教我們不要再這樣，也是很好的意思，不過說到勸戒須先定善惡是非，又還是走到史論一路去，不很公道，我們的須得是別一種態度，連儆戒這一層也都擱起，就只簡單的想要知道本國過去的這些事情。我們不先假定知道了有什麼用處，其理由只是有知道之必要，正如一個人有知道他的父親祖父的事情之必要一樣。祖父的長壽未必是光榮，父親的死於肺病卻未必是辱，不過在孫子總不是沒有關係的事，他知道了於生活方針上很有參考的價值，那麼用處到底還是有的。我們看見國史上光榮的事固然很高興，有些掃興的大小事件，看了掃興原是當然，但是也不可不注意，而且或者還該反而多加注意才是，還有如說到先人的病與死的地方，要知道其事雖在過去多年之前，同家族與同民族的都是一樣，在精神與體質上都有一種微妙的聯繫，很值得我們的深思與反省。奉勸青年讀國史，這意思是極平凡的，只有末了這一節是個人私見，聊表獻芹之意，本不足貴，但請求從這裏的一點試加考慮。

小巷一夜

接着這樣的雨天，你也許會想到代表江南精神的小巷。

巷，就我所經歷的說，雖然江浙的城市多得很，但怕以蘇杭最具有意思。它介在「街」與「弄」之間，我們鄉下多舖着青石板子，所以碰到下雨，便顯出它的「帶水不拖泥」的長處。它的最顯著的特點，是曲折，其次是恬靜，深沉，像一篇「曲高和寡」的散文，而較為深長的似乎也較為幽靜。在秋盡江南，水木明瑟的當口，你可以帶點不可告人之幻想，一個人踱蹁在曲折的小巷間，從這條到那條，像繞着九曲橋似的，你抬頭看看天上的秋雲，你會疑心是一幅淡淡的薄紗橫布在你的上頭，等到小巷走盡了，你的幻想也就快要完了，要是沒有完，你不妨重新走回去。你怕人多，你可以揀比較冷僻一點的，反正那邊儘多着。我有一位姓W的朋友，是詩人。他在一個偶然的場合裏看見少女A，就此「一見傾心」的戀起那女來，後來知道她在××學校讀書，放學時必繞道××小巷。於是他在巷口等她，跟她：——終於彼此保持十幾步的距離這樣含情地一言不發，等到這條巷走盡了，就目送她走進一道朱紅的墻門，門砰的一聲，他方才清醒過來，只剩下一片茫然的背影，於是他又重新循着原路走回去。因為是一條冷僻的巷，所以始終沒遇見一位熟人，甚至連陌生人都很少。——巷雖狹小，而人的肚量卻擴大了。

在上海，大者曰「路」，小者曰「街」，在鄉下，卻是大者曰「街」，小者曰「巷」。想起了巷，就覺得它在曲折之外，還代表着狹窄與深邃。有時候，真要使你發「轉灣抹角」之感，如果坐人力車，則兩車相遇時，必得有一個肯「退避三舍」才好。換言之，巷似乎不宜於車如流水馬龍，而只宜於一兩個人的漫步。假如是雨天，它的寬度也許容不下兩頂洋傘。然而要是你卜居在面對長巷的小樓一角，在寂寞與煩惱之際，或者正要朦朧地睡去的片刻間，你聽到人力車輪轆轆地輾着石板，你自有一種悠然的遐想，接着，說不定還有的會有一串車鈴聲，於是擾你的一身慵懶或好夢都攪散了。前人詩有「遙指紅樓是妾家」這麼一句，我想這時的背境應該也是長街小巷之間，這樣，我們可以將上邊的一角小樓中的主人，設想成為一個「她」，而「簾時驚美夢」的也不必再煩贅了。

在北京，巷還說就是衚衕，（當時合習為弄）但我曾翻閱過朱一新的京師坊巷志，覺得它就不同於上述的巷，似乎是有其繁榮而無其清幽，這不用說是為了「京師」的緣故。至於上海，則叫做弄堂，那無論是設計和性格更其截然不同了。雖然上海原有舊鎮弄堂之類，但它們都在本文

「立體建築」的南京路北京路之間，在情調上既顯得不調和，在對比上從而就是寒傖的排了，那末說得武斷點，要領略巷的情趣的，還得到南方如蘇杭等地方來吧。「南朝六百八十（？）寺，多少樓臺煙雨中，」江南多水鄉，在烟雨中的巷正跟烟雨中的寺一樣，都是水鄉景物上的一種特色。可惜以雨巷入詩的，在舊體詩殊不多見，但是新詩中不知道是否是被忽略的，卻有很出色的一首。至於圖畫方面，我們所看到的僅有畫家筆底的名山大川，卻少見將「巷」的特有的風格體現於紙上的作品。

說到水鄉，又覺得有巷的地方似乎應該有河流才對，最好是小河。——不，小河的本身其實正可代表作「水之巷」。從前看影片「國可渡盧」，（譯作豪華從話）雖則是影片裏的威尼斯，但是人工的布景，但看看那些水光接天的一洞一洞的河流，和對岸人家互相對呼的神情，河豈不就是「水之巷」嗎？再說，巷如果與河相距不遠，那又將令人多麼流連與徘徊呢？試想枝枝節節的繞出了幾支曲巷後，忽然會有一江春波展在你的眼前，該是何等的美與妙？河上有船，你可以任其所之地任它飄浮，猶如你信步在「陸之巷」一般，河上有橋，因橋身的弓伏而顯得橋洞之轉折多趣，於是你望見眼前的巷，腳下的河，或者位在河與巷中間的橋，你自會感到一種風土味之親切。你不要以為這是文人筆下的矯飾，實在，在江南水鄉原是極其易見的，只是你沒有去賞識它體味它罷了。朋友，似我們這些渺小庸俗的人物，有沒有在感到生命之平凡而缺少波折呢？那末，我勸你多走走巷，它會使你體味着人生的複雜境遇，多采多姿，百回百折，——不論自天而降的一點兩點，和不舍晝夜的「泥中淘」，凡是水，都會使你心靈潤澤情緒柔和的。你也許到過天下名山，到過大英帝國的倫敦，金圓王國的紐約，和國際風目雅琢的柏林巴黎，但恐怕未必到過一條平凡的小巷，——再說，縱使你對巷並不陌生，但你若沒有細細領受巷，尤其是雨中巷的事情，巷卻並不認你為知己。你原是自以為跑過英倫美京之類而漫視巷，巷就會笑你勢利，鄙你淺薄。你要是在它面前分什麼尊卑榮辱，你反而會被它「舊日的光輝」所壓倒，一定的。縱多，它在空間上讓你一步，而在時間上它卻壓倒十倍。「安於陋巷」是我們的先師一位最得意弟子著名的故事，然而沒有「陋巷」，顏子的孔門的操守又能何表現呢？其次，王謝子弟的「烏衣巷」，到現在還被視作一個勝蹟，而它也同樣是在江南。雖然到今天已同投老風情似的，但在中國的歷史上，卻永遠抹它不了。可見巷不但使你流連嚮往，而從它所產生的人物或歷史看來，還使你興奮與欽敬。

並不是我故意的抬高巷的身份，凡是我遊蹤所經之處，對於巷，我多少表示一點關切。在都下的時候因為職務的往出入，也許親切有之而可以追憶的卻少；而到今天還值得我猜想的雨巷，則是戰前和Ｅ兄一同到杭州的這一趟了。但我還依稀記得燕知草清古槐主人！沒有他事先的暗示，我在杭州小樓中所感受的雨巷的滋味，恰要打些折扣；雖則他文章中並沒涉及巷。同時，我對於抒情文的好感，——從反感轉到好感，也以燕知草開始。

我永遠忘不了住在荒寂的小城時，從郵差手裏接來的燕知草的喜悅：淡青色的封面，古雅的裝幀，綠的線包着書根，這形式就够人的摩挲賞玩。其次是它的題目，有些也彷彿是「詩的」：綠楊花下的繫馬，回拴樓上賣甘蔗，必醒的別。罪是這些題目，並不多也可當一讀而知道明了。接着我翻了過來，隔着明朗的第一節，似乎就是使我們作「情緒的散步」了：

「這是我們初入居湖樓後的第一個春晨。昨兒午來，便整整下了半宵滂沱的雨。今兒醒後，從疏疏朗朗的白綿紙裡窺見山上緋桃的繁花，斗然的明豔欲流。因她徘徊於酣睡之間，我只得獨自的抽身而起。」

讀着這樣的句子，豈不是像飲醇酒般的，醺然欲醉嗎？自此後十年，我也終於來到了湖上。下榻的地方就是××巷的五兒家裏。在第一次匆匆的逗留一下湖濱以後，就在湖畔找了寓所。本來準備翌日去靈隱弔謁的，不料半夜裏果然也下起滂沱的雨來了，起初還淅瀝而迂徐，接來就大使性子，急促而猖獗了。消失夜寂深，它愈有勁；愈靜，愈要吵鬧，從單調的淅淅瀝瀝到合奏的汗汗澎湃，譜出了大自然的神奇變幻的樂曲。我是習慣於長夜的，對着這樣猛有勁的雨聲，遂復披衣起坐，將隨身帶的燕知草拿出來。杭州的建築固不及上海，但小樓清幽，一燈熒然，在寂寞中細聽如瀨如狂的風風雨雨，倒也別具一格。只是氣候還當初春，窗隙中風隨雨入時，不免有「二月春風似剪刀」之感觸了。

雨在江南，原是常事，不過它往往因背境之變遷而變異到人對雨的印象，及人自身由此引起的情緒之明暗。因之在當時一樣蕭然樹葉中，而又跟五兒相隔異室，自然多少有不可言傳的落寞之感，甚至就想立刻動身回到家裏來。——接着，雨聲沒有停，雨勢卻平靜一點，風力也團得被之多了，而本來爲風雨聲撥亂的纏綿之聲，似乎也漸漸的可聽見了。「夜來風雨聲，花落知多少！」想想大自然的威力，真令人恐怖。

然而過才的暴風狂雨還只使你驚異和煩亂，惟有隨隨而來的快風苦雨，卻令人徹骨的悲涼。正像俞先生說的：「江南的冬雨既有特具的丰神；如落落久住江南的必將許我爲知言。他的好處，一言蔽之，是能濺心泚骨的洗滌滌。不但使你感着冷，且使他的冷從你骨髓裏透泄出來，所剩下的變黴的煩躁熱惱都一絲一縷地滌蕩盡了，惟有一味是清，二味是冷，與你同在。你感着悲哀了。」——而在熱洗滌盡以後，慢慢地體驗着的悲哀，照俞先生的說法，是「一種蔽淺碧色，純靜如水晶的悲哀。」而這可怕的就因它是細細致致的嚼你，逼蝕你，使你無從逃避，——逃避了它依然要鑽到回來。我想起李後主羈外雨淋淋時的感受，大約就是這樣的境界了。然而他決不是單純的亡國之痛，而還有其他的難言之隱。

在牀上我收檢了我的旅心以後，就一直睡到翌日早晨，而雨依然是不客氣的淅淅地下着，想來是無法出去的了。但白天終究不同於黑夜，我們住的那條××巷，這時也就先先後後的有了車聲和人聲。我伏着窗往下展時，雖然玻璃被雨點塗得有點模糊，但正惟其這「模糊」，卻又覺得雨中的小巷別有一番深深的迷惘的情調，可以稱爲明滅不定。更妙的雨勢雖然急促，但往來的人還是保持小城中的悠閒與瀟脫，而且又顯得特殊散散的：一個鬢角邊的少婦提着菜籃過去了，然後一個鬚髮白髮的老人撐着紙傘迎面而來；間或是遠處跑來一輛人力車，車還沒有看見，鈴聲卻已響過小巷，等你舉目觀看時，以爲他是駛近你這邊的，它卻抹着角向那邊轉身了。因爲是石子路，車身往往要顛簸着，而雨珠也在上下跳躍着，遠遠看去，活現得是有趣的映照——。

這樣的一個狹促的小巷，在我的眼簾中，却包涵着許多並富詩情的材料。可惜我既非畫家，又非詩人，就是我上面所胡謅的這些文字，對於最初的印象恐怕也不能傳達於什一吧？

「小樓一夜聽春雨，深巷明朝賣杏花。」這是陸放翁的名句，但要適恰地體會它的情味，也惟有在江南的春雨闌珊的季節，而在這一次雨後的第二天，果然又聽到「賣花呀！」「賣花呀！」的柔憫的叫聲，叫破了小巷之靜，雖然她們比起蘇州來又要遜色點了。

誠然，目前畢竟非顏子的時代，既無陋巷可安，也決不能以自安於陋巷為滿足。然而在江南三月，草長鶯飛的時節，從百忙中偷出一個空，到有小巷小河的水鄉澤國小住幾天，似乎還不至於「要不得」到怎麼。但可惜的是，目前的所謂「巷」，大抵都落入詩人所太息的「狹巷短兵相接處，殺人如草不聞聲」的慘景之中了吧。

雨生先生以三函邀為風雨談撰文，荏苒數日，易稿再四，終於還是畫虎不成。題目亦想不出較好一點的，姑且起個現成，曰小巷一夜，雖則仍不得要領。

（三月廿六日，夜）

編輯後記

風雨談上一期出版之後不到三天，在上海已經銷售了。那時還不過是三月底，出的是四月號，所以出一期五月號，就在四月底和讀者們見面。我們在編印上力求不脫期，不懈怠，料想讀者們也一定是很喜歡的。

周作明《作人》先生的「十堂筆談」，上期讀過的人，無不衷心的讚佩它內容的豐實，文筆的親切，這是給青年們一件最珍貴的禮物。全篇並將收入太平書局出版的「立春以前」散文集裏。周越然先生非但是海內有名的藏書家和英文學者，在清末的時候，還曾經趕上了科舉，深諳其中的甘苦利弊。這一期特為我們作了一篇「小考在清末」。紀果庵先生樂學多年，諸人不倦，「談舫舉錄」一文遂又成為這一期難得的特稿。

這期的小說，予且，譚惟翰先生等的創作，似乎用不着多饒舌介紹了。予且先生的新著小說集「七女書」，原稿新交太平書局出版。譚先生的「市聲」，再版也在發行中。許季木先生的「蘇醒中的記」，又是精心結撰的寫實創作，一氣呵成，本刊因為篇幅關係，分兩期登完。下期還有丁諦先生的寫實長作「蘿」。

歸田記（創作）

予且

某老人忙了一生，自己也沒有忙出一個成績來，既沒有錢，又沒有事。但是他的兒子，不知怎麼樣在股票和金子上一弄，一變眼就是幾千萬幾百萬。

兒子生出孝心，他問老人道：

「爸爸想要什麼，兒子現在都能辦得到了。只要你老人家說一聲。」

老人想：

「自己在少年時候，倒也有許多欲望。可是一個也沒有滿足就忽忽地老起來了。如今還要什麼？」

他真想不出他所要的東西。

他在他兒子沒發財以前，是過着清苦生活的。他住在鄉間。早晨起來，到茶館中泡上一壺茶，一直坐到正午。回家，媳婦就端上來飯菜。吃過了，就到東家談談，西家談談。到了下午，自己拿着小泥壺，買上四兩酒，再買一包小鹹豆，坐在簷下吃掉，喝一碗薄粥，就去睡覺了。

這是他每天的生活過程，很久已經成了習慣。不想他兒子發了財之後，這習慣便被打破了。兒子已經花了幾十萬頂了房屋，接了媳婦住，自己沒有法，也只好跟着去了。現在的生活雖和以前不同，人還是一樣。兒子一天到晚不在家。早上跑出去，晚上醉了回來。媳婦一天到晚沒有事做，飯也沒有的煮了，菜也沒有的採了。家裏有傭人，菜和飯都燒的很多，吃一半糟一半的混濛。老人的酒也不是土酒，而是人家送的市上所謂的洋酒，小鹹豆也不見蹤跡，而是早午餐桌所餘的菜了。

老人自己不敢再拿泥壺沽酒帶買小鹹豆，怕人笑話他是窮命。早午餐餘有下酒，是他媳婦的意思。

「這是好意啊！」

老人這樣的想着。

「這些菜不吃就糟蹋了，豈不可惜！」

然而老人不快樂，他就在這不快樂的情緒中生活下去了。

他怎樣回答他兒子的話？

很簡單的，他的心情就是再回鄉去，早上一壺茶，晚上四兩酒。但是有兩個問題在他的心中。

其一，這不是命窮？

其二，回去自己燒飯，那就太不行了，媳婦又怎能跟着自己回去呢？

如果他要是回答他兒子的話，那就只有和媳婦回鄉過着原來的生活的一句話。但是這話怎能說出來？他只好捺住自己的心情，笑着向兒子說：

「現在生活很好，什麼也不想了。」

他說很好，他兒子也覺得是很好。一個田舍郎，發了這樣大的財，呼奴喚婢的過着優裕生活，也是以自傲傲人了。他用心地整他的財產，他的財產只有增加，老人思鄉的心情却格外的深切了。

有一天，不知是誰送了兩瓶洋酒來，老人不留心多喝了兩杯就吃醉了。天還沒有晚，兒子還沒有回來，他扶着醉醺醺的酒興向媳婦說：

「我真喜歡在鄉下住，就是沒有人燒飯。」

媳婦也明白，以前替公公燒飯，是丈夫沒有發財，接她回家。如今，丈夫住在這裏，自己怎能跟公公回鄉呢？她沉沉地想了半天說道：

「你老人家平時不是很喜歡鳳姑嗎？何妨叫她燒，她橫豎一天到晚沒有事。」

老人一聽，覺得不錯。

「鳳姑只是一個十八九的鄉家姑娘。現在還沒有嫁人，當然沒有事。」

於是老人回鄉了。鳳姑也答應燒飯了。兒子因爲表示孝道，他送鳳姑父母許多禮物，給了鳳姑許多的錢。

老人現在笑逐顏開的。因爲他自覺着又恢復了他所期望的田地生活了。他每天上茶館，泡上一碗茶。喝茶的還是那些人，可是他覺得他們有些不對了。他們都不大向他說話，連那些前都對他特別客氣起來了。他總覺不適意，比以前不適意：

鳳姑的燒飯，也不比他媳婦燒的壞，他總覺得不同，不是別的不同，乃是人不同，他覺得待她親了又不好，疏了又不好。

這樣過了好幾天，茶館裏的談話又不對了。他們都知道老人是大財主的老子。

「老人爲什麼要回來住？放着城裏的福不享。」

「他是想鳳姑，以前不是就很喜歡她嗎？」

「好了！現在媳婦又不在面前，當然格外喜歡鳳姑了。」

「他兒子送過鳳姑父母許多東西，又給過鳳姑許多錢。」

「他們的歲數相差太遠了。」

「有錢的人——」

「有錢的人怕甚麼？」

「什麼事做不來呢？」

老人覺得很難過，喝茶的興致就銳減了。連鳳姑都覺得奇怪，鳳姑的父母也奇怪。

又過了幾天，鳳姑的父母把他兒子送的禮物送回來了。他們很客氣的說：

「這禮不能收，人家說閒話。」

老人一想，鳳姑燒飯是不合適的，自己有兒子媳婦，爲什麼不跟兒子媳婦。

但是城裏，他却沒有勇氣再去了。他從此自己燒飯吃。不上茶館，晚上連小蠶豆也不買，只喝點白酒。

他平時沒有笑顏。

大家竊竊地私議着：

「他是生就的一個窮命。」

破霧（創作）

趙而昌

那一個娼婦女，正像所有幹這門子生意的一樣，除了她那個叫做銀鳳的名字以外，還有個被大家叫着的，叫做『小桃紅』——也像所有的那些賣笑女郎的住屋一樣，她住在一間矮狹的，狹狹的屋子中。那是一間介乎二層樓和三層樓之間的屋子。本來在這人口並不怎樣多，商業並不怎樣興的縣市中，這種小閣實在是難得出見的。它像是在狹狹的扶梯的轉灣處擱了一個洞似的，它是好像要把住在這間屋內的人隔絕起來似的。這個小屋子好像是特意要被人們忘記，特意要和這個狹屋的中心經絡起來較地獨立着的。

雖然現在已是將近十二點鐘的時候了，然而這個躺在床上的十八歲的小姑娘，却一些也沒有想睡的意思。這並非是想等着『出恭』，也並非是想等着一個人來，而是被一種心悅窩亂的神情苦惱着。她的兩頰熱烘烘得似一個成熟的果子，心頭急忤忤地在跳。冬夜的冷氣在她的身上沒有起一些作用。她像在拼命地傾聽着找一些四圍的聲響，像是這些聲響可以減輕她對於一種寧的恐懼的注視一樣。但一些也沒有，四圍是靜寂得連一聲狗吠也沒有。

現在是已經快近子夜的時分了，那個和她睡在一起的小姊妹，她叫她姐姐的，最多再等半小時也該回來了！啊！啊！她的耳中嚶嚶地響着，她這時才深深地感到她的心裏有種像恐怖似的孤獨不着的感覺了！她知道她的頭和已經不能駕馭她的情感了！以致於奔騰一點自制力也沒有，一點可遮蔽的勇氣也沒有了！她覺自己抑制着：難道自己真連使胸膛裏的血液流得像平常一樣緩和的力量也沒有嗎？難道自己真連一點驚嚇也受不起嗎？難道真連那些一圖上眼耳中就昏昧聲的幹響，眼前就閃着恍恍惚惚的花花的這些東西也丟不掉嗎？

她這樣想着，這樣想着。這時候，樓下就起了一陣尖銳的鞋聲，這顯然是扶着黑暗上來的聲音。她熟識這種聲音，正像她熟識這個女人一樣。但為了要使自己的心寧，一些也不給人家知道的緣故，她把身子旋了個身，將臉朝着壁，假裝睡着了。那進來的人在門口叫了她幾聲『銀鳳』，就把門關了。她通常總是叫她『銀鳳』或妹妹的，常要叫『小桃紅』，那就祇限於取笑的時光了。她隨手把門扣上了，以一種更輕的遠不多只有抖顫的極小部分滯地的聲音，像急於想擺似的躡手躡腳地脫着大衣，旗袍，把它們都掛到那吊在鐵床平上的衣架上去。這樣就把睡着的銀鳳的身子，罩上一個黑影了。

那祇不過是一兩分鐘的時光，她已口中哼着『冷啊冷啊』，縮着頭頸，穿着一套紅條子的直條紅絨衣，——這是大多數像小桃紅的人都穿的。把那大燈泡熄了，開着小燈泡的那盞電燈，這件着去好像不顧眼的緊接的東西被暗了。、

銀鳳沒有睡熟，那個姐姐總覺到。那樣着

料的不自然地彎曲着彼動着的身體，決不像是臨着的——那忽粗忽細不符合拍的新腔，也決不像是臨着的——當她覺得出她沒有臨着時，就一下子拉着她的衣角問了：

『你又在想你的「他」了麼？』

『那末，你呢？』這才使得臨在裏面的人使她把身子轉到外面來：『你呢？你難道也在想你的「他」嗎？』

關於鉅鳳的他，那個做姐姐的非常一點也不知道什麼。她只知道有一次，鉅鳳是被姆媽罵了一頓，關過了兩個鐘頭，據說這就和這件事有關。她所知道於這件事的，就只不過是這一點點罷了。

其實這個永遠佔據着鉅鳳的心頭，甚至連睡夢中也可常見他的影子的這個人，只不過是個鐵路站上的員工罷了。他們是約摸在兩個月以前，當鉅鳳的姆媽上城來又回鄉去的時候才認識了的。那些買票，寫票，送行李，佔坐位的事情，本來該由她做的，都由他代她做了。從此以後，每當接着電話要她到鐵路站對面的旅館裏來照顧客人，或是有事要到小站附近來轉轉身的時候，總還要借個事端和他攀談攀談，藉此來和他接近。他是一個看去約摸二十三四歲的青年。他那戴起鐵路制服的黑色鐵路帽子時的神氣，和指揮着小工搬東搬西時捲着手喊着『來啊來啊』的從容，使她深深地心醉了——使她覺得他是一個最可愛的人，甚至可以把自己的一切都獻給他的人了！此後她們就談到了愛，談到了一切。那次她所以被姆媽餓了一頓，關了兩個鐘頭，就是因為她在離那鐵路不遠的樹林的暗影下，和他談話談得太多了，她竟大膽地被他抱着接吻，忘記回來了，以致她明明在外逗留了六點鐘，卻只交給姆媽三個鐘頭的鐘點費時，就使姆媽着惱了。

這就是那個姐姐所已經知道了的。然而像我們所想到的，這種赤裸裸地通過了，並融會了兩個人的心底的愛苗，決非挾嫉，監禁所能分解得開的！它是一種看不見的但卻是比一個接連一個洶湧不止的藍色的海濤還要說不可當的東西！她是情願貼了自己的鞋襪錢去貼補不足的鐘點而去看他一次的！每次當她被客人們叫到那些鐵路站的小旅館去時她是總好像為着他去的！雖然她是一個每天伴和許多男人周旋在一起的女人，然而一種信任而又新鮮的所謂『愛情』的東西，卻只有和他在一起時才可體味出來！這是一種不覺得到了滿足的止撥的擁抱和愛撫，一種不會完結的使人出神的接吻。——

他們是這樣愛着，好像是各自覺着對方的那種溶在溫文的負靜中的，純潔的舉止中的，寧靜的沉思中的，與靜的微笑中的某些莫名其妙的東西。只要她的手挽着她的手，她就覺得愉快了！只要她的頭擱在他的胸脯上，聽見他的心跳，她的心再也不會像在小屋中的沉寂了！只要他的好在她的頰上輕輕地按一下，就可使她忘了那惡狠狠的姆媽，使她的心頭跳個不住，一夜睡不得好覺了——

『那末那個「小桃紅」的名字難道他早也知道了嗎？』不禁使這個姿神領略着的姐姐開口問了。

『這自然是早就知道了的，並且他說，在我叫做「小桃紅」的由子就是他最愛聽的。』

姐姐沒有話說了，好像是聽得骨頭也酥着了似的，只喊着『啊！啊！啊！——』

『但是事情往往是這樣的不如人意的。』她繼續說。

因爲是工作勤勉和負責的緣故，他的努力已被上司賞識了，此後他就得被派往兩百里外一個範圍更大的站裏去服務了。就在明天一早，他要動身到那邊去。他並且說，要是她信任他的話，惟一的辦法，就該毫不遲疑地跟着他走。他並且更這樣說，不管她走不走，他是不能不走的。他並且已經用站務員眷屬的名義替她簽好車票了。

『就是明天一早，現在已是兩點鐘了，不，就是今天，並且是眼前就得決定的事了。——啊，吃姨媽的苦，啊，這張硬床舖，我都受夠了。我是一定要走了的。』

『我是一定要走了的！』好像是把所有的話都吐乾淨了似的決絕。因爲是黑漆的寂靜的宵晚，像是有誰可以竊聽人似的懼怕可以感到。

到這時姐姐才開始明白過來，並且是全然明白了。

『但是你忘了，你還有半年的契約沒有滿哪！並且你又欠了姨媽的多錢，即使是你可以不顧這些吧！但這會使她與你仇視之間，造成怎樣可怕的局面啊！你可以逃掉了，但你的姐姐總逃不了的啊！』那姐姐說。

『可是你難道不知道實際上她已從我的身上賺轉了十倍於我欠她的錢嗎？唉，我的心慌亂極了。我的姐姐！至於我的姨媽，她是早在兩天前已到了那個我們所要去的地方去了！』

這顯然是有計劃的行動！

好像是意想中必然會發生這件事一般的，那姐姐不禁想說出『啊！原來如此』的話來。

『既然是這樣，那你就沒有錯了！』做姐姐的一本正經地說，『只是你這樣出去，能使姨媽——這個女閻羅——不猜疑你嗎？你能使樓下睡夢中的人不因你的腳步聲而起疑心嗎？況且這樣的寒夜，啊！孤身的女人！走在路上，禁不住！還是讓我來陪着你走好。——』

差不多默然了兩三分鐘。

於是那昏黃的，只有四分之一支光的小燈泡又被她捻亮了，一顆淚珠由小桃紅的直挺挺的鼻上滾過，落在枕上。

差不多在同一的時間，她們從床上坐了起來，並且以同一的熟練的手勢，把衣衫穿着着，然後又罩上了大衣，穿了鞋子，把頭髮掠了一掠，就算一切都弄舒齊了。

她們是以一種假裝要到外面去吃點心的藉口出去的，是這樣的私奔出去的。

而她們熟悉得可以閉着眼睛走的路，——這是最後一次走在這條路上了。現在是真像閉着眼睛走着的，因爲是個霧天。最多的霧靄，常是象徵光明的晴天的。

霧實在太濃，以致使兩個人走在有路燈的地方也似隔着白紗視似的，好像說出來的話也使對方聽不清似的。

『難爲了你，我的姐姐！現在你可讓我獨個子去了。』小桃紅這樣說，『我是不要緊的了，只有你，當明天發覺我逃了的時候，姨媽又得給你吃苦了，她不知要怎樣的恨你！罵你！打你！啊！我的姐姐。——』

『我是不回去了的。小桃紅！』那姐姐回答得有些異樣，她是從來不會在這緊要時節喊她『小桃紅』的，『你不是說過我也有一個他』啊？他也等着我呀！就在那棵槐樹下，就是你和你的他常常去的。』她指指前面，『我也要像你一樣的跟人走了，我們是一早搭火車到城裏去的，說不定在車上我們還可見面。』

現在是輪着這個叫做小桃紅的沒有話說了，好像是聽得連骨頭也酥軟了似的，只是喊着『啊！啊！啊！』

在同一的黑暗和時間裏，她們發覺走的時候掛在小房間中的電燈，那大燈泡旁繫着小燈泡的還去不顧眼的這件東西還沒有拔熄，這才使得她們同時打寒噤了。

看來這件拔燈的工作，是要這個被叫做姐姐的來代她們做的了。

絕對貞操（連載）

柳雨生

前面的故事（見第十七期本刊）

儒民是一位年紀尚不到三十歲的作者和作家。他常常寫若干雜誌和報紙寫小說，這樣的一個人，生活相當的清苦，但是他無論如何覺得自己是以追求藝術上的成就為畢生的志願的人。年青的人，不免彷徨於生活上的苦悶，而且有的時候，也常有難來的婚姻一類寂悶的情緒。幾年以來，他也常常為着這些事情而被糾纏得異樣的煩惱。

在一年前的冬天，他因着友人所邀的事情動身到N城去探望親戚。路上他遇到了一位少婦。在長途汽車中他們談起話來，儒民從少婦的坐椅上，看到寄着寫給丈夫旅社的貼紙，猜想她會暫住在那裏住些。他知道這少婦帶着孩子，髮際插着一朵白綢紮成的小花。她是個穿着黑色闊領大衣的女人。頭髮出奇的濃密着，梳得很，看上去一絲一絲的纖長的髮根都細得彷彿近於一樣。圓圓的面頰，鵝蛋形的臉，長悠式的鼻子，襯着一張相當圓厚的嘴。她的臉上稱得的沒有塗着什麼粉脂，然而已經有一層很淺很淡的第一次的病態，輕罩着她的臉龐。她的眉也可以說是纖清的了，清秀只剩下稀稀的幾根，卻又不曾剃掉。說話的時候，聲音是低低的，雖帶的音色卻很寬，也不免有着一點圓朗的味道。

他們認識之後，在都市裏常常的晤面。第一天的晚上，兩人約好在定定咖啡館來。這種約會，儒民在以往是並不甚常特別寄戀的。幾次的接觸後，密延，她覺得這不是他的義務，或者也不是他的權利。

這個女子的名字叫孟亦棠。她和儒民的認識，原來就是這樣開始的。三年之前，在滬發生戰爭的時候，第一次的空襲中流彈的碎片死了和她在一起同居的男人，因為他們是住在飛機場附近的。那兩個人的同居史又是一段奇特的故事，這兒不用多提了。從此她再度變為孤苦苦的人。在戰亂當中，她過着極痛苦的生活，沒有米，沒有水，天上是轟轟的飛機來來去去，地面是不停砰砰的爆炸聲音。偶然在街上通過，頭頂上面的子彈像輕微的沙啞的哨子在空中飄掠，嘶嘶的響，使得她帶着身孕，跑了一大段路，沒有無覓和離棄。

沒有米，大家都沒有儲存多少米穀。自來水斷了，沒有辦法要到附近的山上去挑。米店當然也關閉了，有些也燒掉了，燒不盡的地方只望得見一片焦焦的遺跡。沒有燒掉的店舖，也有遭搶劫的，也有搬空剩着房子的。連有名的政府倉庫，堆棧，也都被人們偷竊搶掠一乾二淨。「差人」（就是香港警察的稱呼）不見維持安寧了。換的衣帽，制服，手槍，許多滾進壕溝的有政治氣息的書籍，和許多日子搶掠隊的垃圾在街心堆成丈餘高的幾大堆，發出強烈的味道。兩個年青的女人站在一起就怕被跟隨着火險人羣的背後，往自己的街裏拾回來一包米，麻袋上面還印着X的字樣。連更細小的孩童都守着跑到有名的「九龍倉」裏去用小口袋撿拾地上別人遺剩的白米，或罐頭牛肉，沙甸魚這些食物。家長們也不再管他們了。平時威風凜凜的「摩囉叉」（印度警察）已解放了，不再用他的鬼臉嚇人了。什麼都是一種奇異的湊合。

冰棠雖然沒有去搶別人的東西，也從鄰居的家中分得了米，每天只得煮兩餐粥吃。早晨九點鐘吃了兩碗，要餓到下午四點半，再吃第二頓。肚子剛才裝飽，不久就覺得餓了，不久就覺得要填補一點什麼了。天氣也是冷的，一個人傍晚站在臨大街心的三層樓的陽台邊望着天空爆開了一朵一朵粉紅色的火花，在暮靄裏飛散忽隱忽現的銀霞，慢慢的濃黑烟霧上了。她滴落下乾乾的眼淚。

男人是死了，埋了，讓防空掩埋隊的人員拾去葬下了，完了。什麼都進了。只剩下冰棠自己。她狠命的牽了牽自己的衣服，覺得這個是真實的，借來的一件厚厚的羅布棉短褸，還穿在她的身上，她放心於自己的存在。……

戰事停止了三個多月之後，她得着朋友們的幫助，才有機會有辦法乘船回到上海。那是一段極恐怖極痛苦的途程。在漆色籠罩着的夜色裏，船面上一堆一堆的人群着吃竹籮裏的冷飯和罐頭塗着醬黃色的油，艙底沈滯幾塊菜皮的湯子。下起雨來，船面的被舖行李都被雨水和汚濁的泥漿打得濕透，十幾天不洗澡不換衣的男人却又躺在角落打着麻雀牌洗天然的沐浴。艙底也是住人的所在，粗蔴上面擺滿了舖位，堆着臭穢的循環行李，昏暗的電燈照得像難民一堆的男女老幼，躺着，蹲着，歎着，嘆息，用了不同地方的語言。有人在深夜兩三點鐘，冰着微弱的燈光照着鏡子剃鬍鬚。船在深藍和深綠的海洋裏航駛，像是被這個世界隔離了的樣子，它和它的寄生蟲們的生死存亡都交托在冥冥的命運手裏。海陰風吹日曬的風塵之氣的船長，年紀可以從他鬢間露出的灰髮的顯然猜測得出來，帽子戴得端端正正的，非常留心着，不分晝夜的監察着海面。輕易在海面上找不見一條灰色的，同樣式的船隻。

——這些印象過了也都淡了，淡得好像這只是生命史上一場離奇的噩夢罷了。生命是一條連串的鎖鍊，像身體裏的腸肚似的，每一個小環都圍繞在自己狹窄的，憂悶的心裏，冰棠現在的生活並不怎樣的好。雖然孤苦，雖然冷靜，她把自己的生活倒頗安排得安安貼貼。為了要做生意的事情，她不得不時常出門到C鎮上去，此外她是一個十二分自由，那也就是說是十二分孤寂的人。只是生命的食慾和那種血肉模糊混在一塊兒的威力，黏黏的貼在她的腦裏，但勢她要這樣也要那樣。她並不能要求擺脫這些東西，無寧說她覺得是這些人世上靈光裏面的燦爛的生物叫她覺得溫暖和快樂。她死心塌地的情願抓住這種快樂的剎那。

她曾經戀過不少的錢，若是說到家世，她正是有過一個「書香世家」的家世。然而她不稀罕窮人，祖先和兒女她都覺得是生命以外的東西，何況她又未曾生男育女過。她需要有什麼人是她可以永遠的抓得牢固的，或者自己同樣也被這樣的人永遠抓在手裏個也算得非常堅實。正像堅實這兩個字所象徵着的意義似的，堅固的東西是實在的，說清楚了是堅固了毀壞了的東西不也同樣是堅固，實在。只有含糊的，似關心而又非關心的，行雲流水那樣的一些人才，她才開始覺得可敬可怕，慢慢的誠想把這個可敬可怕的對象看他個澈明透徹。在今天她的心裏，懷民何嘗不就是這樣一個空中樓閣的對象。

定定咖啡館是一個可以對人親密的場所，它有着像幽暗劇裏散發衣佛那樣的深邃，堅固，兆戲和猛烈的氣魄。喝着濃烈的咖啡，懷民正待找出自己的烟盒時，對面的芷亦萊，這個今天還是披着黑色衣服的女人，幽閒的嘆息的又搖了一搖。

『不抽這個麼？』從大衣的手袋裏她拿出一包薄荷氣味的烟來。這是金元國的出品，目前市面上就是有，價錢也貴得驚人了，懷民有一次偶然買了它，說是花了許多的錢。她今兒替他買備好了，是出其不意的樣子。懷民點着了一枝，抽了幾口，笑着道：『亦萊！你不該做一個先意承志的人！』

（三）

凌霄漢閣劇話

凌霄漢閣

硃砂痣

「硃砂痣」亦是寫老年無子的一齣戲，因失子而買妾，因妾憶他人之失妻，而自已亦得女子團圓。故又曰「行善得子」，有太上感應篇之意味。

場子近乎平鋪直敍，少有犀利之穿插，故全仗名伶之唱做技術動人。番例頭場上主角老生（韓廷鳳），及青衣（吳娘子），於是老生則有「借燈光」之一段，青衣則有「未開言」一段。唱工好者各能吸引「顧曲家」之注意力。（老生孫派唱四句，汪派兩派各唱六句，而賈派唱是八句。青衣通唱六句，而首句下有用大過門者，有用小過門者，未見有在上句叫散者，有三眼到底者）。第二場吳娘子回家，與相公纏綿，原是過渡，惟賈洪林表情念白出力有聲有色，能從全場挑動。第三場仍上韓廷鳳有段唱工，汪派擅長，精彩在「過兵災」或「遇兵荒」之拔高。吳氏夫婦入見後，則又有「好寶貝」，下接「教你急」四句唱，（孫派先笑而後唱，汪派不笑）亦甚好聽，此場青衣無所表見，吳相公亦不過幾句白口，然賈洪林以全力赴之，使王鳳卿，梅蘭芳皆被掩過。當年文明茶園之情景，思之可樂。（賈雖出色，卻不添唱，只就念做上見好）若帶「認子」，戲雛子上則加寫「准代認子」（此「代」字乃生意人通用之省筆字，雖不可通，慣例所許）則須多一場「賣子」及老旦角色。此場只是過渡，老旦原不重要，卻要演出此乃添大段唱工，加堆烈表情，稍覺喧賓奪主，故名角而須去配角，多少有些「搗角的戲」之嫌。

「認子」一場以一老生與一娃娃生作正面表情，只孫菊仙演來不甚膩，究嫌場子太擠。此類戲則是人保戲的戲，不是戲保人的戲。

蘇醫生的家（創作）

許季木

可憐的父親，永遠不能依着他的心願兒做事。一吃過晚飯，他本來可以睡在床上，開亮床邊的電燈，戴起眼鏡，銜了一枝新鮮的香菸烟，瞧着當日的報紙，可是他才躺下，不是電話響，便是有人在敲後門。母親就叫小幽幽去開門。她會發現後門站着一個礦工，臉色像紙一般的白，頭髮毛與眉毛全被油汚染得發黑，「蘇醫生，——請你趕快去。」於是可憐的父親，穿了他的睡衣和浴衣會從床上起來，一面打着阿欠，一面把他的頭髮掠向額後，又吩咐幽幽把他放在診室中的手術箱取出來。他匆匆出門的時候，手中還在打領帶。他一去之後，十九全夜不歸。

吃飯的時候，更使人心煩。他們才在桌邊坐下，可惡的電話響了。父親趕緊去應診。讓幽幽和她的母親孤獨的坐在那裏用完午飯或晚餐。小幽幽兩脚踏在椅子的圍內，呆呆的望着她母親勤勞的頭髮上的深褐色的綢結花紙的中央，排着一隔放在盤子中的兩只死去的野鴨的圖畫。接着母親將它們收拾起來，叮叮噹噹響，口中咕嚕着，假使父親對有錢的商人，肯像對窮苦的工人，一樣的出力，他今天早已變成一個富翁了，自己得須管着家務，而整天操勞。幽幽最不願意她母親對父親的嘮叨。

可憐的父親沒有與母親一起度過舒服的生活。幽幽只記得有一次她的年齡很小很小的時候，那時的情形，完全不同。他們住在青島市郊一處晒得到陽光的屋子內。窗前種着許多花卉的嫩芽。這句話說的是在弟弟出世以前，父親也沒有在做「生意」上失去那麼錢。不論什麼時候，有人提起青島的時候，總使她想起和暖的陽光。現在他們搬到了礦場，那裏一切的一切，都黑得像煤。彎屈的山道，高聳的山谷，山間滿是礦工住的小屋子，不時從烟囪內放出一股令人窒息的煤烟。此外又有運煤的小列車。青島是陽光燦爛的，上等人住在那裏，像他兄弟那樣的血統純正的人，在那裏降生。母親說過，假使父親對他的親骨血，肯像他對待礦工們，同樣的小心醫治，弟弟的性命，也許得救了。母親帶着她上礦坡前去，她害怕得要命，但是她的母親把她的手捏得很緊，幾乎把她捏痛了，只是沒有人注意她，他們全以爲她是爲了弟弟的緣故，才哭的。母親又叫她看一看躺在棺材內的死形。

殯葬辦完後，母親病得很厲害，雇了兩個看護，日夜輪流值班。他們不許她去看她的母親，幽幽只好獨自在天井中玩耍。母親病好後，她同可她的父親並不住在一起，常常睡在各別的房間內。幽幽睡在兩間屋子之間的小床鋪內。接着，父親在一筆生意上，丟了大宗的款子，他們就搬到[illegible]去，因爲那是父親的原籍。母親不許幽幽和傭工的子女游戲。

幽幽不得不戴眼鏡，她讀書極用功。十四歲的一年，便預備進高中了。她不在溫習功課時，便翻讀自己家中所有的書。早餐時，母親會對父親說：「孩子會損壞她的目力的。」一面父親讀起因爲讀報不是而紅臉的聲明，急忙忙的吃完早飯，以便準時出發。那一年春天，幽幽讀完了高中一年級，她得到國文，英文，及本國史等功課成績優異的獎品，學校中的教師柳小姐特地趕到幽幽的家中去，拜訪幽幽的母親，說小幽幽是一個多麼用功的學生，又說她們教了這許多年的書，傭工的子女們，是那樣的愚笨，教到幽幽時，正覺得又聰明又不費力。母親說：「柳先生，承你說得多麼的好，我不是不知道的。」接着她突然說：「柳小姐，你不要向人家說，今年秋季，我們要搬到南方去了。」

柳小姐嘆了一口氣。「嗯，蘇太太，我們捨不得離開你，只是爲孩子打算，這樣當然最好。那邊的學校，比這裏辦得更有成績。」柳小姐彎起了小半指把茶杯舉起來，再把又放下，碰着茶托，發出一絲微響。

幽幽坐在火爐旁的沙發上，諦聽她們。柳小姐接下去說：「我不喜歡說這樣的話，因爲我是在這裏出世，也在這裏長大的。不過附近並不是培植一個可愛的聰明的小女孩子的地方。」

那年，外祖父死了，母親得到了一部份遺產，因此，憂悶減掉，自以爲了不得。可憐的父親不願離開那裏，他們等不及吩咐幽幽上小床鋪內睡覺時，兩人就在廚房內的一盞浮橫的燈子間吵起來了。幽幽會坐在那裏，手中拿了一本線裝的西游記，靜聽着他們張着喉嚨直嚷，不斷的從後面傳出他們的聲音。母親會用刻薄的口吻說：「你已經害了我一世，我不再讓你害我的孩子了。」這種話幽幽聽來很刺耳。她會坐在那裏哭泣，後來她再把書打開，讀了幾頁，除掉孫悟空的神通廣大與唐僧遭遇的災難以外，她把什麼都忘記了。那一年夏季，他們本來預備回到青島去避暑，後來變計遷到南京去。

他們最初在南京住在一家公寓中，等到傢具運轉過來時，在近郊租了一所屋子住下。幽幽在堆存着物的房間內，找到了一只網球拍，父親和母親指點工人們安排傢具時，她獨自拿了網球拍，和網球，拼來拼去。網球拍上的油漆，已經褪色了。父親從屋內出來，面有愁容，一綹灰白的頭髮，掛在額前，她探動着球拍，瞅着父親面前，要他陪她打一局。他說：「現在沒有工夫游戲呢。」

幽幽不禁放聲哭起來，他把她拿到自己的肩頭，讓她到屋子的後面，遠遠望過去，可以見到一抹很淡的山峯。他湊着她的耳朵說：「過幾天，我們乘了小火車，上紫金山去玩耍。」天上的雲，飛得很快，遮着個人頭頂。他說：「我只和你二人去，不過你不可以洩漏——幽幽，給學校中的同學知道了，要向你取笑的。」

到九月中，她不得不去繼續唸中學了。上一個新學校去唸書，找不到一個熟人，是很令人難堪的。高中二的女生，打扮得全都奢華漂亮，她覺得教室的走廊時，總她們談起在同學家中舉行的跳舞會，和新從外國運來的衣料。圓圓一想到她所帶的眼鏡，臉上的雀斑，以及一頭的沙髮，既不柔軟，也不烏黑，自己覺得好像是清貧人家的子弟。

她在學校中寄宿，回家時父親或母親難得在家。他們已經僱了一個本地籍的年輕女使，父親在閘區的一座新造的大樓內，租了一間寫字間，母親經常是信奉耶穌教的，為了教會的事很忙碌，否則便是留在家中的靜室內，準備在女青年會發表的演說稿。圓圓往往獨個兒吃晚飯，或者處理一些家中的雜務，接着她想到廚房中，看着女傭做這樣或那樣，省得她托故外出，留圓圓獨守在屋內。她一聽到前門鈴響，便氣也透不出的奔出去，來的往往只有母親，不過有時是父親，衛了雪茄，一臉佞容，他的衣服上有一股香烟味和啤酒及硼酸的藥水氣。有時她在就寢以前，能說動她父親，講給她聽以前在青島讀書時的舊話。

圓圓在中學中最要好的朋友是項浣珮。她的父親是上海的名律師，為了身體關係，退到南京來休養的。母親卻不許她和項浣珮來往，說她們的祖上出身很不好，她們的女兒不能和這些暴發戶來往。又說她的父親，只知道和那些窮光蛋洽辯，假使能找到幾個有錢的病人，那是多麼的好，父親會鼓勵她的母親說：「不過，玉妹，你要聽我的話，因為項浣珮是圓圓的一個朋友，他們才肯讓我上他們家中治病呢。他們是極和氣可親的人物。」母親會眨眨眼睛從牙縫中迸出話來：「哼，只要你有一些兒志氣的話——」

圓圓會從桌旁溜開，拿起雜誌，拿了一本書，奔到床上睡下，躲在那裏聽見他們高聲相罵，接着傳來父親沉重緩慢的腳步聲，和氣衝衝的關門聲，還有汽車的響喇叭聲，他又出門看病了。她常常睡在那裏，咬緊牙齒，希望她的母親去世，留她和父親兩人，平靜地住在一起。她一想到自己竟會有這樣不孝的念頭，不禁打了一個冷戰。於是她開始讀書，起初她淚眼模糊，看不清書上的字，但是她逐漸沉浸在書中的故事內，把什麼都忘了。母親和父親有一樁雙方同意的事是，送圓圓到上海一個真正講求研究的大學去唸書。第一學期，她在高中除立體幾何未及格外，其餘的成績很好，她終於想到上海去。

她在南京只有一個男朋友，馬承鑑，他的父親開了一家藥舖，他自己在中央大學讀書，逢到假日，她同項浣珮，馬承鑑等上五洲公園去野餐。一個吃東西，一個講故事，興緻很高。

圓圓在外面度了一天愉快的生活，皮膚給太陽晒得很紅。她很希望也能像項浣珮那樣的把朋友們請到家中去。項家的人很和氣，整天嘻嘻哈哈的，雖然項先生是一個很厚道的人，常常留病人吃晚飯，只是圓圓不敢帶任何人回家，恐怕她的母親對待他們很粗魯，或是恰巧遇着父母口角的日子。她到上海來上大夏大學唸書之前的那一年夏季，父親因為一天在晚餐時，說魚燒得不熟，母親就大吵大鬧，兩人此後終未交談。

她在大公大學所認識的同學，都比她穿得整齊。可是她在同學間人緣很好。助教們很歡喜她，因爲她很規矩，不愛說笑，處理任何事，都直捷了當。同學們說她很樸實，真像一個道地的鄉下人，只是很惹人家的憐愛。

第二年項浣瑛進大公時，便什麼都不同了。項浣瑛是她最熟悉的朋友，幽幽跟她很親熱。項浣瑛已變得那樣的洒脫，會吵會鬧。她的衣服總是穿得太講究，不能恰如其分。她們住在同一間宿舍內。幽幽的衣服和裝飾，大半是項浣瑛替她代辦的，因爲她家中寄來的錢極微。項浣瑛進來以後，幽幽的交遊不像以前狹隘了。逐漸與其他的同學熟識。幽幽和浣瑛主修的是社會系，她們說將來預備在社會事業中工作。

幽幽唸大三時，母親藉口精神虐待及酗酒行兇，和父親脫離。幽幽從來想不到可憐的父親會酗酒的。有一個好心的人，將報上的記載剪下，用紅筆加圈寄給她。她見到時，哭了又哭。她用火柴將報紙焚去，以免給項浣瑛所見。項浣瑛問她爲什麼她的眼睛會哭得通紅。她說因爲在報上讀到前綫有不少的兵士戰死，她爲了他們死得可憐而難過。她向浣瑛說了一次謊話，這一夜她覺得不安，沒有閉眼睡熟。

來年夏季，她們兩人參加大衆前往的調查貧民工作。南市的街道很狹隘，房屋很殘破。項浣瑛受不住辛苦病倒了。苦人兒們過的生活是極爲可憐。女人們的乳汁很稀薄而淡紅。小孩子們披着一頭亂髮，奔來奔去。垃圾箱邊的氣味是那麼的難聞。可是這卻使幽幽回想到以前在鄉間度過的歲月。

在大公大學畢業以前的兩星期，幽幽回到南京去，發現母親另行租了一間公寓住下，生活很舒適。她的叔父新近被汽車輾死，留給她一批商號的股票，南洋烟草公司股票，每年約有數十萬元的收入。她現在很歡喜打牌，又不時上女青年會去演說。她用嚴肅而冷淡的語氣，提起她的父親，說他是「你的可憐的爸爸，」她又告訴幽幽她一定得打扮得更漂亮一些，不要再戴那付難看的眼鏡。幽幽不願從她母親那裏取錢，因爲她說一個人不應該有不勞而獲的權利，可是她固執的母親替她做了一件花呢大衣，和一襲綢旗袍。她現在和她的母親感情很好，但是兩人之間，仍有一種冰冷的感覺。

母親說她不知道父親住在什麼地方，因此幽幽只能上醫院去找他。醫院比她記憶中顯得更簡陋，坐滿了病人，大半是貧苦無告的。她一直等了一小時，父親才帶她去吃飯。

他們在附近的一家中型西餐館內用飯。父親的頭髮，現在已經花白，他的臉上，全是皺紋。他的眼睛下面，又有腫起的眼瞼。她再向他看一次，喉中不禁梗起一個硬塊：「唉，父親，你該休息一些呢。」「我知道的。——我應該歸田一些時間來，我這部老機器，不像以前堅固了。」「父親，我們爲什麼不一同上蘇州去游玩一次呢？」她很愛聽父親沙沙的喉嚨。「那對於你非常有益。——而且我們好久沒有一起旅行了。」

時間已很遲。餐館中除掉幾個穿着制服自顧自在吃晚飯的女侍者以外，沒有別人，在她對面的壁子上掛着一只舊式的大時鐘，在父親說話時搖擺的時鐘，的的指揮的很響。

「我從來不想認親我親生的小女兒。——你知道這是怎麼一會事。——你的母親可好嗎？」她笑着說：「嗯，母親正在過好日子呢。」她的笑聲，自己聽來很刺耳。她設法使她父親心神安寧，彷彿她在處理一件救濟貧人的案子。爸爸說：「嗯，現在都已過去了。——我一向不是她適當的丈夫。」

珊珊覺得眼中充滿了眼淚。「爸爸，等我大學畢業後，我來擔任診所的工作行嗎？你的女看護黃小姐，是那樣的粗忽。——」「嗯，你該做更好的事。我常常覺得很奇怪別人怎樣能付清各家店鋪的賬款的。——我沒有付清過一家。」「爸爸，讓我來替你安排一切。」「女兒，我想你有這能耐。你唸的社會學，正是改造我這種老頭子的一項訓練。是不是？」她覺得自己的臉紅了。

她不容易和父親常在一起，一會兒，他給人家請去了，說有一個女人睡了五天，還沒有把嬰孩生下。她不願回到母親住的公寓去，那裏有的是穿了制服的油滑的茶房，客廳中坐着打扮過火的老太婆。那一天晚上，周永賦打電話來，說他能不能陪她出去玩一次。母親忙着在打牌。所以她竟也不變的溜出來。在公寓的大廳內和他會面。她穿了她的新衣服，已經卸下眼鏡，放在她的小皮包中，她並不把周永賦放在心上，只是她看得出他氣色很好，模樣很有錢，他居然有一輛自備的兩座小跑車。

他說：「嗯，蘇珊珊，假使你沒有離開過家。同時很難得想我——我以為像我這種人是得不到機會的。」

他們慢慢的駕着汽車，穿過公園，後來他在一條街道的轉角上，將車停下，這條街很冷落，接近市梢，遠遠望過去，你可以見到一片黑魆魆的大地，綿延下去，直到給月光照得發光的水平線。她說：「多麼可愛的景色呀！」他轉過他的嚴肅的臉，尖削的下額向着她。做帶口吃的說：「珊珊，我非把心頭的話一吐不可——我希望我跟你訂婚。——我要轉到消防大學去唸電機工程。等我畢業後，在數年之內，我一定能賺上不少的錢。能夠扭負妻子的生活，這該是如何快活呢——假使你說也許——假使到了那個時候——這裏沒有旁人呢——」他的聲音變得很低了。

珊珊在月光底下，將他的尖削而緊張的臉的線條，看了一下。她不能向着他的臉看。

「永賦，我一向覺得我們是好朋友，正像我和項浣珮是好朋友一樣。像這種情形，把友誼的樂趣，完全破壞了。——等我畢業後，我要參加社會服務工作，我要幫助我的爸爸。——請你不要——任何與此相類的事，使我很難受。」

他伸出他的四方的手。他們隔着汽車前後座間的隔板，緊緊的彼此握了一下。他說：「妲妲，你說得不錯，就照你的話做去吧。」他將她送回公寓，沿路不發一語。她在客廳中坐了許久時候，呆望着窗外九月中的月光，獨自快快不樂。

數天之後，她離開公寓回到學校去時，是周永賦駕了汽車送她上火車站的。因為母親在當年會有一次很重要的約會，父親則在醫院中很忙碌。他們互道再見，握手告別時，他神經質的好幾次輕拍她的肩頭。他的喉頭好像很乾澀，但是他不再提起訂婚這件事，珊珊覺得鬆了一口氣。

（下期續完）

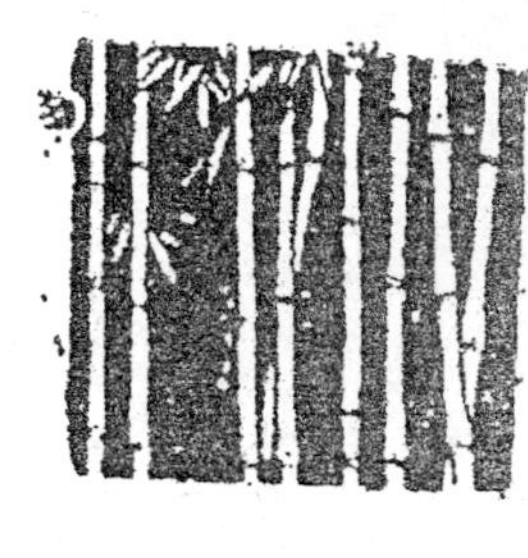

夜闌人靜（連載）

前面的故事

呂楓是個大學畢業生，因戰事影響，以致失業。他同他的妻子竹貞和竹貞的父母借住在來砂頭——二房東丈夫——的家裏，積欠了幾個月的房錢，將被逼搬家。呂楓被逼走頭無路，最後去找他的老師馬克教授相助，馬克不但不理，反而訓斥了他一番，呂楓本有神經質，心中一氣憤便想投黃浦，恰巧有個舞女在江邊徘徊，起同情心，而救了他。這個舞女名叫徐愛蓮。

愛蓮將她皮夾裏面的錢鈔全給了呂楓，呂楓感好意地接受，可是愛蓮一定不許他退還，兩人正推讓之間，愛蓮的母親徐媽來了，他把呂楓當了是小拆白黨，說女兒不該受他的騙。徐媽拉住呂楓不放，但一下子她呆了，她認識呂楓是她以前東家的大少爺。愛蓮不覺又驚又喜。

竹貞看見呂楓受經濟的壓折十分可憐，加之岳母與貪，不得已，她聽從來砂頭的好友孔玉山的話，秘密的在馬戲舞團簽了合同，她說經友人的介紹在某家戲院內當會計，岳父和呂楓起初對她也沒有什麼疑心。

呂楓陪竹貞到戲院裏去探聽事情的底細，出來已經近黃昏。竹貞說要往戲院去工作，要呂楓先回家。呂楓覺得她的神情有異，尾隨於後，他發覺竹貞走進了舞廳。呂楓跟到裏面，暗察她的行動。但是，他實在看不入眼，一個人懊喪的回到了家。

當晚，他們鬧翻了，呂楓一氣，跑到了愛蓮家中。日子一久，他倒也覺得愛蓮是個非常可愛的女子，雖然她陷於泥沼裏，可是她的靈魂卻高尚。愛蓮愛了他的熱誠，彷彿又看到了另一個世界。然而她的父親阿張是把女兒當作搖錢樹的，他時常回來向徐媽找麻煩。沒有別的，他開口就要錢！

二十七

徐媽被阿張纏得不可開交，幸而女兒回來了。

愛蓮今天回來是同呂楓兩人手挽手一路跑來的。她穿着一件黑顏色棉毛呢的長袖旗袍，臉上薄薄的敷着一層脂粉，說不出的高興；一見阿張就跑過去對他說：

「爹！你可認識這位先生？——」

阿張回頭，對呂楓把眼一瞪。

「這就是呂家少爺！」麥爾拜他們介紹，「以前總就是在他家做工的。——呂先生，這是我的爸爸。」

呂楓向阿奎點了點頭。

阿奎冷笑了一聲：

「啊，這是呂家大少爺！我真是有眼不識泰山。可是，這年頭，少爺也不是容易做的，有錢，在家裏，別人送錢你；沒錢，連到別人家吃閒飯，可就沒人願稀罕了——」

麥爾聽得不耐煩，扯扯阿奎的衣袖：

「爹！」

「不用你管，我有話可要說個明白：我老實對你說吧，呂少爺，我女兒的錢不是輕容易可以掙來的；——雖說有時候我也得用她幾個錢，究竟我心裏還是捨不得！可是，那也是沒辦法想的事！」

麥爾想阻止他爸爸說話，但是她知道他的脾氣，他喝醉了酒，話是說不定的，你越叫他不說，他越是說得起勁。沒辦法，她就有羞到呂楓面前，和他道歉：

「呂少爺，你不要見怪。你——你到餐室去坐一會吧。」

呂楓笑笑說：

「他老人家說得不錯。」

阿奎這時又找着發洩牢騷的機會：

「你這話說得中聽，你倒還不壞，我最看不慣那種不通情理，眼睛高過老是別人……你倒不像人了」

「就算我不像人，還有你像人！好吧，我的老爺子，你就少發點酒瘋吧。」

阿奎抹了抹嘴：

「那麼錢呢？」

「這是錢！好，爹，爹，我一定替你想法子。」

「不成，我現在就要。」

「現在——對不起，沒有！」

阿奎突然變得兇狠了：

「沒有，我就要你的命！」

他順手抓起一個茶杯往麥爾腳前一擲。拍撻！茶杯碎了！

「爹，你，你又來了。」

麥爾忙來拉住阿奎的手，幸虧她並不驚慌。她像有什麼似的，說：

「你摔死我，也還是沒有！」

呂楓看得實在過意不去，他沒想到麥爾的父親是這麼個橫不講理的人。他連忙向他道歉：

「都是我在這兒惹的禍！我真不該打擾你們，對你們不起——」

「對不起就算完事嗎，呂少爺？」

麥爾瞪了她父親一眼，又轉眼望望呂楓，見呂楓那種難堪的神色，她把剛才那同的喜悅全都掃光了。而且，甚至於她的眼睛一陣酸痛，淚珠不由自主地滴了出來，她背過了身。

呂楓覺察到麥爾的苦處，心中也代她難受。可是他也實在想不出妥當的話語來勸慰這解決，正如他自身也不曉得該如何安排一般。他無可奈何地說道：

「我——我明天走就是——這些日子承你們優容的款待我，我是永遠不會忘記的。愛蘭——」他嗓音也啞了，「嗳，「你別為我傷心——」

愛蘭擒住淚水，搖搖頭，她說不出什麼。

徐媽卻認為這種場面，太叫旁人難堪，何況呂佩又沒有怎樣的破費她們，他在這兒也沒有什麼特別好的享受，吃的住的都還不是十分簡慢的——

「呂少爺，你別把這事記在心裏！」她轉來勸他，「這全是阿宗的不是！」

阿宗把桌面一拍，嚷道：

「媽的，吃我的，住我的，倒還是我的不是！」

「難道我說一點也不記得旁人待我們的好處？」愛蘭耐不住，又在一旁插嘴。

「好處？」阿宗把頭一偏，「我可沒受過誰的好處！」

「人家幫助了我和蘭姑，不是同幫助了你一樣嗎？」

「你這種洋話我可聽不懂！」阿宗對徐媽做了一個鄙視的表情，「該幫助！世界上難得見就沒這種好人！」

「好人實在太少了！」愛蘭歎着氣說。「不過也有例外——」

「不過也有例外！」阿宗接着說，「像呂先生倒算得是一個好人！」

「啊，我知道，你是說他在學校裏替你謀了這麼一個小差事？」

「當然嘍！他老人家存心要來提拔我。」

「哼！提拔你！」徐媽說，「那還不是瞧在蘭姑的份上！」

「不管蘭姑不蘭姑的，你今天到底有沒有錢？」

阿宗的手又伸來，徐媽為難地瞧着女兒。愛蘭過了一會，到房裏拿了幾張鈔票給她的父親。

「拿去！」她氣憤地說。

「就這，就這十塊錢？」

「我又不是搖錢樹？你要多少？」

阿宗再沒話說，一直打着哈哈。手數着錢，嘴裏哼着：

「不是搖錢樹？哪噢噢！不是搖錢樹？——」

從他不自然的笑聲裏，可以聽出他所說的實在是含有一種相反的意義：——「我原是把你當着搖錢樹的啊！」

笑着，他跨了出門。

徐媽對着阿宗的背影直搖頭，愛蘭嘆着氣，呂佩注視這可憐的母女，大家懷着一肚子的話，但都成了啞子。

二十八

讀者這時大概很掛念着竹貞吧。竹貞現在不叫竹貞，她改了名字叫「白鷺」。—— 白鷺已經成了閣樓的紅舞女了。

捧她的人特別多，尤其是孫榮寶幾乎每天來請她坐檯子，——他算是幫老同學的忙！竹貞把他毫無辦法。她不能得罪他，人家有錢便有權力支配她，誰叫她吃這碗飯？

短短的日子裏，她已學會了許多應付的技能。她會強作笑容，編造謊話，她知道客人的地位，性情和年齡，決定自己應對的方針。人們甘小把一疊疊花花綠綠的紙頭送到她手裏來，起初她感到迷惑；就是大的鈔票，但不得將它一起撕碎，可是漸漸的她也變得有些麻木了。人家想得還得不到手呢！

她發現了四周有不少對她羨慕與嫉妒的眼珠子。

她學會了裝腔作勢，學會了「派頭」，同時也學會了抽烟。

她的身體較往日得到了豐腴，可是她的一顆心兒愈變愈冷酷。

她終日處在熱鬧的場所，然而她感到可怕的寂寞。

她要說的都是她不願說的話，她想說的倒反而一句都說不出來了。

她對自己的變化覺得冷笑。她有時也會問自己：「我怎麼會變成這個樣？——這樣究竟算不算是人的生活？」

她學會了嫉妒，她也知道了仇恨。

她不但恨別人，也恨自己。

可是她最痛恨的人，她必需和他們親近，但是她真心所愛的人，反而和他疏遠了。——

這天是星期日。晚上舞廳裏格外顯得熱鬧。竹貞被榮輝帶出去吃了夜飯再回到舞場裏的時候，簡直找不到一張空檯子了。

「榮先生，你就在這兒待一會兒吧！真對不起。」一個侍者躊躇地對他說，「回頭一有了空檯子我就替你留下。」

「好的。」

榮輝攙着竹貞的手靠在貼壁的長沙發椅上。

音樂響的時候，榮輝同竹貞走下了舞池。

舞着，舞着，有人不小心把榮輝的新漆皮鞋踏了一脚，接着是一聲「Sorry」。

榮輝朝那人一瞪眼，原來是個熟人——馬克教授！

不用說，馬克摟着的舞女是陸玲珠。他正跳得得意忘形，沒料到面前碰着的人是他的學生。

馬克和榮輝點了點頭，目光卻射在竹貞身上。竹貞故意把頭偏了過去，她知道榮輝是不高興她和別人打招呼的。

不料馬克教授轉了兩個身，和竹貞面對面瞧見了，他輕輕地喚着：

「白露小姐！」

竹貞勉強地笑了笑，玲珠卻在馬克的背後用手推了一下。馬克不敢再開口，他們跳開了。

音樂終止，榮輝挽着竹貞的臂膀回到沙發上。剛坐定，侍者遞了一張名片給竹貞，竹貞背過身子接着燈光一看，名片上寫着馬克教授的大名，反面用鋼筆潦草地寫下了兩行：

> 白露小姐：
>
> 有要事相商，請即來八號檯子一敘是荷。
>
> 克字

竹貞的眉頭不自覺地皺了皺，隨將名片往皮夾內一放，不料給榮輝知道了，他抓住了她的手：

「誰寫給你的字條？」

「馬克先生。」

榮輝把名片拿過來瞧了一瞧，不在乎地將它擲在地上。一邊對竹貞說：

「別理他——討厭得很！」

竹貞不作聲。

榮輝又說：

「這傢伙從前在課堂裏口口聲聲勸我們不要跳舞，自己卻一天到晚在這兒——有一次我問他怎麼也會來的，他就對我笑笑說：Dancing is art 這種人真是 nonsense！——」

竹貞沒注意榮輝說些什麼，她的心思又溜到家裏去了。她想到了病中的母親。今日早晨她到醫院裏去探望她老人家的病，醫生告訴她說也許這兩天總會有些轉機，希望她早晚最好能多來醫院兩次——

竹貞下意識地在看手錶。

「白臉，你怎麼不說話呀？」

竹貞寂寞地笑笑：

「你要我說什麼？」

「你現在覺得我——我是不是真心的在愛著你呢？」

「這——這就有你自己知道。」

「以前你在學校裏好像很討厭我似的，如今你是否還討厭我，恨我——」

「我沒有資格說這種話。要恨，就是恨我自己。」

「我想你應該放樂觀一點。」

「我要不樂觀，怎麼還會坐在這兒？」

這時節，侍者又跑來，對竹貞說：

「白小姐，馬先生請你回到桌去！」

「什麼馬先生不馬先生！」榮輝不高興地說，「你回他白小姐沒空！」

「可是，馬先生在那邊催得急，他說——他說——」

「別再多話。你問他舞場裏的規矩懂不？」

「是，是。」

侍者連聲道歉地走了。榮輝還在他背後罵了一句：

「Damn fool!」

隔了兩分鐘，音樂又在起奏。榮輝正預備挽著竹貞走向舞池的時候，正遇見馬克教授迎面走來。

「白驗小姐！」馬克微笑著，有禮貌地欠欠身，「剛才我給你的一張名片，想必你已經看見了！」

竹貞點了點頭。

榮輝板著臉孔說：

「馬先生，有話明天講，今天白小姐沒功夫——」

「請你別說令——我因爲——」

「馬先生，我們回頭再談吧。」竹貞看情形不對，忙緩和地說。

「回頭人家又沒功夫了。白小姐，我是想替你介紹一個人！」

「你——你到底是什麼話！」榮輝漲紅了臉，「說話也得看看時候，擾了人家大家不好看。」

馬克教授正想再回報一句，不料一位矮胖黑臉的中年漢子，咧著口走過來，他用一隻大手在榮輝的背後一拍。

（續見4頁）

風雨談

第十九期

每冊定價350元

中華民國三十四年六月出版
出版者：風雨談社
地址：上海福州路三八四號太平書局轉
印刷：中國科學印刷公司
總經售：文匯書報社 福州路六四九號（漢口路口）

★本刊歡迎投稿，批評，介紹。★

宣傳部登記證滬字第一三二號。上海特別市警察局登記證C字第一一三四號。上海雜誌聯合會會員

★小說・散文・隨筆・評論★

我怎樣寫七女書

予且

（一）鮮波萍（二）夏丹華（三）「[illegible]」（四）向西眉（五）流彩貞（六）鄭寶青（七）鍾含秀

記得「夏丹華」一篇，用「鬱情記」的名字在刊物發表的時節，編者曾寫過下列的話：「本篇中的道德問題，更是非常有興味！夏太太到底算是有罪嗎？予且先生本來把它題名「罪心記」，也許可以幫助我們想一想罷。」

他雖然是提醒讀者去想，卻更能提醒我自己想的。在本書所搜集的七篇裏，如果我用道德問題去想，我真不知如何去解答。夏丹華姑且不去說她。像鄭寶青，鮮波萍，向西眉，黃心盤，流彩貞以及鍾含秀，都可以批[illegible]人[illegible]，愚蠢，輕率，狂妄的人。但是她們誰也沒有做過大逆不道的事。甚至有時還處處替人着想，替家庭着想，替社會着想，犧牲自己，成就別人。怎樣叫做有道德，怎樣叫做無道德，真是變成一個難以解答的問題了。

我覺得有些對不起書中的人。像她們有這樣的聰明，卻把她們放在一個與她們不調合的環境裏。可是我們再反說自己，誰又是在一個最調合的環境裏呢？我們只是這樣的做了，說了，用了我們認為比較好的方法。結果我們還是愚蠢，糊塗，輕率，狂妄。在清醒，在夜間，當我們回想着自己所做的一件得意事的時候，其中仍免不了含有一把辛酸淚！

人生好像一條路。這路是在茫茫黑夜中進行着的。我們憑藉自己的一點光，去照明這黑暗的路。我們覺得自己總算是清醒的了。但是自己清醒，覺不了別人的迷。清醒人仍在迷惘羣中，還不是隨着他們去叫囂，呼喊，歌舞，顛狂麼？

時光是不待人的，它用大力去推動我們的路。誰擋着！誰跑着！[illegible]「風平浪靜」呢？是「白浪滔天」呢？究竟是誰在做着主？上帝嗎？還是你，我，他？還是他們我們和你們呢？

人到世上來，似乎每人手中都有一個「幸福杯」。這幸福杯中的酒，是甜，是苦，是酸，是辣，又只有飲着的人，才知其中況味了。但是這一杯幸福之酒，我們

本期要目

怎樣去飲它？是溫和的還是兇狠？是用幽閒的態度，還是一口吞入？似乎還不能說我們自由決定。這是生活上的波瀾，還是生活上的苦惱？是上帝的命令，還是我們自己的境遇？

我們是人，人是被稱爲萬物之靈的。這被稱爲萬物之靈的人，是可以有種種思想的。但有時爲了吃一頓飯，愛一個人，什麼都會做出來，想出來，我們有百倍的勇氣，但是也會萬分的怯弱。一分聰明裏還含了十分的愚笨。

我們既要做到蘇格拉底所說的「知道自己」，又找不出像柏拉圖的「理想國」。更不能照亞里士多德把世界一切事物排成一個等級推外的秩序，而自己在上面做一個理智的主宰，我們還是照斯托亞派去做一個十緒情的奴隸呢？還是照伊壁鳩魯派連「死亡」都看成一種感覺呢？

我們每個人都是有個靈魂的，宗教家特別把靈魂看得重。所謂上帝予我們以安慰，使我們的靈魂不致淪落於深淵。但有時因爲物質上的需要，我們無暇顧及我們的靈魂了。而靈魂卻又忘不了我們。他輕輕地向我們說：「墮落一點罷！」於是我們就墮落一點。他還是用上帝的面孔安慰着我們，說道一點不要緊，這是「生存的道路啊！」誠然的。上帝所要救的是活人，決不是將活人改爲死者再行拯救的。於是我們爲保存我們這個寶貴的「生」，我們就墮落，墮落！這是靈魂向我們說的話，而且是個好靈魂，好靈魂用好面孔叫我們墮落一點，我們於是就墮落一點罷！

我們不要以爲在墮落的過程中充滿了快樂的，魔鬼雖然能引導我們去看那滿園的美麗，但不能保證我們在美麗的當中能享受着快樂。所以在墮落一點點的當兒，是會感得到痛苦的。這痛苦痛每使我們感到甚無邊無際。佛家的話，於是顯現在我們心頭了。回頭罷！回頭罷！「苦海無邊，回頭是岸。」但岸上是不是桃花林呢？不是的，那是叢林，佛家所說的「涅槃」啊！涅槃是可以生活的，你又爲什麼不能呢？但他[illegible]的聰明，智慧，能力，勇氣，技巧以及他那種生存向上的熱情，你缺了一件終究是很不好的。於是你在岸上還是感到孤獨寂寞。於是又想到是下游！」你的好靈魂，仍舊用上帝的面孔向你說的。你在岸上又感到有點，還是想到海中去漂流一次。結果你又回到墮落中「一點點」了。但是苦海無邊的話，仍在你腦中飄浮着，只怕沒有回頭，回頭仍是有掙扎，這樣，還不是桃花林，還是終於涅槃的「涅槃」。

除去了靈魂，我們還有所謂「內心生活」。這「內心生活」之培養，又是何等重要的事啊！所以有些人格之形成，端賴乎內心生活之培養。這話是對的，不過所養成者，只是「鏡中人格」而已。在鏡子裏面，你要他怎樣他就怎樣。一旦離了鏡子，究竟是個什麼樣，你就不知道了。最難堪的事，莫過於你走入社會，見的不是鏡子，卻全是人。你以爲這樣，他卻以爲是那樣。你以爲如此如此，他必會這般這般，不想他竟會把這般改成那般。你以爲言語和行爲是足以表示你的思想而無餘的，而他卻偏作多方的推測，把你的原意看走了樣。這時你慌了，你說他愚笨，不了解，知識淺薄，不足與語。而你的「內心生活」，就在這時被人家踐踏了。倘使你還想保全的話，那你只好仍舊走回家裏，關上了門，對着鏡子，庶幾可以獲得你所需要的精神滿足了。

但共創造這個「內心生活」的是什麼？當然是你的頭腦了。頭腦是需要營養的。換句話就是在精神食糧之外，更要物質的食糧。物質食糧雖不爲人所重視，實際卻比精神食糧更重要。「君子謀道不謀食」，但也止於「食無求飽」，並不是絕食的。所以爲了物質上的需要，你又不得不開了你的房門，去到社會上找你所應得的利益了。

所謂「應得的利益」，並不像商店的貨品，標明價目在櫥窗內陳列著。更沒有標明你的姓名說你該得那一份。你應得的利益，像漫天的繁星，向你閃爍不定的眨著；像白茫茫的一片霧靄，使你看不出它們的界限。於是你迷惘，彷徨，猶豫，懷疑。雖然有人明白地指示你：「獲得的門路很多很多，有大正直的有如努力工作，有曲卑小的有如一顰一笑。」可是你必需按着自己選擇那個門，無疑地是一個最難的問題了。

我們常有一種想法，以爲人與人之間是有憐憫和同情的。爲了一點同情，犧牲自己性命的也都有。但這只是片面的希求。倘使我們向另一方面想，有沒有人利用人類的同情心來作自己獲利的資本呢？

於是我們又想着：「力惡其不出於身，不必爲己。」利用由他利用，只要我有力量，利用一點算什麼？但社會上誰是有力量的人？我們當中，有誰又沒有力量？力量表現出來的方法，真是太多了。拳頭之外，還有金錢；金錢之外，還有名譽，名譽之外，還有地位。甚至說一句話，看一次人，一曲歌詞，一聲長嘆，都有幫助人家，破壞人家之力量的。這是人生的微妙處。微妙處究竟藏有什麼，也很值得我們仔細思維！

人類還有一樣神秘的東西，就是靈感。靈感究竟是什麼？真是一則難答的問題。有時我們把它當成一幅畫，只許在空閒欣賞。有時我們把它當作一隻球，踢來踢去的大家玩一玩。有時把它當一件精緻的藝術，讚賞而不佔有。有時把它當一柄利劍，殺人而不染血。更有時因爲它的緣故顛轉自己化爲春蠶，層層自縛，死而不怨。也有時老老實實把自己變爲一枝蠟燭，搖曳風前，結果只留下燭淚一灘。

人類的愛，真是變幻莫測的。我們自小兒就愛玩具。當我們愛上一件玩具的時候，不論當時哭鬧，甚至要求緊迫，非到手是不罷休的。可是到手之後，我們就會把它拋在一邊，也會把它拆開看一個究竟。明天，也許會忘記它，也許會拿它和別人掉另外一件東西。這是孩提「愛」的狀態，孩提的狀態是天真的，天真又是寶貴的。我們到了成年，對於愛的狀態，是不是還保留着這一點天真呢？我們對於人的愛和對於玩具的愛是不是有些兩樣呢？成千成萬的小說，戲曲不斷地去釋明，我們總還想從可愛的小說和戲劇中，究竟得着一個什麼樣的答案？

人生最大的目的，就是求生。但生存如不能再生，生之意義便不完美了。生之意義原包括生命之持續與生命之延長的。換句話，就是要活了不行，還得產生子女。但是產生子女，於父母有什麼好處呢？我們先賢告訴我們：「不孝有三，無後爲大。」近觀社會上父母，固然有以祭祀爲目的而生子女的。但是還有一大批，是漫無目的而子女就生出來了。我們有許多因父母無力贍養，餓於道路，凍餒而死的嬰兒。我們更有許多在母腹中就有「欲生不得，欲死不能」的私生子。墮胎固然犯着罪，不墮又比犯罪更痛苦。法律的網，不是那樣嚴緊，人世的苦痛，卻可以無情的加深。世間沒有不疼愛兒子的母親，但是母親的力有時候是會窮的。道德的光輝，普照在世界但射不進一顆小小被誘惑的心。法律雖然有着保護私生子的條文，法律的力究竟有多大，一句簡單而有深長意義的答案，便可以說明它。法律仍是一個貞女，而這位貞女卻又被人拿手帕把她的雙眼紮起來了。法律和社會上的人，真是整天在那裏玩着捉迷藏的把戲。而社會上待救濟的苦難母親和嬰兒又真是太多了。

我們在沒有辦法的時候，常想一死便可了結一切。但是我們如果仔細一想，凡是一個人，決不肯輕易了結一切的。如其在死者心中以為一切了結，我們為什麼有鬼魂含冤抱屈等的傳說呢？「死後必為厲鬼」，「二十年後又是一條好漢」，「寶玉你好——」，在不了結的情緒上是一樣的，所不同者，只是他們說話的態度。所謂一個是明白的說出來，一個是暗啞地說出來，一個是隱隱活潑說出來罷了。人是種富有不了結情緒的動物，滔滔者，天下皆是貪欲無有權限的人。但是社會上卻充滿了了結的事。這種種了結方法，不外乎強奪，脅迫，利誘和詐欺，但是我們須注意他們全是戴了道德的面具來了結的。我們每天可以聽見「不了了之」的話，就反映出社會上充滿了不肯就此了結的人。有人以為怕煩是「了結」的根源，這是不對的。說怕煩的人心中是最煩的，怕煩不是「了結」的根源乃是生病的根源，由煩而病，由病而死，不了結的情緒只會加深。

死是人生的歸宿，在臨終的時候，心中仍舊含着不了結的情緒，這當然是悲哀的。不過我們如能把它當作是一種普遍的悲哀，則「生」和「死」也不過就是這麼一回事了。

「人生也不過就是這麼一回事」。

我常常這樣想着：

「這一句話就是我們大多數人心裏的普遍感覺」。因為有了這種感覺，小說戲劇才可以盡量的寫。倘使每一個人心裏都有一個人生定理，那麼依照他的定理寫，他不要看，不照他的定理寫，他更不要看了。世間也有見了小說戲劇就會憂惱厭惡的人。那種的心裏，決不會把人生看着就是這麼一回事。他以為人生應該要怎樣怎樣，不可更易，不可變遷。要嚴格的做出來，或者謹慎地說出來。如此，他乃是小說和戲劇裏面的人物，而不是小說戲劇外面的人物了。小說戲劇裏面的人物，又怎能欣賞小說戲劇呢？

只有小說戲劇外面的人物，才能欣賞的。他們有着欣賞的心情，樂觀的態度，忙中可以抽出閒來，閒的當中，他也樂於讀小說和看戲。如果他忘記了別的，專喜歡讀小說和看戲呢？那他便由「樂之者」變為「好之者」了。如果再從事寫作呢，那他又變為「知之者」了。古人說得好：

「知之者不如好之者，好之者不如樂之者。」

為什麼樂之者最好呢？因為他心裏有一句很普遍的話：

「人生不過就是這麼一回事，為什麼要拼命的去研究去寫呢？」

（編者按：「七女書」係予且先生短篇小說集，現由太平書局排印中。）

那個穿藍布衫褂的人

班公

民國二十七年夏天。

我們家裏已經緊張到了極點。父親在前幾天突然中風，情形非常的嚴重，到這幾天，幾乎一切希望都完了。每個人都圍在父親的床前，誰都不敢高聲說話，祇有電風扇嗡嗡的聲音充滿在房間裏。醫生是父親幾十年來的老朋友，他關心的診察着，然而即使關心也無能爲力了，他輕輕地把我拉了出來，告訴我：父親已經進入彌留狀態，應該趕快準備後事了。

這是我生平第一次遭遇到的大事，我簡直手足無措起來。父親已經是第三次中風了，在幾年前他第一次中風的時候，醫生就曾告訴過我，如果他再中風就無法施救了。第二次中風的時候，我正在北平，根本沒有知道——等到家裏來電報告訴我時，最危險的關頭已經過去了。但是醫生的警告卻使我永遠提心吊膽，連做夢都會突然驚醒。這次，我在一開始就覺得很不安。雖然我努力用平靜的口氣去安慰母親，可是我自己實在覺得害怕。一連兩天兩晚，我沒有離開過父親的身前。父親一句話都沒有，只是無聲地喘息着。而我卻祇在想着想着——「萬一不幸，叫我怎麼辦？」偶然，我想到「天無絕人之路」，便覺得放心一點，但再想一想這條「路」究竟在什麼地方，心裏又彷彿是一團千頭萬緒的亂絲，再也理不出頭緒來了。

我自己也不知道這幾天幾夜是怎樣過去的，到後來他們才告訴我，說我簡直沒有吃過東西。我根本不覺得餓，也不曉得醫生是什麼時候去的，祇覺得他好像一會兒來了，一會兒去了。去的時候心裏就更慌，來的時候便竭力注意他的顏色。他是一個好人，明知道已經沒有希望，卻還是一次一次的來看看他的老友。他的語氣雖然含蓄，甚至也有傷感的成分了，我還覺得模糊不清楚他說的話。可是，我像在一個夢裏突然被人叫醒一樣，聽見醫生在用力地說：

「現在，需要治療的倒是你自己了，你實在太疲倦，太疲倦了——」

他給了我兩粒藥丸，我吞下去時，祇覺得房間裏的電燈光彷彿叫我眼睛都睜不大開了。

我回到了自己房裏，躺在床上，朦朧中還聽見三妹輕輕的啼哭，在我耳邊說，「父親恐怕不能過今夜了，當心一點！」然而我睡着了，我的四肢像是僵直的鉛塊，都擱在柔軟的床墊裏。

「父親恐怕不能過今夜了——」

我突然驚醒。我的臥室裏祇有我一個人，躺在大銅床上，不知已經睡了幾個鐘點了。房間中央的電燈仍舊極其強烈，射得我眼睛都睜不大開。我匆匆地注視房間裏的那只老式鐘——於是我突然看見了他！

那只鐘還是安放在一只紅木小茶几上面的，旁邊放一只椅子——一只舊式的紅木椅子。

在這椅子上，明明坐着一個人，一個我不認識的人。這個人是怎樣的穿戴，我無論如何想不出來，可是，隱隱約約的，這個人戴着一頂土灰色的鴨舌帽，穿藍布短衫，藍布褲子，很像一個三十來歲的工人。用一只手撐着向下俯着的頭，身子也微微向前俯着，像是在休息的樣子。

我小心地注視着他。這是我自己的房間，從來沒有人會無端闖進來的。我想，「這是不是一個賊呢？」

我突然從床上坐了起來，想去詢問他的來歷。想找眼鏡，然而眼鏡明明戴着——原來我臨睡的時候連眼鏡都忘記摘下來了。我剛剛把推推眼鏡的手移開的時候，我趕快再定睛看那個穿藍布衫褲的人——

然而，那只舊式的鐘還是在的答的答的定着，那只舊式的紅木椅子也仍舊安穩地擺在桌几旁，那裏還有什麼人影呢？

房間裏的一百支光電燈還是照得雪亮，靜悄悄地，只有我一個人，困惑地站在房間中央。連一點藍顏色的影子都沒有，更不要說那個穿着藍布衫褲的人了。

門上忽然有人在輕輕叩門，我用力一問，把站在外面的三妹嚇了一跳。她說，「剛才醫生給你吃了很強烈的安眠藥，看你面色非常不好，母親特地叫我來看望你的。」

我不說別的，祇問她：

「父親？」

她搖了一搖頭。我覺得不對，趕緊三腳兩步跑到父親床邊。在不到五分鐘之後，我就成為無父之人了。

民國二十八年夏天。

即使昆明的盛夏實在令人留戀，即使湧出的翠湖正盛開着紅的白的荷花，叫你一走過便覺得到這一陣愉快的清香——可是，我已經在準備着離開昆明了。家裏接一連二的來信叫我回去，於是，抱着「小別」的情懷，我辭別了昆明，辭別了在昆明萍水相逢的許多好友。

他們都勸我趕快再回來相聚，有的說，「去上海看看也好。」我到現在還忘不了這些天真而努力的朋友們。那天，我決定了行期，因為湖邊車站離開宿舍很遠，便找了一個離車站稍近的旅館，早一夜住過去。

已經叨擾了朋友們十多次餞行酒了，可是這一次他們還要和我喝一次酒。一總有六七個人罷，大家到了旅館裏來，買了點酒，再帶了不少滷菜，極高興地喝了一個痛快。旅館裏生意很好，我雖然需要一個單人房間，結果卻祇找到了二樓一間有兩只床的房間，所以即使有七八個人坐着也並不覺得侷促。

大家說得相當興奮。有人高歌，有人背出了一大段一大段的新舊詩篇，最後，拿出了紙，寫了許許多多的話。

分別時已經深夜，我站在門口，看見他們的背影從路角消失的時候，不禁傷感起來了。

因為有兩只床，所以我留下了S君伴我一宵。S君是我中學時候就在一起的老友，中學畢業之後，他進燕京，我進清華，因為燕京和清華相近，所以也常常來往。有時候，他到清華來看我國出席世界運動會的選手們訓練或練或者舉行試賽，時間晚了，便在清華吃夜飯，到晚上便宿在我房間裏睡一宵。有一個時期，我在清華裏獨佔着一間有兩只床的房間，那只空鋪就常常成為S君借宿的地方了。到昆明時又在一起，所以格外親近。S君因事須在昆明多留一年，所以這次不能一同回上海，臨別依依，正不知有多少話說，可是因爲大家都喝了一點酒，實在都相當疲倦了，房間裏祇有一盞電燈，有一個牀上開關，是在S君牀上的，S君不久就把電燈關掉，我也就酣然睡了一覺。明天黎明就上火車了，S君也許因爲睡眠不足，臉色見得非常蒼白。從昆明到海防，海防到香港，再從香港回到上海，因爲在香港住了幾天，一共費去了二十天左右。在我剛剛走到了上海借宿的人家時，主人說，「S君已經有一封航空快信給你，所以我們早就知道了好幾天了。」

匆匆洗澡完畢之後，我在寬闊會客室裏的小圓桌，擺了一只籐椅坐下。圓几上有一杯濃香的茶，我點起了我的煙斗，舒舒服服地讀S君的來信。

然而，S的信使我跳了起來！

他說，他擔慮着我能不能平安無事的回到上海。他是一個研究化學的人，但是在昆明最後的那一夜，他遭遇到了一件極可怕而無從解釋的事情。那天半夜，他因爲要起身到盥洗室去，醒了。祇有走廊上的電燈從房門上面的氣窗裏照進來，然而他明明看見在我的牀前，正有一個人在拉起了我的牀帳，對我靜靜的看着！

那個人，S君說，像是一個工人，穿着淡藍布的短衫，藍布的褲子，頭上帶着一頂土灰色的鴨舌帽——可是因爲他祇看見了背影，沒有看清楚他的面貌！

他想這也許會是一個賊，馬上掙扎了牀上跳起，可是近了，再定睛看時，那個人已經不見了。

我清楚地記得，旅館的窗上是有鐵欄干的，決不會有人能從窗裏爬進來。我也記得，在沒了朋友們以後回房間時，我曾小心地把房門鎖好。

S的信上說，「我很替你擔心着，沒有敢再睡下去。」我忽然想起了那天早晨，他臉色實在是蒼白得太可怕了。

在上海住了幾天，我回到了蘇州。雖然我在昆明不過停留了一年左右，可是再走進自己家裏的時候，竟也有久別重逢的樣子了。母親尤其高興，特地自已做了菜，叫我吃酒。可是我始終沒有把S的信告訴她——這父親去世那一夜的事也從來沒有向她提過。我努力想少提關於父親去世的事情，免得使她傷心。但是，就在那一天，她告訴我，生生死死，事情竟有出人意外的，父親去世得極其突然，但是在中風的前幾天，就常常覺得恍惚不安了。他告訴過我說，就是像有一個人追隨着他，他常常夢見這樣一個人——藍布短衫，藍布褲子，戴一頂土灰色的鴨舌帽，像是一個三十左右的工人——

我祇會用昆明的美麗的風景，沿途看見的奇奇怪怪的事物，不斷的打着岔，我大口地喝着酒，沒有把我的故事告訴她。

一九三五，五月。

版稅大王

周越然

我們上海，豈不是有許許多多所謂「大王」也者麼？我們有了『麵粉大王』，還有『火柴大王』；有了『排骨大王』，還有『冷麵大王』；——將來一定會有『白米大王』，『煤球大王』，『鐵罐大王』，『包車大王』，『大餅大王』，——但是從來有個大王，叫做『版稅大王』——恐怕大家都不知道罷。這個名稱，有他的來源；請聽下述故事：

約民國十七，八年的時候，北平某大學中有四，五位教授在預備室中閒談。其中一位，忽然間道，「諸公知道中國的版稅大王是那一個？」發問者何人，已經忘了；姑且稱他姓張罷。

其時有位坐立不定的卞教授答道，「我知道，我知道——不是魯迅，定是林語堂。是不是？對不對？」

張教授道，「不對，不對！我所指的，是此刻的人，不是以前的人。魯迅與林語堂，都屬於過去，並且他們賣著作權（賣稿），不收版稅。他們不是版稅大王。就是著作等身的那——那——那個區區我也不收版稅，也是賣稿的。」

卞教授想了半天，遲遲疑疑地說道，「那末，是那一個呢？是那一個呢？是不是胡適之？是不是魯迅？恐怕是林語堂。——」同時，坐在旁邊的陳教授慢慢起立，正正經經地「報告」道，「我去年——前兩年——在美國出版的『獨立週報』(Independent) 上見過一段消息，說『英語模範讀本』的編者周越然君，每年所得版稅約英金五十萬（?）元（?）這個消息，一定（?）確切可靠。那末，他當然是版稅大王了。」

這個故事，是我的朋友在最近講給我聽的。諸位教授閒談的時候，他也在場；不過他並沒有回證我。他們賜我這個尊稱，我理應感激。但是我真不敢當；我何嘗是大王？讓我在下面略談我收進版稅的實情：

我第一次取得版稅，是民國七年秋季——數目不過二百多元。我狂喜，因為那時的米價便宜，家中人口又少；二百元可購米二十石，足夠一年食糧。到了次年夏天，我因為有急用，想向公司預支版稅七百元。我請鄺耀西先生代說。他的回音是很客氣，並且是很公正。他說道，『我已經向某某先生陳說過了。他說——公司沒有預支版稅的習慣。倘然周君有急需，他可以向我自己借，不要抵押品，利息依照銀行通率。還有一件事，請你對周君說：版稅不是作為正常收入；有時多些，一，二百元，有時少些，二，三十元。七百元不是小數。預支了這樣一個數目，講不定要兩年三年，或者四年五年，才能償還。利息怎樣算呢？手續麻煩得很。你去勸他不要借錢。』——周君，你想怎樣？我自己因為在施高塔路造屋，也缺少錢。否則我願意幫助你。」

我道，『鄭博士，我謝謝你。你代我說話，就是幫助我。借錢的事，讓我另外想法罷。』次日，我向朋友借到六百元，拿家中所有珠飾的一部份，以為抵押。

我的當時『難關』固然渡過了，但是什麼時候有清償的能力呢？七百元既然不是小數，六百元是小數麼？版稅無固定，『不能作為正當收入』——他們是內行，他們的『教訓』一定不會錯的。我不應該把版稅打在算盤上。我自言自語地自警道，『快快設法還債！不要等待版稅！』

到了秋季——八月底——結版稅的時候，有個會計科的同事——也是我的同鄉——一天下午，悄悄地對我道，『老鄉，你這一期的版稅，一共有七千餘元。公司執政諸公不信有這樣多，以為我們結數錯誤，叫我們細查。我們查了兩天，毫無錯誤。公司又以為分館有誤，昨天已經打電報到各處去查問了。他們想必馬上就有回電來。等到他們的回電全來了，我們照例應該再覆查一次。倘然分館都不錯誤，豈不是公司就要付你七千元麼？』

我答道，『好了，好了！何必開玩笑？我也不相信有此大富』。同時，我的心動了，我的腿抖了。我有些立不定，坐不穩，自己也不知道自己是樂是愁。不待他講完，我已經暗自想道，『真的七千元麼？那末，我發財了。七百元商借不到，七千元倒快來了。好，好！還債六百元，尚存六千幾百元。六千幾百元——是個大數目，大數目。』

那晚回家，我的腳步很快很輕，兩眼出奇見的明亮，所見都是大道，在路上遇見的熟人，個個都是朋友。晚餐後在書室中閒走閒坐的時候，我默想道，『倘然每期是七千元，一年三期（當時商務分四月底，八月底，十二月底三期結算版稅），豈不是兩萬餘元麼？倘然每年是兩萬元，倘然我能夠『分文』不用，都把他們儲蓄起來，那末十年之後，我豈不是有二十多萬現款麼？等到個時候，我應當辭職，回家鄉，享清福，扮富翁。』

後來『模範讀本』的銷數，『日增月盛』，我每年所得的版稅，有不止二萬元者。記得某一期（八月底結賬），我共得一萬七千數百元。這是最高記錄。你想大不大？當時的米價，每石約十元左右。一萬七千元，可購白米一千七百石，合目下一萬萬七千萬。數目還不大麼？

在一，二八以前的七，八年中，我每年總有好幾次一萬萬以上的進款——雖然不是每期一萬七千萬，但是一萬萬二，三千萬的大數也不少。照此新法計算，有如許版稅的作者，當然是個大王。然而我不知道『急流勇退』——我不馬上辭職，我不馬上返鄉，我不馬上囤米。

我怎樣呢？我買了一塊小地皮，造了一所小樓房——凡為王者，理應有『土地』，有『宮室』，是不是？我已經生了許多兒女——『人民』有了。我所最缺者是『文化』，所以我購買古籍，購買圖書。土地也有了，宮室也有了，人民也有了，文化也有了——我的『國度』還不完備麼？我還不配做大王麼？

我的命運壞很——我為王的時期很短。一，二八事變，火神『革命』，把我的宮室毀了，把我的文化毀了。土地雖然未毀，但因種種關係，早已讓與『鄰邦』。所存者祇有人民，我在還天天吃這些從前未會囤積的米——

（下接24頁）

凌霄漢閣劇話

兩樣的「薛王」之劇

妙在守節的都姓王，然變的都姓薛，有「薛平貴與王寶川」又有「薛演與王春娥」，王寶川小姐寒窯耐貧，王春娥小姐機房受苦，好像都是一樣的「貞操主義」，其實王春娥是純粹的節婦，而王寶川則並非「為守節而守節」另有她的虛榮與堪備之目的－

「那是一件民間故事，「王三姐寒窯受苦十八年，換來做娘娘十八天」，因為大姐二姐嫁的貧官，總不及她的丈夫大，有着「做娘娘的命」，以十八年的苦，只換來十八天的皇后，依然認為幸運，可見流俗女性透信「皇后」之深，所以「花園贈金」是為乞丐（平貴）有特別的貴相，彩樓拋球，有神仙保佑暗托，直到大登殿為止，平貴雖貧，果做了皇帝「貧而貴矣」，只對寶川說「你為我受苦十八年，接你去把鳳衣穿－」寶川團圓到後台「換鳳衣」，果然做了「娘娘」，完成她苦節之目的，而此劇之故事之真相，今之全本，平貴「登殿先宣罪魁，將寶川換衣一節減去，非本意也。昔第一舞台之義務班演這「紅鬃烈馬」，不但情節完全，其插圖之彩切，場上之火燒，亦與戲名相稱，不失為「以戲為主」，近京班流行此劇，其命名則以角為主，且角的大樣則曰「王寶川」，

凌霄漢閣

老生的大樣則曰「紅鬃烈馬」，扮神的是平貴的實像，但京班場上並無拋綵，其情節亦漸漸縮短，前幾年尚有「別窯」起者，繼而有自「趕三關」起者，今則時與通例自武家坡起，至登殿完，青衣老生（不論誰大樣）跑坡的對唱，都可在後台休息，中間緩衝出，有「跨刀」的老生代演平貴，有花旦去代戰與小生（高思繼）支撐時間。至於算糧，那是談說的前頭（後面的「再來一傢伙！」是也）生旦離上場，並無多大的勁。統計起來，乃一齣「跑坡」一齣「登殿」而已。

按規矩說，此大全本應從花園起，登殿止，薛平貴一角，先是小生（贈金，彩樓）次為武生（別窯，[illegible]）次老生（探寒窯以至算糧），出一盤箭袖蟒靠換人，惟至登殿則為純粹的王帽，可以換人，因其唱法與身份完全另樣，與金水橋，打金枝之王子則為一工）至於旦角則自花園，彩樓，等等，別窯，探窯，跑坡，算糧，登殿，中間唱工重頭，占大半數，扮角色說是青衫子到底，按伶人工作，實是太累，所以從前，只按短的，分日演唱，不但戲場上演絕滿，亦為伶人計也。不過，現代是明星制，一切須隨大樣而轉，場子多了嫌麻煩，所以從武家坡起，然上場，就是薛平貴，又嫌有齒輪制，於是分派「王允」先來半段「擊掌」並非擊掌，乃為大樣出台的前站，摘緞，但不能擠齣齣戲，而是過場

現實戲案的一種明顯式了，即捨明顯的戲劇說，還不如說「[illegible]」「鬧殿」中間令別有演出宜戲份接再來一齣「鬧殿」作為變齣，尚屬乾淨。惟此為事求於余是其個份人本身的意見，伶人亦按「鬧殿兒」不甚不然。（「加前站」，似是花臉大樣作師）

汾河灣細過武家坡

「汾河灣」，「武家坡」，「桑園會」三齣戲情節都是回家戲妻，詞句場子亦相類似，惟三個老生各有其獨「活」，秋胡身上指扣子，是文的，二薛則青衣袖，尤其是薛仁貴武身段為多，與秋胡斷然兩工。

以二薛兩齣比論，仁貴會妻以前，多一「打雁」一場與柳迎春有一番文道，但第二場戲劇即在窯前，而武家坡則戲叢與趕寶為兩場，（趕場及詞句，但戲鳳）且薛平貴個板起，扯四門唱，賓川亦個板起使三頭唱，一窯而知唱工重，至於汾河灣仁貴之唱不緊，惟「家住絳州」一段堪與武家坡之「三月三日」一段匹敵（即譚余宗之「提起當年」）此外全直做工念白。

武家坡兩場只用兩人，汾河灣四場（花臉薛丁山一場，彭子與娃娃生一場，老生娃娃生一場，老生彭子一場，）共費四人，主角仍是一生一旦。武家坡戲妻，相認，討封，情節前真後假，汾河灣則前假後真，趣味以拾遺細膩論，因「進窯與人家窰戶」而引起「鳳頭山」「窮苦山」「龍頭山」「鳳凰山」之問答文，因發現鞋子而生出誤會與其誤會之時則開打，一幕戲能而滑稽的小鬧劇，因說鞋子來歷而發覺前事與射之孩兒即其親子，於是有兩個「氣搐」由虛擬而突入真情，由喜劇而成悲劇，劇末乃至變沖而拉下，穩度緊張，悄文相生，如火如荼而層序一絲不亂，盜口緊切，步眼身步無不循準見精清寬之工夫。

「打雁」一場之身段，薛禮會為射雁開弓及放轉唱「揮打」只將扇往前一扔，唱「鎗挑」亦只馬鞭一揮，身步前移後退皆小尺寸，揮舞跟。錦繡唯唯，老禮默然未置一詞，薛禮亦不道說明事實，有人問以譚式，則以譚法答之而已，究竟譚式是否惟一之標準，後固未嘗有所批評也，老禮於此，則不能依譚，唱「揮打」時，馬鞭略微向上一指，即劃線子轉指向上，左綫，左綫，前步，後退至九龍口，唱「南來呂中雁」接「鎗挑」隨唱，隨翻轉馬鞭使快步回至台前原路，與末翻相連而立轉其唱「鎗挑魚兒水上翻」時，翻動科樁，轉指下指，以上唱兩句轉做下路身段，而開始問答，予覺如此做法，可有迴轉而身上亦覺靈活，只要與娃娃生與及台面人保持密切之聯繫，配搭相接，使此交代清楚，則身段之大小，無有串縮之餘地，故不須拘守譚法，而可與譚法並存。

鎖五龍花臉的唱

「鎖五龍」通常只演法場（斬雄）一段，亦是一齣很精緻的「西片中段」，雖然表面像是簡單的一場，其實此一場中已富有良好之機構。（白蟒台之法場與此相仿，但劇情則不若此劇之密）

花臉倒板，上扯四門唱原板轉快，歸坐，是乃主角之見提，歸唱工，碰架子，見身分。唱餘須高亢而有「沖勁兒」，（與太平花囹游街之扯門唱與此有相類處，蓋同是爽將被擒，故激於而有壯氣，又是戲情與劇情）當年劉永春最擅長，其則科，嗓子音調氣不夠，亦能唱個痛快，而金秀山扮司馬懿，秀山嗓洪動欽自有特長，但拙於作工，其甘露劍五龍鍾為平淡，亞如舞劍之趙雲泣斬陣平；實則惟其門面安，全部須有實授，特於秀山不宜，然非全無可取，如靠將觀太平，舞劍對，則殊難宣，不必十足賣力也。以下數段快板，對與四人，一個人有一個人的意想，謝怡的唱法亦是一段一個戲味，對面三人逐漸着，蕭然同是快板而「非快一步」，逐對諸四人（設金）皆好處者，則轉搖板，加蓋口，經此三段，則酒三巡，口氣硬和緩，神情變平靜，至「世何話說」是前節道，須口緊氣足，特別精味，下接以過三巡之酒，「送門」身段而二拜，起笑頭，轉後身，改觀音，再唱快，而最後一句「扶叶所實把刀開」，須新釘截鐵，則二人之唱工至「戲」，而戲情亦風雨不透矣，秀山以入戲斟酌見長，如以此路實較量，恐永彩尚非其敵。永彩此劇予屢觀之（有別家園叢起），大體上不走味，總是戲的基盤太好之故。

予之花臉戲，從三戲入手：（一）即演五龍（緊口工），（二）五台山（慢口工），（三）白良關（大慢口工），緊口動穩，慢口能狂，乃為於大唱工之探陰山，探靈，擋宮（龍保國京宮），刺湯，沙陀國。此數劇之後，則爲草橋關，上天台，刺像，牧虎關，更以鍘刀斬遭神七郎，街亭司馬諸。

補碑的場子

昔日前山故從中翻了一齣黨碑，老令公撞死後来闖營上撞碑尋。場上如何收尸，不得而知。按此劇收場有不同的路子：（一）上戲楊延神搖大喊，更衣，戲旋加演頭，收屍得，由「衆將官歸位去者」衆引下。（二）而以行路例，上極超撞，見令公已死，命手下將尸背前往蘇李祠。以上兩個收法皆可。前路兒則加上四魂子（大郎、二郎、三郎、七郎）一一對之而唱，如此乃如洪洋洞式，但洪洋洞唱後即有氣終。上六賞宗延去訪係，而六郎之魂子亦由頸流領下，收場亦序。前後兩代「魂子」我仍須稱碑，遂接於宗上點頂，亦未上點將，當自經身溜下，從來未見有此收法，今或疏解及在有下，頗以費奇。

「蘇武廟」之場子亦有不同之兩路：（一）金鎖戲廟至云後進廟參拜蘇告「保佑我兒回朝」，起作廟內觀者，乃是「李陵碑」乃讀小字，乃碰碑。（二）即在「蘇武廟」至云後不進廟，即又見李陵碑，即現在通行之路子也。碑在廟外，故撞死後上碑碰着，神於碑下收尸。而第一個路子，則碑在廟內，碰撞不得而見，而無寧為尋尸亦來一個「進廟」之類。故上經重更改讓移碰拍（好似南天門寶鎖），當場北當「魂子」。然兩個路子的收場，都與洪洋洞的收場相連接。「魂子」俱起托場，而收尸伏下蓋棺也。

魂子七郎的戲

七郎戲常見於台上者，武則金沙灘，文則托兆（李陵碑）前者屬武花臉，後者屬唱工花臉，其一轉死之後淵亦有分別，「活七郎」之臉，工細戲強有威，以前錢金福為最佳，「魂七郎」臉，勾描筆同，所穿靠相，樣式不變，還有觀音淨家，（紅白黑三色，所謂「四大天牌上」）托兆碰碑本合公為主，然花臉（七郎）之顏，與楊子老生（六郎）之臉不同，遂手老生因不甚合材料，乃法六郎。是同台配「趙」亦爲同行配「角」，花臉則此台上扶獨行，是配「戲」而非配「角」，故須等大好老的花臉，非七郎不算盡坑，其工力不夠，卻亦不能任意使勁顯，計共三場，頭場吊場二場托兆三場闖帳，一場有一場的說法。

「頭場吊場」（前幾天說過「吊場」是戲的組織，與扮人身分無關係，與戲中人究竟亦無關係。並之老名角皆往，皆皆吊場，任何戲何角都沒戲之交代），如碰碑七郎照例頭場上有繁簡兩路：（一）唱牌子，坐高台，念詩報名，自敘白（數起落）起叫，下場，大鑼板，拉門唱，唱詞八句或六句，下。（二）念對子，報名，自敘白（數起落）起叫，不用鑼板及拉門，唱四句或六句，下。若是紅角好角組多要，則用第一式，若普通二路角，自然工力不夠或者紅角臨時組省事，或者因特別原如如時間問題之類，由後台照會「場面」則可用第二次。總之只此兩式，紅角想多添花樣固不可，已角想再取巧亦不能也。

二場「托兆」是劇情本題，唱工正節，很三更，鼓風擊上拉門進對合公[illegible]，換遭對六郎唱，唱工有須注重者兩點（一）夜夢（場面分三階段，很要斷續要隨況合節，與花臉之唱合璧乃為真聽戲者），（二）「魂子」兩字鋼必須沉越，於花臉，惟「半途中」二字及「忘奈哀」念句可以高唱，即是可拔之角頭。其餘只能平唱，然平唱只要入戲合味字正腔圓便是好唱好戲，即那兩句高唱亦須出落自然，若實擾造不如不拔。

三場闖帳，既無唱無念亦無多身步，似乎不是法寶，然而卻有一工很好的一個「相見」非常要相當之身法步法，即楊延輝與六郎打一照合之際，由下場門疾趨至中間，撤鬚一摔，歪方一個斜偏倒身向左，七郎則繞過六郎給一步立樁，目注於歪（歪作低頭不敢正視之身段）立步與偏行數步，（眼神仍須凝視）乃單轉身從下，此種「相見」（一）須有威容（二）須有盡勢之氣象（三）須與歪方之姿式相襯（四）須與場面呼應嚴謹（五）身直而步穩，立如山，行如水，而審觀劇者，須時此場之妙亦可就以上幾點以比較各伶之得失，並知在唱做之外，伶人無處不需研究，觀眾無處不有鑑賞之樂趣。

余務田與劉鴻升配與段鑫培配，均實觀其，惟有一次與賈玉青配，故作怪樣：身步亦直胡令人不辨其為老伶，蓋以王賈來自滬上，貴存說，實則賈亦北京世家，惟久處外埠，不免滬氣耳。

教子的戲劇性及各工

「三娘教子」不是尋常的守節訓費，因為王春娥只是一位「三娘」，在儀宜節的劇情裏，已經說明「一大二小三奴婢」，她不過一個篷房的丫頭，在家庭裏算無名分者，即無守節的義務，然而「一大二小」（張劉二氏）竟已改適，薛倚且非春娥所出，乃為之撫育，此於守節立志之外，尚有扶植附義觀念之顯示。上元文集中稱楊氏婢說，楊氏之家窮以貧不安於室，獨有一婢，呼其婢不顧者三，怒曰「汝我婢也，何敢如是？」婢曰「我楊氏婢耳，汝今離家婦者，而曰我婢我婢！」遂為之感愧，竟辭謝而不行。後將婢嫁，婢曰「人以我一言故恐死至今，我亦終不去楊氏之門」亦不嫁，此婢之不去，誓以自瞎，可為三娘教子劇情作註腳。以張劉二氏之當守而不守，見王氏之可以不守而守，故曰操一層富法。且「教子成名」，其不只節義而是「良妻賢母」，與之協力維持之辭係，不過一傭人，亦非有名分有義務者，綜核觀瀾，實為「奴僕」作翻案，故曰有打破陋規觀念之暗示，故為過轉之戲劇性。——（無人格之人格表現！）

補部「雙官誥」之馮仁即薛保，馮雄即薛倚，而碧蓮姐即王春娥，「教課」一劇，固與「教子」劇情，大略相似。惟母子嘔氣時，出面了事者非老僕乃碧蓮之母（是彩旦扮），與亂彈本大異，且亦未見之於台上，可謂之不倫。至梆子二簧相較，人的姓名，劇的情節，均無不同。而梆子純然以旦腳為主，場上之念做唱工比簧班為一倍，老生做工身段不少，而唱與念則比簧班見絀。於三娘罰子時，出於門外聽之，旋步入而拆勸，三娘之教卻是十足的「羅唣絮聒」，引證許多少年苦讀的格言，詞多而表情亦繁細。惟梆子與二簧有根本差別之點，即梆子之首尾為做波，比較繞失之於直瀉，使人一方面喜其周詳，一方面又感覺冗贅，惟保之排解，有似吵嘴，亦殊難登「大雅之堂」，故只能說梆子自有優點，而不能說勝過二簧。（此所謂「二簧」乃指「結晶階段之京朝寶貝劇式」而言，非指老簧班，蓋即北京之老簧班亦與梆子相近，繁複瑣碎粗鄙者，其例固不勝枚舉，亦無備列之必要）

梆子之教子與雙官誥（榮歸）皆以旦角為主，乃是兩齣戲分日演唱，現在實非演「教子」，而接「榮歸」者甚多，（雙梆子上之「雙官誥」是也），其場上是何情形，因未曾看過，不得其詳，但揣想仍是旦角的風頭多，非所以「教子」必帶「榮歸」，則不外乎「老只加一」之現實觀念作用。蓋實非之「教子」老生薛保重念做均重，並其主角，而「榮歸」之薛保則為配邊，若是老生大操而演「教子」，當無帶「榮歸」之必要矣。且老生主角之教子除譚鑫培，馬連良，奚嘯伯外，似乎別人還未有敢於問津者，真不知近年不知還動此工否？

「別母」「斬堂」的比較

近幾年戲劇界加演場網場的毛病，固然很多，亦有曾將冷落今乃復興之好節目，如京劇劇場像之葬戲，青年除名角時頗外，穿演「別母」，現在則不論名不名，定計一場之後補上老旦，於「放走」中留之，神化戲固矣。

按此戲兩個花臉，即就吵架、結拜、定計、刺慶、面官，事蹟亦較顯，只因王佐之身分大且須唱工角兒，故出末位，若再請再加「別母」，則顯此一場，足抵一齣正戲，分量亦實可觀。且不只花臉一人，老旦角，合併計算，直是一齣小型的「斬經堂」。

「斬經堂」與母，吳漢，公主三角則是並重，若奎本投機負戶大戲是吳漢特重，若是短齣則老旦與青衣都不顯，老旦念白之多，超越其他的「罰子」之上，（如坤武旦闕母，婆子而母，行路調子嘗氏）吳漢一角近時例用武生或老生，梆子班之「吳漢殺妻」則紅臉，場子相同。專論一角之趣處，分說如下：

（一）吵架結拜一場，要見身分，有個驃騎的半二比將，必須處處流出自真，忍堤下氣，不得已而動手，有「君子一怒而威天下」的氣概，又是學子又有低風拜訪，如此人物，雖打架亦不失其處置，故以表柱仙之類與，演此亦能合格，但別母則像則精仙太拔，辦不了矣。（二）艾婉定計一場，過渡性質，念做無多，（與取榮陽紀信有相似處，但較簡）而別母一場則儼然事實劇兩場曾炎，亦是極有濃痕，（下接22頁）

女子治內

錢公俠

這個題目一看就知道是一篇八股文章。八股文章是什麼，依照最新的解釋，就是說了許多好聽的話，結果卻等於沒有說，使讀者不得要領而退。八股文章中最好的就是下面兩句話：『天好自頭出，日落時沉滿』，天下還有比這兩句話更現實而又更不會出毛病的麼？談家政之類，正如談國家大事一樣，也可以說這一類大而無當空空如也的東西。

我一向替女界爭面子，說治家勝於治國。女子在家做事，實在比男子在外邊出風頭有意義得多。尤其在目前這個戰爭時期，我們更可以對那些治國的男子，多半不大能夠勝任，把國事弄至世局弄得一塌糊塗，而在家做事的女子，卻始終把一個家弄得像模像樣，讓家人得以繼續活得下去。我相信如果家裏的事也由男子來全權管理，那末結果非弄到家破人亡不止。現在呢，我們總見國已破了，家卻未亡，這便是男子不及女子之處。

家政之複雜，勝於國事。一個男子在外邊替國家，除非他是一個獨裁者，總不過專任一職，至於那些掛名委員，身兼數職的人，不過多化一些國家的公帑罷了。至於操家的主婦，則無不是一個家庭的獨裁者。如果我們將她的職位排列出來，印在名片上面，可以嚇煞任何機關的門房。

她是內務部長，兼財政部長，兼教育部長，兼衛生部長，兼——總之一個政府有多少部，她就可以兼任多少，而且無不勝任愉快——祗除了外交部長，因為她是徹底的和平主義者，決不與人動武，萬一與別人有一點衝突，也不過出之於口，盡一個宣傳部長的責任而已。唯其因為如此，所以她決不會鬧出家破人亡的大騷亂來。家破人亡不是沒有，然而那又是男子們搞出來的了。

我的丈母娘說得好，『一個人的聰明笨拙，在操作上最看得出來。』而操作之操作，莫過於家政。男子專學一門，或專任一職，只要埋頭苦幹（加上硬幹，實幹），那怕是笨牛一樣的人，也能顯出幾分成績。我們讀名人傳記，常見他們小時非常糊塗，學業成績十分惡劣，然而他們後來卻又能幹出一番大事業來，或者成為大著作家，大發明家，難道他們後來忽然又變聰明了麼？決沒有這樣的事。或者真如許多人所說，他們小的時候讀書並非所最好的東西，以至於成績不佳麼？這話我不相信。我以為他們小時成績不好，無非由於他們天生愚笨之故。他們後來成功，則得力於他們運用蠻牛之力，拼命奮鬥而已。

此在女子，則從小就發現出她們的聰明，一旦嫁人，就運用她們天生的智慧，把柴米油鹽，生男育女，以及其他千萬種的事情，處理得頭頭是道。男子在外拼命如牛，到處亂化，並不見得身無分文，忍飢挨餓，然而回得家來，總有一碗家常便飯可吃，有一張床可以讓他躺下來。俗語說，『金窠銀窠，不如家裏的草窠，』何以草窠有如此勝人之處？無非因為有一個女人在裏面當家罷了。

我常常懷疑所謂『巧婦難為無米之炊』這句話，不過是男子借來的一句藉口，真正的巧婦，竟有作出無米之炊的本領。如果我們回憶過去的左右鄰居，總能記得有幾家男子一天到晚在外鬼混，弄得衣衫襤褸，鳩形鵠面，從來也不像會帶錢回來維持家用，然而他們的太太卻照樣能維持一個人家，養活着幾個兒女，男人偶而回家，居然也有兩碗冷飯可吃。這種本領，真不是我們所夢想得到的。一個男子在外面，那怕做了財政部長吧，祇要經濟方面稍微棘手，就會紗帽一甩，卸脫責任。至於操家的女子，她們既無紗帽可甩，唯有始終守在家裏，那怕鍋中無米，也要煮出飯來。這個家政，豈是國家大事所比得上的麼？

蘇醫生的家（創作）

許季木

尚在火車上翻閱巴金的滅亡。那一夜躺在下層的臥舖上，竟覺得不能入睡。她諦聽著車輪在軌道上滾過的隆隆聲，遠處火車頭的鈍鳴聲，她記起那一批打扮嬌艷的女太太們爭著在火車的化粧間內裝扮，還有四方臉的商人，在他們的舖位上打呼。她想起未來的工作，怎樣將中國改造成理想的國家。又想起社會的現狀，除了爆火的油污斑斑的童工的子女。工作過度的婦女，個個瘦脛在煮飯，青年們在夜校中爭取教育。以及人們的飢餓，失業與酗酒，還有逃捐，律師和法官，總是等候機會在敲詐顧客。假使只要能說火車中的乘客，明瞭這種情形，如果她能像父親照顧全病人那樣的，犧牲她的一生，那末，——

她不能再躺在床上等候了。她翻身起來，坐在空洞的車廂內，翻讀著一本題名中國的希望與出路的書。她翻了幾頁，却不能讀進去，思潮在她的胸中接連起伏，好像她故鄉的浮雲，不時在山間飛來飛去，她坐得很冷，渾身打戰，回到她的床位。

那年冬季，回到大公大學校，但樣樣事物，都看不順眼。項況現已經選擇音樂系，正在研究梵啞鈴，她別的都不管，只想找一家戲院，舉行個人音樂會。她說她和許枚樂隊中的陳博士發生了戀愛。她不願再提起戰爭，社會工作那一類字眼。世局的演變，如潮水般的激戰，戰爭情勢的迫切，日趨緊張，璐璐不再有心思聽得，或是翻項流連在訴說音樂界的名招了。她出席一切討論時局和社會問題的演講會。

那一年冬季，最使璐璐激動的，是董守論上大公大學來主講的演說，講題喚做戰後建設的重心。他是一個高大挺拔的男子，生着蓬鬆的頭髮，一張紅臉，一對微微突出的眼珠，閃閃發亮。他發音時，充滿一股熱誠而充滿自信的語氣。他是那樣的可愛，璐璐覺得他以前一定是工人出身。他生着一雙通紅而多老繭的手，手指粗短，腳步不定的在室內走來走去，將他戴的玳瑁眼鏡，一會戴上，一會取下。演講完畢後他在一家私人住宅內招待聽衆。女主人備了檸檬茶，咖啡，和三明治請她們吃。璐璐這些女孩子圍住他發問題。他比站在演講台上時更和藹，但是他將勞工問題談得很動聽，對於戰後政府的施策，極其信仰。那一夜璐璐回到床上時，她依稀記得董守論先生微帶神經質的高亢的聲調。這使她對於他說的真理的大學生活，參加外面的活動。她覺得時間從來沒有像那年冬天過得這樣快。

二月中陰霾的一天，她在當課休息的時間內，回到宿舍去換濕透的衣鞋，發現在門的下端，有一封黃色的電報：「速返家，母病。」下面具名的是父親。她急得要命，只想找到一個機會，可以離開大學，卻很高興。她隨身帶了一大批書，不過在車中未能閱讀。她坐在開着水汀的車廂內，覺得很困倦，把書擱在膝蓋上，呆呆凝視窗外荒蕪的田地，繞着一排禿去的紫色的樹枝。接連的茅屋，在火車隆隆前駛時，轉向後面。她腦中空空的，什麼都不想。

父親上火車站來接她。他的衣服比平時更顯破一點，他的大衣上落去一粒鈕扣。他的臉上在他微笑時，顯出許多新添的皺紋。他的眼圈很紅，好像他好幾晚沒有睡覺。

他說：「幽幽，沒有什麼事。我不應該打電報叫你來的。——只是我一時感情衝動。——年齡老了覺得很寂寞。」他從腳夫手中接過她的皮包，他們一面走出車站，一面在說話。「你的母親生活很緊張——我將她醫好的。——天幸我得到她生病的消息，那個公寓內的醫生總有一天會將她醫死的——這種西班牙性的感冒很不容易對付呢。」

「爸爸，這裏空氣很不好吧？」

「很不好——我要你極小心，以免傳染。——坐進去，我來開車子。」他揮揮手，叫她坐在汽車的前頭，一面開動那輛舊式的車子。「你知道母親是怎樣討厭喝酒的。這一次卻給我灌醉了五天。」

天氣像鋼鐵一般的冰冷，但在火車以後，現在卻變得十分清新。「她待我比以前要和氣得多了，我幾乎熱情直投，再度戀上了她。——等她醫好後，你一定要好好的照料她，不好讓她勞動太過度。」

幽幽突然覺得很快樂。在寬廣的人行道上，散着玫瑰色，黃色和紫色的禿樹，天空是明亮的藍色，充滿了黃澄澄的陽光。冷風吹過她的鼻孔，害得她要打嚏。

母親躺在公寓內的一張床上。房間雖小，卻很精潔。她穿了一套藍色的睡衣褲，臉色蒼白而憔悴，有些呆瞪瞪的樣子，一到那時，幽幽覺得她和父親是成年人，母親卻是他們的女兒了。母親[illegible]，神態很起勁。父親對幽幽笑笑，輕輕耳語：「玉妹，靜靜躺在床上，不要因為喝了酒，精神太興奮。」

父親出去後，母親忽然哭了起來。幽幽問她是怎麼一會事時，她不肯說出來。她說：「我想大概是因為感冒的關係，我的腦力很弱，幽幽上帝的保佑，我沒有送掉性命。」

幽幽不能坐在床邊，整天陪她母親嘮叨。所以她在下一天早晨，上父親診所那裏去心上在想不知能否會見他。候診室內擠滿得很，她向診病間內偷睡了一眼，誰而知他整晚沒有睡覺。後來發現女看護因病請假沒有來。幽幽說願意擔任她的職務，但是爸爸不要她這麼做。幽幽說：「那是沒有干係的，我能像那位看護小姐同樣的接聽電話說：『這是齊醫生的診所。』」他最後給了她一個口罩，叫她留在那裏。

等他們看完最後一個病人時，他們上餐館去吃些東西。那時是三點了。他說：「你還是回去，望望你的母親吧。我得出診去。這種病傳染易致人於死的。我從來沒有遇見它這樣的猖獗。」

幽幽堅決的說：「我得回去，先收拾診所。」

「假使有人來看病，你同他們說，假使他們以為這是流行症，馬上就打發病人醫院。把熱水瓶放在被內，使他們覺足溫暖，再拿些刺激性的飲料。現在這醫院是沒有辦法的，因為附近找不到一張空餘位了。」

幽幽回到寫字間，在桌旁坐下。上門的新病人，似乎多得數不清。最後一天，看護小姐把登記病人的卡片，完全用完了，就寫在一本拍紙簿上。她坐在那裏，電話響個不停，幽幽的手指冰冷，她聽到男人與女人的聲音，求她的請齊醫生去時，她周身在戰慄，她離開診所時，已經五點了。她坐了街車，上母親的公寓去。

幽幽見公寓三層樓附設的舞場內，樂隊在奏著柔靡的歌曲，精神為之一爽。母親房間內的恬靜與講究的佈置，也使她很舒服。母親很不高興，說像她那樣的忽略她，那末就是她回來以後，又有什麼用呢？幽幽說的是：「我得替爸爸做一些事。」最後，兩人打了一陣撲克，直到母親覺得疲乏，便睡了。

下一天，母親說很爽快，要坐在椅子內。幽幽想打電話給父親，問他能否讓母親起床，但是寫字間中沒有回話。接著她記起她說過九時會到，便匆匆出門了。時間是十一點鐘。父親進來以前，候診室內全是病人。他顯然才從理髮店內修了鬍子出來，但是他一臉的倦容。「哎，爸爸，我敢打賭，你沒有睡過。」「不錯，我在醫院的休息室內假睡了幾小時。上一夜，有幾個我們來不及去診治。」

那一個整個的星期，幽幽坐在父親診所候診室內的寫字桌旁，戴了口罩接電話，又對驚慌與發熱的男女病人說，不要發抖，齊醫生就要回來的，因為他們坐在那裏，覺得背上的寒痛在加劇，而增高的熱度，也使她們臉頰緋紅呢。到五點時，她離開診所，上公寓就餐，陪她母親談東說西，然而爸爸的工作，卻才開始。她設法叫他睡隔一夜，舒舒的睡一覺。「但是我怎能這樣做呢？同事的朱醫生，已經病倒了。——我得將他的病人，當做我自己的一樣，同等看待。——這種斷命的傳染病，不會永遠不罷休的，——等它稍見緩和時，我們上湯山去玩幾天。你覺得怎麼樣？」他咳嗽得很吃力，眼眶下露出灰暗色。但是他堅持很結實，身體很不錯。

星期日早晨，她上診所很遲，因為她陪母親上教堂去做禮拜。她發現父親蜷伏在椅內打瞌睡。她走進寫字間時，他帶有愧色的從椅上跳起來。

她發現他的臉微得通紅，「你同你的母親上教堂去的吧？我要去幹我的事呢！」他出去時，將他的絨軟的羔羊毛呢帽，拉下來掩住他的眼睛。關關心上閃過一個念頭。也許他喝少喝過酒。

星期日病人是寥寥無幾。所以她能準時回去陪她母親出外散步。蘇太太精神很好，說起在明年秋季，預備替她找一頭親事了，說近種談話，使關關在胃中覺到一陣難受。她們回到旅館時，她說很疲倦，回到房間內，睡在床上，翻讀着有關階級原理的小說本。

下一天早晨她在外出以前，寫了一封信給大學中的教務長，提起她所見到的窮困的狼狽，世界上有這許多不幸，她不能回校繼續讀書了。問他能不能替她找一些服務社會的工作？她一定做一些切切實實的事。她坐了街車上診所時，她自覺已打定主意，因此心上安適而愉快。她在街道的盡頭，在溫煖的冬季陽光下，能夠望見舊金山的一列山峯，像一大堵白牆。她希望跟馬家雷一起爬山去，她將鑰匙插進寫字間門的匙孔時，寫字間內濃烈的酒精味，滲住了她的咽喉。爸爸的帽子和大衣擱在衣架上。很沉靜的，她想起初沒有發現停在門口的父親那輛舊汽車，診療間的門，靜悄悄的關着，她輕輕的敲了幾下，喊道：「爸爸」，沒有回答的聲音，她就將門推開。呀，他睡熟了，他躺在沙發上，身上蓋了一條汽車中用的車毯。她心上一呆，假使他爛醉如泥，那是多麼要不得。她躡着足尖，在室內走來走去。他的頭側在枕頭與臉孔之間。他的嘴已經張了開來。他的臉，生滿粗糙的鬍子，面上有痛苦與難受的神色，眼睛也睜了開來。他死了。

關關發覺她自己靜靜地走到電話旁，打給急救醫院，說話醫生已經救不住。她聽見門外救護車的鈴聲時，她仍舊坐在椅上，一個穿了白衣服的人走了進來。她當時一定暈了過去，因為後來她所記得的，是給人家擡進一輛大汽車，送到母親的公寓去。她立即奔到自己的房間，將門鎖好。她躺在床上，開始大哭，這一天晚上，她用房間中的電話分機，對她母親說：「母親，我不願見任何人的面。我不願參加葬儀。我馬上要回到大學去。」

母親對她發了一通脾氣，但是關關沒有聽她的話，最後在下一天早晨，母親給了她兩萬元現鈔，讓她去。她不記得和母親告別時，會否和她親面頰。她獨自上火車站，在候車室內坐了兩小時，因為下行的火車還沒有到，她心上漠然的毫無感覺。她似乎把一切事情，看得分外的鮮明，關關心中想到的是：溫煖的冬日，候車室中人們的痛苦的臉，四圍牆壁上粧飾的彩色封面，脚夫過來拿行李，送她上火車，她坐在車廂中向外望見一片白霧，黃色的草地，電線木竿，蓄水池，小車站，灰色的廣告牌，還有戴了口罩與耳套的紅臉的車伕。她在傍晚時份，駛近上海市郊的工廠區。從車站出來時，見到青年與老年人挾着飯盒子，三三五五的上夜工去。她仔細端詳他們，研究他們的臉；他們正是她所希望知道的人物，因為她預備留在上海，不進大公大學去讀書了。（續完）

左宗棠與牛

徐一士

清名臣湘陰左宗棠，光緒十一年乙酉卒於福州差次，距今歲乙酉恰六十年也。上年（光緒十年甲申）中法之戰起，宗棠以大學士在樞廷，特授欽差大臣，赴閩督辦軍務。（同治間曾官閩浙總督，閩其舊游之地也。）時宗棠老矣，猶思一當前敵，大張撻伐，變「撫夷」之議。會和議成，志不得伸，以病發請開缺，准其交卸差使，回籍調理，未及行而卒。（壽七十有四。）清廷以其為有勳績之老臣，優詔賜卹，稱以「學問優長，經濟閎通，秉性廉正，蒞事忠誠」「屢著戰功」「懋著勳勞」「運籌決勝，克奏膚功」「揚歷封疆，懋績昭宣」「威震中外，恪矢公忠」等語，追贈太傅，特諡文襄，入祀京師昭忠祠賢良祠，並於湖南原籍及立功省分建立專祠，飾終之典隆甚。一代名臣，如此結局，亦可謂不負其生矣。

李孟符（岳瑞）「春冰室野乘」紀宗棠軼事有云：「文襄督兩江時任，乞假歸湖南，其婿陶桄往起居，陶故文毅公之公子也。文襄語之曰：「湖南出兩江名總督三人，一即尊公，一曾文正，一即予也。然兩公皆有不及予處，予亦有不及兩公處。」陶叩其故，曰：「尊公僅未封侯拜相，文正侯相矣，未得還鄉，此兩公不及予處。予所不如兩公者，則甲科耳！」」（文襄狀貌極與李壬叔相類。）」（此則為坊本「春冰室野乘」所無。「野乘」載於清末梁任公——啟超——所辦雜誌「國風報」，僅第一年所登有單行本，此見第二年第八期，未及收也。）又陳伯潢（銳）「袌碧齋雜記」有云：「文襄治軍二十年，自陝甘還朝，授軍機大臣，出督兩江，乞假一月回湘省墓。出將入相，衣錦榮歸，觀者塞途。一日，設家宴飲，婿為安化陶文毅公子，謂之曰：「兩江名總督，湖南得三人，一為汝家文毅公，一為曾文正公，其一則我也。然渠二人皆不及我，文毅時未大拜，文正雖大拜而未嘗生還。但我亦有一事不及二人，獨無甲科及第耳！」」合兩觀之，想見衣錦之榮。兩家所載，大同中有小異。陳氏所謂在兩任江督而還鄉時，較允。宗棠辛巳（光緒七年）出督兩江，曾請回籍，甲申在江督任雖亦以病請假，然因有詔敦促，旋即銷假入京（值任樞臣），其間似未嘗歸里也。至陳氏謂僅官大拜，則似未若李氏所云，並舉封侯拜相更為近真，以二者均人臣之隆遇，宗棠雖猶不慊於侯封之二等，（國藩一等侯，宗棠二等侯，有謂其不甚滿意者。）然當此榮歸之際，如竟略之，則在本題若有剩義矣。（有清故事，漢員拜相，多為曾官翰林者，否則亦必進士出身，獨宗棠以舉人出身而入閣，實為異數，李鴻章稱為「破天荒相公」。其封侯，由一等伯晉二等侯，湘中曾傳有異兆。王闓運「湘綺樓日記」言及長沙縣城隍廟有云

「觀城隍神出游，僻隨左伯侯，向以爲疑，今思之，此殆援漢古字，左伯者今佐貳也。左季高初封伯，人知其必侯，以此爲符，亦預祥之先見者已。」雖附會而頗巧合。至佐貳云云，亦以意爲之，未必即爲確詁，姑存一說而已。陳康祺「郎潛紀聞」有云：「長江千里，再造於楊（岳斌）彭（玉麟）手。康祺按京口爲長江咽喉，此地夙有楊彭說。康祺聞湯文正公嘗作游記，今載集中，惟公亦不解命名之何義。由今思之，偉人未生，嘉名先錫，有山無溪，默契長留，事皆前定，不信然歟？」可與左伯侯傳爲宗棠由伯而侯之辭一事類觀，均會逢其適耳。）

宗棠名位之崇高如是，亦有以牛自況之說。易宗夔（宗夔）「新世說」卷七（排調）云：「左季高體胖腹大，嘗於飯後茶餘，自捫其腹曰：『將軍不負腹，腹亦不負將軍！』一日，顧左右曰：『汝等知我腹中所貯何物乎？』或曰滿腹文章。或曰滿腹經綸。或曰腹中有十萬甲兵，或曰腹中包羅萬象。左皆曰否否。忽有一小校出而大聲曰：『將軍之腹，滿貯馬絆筋耳！』左乃拍案大讚曰：『是，是！』因拔擢之。蓋湘人呼牛所食之草爲馬絆筋，左蓋以牛爲能任重致遠，嘗以己爲牽牛星降世，曾於後園鑿池，左右列石人各一，肖牛女狀，并立石牛於旁，藉寓自負之意，及聞小校言，適與夙志符合，故大賞之也。」此說頗饒興趣；惟謂其自以爲牽牛星降世，則牽牛星與織女星雖可簡稱爲牛女，然牽牛與牛究屬二而非一，故牛女之旁，更立石牛，既以食草之牛自喻，似無須自命牽牛星矣。宋黨進食飽，捫腹歎曰：『我不負汝！』左右曰：『將軍固不負此腹，此腹負將軍，未嘗少出智慮也！』此見宋人記載，傳爲趣談，宗棠自道，豈戲用其語；援其宮語，其語出不能事以將軍稱之也。

另有一說，則謂宗棠自詡腹中貯大經綸，如「清朝野史大觀」（編者「小橫香室主人」）卷七（清人逸事）所述云：『左文襄在甘肅時，一日飯罷，解衣以便榻上，自捫其腹。一材官侍側，公顧之曰：「汝知此腹中所貯何物乎？」對曰：「皆燕窩魚翅也。」公笑叱曰：「惡，是何言！」則又曰：「然則鴨子火腿耳。」公大笑而起曰：「汝不知此中皆絕大經綸耶！」材官出，語同儕曰：「何等金輪，能容諸腹中，況又爲絕大者耶！」聞者皆捧腹。』宗棠優於策略，俯視羣流，絕大經綸之語，於情理中亦所或有，然不若易氏所述牛喫一說更爲有致。（易氏未言時地，似亦即指在陝甘總督任時。）宗棠西征，與士卒同甘苦，自奉頗儉，燕窩魚翅之類，固不輕食。

前乎此者，已有相傳之蘇軾故事，亦以腹中何物問人也。如毛子晉（鳳苞，後改名晉）輯「東坡筆記」卷上所述云：『東坡一日退朝食罷，捫腹徐行，顧謂侍兒曰：「汝輩且道是中何物？」一婢遽曰：「都是文章。」坡不以爲然。又一人曰：「滿腹都是機械。」坡亦未以爲當。至朝雲，乃曰：「學士一肚皮不合入時宜！」坡捧腹大笑。』可合看。疑翻於宗棠之說，亦即本此也。

更有相傳之蘇軾與章惇事，如醉然子（宋元懷）所輯「耕餘錄」云：『章子厚與蘇子瞻少爲莫逆交。一日子厚坦腹而臥，適子瞻自外來，摩其腹以問子瞻曰：「公道此中何所有？」子瞻曰：「都是謀反的家事！」子厚大笑。』上說爲軾自以腹中何物問人，此說則爲軾代人猜其腹中所有以答其問。二者雖異，而機杼略同，似亦有相互之淵源。並附錄之，以資韜晦。

宗棠以清代名臣而見謂自兒為牛，宋代名臣司馬光則有見喚為牛之說，喚之者蘇軾也。潘援吉（永因）「宋稗類鈔」卷六（詼諧）云：「東坡在元祐，以高才狎侮公卿，率有標目，獨於司馬溫公不敢有所輕直。一日相與論免役差役利害不合，及歸舍，方卸巾弛帶，乃連呼曰：『司馬牛！司馬牛！』」借古人以諧謔，以牛目光，喻其執拗，如俗所謂牛性也。亦連類而及之，聊供談助。

關於宗棠，又有拜命赴闕當師時而夢放生之牛託夢之說，見「石遺先生（陳衍）年譜」卷二（其子聲暨編）所錄作譜（乙酉，光緒十一年）云：「八月，左恪靖侯宗棠薨於福州。初上年七月朝命左侯督辦福建軍務，年齒已高，頗憚行，拜命日陛辭於西太后曰：『臣此去必死閩，臣昔日所放生之牛，已託夢告臣矣！』太后大笑。迨左侯為福督時，有牛驚逸衝，與撫署大堂，遂乞命，左侯放諸鼓山者也。」此項傳說，恐非事實。宗棠雖性近詼放，然值常達，雖熟對之際，何至流俗若是？總統老湘營與東路援督劉松山，勛勞甚著，宗棠西征，頗資其力，於其攻金積堡中礮而死，極為悲悼，為奏請優卹，追念積勞戰績，復上請追獎勞臣以昭激勸摺（同治十年辛未二月二十一日）頗為名貴，有云：「伏念臣亡提督劉松山，……英銳忠勇，每少比倫，不幸奮身督戰陣亡所中，猶危之際，猶以金積未平，屬所部努力殺賊，斷不及私，並飭其姪總統將道劉錦棠與忠擬，必使專平逆賊青光緒。迄今金積既平，……臣擬賦爾到金積堡回案，斯時，劉錦已殁，從中策劃，時間丈嵩之策，如劉湖南王，每月約三四次或五六次，賊中每聞官軍夜劉，不敢解衣就臥。而上年十一月十六夜三鼓，平潭城外，忽聞大聲嗚嗚，山谷響應，守城將士疑為敵聲，開砲轟擊，迨比縋城出視，了無所見。詎時排徊城中，說其有異。後細詳察驗，是日歸化縣以擒矣。然則前史所載，殺賊忠魂，時著靈異，諒未得謂其盡屬虛誕也。」叙述松山死後顯靈，言之歷歷，是宗棠固嘗以見神之事入奏，惟所在說揚名將忠烈，在當時發據中論宋為特，與因夢牛之說，自難一概而論也。宗棠卒於乙酉七月下旬，未至八月。（縱同譜是年七月二十八日日記云：「聞左相薨於昨日子刻，與閩於福州。公於平浙宣勞率，績行尚過嚴長揖，僅已；不僅為哭下惜也！」）納閩郎之說係於八月十九日耳。（至陳氏所云放牛鼓山，蓋即閩之鼓山也：「石遺詩話」，排前言閩浙總督。）

（接14頁）．亦是說心理，亦是一個依戀的孝子一個果決的典型。惟以花臉而演此法曲況雜之說明，比生角更難，且花臉之表情本少，亦從無如此之繁而細者，可稱一種極大的創制。故名角之寡於工者，未必能見長，「方板先生」麥桂仙固不對工，「鐵翼無比」的侯喜，亦未必合局，然而只要心裏有數，靈真演出，卻亦無須強侯，此夕所觀者，（余實觀劇前也）二演是劇，鍾孝王泉奎，王夫玉棠則法事諸者必訝矣，王之喉音妙吐大段的二六，劉本架子穩武花，而嗓音出散板哭調亦勝任，然自有勁，能「見戲」，所真，此劇事自雖之後，又生出事端守孝一節，迫至其後以與所遭揚柱護迫乃復哭說，戲情曲折，遂於周與之外，另成機杼，事事邊錢句白口及身分，亦會做戲者亦可見長，比靈堂之公主當於紫棠，比專武之關夫人則大有餘，就與此須正工衛次，事事可用硬裏子，周安則播遠矣。

曾觀李雙山及李雪仲之專唱，則未「別母」，麥桂仙只少樂范邦（因是老生之「魚腸劍」求而對偽）。惟王心誠之「別母」則屬觀之，心誠能文能武能唱能做，演五輔，斷甚嗣，伊事實當能全本，惟作五場，不甚發蹤。

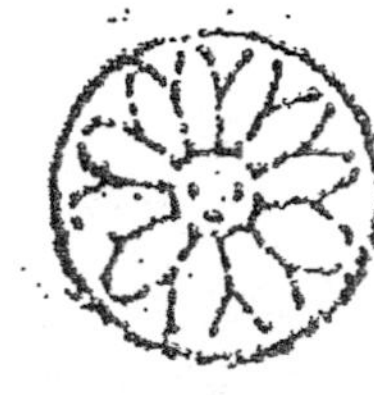

漫談豆腐

一士

豆腐一物，夙爲佐餐之常品，價廉易得，也。當時教官（府縣州縣儒學教授學正教諭訓導各職也。亦稱學官）境況多清苦，被嘲爲「吃豆腐的官兒」；蓋其力難肉食，只可以豆腐佐餐而已。春秋丁祭，教官得分享祭肉，因又有「丁祭胙肉」之謔。清人所記，如胡廷鑾「在閣雜誌」卷三云：「聞夫子殿祭，必用「志在春秋」。鄖州調蘿文（附）自嘲曰：「此四字似可移與首蓿齋中，專爲齊饗而設。若無豬羊，惟豆二丁得肉食耳」，其亦志在春秋也！」周若溪側。又有諧廣文一聯：「雖設擾嚴，常懷打門斗五板；豬肉樽祭，進奉買豆腐三斤！」豬肉，遠館，真覺形容盡致。」陸敬安（以湉）「冷廬雜識」卷七云：「學博向稱冷官，以其位卑祿薄，不能自豪也。蘇州教授李時溪（恩沛）自題大堂聯云：「補署呼儀，真聽今朝點卯；豐餐賭呼，都知昨日過丁！」卷後一聯。」（廣文，學博，均教官之別稱；齒清亦形容教官膳食儉薄之用語；門斗爲教官役使之人。）均戲謔入妙，其實因亦未盡然也。今則物價騰昂，迥出昔人意想之外，不獨肉食大難，豆腐亦若珍異之品，非尋常人家所可輕享此味矣。

在昔豆腐之供膳，通行乎富貴貧賤之家，惟以烹飪製法調之法而異其品格。即所謂天家玉食，亦於此選其精者。清室御膳，宋犖以江蘇巡撫迎駕，得授御廚烹調豆腐特法。陳康祺「郎潛紀聞」二筆卷一云：「西陂類稿中有恭紀隨撫任內迎鑾恭事云：『某日有內臣傳賜食品，——又傳旨云：「朕有日用豆腐一品，與尋常不同，因巡撫是有年紀的人，可令御廚太監傳授與巡撫廚子，爲後半世受用。」』等語。」——萬乘至尊，垂念人臣飲啖之微，乃至纖至悉如此，宜身受者累葉不忘也。」蓋傳爲美談。又袁簡齋（枚）「隨園食單」（又「隨園食單」）豆腐類有「王太守八寶豆腐」一種云：「嫩片切粉碎，加香蕈屑蘑菇屑松子仁屑瓜子仁屑，同入濃雞汁中，炒滾起鍋。用腐腦亦可。用瓢不用箸。孟亭太守云：此聖祖賜徐健菴尚書方也。尚書取方時，御膳房費一千兩。太守之祖樓村先生爲尚書門生，故得之。」宋犖所得之御豆腐法，或即與徐乾學所得者歟。封疆外吏與京官不同，故所費當不止銀一千兩也。

「隨園食單」之於豆腐，「王太守八寶豆腐」之外，並有「蔣侍郎豆腐」「楊中丞豆腐」「張愷豆腐」「慶元豆腐」「芙蓉豆腐」「程立萬豆腐」「凍豆腐」數種，各著其法。其「程立萬豆腐」一種云：「乾隆廿三年同金壽門在揚州程立萬家食煎豆腐，精絕無雙。其腐兩面黃乾，無絲毫滷汁，微有蛼螯鮮味，然盤中並無蛼螯及他雜物也。次日告查宣門，查曰：「我能之，當特請。」已而同杭堇浦同食於者流，則上等人矣，乃純是豬肉爛煮之，並非眞豆腐，既無豆腐味矣。其費十倍於豬，而味遠不及也。惜其時余以躲債爲務，不及向豬家方，探遂率亡」，至今憾之，仍存其名，以俟再訪。」此種做豆其實，未傳其法，而別有一種豆腐。以雞鴨爛作假，何稱爲爛豆腐，性質與又大類乎豆腐羹也。臘豆腐，於「西遊記」有之，則人腦汁！（蜘蛛精以人腦煎作豆腐塊片，向三藏勸食，見第七十二回。）

又有所謂「還汝豆腐」者。曲耕遊士（嶠名持衡）「枝巢談薈」：（成於道光十二年丙戌，坊本題「蘭閨撫雜談記」）卷四（兩湖紀事）云：「湖北武昌府有豆腐種者，名曰卷地也，以油淋之。居其中者，不設豪宴，不謀貝業，大抵皆非當行頭陀也。有豆腐者，稍解文墨，與當道相往來。其平昔食豆腐精，而尤以爲豪家其味。不知其實觀之亦以豆腐尋常之品，及嘗語己云，故覺山海珍錯悉遜謝之矣。人爭名之曰「還汝豆腐」。有得之者珍如鶴肺。叩其做法，笑而不答。後有與其僮下親相稔者，私詢之，則曰：「無他奇異，但磨細嫩之腐，以清水沃浸數次，使無豆渣氣。先將雞鴨數頭，及臘肉等品，同鍋煮之，但取其汁，須極清澈。然後以腐入其中，用炭火緩煎一日，乃用以供客。故人皆疑其汁之油，色之深，味之腴，而不知其所以致此之故也。」嗚呼！技猶之豐，其享用乃若是其腴，若知豐年之因亦當較平人加一等耳！此實州國君所事實。」對方外人之享用儀式，藉口腹之欲，大作不平之鳴。

以雞鴨爛質來豆腐，固屬無謂，即其他各種名貴之豆腐烹調法，亦嫌喧賓奪主，失其本色。今述豆腐本身之要價，在清淡而不鹹淡，已甚名貴，但少許油用白水煮之，蘸醬油而食，可領略其眞滋味。若再佐以香油數滴，更覺與香撲鼻矣。案士之流，如遇享此，便是口福不淺。

（按：頁）笑話已經講完了。讓我將那部『模範讀本』再提一提，以爲本篇的結束。

『模範讀本』，目下正在多事中，正在半死半活中。購買的人，間或有之，然而不多。版稅呢？從前已經預付了。現在當然不能再給。所以，從前一冊一萬七千，可以算得大王，那末現在分文無着，當然是個小鬼。

說來，商務的版稅，最高百分之五十，最低百分之（點）七五。一（點）七五「是半版稅」，一半實稿，一半版稅。我的版稅，最初爲百分之十，後改爲百分之十五，後又改爲百分之廿。計開最近有人向商務取得百分之十的版稅七十萬元。算得大麼？他是不是現在的版稅大王？

吃貴族豆腐

舍 凉

池者諸廣聞鑒云：曾文正一日[illegible]池州，州守[illegible]文正。[illegible]曰：[illegible]豆腐[illegible]。我尚文正[illegible]。[illegible]曰：[illegible]附片[illegible]八十兩[illegible]。

可及米四五十石，若在今日當值四五百萬，[illegible]豆腐[illegible]。此[illegible]豆腐[illegible]。[illegible]也。若[illegible]來矣。[illegible]所謂豆腐[illegible]。

夜闌人靜（連載）

二十九

從此竹貞又從梁暉手裏轉送到王霸子手裏去了。——不，這「轉送」兩個字用得大不確當，梁暉實在並無放棄竹貞的意思，她是被王霸奪得去的。

對於這件事，不知有多少人都在暗地裏羨慕竹貞，不僅是羨慕，而且也有人在深深地嫉妒她。大家全以這件事作為談話的中心，說竹貞找到了「靠山」，竹貞找到了財主了！

然而竹貞私心裏卻感到有些惶惑，她恍恍惚惚地擔心將有什麼惡兆快要降臨似的。每一次遇到王霸叫她出坐檯子，或者叫她同去赴什麼應酬，她依在他的身旁，縱使面上裝著很自然的神情，但總不能完全遏制心中的慌亂。她恨不得能變做一隻小鳥飛出籠在她四周的籠子，可是這籠子似乎很奇特，她雖然瞧不見它，它卻比真實的鐵籠還要來得牢固，她深知自己的脆弱，乏助，一切掙扎的幻想結果都是到絕望的境界裏去了。在她無法排遣自身的愁慮的時節，她也同其他所有的可憐人一樣，找到一個神秘的手腕來安慰自己，說：這也是「命」啊！

——命？真的是命？我就不相信命是一切的主宰！它難道真能支配一切，統治一切？不！我決不能做命運的奴隸，我鼓舞起勇氣和力量來做這命運的主人！——

這樣的想法，有時也確能增加她不少的膽量，因此她時而也故意對外界的請求加以拒絕，甚而給人們一些不快意的臉色。不過喜歡她的男子，非但不因之而生氣，並且還加倍地愛她。他們常在背後批評她道：

「白蘭使人有一種高貴的感覺，她不像那些阿桂妞——」

王霸玩慣了一般妖冶的女性，他見了竹貞的文靜端莊的儀態，倒反而覺得新鮮，刺激。他對她起了強烈的佔領慾，他想：憑他這個地位和錢勢，還有他應付女人的靈活的手腕，竹貞遲早還怕不上他的鉤！想到這一點，他那尻醉的靈魂也好像被減輕了一些重量，他瞇著眼笑小圓嘴，有些飄飄然之感了！——

一個星期日的早晨，竹貞因為昨夜跳了個通宵，身體感覺非常疲乏，所以起身很遲。她才梳洗完畢，忽然瞧見樓下的娘姨在喊：

「薛小姐，有一位先生來看你！」

竹貞慌忙掙扎，她來不及整理頭髮，又不知來找她的是那一位客人，她正要叫樓下的娘姨叫她請客人暫時在客堂裏坐一會，不料客人已經自動地上樓來了。

「白小姐，對不起，你沒想到這麼早會有人來驚吵你吧？——」

竹貞在房門口一望，站來梯口的原來是馬克先生。

「馬先生，請早！」竹貞勉強地招呼他，「請裏面坐吧，——屋子亂弄得亂糟糟了，您別見笑！」

「好說，好說。我們是熟人，不用客氣。」

馬克一脚早已跨進屋子。

薛老先生聽見女兒在和旁人說話，便爬下床來問：

「貞兒，是不是楓回來了？」

竹貞心裏被這個「楓」字刺了一下，她的神志也被驚嚇得有點糊塗，她怔了一怔，但立刻便恢復了常態，她說：

「不是的，這位是馬克先生——以前也在我們學校裏教過書的！」

馬克忙走上前，陪笑着說：

「這就是薛老先生？久仰！久仰！」

薛老先生便招待馬克坐下，自己又到處找火柴代客人點香烟，馬克說：「我有火！我有火！」隨即從衣袋裏摸出一只小小的打火機來，拍的一下，機着了，兩手又遞了上，拿香烟給薛老先生，說道：

「你先來！你先來！」

薛老先生連忙拱手：

「不敢當！我——我有些咳嗽，不能抽烟。你自個兒來吧，」

於是馬克自己把烟點着了，坐在一張籐木凳上，望着竹貞：

「我特地早點來看你，生怕你出去了。」

竹貞在鏡前略微修飾了一下，她對著鏡子裏的馬克說話：

「我是預備早晨出去的——」

「這麼早，就有人約你出去？是打算吃了午飯，喝茶嗎？」

「不，我是想陪家父上醫院裏去一趟，昨天我母親的情形不大好！」竹貞有意無意的神色浮在眉梢。

「啊！那真是不湊巧！」馬克吐了一口烟，斜著眼又打量竹貞一會

「——你能不能不出去？」

「馬先生有什麼事要和我談嗎？」竹貞在那兒猜測。

「事的確有這麼一件事——我覺得這和你的前途太有關係了，所以我不能不同你仔細的談談——」

馬克的語氣相當神秘，竹貞不知他究竟是什麼事由。兩人在這個局面之下，倒反而靜默了幾分鐘，因為各人都在期待對方先說話。

不料薛老先生插嘴說：

「貞兒，我想我一個人先到醫院裏去，你陪這位馬先生談談吧！」

竹貞倒決定是否應該陪父親一同上醫院去還是讓馬克先生即將說的下文，薛老先生業已戴上他的舊帽子走到梯口去了。

竹貞趕上去說：

「您路上當心，到了醫院裏多坐一會，我一個鐘頭之內就會趕來的——」她又交了幾張鈔票給父親，「這是車錢！」

鄭老先生搖晃地下了樓。

竹貞重行回到屋子裏，馬克向她招手：

「白露！——我現在叫你白露倒是順口。」他摸摸小鬍子笑着說，「你也坐！」

竹貞就在他對面坐下。

「來一枝！這是真正的三五牌。我覺得它比茄立克好。」

竹貞從銀烟盒裏取了一枝烟。

馬克替她點了火。

她望着馬克，等他說話。

果然，馬克就說到正文上去了。

「今天是王霸叫我來找你的，我從玉山那兒知道了你的住址。這地方好難尋啊！」……

「您何必要來尋我呢？晚上我不是要上舞場裏去的嗎？」

「舞場裏說話沒有在你家裏談好。這消息暫時不能宣佈出去，給大夥兒知道了，對王霸也是一種麻煩，一定有多少人要鬧着喝你們的喜酒——」

竹貞不覺呆了一陣。

「馬先生，你說什麼？」

「這真是個喜訊，王霸已經決定要討你回去跟他做填房！」

竹貞聽到又好氣，又好笑，她說：

「他決定，是他的意思。我可完全不知道這回事呀！」

「他故意緩一點通知你，生怕你興奮得過早，與生理有礙。反正他知道你一定不會拒絕的！憑他這個人——」

竹貞把臉一沉：

「馬先生，我想我們可以談點別的，要不然，我就不奉陪了，對不起！」

她站起身，想走。馬克又按住了她：

「怎麼？我難道說錯了話不成！就憑王霸在社會上這個地位——他有聲望，有財產，場面拉得闊，名字叫得響，提到他，誰不伸大姆指！你想，這是他看中你啊！一點不用客氣，要多少，隨你說。這要你給個數目，照數一句話。白露，這是你翻身的機會呀！你——」……

竹貞轉過身去，望着窗外。

馬克立起來，走到她背後，用一隻手放在她肩上。

「——你要為你的前途着想啊！舞女不能做一輩子，一過了相當的年齡就不會吃香了！還不如趁早嫁個人，有個歸宿。王霸叫我轉問你一聲：你到底是打算嫁給他還是賣給他？要是嫁給他的話，你要什麼，他跟你買什麼。如其你是想賣給他，那麼你就甘脆地告訴他：你要多少錢？」

「馬先生，我現在還沒有考慮到我的婚姻問題，」竹貞滿不高興地說，「也許我永遠不會嫁人的！」

「你是說——你仍舊是要賣給他？那你就說吧：你要多少代價？」

竹貞心裏氣得有些發抖，但她還是不能不敷衍他：

「甚麼代價？——我根本就沒有估計到我的身價該值多少！」

「譬如說——」

「譬如說薛先生遺傳大部份的資格，致使有人誤把盜當賊出一筆的資格去，問你到底給多少錢，你預備怎樣說？」

這是竹貞實在忍耐不住故意諷刺馬克的話，馬克當然很能理會她的心意，知道她存些不大高興的樣子，他不願把事情弄僵，對於自身不利，因此馬上就把話頭轉了一個方向。

「我——我今天還有人約我吃午飯，我們下次再談吧——一——自然，我相信你是聰敏人，你一想，就會想明白的！——」

馬克正預備告辭，突然樓梯上轟隆一響，竹貞嚇了一大跳。她下意識地用手捂著胸口，接著聽見阿銀在樓下喊：

「薛小姐，快來！快來！老先生摔倒了！」

竹貞急忙奔出門外，看見自己的父親倒臥在樓梯的轉角的地方。與魂都嚇破了。她不自主地驚叫：

「爸爸！爸爸！怎麼啦？」

馬克也趕來，慌張地說：

「糟糕！糟糕！」

馬克幫助竹貞把老頭子扶起，突然發現他的左額上已經撞破了一塊皮，有血水滲出來。竹貞用手帕替父親塞住傷口，一面問道：

「爸爸，怎麼會摔倒的？」

薛老先生氣急地說：

「——貞兒——你，你媽——你媽不行了！——」

竹貞呆了一會，然後帶著恐懼的心情問：

「媽怎麼樣了？」

「——她不斷地吐血，差不多吐了一痰盂。——醫生說——這要打，打止血針——要不然——」

竹貞急得沒辦法，不等父親說完，她就搶著說：

「那麼醫生替她老人家打了針沒有？」

「打？那兒來的錢打呀？醫生說必需要先付錢，才能替她打針——我說錢決不會少他們的，先救病人要緊，——我差不多快要跪下來向他們叩頭了，可是不中用，他們還是要錢，並且拿了醫院裏訂的章程給我看——」

馬克也插嘴說：

「醫生的心怎麼這樣狠？——究竟要付多少錢啦？」

薛老先生搖搖手指，說了一個驚人的數字。竹貞急得去翻錢夾，可是馬克從她的面色上已經看出她甚至無法應付這個難關，於是馬克慷慨地說：「我即刻代你們想法子去，一會兒就來！」

馬克匆忙地下了樓，竹貞趕到梯口，沒來得及問他上那兒去，馬克早已溜跑了。——

這幾十分鐘的時間真比幾十年還要難過。在這小小的房間裏就剩下這一對可憐的父女。兩人內心的苦痛，焦急，祗有他們自己知道。彼此想找一句適當的話來安慰對方，簡直都無法可想。老頭子倒在椅上，眼珠直釘著地板，動也不動地，實在令人可怕，竹貞抓著自己的衣服在房內來回的走動，她的眼角閃著淚水，嘴唇似在顫抖，喃喃地，不知道是不是在替她的母親祈禱，或者在說些連她自己也聽不懂的話。

（下接31頁）

絕對貞操（連載）

柳雨生

她抿着笑，回答得很輕妙。『什麼叫做先意承志？』

一儉民微蹙着烏黑的眼睛，左頰的肉筋忽然自動的牽顫了幾下，活動得很靈便，很有規律的樣子。在他的眼皮抬起來的時候，說道：『你這樣聰明，會不懂得這個麼？真不懂得，也不待我實踐 Spot 奇姆了。破費得很，我看以後大可不必這樣。』

『還有以後麼？』她幾個字一頓，沉沉的說。覺得一顆心猛的跳得很強烈，自己壓抑不住自己的聲調，繼續的問道：『到我那裏去不去？』

『不去。——不去。』淡淡，冷冷，『回你說的話，怎麼你總這樣容易忘掉？你知道，我是一個討厭無聊的人，人多的地方，我是不喜歡的，要是少到只有兩個人，我就更不喜歡。』

『你不要瞎說——誰叫你來看我？老實告訴你，儉民，我現在的生活，已經有了大大的改變了。像你這樣做「文人」的朋友，我真的不喜歡了，老實說——』

『手無縛雞之力——』

『不要講三話四好嗎！我的新朋友們，都是規規矩矩的，你不要亂想到別的方面去。』

『我和你難道不是規規矩矩的麼？比起他們，我是最規矩的人了。』

『守規矩！』她說到這裏，得得的笑了起來，顯得輕盈的一轉，很顯得出她的嫵媚而富於一種中年時期的女人所擁有的魅惑了。她的圓臀，扁扁的說合着，說：『到我那裏去坐坐好吧？』

『等一會兒再說罷。我還要再吃一杯咖啡。』儉民招招手，穿着綠色制服露出潔白幽領的白俄女侍走過來了，帶着一股清淡的而又不十分惹人們厭惜的鼻的香氣。儉民告訴了她要什麼之後，自己又點燃了幾口煙，說道：『你的新朋友是誰？』

『不告訴你。』

『我知道了，那個做殷實生意的富翁，是不是？』

『不要亂說。』

儉民笑了，狡猾的說道：『你不認識他麼？他不是你的朋友麼？』儉民等來來的面色這個時候忽然怔了一怔。劇跡和鎮靜都拿出了，儉民替她的杯裏掉上了奶汁和砂糖，看見她這樣，不覺也把嘴皮笑諭的神色收斂了些，問道：『那麼，究竟是誰？』

『就是你呀，你不知道麼？』

她說這話的時候，眼睛水汪汪的，直望着他，無論誰見了都會覺得剎那間不盡是不可捉摸的樣子。儉民盤踞了許多日子了。一面用叉叉着那塊餅，但又了兩次都又在碟盤上面，他拿持着，臉上的顏色更顯著他掙，背白。

他半正經半開玩笑似的說：『好，好。我今天晚上一定來看你。』說話的時候，一股酥乳油和玫瑰糖漿滴落在他的襟前，他掏出一塊手巾來拂拭着。

『我也不是一定要有人來看我。人來得多了，鬧烘烘的，也真夠煩。唉，我簡直不喜歡趙精祿這種人。』

趙精祿也是懷民的朋友，是弄新文學的，同時在一家商號裏經管着些事務。他們都是近年來時常到亦棠住的地方來的男人。趙精祿頂歡喜逗着她開玩笑，愛說些放恣的話，拔手攙腳的不規矩的舉動也常有。

亦棠這樣樣的說道：『他也不是沒有太太的人。』

『那麼我呢？』懷民輕輕的說，試探着她的臉色。

『呃，是呀，我覺得你這個人，也是不老實的，我時常懷疑着，我是不是已經上過你的當，或者我們許多人都在被你利用。』

『你覺得我是這樣的麼？』懷民點着頭說道：『好啊！那麼我怎樣利用過你呢？』

懷民這個人，性情是很急的，他最怕亦棠真的不明白他。接着，他又向她辯釋似的說道：『你想，自從我們互相認識之後，到了今天，我有過那一件事實那一個時候是欺騙過你的呢？是利用過你的呢？不但是對於你，亦棠，就是那一班男朋友們，我又曾欺騙過誰，利用過誰呢？可憐不被別人利用就算好了。』

說話的時候，眼睛呆直的瞅着亦棠，她也不覺的有點於中了。她從：『我常常覺得你是一個再好不過的人。』

懷民像是謙遜的樣子，說道：『我有什麼好，真的，我有什麼樣的材料。』他燃着了火，點起了一枝新的 Spud，說道：『亦棠，世界上沒有一個人真知道我的，我在追求着，企望着，日子久了，我才明白「希望」不過是一個狡猾的騙子。』

亦棠點了點頭，順着他的口氣說：『做人怎麼這樣苦呀！真苦！趙精祿他們你想苦不苦？』

『怎麼不苦？』懷民的回答。『我們朋友當中，誰會真知道旁人的心理，情境，和家庭狀況的呢？沒有的啊。全不都是苦中作樂而已。亦棠，你沒有到過趙精祿的家鄉？』

『沒有。』

『他的太太是個很好看的婦人，小孩子一大堆，擠在一個樓房的一樓亭子間裏。我偏是很佩服他的用功，他賣文章稿費的來源不少。』

兩個青年男女的意見，通常是很難完全融洽的，現在她還像是融和的樣子了，當然卻並不完全。懷民知道自己近來極力避免着的事情也許今晚要難於預料了，但是他也並不怎樣害怕。亦棠也知道自己所顧念着的是着的對象，今天也許會衝破自己所結繫下的情網了，這當然也是不自然的。可是在這個都會裏，比這樣的交際更不自然的事情，真不知道還有多多少少。

他們離開了定規時節，沿着馬路，閒閒的溜着，顏色已經被穿起這個街市了。每天都是防空之夜。馬路上的路燈高高的懸在半空，只透露出比原燈小去三分之二圓徑的模糊的光線。她把手攙緊緊的掛在他的背中扶拔着是當從的。那些像霧氣似的豐盛的汗毛的鬢角和顴頰，時不時的磕着他的長臉。他總覺得那個還不是冰涼的。不過，他又想起她鬢角的自鬢線織成的細弱花來了，問道：

「亦棠，你從前沒有跟男人結婚以前，是不是處女？」

因爲在黑暗裏發出清楚的語聲。「我不知道！」

懷民對於這件事情，是很發生興趣的，他不願放鬆的又說道：「你們是新式結婚還是老式——」

也許亦棠有點兒不耐煩，不高興了，她止住了他。

「我跟你說過我們是同居關係呀。真的，懷民，你猜我怎會有那樣的話和他過了那麼多日子，我也不明白怎會是這樣的？」

懷民的心裏，這時候不免又有些兒厭煩了。不管那是她死去了的男人，亦棠在自己的面前談論另一個男子的事情，總好像是不應該的樣子，雖然自己和人家並沒有什麼過分密切的關係。

「你不想念他麼？你們從前快樂得很哪。」這是懷民的話聲，假如亦棠再敏感些兒的話，她或者可以玩味到這話的更深一層的意義。

她卻沒有回答，靜靜的，兩人踱過了馬路，轉灣走上另外一條更僻靜的新路。街上的行人更稀少，路旁粗濃不完全的防空壕，實泥堆得很高，幾乎已經沒了行人的視線。他們在黑暗裏小心的避開了泥堆，身子從和更緊了，懷民似乎感觸到一陣溫暖的氣息。這是享受，不過片刻之際，他立刻警覺了，終於轉換了口氣，笑了一笑說道：「亦棠！你怕不怕，萬一這裏又發生了戰爭的話——」

「什麼，戰爭麼？我覺得要來也沒有法子。老實說，這些苦日子我也活得夠了，太夠了。」

懷民說：「對於你個人說，你的話是不錯的。在這個動盪的都會裏，我們的生命亦不過是一個寄生蟲似的女兒。」

「我是寄生蟲！你以爲我是寄生蟲！」

懷民不響了，他本來不該把話說得這樣直實的，到後來要想反悔也不容易起來，亦棠他是聰明的，他還是帶着點嘲冷諷的調子說道：「我知道你有錢。你的錢又是師孟亦棠自己辛辛苦苦的掙來的，我懷民有什麼資格批評你呢，我不過是一個沒有辦法的窮文人。」（三一）

（接28頁）她此時漸漸感到錢的力量，錢的威脅，錢的魔力——它是一把刀，可以割開人的面具，人的心，甚至於整個的人格，它也是一把鑰子，透過它，可以看見世上一切的虛僞和黑暗——不做金錢的奴隸的人是少有又少有的吧！

她看見眼前有無數的紅花在跳，在轉，愈變愈擴大，成了一大塊紅色。那親的頭顱在那紅塊之中。那親的嘴在動，可是聽不見她的聲音——竹貞的腦袋沉重起來，實在支持不住，所以也倒在了床了。——

李嫣馬克說的不是假話，不出一個鐘頭他已把錢籌出來了。他……上樓便催竹貞說：「你們快去，錢我這兒有！——」

竹貞不知怎麼說，她扶起父親，下了樓，馬克在門口把一大包鈔票交給了竹貞，囑咐她一路小心，同時又招呼她說：「路上在馬路邊頭！」

竹貞心不在焉地和父親跨上了車子。向馬克點點頭，一閃眼，車就拉走了！到了醫院。竹貞慌慌張張地走到她母親的病房門口。迎面來了一個熟識的看護，面孔急得通紅地對竹貞說：

「——人已經搬到過太平間去了！」

「呀？」竹貞叫了一聲，昏厥過去！

風雨談

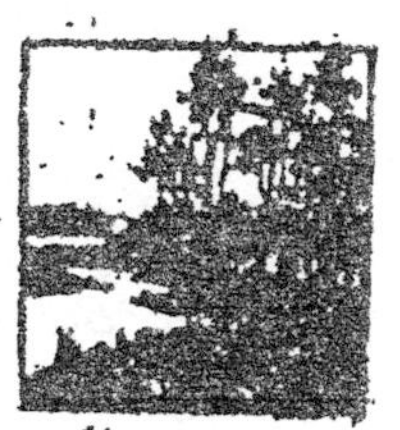

夏天的吃

蘇青

人生自然有崇高的目的，也有所謂藝術之類——凡我所不懂的東西統稱之曰藝術，使我莫名其妙的人則稱之爲藝術家。夫藝術者，玄因也，在我看來總有些飄飄然，實際上乃是漫不着邊際的東西——這可是很好的。不過在人們還能解決最低限度的物質生活之際，甚至連最低限度的物質生活還沒法解決的時候，藝術似乎總得屈居於次要地位，因爲人們先要求的是「飲食男女」。男女的事也不便多談，而且在夏天，汗涔涔的其實沒有什麼意思，這可還是先從飲食開始吧。

炎熱的太陽直逼下來，人們最好能躲居在深院；光陰寂寂自然有些難挨，不過可以想吃，記得我幼年時代住在山鄉，夏天到晚，厭倦了吵鬧來時外婆總是叫我吃滾熱南瓜的。那時南瓜就是在自己田園中種滿的，多得很，又老又甜，皮色都黃黃了。摘下來洗淨後，剖成十數塊，去其子，就連皮放進飯鑊裏蒸，什麼料理都不用加，飯熟以後，所蒸南瓜也就隨之而熟透了。於是外婆揭開鑊蓋，把它們一塊塊取出來，擱在盤中使涼，我總等不及要緊要吃，外婆就揀適當的一大塊給我，因爲食量不至於我手，而瓣似乎也更顯得厚實，可惜我表弟南瓜就祇有這麼一個瓣，因此小瓣又常輸不著，他氣得哭了，外公敲他腦殼。熟南瓜塊涼潽潽起來可以吃上整天，我們就是揩揉吃得長大起來的。

我的爸爸在夏天有幾樣常愛吃的小菜，一種是鹹油蛋拌豆腐，拌法很簡單，祇要把嫩豆腐買來，開水沖過，然後灑上香麻油，還些淡竹鹽細屑，用筷拌起來就得了。另一種是火腿絲炸綠豆芽，那時金華火腿在寧波賣得很便宜，我們家裏總是永遠擺著三四隻

七月號　第二十期

的，把它切下一塊來滾熟，撈成絲，然後再把綠豆芽去根，在沸湯中一泡下去便撈出來，不可過熟，這樣同上述火腿絲拌在一起，外加蝦子醬油及麻油，吃着新鮮而且清涼。夏天的小菜頂好不要用油煎燒，就說熟醬雞吧，我爸爸也要把白切雞肉抹上鹽，過了三四小時後再加大量竹葉青（酒名）使浸着，到了次日便可以用匙撈出來吃了。還有紫褐色的光滑而潤的茄子也惹人喜愛，拿放茄子沒有上海的那們粗大，它是細細軟條子，當中很少粒子，從田裏摘下來便洗乾淨，也是蒸熟過，與醬麻油拌合着吃是怪爽口的，醬油可用定海的淡醬油。

至於飲料方面呢？鄉下沒有美女牌冰磚，我在外婆家的時候，長工們常在山上採來許多木蓮子，一粒粒像秤錘般，草綠色，比梨略小。他們不知用何法把它弄成乳白色漬漬塊我可不詳細了，祇知道弄好後用木桶盛着，吊在井裏使冰涼，然後用鹽花粗碗盛來吃。我也跟着他們吃，外婆特地替我燒好糖露，加上薄荷汁，薄荷葉子也是自己在野外摘採得來的，搗成汁，喝起來齒頰生香。後來我回到自己家裏，這可比較細緻了，是用洋菜結成凍，冰之使涼透，加上某一種菓子露，那自然更好吃了。

我們鄉下最多的是水菓，白鮮梨子雖不喊實，但青梅採下來也可自己醃出汁嚐。熟透的楊梅又濃紫又堅實又大，顆顆像帶刺般，孩子們口內流出紫醬醬般顏色的汁。楊梅紅自有其獨立的性質，它是鮮美的，比起杜鵑花的殷紅來顯得特別鮮艷。水蜜桃更是不必說了，皮色黃中夾青，其肉却是紅潤的，汁味甜帶酸。那原是奉化著名的特產，在交通方便時每年大量運滬。我爸爸可不留心這些，他也愛吃水蜜桃，因此在盛暑歸家時總愛大筐的購回來分送親友，外婆家當然送去許多，精緻的細竹筐般的籃子裏，底層襯着葉，上面一隻隻都是小心地用淡紅薄洋紙包着的名貴鮮菓，外婆撥開包紙一瞧！天曉得！還不是本城塘山那樣的水蜜桃嗎？祇不過在上海包了一層紙回來，而顏色已擱置得憔悴了，不像以前般鮮滴滴地。

「這是上海出產的桃子呀，」外婆逢好鄰做地向鄰人說，而且挨家分送她們幾個。「鮮美味道好。而且孩子吃起來也便當，用不着帶剝皮，菓汁都已化做肉哩。」鄰人們聽了居然也不勝佩服，然而熱烈地大家不肯先動手撥開包紙，結果還是外婆先撥給她們瞧了，她們才大膽照樣子做，有幾隻桃子已經爛了，但是沒關係，上海貨畢竟是上海貨呀，花過大錢買來的，吃時得仔細咀嚼，就是包紙也捨不得丟掉，等會兒毛毛放學回來了送給他揩着鼻涕可是好！

夏日隨筆

路易士

又是揮汗如雨的季節來了。我想起盧山，想起普洛茂水濱飯店，想起故鄉的湖上。如今，在這炎熱而又窒息的大都市裏，我就好比是一隻蒸籠裏的螞蟻，中暑正在由青變紅，再過一會兒功夫，便要停止跳動而死去了。當然不止我一個人如此，說起來是大家都應該有這感覺的。而我，只不過是跑來跑去跑在上海這個大蒸籠裏的數百萬垂死的螞蟻中之一隻罷了，今天。

今天，我還能寫些什麼呢，已經是一隻

死的螃蟹了！

說是「螃蟹」，自然是種比方，是種狀寫，是種想像，並非真的變成螃蟹了，正如我在有幾首詩中，以「魚」自喻，那也只是用以象徵我的「追求自由」而已，並非真的變成魚了。但是不管是魚也好，是螃蟹也好，總之，我是「臨死的」了。我們都是「臨死的」了。

隨着寒暑表的水銀柱之紅升高高，物價也在瘋狂瘋狂了。恐怕，像我們這樣靠薪水吃飯的人，在尚未達到大轟炸真激烈的悲慘之前以前，就已經直挺挺地餓死在自己的家裏，馬路邊，或者是辦公室裏了。——豈不是「臨死的」了麼？

在這樣的情形之下，教我還有什麼文章可寫？多寫了一千字，也不過只是等於瀕臨死的螃蟹之多爬了一脚而已。爬來爬去，總寫不出什麼偉大作品來！

聽我坦白地說了吧！我不滿意我自己的文章，也不滿意這個文壇上任何一位作家的作品，因爲大家都是瀕臨死的螃蟹了，臨死的了，便是「知其不可爲而爲之」的那種「爲」也無可爲了。沒有一篇文章不是商品化的，不過「化」得稍爲好點或是「化」得更利害些，程度上有其差別而已。爲自己的肚子餓着，縱然也在張開各人的嘴等吃的時候，縱你再怎樣了不得的天才，都寫不出偉大作品來的。而在文學的創造上，所謂「天才」，所謂「靈感」這一類的事物，在我看來，根本就不成其爲重要的條件。什麼是文學的創造上的重要的條件？回答是：生活的經驗和寫作的閒暇。你有這種閒暇嗎？我有這種閒暇嗎？——大家都沒有！

因爲多爬了一脚和少爬了一脚是等價的，是同樣的結局，所以我近來的斷絕了幾個刊物的投稿，當然不是什麼「擺架子」的行爲，它們的編者應該原諒我的。但是不原諒也算了。在今天，被譏諷或是被捧場，本來都是無所謂的。而我的曾經有過一個時期對於世間所加於我的毀譽十分重視，我在想想覺得那眞是大可以不必計較的。什麼都算了吧，在今天。

如果能夠換過今天，活到明天，那麼一切從頭再來一個開始，是也並不遙遠的事情。所以我打算儘可能地活下去，將來再說。而這種在從前堪稱「不無小補」但在今天成爲毫無意義了的一千字一千字的螃蟹的爬，說老實話我是太瞧它不起了。我是一隻臨死的螃蟹，你也是，他也是，大家都是。如果僥倖，這羣螃蟹之中，竟然有一兩隻終於免於死難，則其明天在文壇上的成就，是可以期待的。如果到了明天，我自己也還活着的話，那麼，好吧，讓我先放一個諾言在此，我一定努力寫一些像樣的東西出來給你們看。我將懷着佳好的心情，吹着輕快的口笛，戴着有風度的旅行帽，旅行到我曾經住過一夏的廬山，曾經太有好感了的淺水灣飯店，或者是故鄉的湖上去，一面遊覽，一面寫作。但是今天，對不起，我還是臨死的螃蟹，又多餘地爬了這毫無意義的一脚在這裏。

聽戲

老鄉

話說在故都北平，看戲是不叫做看戲而是叫做聽戲的。北平雖然不是舊劇的發源地，可是從那一百幾十年的興隆情形看來，稱之爲京戲的發祥地，是足夠當之而無愧色的。在宣天，雖然名角兒『歇夏』的劇照是有的，然而一般的戲院像開明，中和，慶樂，廣和這幾家，還是經常的演唱着，並不完全休息。原因是，北平人們的娛樂，是無分冬夏的，總之只有舊劇才是頂高級的同時也是頂大衆化的娛樂。在街頭巷尾，那怕是冷僻的胡同，忽地一聲『昨夜晚，吃酒醉，和衣而臥』的悠悠的調子，會使你驚訝這個古城裏蘊藏着許多無名的和隱名的藝術家們。

清晨天剛才發亮，南方所謂魚肚白的曉色裏，已經有一班年齡從十幾歲起到三十多歲的角兒，各自奔早趕的到德勝門、積水潭、窯台這些地方去喊嗓子去了。這就是平常聽到的所謂『喊嗓子』。在那裏，面向着蒼老的城牆根，大聲的喊着，叫着，就是喊破了喉嚨脹紅了嗓子，也沒有人對你發生驚異的感覺。趕駱駝的，推大車的，挑水車的，逛曉市的遊客成羣的單獨的從你的身邊經過，他們從心眼裏欣賞着細聽着你的佳腔巧句，卻決不會來訕笑你譏諷你。偶而有一兩位手裏倒提着鳥籠，一手搖着兩個鐵核桃的老頭兒，悠閒的從你站着的地方經過，說不定還會站定了一會，聽着興趣，微搖着頭，回憶當年程大老板（長庚）和譚鑫培王瑤卿的盛況呢。這是歷史性的偉大，沒有什麼外埠的人來到北京不受到它的傳染和感動的。

在別的都市，夏季的戲院，常有『歇夏』的時候，北平的戲院卻並不這樣呆板，所以對於戲迷們的趣味，是不發生什麼大影響的。譬如現在上海黃金戲院正由麒麟童在唱着，整個星期以至整月或整季全都是他們的劇團的戲。中國戲院在演血滴子，就成天成月的排這一齣本戲。北京則不然。它是以每一家戲院做本位地盤的。例如前門外頭的中和園，假定程硯秋的秋聲社是逢星期二星期六來唱夜場的，馬連良的扶風社是逢星期一星期四來唱夜場的，而富連成社是每天午後長期演唱的，——至少有三四家劇團輪流應用着這個戲台。又譬如，馬連良逢星期一，四夜場在南城的中和，也許星期五夜場就到東城的吉祥園去唱。所以戲院的活動性很大。至於角色呢，除了真正出名的大老闆之外，一般的配角（如侯喜瑞，九陣風，周瑞安，錢寶森，蕭長華，李多奎，梁妙香————他們，雖然享到盛名，也還是配角。）卻是掛人找着好幾個班子的，這個社裏有他，那個社裏可能也有他的名字。所以夏天的歇夏，組成了一個形式，沒有什麼妨礙。至於富連成，稽古社，榮春社這些科班，更是無間寒暑，長期練習的了。

夏季話戲，有許多應時的節令戲。如端午節，許多班子一定要排一齣五毒傳白蛇傳這類的吉祥戲，楊小樓生前和余叔岩合作的時期，就唱過混元盒。這戲現在已成絕響了。到了陰曆七月，天河配又成為應時的佳劇。大約民國十年到十三四年間，梅蘭芳長期在北平演戲的時候，有許多應時的人，如果說他沒有聽見過梅蘭芳的天河配，那比罵他還要使他難堪。這也可以見到這一類的節令戲的風靡觀衆了。北京，節令戲很少有真正藝術價值的。因為它的唱工做工，並不多講求，只顧台上人多熱鬧，或是全武行出動，或加些噴彩砌末這些東西。像四五花洞這齣戲，青衣的唱工只有幾句，可是有包公審案，有法官和妖精鬥打，外行的買票者們看來，也就極盡熱鬧花俏之能事了。四大名旦裏面，照我聽戲的經驗和記憶，尚小雲是最喜歡唱節令戲的，還排過摩登伽女等新戲，而富連成的本戲，也多要他的指導和影響。過去李世芳張君秋都拜過他做老師，後來改學梅程派的戲路，據說他曾經大為不快起來。這雖是離題的話，也可見蕭在戲的重要哩。

有些老於聽戲的朋友，都說夏季聽戲，名伶們多半抱着做工的性質，不大肯貼拿手的好戲。此話也有些可信，但却未必盡然。民國二十五年八月底，我那時因事由北京返滬小住，忽的某日接到一張明信片說「某日楊小樓唱鐵籠山，已訂廂票，不知兄能北返否」，這時候我的心忽然「靈魂兒出了竅」，跟隨依默，暑氣全消，乘於次日乘平滬通車北返，恰巧趕上了小樓這一齣拿手的佳劇。唱戲的地點，是在久不演唱的第一舞台，配角有郝壽臣，劉硯亭，陳富芳，許德義，遲月亭，錢孝山等。小樓的姜伯約，不唯扮相，念白，唱工，絕非後輩所能望其項背，簡直一舉一動，舉手投足，都是「增之一分則太長，減之一分則太短」，無一處不是十二分的賣勁。好戲是要賣給識家的，這一齣戲是我的朋友吳幻蓀對我所講，戲是繁重得很，輕易不肯賣演的，這一齣居然在盛暑的時候演出，也可以見得夏季不宜聽戲的話不一定準確了。

夏天的熱是當然的，今年北平的熱浪，恐怕也不減於京滬各地。但是北平的電影，卻向來沒有什麼好看，近年更零落了，這一門國劇的國粹，說好不好，卻總還算是「挽狂瀾於未倒」。自從譚鑫培息影，叔岩小樓物化之後，譚富英，馬連良，金少山，孫毓堃，矮中取其長都還可以對付。新艷秋也偶而出演玉堂春，十三妹一路的戲。雖然年紀老大，我們可還感慨的視為後繼無人呢。

夏季的理想生活

周越然

「在夏季中，讀書人不宜讀書，自私人不宜寫稿；因為天氣太熱，光日太強，最易倦睏，最易傷目的緣故。所以到了大伏炎天，學校停課放假——就是機關，亦非是西式的，也要停辦。——」

上面是一般『俗』（[illegible]）衛生家的說話。依照他們的意見，我們在夏季中，應該一事不做，全然休息。——

這是錯誤的。我們在夏季中的生活，與其他各季的理想不同。但我們在夏季中的生活，——衣食住行——應該怎樣才合式呢？

（一）衣。——西式衣褲，不是用嗶嘰製的，定是用粗布製的，太熱太悶，易生痱子，當然不可穿。就是短腳褲，香港衫，不用硬領，不用領帶，還是太熱。那末，怎樣呢？上身赤膊，下身赤脚，中間圍塊浴布，或者圍條毛巾，好不好？

講到毛巾，從前我們湖州城中，真有一位終日祇圍毛巾的大紳士。他家有的是錢，他家中有的是女人——美姿美婢。他雖不穿衣，然而忙碌異常。他到東邊去看看這個，到西邊去看看那個——天天滿頭大汗。有時毛巾掉了，他大喊『三姐，四姐』，要他們代他拾手巾，代他圍毛巾。——

這固然是個消夏方法。不過我們辦不到；我們每天非出門不可。我們當然不能圍了毛巾到田野中或者街道上來。我們出門的時候，至少穿件短衫，穿條長褲。衫褲的材料，夏布也好，紡綢也好——他們的價值，並不在香港衫，短脚褲之上。

去年已經有人提倡不穿長衫；今年想必可以實行了。

（二）食。——夏天還是吃素好呢？還是吃葷好呀？借個名目，我們像蘇州女人地吃觀音素，吃齋素——一條魚也不買，一兩肉也不買——好不好？

很好！很好！葷菜本年買不起？肉價六千，蝦價加倍。但是素菜何嘗便宜？青菜豆腐，何嘗較魚肉便宜？吾家每日飯菜五千元——油鹽醬醋不在內——吃的並沒有大肉麼？吃的還不是素菜麼？倘若素菜適合衛身，那末吾家的大大小小，與與安安，每人至少活一百歲！因為我們不獨在夏天吃素，就是在春夏冬三季中，也常常斷葷。

有人以為消夏的方法，不全在食——大半在飲。我們要免除痱子，免除熱瘡，非多食西瓜，多飲冰水不可。

的確，一點不錯，夏天的冰食，比冬天的火爐更加要緊。諺云，『私房冰，大香熱』。冬天熱不住，還要向被窩中一鑽。夏天熱不住，到那裏去躲呢？吃吃冷食——西瓜，涼粉，冰水，冰果子，冰淇淋——真是好消遣！但目下交通不便，西瓜從那裏來？電力缺乏，冷食從那裏來？這種吃冷食，飲冷飲的舒適生活，決非我們所能。

（三）住。——住什麼屋子最合宜？還是大廈好呢？還是茅棚好呀？茅棚太低太狹，大廈當然比較好些。但是洋房弄堂，有太陽曬進來，無法搭涼棚。多年前，我們關上門窗，拉開簾子，打起冷氣，加以風扇——裏面一點暑氣也沒有，豈不安樂麼？不過現在因為時局關係，這種生活已不適合。

那末，我們應該住什麼屋子？

我們應該住天然蔭涼的屋子。那當然不是茅棚，也不是大廈——最好是蘇州那些老屋的大廳，或者上海那些兩樓兩底的，三樓三底的樓下廂房。中間的涼棚不可不搭，兩廂門窗可開可關——電扇不可裝，汗來時可用摺扇為代。

（四）行。——最方便是乘自備汽車，否則三輪車，黃包車也好。不過目下有力乘汽車者很少，乘三輪車，黃包車者亦不多。我們平凡，還是乘電車的好——價廉而無責任。

其實，在炎夏之日，在烈日之下，何必出門。汽車疾行，似乎有風，然而遠不及家中的靜。倘然一定要出門，那末早出遲歸好了——趁太陽沒有高升之時出門，等太陽已經西去之後歸來。身穿短衫，手持摺扇，緩步而歸，等於兜風——豈不大妙？二十年前，我見唐紹儀先生，常常如此。（當時他的家在老靶子路。）別人稱他笨人，因為有車不乘。他實在是個聰明人，真知衛生之法。

講了半天衣食住行，講了半天消夏方法，住廂房，吃素菜，穿短衫，我還沒有講到正式的消夏方法。當然不是服西裝，吃大菜，住大廈，乘汽車。穿了西裝坐在大廈中，又坐了汽車出去吃大菜——熱呀，熱呀，真熱呀！

那末，怎樣才能消夏？

請閱下文，即本篇最後一節：

席地而坐，左手持摺扇，右手持『風雨談』。一篇一篇地看下去——看到第三篇，汗沒有了。丟去摺扇，站起身來，坐在桌邊，拿支鋼筆，寫成一篇兩三千字的文章。這樣繼續下去：家中有人請吃飯麼。葷菜也好，素菜也好，熱飯也好，冷粥也好——試試幾樣，都覺味可口。晚餐之後，月色大明，穿了短衫，在門前乘涼閒談。不久，自覺睏倦，趕快上床，一睡睡到次日天明。

清華園之夏

梁允恭

不久以前，我在小天地讀到一篇文字，題名憶東安與西單，我很欣賞這篇文字的開首幾句：

> 東安市場模糊了，西單商場也模糊了，斷續的夜夢中，彷彿覺得仍徘徊在故都以外，北平在回憶中，只剩下一縷極淡的影子。
>
> 不過就是這縷極淡的影子也好，追想起那時候所過的生活，所結交的友好，還有那種有事不在心上的心境，也甚值得尋味的。

不錯，在我寫本文時，也有同樣的一種淡淡的悲哀。牽惹起我追想夢中的種種心裏的顧慮，不能再轉，很抱歉違我此刻的心境。當初進大學時原有一番勃勃的私心，記得我北上的那一天，親友們也向我稱讚，盼望此去可以有一番成就。誰知人事滄桑，只留下一些零星的回憶，祇供我閒來的感喟而已。

工字廳荷塘

究竟清華園是何等樣的一宗法寶，或者為某一些讀者所愛讀，因為該校教授，似乎是俞平伯先生吧，曾經出過一個似乎與做夢游清華園記的題目。一個值得我們稱它夢想的場所，自有它的醉人之處。首先我們就把它當做一個花園來看吧。我曾在工字廳前的荷塘旁邊的假山石間，乘着某一個夏天的好月色，和我同宿的一位愛讀機械工程而考取公費的某君，在那裏坐了小半天，靜聽着蛙聲的蛙鳴，自有一種世外的樂趣。可惜某君是一個山東籍的鼻梁架着眼鏡剃平頭的漢子，如果換去一個身材苗條，蕙心蘭質的好女人，那末此境此人，可稱兩絕。我很後悔，我在學校時，沒有去追求一些什麼浪漫史，最可寶貴的黃金時代，就這樣不知不覺的度過了。

一般說來，清華園的建築，還有它的近鄰燕京大學的那樣整齊。後者宮殿式的建築，顯盡富麗堂皇之致。清華園的校舍，因為並不在同一時間落成，遂有新舊之不同。有三院的那種舊屋子氣味的房間，也有明齋等的較新的建築。還有那設備講究的體育館和佈置精美的大禮堂，我只記得大禮堂演講台上的幕，係由某一班畢業同學致送，用獨幅的綢緞絲絨製成，當時花去九百元。現在論起九百元來算不了一會事，不過假定物價漲五千倍的說法，那末，如下的價格將為四百五十萬元，我們比較可以得一明晰的概念了。

筆者住在明齋三樓最右端或最左端的一室，因為我記不清是在那一端了。室中有桌子兩張，櫈一把，又依稀是兩把，已不能確憶，床兩張，椅兩只，冬天水汀極暖，據說當局關於水汀有一定時期，並不視天氣寒暖而更動，所以有時天時已變，突轉酷寒，却未開放。同時，在初春的季節，水汀還是很熱。不過，這個問題，很易解決，只要旋上水汀的開關即行。有一次，我在臨睡時，將水汀弄至最高的熱度，睡至半夜，我纔覺着熱醒，仍覺熱不可耐。

我倘若下床旋小，彷彿時令已交初夏了。

我是唸經濟學的，上經濟概論時，非要趕到化學館二樓的大教室去，這教室時或有一股化學實驗的藥品氣息，本來，當局頗有遷避文法大樓之意，只因為那時時局不定，故將此事作罷。按化學館大教室的座位，係用洋文字母排列，如A8、A8——B4、B8等等，與滬上戲院的對號座位相彷。教經濟學的雜先生，他時而穿西裝，時而穿藍布長衫，每逢點名時，直呼座位的號碼而不名，他先唸洋文字母，於阿剌伯號碼則照北平語讀，因此遇到他點到G8時，唸成國音的ㄐ一ㄅㄚ，這時總有一二個同學，因為他唸的聲音和人體的某一名詞相近，不禁笑出聲來，可是我們再一看這教授的莊重的臉色，笑聲便沉沒在嚴肅的氛圍中了。

我的宿舍的前面，是一大片荒地，荒草地過去，即為化學館，化學館前的草，不經芟除，在夏天長得很高，約與膝齊，我夜在其間散步，很有在曠野中步行的感覺。我又要去小坐片刻的，是在大禮堂近側的寂寞的石凳上。你坐在那裏，只要閉住眼睛，似乎這個世界全是你的了。你只等待一個時機，跨入世界中，好好的幹一番事業。

蝴蝶夫人的夢

我最初見到大禮堂時，對於它的建築不勝驚服，它的構造應用物理學的原理務使演講者的聲音，直貫聽衆的耳鼓，不致有任何雜音，當局為了防止聲浪的散漫起見，更在牆間張了厚幕，吸收回聲。至少它的設備不輸於滬上的第一流電影院，雖然它的座位容或沒有滬上大光明戲院那樣的多。事實上，那個禮堂確是被利用作電影的，每逢週六的晚上，由學生團體主持開映影片，以便比較節省而不願進城的同學的觀看。只是影片較舊，發音較模糊，光線較黯淡耳，我在那裏看過[illegible]主演的蝴蝶夫人，此片演技並不佳，加之演出場所的發音設備不佳，於是更無優美的感覺了。

同方部是與教務處相鄰近的屋子。課室較小，但是也並不太小，我在那裏唸過浦薛鳳先生的政治概論。前面我說課室較小而不太小的緣由，因為這間屋子常常被假座作同學的交誼會，歡送會。我入校之始，即被學生會在此招待，而有一次俞平伯氏更借了同方部的講台，和他的家人友好，合唱曲子，由同學們自由參加聽歌。俞氏一會打幾下小鑼，一會敲幾下拍板，輕歌低唱，興趣不凡。如此情景，猶在目前，但俞氏留住北京，景況未必特別的好，追溯當年，想與筆者同有隔世之感也。

又從我的宿舍到同方部，恰為校舍的兩端，有時在化學館上課出來，趕到同方部去，相隔頗遠。一邊的化學館才下課，一路走過去，奔走到同方部，緊接着上課了。有許多同學為了節省時間起見，多半騎腳踏車來去，而腳踏車的售價也極便宜，一輛六七成新的，只要花去十來元即可購得。同學之間彼此轉讓的也很多。出售的告白，常常在飯廳前的公共佈告欄內出現。

我雖是唸經濟的，在科學館內也有一項課程，即氣象學，上氣象課就是清華園生活中有趣的一頁。起初，該課在三院內的一間課室講授。其實，這間課室的座位，不致坐滿，却因為點名簿上的人數，多至數百人，非這一間教室所能容納，所以搬到科學館去，每逢上課時，教師王先生自顧自低頭唸點名簿，並不看同學，而同學們多有一班代到的名單，輪流上課。有的同學在點名時更會發出一種怪聲，引人發笑。在座的同學甚多只五六人而已。某一時期，王德濟先生開始並不點名，嗣後點名後，同學溜出去，故意留在授課中途時點名。但是點完後除掉坐在前座的無法脫身以外，坐在後面的仍要溜出去，筆者即此中的一份子也。我想王先生對這種情形一定知之有素，他有時又要抄點紙，或者在使同學易於溜走。也許王先生是清華諸教授中較不重要的一位，然而他也到美國去過。他留給我的印象，是一個個子近於瘦削的男子，戴着黑框眼鏡，頭髮蓬鬆，我不知道我來他亦離開學校他還否？這也無從探問了。

第一次歐戰回憶

在諸教授中，陳福田先生給我的印象最深，高大的個子，雄壯的體魄，他更像一個體育導師，而不像一個教西洋文學的教授。我念他的大學一年英文時，在班上，他從少叫我們念教本，只是叫我們寫文章，所用的紙筆並不講究，拿鉛筆寫在他發給我們的白報紙上，即可交卷，他出的題目很別緻，如我所最感覺有的電影，教室中雜感等等。某次，他叫我們給一幅圖書館外景的圖畫，這雖是我們天天去的場所，能選擇恰當的，卻不容易，因為我們只在圖書館中的書籍，並未注意它的外貌也。

據說，他曾經參加第一次世界大戰。在教室內，他似乎沒有告訴我們任何參戰的事間，他只提起過清華園某教授與另一教授（女性）的戀愛故事，說前者追求後一位，每日送信三次，每次所用信封的顏色均不同，所以表示時刻的不同呢。

依照清華園的自由教育的那種制度，很鼓勵學生多讀各方面的書，由教授加以指導，英文班上亦然。由於各人旨趣不同的關係，陳氏會分別與各同學談話，這一指點他的治學之道。他叫我念却爾士‧蘭姆的 Essays of Elia 這一類的書，說我的文章較與這一路相近，我很慚愧，離開學校後，雖也偶然看了一些雜書，對於這一本耳熟能詳的名著，卻未過目，特[illegible]打躬一下。

還記得在舊曆年初的一天校中並未放假，陳福田氏卻穿了一件全白的袍子來上課，這種服色與乎常情，何況更在舊曆更新，各種物件都講究吉祥的紅色的景況，他若無其事的把書講下去，過後一想，大概他已吸收了西洋的氣息，把中國的迷信觀念打破了。

我的女教授

教我們法文的，則是一位黃佐惠先生，她是一位女先生，據說她在法國的時間很久，她的發音很準確，講解也極認真。冬天的時候，她慣常穿了一件紅色的短披肩，身體很健康，臉略瘦。想我不敢的說，她在更年輕的時候，一定是一個異常動人的少女吧。——

遇到我們在課室內做練習時，她總到我們座位後面，依次指正我們的錯誤。其實，我們念的法文很淺，雖比我國再給小學生念的「小貓叫，大狗跳」諸如此類的教科書本，稍高一籌，但是脫不了「我用鉛筆寫字，我去開門」這一類簡單的句子而已。而黃佐惠先生對法文一定習之有素的，她肯這樣平心靜氣的指示我們讀「亞，依，歐，台」，倒見她是一位循循善誘的好講師耳。

陳佐邦博士，是我們的院長。身材頗魁梧強健，是一個很吸引人的壯年人。他的圖畫的風度，至今留在我的腦際。我很沒有膽氣於他的「經濟思想史」，他必可用出眾的口才，闡發經濟學諸大師的學說，娓娓動聽。我只聽過他一次經濟系內一個小團體主持的演講，那一天他穿了一件藍排鈕的深藍色的上衣，鈕了一個鈕扣。他所講的題材以英鎊集團（the sterling bloc）為主，他一面演說，一面將著事先預備的一張小紙片，逐條分析，見解精密，即使我們不把他看作第一流的學者，不失為一等的演說家也。

閱陳氏出身於哈佛大學，不知怎樣，雖然雖沒有機會到外國去，心中總存着一種偏見，認為在哈佛，耶魯等大學畢業的，總要勝過其他的大學。雖然我曾見到一則新聞云，曾有哈佛大學畢業生赴好萊塢參加演員考試，未被錄取，但這總是一個特例，固不能一概而論。

我於的政治學概論，前面曾提過一筆，由浦薛鳳先生講。浦氏額際的頭髮很低，其貌不揚，然而講書時滔滔不絕，引據博博，令人忘倦。餘如社會學教授陳達氏，則係人口問題的專家，此公在戰後曾由華者在行駛北京路川的公共汽車內見過一面，這一路公共汽車非常擁擠，儘夠了分。搭車者多為販夫走卒之徒，陳氏擠在其間，無大學教授的色彩，蓋彼一時此一時也。（上篇）

避暑

暑是要避的，寒是要禦的。好像人們對於寒還可抵抗一陣，對於暑立刻就要避開了。

說到避暑，我沒有什麼經驗。因為幾十年來無日不為衣食奔忙着，烈風驟雨，酷暑嚴寒，我一樣把它當作溫和的春天看待，不是我的感覺特別遲鈍，乃是不得不如此。沒有深的思想，何來蓋然的生意。沒有深的思想，我就沒有勇氣奔走在嚴冬酷暑的烈日之下了。

反觀避暑的人，好像也沒有我理想的那樣的好。我有一位友人，在以前，每年暑假必往廬山。他歸來的時候，總是說：「嶺中太擠，房屋難找。花錢，吃苦」。他還避暑，好似一「例行公事」，並沒什麼愉快在裏面。而他的面部，亦現出褐色，這當然是在日光下曬過，給上流過汗的表示了。

城市裏的人，在盛暑中，莫不以冷的涼飲料或是冰淇淋一類的東西以為快。但是走出去，總是「拔冰」冒暑，想不失紳士風。到了目的地，已經渾身是汗，雖然那裏有冷氣，風扇，冰淇淋以及其他冷飲，可以使你涼快於一時，但也只是一時而已，回轉家來，依然是滿身大汗。據說這身汗決不可不出，如不出，也許就有生病的危險。

這些都是有害在內的。最好的「避」就是真的躲在家裏。第一要沒有事做，第二要沒有客來，第三要不做客去，第四要錢袋不留，第五要衫履齊整，第六要有一個通風透氣的處所，第七要有幾冊常看不厭的書，第八要有一盤色香味三者俱美的菜。

以上八事，當然需要一點錢，但是決不需多錢。而且不因鄉村城市而異其趣。暑是到處皆有的，不管鄉村，城市，水面，山間。避之之法，先求我心中無暑，再能有一點錢即可，不必會友於冷氣之處，更不必出遠門花大錢自找麻煩也。

西窗讀報談

賓客

大約在十餘年前，我曾經看過一冊雜誌的封底，有一家香煙的廣告，撰的句子是『夏夜的臥西窗下，讀××半月刊，吸美麗牌香煙，直是羲皇上人。』這個廣告是做得很好的，淡雅而不乾枯，容易令人覺得或許這樣就是所謂雅人雅事罷。本文題目的『西窗』，就是這裏借用的。至於為什麼不說『南窗』『東窗』或『北窗』，我卻也不怎麼明白，看來是也不必明白的了。

依照該項廣告的『指導』，某某半月刊既然現在不在手邊，讀起一時又讀不着，那麼還是看看報紙罷。上海的幾家大報都讀完了，讀完了幾遍了，覺得它們所登載的新聞消息很少有不同的，都是一樣的鹽道，只是副刊還有一點可作比較的地方。不過副刊也向來是我行我素的，有的橫過來佔領一片地盤，有的豎着排滿邊格的鉛字，都很不錯，各有各的特色。有的走是『新文藝路』，往往個不過千餘字，不是多才之輩讀也是『大地披上了銀色的綢衣』這個調調兒，想來坐性不慣的人對了對它是很少發生興趣的，懶人甚本不看大報，自然休提。有的滿版是話，不一定有什麼情和魅力，只是滿紙的十幾行一段十幾行一段的大小方塊兒，題目叫做『緣夜』或什麼『煤煙』之類，確乎是在從人有編選轉錄之概罷了。我想讀報的人們，倒是還願意自己掏腰包買張小報讀讀有趣味多了，不知道小報的售價實際上高於大報，這算不算是一個原因。

說到小報的代價，在今日也就算高得可以的了。我並不是說這樣的話，是很『窮酸』的，我的意思只是說，今日之小報正在它的黃金時代，走紅得很，聽說有的銷上兩三萬份並不算什麼難事。這是很值得替它慶幸無疑的。小報在我國實在也有近三十年的歷史了。它過去的作風，假如有優點的話，必能繼續保留或發揚光大而不替。至於錯誤或缺陷，三十多歲的成年漢子，也該由我們設法來彌補補他了。現在我們久不看見『寨某拔贛』『韓寄古怪』『福爾摩斯』這些特別的標名了。專門風花雪月或花天酒地的文字，也漸漸的稀少了。誨人淫盜的，鬧辛秘事的，市井俗調的作品，即使並不是全然沒有，也已經改換了一種寫作的態度，而這種態度，在目前許多讀者們看來，大約是能夠容忍的。為了擁護真正喜歡讀它的『閱眾』們的權益，我不願意提出反對，雖說這些文字是沒有益處的。不是的，我總覺得有這個意思。只是我想要求國者作者們，這些文字的內容的真實性，應該是首先要顧慮到的一點，其餘的修辭和造意還是次要的。歷史和諷刺本來是我國文學批評史裏最重要的一門。孫子先生說過的，東方氣候是很難得的，魯迅先生又何嘗不懂得這些。我記得廿餘年前商務印書館出版的小說世界，有人譯過一篇法國的社會偵探小說『大盜四王記』，當時的人很喜歡讀它。翻譯是文言的，可是文辭流麗暢達，或許重，卻都能各臻其妙，有引人入勝之處，近來讀到小報上若干篇翻譯性的文言文，心裏忽然想到當時所看到的文言小說來了，只要不是拖泥帶水的不知所云，它自然也有它的特殊價值，合乎雜文的某一種體裁。魯迅先生不是曾經把報上的兩點默契過下來寄給『雨語』並在某官紫編內容？我們不願意說這是奇文共賞，不如說這也是啓況痛於閒適成什麼勢的字眼罷。

如果說是啓況痛於幽閒，那麼我想很不客氣的說一句話，就是小報是有它一條正確的並且能夠自由選用自己發展的新路的。簡言之：這即是反映時代，爲社會的借鏡。時至今日，嚴辭拒絕之者爲不肯看小報的人大概是很少的了。連那口口聲聲罵小報的作者讀者都是「無恥之徒」的人，每天也要捐點包，擠在電車中廁裏，看那阿毛哥，滑頭白，並給——這些人的妙文。這些位作者都是另有大名的，並非天生就叫做「阿毛」，其間也有留學生，也有飽學之士，也有學經濟的，研究化學的，讀法律的，辦教育的，總之，都是一個正當職業所該有的一批良好的國民。從這些人的文章裏，真正的「民聲」是應該看得出來的，何況他們又本來不是避難胡鬧，率意行間，稱鑑這來著所之致。譬如戶口米久不見「配」了，你可以買張報來看看。防空洞建築好了，你也可以看看報。減做人口也有，郵政局怠工也有，這些都是近年的小報所特有的題材，特殊的寫法，而且獲得相當的成功的。作者們未必爲名，所以叫做『阿毛』也好，什麼『龍』也好，也有叫『黑旋風』『白老夫』的，讀者們但歸其欲而讀其名就是。他們也不爲利，稿費的報酬永遠在任何大品文之下若干倍。以這種題材和寫法來吸收讀者，擠入銷路，我想這的確是我們的小報關來的進步之處。

當然「阿毛哥」他們的文字也有缺點的，寫得多了，寫得熟了，不免也有敗筆濫調。可是特別好的文章仍舊常常可以讀到。這遠比整天以風花雪月來裝點社會欺騙讀者的小報要好得多了。如果有人說，只有我們中國這樣的國家才有小報這種東西，假如這句話是不錯的，我也要說，唯，我們這樣的小報並不算壞呢。

夏晝佛堂聽經記

顏潔

忽然興至，隨人踏「靜室」求佛學指歸會，雖明知自己非「佛弟子」，又值盛夏，抑且想去增加這種學識，以期將來可獲博學之名了，乃欣然而往。

演說於某寓館的經理家，我們去時已近三點，該經理家爲純北京式之深宅大院（該經理還係蘇小纖者出身，正是一位「不怕出身低」的英雄。）至院深處，就像剛無一人。侍者爲穿該說的引我們進了外院，再進內宅如舉登堂而入室；知其係佛堂，室乃佛堂也。進則已有二十餘位佛弟子在，恭聆一大和尚講法。正面設佛壇，掛佛像十數尊，而我與佛向無來往：，未曾領教過其尊姓台甫。終因高燒，香烟繚繞，確有一番太平氣象。朋友入室，即向佛龕拜，行叩首禮，並且合掌當胸，雙手捧頭；我初不曾想到「聽講會」還有此種禮節，猝不及防，朋友又一再示意叫我行禮，我則滿臉苦像，仍從其分。其實此時內並無一個革命黨也，在紙上剛叩個頭又算得了甚麼！結果得自己到底是個清白的高等漢人，並不曾向佛求助渡其靈魂，將來呢？似乎也沒有須要拍佛馬屁之處。朋友一再示意，宜歸大和尚住口不言，一卒當男僧女大群摩頂膜拜等禮我禮佛的儀式實不對，我乃大着膽恭謹，似有我與佛的行禮，即算說我爲佛門叛逆（其實我也並無做佛門信士之志），可是我怎麼來參加道場會呢？）而代佛門高僧之感，說法子；況我又到底是高等華人，總不能不「入鄉隨鄉」而掉了朋友及一干佛弟子的面子，竟真的跪了下去，叩頭三響。我已經數年不會如此叩首了，過年祭祖也被准免，卻不料於此忽然復古，頗覺自己前途之光明。

遂於一椅子坐下，頗於佛壇有前方，正得細聆宣講大和尚之道也。道才將得明白，他是已近三十歲之青年，雙目半睜半閉，以純山西口音講一些歷五台山的和尚的成道故事。惜我未曾到過山西，又少認識朋友，且其道之玄理過深，我竟一句也不會認得明白。——據云很可靠的據云，他係山西某大學（？）畢業，而後至家相偕出家的，至於爲什麼忽然如此澈悟，則不可得而知矣。其全家修行至若何程度雖亦不可知，（然其第一代祖亦得以成仙是無可疑義的）而他本人既已頗有成就，即是除講道時可以半閉雙目外，尚可「過午不餐」，不久想當可全不食人間烟火，於此在糧荒恐慌之際到確是一個好收穫也。繼續又有佛弟子來，合掌當胸，遙拜如儀。

大和尚依舊閉目講道。乃見衆善士亦多閉目靜聆者，這當是閉起眼來，即可超出其中大道理，而得成佛以登九重天，少謙人子之道也。我遂亦欽慕把眼睛閉起，心裏乎是靜了，卻又完全想入另一方面：——明天是星期日，我曾約友人來家吃飯，將如何佈置我的過度的小客廳？——由此乃覺自己之沒辦法而對先賢先宗深致歉忱。這是靜聽閉眼睛，你可以對「佛弟子」有所認識。乃見其中有長袍短褂之官，有布衣布履之商，有高冠細履之女，亦有西服革履之士；乃又見閉目垂首者有之，張目四顧者有之，靜坐默禱者有之，口微自動手拈佛珠者有之，吸香烟品香茗（何等斯文！）者亦有之。則不知彼等何所謂而來，亦不解彼等何所爲而坐，更不明彼等何所得而去也。小屋一間，容人二三十名，佛案一張，香烟絲縷繚繞，縱使我佛慈悲於衆弟子之誠，欲捐全身以堅信念，恐亦將被此種空氣薰上九天，在我則引爲一種損失，諸佛弟子卻能相安無事，大家照常各想心事。

我正欣賞得興頭十足，突見大和尚離座，方知大和尚演講已畢，我趕緊舉起雙手，預備鼓掌讚成，卻見諸佛弟子均無此準備，並且依舊閉目垂首，依舊張目四顧，依舊靜坐默禱，依舊口微動拈佛珠而吸香烟品香茗，當是修煉有成已至無我境界，絕非如我這凡夫俗子木能玄理，更非大和尚之道不足以感人也。暫時靜寂，中座老居士（當是主席）乃發言，亦略帶鄉土口音，然已與中國話頗相近似了：半如講道，半如唧話，說岸然，何儼然，平如流水，淡若秋菊，雖長而慢，何緩而綿，如推鐘曲；如佛眼歌，且「閉目垂首」者果真加多了。大家都似以爲已入佛境，心神已乘仙鶴沒者然，頓時忘卻這個炎夏了。講詞要旨在於「善根」，謂一般凡人未能解道，是無善根也；離佛而未獲佳果，是無善根也；不願信佛，是無善根也；欲學佛而不得其門而入（？）是亦無善根也——總之，如我者即爲無善根的典型，我想。然而我究竟還有一點例外的善根，就是我雖不願學佛而我卻已得其門而入了，因爲我已經「合掌參加過」這個兩設會，並且還因之寫出了這篇「善根」，何況老居士真有言：「大家多看一眼佛像即多拯一分「淪泯」?而我確乎沿了好幾眼那佛像，雖然我只知道那畫工很細，涅槃的佛足確是五個脚趾，並且這樣活足，對於這個氣候真是相宜，而佛頭後的寶光確可用月亮來比擬，而我究屬已是具有「淪沒」的人了。

（六月二十三日於北平）

過夏

何若

立夏之後，而且快小滿了，還是不覺得可畏的夏日之可畏。當時我穿起短褲子，見者還問我為什麼不怕涼。不可以說立夏便是夏天的開始，到今天，芒種到了，才真正有點夏意。翻日曆，預計大熱在很遠的將來，而涼爽宜人的天氣之來當在苦熱之後，捱到白露，才有好轉之機。

人是不易變的。我在北緯二十二度又二十分那地點住了多年，雖然在三年前移居到距離原住地緯度九度零五分，即是北緯三十一度又二十五分的這裏，已經有過三次過夏的經驗，經驗相當豐富了，而先入為主，拿比着南方的夏天，對於這裏的夏天還認識不夠。在南方，清明節可以穿單衣上街，無須等到夏至，立夏便是夏。一個此地的朋友說，「難道此地立夏不是夏?」我聽了這句話，慚愧而仍然固執，原來他有他的夏，我有我的夏，彼此意識不同，爭論可以無休止，無結果。他以白天穿夾衣，上晚蓋棉被為立夏；我以女人穿薄薄衫（即蟬翼）衣，睡拖木屐為立夏。易言之，地球雖然小，緯度一度的距離雖然短，上說的兩地各有其不同的夏。我自問不至於連一點地理常識沒有，由此地再北上到緯度三十九度又五十五分，不是到清明才浴到冰洋嗎?在我舊居的地方，立春便插盛開的桃花。

一年之中有四季，年年如此，想起來也覺得無聊。我卻很少作無聊之想，生而為人，逃不出寒來暑往，任由它幾十個循環，祇得跟着轉。忘掉去年，忘掉舊地，此地此時，炎熱步步迫近，甚至於緊緊地包圍着我全身，使我頭昏，使我氣喘，使我病，使我寢不能安枕。此地又沒有游泳，沒有冰涼的梅湯，沒有遮陽的榕樹，沒有消涼的海水，沒有傾盆大雨，沒有大陸性的夜涼使我安眠；有的是灰塵，電車擠的汗液，燙脚的柏油路面，臭蟲和蚊子，不夠洗澡用的水。解暑的佳品像龍井茶和西瓜又不知價漲到什麼程度。

可畏的夏日必然到來，現在已經先聲奪人了。人們要說應付，要說準備，準備好什麼，怕事到時還是應付不來。像熱帶樂土的居民整天躺在濃蔭下，懶洋洋地不管太陽升沉，夜裏不眠，仰看繁星，聽夜鶯歌唱，任南風拂拭，這在我算祇是幻想。關緊了門窗可以拒絕熱風，而又恐防窒息在室內。草帽，黑眼鏡，竹蓆子，人力風扇也不過聊勝於無，抵不住大自然的迫壓。說準備惟有準備掙扎是每個人可能有的準備。流汗，忍渴，消瘦，驚醒，癱倒，咬緊牙關，倒下去又起來，忍耐得住的有福了。忍耐不住的切勿怨天尤人，天不管你，則人也顧不得你，所以掙扎期中，不可喊氣，不可呼號，不可悲傷，不可憤怒，自己保養氣力，振作精神要緊。沉着應付才是最嚴重期中自救之道。

炎熱的時期有多長?旅行溫帶的人總有這

一間。我則以為時間的久暫也無定的，一分鐘是長，一個月是短，看你怎樣過。能夠忍耐的、可以忍耐到立秋或白露，從今天起，不能夠忍耐的就是今天也驟覺活不了。比如饑餓的人，找點樹皮樹根來自救一時，這不可說五天後沒有取得食糧的希望呵！況且在長期炎熱當中，有時也來一陣涼風雨，或[illegible]地喝一口冰水，使你吁一口氣，緊張之極，弛緩一下，略作休息，這種情形也不能說其必無。

然則本年的夏天必須過，大衆一樣過，特別有福氣的人如果能得到的話，當然儘可能選地避暑，更弄點玩意兒來消夏，如公子佳人，雪藕調冰，文人雅士，浮瓜沉李，說不盡的許多，他們不知不覺地享樂着，還會說可惜夏天過得太快，玩不夠呢。既不出這洪爐的大衆，警醒着，快了快了，讓我來預計一下日子：今天是芒種，此後是夏至，小暑，大暑，立秋，處暑，到九月八日交白露，共有九十六天，而每天是二十四小時之多。

我也累得很，雖然說自然現象的變動有必然性，難道本年的夏天不會縮短一些，一到立秋便涼風習習嗎？天曉得這些！我是有根據的，沒有根據的話我不敢說。我也叫人準備涼毯，準備搬舌，寧可我推測錯了，受人譏罵，臨我不詳，卻不敢作六月飛霜這一類的妄想。或者天公搗鬼，夏天提早結束，或者九十六天中寒暑表不升到九十五度以上，大家過一個平凡的夏季，到其時才說，原來本年的夏季不過如此，易過得很，那就是大家有福，我也佔一份。總之，凡事作好的打算不如作壞的打算，而作最壞的打算尤其有利，特別懶惰的人不肯拿吉利話來自慰，不懂怕那些不祥的預言。用迷想來遮掩現實是虛偽的最要人所為，不可為法。

我還有一個人所共知的預言不得不說，夏天過去，涼氣滿來，難說這句話沒有必然性？

（三十四年六月六日）

一株楮樹

——楮堂記

紀果庵

園後有楮樹一株，秋後落下許多種子，今年遂叢生許多株小楮樹，在從前，我很是討厭他，為了種花，便將新生的樹連根拔去；今年沒有心緒種花，任其滋長，並且細細想來，楮樹也變成可愛的了，因名我齋。

為什麼楮樹變作可愛？第一還是因為沒有人愛他，他也在殘酷的生長。並且極普遍的，在各省各地生長，遠近國外也有，不怕磽瘠，不畏旱澇，總是那麼生機勃勃地活下去。古人所說橘逾淮則為枳，大家都是怪環境不好，其實還是那喚作橘的本身太沒有克服環境的能力罷。生在中國，正是要時時刻刻準備應付各式各樣的環境，保養在溫室裏那麼活着是不行的，天氣是如此的不定，風雨冰雹是這樣的頻數、殘酷。我們的家鄉，楮樹都是野生在山坡山谷上，連一點肥料都不會有，可是他強壯，他給我們造了不可數計的桑皮紙。他本身活得很好，也無須栽植他或者並不栽植他的人活得好。

第二自然要說到他的功用。沒有好樣子的東西更會有大功用，因為有好樣子的東西，其功用大致都只限於樣子了。現在是初夏，花的季節，街上有薔薇和十姐妹等絢爛的點綴，花攤上也有芍藥。但是作什麼用？走在大街上的女人的燙了髮的頭上有她，大公館的客廳的古瓷花瓶裏有她，使那些沒有事專門感傷的人多幾句慨嘆，生一點憐惜之心，因爲不久她們都化作灰塵，被娘姨或是傭役倒在垃圾堆上了，時間是充其量不到一個月。所以今年我覺悟了不去種花。自來種花的地方也改種了菜。不是戰時節約，卻是感覺到我們的生活確不在戰時亦無上述那種感傷與憐惜之必要。比花有意義一點的樹，從早也有很多的等級，例如亭臺點綴的裝飾與後園的松柏便大有區別。但是無論如何楮樹也不入品評。雖則「尺楮」「楮墨」「楮帆」也是古人常用的話，止於成爲一個名稱而已。對於日常用的東西不感覺其偉大，猶如若朋友不拘形迹亦不感覺其尊嚴一樣，這是應該原諒的。古代埃及造紙是用一種似蘆葦的紙草papyrus，現在英語「紙」字的語源還是由於紙草。後來才進步到木材造紙，英語楮樹叫做 paper-mulberry 顯然也是造紙原料之一。中國何時以楮皮爲紙，不得其詳，齊民要術種穀楮之法，已說是專爲造紙，則在六朝時已盛行。楮紙應當是很光潔的，植物名實圖考長編云：「今江浙人剝其皮以爲布，又擣以爲紙，謂之穀紙，長數丈，潔白光輝，其裝潢好。」這很像現在的「木造紙」的樣子。日本川瀨一馬書誌學之研究云，在江戶中期日本盛用楮紙，到田坂培，其質較堅紙略粗，背面附有樹本，實在可以稱得上潔白堅韌四個字。日本造紙工藝似比中國更好，其裝潢紙即強似中國之皮紙，而中國的所謂白麻紙白棉紙卻又不如楮紙。或者隋唐時曾有此法，後來失傳，東渡的卻保留下來，類似這種的事實極多，所以我這樣推想。現在我們鄉下所用的桑皮紙應該即是楮紙，在冀承平府一帶成爲農民重要副業。其堅韌有如高麗紙，唯不能潔白是大。普通人家寫字糊窗包物等都是他，可以說是很平民的東西。江南盛行以稻草製紙，但粗的草紙不成體統，精的宣紙過於貴族，像桑皮紙那種切實有用而又普遍者很少。賈思勰是北朝人，或者所提倡的種植楮樹實保持到如今罷，算起來也有一千多年了，在這長時期裏，不受寵不被重視的楮樹眞正作了不少的事。這個可以叫做無名的英雄，世界上有名的英雄都是無名英雄供養而成，我很願意作一塊有用的基石而不願意作那些有神秘色彩金光耀目的塔頂。如是，楮樹也未嘗不可以作我的模範。

而且按照許多書所講，楮樹的葉子可以餵豬，果實可以救荒，本草甚至說他和成了藥，久服可以成仙，又說可以止洩痢，樹皮所含汁可以療癬，差不多成了渾身有用的東西，這個我們並不希望，或者楮樹也不會有那許多功用。我家屋後的一株，常會有人用刀斧砍上去強索他的汁液，據云療癬奇效，因之這樹傷痕纍纍，思之不愉，想膏火自煎的話，豈非楮樹之謂？然而他卻照樣發榮滋長，把成熟種子變作幼苗。——

楮樹是醜陋的，常常被南京人呼之爲「臭楮桃」。結實時甚爲腥臭，的確令人惱厭。不知是故作此臭與醜態，抑是別有原因，但他的不被歡迎則成爲不可諱言。我已說過了，美醜的價值止於美醜，醜陋或者更有一番用處。原來先哲也有以貌取人失之子羽一句話，大致可以說自古便是重形式的了。故衣服巾履，除去保護身體以外，乃有更重大的意義，他種生物的形式出於天生，人類的形式則一半由於創造。創造就是人類文化特色之一，或者也就是比其他生物智慧高的表現，證據。不但自己爲作僞而存在，不能作僞的人我們亦將忽略其存在，例如天眞的人被稱作愚人，沒有受過教育亦即沒有學會作僞的鄉人被看作可有可無。大家絕不過問自己吃的白米從何而來，或者想想如果沒有農工世界將成什麼樣子，只是利用自己的高貴經商沒有保證地位的中央發胖氣，想想中國之衰亂全是由於這些不識字的文盲，一個讀書人毫無責任。其實他們除去精神盡工的生產品同時還要剝削農工以外，還作了什麼，恐怕是天曉得。如此一來，我們未免有愧於愚闇而眞的有益於人之桔樹了。我們的詩人所歌頌的，多半都是立在物類的精神一方面，例如清標絕俗則有梅花，讚美勁節則有松柏，然而日常生活所必需的並不敢贊於是，那好像是非常反乎常態而歸實，反乎常態只是非常之中的特殊，當然之中的偶然，原則之中的例外。我是很怕一切事物將成了反常的現象，因爲自己的個性能力都沒有應變的可能。本來太平雞犬亦實強過亂世爲民，也不是我一個人在這兒說矯情的話——碩果有品總當是最可欽佩的，正因其有平凡的偉大，常顯的普遍。我是不希望這個國家和民族再遇到戰亂流離，所以也不願期待驚濤駭浪的人物，這種出現至少是說明人民的苦難。這個道理倒是老聃說得好，國家昏亂有忠臣。雖然不能實現小國寡民的政治，但一個人都有權利生存纔是德政，而且這權利乃是天賦，不應當以拚命去換取的。假使人人都是桔樹式有品沒菓的精神，這世界也許很有一點希望，至少我們所恐怖的惡夢，可以終於成爲夢而過去。有了這個功成不居的平凡之道，我是無論如何也不能已於感動的，所以我不忍拔去那些新生的桔樹。

——何況以我這種病軀與衰老的心情，也正不應該渴慕和熱鬧。這屋宇是多麼古老，棟柱是多麼腐朽，頂棚上的老鼠，牆地板下的黴菌，多麼砂礫，不錯，然而也只經了風和雨，使我脆弱的身軀在這裏棲止了五年。這也就是平凡之偉大，與這棵普通的桔樹是一致的。城市裏洋房的深院園庭如今正開著肥艷的花，細小而鮮紅，也有意大利名種的玫瑰等，香氣濃郁。舊松且披上新的綠葉，嫩竹漸次成林，那些主人卻也不見得有幾日欣有託，舊亦變音屬之思，他們反而跑到熙攘的小巷裏找尋着娼而遊逛深的苦痛的女人胡調去了，落得這許多花草，好不寂寞。又不能長久等待，一定也和他們的姨太太心情一樣，需要認識一位摘尖才合適的詞。這種枯燥實則只是險擺，缺乏健康與光彩，好平只剩下一堆腐敗的垃圾，猶如落紅之委棄塵泥一樣。也許是自我的滿足？我以爲不如把生活將得快樂一點，雖然是茅草棚亦很佳，種來數畦，自己澆水鋤土，桔樹或桑樹漸漸長大，有了綠蔭，可以營造的時候也來了，有不少的有情趣的日子能在後面。——

五月十四日於囹圄中。

夏天在湖上

退堂

去年的初夏，我因着友人出門的利便，曾經去觀光過一次戰後無恙的西子湖。最引人矚月的湖畔陳英士紀念碑這是龍蟠虎踞的立著。不過湖濱一帶馬路的店鋪，已經大改舊觀，只有十幾家疏疏朗朗的開著張。正在下午，太陽烘灼得可怕，友人在第一碼頭僱了船，下船之前把市民證向碼頭的警察換上一塊木牌，然後才可以經過一隻碼頭在湖裏閒遊呢。在舟中，划船的人告訴我們，那是表忠觀，那是從前葉某要人住過的莊子，現在還保存得非常完整。只是洋式的樓台，一天比一天的多。表忠觀是紀念吳越王錢鏐的，前面彎曲的湖汊，一片碧綠綠的荷葉迎面搖擺，湖水被日光曬成耀眼的珠輝，我們閃爍著許多潔白的和粉紅色的大荷花。雖然我們沒有登岸去觀賞，但這瀲灧的湖光，總算開始領略着了。過了『柳浪聞鶯』，聽說自從蕭條已經積貯著那裏的籬把而又被拆掉了，心裏爲之悵然。朋友說過了岸，上去看看罷。看到的果然是一片瓦礫，那塊碑石還存在著，文字卻已經磨蝕盡光了。寄於纏綿悱惻的月下老人的神像已經被拆掉了，安放在一個假山穴裏，居然前面還供著許多枝燒殘的蠟燭。這自固老人手捧紅帙，微俯着露出笑容，我們卻祈從前許年輕男女們應有的愛情，千朵紅蕖的因緣亦不知何時才會一齊來了。船慢慢的駛開，遠遠望過，湖心亭正像一塊無人過問的枯洲。先到三潭印月，上岸之後，僅見斷橋湧湧，雖在夏季，却少去了遊覽蕩漾的景象。幾折曲曲的石橋踱了過來，這裏的廟祠原是供奉着彭剛直公先賢的，因爲西湖是『彭郎』晚年休憩的處所呀。迎面有副十幾年前在言論界大出鋒頭的『二十年七月錢江與過客』的對聯，刻在木製的牌匾上，道：『冷眼看遊人，擾擾熙熙，無非爲名爲利。熱心問過客，此此遙遙，有如出家長老。』此公的筆法寫得頗爲瀟灑，造句很見米芾，什麼如何，追懷起來倒也是頗故錢謝所謂『布被寄於於覺，眼前萬里江山』的況味了。此處山還有一個時的月洞，題曰竹徑通幽，不過四周並沒有竹子反而在兩邊豆、米苑時無風景。再遊則是湖心亭，過去沒曾屬游往過，現在一看，樹木較前稀少多了，聽說時常遭人斫伐。『斧斤以時入山林』的孟子格學，目前居然還談不到。不過我是向來喜歡這處幽涼的地方，認爲是西湖最是清靜之處，大有一種絕對神仙頤留對客的住處，可惜這種不要錢不要名利的清福，彷彿沒有人能夠約略享受一點了。

十幾年來改爲中山公園的舊時避暑山莊，已經沒有時間去遊覽了。上午之後，慢慢踱到岳墳，風景依舊，殿前兩旁邊陳列著許多拓印的墨蹟，念佛珠，古色斑爛的銅水盂，鐘幡，竹杖，以及雷峯塔坍時剩留的經卷等，不過過客的購買力蕩然很了。和朋友們在湖邊的樓外樓喝茶，清冽的龍井湧著涼風，成爲一帖最好的去暑劑。友人忽然要打一個電話，聽說擁擠杭州自說：沒有，要到隔壁俞樓的住客屋裏去借用。俞樓原是曲園老人讀書之處，我不免要跟著去觀光一番。原來只有乾枯花葉的樹枝，雜植在進門通道兩面。樓上下都是分租給旁人了，我想像著策杖賦行的先生遺像，一點點樸學大師的人格，猶繞在我的腦海裏。

夏夜訪語堂

東方僾

這個題目早就該寫了，然而迄今還沒有能夠寫完成，這也許顯得出來能夠完成它該算是一樁偉蹟了。我並不是團樣讓，又不是論語社同人，無從去買一罐阿拉伯香煙來「有不為齋」裏面狂抽，我又不是劉大杰或阿英，不知道袁中郎從張岱該添上一段或直接說一個錯字。更非簡又文，喚得上面沒有推薦的批評，搭不起偉大的「東南西北風」。亦非張歆海，不喜歡時常用英語來和他互相討論中西文化之同異。——夠了！我只是往和他相近，往還不絕，時常在夏夜來過訪談話的一位不懂文學的友人罷了，雖然夏夜訪語堂倒也是他們的『特寫』裏面題有小品筆調的一個題目。

夏夜的月色是清涼的，一流如水，令人有音樂的感覺。語堂的有不為齋，是在憶定盤路（他寫過一篇「一個字條的寫法」，講寫一個字條給木匠，要後告訴他自己的住址就說「吾廬憶定而盤，門牌四十有X」），是一幢小小的洋式房屋，夏天閒暇的時候，清水可以沒踏。語堂是擅長彈鋼琴的，他的太太翠鳳夫人也是彈鋼琴的名手，可惜平常很少聽到他們的鋼琴佳奏。那座鋼琴安靜的放在室中，對面擺間無拘無束明末侯朝宗的愛人李香君的圖象，也只是顯示着幽靜的氣息。唯有在夜裏，或者酒酣耳熱樂聲紛亂，或者語堂倚坐抽香煙又繼續，那麼叩門的客人，就可以聽到那小規模輕鬆的音調，的確一陣陣清空悅耳的叮叮噹噹的琴聲了。

語堂的家庭，是很和睦的，時常有一股和氣快樂的空氣。他們都是基督教徒，好像上一代已經是教徒了，聽說語堂幼時，曾在福州鼓浪嶼的一家教堂講道，當時台下有一位八九歲的小姐聽他說得頭頭是道，未免一見傾心。那女孩就是他後來結合的林太太。語堂在聖約翰大學畢業渡美和赴歐（德國萊比錫大學）留學，他的太太是一起去的。他們在外國求學時代的生活據說相當的窮困。林太太有一年夏夜在閒談裏，還說起從來比錫回國的旅費，都無從籌措，好像登岸時祇餘剩了十幾個的樣子，弄得異常拮据，是見他們都是苦學出來的。後來林太太還曾在北京大學法學院教過英文，有名的幽默作家老向（王向辰）就是她點名簿上的學生。老向在講而不讀書，說她教書教得很嚴厲。

他們沒有兒子，林太太因爲身體肥胖，不能夠多生育了，卻已有下三位千金，就是如斯，無雙和「妹妹」。這三位女孩都生得秀麗活潑，落落的朋友來了，絕不閃避，客客氣氣的從容面對出大盤的糖果蜜餞一類的食品饗客。此時便我想起有不為齋（這是語堂的會客廳）裏面常見的東西，大約就是語堂的嗜好，客人的糖與紙煙（南洋煙草公司的銀行牌之類），香洌的咖啡，此外就是語堂那些甜滋滋的食物了。這幾位小姐天資都聰明得很，後來不是還寫過「吾家」那一類的英文小品集出版，新路很廣麼？這或者曾經過 T.Y. 的潤飾也說不定。可是無雙如斯她們寫西風寫的通訊或像「妹生記」那一類的隨筆，都不怎樣高能，想起她們不過是在國內中西女塾念的中文，倒真覺得語的家學淵源確是不落的了。這裏我順想說出一句老實話，就是語堂留學返國後初在清華學校（當時還不是大學程度，只是留美預備學校性質，）教書，國學的根基原是不很深的，可是人真是太聰明了，加上用心研求，不出數年，就寫出了『剪拂』（後來收在『大荒集』「剪拂集」裏）和『語言學論叢』那樣精博的著作了，而且絕對不庸俗。這種驚人的天才，私衷以為他們兩人是最成功的。

夏夜的有不為齋，你時常可以聽見當時文化界的知名之士。老輩之中有蔡孑民先生。其他還有邵洵美，施蟄存，郁達夫，陶亢德，阿英，簡又文，溫源寧，全增嘏，周黎庵，徐訏，黃嘉音，劉大杰，謝冰瑩這些位，真可算是濟濟多士。論語社的信條是主張說老實的私見的，提倡『風雨之夕促膝談心』的，勸人吸紙煙的，偶而打打撲克的，這些事情在幽閒當可於煙霧彌漫之中徹底實現。語堂是位有十分風趣的人，兩腳踏東西文化，一心評宇宙文章，歡談之時，他的風度略於令兄憾廬和語堂。他的友人也多有很特別的風度。我開始認識有一位蜀人海戈（張海平），蜀人××（即近年以諧字筆名在刊物發表幽默妙文的那一位），都在那個時候。海戈和語堂是我稱認識，大家會經同探廬山之勝，而且在一塊兒編纂著一種很大的迄今並未完成的字典。民國廿五年夏天語堂離滬去國，談風社（談風由黎庵海戈合辦）聚餐攝影，恰像是一幅臨別紀念的圖畫。現在距離當時已快近十載了，友朋既多星散，物散，當時驚息的情景我已不能彷彿目前，我們追懷當游，夏夜的歡欣酣談以及那銷路到三萬八千餘份的『論語』時代，簡直有點像是夢境。那麼說這一樁多年未能擬就的文章，到今日我還是交的一張白卷，也不能算是錯了啊。

南海濃豔之夏

林孟昭

經常住在溫國的寒冬的人們，誰可以想到南洋的夏季的燠熱了。在你們的眼底，可以想像到一幅濃艷的，強烈無比的色彩的油畫，那深綠深藍色的大海，深藍色蔚藍色的天，密緻的椰林和棕櫚樹，和炙似的皮膚的健美的女人，穿著奇異格子的花布縫的新裝，一切都是濃刺的，強烈的印象。

夏季，我們披無邊的光，無限的熱情包圍著。在這個的夏天裏，我發現大自然的偉大，和人們怎樣去適應他的環境，幾乎造成了生活上最愉快的，最怡悅的節奏。沒有人會說見夏天的時候以來土人們的情歡而不覺得特別動人的。也許這算是俗感的，但是卻自富有纖秘的情調。人與人之間的熱愛，宇宙的神秘，都深深的感動了你。我記得有那麼一句熱情的句子是：『你的眼珠子會說話，昨晚一片深色的大海。』沒有別的，這指的正是馬來亞半島的青年們的眸子。他們的眼睛特別的黑而閃亮，加上強烈的日光曬得一身黝黑的皮膚，叫人覺得全世界上的人只有他們是健壯堅貞的民族。那黑眸又蘊藏著一股使你對他說不出來的讚美和信任。他們愛玩著西洋的樂器，如提琴，六絃琴（吉他）這些東西，男人們也愛的是鮮豔顏色的披衣（沙龍），女性們裝上淡雅麗的金飾，愛好喜悅的說笑，愛好引吭高歌，時時的鼓舞和幽遠的琴聲正如他們的性命。

檳榔嶼是一個著名的地方。溫國的人，總是想著南洋地方是四季酷熱的，除了薄薄的衫，用不著穿什麼好的衣服。而於熱天，那個直覺熱得透不過一口氣來。其實這也不盡然，在檳城的時候，我們並不覺得有這樣熱不可耐的深刻的感覺。清晨和夜間，暑氣全消的時候很多，而一陣陣醒人的海風，澎湃奔騰，其挾帶的力量，卻不是國內的涼風所能比喻。一到海濱，成羣的南國男女，在大自然的懷抱裏，全是無拘無束的，或是游泳，或是半裸着在沙灘上合着樂器歌唱，或在一旁相共喁喁私語，這種遊樂的情境，倘以國內的人們所觀看，一定也要嘖嘖稱歎，說羨着這些人的無拘無束。

我們喜歡看電影的人，在什麼五彩影片裏，一定會碰着過南海一帶無限的椰子樹的美麗。細長的枝葉，挺秀的幹莖，成叢的生長着，還有獨立的兩株孤小的樹，配着湛藍色的海，也不能不引起人們一種沉默的遐想，和深情的歎羨。這正是熱帶的植物富有詩意的境地。我們到海灘去的人，穿着游泳衣，赤裸着半身，躺在椰樹旁的時候，仰望着無限高遠的天空，湛藍的，沉靜的，寂靜的，真像一幅不動的彩繪圖畫。在國內像廣州，福建這些地方，恐怕也有不少的人嘗過椰汁的美味了，但是它的鮮甜的味覺，卻只有在新剖開的時候吃，那一股芳冽的香氣和清潤的味道，卻還要好上幾倍，遠勝什麼人造的『可口可樂』或『綠寶橘汁』。在海邊所附設的飲料，也有椰汁，也有咖啡，可可。野餐的時候，照着西洋人習慣的方式，還有罐頭菓醬，牛肉，鮮魚，和麵包一起來享用。

來海灘休息多數是整天的。黃昏的時候，從海水跳上灘頭，用大白毛巾鋪在沙面上，仰着頭躺下，深深的歇息，享受和呼呼的海風和喁喁的海浪相應。這就像一個角落，一片碧綠色的椰林，微透着一塊藍色的海的斑爛，終不漸的，只是綠滿天的樹叢。

除了更換衣服的小木屋（搭蓋起來的）和許多繪着圖案的遮避太陽的大布傘之外，人們沒有什麼特別設置的地方。陡然一陣無情的急雨，天空之中忽的降落了萬條金蛇在游泳和波濤相迎合，雖然顯着有些兒煞風景，倒也能夠忽然幻成奇景，這種咆哮的無情的陣雨，擾亂了情侶的情夢，也破壞了幽靜而平靜的海的[illegible]律。過了一會兒，雨過天青，人們便又恢復了過去的狂熱的活動，繼續着決不停歇。

你可以聽見遠到島來土人們的情歌和跳舞，配着特殊的弦樂器，紅紅綠綠的衣服，抖顫着流露着青春的魅力的活躍。他們一手翹擺着腰，身體追隨着樂調，自由而協調的扭擺擺着，那不插腰的手臂，卻也做着幾種手勢和動作。傍晚的時候，赤日慢慢的墜落下來，在人們沒有太注意的時候，溜過了地平線，消逝海水的波濤裏，海面頓時閃着搖晃着幾萬條金黃色的波光和白銀色的圓珠，一顆一顆的像會發出聲音來。

夜間，有時候土人們離開沙灘，不妨到較遠的樹林裏去燃起野火來，做一次野獸性質的舞蹈。海邊呢，月亮上升了，淡藍色的輪燈底下，迷矇地點着若干位熱情兒女的倩影身軀，他們躺卧着乘涼，無邊無際的閒談，黑色的嘴唇裏露着潔白的牙齒來，令人有一種深深的留戀和回味。

夏日蜀道

賈謙

由成都至峨眉，有水陸兩路。陸路有汽車通至嘉定。予等因行李及人數較多，故走水路。七月十三日到東門外大碼頭下船。沿岷江下駛，經彭山，眉山，青神三縣至樂山（嘉定），計程三百三十里。由嘉定乘滑竿（轎之一種，較簡陋）陸行八十里，即抵峨眉縣。予等係一日行一百十里抵黃龍溪即宿，次日黎明乃發程前進，二百二十里之程，當晚即達。距樂山六十里有鎮曰蘇稽，長三十里，風景幽雅，令人心曠神怡。次日予等乘滑竿，經峨眉縣至大峨寺，即峨眉山佛教講習院之試驗地也。

「峨山天下秀」，向有三山，即大峨、二峨、小峨是，近來好事者復益以附近之小山曰四峨。寺廟古跡，多半在大峨山上，故遊人亦往往以遊大峨為止。

大峨寺距峨眉縣約三十里，係唐代初建，屬臨濟別派，主持為行松和尚。行松方從外省遊歷歸，對於各教持包容態度，對於佛伽之衰頹，亦深慨嘆。寺東為神水閣，前有巨石刻「大峨寺」三字，傳為純陽書，又有巨石上刻「福壽」二字，係陳搏書。此外又有蘇東坡讚之「雲外流春」石刻。神水水泉，終年不涸，相傳五代時智者大師，遊覽至此，則水發源於西域云。大峨寺西二里，有中峯寺。據僧云，本為道觀，山中有道猿，殺人無算，道士不能制，明果大師射殺之，故改為佛寺云。中峯寺西約二里，有龍昇岡，廟不大，然神幽之雕刻極精，據云係明代物，由龍昇岡西行約五里許為清音閣，亦名牛心寺，以江中有石如牛心形得名。旁有橋名雙飛橋，為白黑兩水會流處，深不見底，清涼絕塵。由大峨寺神水閣往東行，約四里，有純陽殿，為明御史郭衛陽建。山門設小學校一。殿中除純陽仙外，有觀音殿及太子樓。所謂太子樓者，求子者以銅元遙擲太子，中則信有得子希望也。以上各寺，予與講習院同人曾親往遊覽並舉行野餐。

新開寺在大峨山東南，由小道上約一時半可達。係明時建，近年來則為西人避暑之所，似枯寂而規模較小。七月二十六日講習院同人，全體出發赴新開寺，舉行公開討論會，參加者三十餘人。

上峨山而不至金頂，猶不上峨山耳。金頂距海面高一千餘尺，為峨山最高峯。據當用投天辯，可見「佛光」，並可遠望雪山。七月二十九日，講院同人，全體出發，步行上金頂，計程百三十里。由雙飛橋經牛心寺，折向南，過黑龍江棧道，達洪椿坪，即在寺午餐。洪椿寺僧較世俗，見予等步行至，禮貌疏簡。一行十三人，而香茗只五碗。據友人云，峨山某寺和尚之招待客人，按客人身分分三階級。曰：茶——泡茶——泡好茶，坐——請坐——請上坐。此聯譏諷洪椿寺僧，亦極相宜。下午由洪椿坪西行，經九十九倒拐，達九老洞宿焉。倒拐者，四川話轉彎之謂。所謂九十九者，言其多且難耳，實數之，只得半數。九老洞僧招待極殷勤，然不脫市儈氣。寺以九老名者，據傳說黃帝訪友至此，遇一叟，曰有伴侶九人，故名。距寺約三里，老九洞在焉。僧人燃炬，導予等入口，陰濕之氣逼人，石壁上蝙蝠甚多。至趙公明神龕，則氣更逼，口更小，僅容人蛇行而入，故女伴即退出，予等則仍匍匐前進。深入則又路徑多，如入迷宮。中多石鐘乳，有一石形如筆架，平鋪地上，僧人指為佛跡，實則不過水力所蝕成耳。

三十日上午離九老洞，一部分人先行，予與濟卿、純照、成剛、玉璉、蓮華、遲行約一刻。前隊已行矣，予等後隨，在山坡右側，忽見一猴在樹上探首出望，予等大喜。知過猴羣採摘料樹許十枚，於是猴就成小堆，撥路旁以誘之。初猴不敢近，繼則猴王從樹躍下，拾而食之。其他各猴，每數可二三十，留樹上作壁上觀。飽分餘後，猴王飛舉，食路旁草以解渴，母猴乃下，蓋所謂夫唱婦隨者歟？後攜小猴，小猴以四肢緊抱母腹，不論母猴如何奔躍跳躍，無跌地之虞。后食畢，王之諸臣妾乃相繼下食，於是子孫雖衆，順序而下。至於孫輩從孫輩，則只好在樹上窺望而已，不敢稍近。近則必受王掌擊，其家規可謂嚴矣。然雖嚴猴孫，則猴王亦不肯容恕。予曾目擊某猴因打小猴，猴王從樹巔跳下數丈，捷如閃電以責之。王亦喜抱孫么猴，曾見其向母猴之抱小猴，母猴斥之使去，王亦無如何，蓋抱兒為母之特權也。予觀猴而知中國家庭之由來。

遊覽天坡，洗象池，即在此午飯。予等為節除遠觀猴遊過，並等大悅，然無及矣。洗象池本亦有猴，唯此日則不可見。由洗象池向行，經大乘寺天氣漸寒，至白雲寺，則嶺雲幾如頂蓋。經雷洞坪至接引殿，接引佛在焉。峨山寺廟多數供普賢菩薩，因山本為普賢道場。然吾寄之朝峨眉者，其對象實為阿彌陀佛。按引佛者西方極樂世界之佛，即阿彌陀佛也。此處接引佛為丈六金身，係站像，工頗精緻。由接引殿南行，經七里坡，過殿而達金頂。

金頂（即金殿）明僧妙峯建，清初燬瓦，寺後為金頂正殿。殿後有觀光台，台下為捨身岩。予等到時，日將西下，登觀光下望，則一片雲海，浩渺無根。遙望嘉定峨眉各城，皆在眼簾中。據寺僧云，由捨身岩下躍自盡者，時有所聞。新近有青年某宿寺中，翌晨寺門猶為僧所見，詢其趣之，僧諾之，則以遁詞支吾，不圖頃刻間，青年已躍身跳入岩底矣。按來此捨身者，約分兩種人。一種人因悟成迷，由幻想作用，誤以「佛光」中所映之自影為接引佛，故縱身就佛，冀登身入西天，又有一種則悲觀厭世者也。現已由官廳示禁捨身並以木坂繞欄圍其四周。

予等到頂之當晚，即大雨如注，入後尤甚。計予等於七月三十晚抵山，八月二日下山回大峨寺。除到時片刻外，始終未見天日，故與山「佛光」，皆不及見。是亦有幸有不幸歟？

予等在金頂上因困居無事，則開會商益峨眉山遊既今後之計劃，並作個人談話。兩稍霽則出外採集野草以消遣。野草中有一種德文名「雪白」者，（Edelweiss）本係瑞士國花。據瑞士人云：此花只產於瑞士，不圖於此見之。

八月二日，冒雨下山，過蓮花寺，即轉而北，改道下山，取其近也。到初殿午飯，衣服盡濕，因就火令乾。飯後由長老坪經心坡到萬年寺。寺分三殿，曰：毘盧殿、磚殿、新殿，規模頗宏大。寺建於晉代，初名普賢寺，至明萬曆間始改今名。寺內佛像多係銅鑄，又有舍利子佛寺。予到初殿後，因腳不良於行，故坐背子下山到成龍寺，然後步行回大峨寺。背子者，一人背坐具，乘者坐其上，亦運輸器之一種也，予僅在四川見之。初試似極危險，然背者能上山下山，不感困苦。

八月三日清晨，暑院結束，予與王瑤，話別謝嗣志，乘滑竿下山。到峨眉縣，另僱滑竿，至嘉定即往王瑤家。由峨眉縣至嘉定，計程八十里，滑竿係竹製，極輕便，重量甚小。據云，四川工人多嗜食鴉片，體質孱弱，故發明滑竿云。予等過蘇公橋時，王瑤之姊夫某，因線上見飛機，以予等到嘉定時，已在傍晚八時三刻，按照路程，至少一時半之久，可見此隨解釋，不採無用。

八月四日下午，偕王璉及其姊丈遊凌雲山，遊大佛寺，唐僧海通鑿山刻佛像，高三四十丈，故名大佛寺。海通鑿像時，某官阻之，通挖一目以獻，始成。本有樓三十六層，可以直達佛頂，毀於獻忠之亂，遂毀。大佛寺新建藏經樓，係西式建築，光線頗佳，然與古式廟宇，似不相稱。知客僧某，因予為浙人，向予募藏經樓捐款，予應諾捐印板佛經一二部，渠因予未捐款，似不甚喜。是晚設宴，恩澤，成恩，德蔭諸君到。

八月五日，同蔡勳，王璉等遊烏尤寺，寺亦整潔可觀，僧知客爲昧，對於佛教歷史故，一無所知，令人掃興。烏尤有離堆，亦爲秦李冰所鑿。遊烏尤寺畢，經大佛寺過濟定。大佛寺旁有東坡亭，予等亦乘便入覽。本日晨辭別王璉家人，上此來城，此予入川時之熟路也。

在船上甚爲旅行，正言政治。六日清晨起，在船上遇張遺英女士，寒暄。女士樂陽人，金女大卒業，在重慶女青年會服務。六日下午三時到敘府，船聞泊岸。上岸訪徐懋及伊友文觀一女士，同伊等步鎮遊眞武山，山上皆道觀，多識政權，使人生不快之感。在街上遇非振河君，渠在農民銀行辦事，渠去年曾來參川調查鄉村經濟。七日舟過南溪、瀘縣、合江、江津，下午五時抵重慶，仍寓青年會。八日晚，鄭君建中邀予於青年會，並鄉村服務社同志二十人作陪。鄉村服務社，鄭君所發起，由重慶教會中及社會上各界領袖組織而成，鄭自任幹事，已在南山購地，不久開始工作。予即席演講半小時，說明鄉村工作應具之條件數則。未及席終，予即告辭，偕行李赴玄壇廟，上高禾輪。九日清晨離開，晚七時到萬縣，登岸遊覽公園，內有鐘樓，面積頗寬廣。八月十日，再過三峽，印像甚佳，已不及初見時之新奇矣！

夏天的書

——浮浪繪序

楊樺

人的思想和感觸也許都是為了自私而起的吧？而人生所以值得回味和依戀的地方大概就是寄存在這裏。站在唯我的立場上來說，我是十分自私的，我不但擁護我自己，愛惜我自己，而且也忠實於我自己。

我是一個很難滿足現實的人，對於過去，常常懷念不止，對於未來，也常常憧憬著明日的繁華——因此，在我的懷念裏同時也有着未來的憧憬。人生之於我，以為就是這麼的一回事。

在這已經過去了的三十年中，我無時不在愛惜自己的生命；因此，自從我學會了識文字的時候起，這十多年來，我每天都為我自己而寫下我的「日記」作為我生命的紀程碑。我的創作（包括了小說和散文）的取材，可以說，全是由這裏所摘取出來的，往往有許多作品，簡直就是我底「日記」的縮影或放大。

因為我是一個很難滿足現實的人，所以我常常不滿於我的現生活，尤其不滿於我現生活中的環境。為什麼我的命運就要注定我永遠都要住在這罪惡的都市裏呢？而且轉來轉去都轉的不完，一如無盡的延續似的。高速度的物質文明和資本主義的浪潮就構成了這個爛熟的都市的外表；農村的崩潰和社會舊制度的繼續殘存，遂又形成了這沖積層化石似的腐爛的都市的骨髓。我想假如經過這矛盾的集合體似的都市的毀滅，必須資本主義整個的崩潰，然後才可有新的都市的起來。於是，我是常在這腐爛期的都市的生活中憧憬着明日的世界，和合理與健全的生活。

但是事實上我只能作為一個期待着那合理的和健全的生活的到來的人羣之一，而卻不能作為一個改革生活的先鋒者；因此，對於過去的生活，我只能很自私地為我自己而把它忠實的摘錄下來，以備作為未來生活的一面對照。

我就是抱着這樣的態度和立場寫作的。

至於我寫作的動機，並沒有存着「要拿它來換飯吃」的心理，更沒有想到「我是在創作呀」的念頭，而祇是為了自己的一些自私的情緒才動筆的。再說得明些：我的寫作是為了我自己。這個觀念也許太過自私了吧？可是我卻不想來計較這些，說得爽直一點，我的寫作，正像我的「日記」一樣，是單為了紀錄我底日常生活中所見所聞的事物而動筆的。

以現在所處的環境而想着往昔的生活，那真是太安定而且太舒適了。但自從一九三七年八月八日離開了上海而作第三次的南歸以後，江水給我遮隔，一別三年，因此對於這座金城，不免有些依依之感。從一九三八年起，我的家園破了，從此就過着游牧人似的生涯，我開始捲入到生活的激流裏，為了衣食而行吟，變破了我有生以來二十二年的安靜。

這次流浪的地點，雖然仍是我少年時也曾安居過的南國的海都——香港，可是經淪落後的心情，對於一切富貴的改變都已感到陌生了。因此對於過去的懷念更加深切，但在我明麗的靈魂已多蒙上一些風塵，行吟着如牧歌的悒鬱，並且加上了一層悽涼的氣氛。

以後（一九三八年後）漂泊的日子可說多、起來了，沿着這個人生的過程中的分水嶺的年代而下，一邊穿越了好幾個城和市，最末又給我回到一別多年的金城。這幾年來，眼看着她的沉落，到如今快將毀滅了。也曾為她的懷念而今我陸續寫下來的東西，也該給它作個結束吧，於是乃有這個散文拙軼的編輯。

如今令我朝夕在懷念着的，是親自教育我長大的慈愛的母親，為了我個人的前程，她忍耐着最大的痛苦讓我獨個兒的流浪四方，而她呢，至今還為我而遷回到古舊的家鄉盡着我的兒女教養着她的第三代。現在給我編成集子呈獻給讀者的，正是她教育我的心血的成果啊！我隨在這個數子集子出版的時候，遙祝她老人家健康！

九四五年六月，在上海。

夏天的茶館

趙而昌

首先應該聲明這裏所謂夏天的茶館，絕不包括有吃講茶的意思在內，如胡適之博士以前所說的。然而我仍得聲明——因為這是很重要的，在我們中國人的眼中，茶是一種由始兒們手中採下來的最潔淨，純潔，無邪的東西——因之即使在茶館裏，說茶杯已經缺了口，那茶館裏的茶垢已經積起了兩三分，然而它卻仍是代表着純潔，無邪，公正，無私的——仍是為我們公眾喜愛的——我們小百姓的愛吃講茶，正表示了他們信賴茶的力量，遠過於有名無實的官吏——小百姓的愛上茶館，也表示了他們真愛低過簡陋的草棚，遠過於崇高巍峨的宮邸！茶在我們中國人中間始終有着重要的力量。無論什麼事，諸如某乙瞞佔了某甲的妻子，某丁欠了某丙五十塊洋錢，此類林林在父母官的面前要拼生纏糾然的，而在茶館的蟠簷下，無一不可以用輕鬆言詞，叩頭賠罪了之。

並且在某種吃茶的情趣上看，吃茶這回事始終是屬於我們極東的國家的，是只有我們極東的國家才能真真享受它的情趣的。雖然在西方也有以喝紅茶或[illegible]為至樂的，而在我國上，兩者卻有着這末大的截然不同——我們中國人在喝茶之時，壓根兒不能與像喝酒一般用糕餅點心去送茶的，因之所謂吃茶，只要是介乎兩頓飯的任何時間之間，是隨時隨地都可以舉行的，這就是東西方的不同之點了。而因為我們已懂得喝茶的意思並非是單純的為了充飢，所以除了味覺外，我們還會用嗅覺和視覺去增長喝時的情趣。在我們東方人的眼中，上茶館喝茶十分之十是含有悠閒的成分，因之正當一杯在手時，幾不多我們都懂得怎樣的使自己的心境與外界的環境兩者合而為一。

許多人都把蘇州人的喝茶與紹興人的吃酒並稱，叫清個省的作者葉強又斷然把茶酒兩者劃為不能並喻的兩物。我頗不以為然。我素認我們紹興人是會喝酒的，但卻不承認因為我們太會喝酒了之故，便得把喝茶一事在蘇州人的面前相形見絀——要不然我們要這城垣內外，大大小小的許多茶館子做什麼呢？反之，在我們夏日鄉間生活最閒適的，無有再過於傍晚時分許許多多由茶館中節搭出來的長板桌都被茶客佔滿了——這種擁擠的情形常會使那些小姑娘即使想從這條路上穿過過去也羞答答地不敢。而佔在桌上的那些茶客個個就是許多喝得醉頭迷醉的人！就是許多面孔喝得像豬肝一般紅的醉態如泥的人！就是許多想藉釅釅的茶汁將昏沉的腦袋清醒清醒的人！這些茶客有的或許已倒在座椅上沉沉睡了，人事不知了，有的則已倚在座椅的靠角上發呆了，腳步塊也不這了，大多數茶客在這時已光赤了上身，撩起碩大無朋的蒲扇了，有的索性蹺起了雙腳，使勁地搖腳丫了。我想這塵世間真有所謂『極樂』的樂園的話，大概就是指這種境地吧！由此看來，茶和酒在本質上雖然是不同的，而論到實際的享受上時，它們是仍能融合起來的。惟有這兩者融和起來的沉醉，才是最有意義，才是一最能發現靈魂的，和諧的氛圍的。

再說在我的眼中看來，茶館乃是我們中國人最最原始的產物，不止是它所有的一切，譬如直腳的長條櫈和長條桌，鏽着茶垢的破茶杯破茶壺，以至於三眼火灶裏燒着熊熊的柴火，無一不是原始，即是這種吃茶的場所，一還依着日出而作日入而息的定律進行着營業的次序也是最原始不過的。一天中太陽有兩次變做血紅的波動物質時，——一次由東方出來，一次由西方下去，就是茶館最沙嚷的時節！夏日的黃昏夕陽照耀得格外璀璨時，也就是茶館的繁亂擾攘到了極點的時節！

所異於晚間的，夏日清晨的茶館一切令人感覺清新。所不同者，一天的暑汁沒有了，擾攘殺的鼓噪沒有了，我們依然如同隔世地看到那個幾乎有像八九歲孩子般高的穿心酥爐仍然屹然立着，看到昨日自己蹲踞過的椅子仍原來還靠着一個人。茶葉茶梗混合了煙灰紙屑丟棄一地，椅子七倒八豎地散亂着，真是人生如戲啊！那並排的陳列真像那小當差沒有得着好覺醒而就來替我們倒茶的夥計啊！四週非常悄然，豆腐店磨了一夜的豆腐已在卸排門，瓜菓行一元錢一担的西瓜正在挑起動，挑菜販的用着齊的步伐挑着時新擔。當此時我們呷下第一口的濃茶去洗胃腸時，就覺得這一切都是非常安靜而合乎韻律的了，是享受了一類可以領悟永久的情緒了！以我即使是那茶館後的小河上已泛過了被陽光照射的金線而必須去工作時，也可多有一分精神，多有一分力氣了！

自戰亂以來，已有好多年不會喝過那種可以令人忘我的茶，只有去年在靈隱寺喝的彷彿似之。那是四點半鐘就出得清波門來的夏天清晨。偌大的『靈隱飛來』的廣場上只有了我和挑茶的山僧兩個人。我在那個時候纔可以悠然長嘯，把山所也都震動起來；纔可以喃喃獨語，不管我說的是什麼；我可把身體擺成個螳螂的之式，而不被人所笑；纔可把身體浸到了整個冷泉亭的四個角落，而不受人干涉。但我在那時畢竟沒有這樣做過。誰人到了可以這樣做的境界時，他是無須再這樣做了的。因為他在那時已是根本忘了自己是何物了！已懂得天長地久的秘奧了！已領略了不喫土司也呷清茶的妙趣了！

編後小記

這一期出版『夏天生活專號』，適值上海米價飛漲百物騰貴之秋，讀者們從本期文字中，可以想見生活的艱困了。我們敢說作家和讀者們，都能夠獲得一個像何若先生所期望的那樣的過度。並且，夏天過去，涼氣也漸漸要來了。

『絕對貞操』因本期稿擠，暫停一期，請讀者們特別見諒。

夜闌人靜（連載）

三十

馬克代竹貞借來的錢，雖然說來數目不少，但祇夠了結醫院裏一部分所積欠的債；至於葬儀的一筆消費，毫無着落，怪不得竹貞要抱着世觀的屍首痛哭流涕，使立在旁邊的看護小姐們都被感動地陪她流着眼淚。蘇老頭幾乎成了木人，他掛着淚水，呆望着前面：前面是一個個可怕的暗淡的影子，天將曉了。

竹貞哭了半天才同父親離開了那簡陋的病房。回到家裏，祇知傷心，連飯也忘記吃了。竹貞心中異常的紊亂，對於這複雜的人世的變動，她實在沒法兒應付。正當她焦灼萬分的時候，那討厭的孔玉山又跑上樓來了：

「——聽說許老太太今日早晨故世了！唉，真是——真是沒料到的。」

他的面孔裝做得很表同情，很哀感；可是這祇限於一瞬間，他呼了一口香煙便又扯到別的問題上頭去了。

「許小姐，你不能儘是哭啊！哭壞了身體真不得了！你不是還要上舞場裏去麼？時間已經到了，你趕快洗個臉收拾收拾吧。——」

「我今日想請假一天！」竹貞一邊哭泣，一邊說。

「那怎麼成呢？你請假一天，你知道舞場方面損失多大呀！近來的許多人都是為着你而去的，尤其是我們的王爵爺！——」

「——」

「怎麼樣，許小姐，這是你自己的事啊！回頭得罪了客人，一切責任叫誰去負呢？」

「你去說，我家裏死了人！」竹貞顯然是生氣了。

「死人？舞場裏老板管你死人不死人！你是簽了合同的呀！」

「合同難道就是賣身契？」

「那也同賣身契差不離，你不做滿期，你就得不到自由。」

——真的，這一天晚上竹貞還是被舞場裏派汽車來接去了。

她坐在王爵的椅子上。

王爵色迷迷地望着她的臉。

她的臉今日和往常大不相同。她一點脂粉也沒有搽，顯得有點像白。她不像平日一般地應對客人，她不說話也不笑。

「白璐，今日怎麼啦？是我得罪了你不是？」王穎握住她的手。「你爲什麼不理我？」

竹貞望着晰綠的燈火出神，她完全沒注意對方的話。

「說呀？你爲什麼對我板着臉？」

「——」

「幹嗎不笑？——白璐，笑一個給我看看，笑一個——」

他托起了竹貞的下巴，誰知一連串的淚珠打她眼眶裏滾出來，竹貞伏在圓桌上哭了。王穎在她的髮上發現了一朵小小的白絨花。

「白璐，你，你戴誰的孝？」

「我媽今天死了！」

「哦，怪不得！你爲什麼早不告訴我？」

「我心亂得很。」

「你該找了！非說你今天可以別到這兒來。」

「我跟這兒有合同的！」

「不要緊，一切有我！」王穎拍着胸，說，「你還是回去料理料理喪事吧，沒錢用，到我這兒拿！」

王穎掏出支票簿開了一張，遞給竹貞：

「這算是我送給你的一點小意思。——」

「不，我——我怎麼好意思收您這麼多的錢！」竹貞沿了一種支與說。

「白璐，你又見外了。」王穎拍拍她的背，「你拿着走吧。隔幾天我叫馬先生代我來看你，你心裏有事，舞場裏可以暫時不要來，你放心得了。」

「多謝你，王先生。」

竹貞揩揩眼睛，拿起短大衣和皮夾離開了舞廳。

三十一

薛老太太的喪事剛剛料理完畢，誰知薛老先生又害起病來，大概是悲傷過度，咳嗽竟含有鮮血。然而，王山和他的姘婦朱砂那副險惡的面孔也真是叫人夠受的了！

竹貞聽了王穎的話，舞場裏真有好久的時間沒有去，她一心一意地在家裏侍候年老的父親。她想爸爸實在太可憐了！這麼大的年紀沒有享到一點人生的樂趣，加之幾十年來和他處在的伴侶也棄他而逝了，種種的苦痛似乎都圍繞在他的四周，世上恐怕再找不出比他更不幸的人了！可是，薛老頭在病中就一直掛念着他的女兒，他對於女兒的前途看得比他自己的生死存亡還要嚴重，他覺得像竹貞這般年輕的女子，應當是要過點比較舒適的生活的，現在所受的數不清的苦楚都是因爲自己年老無用害了她。他好像太對不起她的女兒了！他爲什麼白白地斷送了她寶貴的青春？——

這天與克又光臨他們的寒舍。他一見竹貞，就直接地提出上次所說的意思：

「白璐，這些時你該早已得滿足了，今天大約可以給我一個滿意的答覆了吧！

竹貞瞅瞅榻上的老丈號號，沒給回話。

「王霸希望你別太固執，做人就是這麼回來，何必太認真呢？我想你這一方面不致於再有什麼問題了。白露，你說？」

竹貞很不自在的樣子，她慢慢抬起了頭，這些時她似乎又瘦了一些，兩頰眼眶陷得深了，額角有一絲絲的青筋，像一條條的小蚯蚓般盤住她蒼白的白花似的。她輕輕地搖了搖頭，又低了下去。

馬克却有點焦急的神氣：

「這件事，王霸完全信託我，交給我辦。我呢，完全信任你，所以特地來同你商量！白露，你替我想一想，再替你自己想一想。事情成功了，你有好處，我也有面子。若是你不答應的話，那麼弄得大家臉上都不好看。王霸的脾氣一發，他什麼事都幹得出，那時候我不講信用，不顧名譽，那都還是小事哩——白露，你再為我的名譽想一想！我早說了你肯嫁給他的，如今你不答應，豈不是害了我撒謊嗎？」

竹貞滿腹憂鬱地說：

「你為什麼拿得這樣穩？」

「其實，我還是為你打算啊！」馬克說，「你想想，你每天過的是什麼日子，你每天在舞場裏陪人玩，玩到夜半更深，雖是嘻嘻哈哈的，可是你瞞不住我的眼。你的心思我那裏看不出？你有沒有過一刻鐘的幸福，一刻鐘的安閑？——這為的什麼？還不是為的生活！——再說，你老太爺的年紀已有這麼大，精神上已經是夠苦的了，你總得設法稍微讓他吃得飽一點，活得好一點呀——還有，你那位呂楓，簡直不是人。他丟開了你，一個子兒不！——如今都無音訊，顯然他是無意再和你結合了。他既然拋棄了你，你也就不必再念着他！他走他的路，你為什麼不能走你的路？白露，你知道，女子最寶貴的是年齡，人一老，什麼都完了，懊悔也來不及了！我希望你能嫁人還是早點嫁了吧——王霸不會虧待你的，他的元配死了好多年了！」

竹貞被馬克的話打擊得直掉淚，馬克知道抓到了她心裏的弱點，所以越說越有勁。那老頭也聽到了馬克的話，他掙扎着探出頭來向女兒說：

「貞兒，為了你的將來，為了你的幸福，你就聽從了馬先生的勸導吧。我老，王先生為人還算忠厚，你媽去世，所有的治喪費，都虧得他代墊出來，不然——」

「是呀！」馬克又有話補充了，「王霸也提到過你向他借用的錢，你記得嗎？上次你到醫院裏去在我這兒拿去的錢，也是王霸借給你的——再有，你這些時不上舞場服務，一切的損失也都算在王霸一人的頭上！你瞧他待你多好！要是你弄得他不高興，他反臉向你討還你所欠的錢，你又怎麼辦？」

竹貞的心跳得厲害，她想來想去，意志也有些兒動搖了。馬克的話句句都有力量，因為他說的句句都是事實。竹貞的心一橫，她決定了她的主張。她對馬克說：

「好的，我倒要試一試我未來的命運！」

馬克一聽她的話，喜得跳起來，說：

「白露，你真可愛！你真聰敏！你，你救了我！」

竹貞良明非妙拖抬頭望周克，周克卻已跳出了房門了。

三十二

竹貞決意嫁給王簡的時候，正是呂楓同雙蘭宣告同居的時候！

我們不是好久沒有知道呂楓和雙蘭的生活情況嗎？他們同居在一起，彼此都覺得是志同道合，相見恨晚。呂楓勸雙蘭說離這家庭的羈束，千萬不能聽她父親阿壺的話再去操那下賤的皮肉生涯！他對她說：「我情願以寫作爲生，過一點清苦自在的日子，我想換一個環境，改變一下生活。你若是肯聽我的話，我們兩人就搬到鄉下去住吧。」

雙蘭很同意跟呂楓走，祇是捨不得她的母親。

「我們走了，叫母親怎樣過活呢？」她說。

但徐媽把女兒的境遇看怕了，她並不希望女兒再以血肉換錢來維持一家人的生活，呂少帆既有意帶她的女兒離開這個地方未始不是一件好事。她對雙蘭說：

「我恨不得你能早點兒脫離苦海，你願意跟呂少帆走，你們倆儘管走吧，趁你爸爸不在家的時候。你走了，家裏的開支也減省了，我想我吃一點苦，養活我一個子總還有辦法——」

雙蘭望望母親又望望呂楓。

呂楓說：

「你媽的話不錯，要走，得趁你爸爸不在家的時候走。他知道了，無論如何是不會放你去的——至於你媽的生活，她一個人總還比較容易想辦法，我們搬到鄉下去住，大家省吃儉用的過日子，決不會爲難到那兒。有多的錢，還是一樣的可以接濟你的母親。雙蘭，你的主意拿定了沒有？」

雙蘭點點頭說：

「我依你的話做。」

即刻他們收拾了行李，包裹，向徐媽告別。出門的時候，呂楓又回轉頭來說：

「我們打算到滬西梵林鎮一帶找房子去，那邊空屋又多又便宜，以前我唸書的時候，有兩個暑假都是住在那兒的，一切我都很熟悉。」

雙蘭也帶着笑容對她的母親說：

「我們一找到了房子就會通知你的，祇要你別告訴爸爸。——啊，如果爸爸要問起我——」

呂楓忙接口向徐媽說：

「你儘管說是跟我走的——至於上什麼地方去了，你說你根本不知道。這樣他就不會怪在你身上了——」

「我知道，我知道。」徐媽忙擺手說，「趁天還沒有黑，你們快點走吧。」

於是呂楓和雙蘭分拿着行李出了弄堂，徐媽臉上雖然看不出有什麼笑容，可是她的心裏是十分輕快的。她覺得女兒從此可以過一點自在的生活，像凋宇先生所說的：遇見貴人搭救，已經走上了平安之途——

八月號　第二十一期

上海風雨談社印行
上海福州路三四二號太平書局轉

男人與女人

知堂

男人與女人是一部遊記的名稱。德國有名的性學者希耳失菲耳特博士於一九三一年旅行東方，作學術講演，回國後把見聞所得記錄下來，結果就是這部遊記。我所有的是格林的英譯本，一九三五年出版，那時著者已經逃往美洲做難民去了，因為在兩年前柏林的研究所被一班如醉如狂的青年所毀，典籍資料焚燒淨盡。民國二十二年五月十四日京報上載有焚性學的紀事，說德國的學生將所有圖書搬到柏林大學，定於五月十日焚燒，並高歌歡呼，歌的起句是日耳曼之婦女今已予以保護兮。青年一時的迷妄本是可以原恕的，如路加福音上所記耶穌的話，因為他們所作的他們不曉得。所可惜的是學術上的損失，我因此想到，希博士這次旅行的收穫自然也在內，如遊記中所說日本友人所贈的枕繪本，爪哇土王所贈的彫像，當亦已被毀了吧。——且說這部遊記共分為四部分，即遠東，南洋，印度，近東，是也。於第一分中所記是關於日本與中國的事情，其中自第十二至二十九各節都說的是中國，今抄述幾段出來，我覺得都很有意思，不愧為他山之石，值得我們深切的注意。十七節記述在南京與當時的衛生部長劉博士的談話，有一段云：

「部長問，對於登記妓女，尊意如何，你或當知道，我們向無什麼統制的辦法。我答說，沒有多大用處。賣淫制度非政府的統制所可打倒，我從經驗上知道，你也只能制止牠的一小部分，而且登記並不就能夠防止花柳病。從別方面說，你標示出一類人來，甚不公平的侮辱她們，因為賣淫的女人大抵是不幸的境遇之犧牲者，也是使用她們的男子或是如中國人所常有的為了幾塊銀圓賣了她們的父母之犧牲者也。部長又問，還有什麼別的方法可以遏止賣淫呢，我答說，什麼事都不會成功，若不是有更廣遠的，更深入於社會學的與性學的方面之若干改革。」二十五節說到多妻制度，有一個簡單的統計云：

「據計算說，現在中國人中，有百分之約三十只有一個妻子，百分之約五十，包括許多苦力在內，有兩個妻子，百分之十至有三個以至六個女人，百分之五左右有六個以上，其中有的多至三十個妻子，或者更多。關於張宗昌將軍，據說他有八十個妻妾，在他戰敗移居日本之前，他只留下一個，其餘的都給錢遣散了。我在香港，有人指一個乞丐告訴我，他在正妻之外還養着兩房正妻云。」關於雅片也時常說及，二十八節云：

「雅片在中國每年的使用量，以人口攤派，每人有三十二公厘（案約合一錢弱）之多，每人每日用量自半公厘以至三十公厘。德國每年使用量以人口計為每人十分之一公厘，英國所用雅片頗多，其位置在中國之次，使用量亦只是二公厘又十分之三公厘。」第四分九十八節中敘述埃及人服用大麻煙的情形，說到第一次歐戰後麻醉品服用的增加，有一節云：

「凡雅片，嗎啡，科加因等麻醉藥品，供全世界人口作醫療之用，每年總數只需六千公斤即已充足，但是現今中國一處使用四千五百萬公斤，印度一千萬公斤，合衆國四百萬公斤，埃及小亞細亞以及歐洲共五百萬公斤，云云。」二十四節中說中國旅館的吵鬧，他的經驗很有意思，而這又與賭博有關係，可以抄譯在這裏：

「中國旅館在晚夜直像是一個熱鬧擁擠的蜂房。差不多從各個房間裏發出打麻將的人們的高聲的談話，咳嗽，狂笑。一百三十幾張的骨牌碰在一起，嘩喇嘩喇的響，反反不已。索要茶水，搖鈴報告房間號數。賣唱的姑娘以及他種妓女，叫來，遣走，另換別人，一個客人時常叫上十幾回，隨後才留下一個住宿。女人們唱歌，彈琵琶。房門猛開，砰訇作響。按鈴呼喚，茶房奔走，直是樓下的那些僕役也那麼興高采烈，不懂中國情形的人見了，一定會得猜疑有什麼旅館革命將要勃發了吧。

我於二點三刻派遣房間裏的一個僕役出去，到鄰近各房去求情，請略為安靜一點，說有一位老紳士身體欠安，想要睡一會兒。那些中國人那時很客氣的道歉，暫時不作聲，隨後低聲說話，再過三分鐘之後，談笑得比以前更是熱鬧了。我將棉花塞了耳朵，只好降服了，睡到天明，那時候這一切非人間的聲響才暫時停止了。」著者對於中國是很有同情的，但是遇見這種情形也似乎看不下去，不免有許多不快之感。他結論說中國人的耳神經一定是與西洋人構造不同。老紳士的這種幽默的話說得很是可悲，他在本書中屢次表明他的意見，關於性與環境的結果，個體的差異常比種族的差異更為有力，因此是不很願意來着重於人種與色的分別的，這一回大約很為麻將客所苦，不得已乃去耳朵上設法，這實在是大可同情的事。不過我們常覺這吵鬧，以及嫖賭煙種種惡行，只是從習慣上來，不是由於何種構造的不同，庶幾我們還有將來可以救拔的希望耳。第十四節講到中國與他國殊異之點，其一云：

「其次不同是，在中國之以人力代馬力。一頭牛馬或者一架機器都要比一個人更為貴重，所以無論走到那裏都可以看見中國人在背負或拉着不可信的重荷。就是在上海那樣一個極大的商業中心，載重汽車還是少見的東西。我曾見一兩極大的壓馬路的汽機，由兩打的中國男人和女人拉了走動着。

由此可見人在中國甚多極不值錢。所以這是不足為奇的，不知道有多少千數的人在三十至四十歲之間都死於肺結核症。一直並沒有什麼醫藥的處理，有一天正在熱鬧地方勞作的中間，忽然吐起狂血來，於是他們的生命就完結了。」著者決不是有心要毀謗中國，如上邊說過他還是很同情於中國的，其原因一大半是由於同病相憐，因此見了這些不幸的情形，深有愛莫能助之感，發此憤慨，這不足怪，這與幸災樂禍的說法是大不相同的。還有一層，婦女問題複雜難解決，有些地方與社會問題有關連，在性學者看去自然也很是關心的。但是這樣一來，使我們讀者更加悚懼，重大疑難的問題一個個來提出在面前，結果有點弄得無可如何，豈不是讀書自找苦吃，真是何苦來呢。幸而此一十八節文章中並非全是說的喪氣的話，有地方也頗有光明，如十四節中竭力非難外國的霸道，後邊批評中國云：

「在中國的現代青年若去與別國的相比，有許多方面都比較的少受傳統的障礙。第一，他們沒有宗教上的成見。在歐洲方面似乎不大知道，中國的至少四百兆的人民向來沒有宗教，也一點的沒有什麼不好。他們緊守着從前孔夫子以及別的先哲所定下來的習慣法，但並不對了他們（案即孔夫子及別的一班人）禱告，只是專心於保存面子。他們着重在此地與此時的實在，並不在於幻想的時與地之外。」著者原是外國人，對於中國只憑了十星期的觀察，所下的判斷自然未必能全正確，這又是直譯出來的，辭說恐亦難免，但是總起來看，這所說的不能說是不對，也可以增加我們不少的勇氣。誠然如著者所說，中國沒有宗教上的種種成見，又沒有像印度的那種階級，的確有許多好處，有利於改革運動，可是具體的說，也還很不能樂觀。別的不說，只就上邊所有幾件事看去，便覺得如不肯說沒法子，也總要說道怎麼辦，——但是，怎麼辦總已經比沒法子進了一步了，我們姑且即以此為樂觀之根據可乎。民國三十三年九月十二日，在北京風雨中記。

禁屠和祈雨

柳雨生

在燃發匯月的時節，竟然年歲為災，雨甚缺乏，於是各地當局們，顧念到民生的供給，不免又照例的要禁屠祈雨一番了。我說是「照例」，因為這種事實就是古已有之，並不希奇了，可以希奇的是到今日也還是這樣的做法，這樣的「禁」和「祈」。七月號「雜誌」上的「掘月文摘」，曾有這樣幾則的紀載：

自亢旱以來，早象已成，霖雨罕見。……縣禁屠不足，願詞求關懷切實禁屠，全民齋戒，使雨發開禁，庶誠格感天，甘霖早降云。（十二日「新蘇寶日報」）

昨為祈雨第一日，由王縣長主祭，各機關團體代表及地方士紳陪祭，於鑼鼓聲中，上香行禮，及宣讀祈雨文畢即行禮成，茲將祈雨文誌後：

「維中華民國三十四年五月（即夏六月）十二日江都縣縣長王鎮文謹率全體僚屬暨地方士紳竭以至誠，昭告於神明之靈曰：粵稽往昔，勤民力穡，民生攸賴，惟穀為食糧，遇此蟲旱，火傘高張，早象已成，群情惶惶，桑林禱雨，古有成規，從師往事，用將存誠，甘霖立沛，百穀穰穰，共沐神庥，盈稅盈倉，尚饗。」（六月十三日「蘇北新報」）

多日以來，乾亢無雨……地方當局除禁屠外，並於日前設壇求雨，乃誠感動天，果於昨日上午天降甘霖。……（六月十四日「蘇北新報」）

的天邊見祈雨的行列，一彩紙條，脫光了膀子，頭上來了彎彎的柳條，一路吹吹打打，拍着紙簡招搖過市，並且高舉布招，上寫八字：「至誠求雨，不取分文。」」（十四日南京「中央日報」副刊）

這裏所摘引的報紙紀載雖然不過是幾家，我們已經可以見到今年各地禁屠和祈雨的洋洋大觀了。其他的紀載，恐怕還有不少，這裏沒有篇幅去多抄那些報紙，讀者們當然也會看到的。我們記得在二十年前軍閥張宗昌督魯的時代，有過裝千佛山喝砲打龍王的笑話。我們又記得在北伐以前民國十四年的秋天，湖南省遭遇到嚴重的旱災，省當局曾迎過所謂陶李兩眞人的神像進城，供在玉泉山。結果並沒有寸滴的雨水。當局又向鄉村行借了好幾個虎頭骨，用長繩繫好，沉到城外各深潭之中，希望潭底蟄伏着的龍聽見會和虎相鬥，必然能夠興雲布雨。可惜當局的苦心又白費掉了，後來更迎周公真人及所謂它們將軍一併供在玉泉山的廟裏，也依舊沒有影響。後來又在省公署裏，按照湖南紀文達公的「憤爽祈雨」印本，設壇求雨。（見民國十四年七月廿二日申報）如此說來，目前各地的祈雨禁屠，比起當年的許多奇妙法術，還算是小巫呢。

原來本文的目的，並不想賣弄什麼淺近的科學知識，說什麼應該利用科學防禦旱災啊，增植森林啊，興水利啊，廣設氣象台觀測雨量啊，這些事情實在是一個正常的現代國家對國民們應該具備的最淺易的常識，本來用不着多講的。就在古代，如後漢時已經知道實測各地的雨量了，鄭樵云：

後漢自立春至立夏盡立秋，郡國上雨澤，若少，郡縣各掃除社稷，公卿官長以次行雩禮。（通志卷四十二禮略一）

顧炎武也說：

洪武中，令天下州縣長吏，月奏雨澤。蓋古者龍見而雩，春秋三書，不雨之遺也。承平日久，率視為不急之務。永樂二十二年十月，通政司請以四方雨澤奏章類送給事中收貯。上曰：『祖宗所以令天下奏雨澤者，欲前知水旱以施恤民之政，此良法美意。今州縣雨澤，乃積於通政司，上之人何由知？又欲送給事中收貯，是欲上之人終不知也。如此徒勞州縣何益？自今四方所奏雨澤，至即封進朕親閱也。』（日知錄卷十二）

雖然現存的典籍和實物不算怎樣完備了，大約我們仍還可以相信，在公元十五世紀左右（明成祖仁宗之際）我國已有量雨器的發明。直早一點的紀載，如西遊記小說裏賣卜的先生對龍王說道：

明日辰時布雲，巳時發雷，午時下雨，未時雨足，共得水三尺三寸零四十八點。（第十回：老龍王拙計犯天條）

也可以想知我國在元明時際一般的人們早也有了計算雨量的概念了。經過明清政府的提倡，到了清初如乾隆時，各地還有所謂測雨臺之設。如果歷來當局們能夠積極的倡導，灌輸科學的知識，增加防禦旱災的設備，那麼即使遇到旱災荒，也必能利用正當的設施防止和補救，又何致於用神權迷信的禁屠祈雨的方法去自求護佑呢！

不過，我們在上面引的鄭樵通志禮略中，也看見什麼「掃除社稷」，「行雩禮」的文字。顧亭林的日知錄裏，也說「古者龍見而雩」。這都是「不雨」的時候必須實行的祀典。我們現代人知道，在古代神權政治和封建政治的時代，這種玄秘莫測的祀典，是少不了的。它有着它的時代意義和環境背景。（參看拙著『中國人的真精神』，雜誌十五卷第四期）如周禮司巫云：『若國大旱，則帥巫而舞雩。』禮記月令云：『命有司為民祀山川百原乃大雩。』我們已經可以約略看到一點個中的消息。周易說『雲從龍，風從虎』，左傳說『龍見而雩』，後來遂假而為祈雨祈晴的一種頗繁的形式化。如西漢董仲舒的春秋繁露（卷十六求雨第七十四），即有春旱求雨以大青龍，夏以大赤龍，季夏以大黃龍，秋以大白龍，冬以大黑龍的辦法。又說：『大旱雩祭而請雨，大水鳴鼓而攻社』（同書，卷三精華第五大雩篇下），這大約也是戰國末葉『燕齊海上之方士』們的伎倆，和較古的典籍中的『大雩』禮混淆夾雜而成的陰陽消息五德終始的方術。我們看看史記孟子荀卿列傳裏面的騶衍，『乃深觀陰陽消息，而作怪迂之變，終始大聖之篇十餘萬言。其語閎大不經，必先驗小物，推而大之於無垠。先序今以上至黃帝，學者所共術，大並世盛衰，因載其禨祥度制，推而遠之，至天地未生窈冥不可考而原也』，在史記封禪書裏就說：『怪迂阿諛苟合之徒自此興，不可勝數也』。春秋繁露雖然也有人疑它是偽託的書，但董仲舒的學說，終究不免有非常麗怪的依據。到了漢晉以後，佛教大大的盛行於我國，否能新用的法術，又因印度西域僧侶們挑起越人主或民衆的關係，而加深了它的影響和信仰。

至於禁居爲什麼會和新田並做一談，我們更不能說不是受到佛教習俗的薰染。若六朝時代如梁武帝，他是一位酷信釋教多次躬巡同泰寺捨身的帝王，也時常興築寺塔，祈求天雨。在他祈雨的時候，並且『行七事』是：（一）理冤獄及失職者，（二）賑鰥寡孤獨，（三）省徭役，（四）擧進賢良，（五）黜退貪邪，（六）命會男女恤怨曠，（七）撤膳羞弛樂。又北齊特求雨：『初禁殺，……何不用者，則徙市禁屠。』這裏所說的『撤膳羞弛樂』和『徙市禁屠』，看來實在受到西域習俗的薰陶，是毫無疑義的。倘使純粹是我國本色的『新田』呢，它的社會的和政治的意義，就決不止是『禁居』的宗教性一點所能比擬。如前述的『行七事』，其中的六事都多少含有對主或統治階層的反省和懺悔的意思在內。如詩大雅雲漢有云：『耗斁下土，寧丁我躬』，讀來令人覺得一股悲天憫人的情懷，油然而生。雖然這也是神權時代『天人合一』的建制之下君主們拜的把戲。更如公羊桓公五年何休注所云：

早則君親之南郊，以六事謝過自責：政不善與？使人失職與？宮室崇與？婦謁盛與？苞苴行與？讒夫昌與？使童男童女各八人而舞雩也。

這雖然不知道是否漢人附會的一種說詞，還是『不離在於竹帛』的口耳傳說間多少有些可以彷彿當時的情境，要不失爲中國傳統的政治思想之『植基民主化的觀念』。正像孟子離婁（章下）有云：

禹稷當平世，三過其門而不入，孔子賢之。顏子當亂世，居於陋巷，一簞食，一瓢飲，人不堪其憂，顏子不改其樂，孔子賢之。孟子曰：禹稷顏回同道，禹思天下有溺者，由己溺之也，稷思天下有飢者，由己飢之也，是以如是其急也。禹稷顏子易地則皆然。

『謝過自責』，是政治上消極的反省，至如積極，就是所謂己飢己溺的本懷了。我們記得北宋時的張士遜（宋史卷三百十一），在歷史上被稱爲新田救雨而猶然仁者之懷的一人。當他祈禱的時候，他竟置身自己投於水裏，不顧寒冷，用足才止。這或許是來拙得過火一點。但是比起那一班民自受的人，好不管也就不可以道里計了。我們總結起來說，禁居新田自然是愚昧無知的，但是歷史上的古聖主們的素願和精神，自亦偉大，即使成爲出於後世的僞託，但也還是我國先民們的一點高明的理想，這也就值得我們的珍惜和思慮了。科學較進步當然應該放大的提倡的，此文的微意於感喟中自然也還是希望來發揚它的實行，反過來說，至如今日的禁居和新田，那是內容荒謬而形式滑稽的可笑的行爲，區區不才頗亦與之『偏執』，似乎更不必有所論列了。

文壇珍聞

◇塔斯社七月一日外電：郭沫若於上月二十五日抵莫斯科後，即赴史丹林格勒，法係爲參加近在該地舉行之文化會議。

◇又訊：此次訪蘇之郭沫若繼續觀光蘇聯首都各種史蹟，頃曾訪問列寧博物館，參加一次在前幾年造成之莫斯科伏爾加運河上的遊覽。十日訪問莫斯科最大公園之中央文化休憩公園。

雞（創作）

丁諦

「爸爸，隔壁張家伯伯殺了一隻雞。」

德玲告訴他的爸爸。爸爸正在批閱學生的考卷，一副老光眼鏡深深地垂在下面，沒有聽到他的話。德玲又說了一遍。搖搖他爸爸的手。

「爸爸，張家殺了一隻雞。究竟雞的味道可好麼？」

「不用多問。」爸爸臉板下來了，抬起頭，眼睛巴到黑邊眼鏡的上面，狠狠地瞪了德玲一眼。

德玲看看，自己有一種無趣的感覺。他的母親不在家裏，大哥和二哥又都出去玩兒了。今天是星期日，沒有事，他想，還是到張家找張茂林去吧。順便他可以看殺雞究竟是個怎樣的殺法。

殺雞，的確是一個好玩的事，圍着白布圍裙的廚司小劉正站在門外邊。張茂林站在旁邊呆呆地看着他。他看見德玲來了，狠狠地，那驕傲地，挺一挺胸，叫起來：

「要你來幹嗎？」

他一點也不顧同學的情分——

——狗養——

德玲嘴裏嚥下一口唾沫，要想掉回頭，可是看見一隻活靈靈的雞頸上正冒出一滴，兩滴——血來——血，噴噴的一冒，整個掙扎，擺動了幾下，是多好玩兒呀——

他真的捨不得走了。

就這末呆呆地站了下來。

「可是嘴饞吧？」張茂林對他嘖嘖嘴：「要不要吃雞？到我家吃去。」

「不，我不要吃。」德玲識破此詭計，咬着牙齒說。可是張茂林臉上卻突然轉變過來，他過來拉德玲的手，態度挺誠懇。

「到我家玩一會，我爸明天從上海來，買了許多玩具吧。有一種積木，我不會搭，你幫我搭法。」

「我不。——我——」德玲搖搖頭，心裏有點動搖。

經不住張茂林的甜誘，德玲的腦裏想着各種玩具，他跟張茂林走到他家裏。

「你又帶人家來玩了？」看見德玲來第一個扳下臉的就是張茂林的媽——一個胖胖的出名勢利的婦人。她有一個「母夜叉」的渾號。

茂林的爸爸怕她，怕她的原因是：茂林的爸爸雖然起初很窮，而自從娶了她進門以後經商就好了。算命的都說她有種好的「幫夫運。」

她不許茂林結交窮苦的同學。她常說：「跟窮孩子一道混，將來是一定會變成下流的。」「窮人家沒有好小孩出，」這是她一貫的思想。常常引起她的煩憂的自然是德玲常常到她家來玩。

茂林卻不管這些。雖然他不是跟德玲要好，但是在他極無聊賴的時候卻也極想要像德玲這樣的一個伴兒。

他低着頭，有意不睬他的媽。——領着德玲走進他的房間。

打開一只木箱來，全是些花花綠綠的玩兒，就是一個新鮮的美麗的世界。

綠背娃，洋鼓，喇叭，洋囡囡，小刀小叉，包着發光的紅紅綠綠紙的糖果，方的洋鐵盒，圓的磁瓶——什麼什麼名兒的他也記不清楚許多。

積木自然是他沒曾看過的。——有窗子，有柱子——最奇怪的是更有兩塊抓邊的屋頂。一個大，一個小。

照着那個說明書他是可以搭得成的。他的智力本來比茂林高。

「這有什麼不會！」

德玲撅了撅嘴，得意的。搭了一個式子，又是一個式子。

今天，茂林對他很崇拜。——他改變了昔日的態度。

在德玲走時，他還真的要留德玲吃中飯，要請他吃雞。

「爸爸要找我了。我回去了。」

德玲一定要回去，他走出來的時候，經過廚房，聞到一陣雞的香味。張茂林又對他開玩笑：

「雞，你怕沒有吃過吧。」

不等德玲開口，小劉早已插上來低低地：

「飯都吃不飽，還吃雞。」

望着德玲瞥了一瞥，低下頭，眼白一翻。

德玲氣得望也不望，一口氣奔出來。

德玲回家的時候，他的姆媽和兩個哥哥也回來了。他要跟姆媽要吃雞，可是偏巧這時候爸和媽正拌嘴，爸怪媽不應該買這許多布。

「你——你也不想想家裏米吃完了，要買米。米不買卻買這許多布。」爸爸說。

可是，媽也有理由。媽把買來的一個小紙包抖了開來，氣得抖抖的說：

「你看有多少布？只夠兩個孩子做兩件上身的制服。制服全破了，褲子的布還沒有。只好把我的夾袍給他們改，我還多一件舊夾袍。」

這一來，氣勢洶洶的瘦臉的教授，陳先生，無言了。他從新坐到椅子上，捧起一本厚而燙金字的洋書看了起來，心不在焉的。

「不用捧書了，你說起來，我也說米要買了。」陳太太歎了一口氣。她理了理手頭一些雜亂的東西，顯得這個世界對她是絕望似的。

大哥二哥看着母親這樣，全不作聲，隔了一些時，大哥嘰咕了一句，可是臉孔一紅，好像覺得說錯了話似的：

「爸爸不要教書吧。還是像張家伯伯的好。」

「哼，張家伯伯！」陳先生冷了一聲。陳太太也附和着說：

「吃苦是我們的本份！總歸！」

這時，二哥也插了進了，碰巧地：

「我懂得爸爸的意思。爸爸雖然沒有張伯伯有錢，可是人格比他高，我們老師說過的：一個人要有人格。」

「對，一個人要有人格！」陳太太又說了一遍。但是，不能自己的總有一種憐惜之感。她最捨不得的是看見三個孩子跟着自己受苦，喝稀粥，吃玉蜀黍，他們走到糖果店或是玩具店常是一副饞相。

中飯上來了。祇有一碗鹹菜湯。而且稀稀的，差不多全是湯。

德玲吃的時候始終忘記不了從

張家出來時聞到的雞的味道，忍了幾次，他忍不住了，他開始給他的爸爸報告張家殺雞事，并且問他的兩個哥哥雞的味道是怎樣好。

大哥說：「當然好的。雞湯最鮮。」

二哥說：「我好像沒有吃過雞，味道倒忘了。」

看見一羣孩子當雞的事討論得與高彩烈，陳太太也幾乎呆住了，她想起這六七年來的生活他們的家庭像換了一個樣，以前他們也是和張家那樣，張福周祇不過是一個商店的小夥計。以前他們的享受遠高於張雜周。她的先生是國內社會學的一位權威者，在大學裏一級職教八小時的課，八百元薪水，坐有包車，傭用兩個傭役——吃的自然也是一些營養的東西，雞，鴨子，牛奶。可是誰再也想不到世界竟然變了一個樣！無恥的卑鄙的，不勞而獲的，投機，巧的，竟然壟斷了整個人類的幸福，剩下一些不幸，悲慘，窮困因苦，給那些忠實，勤勞，守職，公平，正義的人去扭負。不但是叫他們，還叫那些有希望的人的孩子在痛苦的飢餓線上掙扎！這不是奇蹟嗎？她一點不了解這世界，自然她并不熱中於那些做作的幸福。當着這樣的菜吃完，孩子們停箸，望着未完的稀飯，她只有安慰他們。說等到爸爸的秋季薪稅領來也燒雞給他們吃。

「我不相信。」

「爸爸的錢？什麼時才有錢呢？」

亂糟糟的，孩子們吵鬧了一陣，門外邊，忽然吵了起來。

衝進來的是張茂林！陪張茂林來的還有廚司小劉。

「我的積木丟了一塊。是你偷去了。」張茂林一把扭住德玲，小劉還幫他說話，手指着德玲，說他偷了他的積木，叫他快快拿出來。

「我沒有拿。我真的沒拿。」德玲臉漲得通紅。大哥二哥抱不平，擋開了張茂林，衝上來要給對方一拳，小劉便也衝上來。

「你說人拿便拿！什麼事也要有證據！」

「什麼證據！」小劉說：「剛才他去玩的。」

「剛才到我家來的。有你玩的積木，」張茂林撒嬌地哭起來。陳太太走上前輕輕的拍拍茂林的肩膀，勸他不要哭，說果真是德玲拿了，叫他還出來，等她來問他。她又找出一塊糖果塞給茂林，笑嘻嘻的要他吃下去，想不到茂林卻把這塊糖果擲了，他狠狠的說道：

「誰吃這種東西！」

陳太太臉沉下來，微微的，可是她，仍然耐着性子哄茂林，說是不用生這大的氣，就是少了一塊，果真是德玲拿的，她賠他一副也可以。

「你家賠得起！」茂林頭一搖，一個獅子滾繡球。

吵了一陣，沒有結果，張茂林走了。

搖籃裏的孩子，哇哇哇———哭了起來。

陳太太抱起搖籃裏的孩子兩邊走動，氣喘吁吁的，她一壁教訓着德玲，不許他以後再到張家去，德玲點點頭，和大哥二哥一道看起書報來。

「這是火車！」

「這是輪船，不，兵艦。」

德玲搶着說：「我在張茂林家裏看見過，像這樣一點點小！小兵艦！才好玩呢！」

「他家也有小火車？」

「有。」

「有小電風扇？——四葉扇子，轉起來飛快？」

「有。怎麼沒有？玩意兒多呢！」（下接12頁）

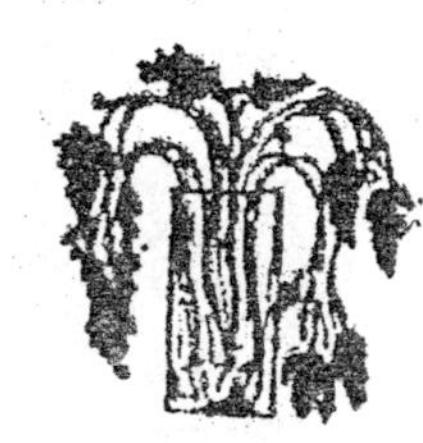

理想的婚姻

周越然

這本冊子——『理想的婚姻』（Ideal Marriage）（意即『最圓滿的婚姻』）——是每個青年（不論男女）應該閱讀的性學書。世上的性學書，真是『車載斗量』；就是著者所收藏者，也不下一百五十餘種。其中有偏重於讀者，也有艱澀難懂者；有專家寫作的，也有『素人』（日本名詞，作非專家解）亂寫的；有科學專書，也有色欲奇談。大多數總是不合『專家』之用，不宜『初學』之用。

閱者——閱者們——你們看到上文中『專家』『初學』四字，諒不關我，或者笑我。我知道你們都自以為是性學專家了。你們之中已經嫁娶生子者，自以為已經明白對性的一切。就是未曾嫁娶者，也讀過朋友的教導，也看過色情的小說，『區區男女之事，何必像科學那樣的去研究？女子既不必學養子而後嫁人；男人亦不必學養子而後娶妻？況且健全的男人，略有財產，何愁何時不能娶妻？美貌的女子，雖無妝奩，何愁何時不能嫁人？』——我似乎聽見你們這樣盤問我。你們的盤問，實在是你們的淺見的表露呀！

性學（Sexology）是科學；科學是不可不仔細研究的。黃包車夫也知道力學，不過他不研究力學。他上橋的時候，雙臂用力向前拖；他下橋的時候，雙臂用力向後撐。這不是應用力學麼？然而因為他沒有好好地攻究過力學的緣故，有時他拉不上橋，有時他衝下橋去。

婚姻頗似拉車。不明力學原理者，可以上橋下橋；不明性學原理者，可以嫁娶生子。——但是男女的事，總比拉車為要。男女的事（婚姻），有關本人，有關子孫，有關社會，有關國家。不圓滿的婚姻，比拉車之害更大。所以，從前沒有研究過性學的男男女女，不論已嫁未嫁，不論已娶未娶，理應趕快閱讀我今天在此介紹的『理想的婚姻』。

『理想的婚姻』是一冊詳述性學書。類此者，并且我可介紹者，約有五六種。但此為最者；因他所講的，全是科學，全是原理，但不抽象，亦不引誘。著者是醫學家費爾德（Velde），荷蘭人，曾任哈倫（Haarlem）城婦科醫院院長多年。他雖然是個醫師，但所用的字句，卻像個文人。在這本書中，他多方教導你；同時，他引起你攻究性學的興趣。在這本書中，他用很淺近的文字，說明全世醫師所發明的性智性識——性方式，性理論。

我所見的，是英語本，由倫敦漢溝（Heinemann）公司出版。市上的『盜』印本，似乎也好，惟彩圖不良。

費氏的著作，計分四份，十七章（共三百二十七頁，序文，緒言，及引得不計）。第一份三章，首論實際的與理想的婚姻，普通生理，性學生理。第二份四章，曾說成年男女的性生理與性機構。第三份五章，曾性交——藝術與方式。第四份五章，曾辨後衛身；例如，破瓜，洗滌，節率等等。

這不過一個大綱；原書所言，上自腦神經，下至生殖器，無不博採專家理論，無不參合科學。原書所言陽具的尺度，天癸的長短，——皆有實證。總之，種種性的問題，如——事前如何預備？事後如何安慰？經期中及懷孕時可否行房？少年人與老年人的頻率，應如何不同？——此種問題，皆有肯定的答覆。其他如接吻的功用，體氣的異同，毛髮的濃淡，皮膚的黑白，無不一一說明。

說得最明白者，莫如第三份第十一章（二百十二頁至二百四十三頁）的性交方式。著者分（一）面對面者六式，（二）面對背者四式。前者包含（甲）普通姿勢，（乙）伸展姿勢，（丙）曲折姿勢，（丁）騎跨姿勢，（戊）半坐姿勢，（己）並側姿勢。後者包含（庚）伏臥姿勢，（辛）並側姿勢，（壬）曲側姿勢，（癸）半坐姿勢。每種姿勢，有何激刺，能否受孕，均有確切的指示。惜原文甚長，不便節譯於此；讀者們非購讀費氏的著作不可。

費氏的著作，有日本文本，印度文本，希臘文本，波蘭文本，猶太文本，西班牙文及羅馬尼亞文本。吾國尚無譯本；將來紙張排工低落時，倒可一試。

（上接10頁）談他們嘰咕下去，不知道談到什麼地方，她也悃悃的，覺得有一點瞌睡。

由於產後虧損，陳太太病了一個星期。病好點，身體卻一直沒有恢復。她的臉更瘦，顏色蒼白，頭時常眩暈，走起路來步伐常有點搖擺。

為了使太太得到一點調補，陳先生經常勸陳太太吃雞。陳太太不願意。

「米還沒有買，又只剩半個月的錢在了。」

陳太太幾次提起要到中學教書去，可是總爲了家裏有小孩，有乳嬰，要燒飯，要縫衣，要做一切家政。陳先生的意思是：

「等到月半後一定就有辦法了，稿費可以增加，我的那部『貧窮問題』一定也可以付到一些版稅。」

「稿費可以加！加一點又有什麼用？」陳太太苦笑了一聲，淒然的意味掛在嘴角。

她又說，一切都未可樂觀。他的書專門性太強，生意是決不會好的。他們生下四個孩子了，他們將怎樣撫育這四個孩子。他們還是只有苦挨。

「你應該注意一點身體！為了孩子！」

德玲從外邊進來，一聽到他的爸爸勸媽媽吃雞的話，衝到媽的前面，興奮的叫嚷：

「今天張茂林媽媽過四十歲，送了酒席來呢！」

獃了獃，凝神一想：「還有雞！一柄鐵叉，上面插了一隻雞。」

「那不是雞。」大哥走進來。「是烤的鴨子。」（下期續完）

夏遊峨眉

劍霜

峨眉風景，素稱爲天下之秀，其所以爲秀者，山峯深邃，滿佈竹樹，縱尺土外露，少峭巖怪石羅列其間也，中外人士來川遊歷者，無不以一覽其勝爲快，余爲五年前曾一遊者，茲余再度來川，甚切重遊，去年夏，乘因公赴嘉之便，乃於六月二日由成都買輪南下，午後在嘉，乘滑離嘉，越日過山峽，兩岸山樹排秀，連亘不斷，林木蒼綠，夕日返映，涼風拂袖，精神爲之爽然，四日晨抵嘉定，登岸，即僱汽車經峨眉縣城，直駛報國寺，計程七十餘里，沿途風景清幽，至爲可愛，馬路兩旁，廟宇錯列，計有建昌州、川主廟、十方院、觀山寺、擺善寺、興禪寺、保寧寺等，皆不甚大，報國寺在山麓，地面開闊，廟宇崇閎，四周多蒼松翠柏，氣極清涼，此爲山麓之惟一大寺院，遊人每於此下榻焉，峨山寺院，多營旅店生涯，被褥俱全，遊人無須多攜行李，但宜擇較大之廟，被褥尚屬清潔，飲食亦足果腹，五日由報國寺出發，行五里，至伏虎寺，廣與報國寺埒，寺前古樹掩映，老榦參天，亂水交流，下注深壑，其聲潺潺然，復前行抵無量殿，廟甚小，由無量殿經雷音寺、華嚴寺，達純陽殿，供有呂純陽塑像，稍憩，由純陽殿行二里爲會燈寺，再行約十里曰大峨寺，廟前有神水閣，水由寺後石縫流下，澄無片塵，汲山泉蒸茶及白蠟樹，頗有名，距寺不數里有新開寺，建築宏麗，爲西人避暑之所，由大峨寺前行約三里，抵中峯寺，經觀音寺、龍昇岡、廣福寺等而至清音閣，閣前有橋曰雙飛，兩旁二水寺後流來匯合之處也，一黑如漆，水聲琤琮，令人流連不置，由清音閣沿黑水行經過牛橋後，涉水前進，兩山夾立，泉水清澈，另有一種幽趣，再前進經牛心寺抵洪椿坪，午餐，取此路可以避免走上山十五里長之猴子坡，而又下山十五里之鉆天坡，此段甚爲險峻難行，故人多避之，由洪椿坪到仙峯寺，凡三十里，九十九倒拐與蹬擠若斷在其間，九十九倒拐乃由山鑿蜿蜒而上，遊人概須步行，屈撓若一帶，少日光，三四月間，積雪尚厚，寒氣砭人肌骨，仙峯寺西南端有一洞曰九老洞，相傳有九老神仙在內，故名，是夜即宿於此，左鄰華嚴寺及遇仙寺，周圍山峯插天，風景如畫，若立三皇台上，可下瞰峨眉城郊，洞高可兩丈，內昏黑，多蝙蝠若燕，遊者須張炬以入，由洞前行百餘步，有財神像一尊，凡朝山進香者，必祈禱焉，山之附近多猴，數百成羣，除夏秋山中可以採取食物外，其餘時節，均向山寺僧呼之來，其呼號爲「山兒」，一呼就來張手索食，殊爲有趣，除九老洞外，遇仙寺、華嚴頂、洗象池三處，可以喚到猴子，此行適值夏初，在華嚴頂曾一試之，未能呼來，寺內樹木多杉櫟櫚桐之類，由九老洞行十五里至遇仙寺，寺在山腰上，甚小，復行五里抵蓮花石，以上所行之路爲小路，至蓮花石與大路合，由此數十武曰鑽天坡，坡高五沮，其上曰洗象池，到此午餐，由洗象池經閻王坡，更數里抵大乘寺，歷白雲殿、雷洞坪、至接引殿，此廟建築不久，木料甚新，山寺門額金山風拔，歷歷在目，幽靜特絕，莫可名狀，由接引殿出發，一路寺院尤多，上有太子坪、永慶寺、祖師殿、沈香塔、天門石、七天橋、普賢塔等寺，抵金頂，氣溫甚低，可遠眺峨眉縣城及普賢塔一帶，其爲金山最高處，右爲千佛頂及萬佛頂，（據云萬佛頂還高數十尺），左曰臥雲庵，金頂正殿，清時毀於火，未及修復，民初川省當道將銅瓦運省，改鑄銅元，此今片瓦無存，令人不勝滄桑之感，金頂後曰捨身崖，山石聳立，又曰觀光台，在此可觀佛光，佛光者，一五彩大環如虹，人影映於其中，乃因折光而生者也，須於天氣清明及有雲霧時始克見之，約於午後二點至三點半之間，其日光斜度正射於深谷上面，散光最爲適宜，午前七八鐘亦可發見，須步行，又有所謂佛燈，遠望如燈，故有萬盞明燈朝普賢之說，其實乃係人家之燈火，及星光入水之倒影也，峨山之雲，瞬息變化，忽而白雲滿谷，謂之雲海，煞是奇觀，忽而霧散雲消，遙望峨眉縣城，近在足下，向西可望瓦屋山及大峨山，惟氣候甚寒，窗中生火取暖，因空氣稀薄，走路稍急，即覺氣喘，煮飯米不易熟，峨眉山可分三段，山下甚夏季之時，至九老洞與洗象池之間，則爲秋，至金頂而成冬矣，洗象池之上，僅生寒杉及叢竹而已，如身體不健，及有心臟病者，宜以洗象池爲止，既此亦可觀佛光燈也，如欲遊峨，必須一登絕頂爲快，而避免金頂之寒冷，可住洗象池，次晨登金頂，計三十里，於午後如機緣湊巧，迨見佛光下山，仍住洗象池爲方便也，次日下山，仍至洗象池，午餐，經蓮花石，取大路經華嚴頂初殿息心所至萬年寺，觀銅製普賢騎象，及佛牙，住於清音閣，八日乘滑竿下山，過龍門洞，觀鐵鎖橋，由龍昌寺經峨眉城、鎮子場、至張坊，改乘木船返嘉定，過對岸之烏尤寺游覽，寺以幽深勝，四壁題詠頗多，爲當湘鄉之佳趣也，翌日遊大佛寺，有石佛高數十丈，其近處爲東坡讀書處也，繼與敘閣，乃取道古榮州而返，征衫略掃，遂洗髒記之。

文壇珍聞

托爾斯泰博物館遷回莫斯科

據塔斯社莫斯科訊：現在，托爾斯泰國家博物館，已自西北亞之托姆斯克城遷回莫斯科，不久即將開放。該博物館已收集約一百萬件有價值之展覽品，其中包括托爾斯泰特殊之文稿，譯成歐洲與東方三十六種語言及數翻五十八種語言之珍本，大作家個人之所有物，私人信件，以及由俄國藝術大師所繪圖畫雕刻塑像，表現托爾斯泰一生各時代之姿態。博物館當真正進行大規模調查研究工作，從該已先後出版二十二種書籍，與許多有關托爾斯泰的有趣文章。此天才作家之孫女沙菲亞・托爾斯泰・耶塊孫尼亞（今年已四十五歲），爲博物館館長，丈夫爲俄羅斯著名詩人葉賽寧・坎孫尼亞。

文豪遺物公開展覽　在展覽有關托爾斯泰家庭之第一室中，懸有作家的父親尼哥萊・托爾斯泰爵士遺像，托爾斯泰的祖父尼哥萊・伏爾康斯基王子與其母親之遺像。有關作家庭的遺物，特別有兼題，托爾斯泰父親之戒指，托爾斯泰家庭之校印，古書桑頓經等等，托爾斯泰和他夫人的通信，成爲家庭文庫中的一部份。參觀者並可見到托爾斯泰致沙菲亞・貝爾斯的情書，托爾斯泰夫人的日記，以及在一八六四年致她夫人的信件等等。另一室專門展覽托爾斯泰在克里米亞戰爭中充任士兵和詩人的情形，在遺物中，有由他的朋友贈於一八五二年高加索附給他的托爾斯泰自己的馬刀，二個久經年代而變成暗色的琺瑯皆出擊卒，托爾斯泰在坦鄰京艦及卡之役中所作的一首諷刺短歌。托爾斯泰的文庫中，有五萬封從英國、法國、德國、瑞典、希臘、埃及、中國等許多國家寄來的信件。

職業的理想

卞子野

須是我在心頭想了好久的一篇文字，須早就想筆之於書。兩三月之前，我便發生了許多感慨，覺得可以寫成許多篇各別的意思，但是我一直沒有空閑，我不願在零零碎碎的時間，將它陸續寫成，恐怕不及花上兩小時或半天的工夫，一氣呵成的那樣有力。我又捨不得寫它，以致平白的一篇好題材，在匆匆的急就章下擠出了。

首先，我覺得大半的職業，對於從業員的生活，並無保障，作爲資本主或股東的，自可另求利益，應排所議。只是一般小職員們，卻須替他們的工作，吸收他們的精神和才力，不知不覺間，年齡老了，身體衰弱了，於是被當局以一筆輕微的養老金遣散回家。這彷彿我們在吃一個橄欖，將它的肉吃完了，毫不容情地將核吐出去。這種吃橄欖的方法被大家視爲當然的。然而人也有了橄欖的命運似乎太慘淡了，無怪美國小說家約翰杜柏紫氏在他寫的一本書中，有二個角色。一個叫亞思扣(Ask-er)的，勸另一個叫却利，安特生(Charley Anderson)的，希望他在年輕的時候好好的弄一筆錢，否則一天會發現他躺在冷冰冰的人行道上的，言外之意自然是說，依人作嫁，殊無出頭之日，還是爽爽快快的自己幹吧。

而且，替人家工作，更有一個缺點。人家規定你所做的工作，往往與你的心意不合。你也許本來是一等人才，却叫你做夢想不到的無知之輩所幹的事情。如有演劇天才的，偏叫他演配角。有時，我簡直有一種感覺，彷彿他們把你關在一只籠子內，然後指給人家看，說這是一只野獸。日子一久，人家真把你當做野獸看待，忘記你以前是一個才略一等的人物了。同樣值得悲哀的是：你所幹的，常常是一種較低級的勾當，不必唸書，你也能幹得了的。你逐日浸沉於這種低級的技能中，却把更值得寶貴的知識淡忘了。可是人家說起來，你還得感謝人家給你這樣一個位置，不知道你最可有作爲的青年時期，却被蹉跎了。

回過頭來看看他人所幹的職業，成大事或有大志者，似乎絕少。許多挺大的漢子，我是拿做手藝的來說，整天只是伺候人家理髮，賣一些零碎的食物，洗拭汚穢的東西，或做一些其他勞力之事，然而他們往往對工作很滿足，因此臉色養得很好。在這種地方，我覺得沒有知識，也是一種幸福。這要比學無所用好得多了。

英國作家亞諾德·貝奈脫(Arnold Bennet)在人生如何過得最美滿(How to make best of life)」一書中，勸少年人立志向上。我想對職業表示不滿，並非見異思遷而無恆心。只因爲職業不能符合他的個性而已。貝奈脫氏又說：「差不多一切非常成功的人物，已經把他們的路提去。不但一次，而且有數次之多。他們已經不斷覓新機會，時或得到暫時的收穫。他們已經再接再厲。他們的一生是戲劇性的，常常是悲劇性的。沒有重大的危險便沒有偉大的成功，因此，不放棄安全的保障便不成。「所謂提去路云云，和我國破釜沉舟的那種心境並相符合，我們不痛下決心，對我們的終生事業便不能有一尺或一寸的進步也。

已經說了不少的話，有人要問我對於職業的理想，究竟如何呢？就工作的待遇來說，我是贊成「工作要賣力，酬報要豐富」(Good work and good pay) 的這句話的。世界上最痛苦的，莫如純爲金錢而工作，職業本身不發生一絲興趣。這時候，金錢像一根繩子拉住你，使你不得不和你認爲而且可能啃味乏味的人在一起，做你所不歡喜的工作。如果這樣做的話，收入仍是那麼少，想想真太可憐了。因此，美國科學管理鼻祖泰勒 (W. Taylor) 在他甚見相當地位後，曾說：「我不能爲金錢而工作」(I can't work for money) 想來他受金錢的氣，已經多了，才有此痛心疾首之語。

鄙人是唸了一些淺薄的經濟學的，說不上「專攻什麼什麼」的字眼，不過對經濟學很發生一些興趣而已。年來時時有人發生一種誤解，認爲經濟學是一種空洞的學識，徒尚理論，無補於事，殊不知晚近經濟學的趨勢正從理論而注重實用。我始終相信一種沒有實用的學問，決不能在學術界上佔得一席地的。經濟學中足資實用之處很多，如分工的學說，銀行的運用，賦稅的規劃，科學管理的原則等等，無一不有功於人羣，近來我正想抽出空閑來讀一本哈佛大學諸教授所著，頗有經濟學文獻價值的托拉斯，波爾及公司 (Trusts, pools and Corporations) 一書，內按照美國各大公司發展及合併的經過甚詳。我想，關於我國目前各公司之多，在戰後是一定要經過一番整理的，倘由國家主動，施以革新，那麼如何合而爲一，正是一項頗名貴的智識。我如能唸完了那本書，從中所習到的材料必有可應用於我國的地方，這只是任意舉了一個例子而已。其他需要我學以致用的知識一定更多的。

朋友之間，知道我寫文章的很多，但是大半只知道我寫些散文小說之類。我知道自己雖然學無所成，毫無心得，但是對於個人的前途，卻不敢妄自菲薄。我想想我決不是那種專門治文學的人。自然，能寫文文學，無須關心世間雜事，也是人生的一種福氣。就我而言，只是用我的餘暇，偶爾寫一些抒情之作。至於知道我寫些經濟學論文的朋友，那要少得多了。

因此，假使在將來我能從事理想的職業的話，我希望在一個規模很大的，有公立性的機關內任事，普通的商業組織，雖然標着新式的名義，其工作的固定性，這是與個性不相近的，學問，經驗，未必高於我的人，卻佔着更高的位置。他可以尸位素餐靠着異常陳腐的工作，故步自封，而我須要的是：活用我的思想，在各方面求改革求進步。可是，實際上，只讓我做一些小學四年級生都能應付，綽綽有餘的工作。在這種情形之下，我是在如何焦慮的心境中，是可想而知的，我幾乎希望不耐煩了。也許最高當局沒有明瞭我的這種情形，如果知道以後，會給我一個向上改進的機會的。

萬一，我能進了這樣的一個機關。我希望做些什麼呢？我覺到世上的忙人很多，不是忙於職務，上館子等私人享受，便是辛勞終日難圖一偏於在辦事到實工作。至於能抽數時間，專門給一些需要的人，替數甚少。我却很願做這種人，如由當局選定一項目標，譬如說，試就稅的業務吧。讓我多讀一些這一類的書，採精取宏，摘成專文，以供當局的參考與抉擇。假使當局肯給我一個實地考察的機會，那更求之不得了。例如美國經濟學專家斯蒂爾特·蔡士(Stuart Chase)，即因游歷考察後，才撰成貧瘠的土地與肥沃的土地 (Poor Land Rich Land)一書。其中有圖有照，所論極為有用，這是我私衷甚為佩服，很想追隨其後的一部作品。

其次，我如不能償我素志的話，我雖身體贏弱，却是不怕辛苦的。我很嚮往於過去的 Adventure, 如今古奇觀中所寫的「轉運漢巧遇洞庭紅」(回目名稱記有誤) 的一節，又如近代馬哥勃羅以下的若干西洋商人，來華經商的冒險，亦很使我心折，我也希望附驥於某一個經營運輸業的集團，浪迹奔走，雖並勞苦，却能滿載而歸，從此便能一勞永逸，沒世簽然，稍稍實現所謂「生活的藝術」了。

自然寫寫文章是我的一種嗜好，我曾在一篇文章中稱它為「接吻的代替」，但視此為理想的職業，雖甚心喜，但收效甚少。且寫文章不苦寫不出，而苦於難得清靜的環境，一面人家在高談闊論，或有小兒哭泣，那是寫不成的。心頭只覺不能有個靜寫完，了却一件事的煩惱，正是自尋煩惱矣。

倘使，我正要走上寫文章的一條路的話，我常願寫一本西洋小說的。我想，現成的題材很多。最近數年來我國社會的形形色色，正可寫入書中。林語堂的吾國與吾民偏重於過去，而於現代中國的各階層人士的動態，猶付闕如，我想若本書如能寫成，其有趣性必可保證，雖然文筆的生動與美妙，還有待於我的平日的修養。

我不否認，有時我的理想的職業，是時時有不同的觀念的。我讀了歐文·華克 (Irving Walker) 寫的華爾街 (Wall Street)，想做一個投機家，除了某頁的持資與此相類而內容略有不同的倫巴德街 (Lombard Street)，却想做一個正統的銀行家。又讀某氏寫的金剛鑽吉姆 (Diamond Jim)，要做一個成功的推銷員 (salesman)。尤其對於投機家，其魄力實在是使人佩服得五體投地的，且不說美國的范德畢爾 (Vanderbilt)，屈魯 (Drew) 費舍 (Fisher) 諸人。又我相描述，句話說，屈魯曾云「照任何市價買進」 (To buy it at any price)，而某一種股票的漲跌，全為他個人所左右。其魄力是異常偉大的，我很願意追隨這類人物之後，即使做一個小卒也很甘心的。再說我的一位前輩，向來做的是金貨，看在黃金買賣上，一日間盈餘百萬元。這裏的百萬元，指的是法幣，一次世界大戰的那個時期，其數則目可驚人。像這位前輩的世路，使晚輩如我者肅然起敬。

以上云云，容或有令人駭詫之處，不過，我依我的心眼兒下筆，他人的毀譽，在所不計，說我高傲也好，說我慾望太大也好。我只說我喜歡而已。我很喜歡美國報人溫却爾 (Walter Winchell) 曾稱他自己寫的一個寫散文的欄題曰自說自話 (The portrait of a man talking to himself)，本文亦是一篇自說自話也。

七夕　　知堂

年年乞巧徒成拙，烏鵲填橋事大難，
猶是世途悲憫意，不如市井鬧盂蘭。

清華園之夏

梁允恭

圖書館比做金鑛

我把心愛的東西，留在最後一些寫，這裏要提一提清華園內出名的圖書館，有人把它譬作鑛山，因爲其中有不少的寶藏，任人取用不竭。這是一座二層或三層的建築物。最低一層，係各教授的公事房，人各一室。走廊中光線較暗，倘若在其間步行時，往往發生一種在坑道中的感覺。較中央的所在，則有閱報格，將各種報紙掛在玻璃架下，閱讀極便，我就在那兒讀到了西安事變等驚人的消息。

圖書館的二、三層樓，純爲藏書的所在。除圖書館本身以外，各系另有它自己的小型圖書館，搜羅極富。在閱書室內設着許多列的書架，分別擺着中西的各色雜誌，如大西洋，哈柏士，斯克烈勃奈，二五期，紳士雜誌，紐約客生活（那時尚非一種畫刊，而是幽默滑稽及小品文的讀物）等，眞琳瑯滿目。閱書室的地板是用橡皮製的，走路時極輕，不致打擾讀者的清興。

爲了選書方便起見，讀者又可自己入館揀擇心愛之書。圖書館的地板是用玻璃製的，略與南京路小呂宋百貨公司櫥窗間的方寸地相類。初進去時，心中有一陣害怕，惟恐把玻璃踏碎。不用說，館中的書籍甚多，據說那時因爲環境關係，已將一部份的書籍內移，但是所留下的，仍甚可觀。還有未經整理的文獻檔案亦甚多，堆在一旁，還未編成目錄呢。

一到晚上，圖書館常常客滿，非很早先佔坐位不可。我素不愛熱鬧，白天雖不時上圖書館去，晚間除難得的三數次以外，終是留在宿舍內的。

這一時期，我在圖書館中吃了不少的劇本，如亞塞．披奈洛（此公不但是一個英國著名劇作家，本人又能粉墨登場，實爲演員者也。）巴雷，蕭伯納，高爾斯華綏的作品，均在此時胡亂看過。

其次，我在圖書館中發現一寶，在周越老看來，必將引爲珍貴，因爲這是一本照片集，出版的日期已久，當是十餘年前之物，集中拍攝男女的種種活動照片，係用快鏡頭攝成。出版的原意，當在顯示人體之美及其各種姿勢。如攝一女子取浴盆洗浴，歷歷如繪，惜我已將此書的名稱忘卻，否則或可向各書肆搜求得之也。

清華園除着重智慧的生活以外，對體格亦甚講究，他們所採用的方式，是喚起學生從事運動的興趣，而非其餘教會大學迫令學生們百米跑若干秒，跳高超若干尺的強制教育。每逢上體育課時，由教員領導事先在體育館內跑步，最初五六圈，逐漸增加至十餘圈為度。如果跑不動的，中途可以退下來，決不勉強，記得那時我們班上的導師是張齡佳先生，則溫和可親，十分和藹。一次，班上在玩籃球，只有我呆在一旁，他向我說，你為什麼不去玩呢，我便和別的同學一同打球，頗覺有味。從這時候起，我開始對體育發生興趣，很想每天抽空運動一、二小時。假使沒有這次戰事的話，我能將身體鍛鍊得很好了。

食色兩大事

寫到這裏，忽然感到要發生疑問，以上寫了一段，對於食色兩大事，何以一字不提。食在清華，視各人嗜好及經濟狀況而不同。要吃西餐的，有西餐館，吃中菜的有大食堂及二院（也許是三院）的食堂，有校外的小館子，取價更廉。我因為宿舍離大食堂最近，上那裏就餐的次數最多。大食堂內放着白瓷的桌椅，一派堂皇的氣象，早餐備有肉鬆湯麵甜鹹饅首，及牛奶麵果（即水煮雞蛋），花三，四分錢即可果腹。中午餐菜價分五分，一角及一角五分者三種。倘要吃別的菜，可以另點。非中一角五分的菜，已甚豐富，有雞及肉等可吃。惜點的價錢較貴，因為那裏菜稍少也。我愛吃的菜之一，是紅燒獅子頭，即是將肉剁如散泥，上面蓋着一張菜葉。而在飯中的一個胖胖的廚役，瞪着大眼，吹鬍瞪眼，為我們奔來奔去的情景，似乎仍像一幕電影栩栩如生也。

三院食堂更簡陋得多了。就是放了幾張普通的方桌子，講究經濟的學生，更可按月包飯吃。我與同上海某君選了一桌「西紅柿」（上海話稱番茄），炒時加糖一些些，吃起來又酸又甜，味甚可口。遇到我厭倦飯堂時，往往到校外的小館子吃飯，倒很非常起勁。一盤木樨炒飯，僅花銅元卅枚，依當時北方的幣制，一角可兌五十餘枚，所以連一角錢都不到。顧客提起的，在校中要數，說價並不輸於市井間的舖子，取費七分，亦屬便宜之極的。

男女同學間的戀愛故事，想來是很多的。我太不注意，並不留心這些事。只是男女宿舍可以互通電話，我這裏只一位近幾年自內地出來的某君說，以前和我同上過英文班的L小姐，已和另一位男同學結婚，現在校中任助教。據說L小姐結婚後，很快的蒼老起來，同時她起初讀書很用功，有了戀愛事件以後，大不如前。想來小姐與我原有的印象相差甚遠。我何以要提起她，因為她會在我的簽名冊上題過幾行字：

"Work, hope, and trust, you will not fail"（工作，希望，信賴，你不會失敗的）對於我有過一番友誼的期待與勉勵也。

再說，學校中的團體活動很多。每個同學除他自願參加者以外，他必定是××同鄉會，××級會，××系會，及××同學會（指他所畢業的中學而言）的會員。有許多演講會都由同學們主持，值得一提的，如曾在工字廳聽沈從文氏演講，大家圍在一間小屋內，人頭擠擠，我好容易在人叢中望見他，是一個矮矮的漢子，聲音很低。我聽不了幾分鐘，因為聽不清楚，便走開了。又有一次在五四紀念日，請張東蓀氏主講，他一時說起，開首就將年月弄錯了。這是使聽眾很掃興的事。又校方曾邀某將軍談話，他將法國的可貴處，勞關提起他國的土地，但是人數無敵處，原是一種可原有的口失也。

我們的班上，有C君，做雙簧說，約了五六人，組織一個演講會。請我被邀參加。會在一間課室內濫竽充數的講過一次，講題是印度的一種魔術，說術者將一條繩子，拋在半空，便可直另另的直立起來，術者能攀援而上，但無確證云。

我所熟識的××同學會，又曾假國文學院，和一位即將赴英的張君及其太太小叔。那天是在夏季，備了些自製的冰淇淋，每人可吃兩盞，但做得並不好，一塊塊的結成小粒。接着更拍了幾張照片，我亦分得兩張。但已連同行李，都沒有帶回來。

更有一點頗有趣的是：清華園內尚有別國派來的交換研究生，一次，我上圖書館去，有一個德籍學生，正向館中借閱沒有標點的線裝的水滸傳，想來他對漢文已有相當造詣，在他本國，或許是一個有些小名望的漢學者，亦未可知。這些學生由於思想的不同，據說和校中的音樂隊指揮當時竟，一度打起架來，這倒是報紙說的，我却不然。

突然說起暑熱來了

遇到我生病的時候，雖在客中，然而因為設備的完全，並未感到困旅的苦處。某日，我突然發起寒熱來，呼號不絕。對屋子的在北研究院而專治中國文學的一位許許的孫君，很熱心的跑到屋子來，替我代將校醫邀來。校醫給了我兩種藥水，一種是治口喝的，甜而不鹹口，後來起床後，他又給我一些可口的補藥酒喝。

犯了一些傷風，咳嗽，或砂眼等小毛病時，可以自己上校中的醫院去診病，推開綠紗窗的門，便是候診室，依照號碼的先後，先讓一個個自靜靜的女看護把脈之後，入診病室。那先一位大夫的姓氏已經忘記了。後來的一位大夫是說話樣氏，此時他才從德國考察回來，因為彼此是南方鄉的緣故，間或過從，頗見親切，我離開學校以後，似乎沒有遇見過像他那樣慈祥體貼的醫師。

我要說一些話，又要歡喜的抹一些什麼的，安可把清華園的出版物忘却？校方有自辦的印刷所及排字房，逐日或隔一、二天出四開的校刊一張，由工友分送至各房間內。校刊中並無文章，僅載些佈告及會議錄之類，只是一種價廉性質的印刷物而已。另有清華學報一種，紙張講究，印刷精美，由學校當局設委員會編輯，發刊教授及同學的作品，名作如林，但宗旨較嚴肅，較缺趣味性耳。至於由同學們編輯的有清華周報，用藍色封面，內容趨向一般化，且較輕鬆，我曾替它譯過兩篇小品文，這刊物也是支給稿費的。不過稿費並不很多。校外的出版物也相彷彿，例如我替北平晨報譯過一個劇本，一次刊出，佔報紙二分之一的全頁，後來他們竟送了七元給我。這七元如與現在的七萬元相比，却不好說它菲薄了。

本來，我應本刊編輯柳公之囑，約定寫五千字左右，倚塵寫來，不能自己，却已超過了這個限度。此間說話的地方，在所不免。有幾層意思，是事先想好的，執筆時為臨時的瑣事打擾，未能寫入。另有幾層意思，將文章寫完後，再行憶及，要安插到有關各節的文字內，勢非重寫不可，迫於時間的關係，這是不可能的事，只好寫成這篇荒疏的文字交卷了。

下期佳作　陶亢德：姑妄言之

異味

一七

「紅樓夢」第七十五回，寫榮國府大觀園賞中秋，有賈政說笑話的一段：『賈母便命折一枝桂花，命一媳婦在屏後擊鼓傳花：若花在手中，飲酒一杯，罰說笑話一個。於是先從賈母起，次賈赦，一一接過，鼓聲兩轉，恰恰在賈政手中住了，只得飲了酒。衆姊妹弟兄都你悄悄的扯我一下，我暗暗的又捏你一把，心滿揣著，倒要聽是何笑話兒。賈政見賈母歡喜，只得承歡。方欲說時，賈母又笑道：「若說得不笑了，還要罰。」賈政笑道：「只得一個，若說不笑了，也只好領罰。」賈母道：「你就說這一個。」賈政道：「一家子，一個人最怕老婆。」只說了這一句，大家都笑了！因從沒聽見賈政說過，所以纔笑。賈母笑道：「這必是好的。」賈政笑道：「若好，老太太先多吃一杯。」賈母笑道：「使得。」——於是賈政又說道：「這個怕老婆的人，從不敢多走一步。偏是那日是八月十五，到街上買東西，便見了幾個朋友，死活拉到家裏去吃酒。不想吃醉了，便在朋友家睡著了。第二天醒了，後悔不及，只得來家賠罪。他老婆正洗腳，說：『既是這樣，你替我舔舔就饒你！』這男人只得給他舔，未免噁心要吐。他老婆便惱了要打，說：『你這樣輕狂！』嚇得他男人忙跪下，求說：『並不是奶奶的腳髒，只因昨兒喝多了黃酒，又吃了月餅餡子，所以今兒有些作酸呢！』」說得賈母與衆人都笑了。賈政忙又斟了一杯，送與賈母。賈母笑道：「既這樣，快敎人取燒酒來，別敎你們有媳婦的人受累！」衆人又都笑起來。』賈政在書中是一個很有道學先生氣派的人，平常沒什麼風趣，此回卻寫他說笑話，而且說的又是一個涉於褻猥的笑話，所以格外顯得有趣。

清筆記小說裏，有可以同這個笑話的情事合看的。顧迦士（光緒）「後聊齋誌異」卷三有「風騷月餅」一則云：『米邑西鄉，有姓米名誰者，以販貨爲業，生平忠厚多才，所欠面黃短觀耳。妻賈氏。一日米誰自會返里，時適中秋，買回數桂香餅，於是酒興遂勃，即將所沽香醪醃魚豬肉，夫妻共度佳節，敘天倫樂事。酒闌興濃，試二泉水，促膝溫談久別衷懷，不覺忘疲。自後米誰返家匝數月方出。其妻因夫繁嗜月餅，特吃姑蘇之最佳者，選數十斤於家。一日投賈氏洗足，米誰早歸。其妻留足皮於几，誰朔米誰先起，見之，疑爲月餅率甚，遂以舌吮而嚐之曰，嘗曰：「此誰吃月餅留之也？何歸珍天物如此！物雖好，惜風騷突！」細嚼而嚥，尚未知其味也。此可爲辦餡誰，故錄之。』這兩段情事，對照着看來，真是令人發笑。（「後聊齋誌異」作於清末者「樂淡觀光僕華士著」寫是無錫人，所謂「米邑」便是說的無錫。「試二泉水」便是指惠山有名的「第二泉」而言。）

錢梅溪（泳）「履園叢話」卷二十一（笑柄）有云：「王司農麓臺，性惡蝎子，每見必驚懼失色。因而相國，其叔也，一日命輿夫捉蝎數枚於肩輿中，囑勿使知之。明日，司農升輿，忽見蝎子，惶懼作嘔。將責輿夫，輿夫以實告。然司農之憤猶未釋也，計思有以報之。越日命工修足，呼僮剝其皮，將酒醋調濡，貯於瓶，以遺相國。明旦遇於朝，謂司農曰：「昨日見惠之品，大嚼之而無味，究係何物耶？」司農笑答曰：「老叔以蝎子見嚇，小姪不得不以老脚皮奉敬也！」」這段清人所記的叔姪互開玩笑的故事裏，也有上當而誤吃脚皮的一節，此與上段同供談助。（那是自己上當，這是受欺騙的[illegible]叔而上當。）

還有一個明朝的諧柄。祝枝山（允明）「九朝野記」云：「解學士縉與呂尚書震一日談及食中美味。呂曰：「駝峯珍美，說未之驗也。」解云：「僕嘗食之，誠美矣。」呂知其誑己，他日得一死象蹄，詭解曰：「昨有駝峯之賜，宜共嘗之。」解即大嚼去。呂贈以詩曰：「翰林有個解痴哥，光說何曾吃駱駝？不是呂生來說謊，如何嚼得爛駝多！」解之莫然一笑。」死象蹄脚，也可算得是一異味，不知北京那些蒸肉的大嚼之際，不知和那大嚼斷腸老脚皮的，感覺上的異同若何！

近人的記載中，則大華烈士（簡又文）「西南風」續集七九云：「有一廣東老鄉，初到北平，欲買荸薺煲湯，即吩咐大師傅買「馬蹄」（粵人呼荸薺爲馬蹄），廚子果然辛辛苦苦找得「馬蹄甲」歸，如命煲湯以進。老鄉嘗之，驚叫「怎麼北方的馬蹄如此之苦，又若過牛筋？」（實則牛蹄也。）」馬蹄，象蹄，更可同類而觀了。

散步

曾家珠

在我這一生中，有一事實，即從未出外作過一回散步。當然，被旁人拖出去一起散步的事不是沒有，但那是另一件事，不可混為一談。並至當我還是蹣跚學步地跟在保姆身邊呀呀學語的時期，我已經追憶着以前有一輛搖籃車時的那些快樂時光了。長大之後，我覺得寓居倫敦底若干優點之一即是：沒有人會要求我一起出外散步。倫敦環境中不足之處——繁雜的設置與轉換，漫漫的煩擾，和隨處潛伏的痛楚——保證了此種「豁免」。但祗要我一到鄉間和朋友們住在一起，我知道除非是真正下雨，隨時都會有人突然地發出命令「出去散步去——」那種嚴峻的語氣是他在別的場合決想不到應用的。一般人似乎都以為在出外散步底欲望中含有一種固有的高貴的品德，因而凡是具有這種欲望的人都感覺他對於任何舒舒服服地坐在圍椅裏看書的人有權利要求他跟他一起散步去。要是那人是老朋友，那倒容易對付，祗須直截地回他一聲「不去」，但要是初交，那便不得不找些理由。「我很希望能：想出去，可惜」——底下的話，在我總是千篇一律底「我還有幾封信得寫。」不過這條公式有三個缺點：第一，無人置信；第二，使你不得不離開你的圍椅，走到寫字檯旁，坐下去臨時動手寫一封信，直至那「散步專家」（他此時正恨不得自稱為「救人」）筆直地走出房間為止；第三，逢到星期日早上則不生效力。「今天郵局須至晚上六點鐘才開始辦公」，這樣一說便可使你啞口無言；祗有默默地跟他出去。

為散步而散步也許正如那些習於此道的人們所主張底那樣值得讚美和模仿。但我反對散步的理由則在其停止腦底活動。時常有人告訴我說祗有當他徜徉公路或攀山越嶺之際，他底腦活動得最是靈敏，然而就我記憶所及，從那些在星期日早晨強迫我參加散步的人看來，却絕不能證實此一論斷。經驗告訴我，不論一個人坐在圍椅裏或站在壁爐前時是如何能為人讚佩，如何能令人解頤，但當他拖了旁人出去散步時，他底那種本領便立刻失之烏有了。他在戶內時那些紛至沓來的豐富的靈感此刻終到哪兒去了呢？還有他那一肚子輕鬆而渊博的學識和任何話題開始時所有的如夏日閃耀般絢燦的神思此刻又都到哪兒去了呢？在戶內時他的面龐原是眉飛色舞的，現在却變得呆板了；他那雙明澈的眼裏所含蘊的那種光采現在却絲毫不存了。他說甲（我們的主人）真是徹頭徹尾的一個好人，五十碼過後他又說甲是他生平所遇最好的好人裏面的一個。我們再繼續前進一浮郎（合二百二十碼——譯註），接着，他說甲太太是一個迷人的婦人，過了一會，他又說她是他生平所識最迷人的婦人裏面的一個。我們走過一家旅舍，他沒精打彩地高聲唸給我聽「王冠旅館，特許發賣酒類」。我預知再走下去，他會把所有遇到的牌招全給高聲唸出來，果然，當我們走過一塊里程碑時，他以杖指碑而唸曰「厄格斯明士特，十一點」。當我們經過山腰一個較高的轉角時，他指着路上唸道「慢行」。我遠遠望見在沿公路所築底籬笆底對面有一小小告示牌，他也看見了，他把眼光一直釘在那上面，待至適當地點時乃唸唸有詞曰「閒人莫入，違者送捕」。可憐蟲！——照他此時的神智說來，他簡直成了廢物。

然而在主人家裏底一頓中飯却拯救了他，使他又一帆風順了，他重新成為具備底生命和靈魂。我斷定他在受了今天早晨那回辛辣的教訓以後決不會再想出外作第二度散步了。可是一小時後，我却看見他正同另一個友人過步前進哩。我知道他在說些什麼。他在說那某真是一個乏味的散步同伴，過了片刻，他又會說那某是他生平所遇最乏味的散步同伴裏面的一個。然後，他將專心一致地唸牌招文學。

究竟那些為散步而散步的人底此種神秘底突然發進是如何造成的呢？究竟是怎麼一回子事？據我看來，那引起一個人散步底動機乃與非智力無關，很顯明的他是受了某種超越理智的東西所驅使；我姑且假定那是靈魂。不錯，一定是靈魂突然向軀體發出「快步走！」底口令——「且慢，站住！」驅體來干涉「你叫軀體到哪兒去」牠和氣地質問靈魂，「有什麼差使？」——「沒有什麼差使」靈魂回答「也沒有任何目的地，正和你老是在感覺一些不可提及的隱秘的動機一樣。驅體底所以外出不過是為了要充分表顯品格底高貴、正直、和剛直的偉大，如是而已」——「很好，那末悉聽尊便吧！」驅體說道「可是我絕對拒絕參加此種無意識的舉動，在牠完畢之前且讓我安睡片刻吧。」於是驅體遂緊縮作一團，墮入無夢的睡眠；這一睡，在驅體沒有安全的回進屋內之前，是絕對無法使牠驚醒的了。

甚至即使你有一定的目的，同時又有一定的目的地，牠也將給你搭麻煩子；但這一點牠倒並不重視；祇要你不出去散步，牠總願為你服役的，但當你底頭腦正在相互競爭的時候，牠却決不願為你作任何深邃的思想，甚至任何淺近的思想；反之，祇要你的頭腦亦在做有用的工作，並不光是把你乘來乘去為了要滿足靈魂底驕傲時，牠倒會情情願願地為你作無數瑣屑的工作的。即就這篇文章而言，便是在今天早晨散步時構成的。我並非那種到任何地方都必須乘車底極端的人；我從不故意避免此種運動，當牠到來的時候我一樣地接受下來，而且亦並無任何不悅。病弱之人對於牠喋喋無休的議論和過分的作自批評並不能成為蔑視牠的理由。我倒很願意這樣想：祇要行之適度，牠對於人體底健康是頗有裨益的。但若是沒有人希望我去訪問他們，而我亦無意去訪問任何人，同時又並無任何事情必需我走出我的寓所時，我決不願出外作一回散步。

（Max Beerbohm 著 And Even Now）

上海的物價——本文刊出時，恐怕又要漲了。

買話梅或橄欖一枚	一百八十圓	大餅一塊	三百圓
乘電車一次	五百圓	乘人力車	至少二千圓
買報紙一張	二百圓至五百圓	番茄（西紅柿）一斤	二千圓
豬肉一斤	約八千圓	寄本埠信一封	二百圓
西瓜一斤	約一萬圓	理髮一次	約五千圓
皮鞋一雙	約三十萬圓	買雜誌一冊	至少二千圓

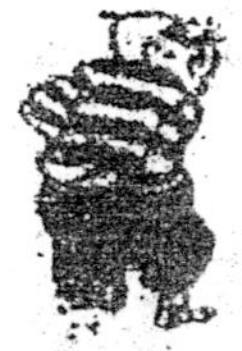

廬山之憶

三感

三十又年夏，余抵滬後之第一星期日，風和日暖，余攜杖出遊，作廬山之遊。上午九時半乘公共汽車，約半小時抵蓮花洞，為廬山麓之一村落，亦即山與與汽車之銜接處，上山以前，先至車站附近之廬山管理局轉車處登記，註明：姓名，年齡，籍貫，職業，及山上投宿何處等等，登記，領上山證一紙，方得上山。上山之路凡四，而以蓮花洞至牯嶺之大道為登臨之捷徑，其距離約十八華里，而高度則相去三千五百尺，非慣於山行者不能勝任，余雇一肩輿，四人舁之，沿途景色蒼翠，清風徐拂，神為之爽，山澗潺潺，溪聲清心，鳥語啁啾，悅耳怡神，久居都市塵囂萬丈中，至此不覺耳目為之一新，胸襟為之一暢。既而山迴路轉，景隨步移，舉目一望，江流縈曲若帶，阡陌縱橫似繡，洵為奇觀！山道皆斬砌，可達千百級，綠蜒山腰。與夫拾級而登，或行危岩之下，或過峭壁之側，或走竹林中，不見天日，或豁然開朗。下臨幽谷，深邃莫測，與一不慎，決無生望。稍隔三五里，平坦處有亭，居民支茶台於亭旁，賣茶果糕餅。與夫見亭，如在沙漠中得綠洲，必入內憩足焉。觀其[illegible]，氣喘如牛，汗流浹背，其勞力之苦甚矣。過月弓嶺，牯嶺在望，屋宇依山坡之高下而築，層層疊疊，宛若畫圖。白色者為鉛皮之屋頂，因磚瓦運輸艱難，不若鉛皮之質輕易舉也。愚以為遍山皆竹，何不用之，以代陶瓦，如黃岡之樓，不但經濟便利，亦揣創出廬之道也。

抵牯嶺已十二時半，入[illegible]旅社，招一嚮導引路，（此嚮導與申江之有名無實女嚮導不同，讀者幸弗誤會），聞牯嶺正街，兩旁店舖頗為華麗，飲食，雜貨，糧食，洋貨，應有盡有，尤以旅館為多，余所寓旅舍，已不下十餘家。茲牯嶺租借地於民國十六年收回後，即由廬山管理局經營，對於市政之改進，不遺餘力，開闢馬路，修整道路，保護林木，加強警力，成績斐然，遊人來此者，年以三五萬計，無怪旅館業異常發達也。有蘆林，綠溪行，過孔氏別墅及圖書館，[illegible]而抵蘆林，內有游泳池，避暑中遊人趨之若鶩，今則時季已過，無人亦無水，僅一乾池耳。復前行，茂林修竹，夾路夾道。過一清道夫，宛如清高隱士，在萬山叢林中，獨掃竹林，掃除落葉，並無閒次，則人必日為陶淵明之流亞矣！據云：地近林子超先生之居，故無人敢深入，必每日掃除勿懈。

山徑蜿蜒，遙聞入耳，是為交蘆橋。橋為林氏所題書，下有瀑布，水流急湍，亂石激浪成聲，白浪如玉珠飛濺，誠奇觀也。復前行里許至黃龍寺。寺內有石如龍首，[illegible]上出者灼，於銅鉢擊之，作谷谷聲。據寺僧云：是為用時有水自石中出，即龍口所吐也。寺前有婆羅寶樹二，大可四人抱，高達十餘丈，觀斯年殿內之匾柱，為大[illegible]遺之。出寺西行，循溪下降，約數百步至黃龍潭。潭在兩山之間。水作綠色，深不見底，山水由懸崖瀑瀉而下，鏘如銀河，疑若奔馬。石壁上鐫刻名人提句如：「枕流」，「臨淵」等等，間有剝落難辨者，足見其年代之久遠。神龍宮乃一石岡之瀑布，飛瀑激落，驚盜駭目。澗上架木橋，人立其上，面對飛瀑，悅目驚心。過橋又三里至天池山，此為廬山最西北之高峯。山巔有池曰天池，池水終年不竭；中蓄蝌蚪，因足五爪，紅質黑章，狀類蜥蜴，俗稱龍魚，上海三公園有出售，他處不多見。離池數十步有天池寺，為明太祖祀周顛仙之所，今則祀洪武御像，謂保祖之南京太祖墓中。寺西有文殊臺，巍然而立，背山屏立，幽邃逶迤。俯瞰絕壑，拔地千仞，摩挲若屯裂，瀟目見下升起。時已四時，不敢久留，乃下行至一亭，係蔣介石所建，用以紀念王陽明之詩碑，其詩云：昨夜月明深霄宿，隱隱背翠在山巔，曉來卻而山下人，風雨三更捲茅屋。

御碑亭即白鹿升仙台，亭以石構，外豎中英文之佈告，略謂：為表示崇拜民族英雄起見，凡入亭者皆須脫帽致敬云云。亭內有朱洪武御製周顛仙碑。高丈餘，寬約五尺，石質堅白而細潤，文敍周顛事蹟，為朱元璋勅所撰者也。由亭向東北行，途稍平坦，因山石多奇如羊故名。下為仙人洞，係一石窟，深廣可三四丈，相傳為呂純陽得道處；中祀呂祖，後有泉滴，點滴自石中滲出，經年不竭，久旱不涸，一泓澄澈，照人面目如鏡。四周石壁上，遍刻名句，其大者有「一滴泉」，「靜」，「豁然」，「洞天玉液」等等。洞旁有屋，住一道人，烹茶款客，余略啜即起，蓋時已晚，當日尚須下山，不許流連也。異他日於炎暑時相偕重游，煮一滴泉，泡雲霧茶，與一二知己，暢談其中，不啻登仙矣。歸途過花徑，即白樂天詠桃花處也。「花徑」二字橫刻石上，相傳詩人來遊時，適桃花盛放故刻之以誌盛。茲錄其詠桃花詩如次：

人間四月芳菲盡　山寺桃花始盛開
長恨春歸無覓處　不知轉入此中來

抵牯嶺已五時一刻，擬即下山，然因先後步行三十餘里，殊覺腹餓，乃復入牯嶺橫渠飯。於五時半起步，估計下山甚易，六時半可抵蓮花洞，決不致困於行路途中。豈知事有出乎意外者，山中路陡，晌時即抵；下山之難不減上山，蓋不能速行，速則易顛仆，且山徑之險，不容忽視；至六時一刻余尚在途，光線漸淡，所行尚未及全程三分之一耳。仰觀天容，殘霞冥濛，初月如鉤且將西下矣。四顧茫茫，進退為難；進則無燈火斷難行走，退則躊躇路說明白之事。正在籌思其盡之際，遙見道旁有一茅屋；趨至，見一老嫗坐於床上假寐，牀前桌上，燈火如豆，旁置一桅杆燈。余入內問老嫗有無燈籠出售，彼搖首答曰：「無」。「然則將桌上之桅杆燈借余何如？」答曰：「中無燈怎，不用久矣。」余急，曰：「吾今日必須下山，老嫗亦有良策乎？」曰：「有」。即起，趨屋後，牽出竹筒一，大及盈握，長盈尺。中有節，注入火油，以粗紙一捲塞其口，燃之，一光亮之火炬也。余喜出望外，付值出門，時天已昏黑，東西莫辨矣。

邁行，老嫗問曰：「先生一人下山，無所懼乎？」余為所感，急問曰：「路上有盜乎？」曰：「山中無盜。」余又問曰：「有猛獸乎？」曰：「無猛獸。」余曰：「既無盜，又無獸，吾何所懼？」嫗默然不答。觀其意似謂余豈否懼鬼也。右手持杖，左手舉火炬，余踐磴而下，心中愉快，步履輕捷。（下接81頁）

夏季到巴黎

槐軒

夏季的旅行

在這一次歐戰爆發之前的一個夏天，我因爲要籌備參加在巴黎舉行的世界博覽會戲曲部宜，匆匆的離開北平，到了上海，搭一條法國船名叫「塔大號」的離開了祖國。經過香港，不幾天到了西貢。這就是我第一次登上異國的土地，當然免不了跑下岸進城到處都逛逛。這眞正是熱得流汗，坐了一輛黃包車，先跑到熱鬧的街上看。這裏滿街的棕櫚，收拾得很乾淨的柏油路，本地的人裝束很特別，女人頭髮的很少，赤腳跣足，所梳的頭有點像唐朝的樣型，同時女人以黑齒爲美。往往看見很漂亮的女子，一笑可眞要命，因爲漆黑的牙，使我頓感然富於浪漫的眼睛，也沒法兒去稱一聲是或呼一聲好了。華僑在此地商業的勢力是很可觀的，忙煞我們的領事，從早上七點一直到下午七點，全是不停的辦公，吃午飯就在公事桌上。那時已是下午四點了，我到一個親戚介紹的友人家去，承招待晚飯，全是中國吃食，這使我格外興奮，因爲在船上所吃的牛肉炸魚紅酒麵包等等，吃得非常之膩，如今換換口味，猶如入家門一般。席間又碰見燕京大學的老同學沈君，眞覺格外親熱。當天晚上有幾位同席的同胞們的夫人和小姐，全都提議叫兩句，於是我們大唱一番，也算過一過無可奈何的戲癮了。當晚在海邊上同沈君散步，提起當年同學時代的種種軼事笑話，眼瞧着鐮鉤似的新月，吹着和煦的海風，有如蓬萊仙人一般。一直到夜半兩點鐘，才珍重的告別回船。

第二天一早，同船的一位印度朋友約我到岸上去拜會一位印度支那 Chettiars 族協會的會長 A.O. Ramasamy 先生。他住在一所用木頭蓋的房子裏，裏面的陳設是非常簡單的。有一面磚坑，一個裝貴重物品的保險櫃，幾張小板櫈，一張佛像而已。那位會長又黑又大，下面不穿褲子，只繫一個白圍裙，上身是西裝，眞特別人。非常和氣，請我們吃一頓印度飯。這可是我有生以來認爲最吃得難過的一頓飯。照例他們吃飯是用手的，不過因爲講究起見，那天也用起刀叉來。辛辣之味甚多，帶香料的菜也不少，吃的時候簡直把我吃得要逃席，非味道之古怪可想而知。無論那一樣菜裏，全都放辣椒和香料，有好像白菜捲的一樣，還稍稍帶點中國味道。但是那天喝的鮮椰子水，其味甘美，非常可取。這地方說來也是很可使人傷心的，因爲游泳池是只准白種人去玩，沒有黑人的份兒的，好，不便多談罷。

從西貢開船，一路上風平浪靜，海鷗一羣一羣的總是隨着船飛，好像在追趕似的。海洋裏的空氣是那樣的可愛，晴天麗日，風微浪人。每天除了寫些日記，寫些無線電的消息以外，全都流連在甲板上，或是散步，或是和同行的旅客們談天，或是躺在帆布椅上看看閒情逸致的詩詞。在這時同船的旅客們，已經都混熟了，有一天晚上，我同到自己的船艙去玩一會兒二胡，這一來不要緊，大家全都擠進來了，洋人雖然不懂其中的所以，可是全認為聲音很柔和有情致。自從那天起，時時的被他們在晚飯以後，拖到客廳裏去玩一會二胡。

旅客之中，以法國的軍官為最多，他們大半同是久駐安南期滿換防的。其次就要算傳教士了。其中有一位傳教士是四川省來的，滿口四川口音的中國話，很有趣。同他談話的內容，可以知道他很羨慕四川省物產之大，富源之厚，出產之豐。

星島風光明媚

在西貢還是講法文，到了星島又須改說英。有的時候一忘了，說幾句法國話弄得人家瞪著眼，自己發覺以後，真好笑。星島這地方實在很美，碧綠的海水，映著油綠的樹木，五光十色的花草，街道乾淨。我們同胞是稍對佔經濟的優勢，所以除了英文以外，還算要聽和馬來話為最普遍了。這地方每天下午總是下半點鐘的雨，把午間這燃燒的暑氣洗個乾淨。坐個汽車到處一跑，覺得這樣整齊嚴肅的一個小島，這段的精神實在可令人敬服。這裏又要說幾句不受歡迎的實話了，我們僑胞的地段和馬來人的地段簡直不如白種人那樣乾淨整齊似的，平心靜氣的去一看，就可以看出區別來，未免使人不痛快。因為我覺得別的事情落後是難怪，為什麼清潔兩個字也辦不到？整齊兩個字也辦不到？這大約是我們不能逃脫所謂「名士」派的臭味子。這不過是解嘲的話，不知道的還以為是民族性呢。馬來人所作的全是下層工作，例如僕役汽車夫一類的職業，他們也是人哪！玩了半日回船，已是下午四點，四點十分船慢慢的離開碼頭，這時陽光並不很強，照著碧綠的水，翡翠色的島，蔚藍的天，一羣一羣的海鷗上下盤旋飛繞著遊行，滿船的白衣旅客，真是別有洞天，很是好看。當天晚上新月如鉤，海水打在船上簌簌的響，如世外歸來一般。與幾位大鬍子天主教的神父下棋閒談，隨便在甲板上散步，海風吹人欲醉。一直到夜裏兩點才回房，睡覺。今天開船以後，換上中國白綢的褂子，拿出扇子來，有些像戲台上的小生。船中只有我一個人這樣穿著，格外別緻，大家全讚揚，很涼爽，比較白帆布或白嗶嘰的西裝舒服多了。

出寶石的錫蘭

從星島開船以後天氣漸漸的熱了，尤其是每天正午的時候，大家全在甲板涼棚下乘涼或是午睡。船上第一感覺太膩煩的，便是吃飯的次數太多，早點，午飯午茶，晚飯晚茶，每三小時就吃一次，好像填鴨一般。所以難怪我到了波賽（PortSaid）以後，體重加了兩公斤，臉上胖得和肉包子一樣。印度洋的空氣真是可愛，每天早晚都是風吹欲醉，飄飄欲仙的感覺。不知不覺的到了錫蘭島上的科倫布（Colombo）。我們全知道這是出產茶葉和寶石的地方。奇怪得很，這個地方也有黃包車，我於是坐了黃包車先去看一座大廟，到了這個大廟，我領略了兩樁事情，第一是咱們有句俗話，「借花獻佛」這話我不大懂，到了錫蘭島剛剛恍然，因為此地供佛並不燒香，只是香花一束而已；第二是佛經上的貝葉我也看到，並且買了一張，可惜已經丟在波蘭了。這貝葉上面刻的完全是梵文，有二寸寬二尺長，可以捲成一個小捲兒，淡米色的葉子，黑色的文字，非常古雅可愛。這廟裏的和尚念經的是黃袍，進廟的大殿是要脫鞋的，大殿裏面的牆，全是講佛教的故事，佛像，說法，不過與我國廟裏的相同。看了一回告辭，仍坐原來的黃包車去看寶石。有一條買寶石街，差不多全是賣寶石飾物的舖子，我隨便進了一家，真是滿目琳琅，各色的大小寶石各式形狀，雜陳羅列，價目自然比較其他的地方便宜。我因為事先聲明不買東西，只是參觀，店主人看是外國客非是中國人，很客氣的拿出他的精品來給我賞鑑，其中有一塊藍色的寶石綴在一串項鍊的下面，大小好像獎金的兩毛五那樣，可是長方形，真好看極了，看得眼睛都迷了。因為時間的關係，趕緊辭出坐着黃包車循原路回船。在街上所見的土人，真醜得可怕，他們滿街的大小便，隨時隨在地下吃一種樹葉子，嚼了之後又吐出來，一種血似的紅沫子從嘴裏吐出，令人望之生畏，直到如今，這印象還留在腦海。而西洋人統治者的生活，在此地真是舒服，高樓大廈，傢俱左右隨從，令人不盡羨慕。回船以後，十分鐘就開船了。

乳峯上一塊薄紗

不幾天到了支不地（Djibouti）海峽，這地方是把住紅海的咽喉的，遍地全是鹽，好像一座鹽山似的，駱駝和黑人，映照着這塊不毛之地。我被一個熱帶的海浪淹了一週，沒有甚麼可看的，倒是有一件很可笑的事。當我到了一個黑人的村落，很醜的土女子迎面跑出幾個幾乎裸體的黑妞兒，只是乳峯上遮着一塊薄紗，然而乳峯依舊隱約可見。渾身黑得像紫銅一般，但是顯得很細膩，皮膚發一種油光，很別緻。她們跑了出來以後，對我招手，並且有一位，自動把薄紗也揭開，露出兩個很豐滿的乳峯，兩隻水鈴鐺似的眼睛，一排極白的牙齒，（黑人的牙齒都潔白，這真奇怪，並且十個黑人九個是生着一排潔白極美的牙齒）分外別有一般滋味在心頭。她們講幾個字的法文，我除全是土語，一個字也聽不懂，匆匆告別而去。回船的時候，在路上看見一位位次的法國軍官，和開[illegible]的汽車夫吵嘴，法國人在此地的威風真不小，穿着制服的軍官，到處有大兵們行敬禮。這回吵架當然是車夫吃虧，結果是開摩托腳踏車的警察將汽車夫提解官衙去。屬地的風氣真野蠻的可怕，白種人們到了本國的屬地，其威風簡直不可一世的神氣，令人看了真覺得有拾屬地的必要；同時在另一方面想一想，又真的被征服的民族可憐。矛盾矛盾！

世界最熱的地帶

從Djibouti（支不地）開船，就是紅海的海水了。紅海是有名最熱的地帶，凡過紅海的人，千萬要小心，頭部不可多曬太陽，因為太陽的威力，能使你發生不幸的病症。所以開船的人，全將白帆布製的軟木盔拿出來抵抗一下。提起這種白帽子，白種人在本國是不戴的，所以特別把這種帽子叫作「屬地的帽子」。回想我們中國，反而效仿洋人，在本國戴起來，大為摩登，令人難免生自慚之感。過紅海實在是真熱，汗流不止。這時候大家全都說太陽，若非是船上的醫生，特別注意兒童們，免為太陽下的犧牲者。為什麼有人說紅海的水是紅的

?這未免可笑。因爲紅海的水並不紅，與普通的海水是一般無二的，這大約是因爲臨海出川來稀稀的誤會。遊蘇彝士運河，船行很慢，這個河人工之大，實可驚人。兩岸的堤，非常清潔整齊，河水碧綠的映着天光，海鷗更飛得密了。這河中有許多小帆船，如同圖畫一般。同時再看着地圖，已是亞洲非洲歐洲的交叉點，因爲不久一到波賽（Port Said）就算歐洲了，眞是有趣。到波賽，是早晨九點鐘光景，下船以後坐小汽船到對岸的城裏，剛走到一條街上，就有職業式的照像人兜攬生意，給我拍一個照，三分鐘以後交我，眞快。這像片上可以看出我的確是那時好像驗證一樣。這地方普通全講英文，有一條街專門是賣照像機的，凡是世界名廠的出品，此地一概俱全。猶太人很多，買東西要還價。街道並不算乾淨，土人的地方很髒。我同幾位同船的人，到蘇彝士運河的工程師銅像前照了幾個相。這地方普通的裝束，男人是上身西服，下身白裙子，女人是週身圍着很黑的布，光着脚，棕色的肌膚。我們匆匆的跑了幾條街，看見這地方並不熱鬧，又因爲走得太多，一位非常要求回船，於是我們就一致決議的回船了。從此開始，就是地中海，漸漸的覺涼了。地中海的天氣是那樣的可愛，空氣溫和，有如春作或是秋涼的時節。過地中海最有趣的地方，就是經過意大利。在地圖上那個靴子尖兒和那個尖兒左邊的小島，兩岸的風景如畫，也就是山林是水，明秀絕倫。兩岸遠望就防守的砲台，山石的巍峨，挂着一片蔚藍的青天，使人覺得天地之大，人工之巧，風景之美，誰能說這個世界是沒有文明呢？

巴黎國家戲院夜景

旅遊的目的地——馬賽——不久就在眼前。記得是在早晨八點鐘左右，一下船，第一個印象就是看見許多的大鼻子（西洋人的鼻子，若在中國因爲不常見全是西洋人，到了這裏乃是大鼻子的世界了）。我自己至今想來眞好笑，因爲無論東西南北左右前後一看，全都是大鼻子，這時已然覺得眞是由中國到了法國，心理上非常之興奮。搭乘九點一刻鐘的快車，一路上所看見的田地農舍林木，都非常整齊清爽，尤其是農家，沒有土房，全都是瓦房，足見此國富庶的程度了。到巴黎已是晚上七點鐘，可以說是萬家燈火到巴黎。我且先說世界上很有名的，巴黎的一切也有許多人描寫過，我也不須細多說。這個大城實在是可愛，建設有多少年來以人工努力建設的結果美，風景美，一切的一切全都是在美和非凡偉大的條件下造成的。到處全是咖啡館和美麗的少女，無論在公共汽車裏，地道車裏，飯館以及一切的公共場所，女人總要佔十分之七的樣子，這在由亞洲到歐洲的人，個個是同樣的感覺。我因爲住的飯店離一個大百貨公司很近，所以第一次的遊是遊公司。這公司名叫Bon Marche，是巴黎六大公司之一，要比上海的先施等等的公司大得多了。裏面雖然是商店，可是佈置得美化富麗堂皇，店裏專門有一種會操各國話的人，穿着素色服來伺應顧客，所以這種講究的地方自己穿的衣服非要講究不可。在外國沒法子裝名士派了，因人人整潔都雅，尤其是賣貨的女郎和男士們，非但是言語之有訓練，比我們北平的大綢子莊的伙計，還要顯得愉快。你若看完不買，她還來一句謝謝參觀的客氣話，這樣買東西，眞覺得是一件很可玩賞的事。上海與巴黎可以說是小巫比大巫，因爲巴黎的一切，其氣魄要十倍於上海。到了歐洲一看，才知我們老大古國遊戲真落後，而自己在國內的時候，竟有關起門來作自尊之感。在巴黎所能認爲值得記下來的，要算巴黎的國家劇院了。這是歐洲最大最考究的一個戲院，裏面金碧輝煌，宜來大理石的柱子，紫絨的沙發座位，豪華奢侈，誘人宮庭觀見皇族一般。我因爲研究嗜好這戲院究，估量這戲院約可容一萬人，因爲第一次看見這樣考究的所在，真有些劉姥姥入大觀園之概。晚上進這戲院是要穿 Smoking 了。女人的也全是晚裝。所以外國之觀劇其考究另是一門。沒有一個晚到的，都是在開幕以前入座，倘若不幸遲到而第一幕已經演完，那只好請你祇暫先在門外躭擱躭擱。戲台上最可取的要算燈光之配置，是我們舞台上所不能幻想其萬一的。燈光可以發揮劇中的情緒，充分的利用燈光，可以補充所多演員所來不及表現的地方。自然洋戲全都是寫實主義下的產物，更是很特別的一種組織，出到底，聽不見說話，給這我們看慣了四郎探母的人們，真覺得有點發瘋。再說樂隊擺在戲台的前面，低於戲台的池子裏，六十多位樂師全是晚禮服白領結，真是整齊好看。演員其幕的演奏，每一幕完畢，大家鼓掌，演員須在台上出來鞠躬致謝，往往在這個時候觀衆們有送鮮花，由前台送到後台，由後台的侍役在掃幕演完演員出來鞠躬致謝的時候，由侍役遞給演員，這所謂歐洲文明了，在演戲的時候擲花獻禮，這比我國抵了叫好叫好，弄得心煩意亂好久而後習慣的觀士，覺得真是討厭，也是我將來的理想，今天在巴黎實現了。

編輯後記

小園惟翁先生目前有事，受了傷，不能執筆，只寫『我們人類』只好暫停一期。不過下一期仍將寫得多一點的。『桃到白髮』不久就將由作者出單行本，故在本刊多登些篇幅，這一期先登『桃園和新田』一文。

丁丁詩先生的小說『籠』，預告已經多日了，本期經提前刊出。因它是先生新成『結婚前之』一篇，是很真實的，下期刊完。

本上一期夏炎生活特寫稿，在我最末跟一次刊完的文章，像國中之閒，夏遊瞬間，夏季到巴黎等，都是文情並茂，引人入勝的，本期全部登完。

（上接20頁）火炬寸，照耀地面，有十尺之距係。十尺之外我石辨抑爲草耶，皆深谷抑爲陸地，皆莫能見也。此時萬籟俱寂，惟余之足音與秋蟲聲相應而已。既而風漸大，火炬作呼呼聲，余甚不暇顧，幸仲無火種，恐其熄滅，將炬倒持，使油下潤，俾得光油，火力遂旺。再前行約三里，火力漸衰，光亦亦減，蓋筒中之油告罄矣。時正七句鐘，約行余程三分之二。在半明不滅之際，抵一亭。余以杖叩亭旁草舍之門，無應者。叩之急，始有人從夢中驚起，啓扉納余，詢以來意，其人爲余另製一火炬，并稱：此去距花園僅六里，路亦平坦，有此炬可無恐。詎不知距花園數百步之遙，炬竟以油盡而熄。余雖能辨識村中燈火，然目前則昏黑如漆，寸步難移。炬既無火，乃棄之，繼續前進，僅吾唯一之伴侶手杖是賴矣。以杖擊地而行，如瞎目之盲者，迂緩異常，在平時五分鐘可到達之距離，今竟摸索至半小時始抵。一見燈光，如瞽者重明。及睹人力車至瑞已十時矣。

編輯發行：上海福州路三四五號太平書局轉風雨談社
宣傳部登記證字一三二號：上海特別市警察局登記證
字第三三四號・上海山東路：文滙報新聞社總經售
每月一期・中華民國三十四年八月出版

本期每冊貳千圓

《風雨談》二十一期總目錄

第一期目次（中華民國三十二年四月）

第二期目次（中華民國三十二年五月）

第三期目次（中華民國三十二年六月夏季特大號）

第四期目次（中華民國三十二年七月二十五日）

第五期目次（中華民國三十二年八月二十五日）

第六期目次（中華民國三十二年十月號）

第七期目次（中華民國三十二年十一月）

第八期目次（中華民國三十二年十二月二十五日，新年特大號）

第九期目次（中華民國三十三年一二月號合刊，春季特大號）

第十期目次（中華民國三十三年三月）

第十一期目次（中華民國三十三年四月）

第十二期目次（周年紀念號）

第十三期目次（中華民國三十三年七月）

第十四期目次（中華民國三十三年八月九日）

第十五期目次（中華民國三十三年十月）

第十六期目次（中華民國三十三年十二・一月 小說狂大號）

第十七期目次（中華民國三十四年四月）

第十八期目次（中華民國三十四年五月）

第十九期目次（中華民國三十四年六月）

第二十期目次（中華民國三十四年七月）

第二十一期目次（中華民國三十四年八月）

秀威經典　　人文史地類　PC0580

風雨談（六）

原發行者 / 上海風雨談月刊
主　　編 / 蔡登山

數位重製・印刷 / 秀威經典
http://www.showwe.com.tw
114台北市內湖區瑞光路76巷65號1樓
電話：+886-2-2796-3638
傳真：+886-2-2796-1377
劃撥帳號 / 19563868　戶名：秀威資訊科技股份有限公司
讀者服務信箱：service@showwe.com.tw
網路訂購 / 秀威網路書店：https://store.showwe.tw
網路訂購：order@showwe.com.tw

2016年12月
精裝印製工本費：15000元（全套六冊不分售）

Printed in Taiwan

國家圖書館出版品預行編目

風雨談 / 蔡登山主編. -- 一版. -- 臺北市 : 秀威經典, 2016.12
冊；　公分. -- (人文史地類；PC0575-PC0580)
BOD版
ISBN 978-986-93753-1-3(第1冊 : 精裝). --
ISBN 978-986-93753-2-0(第2冊 : 精裝). --
ISBN 978-986-93753-3-7(第3冊 : 精裝). --
ISBN 978-986-93753-4-4(第4冊 : 精裝). --
ISBN 978-986-93753-5-1(第5冊 : 精裝). --
ISBN 978-986-93753-6-8(第6冊 : 精裝). --
ISBN 978-986-93753-7-5(全套 : 精裝)

1.中國文學 2.期刊

820.5　　105018595

讀者回函卡

感謝您購買本書，為提升服務品質，請填妥以下資料，將讀者回函卡直接寄回或傳真本公司，收到您的寶貴意見後，我們會收藏記錄及檢討，謝謝！如您需要了解本公司最新出版書目、購書優惠或企劃活動，歡迎您上網查詢或下載相關資料：http:// www.showwe.com.tw

您購買的書名：______________________________

出生日期：________年________月________日

學歷：□高中（含）以下　□大專　□研究所（含）以上

職業：□製造業　□金融業　□資訊業　□軍警　□傳播業　□自由業

□服務業　□公務員　□教職　□學生　□家管　□其它_____

購書地點：□網路書店　□實體書店　□書展　□郵購　□贈閱　□其他

您從何得知本書的消息？

□網路書店　□實體書店　□網路搜尋　□電子報　□書訊　□雜誌

□傳播媒體　□親友推薦　□網站推薦　□部落格　□其他__________

您對本書的評價：（請填代號　1.非常滿意　2.滿意　3.尚可　4.再改進）

封面設計____　版面編排____　內容____　文／譯筆____　價格____

讀完書後您覺得：

□很有收穫　□有收穫　□收穫不多　□沒收穫

對我們的建議：______________________________

____

____

____

請貼
郵票

11466
台北市內湖區瑞光路 76 巷 65 號 1 樓

秀威資訊科技股份有限公司 收

BOD 數位出版事業部

....

（請沿線對折寄回，謝謝！）

姓　　名：＿＿＿＿＿＿＿＿　年齡：＿＿＿＿　性別：□女　□男

郵遞區號：□□□□□

地　　址：＿＿＿＿＿＿＿＿＿＿＿＿＿＿＿＿＿＿＿

聯絡電話：(日)＿＿＿＿＿＿＿＿　(夜)＿＿＿＿＿＿＿＿

E-mail：＿＿＿＿＿＿＿＿＿＿＿＿＿＿＿＿＿＿＿